Knaur.

Knaur.

*Über die Autorin:*
Ulrike Sommer, geboren 1957, lebt als Schriftstellerin in Berlin. Die frühere Journalistin ist mit dem DGB-Vorsitzenden Manfred Sommer verheiratet und kennt den politischen Betrieb in Berlin mit all seinen Tücken aus eigener Anschauung. Bisher hat sie zwei Romane veröffentlicht: *Wer dreimal lügt* und *Die Fledermausaffäre*.

Ulrike Sommer

# Die Spur des Romeo

Spionagethriller

Knaur Taschenbuch Verlag

**Besuchen Sie uns im Internet:**
**www.knaur.de**

Originalausgabe November 2004

Ein Unternehmen der Droemerschen Verlagsanstalt
Th. Knaur Nachf. GmbH & Co. KG, München

Redaktion: Ilse Wagner
Umschlaggestaltung: ZERO Werbeagentur, München
Umschlagfoto: Peter Toki
Satz: Ventura Publisher im Verlag
Druck und Bindung: Clausen & Bosse, Leck
Printed in Germany
ISBN 3-426-62720-5

5 4 3 2 1

# Die Spur des Romeo

# Prolog

Die Strahlen der warmen Septembersonne fielen auf das gewaltige Gemäuer und ließen den Größenwahn seiner Erbauer fast vergessen. Die Scheiben der Fenster, die in endlosen Reihen in das triste Grau eingelassen waren, glitzerten und spiegelten die Kräne der gegenüberliegenden Baustelle. Eine leichte Brise wehte durch die Wilhelmstraße und vermischte sich mit den Abgasen der Autos, die im Schritttempo an dem Ministerium vorbeikrochen.

Eine Frau mit einem Kleinkind an der Hand stand ein wenig hilflos am Straßenrand, fasste sich schließlich ein Herz, nahm den kleinen Jungen auf den Arm und rannte los, als ginge es um ihr Leben. Die Videokameras, die in kurzen Abständen die Außenmauer des ehemaligen Reichsluftfahrtministeriums zierten, erfassten sie und folgten ihr kurz. Dann schwenkten sie zu dem jungen Paar, das vor dem imposanten Ehrenhof stand. Der Mann trug Jeans, seine Haare waren zu einem Pferdeschwanz zusammengebunden. Er schlug in einem Büchlein nach und las. Seine braun gebrannte Begleiterin mit dem Rucksack auf dem Rücken schaute ihm über die Schulter, und gemeinsam blickten sie immer wieder hoch, machten einander auf Einzelheiten aufmerksam,

griffen schließlich nach dem schweren Eisengitter und schauten hinauf, als könnten sie mit schierem Willen den Finanzminister zwingen, sie persönlich zu begrüßen.
Hinter ihnen auf der Straße hupte ein Lastwagenfahrer zwei leicht bekleidete Jogger an, die nebeneinander liefen und ganz offenbar nicht daran dachten, die Fahrbahn freizumachen. Der Lastwagen scherte aus, geriet auf die Gegenspur, zwang eine Kombifahrerin zur Notbremsung und löste viel Gebrüll und ein treffliches Verkehrschaos aus.
So kam es wohl, dass der Radfahrer, die Baseballkappe tief ins Gesicht gezogen, unbemerkt durch das offen stehende, schmale Tor für Fußgänger fahren konnte. Er lehnte das klapprige Gefährt an die Mauer neben der Rollstuhlrampe, prüfte kurz, ob es einen sicheren Stand hatte, schlug sich an die Stirn, als habe er etwas vergessen, und verschwand genauso unauffällig, wie er gekommen war.
Einer der Wachmänner beteuerte später, er habe den verdächtigen Vorgang sehr wohl im Auge behalten, sich aber nicht viel dabei gedacht. »Wissen Sie, hier kommen oft junge Leute. Praktikanten. Haben wir ja eine Menge im Haus. Und Journalisten. Die fahren auch meistens mit dem Rad. Ist ja sonst auch schwierig, wissen Sie. In der großen Stadt. Und nie einen Parkplatz.«
»War denn eine Pressekonferenz angesetzt?«, fragte Friedrich Putzer erstaunt. Davon hatte ihm noch niemand etwas gesagt.
»Eine Pressekonferenz? Ähm. Also, das weiß ich nicht … Ich nehme es an. Sonst wäre der ja nicht …« Plötzlich

hielt der Mann inne. »Ich verstehe. Das war kein Journalist, oder?«
Putzer sah leicht gereizt von seinen Notizen auf und zog eine Augenbraue hoch. »Nein. Das war wohl kein Journalist.«
Die Aussage des anderen Wachmanns war nicht ergiebiger. Er habe ja schließlich aufpassen müssen, was auf der Straße losgewesen sei, wiederholte er immer wieder. »Ich hab schon überlegt, ob ich nicht die Polizei rufen sollte, wissen Sie? Aber da hat es schon geknallt. Es war wie im Krieg, ehrlich! So hat es meine Mutter immer erzählt, so muss das gewesen sein, in den Luftschutzkellern, Sie wissen schon. Der Putz ist abgerissen, auf einmal war überall Staub, die Wände haben gewackelt und dann war plötzlich alles still. Was ein Glück, dass wir hinter Panzerglas sitzen!«
»Ja, was für ein Glück.« Friedrich Putzer seufzte, und es war nicht ganz klar, ob er das wirklich für einen positiven Umstand hielt. Er ließ die beiden allein und sah durch das aufgerissene Loch. Die Wilhelmstraße war inzwischen gesperrt. Dort, wo eben noch die beiden jungen Leute gestanden hatten, lagen Glassplitter. Blutspuren zeugten von den Verletzungen, die die beiden davongetragen hatten. Ein Krankenwagen hatte sie in Sicherheit gebracht. Nun tummelten sich dort mindestens dreißig Kamerateams. Sie stritten um den besten Blick auf die Trümmer und filmten in Ermangelung wirklicher Sensation alles, was sich bewegte: Polizisten auf Spurensuche, pickende Vögel, flatterndes rot-weiß gestreiftes Absperrband. Reporter mit Mikrofonen ver-

suchten immer wieder, sich durchzuschlängeln, und nahmen jeden in die Mangel, der unvorsichtig genug war, ihnen in die Quere zu kommen.

Putzer betrachtete die Szene mit gerümpfter Nase und schlenderte die wenigen Meter hinüber in den abgedunkelten Multimediaraum, der wie durch ein Wunder intakt geblieben war. Dort warteten drei Polizisten auf ihn, und gemeinsam sahen sie sich die Videobänder an, die unmittelbar vor der Explosion entstanden waren. Doch die Bilder waren nicht sonderlich scharf, und sosehr sie sich auch bemühten, sie konnten nicht einmal das Profil des jungen Mannes erkennen, der das Fahrrad im Innenhof abgestellt hatte. Dass der Sprengsatz in den beiden Gepäcktaschen gewesen war, dessen waren sich die Experten sicher.

»Ich sag euch was! Das Schwein hat genau gewusst, wo die Kamera ist!«, bemerkte einer der Beamten, und die anderen nickten.

So schien kurz nach der Explosion nur eines gewiss: Es hatte einen Anschlag auf das Finanzministerium gegeben, den ersten auf ein Berliner Bundesministerium überhaupt. Aber niemand wusste, warum. Es gab – noch – keine Bekenneranrufe, kein Flugblatt, nicht einen winzigen Hinweis.

Rätselhaft schien auch dies: Der Sprengsatz war zu schwach gewesen, um an diesem protzig-massiven Bau wirklichen Schaden anzurichten, aber gefährlich genug, um eine Schockwelle durchs Land zu schicken.

War es wirklich der Anfang einer Serie von Terroranschlägen?

Oder waren da nur Dummköpfe am Werk gewesen?
Das fragten landauf, landab die Kommentatoren in den Radio- und Fernsehstationen und gaben damit doch nur wieder, was ihnen die offiziellen Sprecher der Behörden anvertraut hatten.
Putzer schwieg. Er war kein Neuling in dem Geschäft. Er beobachtete und verfolgte schon seit Jahren Terroristen und wusste, wie wichtig es war, den Mund zu halten. Geheimdienstpräsident Froben Macke hatte ihn unmittelbar nach dem Anschlag zu sich gerufen und in groben Zügen eingeweiht. Offenbar hatte es eine Warnung gegeben. Gestern. Bedauerlicherweise hatte man das nicht ernst genommen.
Es sah also ganz danach aus, als hätten sie eine neue, sehr gute Informationsquelle.
Und ein Problem.

# Erster Teil

# I

Leo Dieckmann warf den Hörer auf die Gabel, bog den Kopf in den Nacken und gab urplötzlich einen entsetzlichen Schrei von sich, der Sophie zutiefst erschreckte. Sie sprang auf, rannte hinüber in das angrenzende Büro des Regierungssprechers und kam erst direkt neben ihm zum Stehen. »Was ist los?«, japste sie aufgeregt. »Ist was passiert? Geht es Ihnen nicht gut? Kann ich was tun?«

Leo hielt sich den flachen Bauch, blinzelte und räusperte sich verlegen: »Hm. Nein, nein. Es … Es tut mir Leid. Es ist nichts.«

Sophie aber ließ sich nicht so rasch beschwichtigen. Besorgt musterte sie ihren knapp vierzig Jahre alten Chef und wich keinen Millimeter von seiner Seite. Sie war Sekretärin, seine Sekretärin. Sie betreute ihn und hatte ihn in ihre überaus fürsorgliche Obhut genommen, schon vor Jahren, als er das Parlamentsbüro des *Münchner Tagesanzeigers* übernommen hatte. Seitdem las sie ihm seine Wünsche von den Augen ab, versorgte ihn mit seinen Lieblingskeksen zum Kaffee, neckte ihn zuweilen, wenn er zu Albernheiten aufgelegt war, und zog sich still zurück, wenn Diskretion angebracht schien.

»Ach, lassen Sie mal«, murmelte er, lehnte sich in seinem weichen Ledersessel zurück und schloss die Augen. »Wenn ich ehrlich sein soll, dann muss ich gestehen, dass mir das eben richtig gut getan hat. Wissen Sie, was? Das war mal zur Abwechslung ein richtig guter Rat von diesem Macke.«

»Macke? Von *dem* Macke?« Angewidert verzog Sophie das Gesicht. Sie konnte den neuen Präsidenten des Geheimdienstes nicht ausstehen, fand ihn anmaßend, aufgeblasen und hatte auch ein wenig Angst vor ihm, vor seinen durchdringenden, kalten Augen und seinen schmalen Lippen, die immer ein Geheimnis zurückzuhalten schienen.

»Ja, stellen Sie sich vor! Froben Macke! Ich soll losbrüllen, hat er gesagt, einfach so, und ganz laut. Mann, der Kerl hat Recht. Das tut wirklich gut!« Leo blickte lächelnd auf. »Wissen Sie eigentlich, was das ist, was wir hier den ganzen Tag machen?«

Sophie schüttelte den Kopf.

»Wir betreiben hier offene Psychiatrie. Und sonst gar nichts!«, brauste Leo auf und schlug mit der Faust auf den Tisch.

»Ist das auch von Macke?«

»Blödsinn! Von mir«, gab er gutmütig zurück. In dem Moment klingelte im Vorzimmer das Telefon. Sophie wollte sich eben auf den Weg machen, als Leo sie am Arm packte und zurückhielt. »Lassen Sie es einen Moment bimmeln, ja? Tun Sie mir den Gefallen?« Seine Stimme klang auf einmal vollkommen erschöpft.

»Sicher.« Sophie runzelte die Stirn und seufzte mitleidig. Dann schob sie einen Aktenberg beiseite, der sich am Rand seines Schreibtisches auftürmte, hockte sich auf die Kante und wartete.

Leo fuhr mit der Hand über seinen stoppeligen Dreitagebart, der ihm dank der Karikaturisten längst zum Markenzeichen geraten war. »Was meinen Sie ... Wenn wir uns einfach taub und dumm stellen, ob die uns dann mal fünf Minuten in Ruhe lassen?«

»Unwahrscheinlich. Sie stellen sich schon seit Tagen dumm, und was hat es genutzt?«

Leo grunzte. Hätte seine Stellvertreterin oder sein Büroleiter oder einer seiner Abteilungsleiter je gewagt, so mit ihm zu sprechen, er hätte sie rüde in die Schranken verwiesen. Bei Sophie aber war das etwas anderes. Ihre Offenheit bereitete ihm pures Vergnügen. Er schätzte ihre unverblümte Sprache, mehr noch ihren klaren Verstand, und er brauchte sie, ließ ihr manche Dreistigkeit durchgehen und nahm selbst ihren größten Fehler schulterzuckend hin. Denn dass sie eigentlich viel zu vertraut war mit seinen Kunden, den Journalisten, und dass sie eigentlich auch zu viel redete, das war ihm schmerzlich bewusst. Es war dieser Umstand, der ihm schon einige schlaflose Nächte gekostet hatte. Doch wirklich schlimmen Schaden hatte sie bislang nicht angerichtet. Und so nahm er es hin, dass sie ab und an mit Journalisten ausging, sich auch in ihren seltenen Mittagspausen verabredete, und hoffte einfach das Beste.

Zwar grummelte sein Magen, wenn er nur an all die Schlagzeilen dachte, die schon ein paar unbedachte Worte heraufbeschwören konnten. Gleichwohl wagte er es nicht, ihre Freiheit zu beschneiden. Zu groß war die Furcht, sie zu verlieren, und es war ihm bewusst, wie begehrlich die Blicke des Kanzleramts längst auf seinem Vorzimmer ruhten. Genauer gesagt handelte es sich um die Blicke Olaf Überecks, und die waren schon deshalb gefährlich, weil der Kanzleramtschef bereits seit einiger Zeit auf der Suche nach einer guten Sekretärin war und einen Posten anzubieten hatte, der, auch darüber machte sich Leo keine Illusionen, den im Bundespresseamt an Prestige weit übertraf. Allein schon der Gedanke, ohne Sophies professionellen Elan und ihren trockenen Humor auskommen zu müssen, versetzte ihm einen Stoß, denn er konnte sich nicht vorstellen, wie er ohne sie den täglichen Irrsinn des Regierungsgeschäfts überstehen sollte.

Seit dem Anschlag war es besonders schlimm. Keine Minute stand das Telefon still. Sogar das Wochenende hatte er im Büro damit verbracht, Journalisten zu vertrösten, ihnen Zitierbares zu liefern, und doch möglichst nichts preiszugeben.

Lange würde diese Strategie nicht mehr funktionieren, das spürte er mit der Sicherheit des erfahrenen, alten Bluthundes. Er kannte seine ehemaligen Kollegen, hatte er doch selbst seinem Vorgänger das Leben schwer gemacht und konnte erst jetzt ermessen, was dieser ausgehalten hatte. Ein wenig tat der Mann ihm Leid. Im Nachhinein. Denn nun war er selbst es, den sie bedrängten. Von Stunde zu Stunde wurden die Fragen bohrender, der Ton schärfer. Warum hat der Geheimdienst nichts gewusst? Wie konnte das passieren? Wer sind die

Täter? Handelt es sich um eine neue Gruppe? Wer steckt dahinter?
»Das wird untersucht«, wiederholte Leo im Zehn-Minuten-Takt, mal im Telefongespräch mit Korrespondenten, mal live in Radio oder Fernsehen. Am liebsten hätte er sie angebrüllt: »Woher soll ich das wissen? Habe ich die Bombe gelegt?«
Stattdessen versicherte er mit der scheinbar ergebenen Geduld einer tibetanischen Gebetsmühle, die Bundesregierung sei selbstverständlich beunruhigt und die Ermittlungen liefen auf Hochtouren. Nein, er könne noch keine Ergebnisse mitteilen. Ja, die Sicherheitsvorkehrungen seien an allen öffentlichen Einrichtungen verstärkt worden. Vorsorglich.
Das klang gut.
Nur in vertrauter Runde gab er zu, dass er seine Antworten selbst ziemlich dämlich fand. »Aber was fragen die auch so einen Unfug?«
»Wird es weitere Anschläge geben?«
»Sicher nicht«, log Leo jedes Mal aufs Neue. Sie hatten ausgemacht, dass vorerst möglichst wenig nach außen dringen sollte. Auf keinen Fall durfte in der Zeitung stehen, dass diese Explosion nur eine Warnung gewesen war und dass wahrscheinlich Schlimmeres bevorstand.
Es war wohl der Druck des Schweigens und der Lüge, der Leo so zu schaffen machte. Es quälte ihn, dass er nicht einmal Sophie sagen durfte, was in Wahrheit vor sich ging. Wie groß die Sorge und wie gefährlich die Lage tatsächlich waren. Leo seufzte, stand auf, reckte

sich und lächelte seine Sekretärin an. »Sie haben Recht. Dumm stellen nutzt nichts. Also ran an die Arbeit. Der Nächste bitte.«

Sophie grinste, ging zurück an ihren Schreibtisch und sah nach, wer an der Reihe war. Ein Lächeln umspielte ihre Lippen, als sie auf ihre Rückrufliste schaute, denn es war Rainer Loos von der *Freiheit*. Unwillkürlich fing ihr Magen an zu flattern. Sie schloss die Augen und atmete tief durch. Nichts sollte sie verraten. Kein noch so zartes Flimmern in der Stimme durfte dem Mann zeigen, wie aufgewühlt sie war, wenn sie aus dienstlichen Gründen telefonierten oder sich zufällig bei einem der Botschaftsempfänge begegneten, zu denen Leo Dieckmann sie ab und an schickte.

Sophie zeigte ihm die kalte Schulter, denn sie ärgerte sich über sich selbst. Und bei Licht betrachtet konnte sie sich ihre dumme Schwärmerei beim besten Willen nicht erklären. Seine Artikel für das ostdeutsche Boulevardblatt *Freiheit* waren meist ziemlich lächerlich. Und als Mann war er nun wahrlich nicht schön zu nennen. Ein paar Jahre älter als sie, prangte auf seinem ovalen Schädel eine formidable Glatze. Seine Haarpracht bestand aus einem gelockten Kranz, der ihm bis auf die Schultern reichte. Er sollte mal zum Friseur, dachte Sophie trotzig und fand schließlich die Ruhe, seine Nummer zu wählen. »Sophie Mahler, Büro Leo Dieckmann. Herr Loos? Sie wollten mit dem Regierungssprecher sprechen?«

»Oh! Ja, sicher«, tönte eine dunkle, weiche Stimme an ihr Ohr. »Das ist aber nett, dass Sie doch noch zurückrufen. Sagen Sie, wie geht es Ihnen?«

»Mir? Außer dass ich nicht weiß, wo mir der Kopf steht, geht es mir glänzend. Darf ich Sie durchstellen?«
»Klar. Aber nachher reden wir beide noch mal, ja?«
»Wenn Sie meinen …«
Eilig drückte sie die richtigen Knöpfe. Ihr Herz pochte, und sie sperrte die Ohren auf. Doch rasch war ihr klar, dass ihr Chef einmal mehr die üblichen Nebelschwaden versprühte. Da ließ sie ihre Gedanken schweifen, fragte sich, was Loos wohl von ihr wollte, und gab sich alle Mühe, ihrer Erregung Herr zu werden. Hatte er sie wirklich bemerkt? Sie, Sophie Mahler? Oder sollte sie nur einen heiklen Termin organisieren? Eine Privataudienz beim Kanzler für die Story: »Frühstück beim Regierungschef«? War es nicht so, dass selbst die hochnäsigsten unter den eingebildeten Korrespondenten so zuvorkommend zu ihr waren, weil sie glaubten, dass sie, Sophie Mahler, den Schlüssel zum Regierungssprecher in der Hand hielt, und weil Dieckmann allein bestimmte, wer zum Kanzler vordrang.
Sophie rollte ihren silbernen Kugelschreiber zwischen den Fingern. Der edle Stift war alles, was von ihrem letzten, ebenso großzügigen wie unzuverlässigen Geliebten geblieben war. Auch er war Journalist. Zwei Jahre jünger als sie. Sah glänzend aus. Und hatte sie mit einer Zwanzigjährigen betrogen. Sie hatte ihn verlassen. Es lohnte nicht zu kämpfen. Sophie Mahler kämpfte nie um einen Mann. Nicht mehr. Nicht seit damals …
Ärgerlich verzog Sophie das Gesicht. Wieso musste sie in letzter Zeit sooft daran denken? Woher kamen nur die alten Bilder, die ihr so zu schaffen machten?

Mühsam verscheuchte sie die trüben Gedanken und wollte gerade die eben eingegangenen Agenturmeldungen für Leo sortieren, als er nach ihr rief: »Sophie? Kommen Sie doch mal rüber!«

Sie sprang auf und steckte ihren Kopf durch die Tür. »Ja?«

»Ich weiß nicht, wie ich das Gespräch zu Ihnen zurückstellen soll … Blöde Technik. Hallo? Sind Sie noch da? Ja? Wir probieren es noch mal.«

Sophies Herz raste. Rasch kam sie Leo zu Hilfe, wartete, bis es drüben bei ihr klingelte, huschte zurück und riss den Hörer von der Gabel. »Ja?«

»Ja, hier Loos noch mal. Ich wollte fragen … ähm … ob Sie Lust hätten, heute Abend mit mir zu essen?«

»Heute Abend?«

»Ja. Warum nicht? Ich habe nichts vor. Und Sie?«, schmeichelte er.

Sophie zögerte.

Einerseits fühlte sie sich überrumpelt. Irgendetwas stimmte nicht mit dieser Einladung. Vermutlich hatte eine andere ihn versetzt, und sie war nur eine Notlösung … Andererseits reizte es sie, ihr Herz schlug Purzelbäume und sie spürte genau, dass sie nicht absagen würde. Besser als ein weiterer einsamer Abend vor dem Fernseher war dies allemal.

»Also schön«, seufzte sie nach einer Pause, die ihr gerade noch angemessen erschien. »Und wie komme ich zu der Ehre?« Es war ihr herausgerutscht, wie so vieles. Sie biss sich auf die Zunge. Warum konnte sie nicht ein Mal ihre Klappe halten?

Doch Rainer Loos schien es ihr nicht übel zu nehmen. »Ehrlich gesagt wollte ich Sie schon die ganze Zeit ausführen. Aber es ist immer etwas dazwischen gekommen. Und jetzt hat es sich eben ergeben. Was halten Sie von der Bar Américaine? Ich bestelle gleich einen Tisch, ja? Wir treffen uns dort? Zwanzig Uhr?«

Die Bar Américaine. Geschmeichelt sagte Sophie zu, denn er hatte sie soeben in eines der angesagten Restaurants im Westen Berlins eingeladen. Mit einem verträumten Lächeln auf den Lippen legte sie auf und strahlte das Telefon an.

»Was war denn das?« Leo schielte neugierig um die Ecke. »Passen Sie bloß auf! Der Knabe ist eine üble Klatschtante!«

»Also, eigentlich geht Sie das ja gar nichts an!«, parierte Sophie lachend, erhob sich langsam, strich ihren gelben Rock glatt, zupfte an der weißen Bluse, zog das passende Sakko über und linste in den Spiegel, der beim Garderobenständer in der Ecke neben der Tür hing. Sie wandte den Kopf hin und her, prüfte den Sitz ihres kinnlangen Haars und lobte im Stillen ihre Friseuse, die sie erst vor ein paar Wochen zu dem gedeckten Blond und dem unkomplizierten Pagenschnitt überredet hatte. Eigentlich sah sie wirklich nicht schlecht aus. Für Anfang fünfzig. Nur die vielen kleinen Falten um den Mund und die Augen ... Warum ließ sich das nicht aufhalten? Ob sie die Creme wechseln sollte?

Lange konnte sie darüber nicht nachdenken, denn das Telefon klingelte wieder, und bis zum Nachmittag kehrte im Büro des Regierungssprechers keine Ruhe ein. Leo telefonierte zwischendurch mit Geheimdienstchef Froben Macke, schloss sich mit dem Innenminister kurz, doch das Ergebnis blieb ernüchternd. Es gab nichts Neues. So waren die Nichtigkeiten, die Leo wenig später vor der Bundespressekonferenz verkündete, spannend wie ein Schneckenrennen.

Sophie hörte der faden Veranstaltung, die per Standleitung vom Fernsehen übertragen wurde, bis zum Ende zu, schaltete dann den Apparat aus, brachte das Handarchiv aufs Laufende, legte Akten für den Chef bereit, druckte den Terminplan des nächsten Tages aus und gab sich alle Mühe, nicht an den Abend zu denken. Draußen dämmerte es bereits, als sie endlich ihren Schreibtisch abschließen, den Computer herunterfahren und den Safe verriegeln konnte. Zum Schluss legte sie Leo, der von der Pressekonferenz direkt ins Kanzleramt gefahren war, einen Zettel hin und stöckelte an den Pförtnern vorbei ins Freie.

Ein kühler Herbstwind strich über die Spree, und erste Laubhaufen türmten sich auf den Bürgersteigen. Sophie fröstelte, zog den Gürtel ihres dünnen Mantels enger und legte die hundert Meter zum Bahnhof Friedrichstraße mit forschen Schritten zurück. Sie schob sich inmitten einer gesichtslosen Menge hinauf zu dem richtigen Bahnsteig und atmete auf, als ihr Zug kurz darauf einlief. Es war kein Sitzplatz mehr frei, doch das war ihr gleichgültig. Sie hielt sich direkt neben der Tür an der Stange fest und ließ sich am Alexanderplatz auch nicht von ein paar Jugendlichen abdrängen, die sich mit aller Macht in den vollen Waggon zwängten.

An der Jannowitzbrücke stieg sie aus, marschierte an der silbern glänzenden chinesischen Botschaft mit ihrem Furcht einflößenden Eisenzaun und den allgegenwärtigen Kameras vorbei und gelangte in die schmale Brückenstraße. Dort widerstand sie nur mit Mühe der Versuchung, bei dem kleinen Italiener rasch eine Pizza mitzunehmen. Ihre Füße schmerzten. Sie verfluchte ihre hohen Absätze und beschloss, sich auf alle Fälle ein Fußbad zu gönnen. Leicht hinkend setzte sie ihren Weg fort und erreichte schließlich die vierspurige Heinrich-Heine-Straße, an deren Rand die immer gleichförmigen Wohnklötze aus DDR-Zeiten in den Himmel ragten. Sie hatten inzwischen blaue und grüne Balkons erhalten, vermutlich, um ihren Anblick ein wenig erträglicher zu machen.
Sophie nahm das alles kaum noch wahr. Sie wohnte ein Stück weiter in einem Neubauquartier aus der Nachwendezeit mit Geschäften, Kneipen und kleinen, modernen Wohnungen. Es war ein ebenso geschlossener wie gesichtsloser Block, der wenig Heimat bot, doch für berufstätige Singles wie sie äußerst praktisch war.
Sophie bog in die Annenstraße ein und beschleunigte ihren Schritt. Auf diesem Teil der Strecke war ihr immer ein wenig mulmig zumute, zu verlassen und düster war der kurze Weg. Doch bislang war nie etwas passiert. Sie entspannte sich erst, als sie die hell erleuchtete Passage ihres Quartiers erreicht hatte. Eilig kramte sie in der Handtasche nach dem Schlüssel, wählte die linke der beiden gläsernen Haustüren, die zur Heinrich-Heine-Straße 12c gehörten, und fuhr mit dem Fahrstuhl in den

zweiten Stock. Ihre Zweizimmerwohnung ging nach hinten hinaus. Sie hängte ihren Mantel an den wackeligen Garderobenständer und überlegte wie sooft, dass sie ihn bald durch ein etwas standfesteres Modell ersetzen müsste. Doch sie vergaß den Plan sofort wieder, als sie im Wohnzimmer das Licht anknipste, sich mit ausgebreiteten Armen in ihren Lieblingssessel fallen ließ, die Schuhe abstreifte und die Füße mit genüsslichem Stöhnen massierte.

Am liebsten hätte sie sich ein ausgiebiges Bad gegönnt, mit Sekt, Kerzen, einem guten Buch und dem teuren Öl, das sie sich vor ein paar Tagen geleistet hatte. Dann wäre sie gerüstet für den Abend, was immer er auch noch bereithielt. Doch dafür fehlte die Zeit. So schwang sie sich stöhnend auf, kramte eine Plastikschüssel aus dem Schrank unter der Spüle in der Küche, füllte sie mit lauwarmem Wasser, steckte ihre Füße hinein und überlegte, was sie anziehen sollte.

Es dauerte nicht lange, da stand sie frisch geschminkt, in dunkler Hose, mit passendem Pullover und einem Mantel, der eigentlich für die Jahreszeit nicht warm genug war, wieder auf der Straße und wartete auf ihr Taxi. Als der Wagen endlich vorfuhr, sprang sie hinein und verkündete stolz: »Zur Bar Américaine bitte. Kantstraße.«

Der Fahrer blickte sich kurz um und grinste anzüglich, bevor er murmelte: »Is jut«.

Gemütlich zockelte er los und verwickelte sie in ein Gespräch, das erst das Wetter streifte, um schon bald bei dem Anschlag und den dämlichen Touristen zu landen, die nun nicht mehr nach dem Verlauf der geschliffenen Mauer fragten, sondern allein das Loch im Finanzministerium sehen wollten, das doch schon einen Tag nach der Explosion notdürftig geflickt und von außen kaum noch zu erkennen war. »Det is so wat von bescheuert, Sie, ick kann jar nich lang jenuch kotzen, wa?«, schimpfte der Fahrer, und Sophie, verzweifelt bemüht, ihre Nervosität zu dämpfen, gab ihm Recht. Kurz darauf bog der Wagen in die Kantstraße ein. Ob er auf sie wartete? Und was, wenn nicht? Wie unangenehm, wenn sie zuerst käme …

Sie hätte sich keine Sorgen machen müssen. Rainer Loos stand, unruhig von einem Bein aufs andere tretend, auf den Holzplanken der menschenleeren Sonnenterrasse und wartete. Als ihr Wagen vorfuhr, eilte er herbei und riss die Tür auf. Kaum hatte sie gezahlt, griff er nach ihrem Arm und half ihr heraus. »Wie schön, dass Sie es einrichten konnten! Ich freue mich!«

Sie sah vorsichtig zu ihm auf und lächelte. »Ja. Ich mich auch.«

»Kommen Sie! Wir gehen rein. Es ist viel zu kalt hier draußen.« Rainer Loos legte eine seiner gewaltigen Hände auf ihren Rücken und führte sie zielsicher zur Tür, die er mit der anderen Hand öffnete, und schob Sophie hindurch.

Ein hagerer Mann mit grauem, fettigem Haar und dicker Brille stellte sich ihnen in den Weg. Er balancierte ein großes, dünnes Buch auf dem Arm, schaute immer wieder hinein und verbreitete dabei eine so Furcht erregende Atmosphäre, dass selbst der Nikolaus erschaudert wäre. »Sie haben bestellt? Auf welchen Namen?« Er betrachtete Sophie von oben bis unten mit finsterem Blick, der sich erst aufhellte, als er Rainer erkannte. »Ah, Herr Loos, entschuldigen Sie, ich habe Sie nicht gleich … Selbstverständlich haben Sie bestellt … Äh … Ich darf schon mal vorgehen? Bitte hier hinten, ist es so recht?« Servil buckelnd zog er einen Stuhl hervor und rückte den Tisch ein wenig zur Seite, damit Sophie auf die lederne Bank schlüpfen konnte, die sich an der Wand entlangzog. Sobald auch Rainer sich gesetzt hatte, brachte er die Speisekarten und wies einen der dunkelgelockten Kellner mit einer weit ausholenden Handbewegung an, sich um diesen Tisch zu kümmern.

Mit breitem Grinsen genoss Rainer Loos die zuvorkommende Behandlung, und es war offensichtlich, dass er ein oft und gern gesehener Gast war. Sophie blickte sich um. Endlich verstand sie, warum das Lokal vor allem bei Künstlern so beliebt war. Der Raum strahlte die ebenso lässige wie gemütliche und doch gediegene Atmosphäre eines französischen Restaurants aus. Der Putz bröckelte an einigen Stellen von der Decke, doch das schien niemanden zu stören. Die Wände waren übersät mit Fotografien und bemalten Spiegeln. Die schwarzen Glasplatten der schmalen Holztische waren verkratzt, und das braune Leder auf der langen Rückbank hinter ihr war speckig und hatte Risse. Das Einzige, was Sophie nicht gefiel, war die drangvolle Enge. Die Tische standen so nah beieinander, dass sie sich mühelos dem Gespräch am Nachbartisch hätte anschließen können. Dort suchte eine junge Frau gerade händeringend nach einem eng-

lischen Wort, und Sophie musste sich beherrschen, es ihr nicht zuzuflüstern.
Verschämt blickte sie in die entgegengesetzte Richtung und sah einen Mann mit üppigen schwarzen Locken, fettiger, dunkler Gesichtshaut und feistem Grinsen. Er schlängelte sich mit erstaunlicher Eleganz durch die enge Gasse zwischen den Tischen und schlug, als er ihren Platz erreicht hatte, Rainer heftig auf die Schultern. »Na, altes Haus, auch mal wieder da? Was hast du für eine reizende Begleitung! Wo nimmst du diese wunderschönen jungen Damen nur immer wieder her?«
Rainer, der sich in die Speisekarte versenkt hatte, schreckte auf, drehte sich um, und als er erkannte, mit wem er es zu tun hatte, wandte er sich sogleich an Sophie. »Hören Sie nicht auf den, der ist nur neidisch!«
»Da hat er Recht!«, dröhnte der Fremde gutmütig, klopfte Rainer noch einmal auf den Rücken, murmelte undeutlich: »Bis bald mal« und setzte seinen Weg zu seinem eigenen Tisch ganz hinten in der Ecke fort.
»Wer war denn das?«, fragte Sophie mit unverhohlenem Erstaunen, während sie ihm nachsah.
»Wer? Ach der! Will sich nur wichtig machen. Ein Kauz. Trotzdem nett. Meistens ziemlich betrunken.«
»Und ich dachte, er hätte mir ein Kompliment gemacht.«
Rainer grinste, lehnte sich mit beiden Armen auf den Tisch, fixierte sie und betonte jedes Wort: »In dem Punkt hatte er ausnahmsweise mal Recht.«
Sophie schmolz dahin. Die kesse Antwort, die ihr eben noch auf der Zunge gelegen hatte, löste sich in Luft auf.

Sie schluckte, wusste nicht, was sie sagen sollte, und empfing den Kellner mit dankbarem Lächeln. »Kann ich ein Wasser haben?«

»Wasser? Blödsinn«, rief Loos aufgebracht aus. »Wir trinken doch einen schönen Wein zusammen!« Und bevor Sophie noch protestieren konnte, verständigte sich Rainer mit dem Kellner auf einen köstlichen französischen Tropfen und sprach das Menü mit ihm ab. »Ein paar Austern vorweg, ja, schön. Danach vielleicht ... hm ... Das Kalbsfilet hört sich gut an. Von mir aus mit Gratin. Aber bitte ohne Salat.«

»Ich erinnere mich«, fiel ihm der Kellner ins Wort. »Salat gehört aufs Feld, und Sie würden Hasen niemals etwas wegessen!«

»So ist es. Einverstanden?«, erkundigte sich Rainer nun bei Sophie.

»Sicher«, stieß sie hervor und lächelte.

»Auch ohne Salat?«, hakte der Kellner nach.

Sophie aß zwar ganz gerne Salat, denn es wurde immer mühsamer, ihre Figur zu halten, doch sie nickte ergeben. »Ja, gerne.«

»So, das hätten wir«, grunzte Rainer zufrieden, als sich der Kellner mit einem genuschelten »Bon« und einem angedeuteten Nicken entfernte. »Und nun zu Ihnen. Wie war Ihr Tag?«

»Anstrengend!«

»Kann ich mir vorstellen. Seit diesem Anschlag ...«

»... kommen wir nicht mehr zur Ruhe. Es ist, als gäbe es sonst nichts mehr. Ich weiß nicht, wie lange das noch so gehen soll. Leo Dieckmann tut mir wirklich Leid.«

»So? Na, mir nicht«, sagte Rainer und begann mit einem ausgedehnten Vortrag über Regierungssprecher im Allgemeinen und Leo im Besonderen, der doch nur angetreten sei, seine bedauernswerte Kundschaft hinters Licht zu führen.
Seine Worte rauschten an Sophie vorbei und sie gab sich nicht die Mühe, ihm zuzuhören. Sie war viel zu fasziniert von seiner sanften Stimme und von seinem Gesicht, von den braunen, ausdrucksvollen Augen, die sie über die schmale, randlose Lesebrille hinweg forschend ansahen. Und wieder musste sie an damals denken.
Felix.
Woher kamen die Bilder auf einmal? Was war nur los mit ihr?
Dabei war dieser Mann doch völlig anders. Freundlicher. Längst nicht so ungeduldig.
Und doch … Wenn seine Blicke sie trafen, dann wurde ihr flau. Wie lange war ihr das nicht mehr passiert? Wie schaffte er es nur, diese Tür in ihrem Inneren aufzustoßen, die sie doch so fest verschlossen glaubte? Ein paar Mal zuckte sie regelrecht zusammen. War es eine Geste? Die Betonung eines Wortes? Sie konnte es nicht genau sagen. Und doch war ihr, als säße er vor ihr, genau wie damals …
Felix.
Und dann verschwand das Bild so rasch, wie es gekommen war, und sie sah nur Rainer Loos, den Mann mit dem albernen Haarkranz, den sie vor ein paar Monaten das erste Mal gesehen hatte und der eigentlich, wenn

sie es nüchtern betrachtete, mit Felix nichts gemein hatte.
Felix.
Wie lange hatte sie schon nicht mehr an ihn gedacht?
Wie tief hatte sie die Erinnerung in ihrem Innersten verschlossen?
Sie wollte nicht an ihn denken. Jetzt nicht. Und morgen auch nicht.
Außerdem hatte Felix keinen Haarausfall gehabt.
Seltsam, dass sie nie darüber nachgedacht hatte, dass auch Felix älter geworden war …
Für sie war er immer jung geblieben.
»… haben Sie das mitgekriegt? Also, der hat sich erst neulich dermaßen besoffen, dass ich mich gefragt habe, wann der Bundeskanzler endlich …«
Sophie schaltete wieder ab. Ob Felix noch lebte? Seltsam, dass sie nie wieder von ihm gehört hatte. Damals, als die Mauer bröckelte, hatte die Angst sie wieder gepackt. Es war eine grauenvolle, drückende Furcht gewesen. Jeden Moment, jeden Tag, jede Woche, jeden Monat hatte sie damit gerechnet, seinen Namen im Radio zu hören. Im Fernsehen.
Dass sie ihn endlich erwischt hatten, den Mann, der damals spurlos verschwunden war.
Doch nichts war geschehen. Sie hatten andere entlarvt, gnadenlos. Bekannte Journalisten wurden über Nacht selbst zur Nachricht. »Der Korrespondent des Nachrichtenmagazins *Der Corso* arbeitete offenbar jahrelang für den Staatssicherheitsdienst der DDR, verriet seine Quellen und schrieb möglicherweise im Auftrag des

MfS. Die Bundesanwaltschaft übernahm die Ermittlungen und berichtete, die in Ostberliner Archiven gefundenen Akten hätten eindeutige Hinweise ergeben …«
Es traf Moderatoren und Modemacher, Geschäftsleute, Politiker, Beamte. Die sonst so gründlichen Stasi-Offiziere hatten geschlampt. Sie hatten zwar einige Unterlagen vernichtet, aber längst nicht alle.
Felix blieb verschollen.
Sophie ließ sich keine Meldung entgehen. Sie las die kleinste Notiz, registrierte jede neue Enttarnung, wunderte sich nur noch selten über Enthüllungen. Zu dicht, das wusste sie inzwischen, hatten Felix' Hintermänner das Netz geknüpft.
Alte Fälle wurden wieder aufgerollt. Nicht aber Angelas.
Einmal hatte Sophie in diesen Jahren versucht, die alte Freundin ausfindig zu machen. Vielleicht, wenn sie endlich über alles redeten … Doch sie hatte sich auch davor gefürchtet und war eher halbherzig aktiv geworden und zu Angelas alter Wohnung gefahren. Dort aber waren längst neue Mieter eingezogen, die von ihrer Vorgängerin nie etwas gehört hatten. Daraufhin hatte sich Sophie im Gefängnis erkundigt. Doch da wusste man nur, wann sie entlassen worden war. Und das war Jahre her. »Ist sie eigentlich je ausgetauscht worden?«
»Davon wissen wir nichts.«
Im Telefonbuch stand Angela nicht, und Sophie hatte aufgegeben und den alten Schmerz zugeschüttet.
»Hören Sie mir überhaupt zu?« Rainer betrachtete sie skeptisch und hob sein Weinglas zum Mund.

»Aber ja! Natürlich!« Sie nickte und wurde vom Kellner gerettet. »Da kommt unser Essen.«
Sie betrachteten das Fleisch auf ihren Tellern, warteten, bis auch die Schalen mit dem Gemüse und dem Gratin ihren Platz zwischen Gläsern, Kerze und Besteck gefunden hatten, und lächelten einander höflich zu. »Dann guten Appetit«, wünschte Rainer, nahm Messer und Gabel zur Hand und ging beherzt ans Werk. Sophie tat es ihm gleich.
»Sagen Sie, was weiß man denn nun wirklich über den Anschlag?«, fragte er mit vollem Mund.
Sophie ließ ihr Besteck auf den Teller fallen. »Ich habe mich schon gefragt, wann Sie damit rausrücken würden. Sie haben mich also deshalb eingeladen.«
»So ein Quatsch! Natürlich nicht! Ich dachte nur ...«
»... dass Sie das Angenehme mit dem Nützlichen verbinden könnten?«
Rainer zuckte mit den Schultern. »Weiß nicht ... Vielleicht«, gab er zu. »So ungefähr. Ich bin Journalist ...«
»Tja. Pech gehabt!« Sophies Augen funkelten. »Ich fürchte, Sie werfen soeben ein teures Essen vor die Säue!«
»Aber, aber, Frau Mahler!« Er ergriff ihre Hand und schmunzelte. »Sie sind doch keine Sau! Es tut mir aufrichtig Leid, wenn ich Sie verletzt haben sollte ...«
Sophie versuchte, sich loszumachen. Rainer aber hielt ihre Hand fest. »Ich freue mich wirklich, mit Ihnen diesen Abend verbringen zu dürfen! Ob Sie es glauben oder nicht ... Ich habe mir schon die ganze Zeit gewünscht, Sie näher kennen zu lernen. Ich finde, Sie sind

eine faszinierende Frau! Eine wirklich faszinierende Frau«, wiederholte er andächtig.

Sophie dachte gar nicht daran, sich einwickeln zu lassen. Wütend versuchte sie, ihm ihre Hand zu entziehen. »Und, was wollen Sie wirklich? Eine kleine Schlagzeile oder eine Privataudienz beim Kanzler?«

Diesmal ließ Rainer sie los. Seine Stimme bekam einen traurigen Klang. »Denken Sie wirklich so schlecht über mich? Was kann ich tun, damit Sie mir glauben? Sagen Sie es mir!« Er legte seine Brille ab und fixierte sie so intensiv, dass Sophie gegen ihren Willen wieder dahinschmolz und nur noch daran denken konnte, sich ja nichts anmerken zu lassen. Hastig straffte sie ihre Schultern und schob mit leicht zitternder Hand einen Bissen in den Mund.

»Sagen Sie es mir?«, wiederholte er sanft und einschmeichelnd.

Sophie zwang sich zu einem kecken Grinsen. »Wie wäre es mit einem Schwank aus Ihrer Jugend?«

»Aus meiner Jugend? In der DDR? Na, das ist nicht sehr erheiternd.«

»In der DDR?«

»Ja, natürlich in der DDR. Ich komme aus Leipzig, meine Eltern waren Lehrer. Sie hatten von den Kommunisten nichts zu erwarten und gaben ihnen auch nichts. Ich wurde schon aus Protest ein Hundertfünfzigprozentiger, war gut in der Schule, in der FdJ, an der Universität. Ich wurde Journalist beim *Leipziger Abendblatt*, versuchte es nach der Wende als Freiberufler, kam aber nie so richtig ins Geschäft. Irgendwann ließ ich mich bei der *Freiheit* einstellen, für einen Hungerlohn übrigens, aber was macht man nicht alles, wenn man einen Job sucht. Nun bin ich hier. In Berlin. Eigentlich habe ich keine Lust, über Lachshäppchen auf dem Empfang bei Professor Dr. Pusemuckel zu schreiben. Aber die Sache hat auch Vorteile, und zwar in Gestalt eines stattlichen Spesenkontos. Von dem profitieren wir beide heute Abend und damit ich wenigstens halbwegs rechtfertigen kann, warum die Zeitung dieses köstliche Stück Kalb bezahlen muss, habe ich Sie gerade dienstlich etwas gefragt. So, das ist die Wahrheit.«

»Aha.«

»Dann verstehen Sie also? Und sind mir nicht mehr böse?« Seine Lippen deuteten ein Lächeln an, und die Augen funkelten.

Sophie zuckte zusammen. Für den Bruchteil einer Sekunde erkannte sie ihn.

Felix!

Blödsinn. Er war es nicht. Energisch rief sie sich zur Ordnung. Dies war ein anderer, kam aus Leipzig und nicht aus Dresden. Aber was machte sie so sicher? Felix hatte viel gelogen. Warum sollte er ihr ausgerechnet in diesem Punkt die Wahrheit gesagt haben?

Trotzdem! Felix hatte volle, dunkle Locken gehabt, die ihm in sanften Wellen in die Stirn und über die Ohren gefallen waren. Sie sah ihn vor sich, als sei es gestern gewesen. Wie lange war das her?

Es lohnte nicht, es auszurechnen.

Seltsam. Damals hatte sie fest geglaubt, keinen weiteren Tag ohne ihn überstehen zu können.

Mehr als zweieinhalb Jahrzehnte waren daraus geworden. Und sie lebte immer noch.
Sie merkte, wie die Erinnerung sie niederdrückte. Andere, bittere Bilder stiegen in ihr auf. Sie konnte sich nicht dagegen wehren, ließ es zu, denn sie wusste aus schmerzlicher Erfahrung, dass der Spuk so am schnellsten vorübergehen würde. Schließlich ergab sie sich auch dem schlimmsten Teil und zitterte nur leicht, als das Bild des zerknitterten Gesichtchens erschien und die kleinen, zu Fäusten geballten Hände. Es war ein Mädchen gewesen. Sie hatten es sofort weggebracht. Mit einer Kraft, zu der nur Mütter fähig sind, grub Sophie wieder nach dem Hass, der sich tief in ihrem Herzen eingebrannt hatte. Sie würde sich rächen. Wie lange hatte sie sich gequält, gejammert, sich wieder und wieder gefragt, ob das Kind noch lebte? Ob es ihm gut ging? Und nie eine Antwort bekommen? Jede Faser ihres Körpers schien zu schmerzen bei der Vorstellung, dass sie für ihr Baby niemals da gewesen war, es nicht beschützt und umsorgt, es Fremden ausgeliefert hatte.
Hauptsache, die neuen Eltern waren gut zu ihrer Tochter gewesen. An diesen Strohhalm hatte sie sich all die Jahre geklammert.
Und an das unstillbare Verlangen nach Rache.
Jedes Mal, wenn die Erinnerung sie übermannte, nahmen ihre Gedanken den gleichen Weg. Dann stellte sie sich vor, wie sie ihn wiedertreffen würde. Felix. Sie würde immer noch schön sein, begehrenswert. Aber nun war sie nicht mehr schwach und hörig. Sie würde sich nicht an ihn klammern, wimmern, dass er wiederkäme

und sie heirate. Sie würde kalt sein, ihn ohne jeden Skrupel verraten. Sie würde lächeln, wenn sie ihn verhafteten. Im Prozess würde sie natürlich gegen ihn aussagen, erhobenen Hauptes und ohne Rücksicht auf sich selbst. Ihre eigene Strafe – denn der Mistkerl würde sie natürlich mit hineinziehen in den Strudel – würde sie gleichmütig hinnehmen. Nein, es würde ihr nichts ausmachen, ebenfalls ins Gefängnis zu gehen, ganz im Gegenteil.

Denn dann endlich wäre sie diese grausame, tief sitzende Angst vor Entdeckung los und könnte sich dem beruhigenden Gefühl hingeben, ihm den längst überfälligen Schlag zugefügt zu haben.

Das alles hatte sie unzählige Male geträumt. Doch in Wahrheit rechnete sie nicht mehr damit. Auch jetzt schüttelte sie die Erinnerung ab und zwang sich, ruhig durchzuatmen.

»Ist Ihnen nicht gut?« Rainer betrachtete sie besorgt.

Sophie verneinte. »Es ist nichts. Alles in Ordnung«, versicherte sie und rang sich ein Lächeln ab. »Also schön. Wir müssen heute Abend so tun, als hätten wir gearbeitet. Spesentechnisch. Was soll ich Ihnen erzählen? Was möchten Sie wissen?«

»Ähm … Wie? Ich dachte …«, stammelte Rainer, ein wenig überrumpelt von der neuerlichen Wendung.

»Na, ja, fragen Sie mich was, und ich antworte Ihnen. So geht das doch, wenn Journalisten etwas erfahren wollen, oder?«, neckte Sophie und lachte, als könne sie so den schalen Geschmack loswerden, der sich auf ihre Zunge gelegt hatte. »Ich würde vorschlagen, wir machen das so:

Ich erzähle Ihnen eine Geschichte. Aber ich sage Ihnen nicht, ob sie stimmt.«
»Sie werden mich also belügen?«
»Das habe ich nicht gesagt. Ich meine nur, dass Sie nicht sicher sein können.«
»Sicher? Ich bin mir ohnehin nie sicher.«
»Umso besser. Ich meine, ich könnte Ihnen natürlich auch die Wahrheit sagen. Und Sie würden denken, dass es eine Lüge wäre und würden mir nicht glauben …«
»Das wäre dann also ein ganz normales Gespräch.« Rainer grinste.
Sophie fuhr fort: »Sie könnten aber auch denken, dass ich nur so tue, als erzählte ich Ihnen Mist und dass Sie denken sollten, es wäre gelogen, dabei ist es tatsächlich die Wahrheit.«
»Dann legen Sie mal los!«, forderte er sie auf.
»Hm.« Sophie dachte nach. »Ich könnte Ihnen verraten, dass …«
»Wie kommen Sie eigentlich mit Leo Dieckmann zurecht?«, unterbrach Rainer sie.
»Gut.« Sophie grinste ihn an. »Er ist ein wunderbarer Chef!«
»Aber manchmal schon etwas grob, finden Sie nicht?«
»Grob? Also, zu mir nicht.« Sie hob ihr Weinglas und drehte es nachdenklich hin und her.
»Zu wem dann?«
Sophie schaute erstaunt auf. Was wusste er? Oder stocherte er im Nebel? Sie schwieg.
»Nun lassen Sie mich doch nicht so hängen! Zu dem Anschlag sagen Sie nichts. Also schön, das muss ich wohl

hinnehmen. Aber dann verraten Sie mir wenigstens, wie ich mit Ihrem Chef klarkommen kann! Irgendein Tipp, damit ich besser verstehe … Sie wissen schon!« Er umfasste ihre Finger mit seinen beiden großen, warmen Händen.

»Er ist sonst nicht so. Aber ich nehme an, es hat auch was mit dieser anderen Sache zu tun … Er hat ziemlichen Ärger.«

Rainer nickte und schwieg. Das hatten sie ihm beigebracht, damals. Wenn es so weit war, dann musste er zuhören. Einfach nur dasitzen, zuhören, nichts sagen. Vor allem nicht drängen.

Dass es so weit war, das spürte er.

»Diese Dienstaufsichtsbeschwerde ist ziemlich lästig. Ausgerechnet jetzt!«

»Fristlos, formlos, fruchtlos?«

Sophie zuckte mit den Schultern. »Vielleicht. Vielleicht hängen die es auch an die große Glocke.«

»Die?«, hakte er vorsichtig ein.

Sie starrte in den Wein. Schließlich seufzte sie. »Ach, was soll's, es wird früher oder später ja doch alle Welt erfahren. Wir haben diese neuen Computer, davon haben Sie bereits gehört, oder?«

»Ja?« Es war weder eine Frage noch eine Antwort. Aber es reichte, um Sophie voranzutreiben.

»Ich glaube, das stand auch schon mal in der Zeitung. Das System heißt *Phoenix* und soll dafür sorgen, dass in dieser Stadt auch mal was unter der Decke bleibt«, kicherte sie. Der Wein stieg ihr langsam zu Kopf. Doch so betrunken war sie noch lange nicht, dachte sie trotzig und umriss in groben Zügen die komplizierte Verschlüsselungstechnik. Zwei Wochen habe sie gebraucht, das Ganze zu begreifen. »Und das alles nebenbei! Ihr Journalisten habt ja trotzdem ständig angerufen und nicht etwa Ruhe gegeben, weil ich lernen musste …«

»War es viel zu lernen?«, führte er sie weiter.

Sophie nickte. »Ziemlich. Aber das ist nicht das Problem. Eigentlich sollte mich das gar nichts angehen. *Phoenix* ist nur für diejenigen, die auch im Bundessicherheitsrat sitzen. Sie wissen schon, die wichtigsten Minister, der Regierungssprecher natürlich, der Chef im Kanzleramt, eine Hand voll Leute eben. Aber unser guter Leo hasst nun mal Computer! Deswegen muss ich das jetzt auch noch alles für ihn machen. Ich recherchiere für ihn im Internet, ich mache … Wussten Sie, dass er nicht mal einen eigenen Rechner in seinem Büro hat?«

Rainer schüttelte ungläubig den Kopf. »Und das kann er sich leisten?«

»Warum nicht? Er hat ja mich.« Übermütig nippte sie an ihrem Weinglas.

»Und was hat das mit der Dienstaufsichtsbeschwerde zu tun?«

»Ach Gott, er hat ein paar von diesen Jüngelchen beleidigt. Sie wissen schon, pickelige Computerfreaks. Wollten ihm einfach einen Rechner in sein Zimmer stellen. Nur leider waren das Beamte. Ich kann Ihnen sagen, das Bundesamt für Computersicherheit hat ein ganz besonderes Händchen für Kleingeister!«

Rainer war das zwar neu. Aber er nickte wissend.
Sophie sprach weiter wie im Rausch. »Na, wie dem auch sei. Sie haben das Ding eines Morgens einfach in seinem Büro aufgestellt und gesagt, er müsse das jetzt lernen, und dann wollten sie ihm alles zeigen. Und er hat gesagt, sie sollten das Zeug sofort wieder wegnehmen und, wenn überhaupt, bei mir aufbauen.«
»Das haben sie dann ja auch gemacht.«
»Ja. Aber nicht sofort. Erst mal hat es einen Riesenärger gegeben. Er ist ausgerastet. Hat sie Arschlöcher genannt. Gottverdammte Arschlöcher.«
»Ja und?«
»Fünf Mal.«
»Und darüber haben sie sich beschwert.«
Sophie hob ihren Zeigefinger. »Ja verstehen Sie denn nicht? Das sind Beamte! Die lassen sich nicht einfach Arschlöcher nennen! Und schon gar nicht das, was danach kam. Dass er sich nicht von … Moment, wie war das noch? Lassen Sie mich überlegen …«
Sophie trank noch einen Schluck und tupfte sich die Lippen ab, bevor sie weitersprach.
»Ach ja. Er lässt sich nicht von arroganten, pickeligen Milchgesichtern vorschreiben, wie er seine Arbeit zu machen hat. Das war es. Und es sei ihm scheißegal, wie viel von dem Mist geheim bleibe, irgendeiner quatsche ja doch in diesem Saustall, der sich Regierung nenne …«
Entsetzt hielt Sophie inne und schlug die Hand vor den Mund. »Er hat Recht, nicht wahr? Ich rede auch zu viel!«
»Ach was!«, ermutigte Rainer sie und ergriff sanft ihr

Handgelenk. »Das kommt sowieso raus. Übrigens kann ich Leo ganz gut verstehen, wissen Sie das?«
Sophie schüttelte den Kopf und sah ihn dankbar an.
»Diese Computerleute sind wirklich grässlich! Nur weil sie nicht lange genug mit der elektrischen Eisenbahn spielen durften, rächen sie sich dafür an der ganzen Menschheit!«
»Und Sie? Haben Sie lange genug mit der Eisenbahn gespielt?«
»Oh ja! Mit Begeisterung. Nur war sie nicht elektrisch!«
In stillschweigender Übereinkunft wechselten sie das Thema, und ihr Gespräch plätscherte – gemütlicher nun – unverbindlich dahin. Sie entdeckten allerlei Gemeinsamkeiten, stellten fest, dass sie beide gern ins Theater gingen, Bücher lasen, geschieden waren, und bis auch die nächste Flasche Wein geleert war, hatte Sophie längst vergessen, was sie alles erzählt hatte.
Es war weit nach Mitternacht, als er zahlte und ihr anbot, sie nach Hause zu bringen.
»Aber nicht mehr selber fahren«, ermahnte sie ihn schwankend und hatte alle Mühe, sich durch den schmalen Gang zwischen den Tischen zu quetschen.
»Natürlich nicht. Wir nehmen ein Taxi. Ich habe es schon bestellt.«
Tatsächlich stand draußen ein Wagen bereit. Sophie wunderte sich, denn sie hatte nichts davon mitbekommen. Aber sie schwieg.
Der Fahrer, der sich während der Wartezeit an die Beifahrertür gelehnt hatte, sprang auf, als er sie erblickte, und öffnete Sophie den Fond. Dankbar ließ sie sich in

das schon ein wenig stinkende Kunstleder fallen, lehnte sich zurück und schloss die Augen.
»Alles in Ordnung?«, fragte Rainer, und die Besorgnis in seiner Stimme war unüberhörbar.
»Ja, ja. Alles in bester Ordnung.« Ein Lächeln glitt über ihre Lippen. »Ein bisschen viel Wein vielleicht.« Sie nannte ihre Adresse und entspannte sich. Es war ein schöner Abend gewesen, alles in allem. Rainer Loos war charmant, sehr charmant sogar. Und großzügig. Doch das war es nicht allein. Es hatte sich eine kostbare Vertrautheit zwischen ihnen eingestellt, und auch das hatte sie schon lange nicht mehr erlebt.
Sophie fühlte sich rundum wohl. Sie genoss den Frieden, der sich in ihr breit machte, und achtete nicht auf den Weg, den das Taxi nahm.
»Jetzt dauert es nicht mehr lange«, flüsterte er heiser in ihr Ohr. »Wir sind gleich da.«
Erschrocken schlug sie die Augen auf. »Es tut mir Leid … ähm«, stammelte sie unbeholfen und bemerkte erst in diesem Moment, wie nah er ihr war. Sie konnte seinen Atem riechen.
»Es muss Ihnen nicht Leid tun. Okay? Es war ein wunderschöner Abend!« Behutsam tastete er nach ihrer Hand. Sein Gesicht kam näher. Gleich würde er sie küssen. Sie sah seine weichen, verführerischen Lippen, seine Lider, die sich schon halb geschlossen hatten, und fühlte, wie seine Finger in ihrem Nacken mit einer Haarsträhne spielten.
Da war es wieder. Plötzlich. Unerwartet. Sie konnte nichts dagegen tun.

Felix.
Diesmal war es das leichte Zucken um den Mund. Genauso hatte er damals gezuckt, immer, wenn er sie küssen wollte.
Sophie erschauderte und zog sich abrupt zurück. »Ich kann nicht«, murmelte sie.
Rainer setzte sich auf, strich seinen Mantel glatt und räusperte sich. »Ja, hm. Darf ich Sie noch einmal anrufen?«
Sophie starrte aus dem Fenster und verstand sich selbst nicht mehr. Was war in sie gefahren? Was hatte sie plötzlich? Er sah Felix doch nicht wirklich ähnlich!
»Ja, natürlich«, antwortete sie mit leiser, um Vergebung bittender Stimme. »Es tut mir Leid … Ich weiß selbst nicht, was …!«
»Sch.« Sanft brachte Rainer sie zum Schweigen und ergriff ihre Hand.
Als das Taxi hielt, sprang er heraus. »Keine Angst. Ich bringe dich nur zur Tür. Ich möchte nicht, dass du um diese Zeit allein hier herumläufst.«
»Ja, danke.« Sie lächelte, als sie das vertraute Du hörte. Das hieß doch bestimmt, dass er ihr nicht böse war …
Zitternd ergriff sie seinen dargebotenen Arm. Vor der Haustür wartete er, bis sie aufgeschlossen hatte, küsste sie dann leicht auf die Stirn und schob sie in den Eingang. »Ich rufe dich an!«
Sophie nickte und blickte sich noch einmal nach ihm um. Doch er war bereits in der Dunkelheit verschwunden.
Im Fahrstuhl rollte die erste Träne über ihre Wange. Sie

hatte mal wieder alles falsch gemacht. In ihrer Wohnung angekommen, warf sie sich aufs Bett und vergrub ihr Gesicht im Kissen.
Felix, jammerte sie leise, warum hast du mir das angetan? Hört das denn nie auf?

# 2

Vorsichtig öffnete Rainer sein rechtes Auge, stöhnte und versetzte dem lärmenden Wecker einen Hieb, der ihn für die nächsten fünf Minuten zum Schweigen bringen würde. Dann drehte er sich zur Wand und versuchte, die warme Behaglichkeit wieder herzustellen, aus der er so rüde herausgerissen worden war. Er zog die Bettdecke über den Kopf und winkelte die Beine an wie ein Kind. Es wurde immer schlimmer mit ihm, dachte er. Die Knochen fühlten sich schwerer an, die Gelenke schmerzten, der Atem wurde ihm immer öfter knapp, und er fühlte sich schlapp, gerade so, als wäre alle Kraft aus ihm gewichen.

Was war er nur für ein Waschlappen geworden! Vielleicht sollte er wirklich abnehmen und weniger trinken und früher ins Bett gehen.

Es stimmte schon, er war fett geworden. Erst vor ein paar Tagen hatte diese junge Kollegin ihn gefoppt. Ob er schwanger sei, hatte sie sich mitleidig erkundigt und dabei frech auf seinen gewölbten Bauch getippt.

Er hatte kurz überlegt, ob er sie zum Essen einladen und anschließend vernaschen sollte, gerade so, wie er es früher getan hätte. Doch irgendetwas hatte ihn abgehalten. Ihre dreiste Überheblichkeit?

Ach, Quatsch, davon hatte er sich noch nie einschüchtern lassen.
Sie war ihm einfach zu jung. Das war's. Sechsundzwanzig, höchstens. Pia. Pia Winckel. Könnte seine Tochter sein. Rainer schüttelte sich.
Da war diese Sophie Mahler schon ein anderes Kaliber, reifer, und sie strahlte Gediegenheit aus. Angenehm gepflegt kam sie daher. Rainer schmatzte und kuschelte sich noch tiefer unter seine Decke. Die war schon eher nach seinem Geschmack. Bei Licht betrachtet hatte ihm dieser David sogar einen Gefallen getan ...
David würde sich freuen.
Rainers Herz begann laut zu pochen. Welch ein Triumph! Er hatte tatsächlich geschafft, was der andere ihm aufgetragen. Na ja. Fast jedenfalls. Der Rest würde ein Kinderspiel sein.
David konnte zufrieden sein.
Rainer kniff die Augen zusammen, und seine Gedanken wanderten zu dem Mann, nach dessen Anerkennung er sich so sehr sehnte. Und der ihm immer noch ein Rätsel war.
Es war genau wie bei Franz, Davids Vorgänger. Auch der hatte seine Reserviertheit nie aufgegeben. Dabei hatte Rainer ihn aufrichtig bewundert, sich auf jedes ihrer spärlichen, umständlich arrangierten Treffen gefreut und sich regelrecht in die Aufträge gestürzt, die man ihm übertrug. Ja, er fühlte sich bevorzugt und genoss die prickelnde Ahnung, dass sich etwas Geheimnisvolles, Aufregendes anbahnte. Rainer Loos hätte alles gegeben, um endlich dazuzugehören, und vergessen zu machen,

dass Franz ihn einst gezwungen hatte, mitzumachen, und dass sie ihn genau genommen in der Hand hatten und jederzeit zerquetschen konnten.
Mit dieser vermaledeiten alten Sache.
Er hatte sich damals aus dem Staub gemacht. Natürlich war er froh gewesen, dass die süße kleine Angela ihn gewarnt hatte. »Du musst abhauen. Sie haben mich!«, hatte sie am Telefon so leise gehaucht, dass er sie kaum verstanden hatte. »Wer ist hinter dir her, wie, woran hast du es gemerkt, was genau ist denn los, und wie ernst ist es?« Angela hatte ihm aber keine Chance gegeben und hatte einfach aufgelegt. Sich in ihr Schicksal gefügt.
Wie dumm von ihr! Er hätte sie doch gerettet.
Bestimmt!
Er hätte sie mitgenommen, obwohl er sie natürlich nicht liebte. Er war ja längst verheiratet, zu Hause, jenseits der Mauer. Aber er hätte sie in Sicherheit gebracht. Den Rest hätten sie in Leipzig klären können.
Sie aber hatte das Gefängnis vorgezogen.
So war er allein geflohen. Zur Belohnung hatte man ihn kaltgestellt. Jahrelang hatte er Artikel schreiben müssen über Werktätige im siegreichen Kampf gegen die Feinde des Sozialismus und über Ernteerfolge, über Ordensverleihungen und anderen belanglosen Unfug.
Wie oft hatte er Angela dafür verflucht! Warum hatte sie nicht durchgehalten? Musste sie die Nerven verlieren? Sie hatte ihn erledigt, Angela war schuld. Und der Major hatte kein Blatt vor den Mund genommen und ihn davor gewarnt, seine Nase jemals wieder in den Wind zu stecken. »Du bist verbrannt, Genosse!«

Einmal im Jahr, wenn die Leipziger Messe nahte, sorgten sie dafür, dass er verschwand, bedachten sie ihn mit Reportage-Aufträgen im sozialistischen Ausland. »Genosse, es ist doch nur zu deinem eigenen Schutz. Stell dir vor, es erkennt dich jemand!«
Das aber war nie geschehen. Dafür hatte er sich als Kundschafter im Operationsgebiet zu bedeckt gehalten, hatte seine Arbeit gewissenhaft erledigt, hatte die beiden Frauen professionell abgeschöpft und es einfach nicht verdient, dass sie ihn abschalteten. Fand er. Doch all die Jahre hatte sich niemand um seinen gerechten Zorn geschert.
Als die Mauer fiel, geriet er in helle Aufregung und rief bei dem Major an. »Ihr müsst meine Akte vernichten! Wenn die mich erwischen … Haben die mich drüben damals eigentlich auch verurteilt?«
»Nee. Die wussten ja nicht mal, wie du wirklich heißt. Und den Felix Ascher haben sie nie gefunden. Es hat die ganz schön geärgert … Du warst über alle Berge. Keine Sorge. Da kommt jetzt nichts mehr nach. Wir haben alles verbrannt!«, beruhigten sie ihn.
Er hatte es geglaubt.
Wie blöd konnte ein Mensch sein? Es hatte nicht lange gedauert, da war er enttarnt worden. Es war auf dem Weg zu einer Pressekonferenz des neuen Leipziger Oberbürgermeisters gewesen. Ein untersetzter Mann klopfte ihm auf die Schulter, stellte sich als Franz vor und forderte ihn so eindringlich auf, einen Kaffee mit ihm zu trinken, dass Rainer einwilligte und mitging.
Sie kehrten in eines jener neumodischen Lokale mit

buntem, westlichem Design und alt-östlicher Unhöflichkeit ein, die überall in der Stadt aufmachten. Franz kam direkt zur Sache. »Herr Loos, Sie haben ja ein ziemlich bewegtes Leben hinter sich. Und das Schönste ist, dass wir das alles wissen. Schwarz auf weiß.« Er wedelte mit einem vergilbten Aktendeckel. »Beziehungsweise auf CD-Rom. Wir haben das mittlerweile aufgearbeitet, müssen Sie wissen.«

Rainer schreckte zusammen. »Was wollen Sie von mir?« Statt einer Antwort betrachtete ihn der Mann, der sich Franz nannte, mit stechendem Blick. »Wie war das eigentlich? Gigolo fürs Vaterland? Und wussten Sie, dass es mindestens ein deutsches Gericht gibt, das Sie liebend gerne verurteilen würde?«

»Und? Was hindert dieses Gericht daran, das auch zu tun?«, schoss Rainer trotzig zurück.

»Nun«, antwortete Franz bedächtig, »das ist doch ganz einfach! Wir haben es dem Staatsanwalt noch nicht gesagt. Aber das können wir jederzeit nachholen. Natürlich nur, wenn Sie das wollen. Andererseits können wir auch ins Geschäft kommen. Es liegt ganz bei Ihnen.«

»Bei mir? Aber ich dachte …« Rainer fasste sich an den Kopf. »Die haben doch alles vernichtet!« Er befand sich im freien Fall aus einer trügerischen Sicherheit in die bodenlose Realität.

»Sagen wir so«, gab Franz lächelnd zurück, »wir haben Freunde. Mächtige Freunde. Die waren zur rechten Zeit am rechten Ort. Und außerdem ist es doch wirklich erstaunlich, wie schnell manche Leute den Kapitalismus begriffen haben, finden Sie nicht?«

Rainer atmete schwer, sagte aber nichts.
»Für gutes Geld gibt es auch gute Daten. Ihre Daten.«
»Und? Was jetzt?«
»Nun. Wir sind zu dem Schluss gekommen, dass wir es eigentlich unseren Freunden sagen müssten. Wie Sie sicher noch von früher wissen, definiert sich der deutsche Geheimdienst als das, was bei uns ›befreundeter Dienst‹ genannt wird.« Der Mann, der sich Franz nannte, lächelte abschätzig. »Aber Freundschaft ist natürlich immer relativ. Doch in diesem Fall könnten wir unseren guten Willen zeigen, finden Sie nicht?«
»Und die Alternative?«
»Sie könnten uns tatsächlich ein wenig zur Hand gehen.«
»Und wer ist *uns*?« Rainer lehnte sich zurück und schloss die Augen. Er war endlich wieder im Geschäft. Am liebsten hätte er laut gelacht, aber das ging natürlich nicht. Es hätte den anderen nur misstrauisch gemacht, ihn womöglich abgeschreckt. Und so riss er sich zusammen, spielte den Erpressten, den mit Mühe Überredeten, denn er wusste, dass dieses Verhalten als Grund für seine Mitarbeit durchgehen würde – Begeisterung weniger.
»Kommt es darauf an, wer wir sind?«
»Ja natürlich! Mir schon!« Dies allerdings meinte Rainer ernst. Wenn er wieder einstieg, musste er wissen, für wen er arbeitete. Hoffentlich nicht für die Chinesen oder die Russen oder die Iraker … Gott bewahre, nicht die Iraker!
Franz flüsterte etwas in sein Ohr.

Ein breites Grinsen huschte über Rainers Gesicht, bevor er es noch verhindern konnte. Doch rasch hatte er seine Züge wieder unter Kontrolle. »Also schön. Was bleibt mir auch anderes übrig?«, hauchte er sein scheinbar widerstrebendes Einverständnis.
»Wie gesagt«, brummte Franz, »wir können dich jederzeit hochgehen lassen, und das täten wir – natürlich – ausgesprochen ungern.«
»Natürlich«, wiederholte Rainer lakonisch. In seinem Inneren aber jauchzte er. »Aber was ist, wenn ich erwischt werde ...? Der Geheimdienst ... Wissen die auch Bescheid? Ich meine, haben die meine Akten?«
Der Mann, der sich Franz nannte, tat den Gedanken mit einem Schulterzucken ab. »Wer kann wissen, was die wissen? Aber das ist auch egal. Wir passen schon auf dich auf. Also, wenn es Probleme gibt, sag Bescheid. Dann kümmern wir uns darum, okay?«
So verschrieb sich Rainer der neuen Sache. Insgeheim bewunderte er seine neuen Freunde für ihre Kühnheit, ihren Mut und ihre Skrupellosigkeit. Sie gehörten zur Elite. Und er durfte nun bei ihrem geheimen Spiel mitmachen. Rainer fand, er habe das große Los gezogen. Und nach einer Weile gab er jede Zurückhaltung auf, gestand Franz seine wahren Gefühle, seine Begeisterung, seine unbedingte Treue. Und irgendwann, eines Tages, würden sie ihn auch ganz akzeptieren, von gleich zu gleich. Sie würden ihm danken und ihn ehren, als wäre er wirklich einer der ihren. Es war diese Hoffnung, die Rainer antrieb. Er tat alles, was Franz von ihm verlangte. Es waren harmlose kleine Aufträge, doch er erledigte sie

mit einer gewissenhaften Tatkraft, als hänge sein Schicksal daran. Er besorgte Pressemitteilungen und Einladungen, setzte kleine Notizen in die Zeitung, bestellte unauffällig Tische in zwielichten Restaurants, mietete Autos oder unterschrieb Verträge für Wohnungen, die nur für einen oder zwei Monate vermietet wurden. Das ging auch so weiter, als er nach Berlin versetzt wurde. Manchmal war ihm ein wenig mulmig zumute. Doch nie war etwas passiert, niemand schien Verdacht zu schöpfen.

Dann, vor etwa drei Monaten, geschah es. Franz erklärte, er gehe nun zurück nach Israel und sie würden sich nie wiedersehen. Es war Rainer, als breche eine Welt zusammen. Niedergeschlagen ging er nach Hause, wo ihn bereits eine neue Nachricht erwartete und kurz darauf lernte er David kennen. Sofort witterte Rainer, dass es nun vorbei war mit der Gemütlichkeit. Denn dieser David – oder wie immer er hieß – strahlte eine kalte Energie aus, eine präzise Zielstrebigkeit und eine Entschlossenheit, die Rainer Angst machte, ihn in neue Aufregung versetzte und ihn noch mehr anspornte.

Anfangs allerdings waren Davids Aufträge nicht viel spannender als die, die er all die Jahre für Franz erledigt hatte. Rainer besorgte wieder Einladungen, Pressemitteilungen, Namenslisten, Telefonverzeichnisse. Doch dann, vor ein paar Tagen, war David zum ersten Mal mit der Sprache herausgerückt. »Diese Sekretärin beim Dieckmann, eine Sophie Mahler, die interessiert uns. Kennst du die?«

»Die heißt Sophie? … Hm. Wusste ich gar nicht.«

»Was ist? Kennst du sie?«
»Flüchtig. Wie man Sekretärinnen so kennt.«
David musterte ihn kühl. »Ich dachte, an dieser Front bist du ein ganz besonderer Spezialist?«
»Oh nein! Nicht schon wieder!« Rainer ahnte, was auf ihn zukam.
»Aber warum denn nicht? Wir haben die Sache schon ziemlich gut vorbereitet. Die Dame ist ganz offenbar einsam. Sie passt vom Alter her zu dir und sitzt an zentraler Stelle im Regierungsapparat. Außerdem hat sie Zugang zu wichtigem Material.«
Rainer sah den schlanken, dunkelhaarigen Mann fassungslos an, und die Fantasielosigkeit, die er in dessen Anliegen erblickte, enttäuschte ihn mehr, als er sich selbst eingestand. Die Zeiten solch verlogener Operationen (ja, er sagte wirklich *verlogener Operationen)* seien vorbei, maulte er. Er habe damit nun wirklich Erfahrung. Warum vertrauten sie ihm nicht? Das bringe nichts, sei leicht zu durchschauen ... Wollten sie auffliegen?
David aber weigerte sich, den Plan auch nur zu diskutieren, geschweige denn ernsthaft in Frage zu stellen. »Es ist wichtig. Wie gesagt, wir haben alle Vor- und Nachteile bereits abgewogen. Wir machen das.« Seine Augen funkelten gefährlich, als er hinzufügte: »Es muss sein. So schnell wie möglich. Du bist der richtige Mann. Niemand wird etwas vermuten. Also: Wenn du sie so weit hast, sage ich dir, was wir brauchen, und du wirst es uns besorgen.«
David würde stolz auf ihn sein.

Auf dem Nachttisch klingelte es erneut. Rainer schob erst den einen, dann den anderen Arm unter der Bettdecke hervor, streckte seine Glieder, setzte vorsichtig ein Bein nach dem anderen aus dem Bett, kratzte seine Kopfhaut so energisch, dass rote Striemen zurückblieben, und reckte sich wie eine Katze bei der Morgentoilette. Schließlich schaltete er den Wecker ab, tappte ins Bad, immer darauf bedacht, seine Füße auf die warmen Läufer zu setzen, die er überall verteilt hatte. Denn sein Vermieter hatte die Böden mit kalten weißen Fliesen ausgelegt. Gleichwohl liebte Rainer Loos diese Wohnung im Dachgeschoss eines großzügig renovierten Hauses in Prenzlauer Berg. Sie bot einen herrlichen Ausblick über die Dächer der Stadt. Manchmal, bei guter Sicht, konnte er sogar die strahlende Glaskuppel des Reichstages erkennen.

Doch an diesem Morgen hatte Rainer keinen Blick für die Schönheiten Berlins. Er spritzte kaltes Wasser in sein Gesicht und prustete laut. Dann bedeckte er sein Kinn mit Rasierseife, setzte das scharfe Messer an und stutzte die harten Stoppeln. Plötzlich hielt er inne und betrachtete mit verzerrtem Gesicht seine Wangen. Wurde sein Bart da wirklich schon weiß? Oder waren das noch Reste des Schaums?

Rainer ahnte die Wahrheit. Es war wie die endgültige Bestätigung einer tödlichen Diagnose. Er wurde wirklich alt. Genauso hatte er sich damals gefühlt, als er seine erste Lesebrille aufgesetzt hatte. Und später, als seine Haare ausgefallen waren. Büschelweise. Irgendwann war ihm nur noch der dichte Kranz geblieben. Anfangs hatte es Rainer schwer zu schaffen gemacht, aber schließlich war er damit fertig geworden, so wie er überzeugt war, auch alles andere bewältigen zu können, das sich ihm in den Weg stellte. Er würde auch an einem weißen Bart nicht zugrunde gehen, dachte er trotzig, verscheuchte die trübe Stimmung, sprang unter die Dusche und ließ zehn Minuten lang heißes Wasser über seinen müden, feisten Körper strömen, bis er sich den Herausforderungen des Tages gewachsen fühlte.

David konnte wirklich zufrieden mit ihm sein.

Rainer grinste, schlang ein Handtuch um seine Hüften, schlenderte in die Küche, schaltete erst das Radio ein und dann die Kaffeemaschine, holte einen Becher Joghurt aus dem Kühlschrank und löffelte ihn aus, während er mit einem Ohr die Nachrichten hörte und ungeduldig darauf wartete, dass das Wasser heiß wurde. Als es so weit war, stellte er eine Tasse auf das dafür vorgesehene Gitter, drückte einen Knopf und sog den Duft frischen Espressos ein.

Genüsslich schlürfte er die dicke braune Brühe, nahm die Tasse mit in sein spärlich möbliertes Schlafzimmer, streifte eine Jeans, ein hellblaues Hemd und einen dunkelblauen Pullover mit V-Ausschnitt über und betrachtete sich mit einigem Wohlwollen in dem mannshohen Spiegel. Für seine Vierundfünfzig sah er doch recht ansehnlich aus … Eitel drehte er sich hin und her, fand seinen Bauch alles in allem doch nicht so tragisch und gewann sogar der Lesebrille, die an einem Lederband auf seiner Brust baumelte, eine attraktive Note ab.

Gut gelaunt stolperte er kurz darauf die frisch gebohnerten Holztreppen hinunter – das Haus hatte keinen Fahrstuhl – und erinnerte sich erst in dem Moment, als er unten auf der Straße angelangt war, daran, dass er seinen Wagen mal wieder vor der Bar Américaine hatte stehen lassen. So machte er sich zu Fuß auf den Weg zum Senefelder Platz, wo er die U-Bahn-Linie zwei bis zum Bahnhof Zoo nahm. Dort schob er sich durch die Menschenmenge und war nach wenigen Metern auf der Kantstraße.
Der stramme Marsch tat ihm gut. Die Sonne schien mild auf die Stadt herab, der Himmel leuchtete im schönsten Blau, als gäbe der Sommer noch eine Abschiedsvorstellung, und die Luft war wohltuend klar. Das machten bestimmt die vielen Seen und Parks, dachte Rainer, dem dieses Klima nach all den Jahren in Leipzig noch immer wie ein Wunder vorkam. Er hob die Nase und schnupperte wie ein Hund, genoss die saubere Frische wie ein prickelndes Glas Champagner. Dann aber kam ihm der Lärm ringsherum wieder zu Bewusstsein. Er sah sich um, fand schließlich sein Auto in einer Seitenstraße, stieg ein und fuhr über die ehemalige Grenzlinie ins Regierungsviertel, vorbei an gläsernen Bürofassaden und grauen Luxusplattenbauten aus alter Zeit.
Er bahnte sich durch dichten Verkehr seinen Weg in die Reinhardtstraße, wo sich gleich neben dem Deutschen Theater, in einem uralten Gebäude, das ehedem dem Verfall preisgegeben war, sein Büro befand. Mehrere Redaktionen teilten sich nun, da ein Investor es hergerichtet und zu Wucherpreisen vermietet hatte, das

Parterre, eine Nachrichtenagentur und weitere Zeitungen hatten die oberen Etagen angemietet.
Rainer drückte die schwere Messingklinke nach unten und schenkte den glänzenden Schildern, die ins Mauerwerk geschraubt waren, einen kurzen, zufriedenen Blick.
Das machte schon was her, ging es ihm durch den Kopf. Und die Chefredaktionen hatten klug gehandelt und bei der Auswahl der Mitbewohner sorgfältig darauf geachtet, dass sich die Erscheinungsgebiete ihrer Zeitungen nicht überschnitten. Weshalb er mit seinen Nachbarn durchaus zusammenarbeiten durfte.
Tatsächlich gelang es einem einzelnen Journalisten in Berlin nur höchst selten, etwas wirklich Exklusives auszugraben. Es waren einfach zu viele Korrespondenten, die um dieselben Storys buhlten. Und meist beschränkte sich die Tätigkeit der Parlamentsberichterstatter darauf, die Meldungen der Nachrichtenagenturen zu lesen, sich daraufhin eine Meinung zu bilden, sich als Beobachter aufzuspielen, Hintergrundberichte zu erdenken oder kühne Prognosen in der sicheren Gewissheit zu wagen, dass sich später niemand daran erinnern würde. Ansonsten erfreuten sich die Blätter daheim meist eines unumstrittenen Monopols und leisteten es sich, den Rest ihrer Seiten mit Anzeigen, Lokalberichten und Agenturmaterial zu füllen.
Für Rainer allerdings stellten sich die Dinge ein wenig anders dar. Er vertrat mit der *Freiheit* eine Boulevardzeitung, die in weiten Teilen des deutschen Ostens gelesen wurde, und seine Berichte beschränkten sich in der

Regel auf Klatsch und Tratsch, Sex und Verbrechen sowie Tipps für Haus, Garten, Steuern und Geld.
Kurz: Man nahm ihn im Regierungsviertel nicht sonderlich ernst. Näherte er sich im Reichstag einer Gruppe heftig debattierender Abgeordneter, Minister oder Journalisten, so lächelten diese nachsichtig, richteten eilig – nur für den Fall, dass er darüber schreiben werde – Schlips, Rock und neue Frisur, sprachen von rauschenden Festen und volltrunkenen Widersachern, rieten ihm, sich für diese oder jene Gelegenheit eine Einladung zu besorgen, erzählten ihm die neuesten Witze, verabredeten sich in teuren Kneipen, parlierten über den besten Wein oder deuteten die Chance einer privaten Kaffeestunde daheim an, weil man einen neuen Hund in die Familie aufgenommen habe (»So etwas interessiert Ihre Leser doch sicher«). Niemand ahnte, wonach ihm in Wahrheit der Sinn stand.
David würde sehr zufrieden sein.
Mit einem Lächeln auf den Lippen sog er den Geruch frisch geputzten Parketts ein, der sich mit den Ausdünstungen der allgegenwärtigen Zeitungsberge und Computer, dem Duft von Kaffee und Rasierwasser mischte. In ein paar Stunden würden noch Männerschweiß und Fünf-Minuten-Suppen dazu kommen. Er ließ die Tür hinter sich zufallen, rief laut »Guten Morgen« und wartete auf das Echo, das wie gewöhnlich aus ein paar »Tach-auch, Grüß-Gott oder Na-du-alter-Halunke-biste-auch-schon-da« bestand.
Rainer sah kurz nach, ob die Sekretärin bereits erschienen war, die er sich mit dem jugendlichen Korrespondenten

des *Schwarzwälder Tageblatts* teilte, stellte schulterzuckend fest, dass dies einmal mehr nicht der Fall war, und zog sich, da er es doch nicht ändern konnte, in sein Büro am hinteren Ende des langen Flurs zurück.

Langsam ließ er sich auf dem Stuhl hinter seinem Schreibtisch nieder, einem wuchtigen Stück, das vor dreißig Jahren einmal schön gewesen sein mochte. Was sollte er als Erstes angehen? Erst David oder erst die Zentrale? Kurz entschlossen entschied er sich für Leipzig, griff zum Telefonhörer und tippte die Kurzwahl ein, die er für die Verbindung mit dem Chef vom Dienst reserviert hatte. Es war nur ein kurzes Gespräch. Was anliege, fragte Rainer, und die junge Kollegin, die an diesem Tag das Blatt machen sollte, hatte noch keine rechte Idee. Es stünden ein paar Termine an, man müsse eben sehen, was daraus werde und ob er sich weiter um den Anschlag kümmere, denn »das interessiert immer noch«.

»Klar, mach ich. Aber vielleicht habe ich noch was Besseres.«

»Können Sie schon sagen, worum es geht?«, hakte die Frau am anderen Ende der Leitung skeptisch nach.

»Tut mir Leid, Spatz, aber ich muss erst noch ein bisschen daran arbeiten.«

Ihre Stimme wurde eine Nuance kühler. »Ich bräuchte Ihre Informationen bis zwölf.«

»Hm ... Sagen wir vierzehn Uhr. Ich glaube, ich bin einer großen Sache auf der Spur ...«

»Na. Dann viel Glück beim Schnuppern«, erwiderte sie säuerlich. »Hasilein!«

Rainer legte auf und grinste. Das Mädchen war nicht auf den Mund gefallen. Überhaupt nahmen sich diese jungen Hüpfer Dinge heraus ... So was hätte er sich früher nie getraut. Das waren andere Zeiten gewesen, dachte er und seufzte. Ganz andere Zeiten. Aber wenigstens würde sie es nun nicht wagen, ihm eine dieser albernen Recherchen aufs Auge zu drücken. Etwa: Erklären Sie uns doch mal das neue Mietrecht. Beschreiben Sie einen ganz normalen Abend beim Bundeskanzler. Was hat der gestern Abend gespeist? Und kocht seine Frau selbst?

Grrr.

Rainer schüttelte sich und wählte endlich die Telefonnummer, die er hatte auswendig lernen müssen. Endlich war es so weit. Er zitterte, als er seinen Namen nannte und sofort wieder auflegte. Er wusste, dass es jetzt nicht mehr lange dauern würde. Er holte seine Zeitungen aus dem Vorzimmer, schloss sorgfältig die Tür hinter sich (was als sicheres Zeichen dafür galt, dass er nicht gestört werden wollte) und wartete.

Wenige Minuten später klingelte es. »Ja?«

»Was gibt's?«

»Ich war mit ihr Essen.«

»Und?«

»Ich denke, ich habe was.«

»Zwölf Uhr? Wie üblich?«

»Alles klar.«

Rainer wusste, was von ihm erwartet wurde. Zwölf Uhr hieß in Wirklichkeit elf, und Treffpunkt war die Bank im Tiergarten, die im Uhrzeigersinn zwei Bänke rechts

von jener stand, an der sie sich beim vergangenen Mal getroffen hatten. Die Regel war ein bisschen kompliziert, denn die Bänke standen keineswegs in Reih und Glied. Ein paar Mal hätten sie sich fast verpasst. Aber David ließ sich nicht beirren. Er wollte sich nie an derselben Stelle verabreden, und bestand darauf, immer im Freien zu sprechen. Auch darin war er unerbittlich.
Rainer vertrödelte die verbliebene Zeit, indem er durch die Gazetten blätterte und schließlich Sophie anrief, sich für den schönen Abend bedankte und mit stillem Vergnügen wahrnahm, dass sie ein wenig verunsichert klang und hoch erfreut schien, dass er sich meldete.
Rainer beließ es dabei, blieb freundlich und unverbindlich und machte keine neuen Avancen. Es war ein guter Anfang.
Kurz darauf verließ er sein Büro und legte den Weg zum Tiergarten, der ihn an Polizeiwagen, Absperrungen, Posten vorbeiführte, zu Fuß zurück.
David bemerkte er erst in letzter Sekunde. Der Mann lehnte an einem Baum, ein Bein so an den Stamm gestützt, dass er sich jederzeit abstoßen und entkommen könnte. Merkwürdig, dachte Rainer. Der war immer auf dem Sprung. Viel nervöser als Franz. Langsam näherte er sich, betrachtete scheinbar neugierig seine Umgebung und suchte vergebens nach Zeichen einer Beschattung. Hatte er die Frau mit dem Kind da drüben schon einmal gesehen? War der Alte, der hinter ihm herschlurfte, echt? Und das Pärchen, das ihm entgegenkam?
Sosehr sich Rainer auch bemühte, die Lektionen zu beherzigen, die sie ihm bereits vor seinem kurzen Ausflug

als Kundschafter beigebracht hatten, so deutlich spürte er, dass dies im Grunde vergeblich war. Er würde nie gut darin sein, Verfolger aufzuspüren und abzuschütteln, und eigentlich hatte er es längst aufgegeben. Sollte sich David doch um ihrer beider Sicherheit kümmern. Der konnte das.

Rainer tat, als nehme er von dem Mann an dem Baum keine Notiz. Er setzte sich auf die Bank, schob seine Hände in die Manteltaschen und sah einem kleinen, zotteligen Hund zu, der auf der Wiese herumtollte. Es dauerte noch eine ganze Weile, bis David sich neben ihn setzte und ihn ansprach.

»Entschuldigung, ist hier noch frei?«

»Klar. Ist die Luft rein?«

»Ich denke schon. Was gibt's?«

»Dieckmann steht offenbar ziemlich unter Druck. Hat angeblich eine Dienstaufsichtsbeschwerde am Hals«, presste Rainer hervor und gab die Geschichte so wieder, wie Sophie sie ihm erzählt hatte. »Wenn du mir das Original dieser Beschwerde irgendwo besorgen könntest, könnte ich das schreiben! Das brächte uns doch sicher weiter, oder?«, fragte er hoffnungsvoll.

»Hm«, brummte David.

Er reagierte keineswegs so begeistert, wie Rainer es erhofft hatte, dachte vielmehr angestrengt nach, und es dauerte eine ganze Weile, bis er zu einem Entschluss kam. »Es hört sich auch so ganz gut an. Schreib, was du hast. Das wird reichen.«

»Zu riskant. Ich habe keine Ahnung, ob die Mahler mir die Wahrheit gesagt hat!«

David blickte ihm fest in die Augen. »Du warst mit ihr im Bett?«
Rainer ließ den Kopf hängen. Er hatte also versagt. Wieder einmal. Warum wollte es ihm nur nie gelingen, es David Recht zu machen? Dabei war er so sicher gewesen.
»Und wieso hat sie dir das dann erzählt?«
»Was weiß ich?«, stieß Rainer frustriert aus. »Vielleicht mag sie mich ja? Vielleicht hat ihr der Wein geschmeckt? Vielleicht hat sie Ärger mit Dieckmann? Vielleicht wollte sie mich auf die Rolle schieben ... Obwohl ... eigentlich ... Nein. Das war echt ...«
»Na also, dann schreib. Klingt gut, wenn du mich fragst.«
»Ich könnte mich ja vorher ein bisschen umhören ... Vielleicht sagt das Bundesamt was dazu ...«
»Von mir aus.«
»Hm. So richtig fair ist es ja nicht, das zu schreiben. Es war eigentlich nur ein netter Abend ...«
»Seit wann bist du so sentimental? Früher hätte dir das nichts ausgemacht.«
»Es macht mir immer noch nichts aus!«, wehrte Rainer ab. »Außerdem hat sie mir nicht ausdrücklich verboten, es zu verwenden. Genau genommen haben wir gar nicht darüber geredet ...«
»Na also! Wovor hast du dann Angst? Lass deinen Charme spielen. Und wenn es morgen gedruckt ist, führst du sie noch mal aus. Hier hast du zwei Karten für die Berliner Philharmoniker. Das müsste reichen, sie zu besänftigen und ihr noch ein paar kleine Geheimnisse zu

entlocken. Jetzt, wo wir wissen, dass wir Recht hatten. Dass sie Zugang zu *Phoenix* hat …«

Rainer betrachtete die Karten, die der andere aus seiner Jackentasche gezaubert hatte, und pfiff anerkennend durch die Zähne. »Wo hast du die denn aufgetrieben? Da lechzt die ganze Stadt nach. Ich habe nicht mal Pressekarten bekommen!«

»Tja! Umso besser!«

Rainer steckte die Karten ein. Ein paar Minuten saßen sie stumm nebeneinander.

Schließlich brach David das Schweigen. »Was weißt du über den Anschlag?«

»Nichts. Ja, sieh mich nicht so an! Ich habe es natürlich versucht. Aber da war die Mahler plötzlich stumm wie ein Fisch. Die mauern. Sorry, nichts zu machen. Offiziell heißt es …«

»Was die offiziell sagen, ist mir bekannt.«

»Na gut. Mehr weiß ich auch nicht.«

Wieder trat Stille zwischen ihnen ein.

»Nazis«, stieß David schließlich aus.

»Nazis?« Rainer lehnte sich zurück und betrachtete den Mann neben sich kopfschüttelnd. »Das ist doch nicht dein Ernst! Ihr seid ja besessen! Seit wann …«

»Es war eine Warnung. Es wird noch ärger kommen.«

»Woher weißt du das?«

David ignorierte die Frage. »Es gibt Videoaufzeichnungen.«

»Echt? Von dem Anschlag? Videos? Und die haben das nicht veröffentlicht? Kann ich das schreiben?«

»Versuch es«, riet David, sah sich um und fuhr eilig

fort: »Es gab einen Hinweis. Die wussten Bescheid. Rechtzeitig. Aber sie haben es mal wieder nicht geglaubt. Wie du. Ihr seid wirklich alle gleich!«

»Die wussten von der Bombe?«

David sah ihn unverwandt an und murmelte düster: »Beim nächsten Mal geht das nicht mehr so glimpflich ab.«

»Scheiße!«, stieß Rainer aus. »Und wo kommen die Nazis auf einmal her?«

»Wo die herkommen? Das fragst du mich? Das musst du doch als Deutscher am besten wissen«, schnappte David.

Rainer zuckte verletzt zurück. »Ich habe doch nun wirklich …«

»Schon gut. Vergiss es«, unterbrach ihn der Jüngere. »Sie nennen sich *Neue Deutsche Arbeiteraktion.* NDA. Es handelt sich um etwa zwanzig Leute, die zu allem bereit sind. Vollkommen frustriert mit ihrer Partei, ihrer Expartei, und jetzt wollen sie Blut sehen, haben sich mit Sprengstoff eingedeckt und drohen, die ganze Bundesregierung Stück für Stück in die Luft zu jagen, wenn sie nicht kriegen, was sie wollen.«

»Und wieso habe ich davon noch nie was gehört?«

»Das wird sich schon noch ändern, keine Sorge.«

»Aber was wollen die damit erreichen?«

»Das Übliche.« Davids Augen wirkten auf einmal müde und gereizt. »Aufnahmestopp für alle Ausländer, Schließung sämtlicher Moscheen und Synagogen … Ja, sieh mich nicht so an, auch der Synagogen. So weit ist es schon wieder in diesem Land … Keine Waffen mehr für

Israel. Und natürlich soll die deutsche Frau wieder an den Herd und Kinder kriegen, für die Rente ... Das alte, widerliche Gebräu in einem modernen Zehn-Punkte-Plan.«

»Ich brauche Beweise.«

»Ach, Quatsch, schreib einfach. Die Beweise werden nur so purzeln! Ach, noch was. Am Donnerstagabend ist doch dieses *Corso*-Fest. Ich brauche eine Einladung.«

Rainer, noch immer etwas erschüttert über das, was er eben gehört hatte, versprach, sein Bestes zu tun. Es war nicht einfach, zur alljährlichen Fete des berühmten Nachrichtenmagazins *Der Corso* Zutritt zu erhalten. David sollte sehen, wie sehr er sich für ihn ins Zeug legte. Dass er nur die Kleine von neulich noch mal anrufen müsste, würde er natürlich für sich behalten. Ach ja ... Monika, dachte er und seufzte. Sie freute sich wenigstens, wenn sie ihn sah. Ob er sie dafür noch mal beglücken müsste? »Unter welchem Namen kommst du? Du weißt, die wollen jetzt immer einen Ausweis sehen.«

Sein Führungsoffizier grinste. »So? Na. Du weißt doch. Es kommt David. David Steen.«

Als Rainer gegangen war, blieb der junge Mann – dem es mittlerweile vollkommen gleichgültig war, mit welchem Namen ihn jemand ansprach, denn er schlüpfte problemlos in jede Identität, die man ihm zuteilte – noch eine ganze Weile reglos auf der Bank sitzen. Er strich sich mit beiden Händen durch sein volles schwarzes Haar, stützte die Ellbogen auf die Knie und schüttelte den Kopf. Es gab längst kein Zurück mehr, egal, was er sich einbildete. Zug um Zug wuchs ihr Plan und Daniel Levinson spürte, wie Übelkeit in ihm hochstieg. Ganz so hatte er sich das alles nicht vorgestellt, damals, als er mit fast achtzehn zur Armee gegangen war, freiwillig, als Offiziersanwärter. Er hatte einfach nur an Krieg gedacht. Offenen, blutigen, siegreichen Krieg. Es war ja immer irgendwie Krieg in seinem Land.

Und nun kam ein neuer. Bald, sagten sie. Sie mussten gerüstet sein.

Damals war er zu der Panzereinheit gegangen, und nur die Angst vor seinem kaltblütigen, erfahrenen Kommandanten war größer gewesen als die Furcht vor den todesmutigen arabischen Kämpfern, die überall in dem unebenen, kargen Gelände lauerten.

Wie schnell er sich daran gewöhnt hatte! Daniels Gesicht verzog sich zu einem schiefen Grinsen. Er hatte einfach funktioniert und schnell erkannt, dass dieser neue Schrecken genau genommen nur eine mäßige Steigerung der alltäglichen Furcht war, die ihn seit seiner Geburt begleitete. Es war ohnehin zwecklos, sich in einem Land wie dem seinen allzu viel zu ängstigen. Der Tod lauerte überall: an Bushaltestellen, in Tanzpalästen, Cafés, Kaufhäusern. Er kam in Gestalt junger, dunkelhaariger Männer und Frauen, mit schlanken Beinen und gewaltigen Bäuchen. Wenn sie explodierten, dann splitterten die Schaufenster, flogen Arme, Beine und Köpfe durch die Luft, dann floss das Blut, und es gab kein Erbarmen, kein Entrinnen. Nur eine trügerische Hoffnung auf das Paradies.

»Weine nicht, mein Kind.«

Wenn sie das Lied im Radio spielten, wusste jeder Bescheid. Die Klänge waren allzu vertraut. Wer sie hörte, hatte überlebt und wurde wütend, zornig, verbissen.

Es gab keinen Schutz. Einige wenige versuchten der Gefahr zu entrinnen, indem sie zu Hause blieben oder sich einredeten, dass sie niemals in die Nähe einer Bushaltestelle kommen dürften. Oder eines Kinos oder einer belebten Straßenecke.

Diejenigen aber, die trotz alledem weiterleben wollten und sich nicht in ihrer Wohnung lebendig vergraben mochten aus Angst vor dem Tod, tanzten, sangen und taten so, als sei nichts gewesen. Verletzte und ihre Angehörigen, Lehrer, Ärzte, Schwestern, gingen zu psychologischen Seminaren, die mittlerweile in Turnhallen abgehalten wurden, so überlaufen waren sie.

Daniel ignorierte die Gefahr. Er hatte den Trotz mit der Muttermilch aufgesogen. Sein Land war eben anders als jedes andere auf der Welt. Es war von Feinden umringt und hatte bislang noch jeden niedergerungen. Das gab ein wunderbares Gefühl der Unbesiegbarkeit, das Halt und Sinn vermittelte. Als schmächtiger Zehnjähriger schwor er sich, ein Held zu werden wie sein Vater, sein Onkel, seine Tante. Bis es so weit war, ging er aus, tanzte Nächte durch, liebte die Mädchen, jedes, als sei es das letzte Mal, und gab sich – zwischen den Trauerfeiern für seine Freunde – haltlosen Exzessen hin, den ständigen Begleitern des Todes.

Dann starb sein Onkel, und er begann zu kämpfen. Er tat es auch für seinen Großvater, der ihm erst spät, viel zu spät, die Wahrheit gesagt hatte. Daniel erinnerte sich, als wäre es gestern gewesen. Sie waren bei den alten Leuten zu Besuch gewesen und hatten alle um den großen Tisch gesessen, die Geschwister, Tanten und verbliebenen Onkel – die ganze Familie. Der alte Opa, ein zerbrechlicher Herr mit Pergamenthaut und hervorquellenden Venen, hatte mit zitternder Stimme sein Gebet gesprochen und wie üblich ein Klagelied angestimmt für die Opfer des Völkermords.

Plötzlich war es Daniel zu viel geworden, denn er hatte das alles schon tausendmal gehört und da er sich im schlimmsten Flegelalter befand, war er aufgesprungen und hatte eine flammende Rede gehalten: »Könnt ihr eigentlich nicht begreifen, dass sich die Zeiten geändert haben? So etwas wird nie wieder passieren! Denn wir kämpfen. Wir sind anders als die Juden damals. Wir sind keine blöden Lämmer mehr, die sich zur Schlachtbank führen lassen. Also lasst mich in Ruhe mit den alten Geschichten.«

Daniel erschauderte immer noch, wenn er an die Grabesstille dachte, die seinen Worten folgte. Alle drehten sich ihm zu, ihre Münder standen offen, die Augen weiteten sich entsetzt. Der Großvater aber, der noch nie die Stimme gegen den wildesten seiner Enkel erhoben hatte, sprang auf, flinker, als Daniel ihm dies je zugetraut hätte, packte den Jungen beim Oberarm und schleifte ihn hinter sich her in sein Allerheiligstes, in das Studierzimmer.

Daniel war erst ein- oder zweimal dort gewesen. Die Wände waren bis unter die Decke von Bücherregalen gesäumt. Er hatte nie die Zeit gehabt, einen dieser Bände näher zu betrachten und es hatte ihn auch nicht interessiert. Nun aber stand er vor dem Schreibtisch des Großvaters, sah sich eingeschüchtert um und erkannte, dass viele der Bücher auf Deutsch verfasst waren.

»Was …?«

»Setz dich«, herrschte ihn der Großvater an und zeigte auf einen Stuhl unter einem schmalen Fenster, das zum Hof hinausführte und nur wenig Licht einließ.

Daniel tat, wie ihm geheißen, und betrachtete den alten Mann mit einer Mischung aus Ehrfurcht und überheblichem Hohn.

»Ich habe noch nie mit dir darüber gesprochen«, begann der Großvater und betrachtete seinen Enkel mit müden, traurigen Augen. »Aber das war ein Fehler. Ein schwerer Fehler. Ich hätte es viel eher tun sollen. Das habe ich heute begriffen.« Er legte eine Pause ein, als sei er zu erschöpft, um fortzufahren. Als er aber erneut seine Stimme erhob, klang sie fest und sicher. Er erzählte dem Jungen, was ihn seit Jahrzehnten schlecht schlafen ließ, was er verdrängte, so gut es ging, damit er weiterleben konnte. Er berichtete von Leichenbergen und Gaskammern, von dem Kapo, der ihn gequält hatte, von der harten Arbeit, dem kargen Essen und der Furcht. Der niemals endenden Furcht. Von dem Tag, als er wieder einmal Gruben ausheben und sich an den Rand stellen musste, direkt neben seinen Freund, einen jungen Stuttgarter, mit dem er gehungert, gefroren und gearbeitet hatte bis zur Erschöpfung, mit dem er ein Brett als Schlafplatz und alle Ängste geteilt hatte und dem er so

nah gekommen war wie nie zuvor und nie danach einem Menschen.
Sie erschossen einen nach dem anderen. Als der Freund zusammengesackt und kopfüber in das Loch gefallen war, schloss er, schlotternd vor Kälte, mit seinem Leben ab. Alle Gefühle wichen unendlicher Leere, und er begrüßte den Tod als willkommenen Frieden.
Es war purer Zufall, dass er überlebte. Oder Gottes Wille. »Sie hatten schon nachgeladen. Da ertönten die Sirenen«, erzählte der Großvater mit einer Härte, die Daniel erschaudern ließ. »Die feigen Schweine zogen es vor, sich in Sicherheit zu bringen. An demselben Abend trafen neue Transporte ein, Tausende und Abertausende halb erfrorener, verhungerter Menschen, die zu erschießen waren. Sie hatten mich vergessen! Ich hoffte es jedenfalls. Aber ich war mir nie sicher. Niemals. Manchmal träume ich, dass sie mich jetzt holen. Dass sie sich erinnern und endlich das tun, was sie doch nicht vergessen haben. Es verfolgt mich, Tag und Nacht. Und sicher, mein Junge, sicher kann man im Leben nie sein. Nicht in unserem Leben. Nicht als Jude.«
Sie redeten noch lange an diesem Abend, und in den darauf folgenden Wochen suchte der Junge häufig die Nähe des alten Mannes, erfuhr, dass dieser einmal ein viel versprechender junger Rechtsanwalt in Düsseldorf gewesen war mit Neigungen zur Philosophie, und dass er sich sogar Hoffnung auf einen Lehrstuhl gemacht hatte.
Daniel begann, den Großvater zu bewundern. Der aber ließ keine Entschuldigung gelten, ging hart mit sich ins

Gericht und sprach voller Zorn über sein Versagen. »Ich hatte tatsächlich geglaubt, sie würden mir nichts tun, denn ich war ja mit ihnen aufgewachsen! Sie mussten wissen, dass ich keine Gefahr für sie darstellte. Dass ich so deutsch war wie sie. Mein schlimmster Fehler aber war, dass ich anfangs sogar Sympathie für sie hatte. Mir imponierte es, wie sie mit den Linken fertig wurden. Ja. Das habe ich gebilligt, mein Junge. Und dann, als der Albtraum erst richtig begann, da sind wir geduckt durch die Straßen geschlichen und haben uns gesagt, dass wir einfach nicht auffallen dürften, dann würden sie uns schon nichts tun. Und als wir endlich begriffen, wer den Mut gehabt hätte, uns beizustehen, waren sie längst ausgelöscht, gefoltert, tot, auf der Flucht erschossen, gehenkt.«

Daniels Großmutter war in diesen Tagen nicht gut auf ihn zu sprechen. Einmal nahm sie ihn beiseite und schimpfte. »Kannst du ihn nicht endlich in Frieden lassen? Siehst du nicht, was du anrichtest? Dein Opa hatte alles überwunden, denn er sprach nie darüber. Ich dachte, er könnte endlich leben, ohne jeden Tag daran zu denken. Doch nun hast du, du elender kleiner Bengel, alles wieder aufgewühlt. Er schläft nicht, er schreit in der Nacht und ich habe keine ruhige Minute mehr!«

Daniel entschuldigte sich und blieb ein paar Tage fern. Es tat ihm Leid, doch er wusste nicht, was er sonst tun könnte, um dem alten Mann seinen Frieden zurückzugeben. Es dauerte aber nicht lange, da rief der Großvater nach ihm und schimpfte, weil er nicht gekommen war. »Hast du immer noch nichts begriffen?«

Schließlich beschloss Daniel, mit dem Großvater nicht mehr über die vergangenen Schrecken zu sprechen, sondern bei ihm die Sprache des Feindes zu lernen. Er tat dies nicht nur dem alten Mann zuliebe, er wollte vor allem begreifen, was unbegreiflich schien. Er machte sich mit einer Mischung aus Abscheu und Entschlossenheit ans Werk und lernte, fließend und akzentfrei Deutsch zu sprechen. Das Abschlusszeugnis fiel blendend aus. Danach meldete er sich bei der Armee und kam nach jenem ersten Schock an der Front, der schnell überwunden war, rasch voran.

Als blutjunger Offizier tat er in den besetzten Gebieten Dienst. Es war nicht so, dass ihm diese Art von Arbeit gefiel, und er hätte sich gern mit dem Großvater ausgesprochen, aber er schämte sich. Es wurden zu viele Kinder, Frauen, Männer zu Grabe getragen, getötet von den Geschossen seiner Soldaten. Aber was sollte er tun? Warum passten die Eltern nicht auf? Warum ließen sie die Jungen, die Frauen, die Greise auf die Straße, immer und immer wieder?

Es gab keinen Ausweg. Er tat, was von ihm erwartet wurde.

Er hatte keine Angst mehr.

Dann geschah, was er sich lange erträumt hatte. Ein Fremder rief an, zeigte sich brillant informiert über sein bisheriges Leben, wusste viel zu viel über seine Familie und fragte ihn schließlich, ob er seinem Land auch an gefährlicher Stelle dienen wolle.

»Tue ich das nicht schon?«

»Dann würde ich wohl kaum mit Ihnen reden.«

Man lud ihn zu einem Gespräch im darauf folgenden Monat nach Tel Aviv in ein unscheinbares graues Bürohaus ein. Daniel Levinson spürte ein leises Prickeln, denn er ahnte, wo er gelandet war. Sie hatten ihn bemerkt, überlegten, ob sie ihn brauchen könnten. Nichts auf der Welt wünschte er sich dringlicher und er würde alles tun, um aufgenommen zu werden in den sagenumwobenen Kreis der *Katsas*.
Sie prüften ihn auf Herz und Nieren, und es dauerte mehrere Monate und etliche Auswahlverfahren, bis sie ihm schließlich durch die Blume zu verstehen gaben, dass es besser wäre, wenn er bald heiratete.
Daniel wusste nicht recht, was das fremde Leute anging. Doch an einer solchen Lappalie sollte das große Projekt nicht scheitern. So tat er, wie ihm geheißen. Sein Mädchen hieß Sarah. Er hatte sie ein paar Wochen zuvor in einer Disco kennen gelernt. Sarah war recht ansehnlich, aber nicht wirklich schön, sie war anhänglich und schien folgsam. Unter normalen Umständen hätte er nach ein paar Wochen die Lust an ihr verloren, so aber heiratete er sie.
Er war nicht traurig, als zwei Monate später ein Brief mit der Aufforderung kam, sich am nächsten Montag wieder an dem schmucklosen Bürohaus in Tel Avivs Innenstadt einzufinden. Er packte seine Koffer und ließ Sarah ohne Bedauern, aber mit so vielen geheimnisvollen Andeutungen zurück, dass sie ihn ohne Gezeter ziehen ließ und versprach, auf ihn zu warten.
Das tat sie immer noch. Er zuckte mit den Schultern. Es war ihm egal.

Die Ausbildung war hart. Sie zwangen ihn, die unmöglichsten Dinge zu tun. Einmal musste er die Lebensgeschichte wahllos ausgesuchter Touristen in einer festgesetzten Zeit recherchieren, fast jeden Tag wildfremde Menschen beschatten und gleichzeitig jederzeit wissen, ob er selbst verfolgt wurde. Er musste sich eingebildeten oder tatsächlichen Verfolgern entziehen oder zur Abwechslung einen Bankangestellten davon überzeugen, ihm binnen einer Stunde einen gewaltigen Kredit einzuräumen.

Er lernte, Berichte zu schreiben, und zwar genau in der Form, wie es die Vorschrift verlangte. Niemals ließen die Ausbilder locker, sezierten jeden Halbsatz und warnten anhand aktueller Missgeschicke davor, sich überheblich über die strengen Regeln hinwegzusetzen.

Dazu kam der Sport. Laufen, Krafttraining, Schießen. Außerdem musste jeder Mann (Frauen wurden nur zu Hilfsdiensten herangezogen) lernen, Verhören zu widerstehen. Das Institut, wie sie den Dienst nannten, bediente sich gern junger, starker Polizisten, die ihn und seine Freunde in regelmäßigen Abständen unter grotesken Vorwänden festnahmen und verprügelten. Sie aber durften sich nicht wehren. Taten sie es dennoch, fielen die Schläge nur umso heftiger aus.

Niemand kümmerte sich um ihre Wunden, zumal die Peiniger Wert darauf legten, die Gesichter ihrer Opfer zu verschonen. So konnte es passieren, dass sie mitten in der Nacht geschunden wurden, und sich am nächsten Morgen mit Waffenkunde und allerlei Verschlüsselungstechniken beschäftigen mussten.

Spannender waren da schon die schier unbegrenzten Varianten des Tötens. Die Gruppe wurde von Kämpfern unterwiesen, die gerade erst von Einsätzen zurückgekehrt waren und von akribischen Vorbereitungen, wochenlangen Beschattungen und der umsichtigen Suche nach den Schwachstellen der Opfer erzählten. Auch die eigentlichen Morde wurden geschildert, und es wurde in allen Einzelheiten besprochen, wohin zu zielen oder was zu tun war, wenn Ehefrau und Kinder wider Erwarten aufwachten. Und wie mit anderen lästigen Zeugen zu verfahren war.
Zwischen alledem schlüpfte Daniel täglich in neue Rollen, lernte, auch die letzten Skrupel abzulegen, jede Situation für sich zu nutzen, sich mit immer neuen falschen Namen und Legenden wohl zu fühlen. Und er begriff, dass er von nun an keine Freunde mehr haben würde.
Jedem war zu misstrauen.
Überall war Feindesland.
Wer nicht für ihn war, war Antisemit.
Es erfüllte ihn mit Stolz, dazuzugehören zur kleinen Elite des Landes, zu der mächtigen Truppe, die den schlagkräftigsten, effektivsten, am meisten gefürchteten Geheimdienst der Welt darstellte.
An dem Tag, an dem Daniel die Ausbildung abschloss und ein *Katsa*, ein Geheimdienstoffizier wurde, besuchte er nach langer Zeit wieder einmal den Großvater. Er fand den Greis unheilbar krank im Bett. Mit Tränen in den Augen – es sollten die Letzten sein, die er in den folgenden Jahren vergießen würde – kniete Daniel

nieder, streichelte den Unterarm, auf dem die Nummer noch immer zu lesen war, und flüsterte: »Jetzt kannst du sicher sein. Ich schwöre es dir. Ich sorge dafür, dass es nie wieder passieren wird.«

Davon war Daniel noch immer überzeugt. Und doch fragte er sich, ob der geheime Krieg, den er nun führte, wirklich sein Krieg war. Schwerfällig erhob er sich, blickte sich um, prägte sich alle Gesichter ein, und war sicher, von niemandem beobachtet worden zu sein.

Rainer Loos saß vor seinem Telefon und fluchte. Er hatte seit seiner Rückkehr ins Büro nicht viel erreicht. Dabei war er gut gelaunt zu Werke gegangen und hatte als Erstes den Sprecher des Geheimdienstes angerufen. Der musste doch wissen, ob es wirklich Neonazis waren, die die Bombe gezündet hatten.
Es stellte sich heraus, dass der einzige Geheimdienstbeamte, dem es offiziell erlaubt war, mit Journalisten zu sprechen, in einer Sitzung saß. »Wir rufen zurück«, sagte eine namenlose junge Frau mit piepsiger Stimme. »Geben Sie mir bitte noch mal Ihre Nummer.«
»Es ist wichtig. Und dringend. Sagen Sie ihm das bitte«, redete Rainer auf sie ein.
»Ja, ja. Ist schon recht.«
Mit ähnlichen Ausflüchten musste er sich auch beim Innenministerium und im Vorzimmer jenes Abgeordneten zufrieden geben, der sich ganz besonders um die Sicherheit des Landes zu kümmern vorgab. Rainer überlegte, ob er es wagen sollte, bei der Berliner Polizei nach

den Videos des Anschlags zu fragen. Doch rasch wurde ihm klar, dass dies zu riskant war. Die Bullen waren bekannt für ihre exzellenten Kontakte zu einigen wenigen Reportern, einer handverlesenen Schar, und Rainer gehörte nun einmal nicht dazu. Wie lange hätte er die Story exklusiv, wenn er erst einmal herausposaunt hätte, was er wusste? Er ließ es sein.

Erst danach rief er erneut bei Sophie Mahler an. »Ich bin's noch mal. Ich müsste dringend mit deinem Chef reden. Könntest du das wohl hinkriegen?«

»Oh, hallo. Ja, er ist da. Ich versuche es mal.«

Rainer grinste. So schnell hatte ihn noch niemand durchgestellt. Das Abendessen zahlte sich bereits aus.

Er fragte Leo nach der *Neuen Deutschen Arbeiteraktion* und war nicht wirklich verwundert, dass Dieckmann alles abstritt.

»Woher haben Sie das?«

»Tja. Sage ich nicht. Ich wollte Ihnen nur die einmalige Gelegenheit bieten, sich dazu zu äußern. Darf ich Ihr Dementi notieren?«

»Sie dürfen gar nichts. Ich habe weder bestätigt noch dementiert«, antwortete Leo kalt.

»Aber das ist doch wunderbar!«, parierte Rainer. »Sagen Sie, denken Sie im Ernst, dass die Gefahr verschwindet, nur weil Sie so tun, als gäbe es sie nicht?«

Leo schwieg. Im Stillen fluchte er. Nicht einmal dies war geheim geblieben. Verdammt!

»Ich habe gehört, Sie hätten Beweise. Auf Videos. Der Täter war glatzköpfig? Hakenkreuze ... Apropos, war es einer, oder waren es mehrere?« Diese Frage war

natürlich der reinste Bluff, den sich Rainer auf dem Rückweg ins Büro zurecht gelegt hatte.
»Wenn Sie diesen Unfug schreiben, werde ich meinen ganzen Apparat gegen Sie in Bewegung setzen!«, schnaubte Leo und legte auf.
Am anderen Ende der Leitung starrte Rainer verdutzt den Hörer an. Erst ein paar Augenblicke später breitete sich ein fettes Grinsen auf seinem Gesicht aus. Das war genau die Bestätigung, die er brauchte! Nicht ganz formvollendet – aber man konnte nicht alles haben.
Er überlegte, was noch fehlte, erkundigte sich rasch beim Bundesamt für Computersicherheit nach der Dienstaufsichtsbeschwerde gegen Dieckmann, erhielt bereitwillig Auskunft und kündigte der Zentrale kurz darauf gleich zwei große Geschichten an.
Die junge Redakteurin traute sich nicht, die Sache allein zu entscheiden. Verärgert bestand sie auf einer Zusage des Chefredakteurs, der wiederum alle Quellen erfahren wollte, vor allem die, die Rainer den Tipp gegeben hatte.
»Tut mir Leid. Das ist mein bester Informant, und ich werde ihn nie, nie, nie und unter keinen Umständen einer Gefahr aussetzen. Sie müssen mir vertrauen. Und Sie können mir vertrauen«, schob Rainer großspurig nach.
Der Chef gähnte. »Also ne. Bombenlegende Nazis. Wenn Sie mir das vor einem halben Jahr gesagt hätten … bitte, da war das ein Thema. Aber jetzt? Das interessiert doch keinen Menschen. Außerdem … Wenn wir das bringen, dann heißt es doch nur wieder, das waren bestimmt die Ostdeutschen … Alles Nazis, das kennen wir

ja schon. Aber haben Sie überhaupt eine Ahnung, wer unsere Leser sind? Wer unser Blatt kauft? Also, ich säge mir den Ast nicht ab, auf dem ich sitze. Nur dass das klar ist!«

Es nutzte wenig, dass Rainer argumentierte, schmeichelte, ja, sogar ein wenig bettelte. Der Chef ließ sich nur zu einer kleinen Meldung auf der Seite zwei überreden. »Fünf Zeilen. Höchstens! Und geben Sie sich bei der Arschloch-Nummer von diesem Dieckmann ein bisschen Mühe! Ich will das richtig knackig haben! Das interessiert die Leute!«

So kam es, dass der Regierungssprecher zum ersten Mal seit seiner Ernennung eine nackte Schönheit von der Titelseite verdrängte. Leo war sich am nächsten Tag der Ehre durchaus bewusst und hätte doch liebend gerne darauf verzichtet.

# 3

Es war sehr früh am Morgen, als Olaf Überbeck aus der Haustür trat. Er steckte die kalte Pfeife in den Mund, nickte den beiden Sicherheitsbeamten zu und marschierte zu der dunkelblauen Limousine, die mit laufendem Motor auf ihn wartete. Er zögerte den Bruchteil einer Sekunde. Sollte er es tun? Dies eine Mal nur? Die vordere Tür aufreißen und sich auf den Platz für den Beifahrer setzen, ganz gleich, was seine Gorillas davon hielten?

Er tat es nicht. Gehorsam nahm er im Fond Platz, schnallte sich an, zog den Trenchcoat unter sich glatt, denn er hatte einmal mehr vergessen, ihn rechtzeitig vor dem Einsteigen auszuziehen. Seine Begleiter sprangen neben und vor ihn in den Wagen, und in dem Moment gab der Fahrer auch schon Vollgas, als müssten sie einem Attentat entkommen.

Olaf hasste das Getue, fand es manieriert, sinnlos. Dennoch schmeichelte es ihm, denn es war ihm durchaus bewusst, dass das Gebaren *seiner* Polizisten ihm eine höchst angenehme Aura von Bedeutung verlieh.

Doch diesem Vergnügen gab er sich nie länger als ein, zwei Sekunden hin. Kam ihm erst zu Bewusstsein, worum es seit ein paar Tagen wieder einmal ging, so widerstrebte ihm am meisten, dass sich diese jungen, vor Kraft strotzenden Männer bereit hielten, ihr Leben für seines aufs Spiel setzten. Er wollte das nicht. Wegen ihm sollte niemand sterben.

Olaf betrachtete den kahlen Hinterkopf des Beamten auf dem Beifahrersitz. Er vernahm das leise Zischen, das aus einem schwarzen Knopf in dessen Ohr drang, und schüttelte unmerklich den Kopf. Warum hatte er den Jungen noch nie lachen hören? Es gab doch keine Gefahr. Jedenfalls nicht so, wie Macke sie seit dem Anschlag prophezeite. Der Geheimdienstchef übertrieb. Es konnte, ja, es würde nie wieder so schlimm kommen wie damals in der Hochzeit des Terrors. Wie hatte er all das gehasst – das Panzerglas, die vielen Uniformen, die Waffen, die Verkehrskontrollen, die Hysterie.

Außerdem: Wer sollte es auf ihn abgesehen haben? Wer kannte ihn überhaupt? Wem war er lästig, ein Feind, den es zu erledigen galt?

Dass Olaf Übereck zur Runde der engsten Vertrauten des Kanzlers gehörte, das war ohnehin nur wenigen Journalisten aufgefallen, und wenn es nach ihm ging, würde das auch so bleiben. Natürlich war offiziell bekannt gegeben worden, dass er zum Chef des Kanzleramtes aufgestiegen war, aber den Zeitungen war diese Personalie nur eine kleine Notiz wert gewesen.

Seitdem machten andere die Schlagzeilen. Er nicht.

Olaf Übereck diente im Stillen und räumte Probleme aus dem Weg, bevor sich diese zu ausgewachsenen Ärgernissen entwickelten. Seit er die Fäden in der Hand hielt, gerieten die Dinge nur noch selten aus den Fugen so wie neulich. Olaf schnaufte unwillig, als er an den Aufruhr dachte, den der Abteilungsleiter für Außenpolitik verursacht hatte. Seine Frau hatte früh am Morgen gemeldet, er sei die ganze Nacht nicht nach Hause gekommen und sie befürchte das Schlimmste.

Aber kurz bevor ein Suchtrupp hatte ausschwärmen können, war der Mann im Kanzleramt aufgetaucht. Im Smoking und mit einer halben Flasche Sekt unter dem Arm war er die langen, gläsernen Flure entlanggestürmt, hatte jedes zweite Büro geöffnet und den Frauen, Sekretärinnen und Referentinnen laut und lallend fantastischen Sex angeboten: »Ich bin der beste Liebhaber in diesem beschissenen Amt seit Willy Brandt! Hicks. Sie wollen doch nix verpassen im Leben, hicks, oder?«

Der Mann war nicht das Problem. Wieder nüchtern, hatte er sich mit hochrotem Kopf entschuldigt, irgendwas von persönlichen Schwierigkeiten gemurmelt und versprochen, dass so etwas nie wieder vorkommen werde.

Olaf war durchaus gewillt, die Sache auf sich beruhen zu lassen. Der Mann leistete erstklassige Arbeit, und ein einmaliger Ausrutscher sollte kein Problem sein. Die junge Sekretärin des Delinquenten aber kannte keine Gnade und setzte seitdem jeden umfassend ins Bild, der den peinlichen Vorfall verpasst hatte. Auch die Frau des französischen Ministerpräsidenten. Sie war nur ein paar Minuten auf der runden Treppe der Skylobby mit der Sekretärin allein gelassen worden (der gewichtige Gatte hatte sich ein paar Stufen höher ins Kanzlerbüro begeben, und das Protokoll organisierte gerade den Kaffee).

»Isch öre, ier wierd am frühen Morgen Champagner getrunken und Sex gemacht!«, erkundigte sich die Dame aus Paris mit hochgezogenen Augenbrauen.

Es war eine ganz und gar unmögliche Situation. Olaf musste etwas tun, bevor die Zeitungen davon Wind bekamen. Das entscheidende Gespräch stand ihm noch bevor. Er würde sie streng ermahnen und dann versetzen. Sie würde natürlich weinen, zetern, die Welt ungerecht nennen und damit sogar verdammt Recht haben. Aber so war es nun mal.

Es graute Olaf vor der Aussprache. Es waren Momente wie diese, die ihm seine Tage verleideten. Er stöhnte auf, ließ sich tief in das weiche lederne Polster der Limousine sinken und träumte sich weit weg, in die alten Zeiten im gemütlichen Bonn, die ihm im Vergleich zu dem, was sich in Berlin abspielte, harmlos, ja, geradezu friedfertig schienen. Er hasste die ideenlose Hektik, die im Regierungsgeschäft Einzug gehalten hatte, und nicht selten schien ihm, als werde es niemals wieder Muße geben, um weiterzudenken als bis zum nächsten Empfang, zur nächsten Pressekonferenz, zum nächsten Schaulaufen der Granden.

Olaf zog an der kalten Pfeife, seufzte und blickte müde hinaus auf die klotzigen Bürogebäude am Ernst-Reuter-Platz, die es in all ihrer Sechzigerjahre-Hässlichkeit problemlos mit den niederschmetternden Plattenbauten am Alexanderplatz aufnehmen konnten. Auch dies war ihm ein Graus, dieses andere Gesicht der aufblühenden Hauptstadt, verbaut und verplant, der abrupte Wechsel zwischen kultivierter Bürgerlichkeit, protzig-gläserner

Moderne und der primitiven, verfallenden Lustlosigkeit des frühen Wiederaufbaus. Wären nicht die Flüsse und Seen gewesen, wäre Olaf längst dem Ruf des Außenministers gefolgt und hätte sich auf einen hübschen Botschafterposten zurückgezogen. Rom, vielleicht, oder Paris, Madrid, auch Südamerika. Ein ziehender Schmerz erfüllte ihn jedes Mal, wenn er seine Gedanken durch die Welt schweifen ließ und sich wieder mal nicht für ein Ziel entscheiden konnte und sich zurückzwingen musste in die Enge der Berliner Innenpolitik, in die kleinkarierte Alltäglichkeit der Ängste, mit denen der Kanzler ihn in den langen Lagebesprechungen quälte, weil er in jedem Lobbyisten, in jedem seiner eigenen Minister und erst recht in jedem Abgeordneten – ganz gleich, aus welcher Fraktion – einen Widersacher vermutete, einen, der ihm das Leben schwer machen und seine Pläne durchkreuzen würde.
Dabei lauerten die Feinde offenbar an einer ganz anderen Ecke. Der Anschlag hatte sie alle zutiefst entsetzt und gelähmt, denn die Wahrheit war, dass damit niemand gerechnet hatte. Nicht ernsthaft jedenfalls.
Dabei hätten sie es besser wissen sollen. Müssen. Denn was so angeberisch und dümmlich dahergekommen war in den langen E-Mails dieser gänzlich unbekannten *Neuen Deutschen Arbeiteraktion*, das war zugleich seltsam flüchtig gewesen. Es war ihnen nicht gelungen, dem Absender auf die Spur zu kommen. Der Geheimdienst hatte versagt, und sein Präsident, Froben Macke, hatte die Mails als dumme Streiche abgetan. »Nicht so wichtig.« Und auch ihrer neuen Quelle hatten sie nicht geglaubt.

Seit der Explosion aber waren sie klüger, und sie ahnten, dass dies noch lange nicht das Ende war. Da waren Leute am Werk, die nur allzu genau wussten, was sie taten. Wieder stöhnte Olaf Übereck. Vor ihm schimmerte golden die Siegessäule, dahinter lag das Brandenburger Tor. Gemächlich bewegte sich der Wagen in dem mit jeder Minute dichter werdenden Verkehr auf der achtspurigen Allee. Überecks Blick fiel auf einen kleinen blauen Wagen, dessen Fahrerin gerade ihre langen, blonden Haare aus der Stirn schob, ruckartig anfuhr, fast auf ihren Vordermann aufprallte und nebenbei versuchte, sich die Lippen zu schminken. Verärgert runzelte Olaf die Stirn. Er wäre am liebsten auf der Stelle aus seinem Wagen gesprungen und hätte das Mädchen geschüttelt. Warum passte sie nicht auf? Wusste sie nicht, in welcher Gefahr sie schwebte?
Er atmete schwer, und es kostete ihn ungeheure Kraft, sich abzuwenden. Er wusste genau, was mit ihm vorging, und er verachtete sich dafür. Doch zugleich spürte er, dass er nicht anders konnte, dass er wohl niemals von dem Bild der sterbenden Frau loskommen würde, der Frau, mit der er sich einst eine Zukunft ausgemalt hatte. Auch sie war blond gewesen.
Und schwanger.
Im Polizeibericht hieß es, der Fahrer einer weißen Luxuslimousine habe einen Radfahrer überholt, sei auf die Gegenfahrbahn geraten und frontal auf den klapprigen Wagen seiner Frau aufgeprallt. Jahre später noch machte er sich Vorwürfe. Warum hatte er ihr kein größeres, sichereres Auto gekauft? Andererseits – sie waren da-

mals noch ganz am Anfang gewesen und hatten sich einfach nicht mehr leisten können, er als junger Jurist und frisch gebackener Beamter, sie als Studentin. Im Gegenteil, sie waren so stolz gewesen auf das kleine giftgrüne Auto. Nach dem Unfall war es nur noch Schrott.
Im Krankenhaus musste er stundenlang vor der Intensivstation warten. Es gebe noch eine Chance, er solle die Hoffnung nicht aufgeben, hatten sie gesagt. Doch als sie ihn endlich gerufen hatten, war es zu spät gewesen.
Sie hielt seine Hand, ganz fest, und dann ging sie.
An dem Tag starb auch ein Teil von ihm. Olaf Übereck schloss die Trauer tief in sich ein, zeigte sie niemandem und teilte sie auch mit niemandem.
Nur wenige wussten von der Tragödie. Und wenn er allein war, wanderten seine Gedanken zu ihrem schlichten weißen Sarg. Er quälte sich, überlegte, wie morsch das Holz sei und was die Würmer inzwischen mit den beiden Körpern angerichtet hätten, dem großen und dem winzigen. Dann fror er und konnte nichts dagegen tun.
In seiner Not stürzte er sich in die Arbeit, wälzte Akten, wenn andere noch schliefen, und hielt das mörderische Pensum bis tief in die Nacht durch. Er bekam weiße Haare, schlief schlecht und rauchte viel. Als er gelbe Fingerkuppen von den Zigaretten bekommen hatte, schwenkte er um auf Pfeifen. Dass er eines Tages wieder eine Frau lieben und sich danach sehnen würde, sich mit ihr übermütig auf dem Bett zu wälzen, schien ihm ebenso wahrscheinlich wie eine Expedition zum Südpol.
Bis sie ihm aufgefallen war.

Sie war so ... anders. Ihre Augen waren so verletzlich ... Jedes Mal, wenn er sie sah, musste er dem Impuls widerstehen, sie in den Arm zu nehmen und ihr seinen Schutz anzubieten.
Außerdem fand er sie schön.
Unwillig verscheuchte Olaf Übereck den Gedanken. Er wollte das nicht. Er misstraute den Gefühlen, verstand sich selbst nicht. Wieso musste er sich nach all den Jahren wie ein Teenager benehmen? Wieso bekam er schon feuchte Hände, wenn er nur an sie dachte? Und warum kam er nicht an gegen die Träume, gegen die Erregung? All dies war neu und ungewohnt, und zuweilen verglich er sich mit einem Verdurstenden, dem es jahrelang gelungen war, sein Elend zu vergessen. Warum konnte das nicht einfach so bleiben?
Denn statt zu trinken, hatte Olaf Übereck eine bemerkenswerte Karriere durchlaufen, war nach dem Start beim Geheimdienst ins Innenministerium gewechselt. Dort war er dank seines unermüdlichen Fleißes und der überaus nützlichen Kenntnis interner Fallstricke zum Büroleiter des Ministers aufgestiegen, wo ihn der neue Kanzler entdeckt und mit der Leitung seines Amtes betraut hatte. Es war ein Schleudersitz, seine Tätigkeit war nicht ungefährlich, doch das war Olaf gleichgültig. Wenn alles zu Ende wäre, wenn der Kanzler ihn entließ oder selbst gehen müsste, dann würde er sich endlich ins Ausland versetzen lassen, fliehen, zur Ruhe kommen. Das hatte er verdient. Oder nicht?
Quietschende Reifen rissen Olaf jäh aus seinen Gedanken. Die Limousine bog mit Schwung an der trutzigen

Schweizer Botschaft um die letzte Kurve und bremste abrupt vor der Pforte des strahlend weißen Kanzleramts. Zwei Grenzschutzbeamte bückten sich, blickten prüfend ins Wageninnere und winkten ihn durch. Vor dem Eingang, der in demselben hellgrünen Metalliclack gestrichen war wie die Geländer und Fensterrahmen im Inneren, machten sie Halt. Die beiden Begleiter sprangen heraus, blickten sich mit finsteren Mienen um, und hielten Olaf zurück, bis sie sicher waren, dass alles in Ordnung war. Dann begleiteten sie den Staatsminister durch die schwere Tür bis zum Empfang, der mit seinen abgehängten Decken und dem graugrünen Granitboden einer Tiefgarage ähnelte.

Zielstrebig marschierte Olaf zu dem runden Aufzug, der ihn zu seinem Büro im fünften Stock bringen würde. Es war ein Farbwechsel, der ihn immer wieder irritierte – er trat aus dem weiß-grünmetallic schimmernden Bereich in einen düster wirkenden Flur mit rot gebeizten Buchenwänden, der nur von einer schmalen Glasfront unter der Decke aufgelockert wurde.

Olaf lauschte. Es drangen keinerlei Geräusche an sein Ohr. Noch war er allein. Ein Gefühl, das er jeden Morgen aufs Neue genoss. Er öffnete das Vorzimmer, stieß die Tür zu seinem Büro auf, hängte den Mantel auf den Haken und ging hinaus auf den Balkon, der mindestens genauso groß und dreieckig war wie sein Arbeitszimmer. Er liebte diesen Ausblick. Wie die Kuppel des Reichstags in der Morgensonne funkelte! Er schloss die Augen und sog die frische, kühle Morgenluft ein. Seltsam, wie sich die Perspektiven ändern konnten. Als er noch im Innenministerium gewesen war, hatte er das Kanzleramt abstoßend protzig und schon deshalb anmaßend gefunden, weil die Kuppeln von Parlament und Sitz des Regierungschefs miteinander im Wettstreit lagen, ein Umstand, den er höchst bedenklich fand. Hatten es die hanseatischen Kaufleute nicht vorgemacht? Durfte je ein Kirchturm höher sein als der Turm des Rathauses?

Aber seit er hier arbeitete, genoss er die Vorzüge der Architektur, die – zumindest für die Leitungsebene – durchaus großzügig bemessen waren. Das Gebäude war mit seinen wellenförmig abgehängten Decken, den Betonsäulen und Bögen, die schon mal die Sicht versperrten, und der merkwürdig anmutenden grünroten Farbzusammenstellung durchaus gewöhnungsbedürftig. Auch waren die Wege weit und die Kantine fern. Aber andererseits bot das Haus einen wunderbaren Blick auf Berlin und es gab reichlich Platz für offizielle Anlässe, und die kleine Sitzgruppe auf dem Balkon war an warmen Tagen zu seinem liebsten Aufenthaltsort geworden.

Heute war es zu kalt. Der Staatsminister drehte sich um, seufzte, hängte sein Sakko in den Wandschrank aus roter Buche, ließ sich in seinen bequemen Schreibtischsessel fallen und breitete die Tageszeitungen vor sich aus. Er überflog nur die Politikseiten, las von den wachsenden Spannungen im Nahen Osten und den Nachwehen des Anschlags in Berlin. Es gab nichts, das ihn aus der Bahn werfen würde und gähnend stellte er fest, dass die großen Gazetten einmal mehr im Wesentlichen

dasselbe geschrieben hatten und beruhigender Weise einer Meinung waren. Er würde also seiner normalen Regierungsarbeit nachgehen können, ohne falsche Aufgeregtheiten oder unliebsame Überraschungen. Das war es, was er an seiner frühmorgendlichen Zeitungsstunde so schätzte. Er konnte sich ein eigenes Bild machen. Presseschauen konnte er nicht ausstehen; am wenigsten jene, die das Bundespresseamt in just diesen Minuten für den Kanzler zusammenstellte. Und während Hunderte hoher Staatsdiener, Abgeordneter, Journalisten und Lobbyisten jeden Tag erneut darum buhlten, auf den Verteiler dieser Zusammenfassung wichtiger Meldungen des Tages zu kommen (schon weil sie glaubten, so aus der gleichen Quelle zu schöpfen wie der Regierungschef), las Übereck lieber selbst.
Vor allem die Boulevardzeitungen. Wie stets, wenn er die ernsthafte Lektüre beendet hatte, gönnte er sich einen flüchtigen Blick auf die großen Überschriften, die Kapriolen halbnackter Stars und Sternchen, die saftigen Fortsetzungsgeschichten prominenter Liebender und ihre herzzerreißenden Trennungen ein halbes Jahr später. Nichtsahnend zog er die *Freiheit* hervor.
Das Lächeln gefror auf seinen Lippen.

Leo Dieckmann rastet aus:
»Regierung ein Saustall und Beamte A...löcher!«
Herr Bundeskanzler: Greifen Sie endlich durch!

Olaf Übereck musste die Zeilen dreimal lesen, bevor er begriff, was geschehen war, denn natürlich kannte er die lächerliche Beschwerde. Leo hatte den Vorfall erst vor ein paar Tagen zerknirscht vorgetragen, und sie hatten herzlich gelacht, und sogar der Kanzler hatte ihm versichert, er solle sich keine Sorgen machen. »›Sie Arschloch‹ klingt bei weitem nicht so schön wie ›Du Arschloch‹«, hatte er geulkt, und sie hatten sich über die kleine Pause während der harten Arbeit amüsiert.

Dass der alberne Vorfall je in der Zeitung landen würde, damit hatten sie nicht gerechnet. Nun, im Nachhinein, schien es Olaf natürlich unverzeihlich, dass sie sich nichts zurechtgelegt hatten. Ja, dass der gewiefte Leo ganz offenbar nicht einmal die kleinste Anstrengung unternommen hatte, um dem vorzubeugen. Der Ärmste.

Stirnrunzelnd las Olaf die ganze Geschichte. »Fünf Mal fuhr Dieckmann die Beamten an. ›Sie Arschloch!‹ Dann warf er sie hinaus, berichtete ein hochrangiger Datenexperte, der nun um die Sicherheit der Staatsgeheimnisse besorgt ist.«

»Verdammter Mist!«, entfuhr es Olaf Übereck. Wer hatte das geschrieben? Die schmale Zeile stand direkt unter der Unterschrift.

Von unserem Berliner Korrespondenten Rainer Loos.

Hm. Mit dem Namen konnte er nichts anfangen. Er würde Leo fragen, und der würde sich was einfallen lassen müssen. Schnell. Saustall. Olaf schüttelte den Kopf. Wie konnte er nur die ganze Regierung einen Saustall nennen? So unbedarft war er doch sonst nicht!

Verärgert blätterte er die Seite um und wollte sich endlich mit dem üblichen seichten Unfug ablenken, bevor er an die Arbeit musste. Doch eine kleine Meldung ganz unten auf Seite zwei erregte seine Aufmerksamkeit. Es waren nur ein paar Zeilen.

> Nazis legten Bombe.
>
> Berlin. Der Anschlag auf das Finanzministerium steht vor der Aufklärung. Eine bislang unbekannte Nazitruppe warnte die Sicherheitsbehörden rechtzeitig, wurde aber nicht ernst genommen. Nun brachten Tatvideos den Durchbruch.

Elektrisiert sprang Olaf auf. Das war doch ... Das gab es doch gar nicht ... Wieder und wieder las er die drei Sätze. Wer hatte das ... Was war da los? Hatte er in den anderen Zeitungen etwas übersehen? Panisch durchforstete er die Blätter erneut, zweimal, dreimal, bis die Zeilen vor seinen Augen verschwammen. Er achtete besonders auf die kleinen Berichte, die jeweils in die seitlichen Spalten geschoben wurden, fand aber nichts.

Es klingelte dreimal, bis Leo Dieckmann aufschreckte und begriff: Es war das Telefon neben ihm. Der Rest war ein Traum gewesen, von dem Fahrradfahrer, der seine Mütze tief ins Gesicht gezogen hatte und immer näher und näher kam und bimmelte und bimmelte ...
»Ja?«, antwortete Leo verschlafen und griff nach seinem Wecker.
»Ich bin's. Olaf. Sag bloß, du schläfst noch?«
Der Regierungssprecher fuhr sich mit der flachen Hand über seinen vollen, blonden Haarschopf und gähnte. »Hm. Was ist los?« Sein Blick streifte die schlafende Frau neben ihm.

»Die *Freiheit*«, brummte Olaf. »Lies. Dann weißt du, was los ist. Und mach, dass du rüberkommst. Es brennt!«

Das reichte. Er hatte es also wirklich getan, durchfuhr es Leo. Mist, Mist, Mist. Angespannt kniff er die Lippen zusammen und schälte sich vorsichtig aus dem Bett. Er wollte das Mädchen auf keinen Fall wecken. Nicht, bevor er mehr wusste. Lautlos schloss er die Schlafzimmertür hinter sich, streifte rasch den dunkelblau und tannengrün karierten Morgenmantel über, der an der Badezimmertür hing, zog den Gürtel fest um seinen Bauch und eilte in Badelatschen hinunter zu den Briefkästen, wo seine Zeitungen steckten.

Fünf Minuten später wusste er Bescheid. Atemlos eilte er ins Schlafzimmer, warf die Zeitung aufs Bett, ohne auf die schlafende Frau Rücksicht zu nehmen.

»Was ist los?« Pia setzte sich verschlafen auf und sah zu, wie er ein grün-gelb gestreiftes Hemd aus dem Schrank zog. Dann wanderte ihr Blick zu der blau geblümten Krawatte, die er in der anderen Hand hielt. »Das willst du doch nicht zusammen anziehen, oder?«

»Und warum nicht?«

Ächzend stand Pia auf, ließ ihr Negligee achtlos auf dem Stuhl neben ihrem Bett liegen, denn sie wusste, wie sehr ihn ihre üppige Fülle unter dem wallenden Nachthemd erregte. Sie küsste ihn, zog ein weißes Hemd aus dem Schrank und hängte es ihm um die Schultern. »Nimm lieber das. Okay?«

Leo zuckte mit den Schultern, tat, wie ihm geheißen, und wusste nicht so recht, was er von Pias hausfraulichen Anwandlungen halten sollte. Wenn sie sich bei ihm einnisten wollte, müsste er etwas dagegen unternehmen. Er musterte sie argwöhnisch. Pia achtete nicht darauf, denn sie las in der Zeitung. »Ist das wahr?« Sie hielt sich die Hand vor den Mund. »Hast du …?«

»Lass bloß die Finger davon!«, brummelte Leo unwillig und schlüpfte in seine Schuhe. »Es wird heute Abend wohl spät. Ich rufe dich an.« Er küsste sie flüchtig zum Abschied, tätschelte kurz ihre üppigen Hüften und verschwand.

Pia ließ sich zurück aufs Kissen sinken und legte sich die Hand auf die Stirn. Wieso entglitt er ihr jedes Mal, wenn es sich lohnen würde? Da war sie schon mit einem leibhaftigen Regierungssprecher zusammen und brauchte weiß Gott nicht viel Fantasie, um sich auszumalen, was ihre männlichen Kollegen davon halten würden, wenn sie davon erführen. Schief grinsen würden sie, behaupten, sie recherchiere im Bett.

Ach, wenn die wüssten! Vermutlich erfuhr sie sogar weniger als alle anderen. Es ärgerte sie, dass Leo sie nie wirklich ins Vertrauen zog und dass er darauf bestand, ihre Beziehung geheim zu halten. Wütend sprang sie aus dem Bett, beäugte die Gläser, die noch vom Vorabend im Wohnzimmer standen, und ließ doch alles so, wie es war. Sollte er selbst sehen, wie er fertig wurde. Ungewaschen und ungekämmt verließ sie das Haus und fuhr mit ihrem kleinen gelben Auto nach Hause.

Als Leo Dieckmann eine knappe halbe Stunde später im Kanzleramt ankam, wusste er immer noch nicht, worüber er sich mehr aufregen sollte: Über den Aufmacher oder den knappen Fünfzeiler. In den Ärger mischten sich Selbstzweifel. War es sein Fehler gewesen? Hätte er das verhindern können? Aber wie? Und war dieser miese Schmierfink nicht fest entschlossen gewesen, zu schreiben, ganz gleich, was er sagte?

Wichtiger aber noch war: Woher hatte der Reporter diese Information? Kamen beide Meldungen aus derselben Quelle? Und wenn ja, wer war es gewesen? Wer wusste über beides Bescheid, über seine dumme Entgleisung und über den Anschlag?

Wie immer würden sie eine Untersuchung einleiten, überlegte er, während er den Fahrstuhl bestieg. Einleiten müssen. Olaf Übereck würde die Dinge in Gang bringen, und der Geheimdienst, der dem Kanzleramtschef unterstand, würde wohl bald herausfinden, wo die entscheidende Lücke war. Wer herumquatschte, was mit aller Macht geheim gehalten werden musste.

Leo klopfte an Überecks Tür, doch das massive Holz schien das Geräusch zu schlucken. Er wartete kurz auf eine Antwort und trat dann ein, ging an dem verwaisten Schreibtisch der Sekretärin vorbei, die ihren Dienst noch nicht angetreten hatte, und steckte seinen Kopf durch die Tür. »Hallo! Da bin ich!«

»Komm rein. Schöner Mist!«

Leo nickte wortlos, nahm an Olafs Besprechungstisch Platz und wartete, dass sich der Vertraute zu ihm setzte. »Der Kanzler wird toben«, grummelte er.

»Hm.« Bedächtig erhob sich Olaf hinter seinem Schreibtisch, steckte sein Hemd in die Hose und ließ

sich Leo gegenüber nieder. »Und? Was sagst du? Woher kommt das?«
Leo zuckte die Schultern. »Keine Ahnung. Datenexperten ... Wer wird das schon sein? Das ist vermutlich direkt aus dem Amt für Computersicherheit.«
»Kann ich mir nicht vorstellen. Die haben doch keinerlei Pressekontakte. Oder?«
»Und dann die Nazi-Geschichte ... Dieser Loos weiß vermutlich eine Menge mehr, als er geschrieben hat. Er hat übrigens gestern angerufen. Ich dachte, wenn ich nichts sage und ihm ein bisschen drohe, lässt er die Finger davon ...«
»Das war wohl nix.«
»Nein. Aber über den Computer und die Arschloch-Nummer hat er kein Wort verloren! Hatte es nur mit den Nazis. Wenn ich das gewusst hätte ...« Leo ärgerte sich, denn es war nicht das erste Mal, dass sich ein Journalist mit Recherchen seine Geschichte nicht kaputt machen ließ.
Wurde er nachlässig?
War er schon verbraucht?
Sollte er aufgeben?
Doch was kam dann? Konnte er allen Ernstes wieder Journalist werden, nachdem er auf der anderen Seite gestanden hatte? Verächtlich blickte Leo auf die Zeitungen, die sich auf Olafs Schreibtisch türmten. Seit er Regierungssprecher geworden war, wusste er erst, wie viel Unfug tatsächlich darin stand. Und wie viele entscheidende Wahrheiten niemals darin stehen würden, stehen durften.

Dabei liebte Leo Dieckmann seinen Beruf, den er lange Jahre ausgeübt und von der Pike auf erlernt hatte. Angefangen hatte er als Volontär direkt nach dem abgebrochenen Studium. Dann war er Lokalreporter geworden, schließlich in der Zentrale Politikredakteur und dann Leiter des Parlamentsbüros vom *Münchner Tagesanzeiger,* erst in Bonn und dann in Berlin. Er hatte Erfahrung, wusste, was in den Köpfen von Journalisten vorging, und wie er sie sanft führen könnte.

Der Kanzler würde toben.

»Was machen wir jetzt?«, unterbrach Olaf seine Gedanken.

»Hinhalten, fürs Erste. Dementieren ist zu gefährlich. Gibt's was Neues von der Front?«

Olaf brummte. »Nicht dass ich wüsste. Der Macke ist nicht viel weitergekommen. Aber sie arbeiten dran. Ehrlich gesagt habe ich so meine Zweifel, dass er uns alles sagt, was er weiß.«

»Seit wann sagen Geheimdienste, was sie wissen?« Leo grinste schief. »Was ist eigentlich mit dem Video? Ich dachte, da ist nichts drauf. Aber der Loos behauptet, man könne was erkennen. Irgendwelche Bomberstiefel, Hakenkreuze.«

»Das hat er wirklich gesagt?« Olaf runzelte die Stirn. »Merkwürdig.«

»Wieso?«

»Kann ich dir im Moment noch nicht sagen. Tut mir Leid.«

»Mir auch«, erwiderte Leo trocken. Er wusste, dass es keinen Sinn haben würde, weiter zu bohren. Wenn

Übereck erst einmal beschlossen hatte zu schweigen, dann würde ihm kein Wort zu viel herausrutschen. »Und? Wie geht es weiter?«, fragte er stattdessen. »Wann geht die nächste Bombe hoch?«
»Mal den Teufel nicht an die Wand! Du …« Er sprach nicht weiter.
»Ja?«
Olaf seufzte. »Du hast diesem Loos nicht zufällig irgendwas bestätigt, oder?«
»Natürlich nicht! Was hältst du von mir!« Leo war entrüstet. »Kein Wort. Nur die übliche Nummer … Haben noch keine Erkenntnisse und so weiter. Wer außer uns weiß eigentlich, dass es diesen Tipp gegeben hat?«
»Du meinst, außer uns, dem Geheimdienst, Loos und natürlich dem Tippgeber selbst?«
»Ja.«
Olaf faltete die Hände vor der Brust und kniff die Lippen zusammen. »Das ist die Frage, nicht wahr?«
Leo nickte. »Ich versteh immer noch nicht, wie ein Klatschreporter ins Bild passt. Versucht, mich fertig zu machen und versteckt die heißeste Meldung seit Kennedys Tod in fünf Zeilen auf der zwei. Und dabei weiß er viel mehr, als er geschrieben hat …«
»Ist der eigentlich schon mal früher unangenehm aufgefallen?«
»Nein. Ist eigentlich eher harmlos. Verbeißt sich gerne in Stars und Sternchen, Menüs und Kleiderordnung.«
»Trotzdem sollten wir uns den Knaben mal genauer ansehen.«
»Ich könnte Sophie fragen. Die war mit ihm essen.«

Olaf schluckte. Das Blut wich aus seinen Wangen, er konnte nichts dagegen tun. Hilflos wandte er sich ab, bevor er sich räusperte und leise nachfragte. »Frau Mahler? Mit diesem Schmierfinken? Bist du sicher?«

»Ja klar. Sophie Mahler. Sie waren in der Bar Américaine.«

»Nobel, nobel«, brummte Olaf.

»Ja, nicht wahr? Ich war zufällig dabei, als er sie gefragt hat. Und habe sie noch vor ihm gewarnt …«

»Dann wissen wir ja jetzt, wo wir suchen müssen.« Olafs Stimme klang kalt und wütend.

»Du meinst …?« Ungläubig starrte Leo den Freund an.

»Warum nicht? Sie weiß von der Dienstaufsichtsbeschwerde gegen dich.«

»Ach, du bist verrückt. Das würde Sophie nie … Obwohl … Manchmal reißt sie ihr Mundwerk schon ziemlich weit auf.«

»Eben.«

Leo schwieg. Er blickte aus dem Fenster, doch er sah nichts. Nicht den Reichstag, nicht die prächtige Kulisse dahinter. Es dauerte eine ganze Weile, bis er seufzte. »Also gut. Was schlägst du vor?«

»Überlass das mir. Ja?«

Leo schauderte. Er kannte Olafs Vergangenheit beim Geheimdienst und wusste, dass er dort nicht als zimperlich bekannt war. Er verfiel ins Grübeln. Gab es keinen Weg, das zu verhindern und Sophie vor dem zu bewahren, was ihr nun blühte?

Dann wusste er es. Es war doch einfach! Sie konnte es gar nicht gewesen sein! »Sophie hat zwar eine große

Klappe, aber sie hat nie etwas getan, was mir geschadet hätte. Nicht einmal in all den Jahren. Außerdem hatte sie keine Ahnung von den Nazis! Kann davon gar nichts wissen! Ich habe es ihr ganz bewusst nicht gesagt. Es war mir zu heikel, wenn du verstehst, was ich meine …«

Olaf betrachtete ihn aufmerksam. Er hätte es gerne geglaubt. Aber so einfach standen die Dinge nun einmal nicht. »Es gab wirklich keine Möglichkeit für sie, das mitzubekommen? Rein zufällig?«

Leos Augen flackerten. Unsicher schob er die Unterlippe vor. »Zufällig? Nun … Ich weiß nicht … Vielleicht. Schon. Irgendwie.«

»Aha. Danke, das reicht.« Mit einem Ruck stand der Kanzleramtschef auf. »Komm, es ist Zeit für die Morgenlage. Ich schlage aber vor, wir sagen dem Kanzler noch nichts von Sophie. Nicht, bevor wir nicht mehr wissen.«

Mit lautem Stöhnen erhob sich Leo und vergaß Sophie. Es graute ihm vor dem, was nun kommen musste, denn er würde einiges zu erklären haben.

Ach was!, beruhigte er sich. Der Kanzler würde es verstehen.

Wirklich?

Ja. Der Mann brauchte ihn, seine intimen Kenntnisse der Medienlandschaft und das Vertrauen, das die wichtigen Chefredakteure ihm mittlerweile entgegenbrachten, seine … Leo hielt inne und atmete schwer. Wie lange zählte all das wirklich? Wie lange würde sich der Regierungschef einen Sprecher leisten, der seine Regierung öffentlich einen Saustall nannte und der nicht verhindert

hatte, dass die heikle Sache mit den bombenden Nazis so schnell durchgesickert war?
Dabei war er doch mit der Berliner Horde bislang recht gut zurechtgekommen. Was war diesmal schief gelaufen? Leo fühlte sich ausgelaugt und leer. Willenlos trabte er hinter Olaf Übereck die Treppen zum Kanzlerbüro hinauf, überflog im Geiste die Gesichter all der jungen, ehrgeizigen, und meist ziemlich nachlässig gekleideten Journalisten, die einen skeptischen, oft auch höhnischen Ausdruck bekamen, wenn sie ihm begegneten, die ihn beim kleinsten Versprecher auslachten und nur darauf zu lauern schienen, dass er Fehler machte.
Gleichwohl hatten sie bislang wirkliches Unheil nicht angerichtet. Dazu waren sie zu schluderig ans Werk gegangen. Und zu übereilt. Nahmen sich nie die Zeit, wirklich hinter die Kulissen zu blicken, dachte er. Dabei hätten sie einige erstaunliche Dinge erfahren können, auch spannende, manchmal sogar ein wenig übel riechende. Doch Gottlob machten sie sich weder die erforderliche Mühe, noch hatten sie Ausdauer. Und so hatte er, wann immer es gefährlich zu werden drohte, schnell die Lücken ihrer miserablen Recherchen entdeckt und den Kanzler bislang ebenso zielsicher hindurch geführt wie die anderen Mitglieder des Kabinetts.
Ob ihm das auch diesmal gelingen würde? Leo seufzte. Diesmal müsste niemand tief buddeln. Sein Sturz lag in Reichweite.

Als sie die Morgenlage endlich hinter sich gebracht hatten, standen die wenigen Vertrauten des Kanzlers niedergedrückt vor den Fahrstühlen herum. Der Regierungschef hatte kein Blatt vor den Mund genommen, hatte ihnen die Leviten gelesen und dabei keine Ausnahmen gemacht, von keiner Entschuldigung hören, nicht einmal eine Erklärung haben wollen. »Ich verlange, dass Sie das klären. Hören Sie? Ich lasse mich von niemandem unter Druck setzen. Weder von verrückt gewordenen Terroristen, noch von irgendwelchen Schmierenblättern und schon gar nicht von unseren besonderen Freunden. Haben Sie mich verstanden? Vor allem aber erwarte ich, dass Sie das geräuschlos erledigen. Und zwar schnell.«

Die Worte hallten in Olaf Übirecks Kopf wider. Schnell, selbstverständlich, hätte er auch gerne. Warum versetzte sich der Mann nicht einmal, ein einziges Mal, in ihre Lage? Stattdessen zog er es vor, zu toben und einen Vortrag darüber zu halten, welch katastrophale Auswirkungen eine Anschlagserie auf das Ansehen Deutschlands im Ausland und auf die Menschen im Lande haben könnte.

Und auf seine Wiederwahl. Vor allem darauf.

Olaf stöhnte innerlich. Manchmal ging es ihm gewaltig auf die Nerven, dass der Kanzler die Dinge immer nur aus einer Perspektive zu betrachten schien: Aus seiner eigenen.

»Also, wie gehen wir weiter vor?«, wandte sich Übereck an Geheimdienstchef Macke, als sie endlich unter sich waren und nur noch Leo zuhörte. Sie erwogen, Sophies Telefone im Büro und zu Hause abzuhören, verwarfen aber die Idee, denn sie hatten keine Zeit für umständliche Anträge und neugierige Juristen. Dazu kam, dass Olaf eine Bedingung stellte: »Es darf noch nicht offiziell werden, solange wir nicht mehr wissen. Vielleicht ist nichts dran, und dann hätten wir mehr Schaden angerichtet …«

Macke blies die Backen auf. »Dann kann ich das nicht machen … Meine Güte, ich komme in Teufels Küche, wenn das herauskommt!«

»Und wenn ich es selbst mache?«, fragte Olaf.

Der Geheimdienstchef schürzte die Lippen, steckte die Hände in die Hosentaschen, wippte auf den Fußballen und schwieg beredt.

»Also gut. Dann ist das abgemacht«, seufzte Olaf. »Das geht auf meine Kappe.«

»Du weißt, dass das Wahnsinn ist!« Leo war entsetzt. Olaf konnte das unmöglich ernst meinen!

Olaf schenkte dem Einwand keinerlei Beachtung. »Es gibt doch so Dinger für Computertastaturen …«

»Ich stelle dir was zusammen. Aber ich weiß von nichts. Ist das klar?«

Olaf nickte. »Keine Sorge.«

»Herr Dieckmann«, ließ sich Macke wieder vernehmen. »Es wäre gut, wenn Sie uns helfen könnten, dass wir die Schlüssel zu ihrer Wohnung bekämen. Man weiß ja nie …«

Leo verdrehte die Augen.

»Und Sie dürfen sich auf keinen Fall etwas anmerken lassen. Frau Mahler darf keinen Verdacht schöpfen. Sonst können wir die ganze Sache gleich vergessen.«

»Ja, ist ja gut! Ich bin doch nicht blöd. Aber ich glaube es trotzdem nicht. Und Sie werden sehen, dass ich Recht habe.«

»Ich wünschte, ich könnte das glauben«, murmelte Olaf, wandte sich ab und ging mit bedächtigen Schritten zurück in sein Büro.
In den folgenden Stunden gab er sich alle Mühe, keine weiteren Gedanken an Sophie Mahler zu verschwenden. Es hatte keinen Sinn. Sie ging mit einem anderen aus und er selbst war drauf und dran, sie auszuhorchen. Das würde sie ihm nie verzeihen.
Er verzieh es sich ja selbst nicht.
Und doch konnte er nicht anders. Er musste es wissen, denn sonst könnte er ihr nie wieder vertrauen. Es war vertrackt. Denn er machte sich nichts vor. War er erst einmal in ihr Leben eingedrungen, dann zerstörte er ihr Vertrauen. Also war alles zu Ende, lange bevor es angefangen hatte. Auf solchem Grund konnte nichts gedeihen, schon gar keine Liebe.
Olaf schüttelte sich. Er hasste den Schmerz, doch er wusste, dass er darüber hinwegkommen würde. Er hatte lange genug ohne eine Frau an seiner Seite gelebt.
Wieder einmal half ihm die Arbeit. Kühl entledigte er sich der schwatzsüchtigen Sekretärin, wies dann seine eigene Vorzimmerdame an, in der nächsten Stunde kein Telefonat durchzustellen (es sei denn, es sei etwas sehr Wichtiges), und zwang sich an den Aktenberg, der auf ihn wartete.
Erst das Piepsen seines Computers ließ ihn aufhorchen. Müde stand er auf, gähnte, rieb sich den steifen Rücken

und schaltete den Fernseher ein, der in einem der hölzernen Wandschränke versteckt war.
Sofort erschien Leos Bild auf dem Monitor, und Bruchteile von Sekunden später konnte er ebenfalls seine Stimme deutlich hören: »... sagte ich eingangs, dass dies korrekt ist.«
»Herr Regierungssprecher, ich hätte gern ein bisschen Lebenshilfe«, tönte eine tiefe Männerstimme aus dem Off, und wenige Augenblicke später schaltete die Regie auf einen bärtigen jungen Mann, dessen Augen vor Ironie nur so funkelten. »Ist es dann auch korrekt, dass bislang jeder den regierungsamtlichen Schriftverkehr mitlesen konnte?«
»Jeder sicher nicht.«
»Zusatz!«
»Ja bitte«, ließ sich der Journalist vernehmen, der die Veranstaltung leitete und zum Vorstand jenes Vereins der Parlamentsberichterstatter gehörte, die sich seit alten Bonner Zeiten die Bundespressekonferenz nannte.
»Wenn nicht jeder die E-Mails der Regierung mitlesen konnte, sagen Sie mir dann, wer es doch konnte? Und was Sie künftig mit dem neuen System *Phoenix* verschlüsseln werden?«
Sie hatten es also doch gemerkt, dachte Olaf missmutig, während Leo antwortete: »Nein, das sage ich Ihnen natürlich nicht. Sonst müssten wir den Schriftverkehr ja nicht verschlüsseln, sondern könnten es gleich als Bulletin veröffentlichen.«
»Sie haben meine erste Frage nicht beantwortet!«
»Und wie war die?«

»Ich hätte gerne gewusst, wer die E-Mails, die unter anderem Sie verschickt haben, mitlesen konnte.«
»Das hätte ich auch gerne gewusst.«
Hämisches Lachen hallte durch den Saal, und es schien, als habe der Regierungssprecher diesen Ballwechsel für sich entschieden.
»Ja bitte ... Der Kollege da hinten im grünen Pullover.«
»Werden Sie sich jetzt wegen Beamtenbeleidigung verantworten müssen?«, rief der Journalist in den Saal, und die Kamera war nicht schnell genug, sein Gesicht zu zeigen, bevor er sich wieder gesetzt hatte.
Leo wartete einige Sekunden, bis er wieder die volle Aufmerksamkeit der Versammlung hatte, die an diesem Morgen weit besser besucht war als üblich. »Ich habe mich den Beamten gegenüber offenbar etwas grob ausgedrückt, das ist richtig«, antwortete er schließlich bedächtig und blickte langsam in die Runde. »Das tut mir Leid. Es tut mir Leid, wenn sich die Herren beleidigt fühlten von einem Wortwechsel, den ich aufrichtig bedauere. Ich werde mich natürlich schriftlich und mündlich bei den betreffenden Herren entschuldigen. Allerdings werde ich auch künftig meine Arbeit inhaltlich und formal selbst bestimmen. Und ich nehme Arbeitsanweisungen allenfalls vom Herrn Bundeskanzler entgegen und nicht von mir nicht näher bekannten Computer ... ähm ... Spezialisten.«
»Und was ist mit der Beamtenbeleidigung!«, rief eine Frauenstimme dazwischen. »Sie haben doch Arschloch gesagt. Oder wollen Sie das bestreiten?«
Leo räusperte sich, und sein Unwille war ihm nur allzu

deutlich anzumerken. »Ich bin sicher, dass die ganze leidige Affäre mit einigem guten Willen auf beiden Seiten aus der Welt geschafft werden kann. Ich bedauere, wie gesagt, meine etwas ... nun, sagen wir, meine heftige Sprache. Aber ich denke, wir sollten langsam zu wichtigen Dingen übergehen. Haben Sie Fragen zum aktuellen Regierungsgeschäft?«

Jetzt musste es kommen, dachte Olaf Übereck und beugte sich angespannt nach vorne. Was würde Leo sagen und wie würde er sich aus der Affäre ziehen?

Doch der Kanzleramtschef wurde enttäuscht. Es gab allerlei Fragen nach alltäglichen Kleinigkeiten, Gesetzesvorhaben, Reaktionen auf Vorstöße der nimmermüden Opposition, doch niemand schien auf die Idee zu kommen, das Naheliegendste zu fragen. Das geschah erst, als Olaf schon glaubte, die Gefahr sei gebannt.

»Ist es richtig, dass Nazis für den Anschlag auf das Finanzministerium verantwortlich sind?«, krähte eine junge Amerikanerin, während sich die ersten ihrer Kollegen in den hinteren Reihen bereits erhoben hatten. Als sie aber die Frage vernahmen, setzten sie sich eilig wieder hin.

Leo wartete geduldig, bis sich die Unruhe gelegt hatte, bevor er seine rechte Hand ans Ohr legte: »Ich fürchte, ich habe Ihre Frage nicht verstanden. Akustisch. Könnten Sie das noch mal wiederholen?«

Dies war eine bei allen Regierungssprechern beliebte Methode, die den Fragesteller verunsichern und zugleich ein wenig Zeit zum Nachdenken schaffen sollte. Die Korrespondentin aber ließ sich nicht beirren. Sie

lächelte, stand auf und sprach jedes Wort laut und deutlich aus: »Ich habe heute Morgen in einer deutschen Zeitung gelesen, dass Nazis hinter dem Anschlag auf das Finanzministerium stehen. Was sagen Sie dazu?«
»Was soll ich dazu sagen?«
»Nun, stimmt es oder nicht?« Insgeheim bewunderte Olaf die Beharrlichkeit der jungen Frau, die sich durch Leos Rüpelhaftigkeit nicht aus der Ruhe bringen ließ. Doch zur gleichen Zeit drückte er dem Freund die Daumen.
»Das weiß ich nicht«, antwortete der Regierungssprecher und ließ seinen Blick scheinbar gleichgültig über die Anwesenden gleiten. »War es das jetzt?«
»Heißt das, Sie haben nach wie vor keine Erkenntnisse über die Hintergründe des Anschlags?«, kam ein junger Deutscher seiner amerikanischen Kollegin zur Hilfe.
»Das heißt nur, dass die Ermittlungen auf Hochtouren laufen und dass es einen sehr, sehr gefährlichen Anschlag gegeben hat und dass ich an Ihre Vernunft appellieren muss. Lassen Sie die Sicherheitsbehörden arbeiten. Ich kann Ihnen versichern, dass im Moment jede Menge Überstunden gemacht werden und dass ich nicht bereit bin, den Erfolg dieser Arbeit in irgendeiner Weise aufs Spiel zu setzen«, raunzte Leo.
»Wenn es keine weiteren Fragen gibt, dann danke ich dem Regierungssprecher und dem Sprecher der Ministerien und schließe die Pressekonferenz«, schaltete sich mit sonorer Stimme der amtierende Vorsitzende ein. Olaf hörte noch Murmeln und Füßescharren, bevor sich die Fernsehstation aus der Veranstaltung ausblendete

und ein Moderator in kurzen, unbedeutenden Worten zusammenfasste, was Leo nicht gesagt hatte. Als dann die Pressekonferenz eines Autokonzerns vom Vormittag wiederholt wurde, schaltete Olaf das Gerät aus, griff zum Telefonhörer und meldete dem Kanzlerbüro. Leo habe die Lage offenbar im Griff, man möge den Chef zum geeigneten Zeitpunkt darüber in Kenntnis setzen. Ein wenig beruhigt wandte er sich wieder seinen Akten zu und arbeitete konzentriert die nächsten Stunden, beantwortete Telefonate, organisierte, las, gab Anweisungen und verdrängte Sophie mit einigem Erfolg aus seinen Gedanken.
Es wurde schon dunkel, als Olaf Übereck das unscheinbare Päckchen endlich in der Hand hielt, das ein Bote an der Pforte für ihn abgegeben hatte. Er begutachtete die Pappschachtel, fragte sich, wie gründlich die ersehnte Lieferung wohl untersucht worden war, bevor man sie ihm gebracht hatte, und ob er irgendjemandem eine Erklärung schuldig wäre. Diese neuerlich erhöhte Sicherheitsstufe war verdammt lästig. Seit der Explosion war nichts mehr vertraulich in seinem Leben, er bekam keine Post, die nicht durchleuchtet war, ja, er konnte außerhalb des Kanzleramtes nicht einmal mehr essen oder pinkeln gehen, ohne dass zwei Männer ihn begleiteten …
Mit Mühe widerstand er der Versuchung, das Päckchen sofort zu öffnen. Er streifte den Mantel über, sagte Leo Bescheid, dass er auf dem Weg war, und an der Pforte, dass er das Haus verlassen wolle. Unten angekommen, gab er bekannt, dass er zum Presseamt fahren würde. Auf der kurzen Fahrt an der Spree entlang sah er sehn-

süchtig aus dem Fenster. Vor einer Woche noch war er hier zu Fuß gegangen …
Leo wartete schon auf ihn. »Sie ist weg.«
»Sehr gut.« Olaf nickte und sah sich neugierig um. Er war zwar schon oft in ihrem Büro gewesen, doch noch nie, wenn sie schon gegangen war. Sophie Mahler hatte alles ordentlich hinterlassen. Kein Blatt Papier lag auf ihrem Tisch, keine Akte war liegen geblieben. Der Safe war ordnungsgemäß verschlossen. Übereck holte das Päckchen aus seiner Tasche, zog unter Leos wachsamen Augen die Klebestreifen ab und wickelte behutsam den Inhalt aus. Zum Vorschein kamen zwei kurze Kabel, deren Enden mit Steckern versehen waren. In der Mitte waren dicke weiße Knubbel. Ein Zettel lag dabei. Olaf las und verstand in wenigen Sekunden, was er tun musste. Anerkennend verzog er den Mund, reichte das Papier wortlos seinem Freund und machte sich an die Arbeit. Als Erstes musste er ihren Computer finden. Er zog die Hosenbeine hoch, ließ sich auf die Knie sinken, holte den schwarzen Kasten unter Sophies Schreibtisch hervor und drehte ihn so, dass er die Kabelanschlüsse überprüfen konnte. Rasch fand er die Zuleitung zur Tastatur und zog sie heraus, dann klemmte er eines seiner Kabel dazwischen. Zum Schluss wackelte er noch ein wenig an den Steckern, um sicherzugehen, dass alles fest saß, und schob das zweite Kabel in die Plastiktüte. »Hier. Nimm. Das ist dann dein Job. Du musst das regelmäßig austauschen und mir geben. Den Rest erledige ich.«
»Wie beruhigend«, brummte Leo. »Was ist das denn für ein Ding?«

»Nennt sich *Keyspy*.«

Ratlos schüttelte Leo den Kopf. »Und? Wie funktioniert das?«

»Es speichert jeden Tastendruck. Ab morgen wissen wir, was sie mit ihrem Computer anstellt. Und wenn alles in Ordnung ist, dann stöpseln wir das Ding wieder aus. Und niemand wird je davon erfahren.« Er stöhnte leise, bevor er hinzufügte: »Niemand.«

# 4

Währenddessen stand Sophie nichtsahnend in schwarzem Slip und BH vor dem Spiegel in ihrem behaglichen, weinrot gekachelten Badezimmer, trug einen zarten Lippenstift auf und zog allerlei Grimassen, um die Farbe richtig zu verteilen und um dann das Ergebnis zu begutachten. Doch sie war viel zu aufgeregt für ein gerechtes Urteil, fand ihre Haut blass, ihr Make-up ungleichmäßig und ihre Haare ganz und gar unmöglich. Unzufrieden fummelte sie an sich herum, bis sie einsah, dass es zwecklos war. Sie würde keinen Tag jünger, schöner oder straffer, wenn sie weiterhin vor dem Spiegel stünde. Abwesend fuhr sie sich mit ihrer Bürste, einem edlen, handgearbeiteten Stück aus echten Borsten und poliertem Holz, für das sie ein kleines Vermögen ausgegeben hatte, durch die Haare. Dann begutachtete sie sich ein letztes Mal und fand sich schulterzuckend damit ab, dass sie ihren nervösen Magen nicht beruhigen konnte. Den ganzen Tag hatte sie insgeheim gelitten und sich gequält, ob sie Leo alles sagen sollte, ihm beichten, dass sie es gewesen war, die ihn mit ihrer unbedachten Prahlerei – und dass es genau das gewesen war, stand außer Frage – in diese missliche Lage gebracht hatte. Sie wollte sich entschuldigen, um Vergebung bitten, um

eine letzte Chance. Doch irgendwie war es nicht dazu gekommen. Immer wenn sie sich gerade aufraffen wollte, hatte das Telefon geklingelt. Und dann hatte er seine Pressekonferenz gehalten, tapfer gekämpft und sich wunderbar geschlagen und sie früh nach Hause geschickt. Wieder hatte sie den Mut nicht aufgebracht.
Sophie atmete tief durch. Da war sie wieder, die elende Angst, diese kalte, tiefe Furcht, bestraft zu werden. Seit Jahren litt sie unter diesem ständigen Auf und Ab: Mal gelang es ihr besser, meist aber schlechter, den Schrecken zu dämpfen und in eine düstere Ecke zu schieben. Nun aber quoll das Grauen mal wieder aus allen Ritzen, und sie rechnete damit, durchschaut zu werden.
Dabei spielte es keine Rolle, dass sie genau genommen nicht einmal sicher wusste, ob sie überhaupt etwas Unrechtes getan hatte und dass ihr bislang nichts geschehen war. All die Jahre war sie unbehelligt geblieben, und kein Polizist hatte im Morgengrauen an ihre Tür geklopft. Dabei war das ihre Zeit … Sie hatte es in Berichten der Spione gelesen, die nach dem Fall der Mauer entlarvt worden waren und in der Haft Bücher geschrieben hatten, Pamphlete der Rechtfertigung, die sie zum Speien fand und die sie gleichwohl verschlungen hatte wie kleine Jungen Karl-May-Bücher. Denn die Lektüre war hilfreich gewesen, gab sie ihr doch eine Ahnung dessen, was auf sie zukam. Die Polizisten erschienen in Zivil, zu fünft, sechst, zeigten den Haftbefehl, stellten rücksichtslos alles auf den Kopf und suchten noch in der Zahnpasta oder der Pfirsichdose nach Beweisen.
Vor allem davor fürchtete sie sich – vor den fremden

Händen an ihren Sachen. In jede Schublade würden sie greifen, an jeder Tasse ihre Abdrücke hinterlassen. Sie würde alles spülen müssen, oder wegwerfen, wenn sie wieder nach Hause käme. War Angela je in ihre Wohnung zurückgekehrt?
Sophie wusste es nicht, und in Momenten wie diesen beschämte es sie. Langsam ging sie hinüber in ihr Schlafzimmer, streifte das schwarze Cocktailkleid mit den Pailletten über, das sie erst vor ein paar Wochen gekauft hatte, strich es über den Oberschenkeln glatt und schüttelte den Kopf. Warum regte sie sich derart auf? Es war vollkommen unsinnig! Was konnte Rainer Loos dafür, dass sie mal wieder den Mund nicht gehalten hatte und zu feige gewesen war, es Leo gleich heute Morgen zu beichten? Und dass sie es erst recht nicht mehr geschafft hatte, als er sich bei der Pressekonferenz so tapfer geschlagen hatte. Er hätte sie doch nur gehasst und sie hinausgeworfen. Und das hätte sie nicht ertragen!
Nervös fuhr Sophie mit einer Hand in die Seidenstrümpfe und streifte das zarte Gewebe dann vorsichtig über ihre Beide. Nein, Loos konnte nichts dafür, dass er sie mit seinen Gesten, seiner Mimik an Felix erinnerte. Jeden Moment würde er unten an der Tür klingeln …
Der Gedanke genügte, damit sich ihr Magen erneut zusammenzog. Er hatte sie zu dem begehrtesten Konzert der Stadt eingeladen. Sie hätte ablehnen sollen. Bestimmt sogar. Außerdem hätte sie ihm mitteilen müssen, was sie von ihm und von seinem Verrat hielt. Wie konnte er nur ihr Vertrauen missbrauchen und ihre Schwäche ausnutzen!

Andererseits war er fair gewesen. Genau genommen hatte er sie sogar geschont, sie nicht als Quelle bloßgestellt. Und vielleicht stimmte es ja und er hatte wirklich mit *Datenexperten* gesprochen … Hoffentlich. Natürlich. So wird es gewesen sein. Sie hatte zu viel geredet. Aber andere auch. Diese namenlosen Datenexperten. Und so hatte er herausgefunden, dass sie ihm die Wahrheit gesagt hatte, und hatte die Geschichte geschrieben. Das war sein gutes Recht.

Außerdem war sie selbst schuld, denn sie hatte ihm kein Versprechen abgenommen, das ihn verpflichtet hätte, die Geschichte für sich zu behalten. Schlicht vergessen hatte sie es, in blinder Sicherheit, dass er ihr Treffen – wie sie – als privaten, ganz persönlichen Abend betrachte … Dabei hatte er sie gewarnt. Von Spesen geredet, die erst verdient werden müssten. Wie dumm von ihr, das zu missachten. Wusste sie nicht, dass Journalisten immer im Dienst waren? Wie Krokodile, die scheinbar träge schliefen und dann zuschlugen, unerwartet und tödlich? Kannten die so etwas wie Freundschaft, wenn ihnen eine gute Story über den Weg lief? So betrachtet hatte sie Loos einen köstlich knusprigen Braten vor die Nase gehalten und erwartet, dass er ihn nicht essen würde …

Sie würde Rainer Loos nie wieder trauen, nahm sie sich vor. Und doch würde sie ihn nur sanft tadeln. Es war schließlich ihr Fehler gewesen, nicht seiner. Ja, so würde sie das machen.

Ein wenig besänftigt hockte sie sich auf die Kante ihres Sofas im Wohnzimmer und wartete. Ihr Blick fiel auf das ausladende Bücherregal, den dunkelbraunen Ledersessel, in den sie sich so gerne kuschelte, wenn sie las, und auf den warmen, weichen Berberteppich zu ihren Füßen, den sie sich gleich beim Einzug geleistet hatte. Sie hatte es immerhin zu etwas gebracht, überlegte sie. Es war ein bescheidener, beschaulicher Wohlstand, und alles in allem hatte sie sich arrangiert, auch wenn sie natürlich längst nicht das Leben führte, das sie sich damals in ihrem ersten kleinen möblierten Zimmer in Bonn erträumt hatte. Kümmerlich war es gewesen, ganz im Stil der Zeit mit orange karierter Tapete, einem Bett, einem schmalen Tisch für eine Kochplatte, einem wackeligen Schrank, dem Regal, das mit Metallleisten an der Wand befestigt war, einer Arbeitsplatte und einem Waschbecken. Und doch – sie hatte sich keineswegs unwohl gefühlt und sich beim Einzug darüber gefreut wie über ihre erste Puppe.

Wie schnell die Freude verflogen war! Sophie seufzte. Genau genommen hatte all ihr Elend mit dem Tod des Vaters begonnen. Sie war gerade neunzehn Jahre alt gewesen, hatte ihr Studium eben erst begonnen, als der Anruf aus dem Krankenhaus gekommen war. Erst in dem Moment hatte sie erfahren, wie es wirklich um den Vater bestellt war. »Er hatte Krebs und große Schmerzen. Nun ist er erlöst«, tröstete sie einer der Ärzte, als könnte ihr das helfen.

Sie regelte, was zu regeln war, ging allein hinter dem Sarg her, denn es gab niemanden außer ihr, der um den Mann trauerte, der sie stets vergöttert hatte, als sei sie noch immer das schönste Neugeborene der Station. Die

Mutter hatte die kleine Familie schon vor so undenkbar langer Zeit verlassen, dass Sophie längst nicht mehr wusste, wie sie ausgesehen hatte.
Nach der Beerdigung war ihr, als falle sie in ein dunkles, trostloses Loch. Sie war allein. Es gab niemanden mehr, der zu ihr gehörte, und das war schwer zu begreifen. Wie konnte der Vater, der sie doch all die Jahre versorgt und behütet hatte, der einzige Mensch, den sie geliebt hatte, einfach verschwinden? Ohne Warnung und ohne sie um Hilfe zu bitten.
Zu erben gab es nichts. Adalbert Garbe hatte ganz offensichtlich den größten Teil seines kärglichen Gehalts für seine Tochter ausgegeben, und sie hatte es nicht einmal gewusst. Erst recht nicht gewürdigt. Das konnte sie sich lange nicht verzeihen.
Wenn er sie nur nicht so gedrängt hätte, endlich zu studieren, dann wäre sie bei ihm gewesen und hätte ihm vielleicht helfen können. Doch nein, er hatte es besser gewusst: »Du wirst Juristin, so wahr ich dein Vater bin. Denn eines schreibe dir hinter die Ohren, mein Kind. Du bist nicht nur schön, sondern auch klug. Du musst mir versprechen, dass du was aus dir machst. Versprich es mir. Ja?«
Sie hatte es ihm versprochen. Natürlich. Oft und gerne. Sie lernte schnell und hatte das Abitur eigentlich mehr nebenbei gemacht und – weil die Jungen sie wegen ihres eher unscheinbaren, mausgrauen Äußeren links liegen gelassen hatten – von einer Karriere geträumt. Rechtsanwältin könnte sie werden, oder Richterin. Ob sie einmal richtige Mörder verurteilen würde oder nur kleine

Straßendiebe? Oder sollte sie sich auf etwas anderes spezialisieren? Verkehrsrecht? Arbeitsrecht? Sie konnte sich nicht entscheiden.

Und nun war er tot. Einfach so. Tot.

Dass sie ihn nie wieder sehen sollte, raubte ihr fast den Verstand. Sie beschloss, die Universität erst wieder zu betreten, wenn sie sich das Studium aus eigener Kraft leisten könnte. Sie würde nicht betteln gehen, bei niemandem. Das hatte der Vater nie getan und sie würde es auch nicht tun. Der Abschied fiel ihr nicht sonderlich schwer, denn sie war zwar ehrgeizig, doch sie hatte sich gleichwohl in dem mit Graffiti beschmierten, modernen Bau des Juridicums gegenüber dem Postministerium nicht wirklich wohl gefühlt in diesen ersten Monaten ihres lang ersehnten Universitätslebens. Sie hatte keine Freunde gefunden, sie kam sich unzulänglich und tölpelhaft vor unter den vielen selbstsicheren, jungen Leuten, die plaudernd zu den Vorlesungen strömten, sich verabredeten und immer zu wissen schienen, was sie tun mussten und welches Seminar gerade hip war. Jeder schien jemanden zu kennen. Nur sie nicht.

So verabschiedete sie sich mit einem lachenden und einen weinenden Auge von dem Studium und sagte sich, dass es ja nicht endgültig war. Sie würde alles nachholen, wenn sie erst einmal eine Arbeit gefunden hätte, mit der sie sich über Wasser halten könnte. Doch da sie nichts gelernt hatte, war dies keine leichte Aufgabe. Drei Wochen nach der Beerdigung hatte sie immer noch nichts gefunden. Die Vormittage verbrachte sie auf Stellensuche, und mittags machte sie endlose Spaziergänge am

Rhein. Sophie liebte das Wasser, konnte stundenlang auf den Fluss starren und nachdenken. Was sollte sie nur tun? Die Zeit lief ihr davon. Lange würde sie die Zimmerwirtin nicht mehr hinhalten können, die ihr nur einen Monat Zeit gegeben hatte, die Dinge zu regeln. »Entweder Sie zahlen dann, oder Sie ziehen aus. Ich bin schließlich nicht das Sozialamt.« Wo aber sollte sie wohnen, wenn ihr Geld nicht einmal mehr für diese kleine Bude reichte?

Dann hatte sie Felix kennen gelernt. Es war Zufall gewesen, davon war sie jedenfalls fest überzeugt.

Die Zweifel kamen später.

Es war ein sonniger Herbsttag. Sie saß auf ihrer Lieblingsbank am Fluss, betrachtete die Kähne, die an ihr vorbeischipperten, und beneidete die Menschen darauf, die ganz genau zu wissen schienen, wohin sie fuhren. Auf dem Dach hinten stand ein Hund und bellte. Der hat es gut, dachte sie, als plötzlich ein junger Mann ihr die Sicht versperrte. »Darf ich mich setzen?«

Sophie nickte abwesend und beugte sich zur Seite, um den Hund noch einmal zu sehen.

»Na, so allein an einem so schönen Tag?«

»Und was, bitte, ist an diesem Tag schön?« Sophie hatte schon immer einen bissigen Humor gehabt, und seit dem Tod des Vaters nahm sie kein Blatt mehr vor den Mund. Nun runzelte sie unwillig die Stirn und schenkte dem Mann einen finsteren Blick. Er war ganz offenbar nur wenig älter als sie, hatte endlos lange Beine und, das fiel ihr sofort auf, wunderbar breite Schultern.

»Die Sonne scheint, es ist alles friedlich, wir sind gesund,

was willst du mehr?«, sagte er, lehnte sich zurück und verschränkte die Arme vor der Brust.
»Und woher wollen Sie wissen, dass *wir* gesund sind?«
»Aber du siehst doch blendend aus, und ich kann mir beim besten Willen nicht vorstellen, dass du krank bist«, erwiderte er keck.
Eigentlich hatte sie vor, ihn für das allzu vertrauliche Du zurechtzuweisen. Doch dann sah sie in seine braunen, großen Augen und glaubte, darin zu ertrinken. Ihr Herz schmolz, ohne dass sie etwas dagegen tun konnte. In diesem Moment wusste sie es: Dies war der Mann, auf den sie gewartet und von dem sie schon als kleines Mädchen geträumt hatte, als sie all die albernen Bücher verschlungen hatte, in denen die reizenden Töchter von Ärzten und Förstern am Ende ihre wunderbar starken, edelmütigen älteren Freunde heirateten.
»Darf ich mich vorstellen. Ich heiße Felix. Felix Ascher.« Er reichte ihr die Hand. Es war eine große Hand mit gewaltigen Fingern. Er drückte sanft zu. »Und wie heißt du? Oder ist das etwa ein Geheimnis?«
Sie lächelte zaghaft, und während sie es ihm sagte, betrachtete sie neugierig sein Gesicht, begutachtete die vollen Lippen, die dichten dunklen Brauen und das gelockte Haar. Irgendwie schien alles an diesem Mann riesengroß zu sein.
»Was tust du Schöne hier so allein?« Sie zuckte zusammen. Sie war nicht schön, und niemand wusste das besser als sie. Doch seine Stimme klang so schmeichelnd, dass ihr jede Vorsicht abhanden kam. »Mein Vater ist gerade gestorben.« Kaum hatte sie den Satz ausgespro-

chen, erschrak sie. Wie konnte sie nur mit so etwas herausplatzen! Was sollte er nun von ihr denken? Bestimmt würde er gleich aufstehen und gehen, und sie würde ihn nie wieder sehen.
»Oh, das tut mir Leid. Wann?« Felix tat nie, was man erwartete. Er überschütterte sie mit ehrlich klingender Anteilnahme.
Sie erzählte ihm alles, und war doch mit jedem Satz bereit, sofort abzubrechen, zeigte er auch nur geringste Anzeichen von Langeweile. Felix aber ließ sich nicht abschrecken. Er fragte an den richtigen Stellen, hörte aufmerksam zu; und es dauerte nicht lange, da hatte sie ihm ihre ganze traurige Geschichte erzählt und war ihm hoffnungslos verfallen.
»Und jetzt weißt du nicht, was du machen sollst.« Es war eine Feststellung. Keine Frage.
»Genau. Hast du eine Idee?«
»Weiß ich nicht. So aus dem Stand jedenfalls nicht«, sagte er, streckte seine langen Beine und stand auf.
Das Herz rutschte ihr in die Hose. Jetzt hatte sie ihn doch verärgert. Sie sprang ebenfalls auf, hielt ihm zum Abschied die Hand hin und stammelte: »Es tut mir Leid, wenn ich dich ... Das ist wirklich alles mein Problem ...«
»Ja klar«, sagte er, ergriff ihre Hand und hielt sie fest. »Was hältst du davon, wenn wir jetzt erst mal etwas essen gehen?«
Sie zögerte, doch bevor sie Bedenken äußern konnte, versicherte er: »Ich lade dich ein, okay?«
Glücklich willigte sie ein und sie schlenderten langsam ein paar Meter am Fluss entlang, wandten sich dann

stadteinwärts und kehrten schließlich in einem Weinhaus in der Lennéstraße ganz in der Nähe des Hofgartens ein. »Es gibt hier Kleinigkeiten zu essen und es ist recht gemütlich. Warst du schon mal hier?«
Sophie schüttelte den Kopf. Da erst fiel ihr auf, dass sie noch kein einziges Mal ausgegangen war, seit sie in diese Stadt gekommen war. Neugierig schaute sie sich um. Die Kneipe war in schummriges Licht getaucht, an den Wänden hingen alte Musikinstrumente, und das Mobiliar bestand aus rustikalen Holzmöbeln.
Felix hielt ihr den Stuhl hin und wartete, bis sie sich gesetzt hatte, bevor er ihr gegenüber Platz nahm, einen Wein aussuchte und für jeden eine kleine Käseplatte.
»Wie gut, dass ich heute ausnahmsweise einmal ein paar Schritte unten am Fluss gelaufen bin, sonst hätte ich dich nie getroffen«, sagte er sanft und zündete die Kerze auf dem Tisch an.
»Findest du?« Sophie lächelte entzückt, und ein süßer Schauer durchfuhr sie. »Und was machst du sonst, ich meine, wenn du nicht gerade spazieren gehst?«
Er erzählte ihr, er sei Journalist und schreibe für politische Fachzeitschriften.
»Oh. Politik.« Sophie war enttäuscht. Dafür hatte sie nichts übrig. Wenn sie einmal Fernsehen schaute, dann gewiss keine Nachrichten. Die fand sie langweilig.
»Ich sehe schon, dass dich das nicht gerade vom Stuhl reißt.«
Sie schüttelte den Kopf. »Nein.«
»Hat dir schon mal jemand erzählt, wie spannend das alles sein kann?«

»Spannend?« Sophie sah ihn ungläubig an. Sie konnte sich beim besten Willen nicht vorstellen, dass sie Politik jemals interessant finden würde.
Doch nun kam Felix in Fahrt und erinnerte sie in düsteren Worten an den großen Krieg, der so lange noch nicht vorbei sei, malte ein finsteres Bild der Waffenarsenale, die den brüchigen Frieden bedrohten, und warnte, die größte Gefahr seien die Menschen, die genauso gleichgültig seien wie sie. Sein Eifer rührte sie an, und sie versprach, sich von nun an mehr für die Dinge zu interessieren. Dass sie es sich schlicht nicht leisten konnte, eine Zeitung zu kaufen, verschwieg sie.
Er brachte sie nach Hause, nahm sie zum Abschied in den Arm, beugte sich zu ihr herunter und küsste sie sanft auf die Lippen. Wieder schauderte sie, schloss die Augen und umarmte ihn, als wolle sie ihn nie wieder loslassen. Da löste er sich sachte aber bestimmt aus ihrer Umklammerung, strich ihr noch einmal mit dem Zeigefinger über die Stirn und wünschte ihr eine gute Nacht. Das Blut rauschte in ihrem Kopf. Voller Scham und Enttäuschung fummelte sie mit ihrem Schlüssel herum, und es dauerte eine Ewigkeit, bis sie die Tür endlich aufgeschlossen hatte. Doch dann fasste sie sich ein Herz und flüsterte: »Hast du noch Lust auf einen Kaffee?«
Er aber schüttelte unbarmherzig den Kopf. »Es ist besser so. Ich melde mich.«
Sophie fiel zurück in ihr tiefes, gähnendes Loch. Nur dass es ihr auf einmal noch tiefer und noch finsterer vorkam. Sie hatte alles falsch gemacht. Wütend stampfte sie in ihr Zimmer. Sie hätte sich ohrfeigen können.

Warum hatte sie nicht wenigstens ein kleines bisschen Interesse an seiner dummen Politik geheuchelt? Sie zog sich aus und kroch unter ihre Decke. Jetzt würde sie ihn nie wieder sehen. Wie ungerecht! Da hatte sie den Mann ihres Lebens getroffen, nur, um ihn nicht festhalten zu können!

Sie knipste das Licht aus, denn in der Dunkelheit sah das Zimmer nicht mehr ganz so armselig aus. Was sollte er hier, bei ihr? Hatte er nicht gesagt, dass er Journalist sei? Nun, dann hatte er ein festes Einkommen und verdiente gewiss nicht schlecht. Bestimmt hatte er eine richtige Wohnung mit Küche und Bad und Wohnzimmer. Und eine Freundin.

Tränen kullerten über ihre Wangen. Warum vermasselte sie eigentlich immer alles? Warum fand sie keinen Job? Warum mochte sie niemand? Dass der Vater tot war, war das nicht auch ihre Schuld? Wenn sie seine Erkrankung bemerkt, ihn rechtzeitig in die Klinik gebracht hätte …

Sogar diese geheime Schuld hatte sie Felix anvertraut. Nun aber ärgerte sie sich und war sich auf einmal sicher, dass ein solcher Mann nichts mit einer Frau zu tun haben wollte, die sich nicht einmal um ihren kranken Vater kümmerte. Ein neuer Weinkrampf schüttelte sie. Sie würde ihn bestimmt nie wieder sehen.

Und wenn doch? Wenn sie sich irrte? Hatte er nicht versprochen, sich zu melden? Ein zarter Hoffnungsschimmer keimte in ihr auf. Sie trocknete die Tränen, schniefte in ihr Taschentuch und beschloss, sich von nun für Politik zu interessieren. Gleich morgen würde sie anfangen.

Und wenn sie ihn nur noch ein einziges Mal traf, dann würde sie vorbereitet sein und ihm nichts mehr von ihrer Not vorheulen. Sie wäre nicht mehr die dumme Gans, die keine Ahnung hatte …
Tatsächlich kaufte Sophie am nächsten Morgen von den letzten Groschen, die sie erübrigen konnte, die erste Tageszeitung ihres Lebens. Sie mühte sich redlich, sämtliche Artikel von der ersten bis zur letzten Seite zu lesen und zu verstehen. Jeden einzelnen. Sie saß auf der gleichen Bank wie am Tag zuvor, las und schielte mit einem Auge nach Felix.
Er kam nicht.
Auch am nächsten Tag ließ er sich nicht blicken.
Doch als sie an diesem Abend nach Hause zurückkehrte, fand sie einen Zettel im Briefkasten. *Komme morgen Nachmittag gegen vier mal vorbei. Einverstanden? Felix*
Ob sie einverstanden war? Es war, als fiele aller Kummer von ihr ab. Sie jubelte, hüpfte im Zimmer umher, presste den Zettel fest an die Brust, streichelte ihn, küsste ihn und war überglücklich. Die Nacht verbrachte sie damit, sich auszumalen, wie es sein würde, wenn er bei ihr wäre, was sie sagen würde, was er sagen würde, und was sie tun würden, wenn …
Am nächsten Nachmittag kochte sie lange vor der Zeit Kaffee, hockte sich aufs Bett und wagte nicht, sich zu rühren. Sie fürchtete um ihr frisch gebügeltes Kleid und das sorgfältige Arrangement auf dem Tisch. Alles war so perfekt, wie es in diesem schäbigen Zimmer nur sein konnte.

Zwei Stunden später ertönte endlich die Klingel. Mit schnellen Schritten eilte er ihr im Hausflur entgegen, und kaum hatte er sie erreicht, nahm er sie auch schon in den Arm. »Tut mir Leid, ich habe mich verspätet. Du hast doch nicht geglaubt, dass ich nicht mehr kommen würde, oder?«
Sophie schüttelte den Kopf. Sie war so froh, dass er sie endlich im Arm hielt, dass sie an nichts anderes mehr denken konnte. Nur vage registrierte sie, dass er noch besser aussah, als sie ihn in Erinnerung hatte.
Felix aber nahm weder von ihrem Kaffee Notiz, noch von den Plätzchen, dem gedeckten Tisch oder ihrem gebügelten Kleid. Er warf die Tür hinter sich zu, packte sie mit beiden Händen an den Schultern, blickte sie mit strahlenden Augen an, riss sie schließlich ohne viel Federlesens an sich und presste seinen Mund auf ihren und beschäftigte sich zugleich mit dem Reißverschluss. Als ihr Kleid zu Boden fiel, grinste er fröhlich und schob sie zum Bett. »Ich habe es kaum noch ausgehalten! Komm her, meine Kleine, küss mich!« Er legte sich auf sie und bediente sich nach Herzenslust. Sie aber vergrub ihre Fingernägel in seiner Haarpracht, starrte auf das Muttermal an seinem Ellbogen und litt unter einer seltsamen Mischung aus Furcht, dass er aufhören und sie wieder verlassen werde, und dem dringlichen Wunsch, den Übergriff unbeschadet zu überstehen.
Es ging schneller, als sie zu hoffen gewagt hatte. Bald lag er schwer atmend neben ihr und schlief ein. Als er kurz darauf erwachte, rollte er sich aus dem schmalen Bett, küsste sie noch ein paar Mal und verkündete, er habe

noch etwas Dringendes vor. »Ich komme wieder, meine Süße. Versprochen«, sagte er und knöpfte seine Hose zu. »Du bist eine Wucht. Und das mit deiner Arbeit … ach, da fällt uns auch noch etwas ein.« Zum Abschied tippte er mit dem Zeigefinger auf ihre Nase, leckte an ihren Brüsten und verschwand schneller, als sie Porsche Carrera sagen konnte.

Drei Tage später stand er wieder vor ihrer Tür. Einfach so, mitten in der Nacht, einen gewaltigen Blumenstrauß in der Hand. »Ich glaube, ich war ein bisschen eilig beim letzten Mal. Kannst du mir verzeihen?«

Zitternd vor Kälte stand sie im Nachthemd vor ihm und zuckte mit den Schultern. »Übermorgen muss ich hier raus«, war alles, was sie sagte. Am liebsten hätte sie auf der Stelle angefangen zu weinen.

Er schob sie zurück ins Zimmer, schloss behutsam die Tür hinter sich, nahm ihr Gesicht in seine riesigen Hände und küsste sie sanft. »Deshalb hat es ja so lange gedauert. Ich habe mir was überlegt.«

Sie wich zurück und schaute ihn fragend an.

»Nun ja«, begann er und verkleinerte den Abstand sofort wieder. Sie konnte seinen Atem auf ihrer Haut spüren, als er fortfuhr: »Ich habe mich ein bisschen umgehört. Ich kenne da ein paar Leute. Im Verteidigungsministerium sind Stellen für Sekretärinnen frei.«

»Aber ich bin doch keine Sekretärin.«

»Aber du kannst doch tippen.« Sanft küsste er ihre Nasenspitze.

»Ja … schon. Ein bisschen. Was man eben so braucht fürs Abitur.«

»Steno?«
»Dasselbe.«
Damit war der Plan beschlossen, und auch ihr schwacher Einwand, sie wolle aber versuchen, weiterzustudieren, nebenbei, wenn es nicht anders gehe, irritierte ihn nicht. »Sieh erst mal zu, dass das mit dem Job klappt. Dann kannst du weiterplanen. Also, wir machen das so. Und ich gebe dir ein bisschen Geld für die nächsten Tage. Keine Angst«, fügte er sogleich hinzu, denn sie hatte schon abwehrend die Hände gehoben. »Es wird nur so viel sein, dass du über die Runden kommst. Und außerdem kannst du es mir zurückgeben. Du bewirbst dich. Ich helfe dir, dann wird das schon klappen!«
Er brachte das alles mit solcher Überzeugung vor und wanderte dabei mit seinen Fingern über ihren Rücken, streichelte ihre Schenkel und spielte mit ihren Brüsten, dass Sophie jede Gegenwehr sinnlos schien.
Tatsächlich half er ihr in den folgenden Wochen. Er setzte die Bewerbung auf, kaufte ihr Bücher über Steno, besorgte sogar eine uralte Schreibmaschine und forderte sie auf, fleißig zu üben. »Falls sie verlangen, dass du vorschreibst.«
Nichts dergleichen geschah. Am Tag des Vorstellungsgesprächs zog sie ihr bestes Kleid an, frisierte sorgfältig ihr blondes Haar und bemerkte amüsiert, dass der neue Chef vor allem ihr Äußeres prüfte. Und davon angetan zu sein schien. Ansonsten schien die Entscheidung vor allem davon abzuhängen, ob sie missliebige Besucher würde fern halten können oder eher nicht. »Ich brauche einen Vorzimmerdrachen.«

»So richtig eklig?«
»Genau.«
»Kein Problem!«
Sie lachten und wurden schnell einig. Trotzdem dauerte es noch einige Wochen, ehe der endgültige Bescheid kam. »Das liegt an der Sicherheitsüberprüfung«, beruhigte Felix sie. »Aber da brauchst du dir ja keine Gedanken machen.«
»Was bedeutet das?« Sophie sah ihn mit großen Augen an.
»Ach, nichts weiter! Sie fragen deine Verwandten, deine Freunde, deine Lehrer, prüfen, ob und wie oft du in der DDR warst, ob du dort Verwandte hast …«
»Und wenn ja?«
»Hast du?«
Sophie schüttelte den Kopf. »Ich habe keine Verwandten mehr. Ich wüsste zu gern, wen die fragen wollen.«
»Vielleicht dauert es deshalb so lange«, lachte Felix. »Die suchen noch … Es wird alles gut. Mach dir keine Gedanken.«
In dieser Zeit kam er regelmäßig etwa zweimal in der Woche, immer gegen Abend. Er brachte Geld, schlief mit ihr und blieb nie über Nacht. Er lud sie auch niemals zu sich ein.
Sie wusste nicht einmal, wo er wohnte. Stets hatte er neue Ausreden. Einmal war sein Bett angeblich zusammengebrochen, dann war nicht geputzt, dann war es gerade ungünstig, und die Nachbarn seien ohnehin so schrecklich neugierig.
Warum war sie nicht misstrauischer gewesen, schoss es

ihr durch den Kopf. Aber so etwas würde ihr nie wieder passieren.
Es war ihr ja auch nicht mehr passiert.

Sophie stand auf, sah alle zwei Minuten auf die Uhr und schritt unruhig auf und ab. Ihre Absätze versanken in dem hohen Teppichflor. Wo blieb Loos nur? Hatte er sie vergessen? War es nur ein billiger Scherz gewesen? Hatte er am Ende gar keine Konzertkarten? Oder hatte er es sich in letzter Minute anders überlegt?
Sophie hasste es, zu warten. Und weil das so war, war sie stets vor der Zeit fertig, wenn ihr eine Verabredung am Herzen lag. Es war ihre Art, Respekt und Zuneigung zu zeigen. Warum tat ihr nie jemand diesen Gefallen?, dachte sie und rang nervös die Hände.
Das wäre Angela nie passiert, durchzuckte es sie. Die hatte keiner warten lassen.
Nicht mal Felix.
Der alte Stachel bohrte sich wieder tief in ihr Herz, und es schien ihr, als sei die Wunde so frisch wie am ersten Tag. Sie hatte die Wahrheit im Gerichtssaal erfahren. Der schmallippige Staatsanwalt beschrieb mit klarer, anklagender Stimme den Mann, der Angela verführt und jahrelang geführt hatte. Den Mann, den sie geliebt und für den sie ihr Land verraten hatte.
Als sie endlich begriffen hatte, war Sophie ein Stöhnen entwichen, so kläglich, dass sich alle Köpfe nach ihr umgedreht hatten. Sogar der Richter ließ einen fürchterlichen Moment lang seinen skeptischen, bohrenden Blick auf ihr ruhen. In buchstäblich letzter Sekunde kehrte

ihre Geistesgegenwart zurück. Sie presste ihre Hände schützend auf den Magen und murmelte, sie habe Schmerzen. Ein Saaldiener kam zu ihr, führte sie hinaus, reichte ihr ein Glas Wasser und gewährte ihr erst wieder Zutritt zum Prozess, als die Farbe in ihr Gesicht zurückgekehrt war.

Dem Rest der Verhandlung folgte sie wie in Trance, und die anderen Tage ging sie nicht mehr hin. Irgendwann hörte sie im Radio, Angela Kamm, ehemals Sekretärin im Verteidigungsministerium, sei wegen Landesverrats zu sechseinhalb Jahren Haft verurteilt worden. Sophie zuckte mit den Schultern. Es geschah ihr recht, dachte sie und ließ kein Mitleid zu.

Dabei hatte alles so wunderbar begonnen. Mit Wehmut erinnerte sich Sophie an ihre erste Begegnung mit Angela. Es war etwa drei Monate, nachdem sie ihren Dienst im Ministerium angetreten hatte. Angela hatte plötzlich mitten in ihrem kleinen Büro gestanden und verkündet, die Personalabteilung habe sie geschickt. »Wir müssen uns das Zimmer ab jetzt teilen. Sie wissen ja, der Platz ist knapp«, hatte sie gesagt. »Ganz schön eng hier! Aber was will man machen? Ich würde vorschlagen, wir vertragen uns.«

Gerade in dem Moment, als Sophie ihre Hand ausstreckte, um der Neuen zu versichern, dass sie es schon schaffen würden, klopfte es an der Tür, und zwei Männer in grauen Kitteln trugen erst einen Schreibtisch und dann Aktenschränke und anderes Zubehör herein. »Oh, das ging aber schnell«, rief Angela aus, und gab sogleich fröhlich Anweisungen, wie alles zu stellen sei. Das aber war äußerst kompliziert, und nach einigem durchaus amüsanten Hin und Her verkeilten sie die Möbel so ineinander, dass jede von ihnen gerade noch genug Platz hatte, sich auf ihren Stuhl zu quetschen. Welch groteske Enge das gewesen war! Und wie arglos sie sich auf die neue Kollegin eingelassen hatte, die in ihr Leben geschneit war.

Erst kurz nach Angelas Verhaftung hatte Sophie das erste Mal eine Ahnung davon bekommen, dass nicht alles Zufall gewesen sein konnte, was nach Zufall ausgesehen hatte.

»Sie waren doch gute Freundinnen«, sagte der eine Polizist, der Angelas Fall bearbeitete. Sein Kollege schlug in den Notizen nach. »Ja, stimmt. Aus den Akten geht hervor, dass Frau Kamm damals einen Antrag gestellt hat, mit Ihnen in ein Büro zu ziehen.«

»Was hat sie?« Sophie fiel aus allen Wolken.

»Haben Sie eine Vorstellung, warum sie so dringend mit Ihnen zusammenarbeiten wollte?«

Sophie schüttelte verstört den Kopf. »Aber wir hatten doch überhaupt keinen Platz! Es war doch nur vorübergehend …« Es gab keine Erklärung. Sie waren Freundinnen geworden, was kein Wunder war, denn damals verkörperte Angela alles, was Sophie bewunderte: Sie war gut gelaunt, immer zu irgendwelchen Albernheiten aufgelegt und mit ihren rotblonden, halblangen Haaren, die sich stets nach der neuesten Mode bogen, dem zarten Gesicht und der gepflegten Erscheinung unglaublich hübsch. Nur manchmal, ganz selten, schimmerte eine andere Angela durch, eine traurige, einsame. In diesen

Momenten liebte Sophie sie am meisten. Doch Angela zeigte nicht gerne Schwächen, und so blieben dies für Sophie kostbare Augenblicke der Offenheit und Vertrautheit.

Besonders eindringlich erinnerte sie sich an den Tag, an dem Angela aus heiterem Himmel angefangen hatte zu schluchzen. »Ich weiß nicht mehr ein noch aus … Aber sag es niemandem, ja?«

»Was ist los?« Sophie legte den Arm um die Freundin und drückte sie sanft.

»Mein Freund … Er ist … Er hat … Und er hat auch noch eine andere!«

Sophie war ehrlich entsetzt. »Und das machst du mit? Aber warum denn? Das hast du doch nicht nötig!«

»Ach nein?« Angela hielt inne, verzog das Gesicht und blickte sie zornig an. »Und was soll ich deiner Meinung nach dagegen machen? Soll ich mir einen dieser verklemmten Soldaten schnappen, die vor jedem neuen Stern ihren Arsch zusammenkneifen?«

»Angela!«

»Oder soll ich mich in die Disco stellen und Fleischbeschau spielen? Wobei ich die Rolle des Fleisches übernehme? Vergiss es! Da bleibe ich doch lieber bei dem, den ich habe!«

»Ich denke, den hast du gar nicht?«

»Nun ja. Ich habe ihn nicht für mich allein. Das ist der Unterschied. Ob du es glaubst oder nicht … Anfangs dachte ich wirklich, dass es mir nichts ausmachen würde. Ich habe ihn sogar ermuntert. Er ging mir auf die Nerven, hat ständig an mir herumgenörgelt. Es wurde mir einfach zu viel und so forderte ich ihn … Ja, schau mich nicht so an!«

»Du hast ihm gesagt, er soll sich noch eine Frau nehmen?«

»Ich dachte doch nicht, dass er das wirklich macht. Und dass er so oft zu ihr geht …«

»Wie oft denn?«

»Keine Ahnung. Zweimal die Woche. Mindestens. Er spricht nicht darüber.«

»Der Ärmste«, höhnte Sophie. »Wenn mein Felix das mit mir machen würde, ich glaube, ich würde verrückt!« Sie sprach voller Inbrunst und nahm nur verschwommen wahr, dass Angela zusammenzuckte.

Das war das Schlimmste: Jede kleinste Begebenheit, jeder Wimpernschlag und jede Bemerkung hatte nach dem Prozess, nach der grausigen Enthüllung, eine doppelte Bedeutung erhalten. Und noch immer, auch nach fast dreißig Jahren, war sich Sophie bei vielem, das sich ereignet hatte, nicht im Klaren, welche Deutung der Wahrheit am nächsten kam. Die grausamste Version war diese: Angela hatte Felix zu einem Verhältnis mit ihr, Sophie, ermutigt. Und Felix hatte es tatsächlich getan, was hieß, dass auch ihre Begegnung am Rhein kein Zufall war … Oder hatte Angela ihr den Job im Ministerium zuerst beschafft? Hatte Felix sie absichtlich in Angelas Arme getrieben? Hatte er ihr gar aufgelauert, sie damals unten am Fluss ganz gezielt angesprochen, weil sie so einsam gewesen war?

Aber nein, auch das passte nicht ganz … Vielleicht war es doch alles ganz anders gewesen, und Angela hatte

Felix tatsächlich erst an jenem Abend kennen gelernt, als sie das erste Mal zu dritt ausgegangen waren. Es war sogar Sophies Idee gewesen. »Komm Angela, du wirst ihn mögen. Wir gehen einfach mal zusammen aus, ja?«
»Muss ich meinen Kerl mitbringen?«
»Nein. Ich kann Felix ja fragen, ob er jemanden für dich weiß ... Au ja, das machen wir!«
Als Felix das nächste Mal unangemeldet bei Sophie erschien, hatte die sich gerade die Haare gewaschen.
»Na, du siehst ja klasse aus!«, lachte er, umarmte sie, wirbelte sie herum und küsste sie hart und fordernd auf den Mund. Zärtlich zog er das nasse Handtuch von ihrem Kopf herunter, öffnete ihren Bademantel und führte sie zum Bett. Sophie gab sich ihm hin. Wie immer.
»Musst du gleich wieder weg?«, fragte sie ängstlich, als er sich satt und zufrieden von ihr herunterrollte.
»Nein. Wieso? Hast du was vor?«
»Weiß nicht. Ich würde gerne mal ausgehen. Irgendwohin. Vielleicht in eine Kneipe. Es gibt hier doch so viele mit jungen Leuten ... Ich kenne immer noch niemanden ... Außer meiner Kollegin. Angela, du weißt doch, von der habe ich dir schon erzählt. Wir könnten doch mal zusammen ...«
»Was ist? Genüge ich dir nicht mehr?«
»Doch, natürlich. Aber das ist es nicht«, antwortete sie verlegen, streichelte seinen Arm und küsste behutsam das breite Muttermal an seinem rechten Ellbogen. »Andere Leute gehen doch auch mal aus ... Wir sind nicht mehr weggewesen, seit wir uns kennen gelernt haben!«

»Na, dann rate mal, woran das liegt«, schnurrte er, fuhr mit der Hand durch seine üppige Lockenpracht und küsste ihre Brüste.
»Aber …«
»Also schön!« Er sprang aus dem Bett und betrachtete sie kühl. »Wohin willst du?«
Erschrocken schüttelte Sophie den Kopf. Sie ergriff seine Hand und zog ihn zu sich herunter. »Vor allen Dingen will ich nicht, dass du mir böse bist.«
Widerwillig legte er sich wieder neben sie. »Ich bin dir nicht böse«, grummelte er. »Sag, wie war es im Büro? Kommst du klar?«
»Ja.« Sie zuckte mit den Schultern. »Sicher.«
»Und wie ist dein Chef so?« Er strich mit dem Zeigefinger über ihre Brustwarzen.
»Willst du das wirklich wissen?«
»Aber ja doch. Alles was du machst, interessiert mich. Weißt du, du bist für mich sogar sehr wichtig. Du bist der wertvollste Mensch, der mir jemals begegnet ist. Und ehrlich gesagt verbringe ich das bisschen Zeit, das wir miteinander haben, lieber ganz allein mit dir. Ich habe einfach keine Lust, neben lauten, wildfremden Leuten zu stehen und literweise Kölsch zu saufen. Kneipen gehen mir ziemlich auf die Nerven.«
Geschmeichelt lächelte Sophie. Sie war ein wertvoller Mensch … Die Worte taten ihr gut und es wurde ihr warm ums Herz. So etwas Freundliches hatte ihr noch nie jemand gesagt. Nicht einmal ihr Vater.
Und nun lag sie hier mit einem wunderbaren Mann, und der sagte ihr, dass sie ein wertvoller Mensch sei! Sie

seufzte zufrieden, kuschelte sich in Felix' Arme und erzählte. Sie hielt nichts zurück, zeichnete ein so genaues, komisches, aber auch weitsichtiges Bild ihres Chefs, dass Felix fasziniert zuhörte. Seine Aufmerksamkeit beflügelte Sophie, und sie konnte nicht aufhören zu sprechen. Haarklein berichtete sie von Angela, von ihrer Schönheit und ihrem Übermut, ihrem Fleiß, und es fiel ihr nicht auf, dass Felix diesmal noch genauer zuhörte.
»Hat sie einen Freund?«
»Ja, aber der ist ein Schwein. Hat zwei Frauen gleichzeitig!«
»Aha«, grunzte er, suchte ihren Mund und murmelte: »Ist er etwa so unersättlich wie ich?«
Glücklich ließ sie sich auf ihn ein, und als er sich in dieser Nacht verabschiedete, standen Tränen in ihren Augen. Warum blieb er nie bei ihr? Sie wagte nicht, zu fragen. Sie kuschelte sich in das noch warme Bett, schloss die Augen und weinte.
Am nächsten Morgen konnte sie sich selbst nicht mehr verstehen. Was war nur in sie gefahren? Was wollte sie eigentlich noch? Es ging ihr doch gut! Sie hatte einen Job, ein Dach über dem Kopf, genug Geld und den besten Freund, den eine Frau sich wünschen konnte. Was nutzte Angela all ihre Schönheit, wenn sie keine Liebe fand? Sie selbst aber, sie hatte Felix, den Mann ihres Lebens. Sie hatte ihn bereits gefunden! Und er kehrte immer wieder zu ihr zurück! Hierher, in dieses schäbige Zimmer! Sie wunderte sich über all das Wunderbare, das ihr widerfahren war, seit sie Felix kannte, und wusste, dass sie endlich in einer Liebe angekommen war, von

der sie nie zu träumen gewagt hatte. Voller Zärtlichkeit erinnerte sie sich an sein verschwitztes Gesicht, an die Haare, die ihm zerzaust zu Berge standen, an die Haut, die von der Anstrengung ihrer Liebe noch leicht gerötet war, und an die Lippen, die in ihr Ohr flüsterten: »Du bist das Wichtigste in meinem Leben. Du musst mir immer erzählen, was du tust. Ich will über alles Bescheid wissen, weil es dann so ist, als wären wir immer beisammen, als müssten wir uns niemals trennen.«
Er wollte sich nie von ihr trennen! Sie konnte ihr Glück nicht fassen, schlang ihre Arme um ihre Brust und tanzte in dem kleinen Zimmer herum. Nach einer Weile fielen ihr noch tausend Dinge ein, von denen er nichts wusste und die sie ihm einfach berichten *musste*. Darüber würde er lachen, und dies würde ihn interessieren und für etwas anderes hätte er bestimmt genauso wenig Verständnis wie sie.
Bereits beim nächsten Mal, als sie sich sahen, kam die überraschende Wende. Nachdem sie ihm haarklein alles erzählt hatte, was in ihrem Leben vorgefallen war, war er es, der plötzlich einen gemeinsamen Kneipenbummel vorschlug. »Ich habe mir das überlegt, was du gesagt hast. Und ich denke, du hast Recht. Wir sollten wirklich mal unter Leute gehen. Ich kenne da jemanden, der wäre vielleicht genau richtig für deine Freundin. Nun, was sagst du? Mache ich dir damit eine Freude?«
Sie fiel ihm um den Hals und küsste ihn und fand das Leben wunderbar. Zwei Tage später holte er sie ab. »Mein Kollege wartet schon in der Bebel-Klause auf uns, einverstanden?«

Sophie nickte. »Angela weiß Bescheid. Wir treffen sie dort.«
»Mein Freund ist übrigens ein bisschen schüchtern, ich hoffe, das macht deiner Angela nichts aus. Aber er ist sehr intelligent. Und er hat Schwierigkeiten, die richtige Frau zu finden. Entweder sie kichern ihm zu viel, oder sie nehmen ihn nicht ernst.«
»Na dann.« Sophie hätte nicht sagen können, woher die Gewissheit kam, aber in diesem Moment war ihr klar, dass der Abend ein Fiasko werden würde. Später machte sie sich Vorwürfe. Warum hatte sie nicht behauptet, ihr sei schlecht? Oder ihn einfach so leidenschaftlich geküsst, dass er sie ins Bett gezogen hätte? Sie tat nichts Dergleichen, weil sie sich noch nie gegen ihn aufgelehnt hatte, und weil er schließlich ihr einen Gefallen tat.
In der schmuddeligen Eckkneipe, die für ihre linke, studentische Klientel stadtbekannt war, ging es laut und ungezwungen zu. An den Wänden klebten die neuesten Politplakate, an den Tischen wurde laut diskutiert oder Backgammon gespielt und in den Ecken geknutscht. Felix steuerte zielsicher auf den Tresen zu und begrüßte seinen Freund mit einem kräftigen Schlag auf die Schulter. »Sophie, das ist Oliver. Oliver, das ist Sophie, von der ich dir schon viel erzählt habe.«
Sie gaben sich die Hand und tauschten ein paar Höflichkeiten aus. Kurz darauf erschien Angela, umarmte Sophie, machte sich selbst mit den beiden Männern bekannt und alberte so übermütig herum, dass sich Sophie schon bald ausgeschlossen und elend fühlte. Dazu kam,

dass Angela Oliver nur ein oder zwei Blicke schenkte und ihren Charme ausschließlich auf Felix konzentrierte. Der ging lachend darauf ein, und es schien Sophie, als hätten die beiden sie vergessen. Schüchtern wandte sie sich an Oliver, fragte, ob ihm das Bier schmecke, ob ihm das Lokal gefalle, ob er öfter da sei und die Musik nicht ein wenig laut finde …

Oliver und Sophie konnten nichts miteinander anfangen. Sie wussten es beide. Sie kämpften tapfer, um den Abend mit Anstand hinter sich zu bringen. Doch immer wieder traten Pausen von mehreren Minuten ein, in denen sie einfach nichts mehr zu sagen wussten.

Angela und Felix schienen davon nichts zu merken. Sie waren in ihr Gespräch vertieft, das sich mittlerweile der Weltlage im Allgemeinen und dem Sinn kurzer Haare bei Soldaten im Besonderen widmete. Sie lachten, tranken und diskutierten hitzig. Sophie hörte beklommen zu, wusste die Debatte aber um keinen spritzigen Beitrag zu bereichern, und merkte, dass die beiden das auch nicht erwarteten. Ihr Bier schmeckte schal, Oliver hatte inzwischen jeden Versuch, mit ihr zu sprechen, aufgegeben, und irgendwann wollte sie nur noch nach Hause ins Bett.

Sie zupfte Felix am Arm und murmelte, es sei spät und sie müsse am nächsten Morgen früh raus. Sie kam sich vor wie ein Spielverderber und hasste sich dafür. Doch sie konnte nicht anders.

»Was soll denn das?«, herrschte Felix sie an. »Du wolltest doch ausgehen! Jetzt sind wir hier, und nun ist es auch wieder nicht richtig?«

»Doch … schon … es ist nur …«
»Ich kann dich nach Hause bringen«, bot sich Oliver an. »Natürlich nur, wenn du möchtest.«
Sophie mochte nicht. Sie wollte Felix haben. Seine Aufmerksamkeit, seine Wärme, seine Leidenschaft und seine Hände auf ihrer Haut.
»Das ist doch großartig, Oliver, wenn du das machen kannst?« Felix schlug seinem Freund begeistert auf die Schulter, bevor er achtlos Sophies Stirn küsste und säuselte: »Es ist das Beste, Kleines. Ich muss sowieso bald nach Hause. Viel Zeit hätten wir heute Nacht ohnehin nicht miteinander.«
Das wiederum war Sophie entsetzlich peinlich. Was ging es die anderen an, ob sie vielleicht noch miteinander geschlafen hätten? Und klang es nicht fürchterlich gönnerhaft? Sie errötete und sah sich Hilfe suchend nach Angela um. Doch die hatte sich scheinbar gleichgültig zur Theke gewandt und bestellte noch ein Bier. Enttäuscht und hilflos gab Sophie nach: »Also schön. Dann fahren wir.«
Zum Abschied drückte Felix seinen Mund auf ihren. Doch der Kuss dauerte einen Moment zu lange und schmeckte falsch. Niedergeschlagen stieg sie in Olivers klapprigen Wagen, der eine Straßenecke weiter geparkt war. Sie fuhren wortlos durch die leeren Straßen. Oliver hielt vor dem Haus, in dem sie wohnte, nuschelte, es werde sich bestimmt alles wieder einrenken, und fuhr davon.
Als sie am nächsten Tag ins Büro kam, war es ihr noch immer schwer ums Herz, und sie wusste nicht recht, wie

sie Angela begegnen sollte. Angela aber saß schon an ihrem Schreibtisch und lächelte, als sei nichts geschehen. Ihre rotblonden Haare glänzten und fielen in einer kleinen Außenwelle auf die Schultern und ihre Erscheinung war so makellos, dass neidische Bitterkeit Sophie ergriff. »Na? Wann bist du denn gestern ins Bett gekommen?«, erkundigte sie sich mit unterkühlter Höflichkeit.

»Ach«, warf Angela achtlos hin, »wir sind auch nicht mehr lange geblieben. Ich habe mein Bier noch ausgetrunken, und dann sind wir gegangen.« Sie zog die Augenbrauen hoch und betrachtete Sophie mit sanfter Ironie. »Du hast uns gefehlt! Warum seid ihr nicht noch geblieben?«

Wir? Ihr? Wer gehörte zu wem? Brachte Angela nicht etwas durcheinander? Doch Sophie war zu verletzt, um ihrer Wut Luft zu machen. »Ich war müde«, brummte sie.

»Du, der Felix ist wirklich sehr nett«, sagte Angela und beugte sich verschwörerisch nach vorn. »Du kannst von Glück reden, dass du ihn gefunden hast.«

Da fingen Sophies Augen an zu glänzen und sie vergaß auf der Stelle allen Verdruss. »Ja, nicht wahr? Er ist klasse! Und er sieht wunderbar aus. Und dumm ist er auch nicht!« Das Eis war gebrochen, und sie unterhielten sich, während sie zwischendurch eher halbherzig ihre Arbeit erledigten, noch lange über Felix im Einzelnen und Männer im Besonderen.

Sophie schlug nie wieder eine gemeinsame Unternehmung vor, und Felix erwähnte Angela nur nebenbei, wenn sie über ihre Arbeit sprachen. Die Gelegenheiten dazu wurden aber seltener, und die Abstände zwischen seinen Besuchen immer größer. Doch je weniger Sophie Felix sah, umso verrückter wurde sie nach ihm. Bald schon vermochte sie an nichts anderes zu denken als an ihn. Sie sprach mit ihm, wenn sie aufstand, erzählte ihm in Gedanken alles, was sie am Tag erlebt hatte und verzehrte sich abends, wenn sie zu Bett ging, vor Sehnsucht.

»Ich kann jetzt einfach nicht öfter kommen. Ich muss im Moment furchtbar viel arbeiten. Und ich bin viel unterwegs. Aber das habe ich dir doch schon tausendmal erklärt«, wehrte er stets ab, wenn sie sich an ihn klammerte. »Aber ich verspreche dir, dass alles besser wird. Dann verbringen wir jede freie Minute miteinander. Was hältst du davon, einfach ein Tagebuch zu schreiben? Hm? Das gibst du mir dann zu lesen, und so weiß ich, was du denkst und tust.«

O heilige Einfalt! Sophie erschauderte. Das unselige Tagebuch! Wo es nur geblieben war …? Denn sie hatte seinen Vorschlag tatsächlich aufgegriffen. Anfangs unsicher und holprig, später aber flüssig und ohne Hemmungen hatte sie ihren Tagesablauf in allen Einzelheiten festgehalten, beschrieben, was sie sich kaufte, anzog und aß, wie ihre Kollegen aussahen, was sie taten und was sie über jeden Einzelnen dachte.

Nur über Angela verlor sie kein Wort.

Nach einer Weile ging sie dazu über, den belanglosen Klatsch nur noch kurz zu erwähnen und sich mehr jenen Informationen zu widmen, mit denen sie Felix zu beeindrucken hoffte. Sie gab Briefe wieder, deren Beantwor-

tung der Chef furchtbar dringlich gefunden hatte, Prüfberichte, die sie gelesen, und Beschwerden, die über ihren Tisch gegangen waren.
Sie merkte bald, dass sie auf dem richtigen Weg war. Hatte Felix ihre Aufzeichnungen anfangs nur überflogen und eher beiläufig zur Kenntnis genommen, nahm sein Interesse nun von Besuch zu Besuch zu. Er las jeden Eintrag mit größter Sorgfalt, während Sophie neben ihm lag, seinen nackten Bauch streichelte und ihn mit glühenden Augen betrachtete. Stellte er Fragen, gab sie sich Mühe, diese sorgfältig und so ausführlich wie möglich zu beantworten.
Es hing viel davon ab, dass er zufrieden war. Hatte sie gut gearbeitet, liebte er sie ausgiebig, langsam und zärtlich, so dass es sie zum Wahnsinn trieb. Enttäuschte sie ihn aber, dann stieß er einfach in sie hinein, und seine Hände waren grob und taten ihr weh.
Einmal überrumpelte sie ihn mit einem ganz besonderen Eintrag. Sie hatte die Geschichte erst am Abend zuvor notiert und wartete nun gespannt auf ihn. Als sie das breite Grinsen auf seinem Gesicht erblickte, atmete sie erleichtert auf.
»Das gibt es doch gar nicht … Das ist ja echt … Wahnsinn!«, stammelte er und schüttelte fassungslos den Kopf.
»Ja, nicht wahr?«
»Du, wenn das stimmt, dann können sie die Dinger doch gleich wieder verschrotten! Das ist ja kaum zu glauben … Ich fasse es nicht …«
»Natürlich stimmt das«, entgegnete Sophie entrüstet.
»Und das hat dir dein Chef erzählt?«

»Klar, gestern. War ziemlich sauer. Erst war er stundenlang beim Minister, dann hat er einen Brief diktiert, der sich gewaschen hatte …«
»An wen?«, unterbrach er sie.
»Sage ich dir gleich. Jedenfalls musste ich das Schreiben tippen, und da habe ich gesagt, dass ich die ganze Sache nicht verstehe, und dann hat er es mir eben erklärt«, berichtete sie ebenso atemlos wie stolz und sprudelte, ohne dass er weiter hätte nachfragen müssen, heraus, was sie verstanden hatte. Dass es um die allerneuesten und teuersten Panzer der Bundeswehr gehe, dass sie angeschafft worden seien, um feindliche Flugzeuge auch nachts und in großer Entfernung abzuschießen, dass die Systeme *Katzenaugen* hießen und dass sie gefährlich seien – vor allem für die eigenen Piloten. »So wie es aussieht, hat das Heer schon zwei Kampfjets unserer Luftwaffe auf dem Gewissen … Vier Piloten sind tot. Ich bin mal gespannt, wann die sich bei uns auf dem Flur duellieren«, kicherte Sophie albern und räkelte sich in seiner ungeteilten Aufmerksamkeit.
Felix schüttelte noch immer erstaunt den Kopf. »Und du bist sicher, dass es die Elektronik der *Katzenaugen* war?«
»Also, ich kann dir natürlich nur erzählen, was mein Chef sagt. Offenbar ist das Ministerium sicher. Die Elektronik der Panzer hat die Elektronik der Jets so gestört, dass die Piloten wie Eisenklumpen vom Himmel gefallen sind. Da hat wohl nix mehr funktioniert …«
»Und jetzt?«
»Keine Ahnung. Mein Chef sagt, sie werden die *Katzen-*

*augen* erst mal stilllegen. Kein Einsatz mehr, bis man herausgefunden hat, wo genau der Fehler liegt.«

»Vielleicht fragen sie die Russen, ob die das Teufelszeugs haben wollen«, ulkte Felix. »Die würden sich ein Loch in den Hintern freuen über eine neue Wunderwaffe gegen westliche Kampfflugzeuge.«

»Ich denke, die Russen sind pleite?«

»Ach was! Für ein paar kleine Panzer ist immer Geld da. Das ist bei denen wie bei uns!«, feixte er, beugte sich über sie und küsste sie so leidenschaftlich, dass ihr ganz schwindelig wurde.

»Und an wen hat er den Brief geschrieben ... dein Chef, meine ich?«, murmelte er zwischen dem einen und dem nächsten Kuss.

»Hm. Weiß nicht mehr. Ich kann ihn dir ja mitbringen, wenn es dich so brennend interessiert.«

»Ach, na ja, so wichtig ist es auch nicht«, antwortete er und biss ihr spielerisch in die Unterlippe. »Aber wenn du mir mal was mitbringst, wogegen ich natürlich nichts habe, dann sei vorsichtig, ja?«

»Klar!«, hauchte sie. »Aber du schreibst doch nicht darüber, oder? Das ist nur für dich.«

»Keine Sorge, Kleines. Auf mich kannst du dich verlassen.«

Tatsächlich hielt er Wort. Nie las sie etwas von dem in der Zeitung, das sie ihm berichtet hatte. In den folgenden Wochen erschienen hier und da Meldungen, wonach die *Katzenaugen* teurer würden als geplant. Aber diese Meldungen stammten nicht von Felix, und außerdem regte sich darüber niemand auf, hatte man sich doch daran gewöhnt, dass Rüstungsprojekte immer mehr kosteten als zunächst angegeben.

Dass der Fall Jahre später in Angelas Prozess eine bedeutende Rolle spielte, erfuhr Sophie nie. Denn die Einzelheiten des Verrats wurden im Geheimen verhandelt, die Öffentlichkeit wurde an diesen Tagen ausgeschlossen. Natürlich hätte sie es sich denken können. Doch einerseits war ihr Angelas Schicksal zu dem Zeitpunkt schon völlig gleichgültig. Je schlimmer es für die ehemalige Freundin käme, desto besser. Und andererseits war sie viel zu tief verletzt, als dass sie sich Gedanken um diese Geheimnisse gemacht hätte.

Viel wichtiger schien ihr, sich Klarheit über Felix' wahre Gefühle zu verschaffen. Hatte er sie damals wirklich nur ausgenutzt, um an Angela heranzukommen? War er die ganze Zeit schon mit der Freundin zusammen gewesen, auch während ihrer letzten Zeit, als sie ihm immer öfter Dokumente gebracht, immer längere Berichte in ihr Tagebuch geschrieben und tatsächlich geglaubt hatte, seine überhebliche Herablassung besiegt zu haben? Hatte sie deshalb oft tage-, manchmal gar wochenlang auf ihn warten müssen, weil er in dieser Zeit mit Angela zusammen gewesen war? Oder war er wirklich auf Dienstreisen gewesen, so wie er es ihr mit treuem Blick versichert hatte?

Erst im Nachhinein wurde ihr klar, dass sich Angela in dieser Zeit immer mehr von ihr zurückgezogen hatte, dass ihre Gespräche oberflächlicher geworden waren, und dass sie einander außerhalb des Ministeriums kaum noch gesehen hatten. Sophie hatte alles versucht, die Be-

ziehung aufrechtzuerhalten, ja, sie hatte es der Freundin nicht einmal nachgetragen, dass sie in der schwersten Stunde nicht an ihrer Seite gestanden hatte. Angela hatte einfach Urlaub gebraucht. »Es ist eine einmalige Chance. Mensch, Sophie! Verstehst du denn nicht? Griechenland! Da komme ich nie wieder hin, wenn ich das jetzt nicht mache!«
Sophie hatte traurig ihren wachsenden Bauch gestreichelt und genickt.
»Mensch, nun schau mich doch nicht so an. Du behältst es ja doch nicht!«
»Nein, das tue ich wohl nicht.«
»Oder hat Felix seine Meinung geändert?«
Wie oft hatte sich Sophie diese Szene ins Gedächtnis gerufen? Jedes Mal, wenn sie über diese Frage ihrer Freundin nachdachte, klang sie misstrauischer, ängstlicher. Hatte Felix seine Meinung geändert?
»Er will es nicht. Er sagt, er kann mich nicht heiraten. Und er will mich auch nicht heiraten. Und allein kann ich es nicht großziehen.« Sie kam sich so verloren vor, so herzlos ihrem Kind gegenüber, das sie mit jedem Tag mehr zu lieben meinte und von dem sie sich niemals trennen wollte. Am liebsten hätte sie es nicht zur Welt gebracht.
Natürlich musste sie die Geburt hinter sich bringen. Schnell. Felix würde sie erst wieder besuchen, wenn sie keinen dicken Bauch mehr hätte. »Ich kann das nicht«, hatte er gesagt. »Außerdem haben wir eine Abmachung!«
Oh ja, sie hatten eine Abmachung. Wenn sie schon darauf bestand, das Baby auszutragen, dann sollte sie es

wenigstens zur Adoption freigeben. Vorher würde er nicht wiederkommen. Dann hatte er ihr ein paar Adressen besorgt, und nach langen Kämpfen mit sich selbst und vielen Tränen hatte sie sich gefügt. Es gab keine Hoffnung. Sie war allein. Wenn sie nicht arbeiten konnte und von Sozialhilfe leben müsste ... Was hätte dieses Kind dann für eine Zukunft? Sie musste es weggeben. Es war das Beste, das sie tun konnte. Sagte sie sich.

In ihrem Inneren glaubte sie das nie. Doch sie lehnte sich auch diesmal nicht auf.

Als die Wehen kamen, war sie allein. Angela erholte sich in Griechenland, und ihr neuer Nachbar, Eberhard Mahler, der sich in den letzten schweren Wochen rührend um sie gekümmert, eingekauft, sie zum Arzt gefahren, getröstet hatte, wenn sie um ihre verlorene Liebe geweint hatte, war ausgerechnet in dieser Nacht nicht da. Seine Mutter feierte ihren siebzigsten Geburtstag, und er hatte für ein paar Tage zu ihr fahren müssen. Sie hatte ihn sogar dazu ermutigt, in der sicheren Gewissheit, dass es noch nicht so weit war.

Doch als sie nur Stunden später aufwachte und zur Toilette wankte, platzte die Fruchtblase. Es war mitten in der Nacht, und sie wusste im ersten Moment nicht, was sie tun sollte. Dann besann sie sich, bestellte tapfer ein Taxi, fuhr ins Krankenhaus und weinte. Während der gesamten Geburt flossen die Tränen. Der Schmerz zerriss sie fast.

Als das Kind nach sieben Stunden endlich herausgepresst war, sprach niemand ein Wort. Alle im Kreißsaal wussten Bescheid.

Sophie bat darum, das Baby einmal sehen zu dürfen. Nur einmal. Da hielt die Hebamme ihr das gewaschene, angezogene, zufrieden vor sich hinträumende Bündel hin. »Sind Sie wirklich sicher, dass sie dieses wunderschöne Mädchen weggeben wollen?«
Voller Sehnsucht blickte Sophie in das kleine, zerknitterte Gesicht und sog den Anblick in sich auf. Dann schloss sie die Augen, nickte und drehte sich weg. Es war, als sei sie gestorben.
Den Rest ihres Klinikaufenthalts verbrachte sie in der Frauenstation, damit ihr der Anblick glücklicher Mütter und rosiger Babys erspart blieb. Sie litt unter Depressionen und ließ doch niemanden an sich heran. Sie sehnte sich mit allen Fasern ihres Seins nach Felix, aber er besuchte sie nicht. Immer wieder erkundigten sich die Schwestern, ob sie jemanden benachrichtigen sollten, doch Sophie schüttelte jedes Mal traurig den Kopf. Wenn er es nicht selbst merkte, was war ihre Liebe dann wert …?
Natürlich war ihr klar, dass das Unfug war. Und doch konnte sie nicht anders. Er hatte sie in die Hölle gestürzt. Er musste doch spüren, wie es ihr ging!
Nach einer Woche entließ man sie mit vielen freundlichen Ratschlägen, besorgten Gesichtern und der Adresse eines guten Arztes. Sophie blieb das Wochenende zu Hause. Als Eberhard Mahler an ihrer Tür klingelte, fiel sie ihm erleichtert um den Hals. Erstaunt tätschelte der unbeholfene Mann ihre Schulter, und sie fing erneut an zu weinen, obwohl sie eigentlich sicher gewesen war, inzwischen ausgetrocknet zu sein.

Eberhard Mahler nahm ihre Vertraulichkeit als gutes Omen. Er umwarb Sophie und konnte sein Glück kaum fassen. Nie hatte er sich erträumt, sich jemals einer Frau nähern zu dürfen, denn Eberhard war nicht eben schön zu nennen. Er war dick und unbeholfen, hatte immer Schwierigkeiten mit Mädchen gehabt, und es war purer Zufall gewesen, dass er seine Nachbarin überhaupt kennen gelernt hatte. Es war passiert, als er gerade seine Autotür aufgemacht hatte, ohne sich umzuschauen. Dabei hatte er Sophie die Einkäufe aus der Hand geschlagen.

Eberhard Mahler war ein Mann der Grundsätze, und einer davon lautete, dass schwangere Frauen grundsätzlich unter Naturschutz standen. Bereitwillig trug er ihre Tüten und half ihr, wenn sie nach ihm rief. Nach einer Weile kamen sie sich näher. Er hörte sich ihre Geschichte an, missbilligte insgeheim ihren Lebenswandel, verkniff sich aber jede bissige Bemerkung. Wenigstens hatte sie nicht abgetrieben, dachte er und verbuchte dies als Pluspunkt.

Als sie nun in seinen Armen lag, wurde ihm schlagartig bewusst, welche Herausforderung diese Frau war. Er, nur er allein, könnte sie zu einer ehrbaren, würdevollen Frau machen. Sie müsste nur diesen grässlichen Felix vergessen und und ihm treu sein. Dann wäre endlich alles gut. Sie konnte ihm all die Kinder gebären und großziehen, von denen er geträumt hatte. Als Gegenleistung würde er ihrem Leben wieder Halt und Richtung geben.

Erfüllt von diesem hehren Traum, machte er ihr alsbald

den ersten Heiratsantrag. »Ich erwarte von dir natürlich, dass du diesen Felix vergisst.«

Sophie sah ihn mit großen Augen an. Eigentlich hatte er ja Recht. Es wäre wirklich besser, nach allem, was gewesen war …

Doch sie war noch nicht so weit, und das brachte sie Eberhard so schonend wie möglich bei. Er fügte sich. »Ich werde dich wieder fragen. Und irgendwann werden wir zusammengehören.«

Insgeheim konnte Sophie sich das zwar nicht vorstellen, andererseits hatte sie auch nicht die Kraft, ihn zurückzuweisen.

Er war der treueste Freund, den sie je gehabt hatte. Sie brauchte ihn. Er war hilfsbereit und für sie da. Es war ein wenig lästig, zugleich aber ungeheuer bequem, ihn nebenan zu wissen. Und so beließ sie es bei einem unbestimmten, freundlichen »Vielleicht«.

Etwa einen Monat nach der Geburt des Kindes stand Felix plötzlich vor ihr. Er sah als Erstes zu ihrem Bauch. Ein Strahlen erschien in seinen großen braunen Augen und setzte sich in seinen Lachfalten fort. Erleichtert und übermütig umarmte und verführte er sie, als sei nichts vorgefallen. Sophie ließ seine Zärtlichkeiten über sich ergehen. Doch sie war nicht bei der Sache, spürte, wie eine schauderhafte Kälte in ihr aufstieg. Sie zitterte und fing an, von dem Baby zu erzählen. Felix aber unterbrach sie sofort. »Nun hör schon auf. Es ist vorbei. Gib endlich Ruhe. Erzähl mir lieber, wie es im Ministerium läuft. Du gehst doch wieder arbeiten, oder? Komm, zeig mal dein Tagebuch!«

Sophie kniff die Lippen zusammen. »Da steht nichts Neues drin. Ich habe nichts mehr geschrieben, seit …«
»Seit wann?« Er runzelte die Stirn.
»Ich weiß nicht. Seit meiner Schwangerschaft … Du warst so lange nicht da …«
»Meine Güte!«, stieß er unwillig aus. »Du weißt doch, dass es nicht ging. Und außerdem war ich auf Dienstreise. Im Ausland. Balkan, Griechenland …«
Griechenland. Spätestens da hätte sie es wissen können, müssen. Doch sie war blind gewesen. Taub und blind. Es dauerte lange, bis es ihr endlich dämmerte.
Zu dem Zeitpunkt aber ahnte sie nichts, war hin und her gerissen zwischen ihrer alten, unerfüllten Liebe zu Felix und der sicheren, ruhigen, aber eher langweiligen Zukunft, die Eberhard ihr verhieß.
Angela, die in der Zwischenzeit ein eigenes Büro bezogen hatte und die sie nur noch selten in der Mittagspause traf, war ihr keine Hilfe. »Das musst du schon selbst wissen. Liebst du denn diesen Eberhard?«
Sophie schwieg.
»Und Felix?«
»Ja! Natürlich!«
»Liebt er dich?«
Sophie zog die Augenbrauen hoch und seufzte. »Ich weiß es nicht. Aber ich … Ich habe doch … Es war sein Kind! Ich habe es für ihn getan … Es kann doch nicht alles umsonst gewesen sein!« Wieder brach sie in Tränen aus.
»Pass lieber auf, dass dir das nicht noch mal passiert.

Heute muss doch kein Mensch mehr schwanger werden! Nimmst du die Pille?«
Sophie nickte. »Ich muss sie vergessen haben …«
»Dann vergiss sie nie wieder. Und hör endlich auf zu heulen. Du siehst schon aus wie ein Gespenst! Wie soll ein Mann dich lieben, wenn du so aussiehst?«
Das saß. Sophie riss sich zusammen und tat alles, damit niemand ihre innere Not bemerkte. Außerdem arbeitete sie härter denn je, denn sie wusste, dass sie im Grunde dankbar sein musste, denn immerhin hatte sie ihre Arbeit behalten. Die Personalabteilung hatte ihr den Vorfall nicht nachgetragen, die Geburt als normale Krankheit verbucht und sie schon kurz darauf wieder aufgenommen, als sei nichts gewesen. Niemand sprach sie auf das verschwundene Baby an, auch nicht ihr unmittelbarer Vorgesetzter. Einerseits ängstigte Sophie das Schweigen, musste es doch bedeuten, dass man allgemein Bescheid wusste. Andererseits war sie froh, sich nicht erklären zu müssen.
Von ihrem Studium hatte sie endgültig Abschied genommen. Sie würde es niemals schaffen, zur Universität zu gehen, das war ihr nun klar. So schrieb sie wieder Tagebuch und verbrachte ihre freie Zeit damit, auf Felix zu warten. Gewissenhaft notierte sie alles, was durch ihre Hände lief, und labte sich an Felix' Neugierde und seinem Erstaunen, wenn er es las und ihr dabei ein wenig abwesend, doch lobend über den Kopf strich. Er kam nun wieder öfter zu ihr, schlief mit ihr, nahm sie wunderbar langsam oder schnell und hart, und sie wurde von Mal zu Mal süchtiger nach ihm.

Doch dann, ein paar Monate später, stürzte das brüchige Gebäude endgültig zusammen. Zunächst schien alles wie immer zu sein. Felix hockte angezogen auf ihrer Bettkante, las in ihrem Tagebuch, fragte dies und das. Doch als sein Wissensdurst gestillt war, nahm er sie nicht wie sonst in den Arm und küsste sie, sondern stand auf, richtete sein Hemd und griff nach dem Mantel.

»Aber ... wo willst du denn hin?« Sophie sah erstaunt zu ihm auf. »Jetzt schon?«

Felix räusperte sich und machte ein betretenes Gesicht. »Ich muss gehen. Tut mir Leid.«

»Aber ...« Fassungslos starrte Sophie Felix an. »Wann kommst du wieder?«

»Hm. Das weiß ich nicht.«

»Wie? Du weißt es nicht?« Sie sprang auf und hielt ihn am Ärmel fest. Es konnte doch nicht sein, dass er sie verließ. Jetzt. Nach allem, was sie für ihn aufgegeben hatte. Keine Nacht verging, in der sie nicht von ihrem kleinen Mädchen geträumt hätte.

»Weißt du, was? Ich nehme einfach dein Tagebuch mit. Es wird mich für immer an dich erinnern.« Er küsste sie ein letztes Mal, bevor er sich von ihr löste. An der Tür drehte er sich noch einmal kurz zu ihr um. »Es geht nicht anders. Glaube mir.« Damit verschwand er. Seine Schritte verhallten auf der Treppe, dann wurde es still. Draußen fuhr ein Auto vorbei.

Wie gelähmt starrte Sophie auf die Stelle, auf der eben noch Felix gestanden hatte. Alles in ihr war leer. Tot.

Felix war weg.

Er war gegangen. Einfach so. Ohne Vorwarnung. Was

war nur geschehen? Hatte sie etwas falsch gemacht? Oder war er in Schwierigkeiten? Ja, bestimmt, so musste es sein. Es gab keine andere Erklärung. Panik wallte in ihr auf. Sie musste ihm helfen …

Aber wie? Sie wusste ja nicht einmal, wo er wohnte. Wenn er Hilfe gebraucht hätte, hätte er sie dann nicht wie früher darum gebeten? Hatte er je ein Blatt vor den Mund genommen? Und wie oft hatte sie ihm geholfen! Hatte ihm Akten, Statistiken, Telefonverzeichnisse besorgt, harmlose Dinge, die im Ministerium herumlagen, nichts Besonderes. Und natürlich ihr Tagebuch …

Es dauerte lange, bis sie endlich begriff, was nicht zu begreifen war. Er würde nicht wiederkommen. Niemals wiederkommen.

Dann begann der Schmerz. Er überrollte sie mit überwältigender Kraft, und erst in dem Moment wurde ihr klar, was sie alles verloren hatte: ihren Vater, ihr Kind und die Liebe ihres Lebens.

Das war zu viel. Viel zu viel für einen Menschen. Sie heulte auf wie ein tödlich getroffenes Tier. Der Laut war so durchdringend und grauenvoll, dass Eberhard Mahler nebenan zusammenschrak. Er hatte sich in seinen Lieblingssessel, ein hellblaues Möbel aus geblümtem Velour, fallen lassen und sich die Zeitung zurechtgelegt, als er den Schrei hörte. Er stand langsam auf, faltete die Gazette umsichtig zusammen, zog seinen Mantel über, ging hinüber und öffnete ihre Tür.

Eberhard fand seine künftige Frau auf dem Fußboden vor. Vollkommen verkrampft lag sie dort und zitterte. Die Augen waren weit aufgerissen, aus ihrem Mund rann Speichel. »Mein Kind, mein Kind«, murmelte sie lautlos.

Eberhard behielt einen kühlen Kopf. Er hob sie hoch, legte sie vorsichtig aufs Bett, deckte sie zu und kochte Tee, den er Sophie löffelweise einflößte und dabei redete er ununterbrochen. »Ich bin bei dir ... Es kann dir nichts passieren ... Ich bin bei dir ... Jetzt gehörst du zu mir. Es wird alles gut.«

Am nächsten Tag sagte sie Ja. »Ja, ich werde dich heiraten.«

Eberhard stürzte sich mit Verve in die Vorbereitungen, bat, ohne Sophie zu fragen, seine Mutter und einen Kollegen, als Trauzeugen zur Verfügung zu stehen, bestellte in einem guten Lokal einen Tisch für vier Personen, kümmerte sich um die Blumen, kaufte ihr ein neues Kleid und für sich selbst einen Smoking und war stets darauf bedacht, immer in ihrer Nähe zu bleiben. Von ihrem Körper allerdings hielt er sich angestrengt fern. Als sie ihn nach ein paar Tagen unmissverständlich aufforderte, bei ihr zu bleiben, wies er sie brüsk zurück: »Ich bin doch nicht so wie dieser Felix! Dieses Schwein! Ich tue so etwas nicht. Ich respektiere dich.«

Sophie fand das süß und albern. Vor allem aber war es wunderbar bequem. Denn so sehr sie sich auch in diese neue Zuneigung hineinzusteigern versuchte, so wenig wollte es ihr gelingen, an Eberhard irgendetwas Erregendes zu finden. Er war lieb, freundlich, zuvorkommend. Aber prickelnd fand sie die Aussicht auf Sex mit ihm nicht. Nun ja, dachte sie dann, es würde sich schon richten.

Für die Hochzeitsnacht mietete er die schönste Suite in einem der angesehensten Häuser am Platz. Und kaum hatte er die Tür hinter ihnen beiden geschlossen, riss er sich auch schon die Kleider vom Leib, umfasste sie mit seinen plumpen Händen und verging sich an ihr. Hechelnd nahm er sich, was ihm seiner Meinung nach nun gehörte, und ließ keinen Zweifel daran aufkommen, dass ihm seine junge Frau dabei ziemlich gleichgültig war.

Ekel ergriff Sophie, und eine unstillbare, tiefe Sehnsucht, die sie seitdem nie mehr verlassen hatte.

Felix.

Nach der Hochzeit veränderte sich Eberhard vollkommen. Seine Liebenswürdigkeit war wie weggeblasen, und er behandelte sie wie ein Stück Eigentum. Er nahm sie, wann und wie es ihm beliebte und schien nicht einmal zu merken, dass sie keine Freude daran hatte. Als sie eines Abends beim gemeinsamen Mahl ansetzte, ihm das mitzuteilen, unterbrach er sie entrüstet. »Darüber spricht man doch nicht, hast du denn überhaupt kein Schamgefühl?«

Es beschlich sie eine grausame Ahnung, doch zunächst unternahm sie nichts, denn sie war noch zu schwach und wollte noch nicht aufgeben. Stattdessen gab sie sich alle Mühe, ihn zufrieden zu stellen. Nach Dienstschluss kaufte sie ein, kochte, saugte Staub, bügelte, führte einen mustergültigen Haushalt. Nur den Sex mit ihm fand sie widerwärtig und weigerte sich, seinen schwammigen Körper länger zu ertragen, und den Schmerz, den er ihr zufügte. Da fingen die Prügel an. Sie ließ es zweimal geschehen, dann zog sie aus. Erst ins Frauenhaus, dann in eine bescheidene Zweizimmerwohnung.

Er bat, flehte, ihm noch eine Chance zu geben. Doch Sophie hatte genug. Sie blieb hart, denn sie wusste, dass sie alles ertragen hätte – nur keine weiteren Schläge. Im Grunde war sie ihm dankbar, dass er ihr die Augen geöffnet hatte. Sie fühlte sich zum ersten Mal seit langer Zeit wieder stark und reichte die Scheidung ein. Zwar behielt sie seinen Namen, doch das geschah mehr aus Bequemlichkeit.

In dieser Zeit arbeitete sie noch mehr als früher, machte fast jeden Tag Überstunden, besuchte an den langen, einsamen Wochenenden Museen, schluckte an Fest- und Feiertagen eine Extraportion Schlaftabletten und verwandte viel Kraft darauf, beim Anblick von Kinderwagen nicht in Tränen auszubrechen. Außerdem fing sie an, mehr auf ihr Äußeres zu achten. Sie studierte Frauenzeitschriften, kaufte Make-up, begann, zaghaft zuerst und später mit immer mehr Routine, sich zu schminken, und ließ sich eine neue, flotte Frisur verpassen. Sie verwandelte sich in eine modische junge Frau und nichts erinnerte an das etwas altbackene, unsichere junge Mädchen, das Felix gekannt hatte.

Einmal nahm sie allen Mut zusammen und sprach bei der Adoptionsstelle vor. »Bitte. Bitte sagen Sie mir, wie es ihr geht. Hat sie es gut? Ich will doch nur wissen …«

»Tut mir Leid, ich darf Ihnen keine Auskünfte geben«, erwiderte die Frau hinter dem Schreibtisch grob und dirigierte sie mit kaltem Blick hinaus.

Irgendwann hatte sich Sophie auch an diesen Schmerz

gewöhnt. Sie ging wieder aus, doch der Zauber war verflogen. Nie wieder traf sie einen Mann wie Felix. Tatsächlich langweilte sie sich mit den Beamten, die sie einluden, fand sie beim Abendessen langweilig und noch langweiliger im Bett. Ab und zu schaffte es mal ein zartes Flämmchen, ein Weilchen zu flackern, aber lodernde Feuer wurden nie daraus.
Irgendwann gab Sophie die Hoffnung auf, sich je wieder zu verlieben.
Dann kam der Schock von Angelas Verhaftung. Sie konnte es nicht fassen, war absolut sicher, dass die Polizei sich irrte und dass die Zeitungen keine Ahnung hatten, die sich in ihren Sensationsmeldungen überschlugen und die Freundin als verschlagenste Spionin seit Mata Hari beschimpften. Das konnte doch nicht wahr sein! Nicht Angela! Es war einfach lachhaft, und das sagte sie jedem, der bereit war, ihr zuzuhören. Entschlossen, auch in der Not fest zu der alten Freundin zu halten, schickte sie Angela Blumen ins Gefängnis, Pralinen und aufmunternde Briefe. Dass sie keine Antwort erhielt, wunderte sie zwar ein wenig, doch sie schob dies kurzerhand auf die Gemeinheit der Anstaltsleitung und machte aus ihrer Abscheu auch in den Vernehmungen, die sie wie jede andere von Angelas Kolleginnen über sich ergehen lassen musste, keinen Hehl.
Am ersten Tag des Prozesses setzte sie sich siegessicher in die erste Reihe der Zuschauerbänke, winkte Angela aufmunternd zu und reckte den Daumen in die Höhe, als diese von einer älteren Uniformierten hereingeführt und rüde auf ihren Platz geschoben wurde. Sophie war

erschrocken über die Leere in Angelas Augen, über ihr blasses, grau-fahles Gesicht, die schlaff herunterhängenden Haare. Und irritiert bemerkte sie, dass die Freundin alles tat, um sie nicht anzusehen. Immer wenn sich ihre Augen für ein paar Sekunden trafen, senkte Angela den Blick, und nichts deutete darauf hin, dass sie Sophie überhaupt erkannt hatte.

Sophie traf die bittere Wahrheit wie ein Keulenschlag. Der Augenblick des jähen Sturzes, als sie erkennen musste, dass sie betrogen und hintergangen worden war, brannte sich so tief in ihr Inneres ein wie die Geburt ihrer Tochter.

Seitdem war sie nicht mal mehr ihrer eigenen Erinnerungen sicher. Sie begann, sich jede kleine Begebenheit mit Felix auf immer neue Weise zurechtzulegen, und stellte fest, dass alles einen Sinn ergab, einen neuen, verletzenden Sinn. Hatte er sie je wirklich geliebt? Wo war er gewesen, wenn er nicht bei ihr war? Bei Angela? Hatte er sie wirklich von Anfang an nur benutzt? Wer hatte in Wahrheit dafür gesorgt, dass sie die Stelle im Verteidigungsministerium erhalten hatte? Die Fragen gingen ihr nicht mehr aus dem Kopf.

Im Büro hielt sie es nicht mehr aus. Sie kündigte und ließ sich auch von niemandem mehr umstimmen, nicht einmal von ihrem netten Chef, der bei dem Gedanken, sie zu verlieren, völlig verzweifelt schien. Doch sie erklärte, sie werde studieren, genauso, wie sie es sich vor Jahren geschworen hatte und kaufte in der Universitätsbuchhandlung ein paar juristische Fachbücher. Aber die Lektüre langweilte sie und mit jedem Tag, der verstrich, wuchsen die Zweifel an ihrer Fähigkeit, jemals wieder die Schulbank zu drücken. Dann stieß sie auf die Anzeige des *Münchner Tagesanzeigers*, der in seinem Bonner Büro eine Sekretärin brauchte. Beherzt bewarb sie sich und griff zu, als Dieckmann ihr die Stelle anbot. Nie hätte sie sich träumen lassen, dass sie Jahre später in den Staatsdienst zurückkehren würde. Es war riskant gewesen, Dieckmann ins Bundespresseamt zu folgen, doch schließlich ließ sie sich überreden. Was geschehen war, war lange her. Leo Dieckmann wusste von nichts und er brauchte sie.

Sophie schaute aus dem Fenster und seufzte. Vielleicht bildete sie sich das auch nur ein. Dieckmann war clever, ein Machtmensch. Er würde sie sofort fallen lassen, wenn er von ihrer Vergangenheit erführe. Von dem, was sie einst für Felix getan hatte, für den Mann, der geflohen war, spurlos verschwunden und den Angela im Prozess mit solcher Genauigkeit beschrieben hatte, dass Sophie ihn sofort erkannt hatte.

Sosehr dieser Rainer Loos sie auch anrührte – auch er würde Felix nicht das Wasser reichen können, das spürte sie. Und auch er würde nur eine kurze Episode in ihrem trostlosen Leben sein.

Oh ja, es war wahr: Felix hatte sie verdorben, hatte ihr Vertrauen für immer zerstört.

Oft, wenn sie daran dachte, wie ihr Leben in ein paar Jahren sein würde, graute ihr. Es war schon furchtbar gewesen, die vergangenen fünfundzwanzig, sechsundzwanzig, siebenundzwanzig Jahre zu überstehen. Doch

im Nachhinein schien ihr, als habe sie diese Zeit mit Würde gemeistert und ein wenig war sie auch stolz auf ihre Selbstbeherrschung, ihre Kraft, nach außen hin weiterzumachen, als sei nichts geschehen.
Aber was stand ihr noch bevor? Wie lange würde sie noch durchhalten? Jeden Tag aufstehen, zur Arbeit gehen und hoffen, dass die Wochenenden schnell vergingen? Konnte sie wirklich noch zehn, fünfzehn Jahre lang jeden Morgen vor allen anderen im Büro erscheinen und abends später gehen – aus Angst vor der Einsamkeit ihrer dunkeln, leeren Wohnung? Und was würde aus ihr werden, wenn sie ihr einmal die Arbeit nähmen, sie in Pension schickten, in den verdienten Ruhestand? Verdient! Sophie kniff die Lippen zusammen und schluckte hart. Könnte sie die Stille überleben? Musste sie wirklich bis ans Ende ihres Lebens allein durch die Parks streifen, Eichhörnchen beobachten, Kindern, Müttern, spielenden Hunden zusehen, nur um nicht verrückt zu werden in der Steinwüste, die sie umgab?
Nein, genug davon! Sophie drehte sich um und straffte sich. Sie durfte und sie würde sich nicht in diesem gefährlichen Strudel verlieren. Nervös schaute sie auf die Uhr. Wo er nur blieb?

In dem Moment klingelte es. Erleichtert warf sie sich ihren dünnen schwarzen Mantel über den Unterarm, meldete sich durch die Sprechanlage und sagte Rainer, dass sie auf dem Weg sei.
Sie trafen gerade noch rechtzeitig an der Philharmonie ein. Der Saaldiener verzog hochnäsig sein Gesicht und

ließ sie eher unwillig passieren, bevor er die Tür hinter ihnen schloss. Sophie trat mit großen Augen ein und staunte. Einen so guten Platz hatte sie in diesem ehrwürdigen Konzertsaal noch nie gehabt. Sie konnte sich nur die billigeren Plätze leisten.

Als die Musiker ihre Instrumente stimmten und dann ein furioser, berauschender Klang die Luft erfüllte, überwältigte Sophie ein herrliches Glücksgefühl, und eine Träne kullerte ihr über die Wange. Hastig tupfte sie ihre Augen trocken, blickte Rainer dankbar an und lächelte.

Es wurden drei wunderbare Stunden für Sophie. Sie konnte sich nicht satt sehen an den Musikern. Sie bewunderte ihr perfektes Spiel, berauschte sich an der Musik und nahm nicht wahr, dass Rainer zwischendrin immer mal wieder für Bruchteile von Sekunden einnickte. Als der letzte Ton verklungen, betörender Applaus zwei Zugaben erzwungen und auch diese gespielt worden waren, erhob er sich erleichtert und sagte zu Sophie: »Komm, es wird Zeit. Ich habe noch einen Tisch bestellt.«

Sophies Augen strahlten. Es war wirklich ein perfekter Abend. Erst diese wunderbare Musik und nun das. Sie liebte es, nach dem Theater oder Konzert noch essen zu gehen. »Oh! Wirklich?«, stieß sie erfreut aus. »Wo gehen wir hin?«

»Drüben am Potsdamer Platz gibt es ein Appartementhotel mit einem sehr, sehr guten Restaurant. Lass dich überraschen. Gehen wir das kleine Stück zu Fuß?«

Sophie stimmte zu. Sie hatte zwar einige Mühe, mit

ihren hochhackigen Pumps voranzukommen, doch Rainer stützte sie und passte sich höflich ihrer wackeligen Gangart an. Genüsslich sogen sie die frische, kühle Abendluft ein und betraten bald darauf einen kleinen, in hellem Holz verkleideten und mit japanischen Blumenarrangements geschmückten Vorraum.

Im fünften Stock erwartete sie ein sehr junger, sehr eifriger Kellner mit einem unterwürfigen Lächeln, das seine ausdruckslosen Augen nicht erreichte. Er führte sie durch einen in Schwarz-weiß gehaltenen, kühlen Raum, in dessen Mitte zwei mächtige Bronzeskulpturen sanft von Wasser berieselt wurden. Als sie an ihrem Tisch angelangt waren, schob er Sophie beflissen einen Stuhl in die Kniekehlen, wartete, bis sich auch Rainer gesetzt hatte, zündete eine Kerze an und erkundigte sich nach ihren Wünschen. »Einen Aperitif?«

Sie entschieden sich für Champagner, gönnten sich dann ein Menü aus Paté, Wachtel, Sorbet, Kalb und Käse, das einerseits überaus wohlschmeckend war, andererseits aber eine ähnlich kühle Berechnung ausstrahlte wie das nüchterne Ambiente dieses durch und durch gestylten Nobelrestaurants.

Schließlich zahlte Rainer und bat um eine abzugsfähige Quittung, was Sophie ein wenig verletzte, ohne dass sie sich den Grund dafür erklären konnte. Natürlich hatte sie nicht wirklich erwartet, dass er die Rechnung selbst übernehmen würde. Und trotzdem … Es war würdelos, nun schon zum zweiten Mal ein dienstliches Rendezvous zu sein. Dabei hatten sie sich doch gut verstanden, und er hatte ihr absolut einleuchtend erklärt, wieso

er die Story über Leos Dienstaufsichtsbeschwerde einfach hatte schreiben müssen: »Die Geschichte lag doch schon auf der Straße, da mach dir mal gar keine falschen Vorstellungen. Du kannst nichts dafür, das haben die Spatzen schon von den Dächern gepfiffen, aber ich wollte dich vorgestern Abend nur nicht ermutigen. Du warst auf einmal so süß verlegen, weil du es mir erzählt hattest … Und ehrlich gesagt lasse ich mir gute Geschichten nicht nur deshalb von der Konkurrenz vor der Nase wegschnappen, weil wir beide mal ausgegangen sind! Das verstehst du doch, oder? Wir müssen das trennen. Meinen Job, deinen Job. Und uns. Was wirklich zählt, das sind doch nur wir beide, nicht wahr?«
Wir beide? Ja, natürlich, hatte sich Sophie ein wenig überrumpelt gefühlt und den ganzen Abend sorgsam darauf geachtet, das Gespräch in allgemeinen Bahnen zu halten, voller Angst, andernfalls weitere Geheimnisse auszuplaudern. Zugleich aber merkte sie, wie wohl sie sich in der Gegenwart dieses umsichtigen, freundlichen Mannes mit der tiefen, schmeichelnden Stimme fühlte.
Warum bezahlte er die Rechnung nicht selbst?
Es war ihr ein wenig unwohl, als sie das Taxi bestiegen. Rainer setzte sich neben sie und schlang besitzergreifend seinen Arm um sie. Wollte sie das wirklich?
Ja!
Und was, wenn er genauso eine Katastrophe wäre wie all die anderen Männer seit Felix? Was, wenn auch er sie nur ausnutzte? Hatte sie sich nicht geschworen, ihm nicht mehr zu vertrauen? Was würde sie machen, wenn er sie küsste? Sie sah sich um und erst in diesem Moment

wurde ihr bewusst, dass Rainers Finger bereits sanft ihre Schulter massierten. Unwillkürlich versteifte sie sich. Da beugte er sich zu ihr hinab und hauchte: »Entspann dich, bitte! Ich tue dir nichts!«
Sanft streifte sein Atem ihr Ohr und erregte sie mehr, als tausend Berührungen dies vermocht hätten. Sie erschauderte und blickte ihn mit verschleiertem Blick an. Da lächelte er, und sie fühlte sich wie eine dumme, unerfahrene Gans und wünschte sich doch nichts sehnlicher, als dass er aussteigen und mit ihr kommen würde.
Rainer benahm sich, als hielte er genau dies für absolut selbstverständlich. Als sie am Heinrich-Heine-Platz anlangten, zahlte er, ließ sich eine Quittung ausstellen, stieg aus und hakte sich bei Sophie unter. In trauter, stummer Eintracht schlenderten sie durch die dunkle Passage zu ihrer Haustür. Als Sophie aufschloss, machte er keine Anstalten zu gehen.
Sophie ließ es geschehen, denn sie spürte, dass sie die Einsamkeit nicht ertragen könnte, die ohne Zweifel folgen würde, wenn sie ihn jetzt wegschickte. Wortlos bestiegen sie den Fahrstuhl, fuhren hinauf und betraten ihre kleine Wohnung.
Sophie knipste das Licht an, legte den Mantel ab, bat Rainer um seinen und beobachtete angespannt, wie er sich umschaute. »Na, gefällt's dir?«
»Sehr!«, antwortete er ein wenig heiser, und seine großen, dunklen Augen nahmen voller Verlangen von ihr Besitz. Sanft ergriff er ihren Arm, zog sie ganz nahe an sich heran und drückte ihr einen Kuss auf die Stirn. »Es gefällt mir sogar sehr!«, murmelte er und fuhr mit

seinem Zeigefinger um ihren Mund. »Du bist eine wirklich wunderbare Frau, weißt du das?«
Sophie schloss die Augen und schüttelte genießerisch den Kopf. Er presste sie ganz fest an sich, schob sie an die Wand und fing an, seine Hüften sanft kreisen zu lassen. Sie spürte seine Erregung, und es wurde ihr schwindelig, denn ihr war, als sei ihr dieser Mann auf unheimliche Art vertraut, als habe sie das alles schon einmal erlebt, im Traum vielleicht, und als sei es vorbestimmt, dass sie endlich eins würden. Eine solche Vertrautheit hatte sie seit undenklichen Zeiten nicht erlebt, und so seufzte sie, genoss seine Küsse und Bewegungen, reckte sich ihm entgegen, öffnete ihre Beine, kraulte seinen Rücken, zog ungeduldig sein Hemd aus der Hose, schob ihn sanft von sich, um es aufzuknöpfen, abzustreifen und auf den Boden fallen zu lassen. Ihre Finger erforschten seine Schultern, seine Arme, seine Ellbogen …
Plötzlich erstarrte sie. Wie um sich Gewissheit zu verschaffen, strich sie noch ein paarmal über seine Arme, von oben bis unten und sah ihm dabei mit weit aufgerissenen Augen ins Gesicht. Verwundert hielt er inne.
»Was ist los?«
Sophie antwortete nicht. Sie machte sich los, lief in ihr Schlafzimmer, lehnte sich an den Schrank und umklammerte ihren Hals mit beiden Händen. Ein dumpfer Laut entwich ihrem Mund. Wirr schaute sie sich um und sank zitternd auf die Knie.
Rainer folgte ihr mit halb geöffneter Hose und bloßem Oberkörper und betrachtete sie mit einiger Verwirrung.
»Womit habe ich das verdient? Was habe ich dir getan?«

Sophie starrte ihn mit leeren Augen an und brachte keinen Ton heraus.
»Soll ich gehen?«
Sie zuckte mit den Schultern. Da beugte er sich zu ihr herab, streichelte über ihren Kopf und flüsterte zärtlich: »Sag mir, ob ich was für dich tun kann? Ja?«
In ihren Augen standen Tränen. Ihre Lippen zitterten. Doch sie sagte nichts.
Er zog die Augenbrauen hoch, warf ihr einen verächtlichen Blick zu, hob das Hemd auf, das zerknautscht auf dem Boden im Flur lag, bestellte ein Taxi und murmelte: »So ein Affentheater. Als wäre sie fünfzehn und nicht fünfzig!«

Sophie atmete erst auf, als er die Tür laut zugeschlagen hatte. Sie spürte, dass sie seine Anwesenheit keine Sekunde länger ertragen hätte. Es gab einfach nicht genug Luft für sie beide.
Langsam erhob sie sich, ging wie in Trance zurück ins Wohnzimmer und ließ sich auf das Sofa fallen. Reglos starrte sie auf ihre Bücher.
Lange saß sie so da, und es war bereits tief in der Nacht, als sie endlich begriff, was geschehen war und dass es nun wirklich vorbei war und dass sie keine Angst mehr haben musste. Dass sie stark war. Und dass sie ihn zur Strecke bringen würde.
Der eitle Idiot hatte sie nicht erkannt, durchzuckte es sie. War sie wirklich so hässlich gewesen? Nein. Hässlich nie, höchstens unscheinbar. Seine Ignoranz war beleidigend und zugleich auch sehr beruhigend. Ein

böses Grinsen breitete sich auf ihrem Gesicht aus. Umso besser. Er war blind, und diese Blindheit würde sie schützen. Er würde nicht einmal merken, woher die Schläge kämen!

Wie sollte sie vorgehen? Würde sie es überhaupt mit ihm aufnehmen können? War sie ihm wirklich gewachsen? Wäre es nicht doch besser, sich an Fachleute zu wenden? An den Geheimdienst, zum Beispiel?

Doch würde man ihr glauben? Sophie bezweifelte es. Bestimmt würden sie ihr die Geschichte nicht abnehmen und Beweise verlangen. Aber genau diese Beweise hatte sie nicht. Außer diesem Muttermal gab es nichts, er hatte sich zu sehr verändert. Nichts war geblieben von dem frischen, jungen Mann mit dem vollen, dunklen Haar. Er war alt geworden, seine Züge schwammiger, sein Bauch runder, sein Kopf kahler.

Aber seinen Zauber, den hatte er nicht verloren! Sophie biss sich auf die Lippe. Um ein Haar wäre sie wieder auf ihn hereingefallen! Kein Wunder, dass sie in den letzten Tagen so häufig an Felix hatte denken müssen. Sie hatte es gespürt, geahnt …

Aber wie hatte er es geschafft, seit dem Mauerfall unbehelligt zu bleiben? Für einen kurzen Moment brachte Sophie so etwas wie Bewunderung für Felix auf. Er hatte sich perfekt verstellt. Nicht einmal sie hatte ihn gleich erkannt! Dabei gab es doch einen Haftbefehl. Zumindest hatte es damals einen gegeben. Aber nur gegen Felix Ascher, nicht gegen Rainer Loos. Natürlich nicht.

So hatte es auch nie ein Urteil geben können.

Nun, sie würde dafür sorgen, dass das nachgeholt

wurde, beschloss sie, sprang auf, kochte sich Kaffee und war nun hellwach. Sie schmiedete Pläne, ließ jede Idee zu, verwarf sie genauso rasch, wie sie gekommen war, und bald war ihr klar, was sie erreichen wollte: Der Geheimdienst müsste Felix von sich aus ins Fadenkreuz nehmen. Ihre Aufgabe konnte es nur sein, den Blick der Abwehrspezialisten auf ihn zu lenken.

Aber wie?

Erst als es draußen schon dämmerte und der Lärm der erwachenden Großstadt bis zu ihr ins Hinterhaus drang, fand sie die Lösung.

Sie würde natürlich vorsichtig zu Werke gehen müssen, überlegte sie. Leo Dieckmann durfte nichts merken. Vor allem aber dürfte sie ihn nicht in ihre Rachepläne mit hineinziehen.

Diese Sache war ein Risiko und als ihr bewusst wurde, worauf sie sich einließ, wurde sie für einige wenige Minuten unsicher und die alte Angst kam zurück. Sie fing an zu zittern, und die Vorstellung, alles so zu lassen, wie es war, schien auf einmal ungeheuer verlockend. Noch wusste niemand von Felix Ascher alias Rainer Loos, niemand ahnte, dass sie selbst in den alten Spionagefall verwickelt war, über den ohnehin längst Gras gewachsen war. Angela war verschwunden und alle hatten sich mit ihrem Leben arrangiert …

Nein! Es konnte nicht einfach so weitergehen! Nicht jetzt, nicht, nachdem sie ihn endlich gefunden hatte! Er durfte nicht davonkommen! Es war zwar alles anders, als sie es sich vorgestellt hatte. Sie war lange nicht so überlegen, wie sie es sich erhofft, und er lange nicht so

armselig, wie sie es sich gewünscht hätte. Aber dies würde sie nicht von ihrem großen Plan abbringen.
Nein! Er würde bezahlen. Für ihr Kind. Für ihre missbrauchte Liebe. Für die zerstörte Freundschaft zu Angela.
Sie hatte keine Wahl, das war ihr klar. Wenn sie jemals Frieden finden wollte, dann musste sie etwas tun.

# 5

Wütend warf Pia Winckel den Hörer auf die Gabel. Seit Tagen ging das nun schon so. Alle schwiegen. Sogar die verdammten Ministeriumssprecher, die doch dafür bezahlt wurden, mit ihr und ihresgleichen zu reden, verkrochen sich in stundenlangen Sitzungen, und wenn sie fertig waren, riefen sie auch nicht zurück. Es war zum Verrücktwerden. Dabei hatte sie es hartnäckig versucht und sämtliche einschlägigen Pressestellen mit Fragen bombardiert: Gab es Fortschritte bei den Ermittlungen oder eine heiße Spur zu den Bombenlegern? Hatte *Die Freiheit* dieses Mal Recht damit, dass es eine Warnung gegeben hatte, die man ignoriert hatte? Gab es wirklich eine neue Qualität des Terrors? War dies eine echte Bedrohung oder nur eine kleine, isolierte Gruppe, die man mühelos zerschlagen könnte? Vor allem aber: Woher kam der Sprengstoff, und was wusste der Geheimdienst?

Vermutlich nichts, dachte Pia bitter, drehte ihren Bleistift zwischen den Fingern und schaute sich um in dem Großraumbüro, das sie mit zehn weiteren Redakteuren, zwei Assistentinnen, fünf Fernsehern, drei Radios, zwei Faxgeräten, mit surrenden Computern, brummenden Druckern, tickenden Wanduhren und überquellenden

Bücherregalen teilte. Um sie herum herrschte Trubel, Satzfetzen drangen an ihr Ohr.

»... Außenminister Abflug nach Indien schon auf dem Draht?«

»Ich mache gerade schnell den Dieckmann, ich habe da noch eine kleine Rücktrittsforderung auf den Tisch bekommen ...«

»... ach so, gut, da hänge ich nachher auch noch was dran. Und wer macht die Zusammenfassung?«

Pia zwang sich, nicht hinzuhören. Es ging sie nichts an, denn sie hatten ausgemacht, dass sie sich – wie an den vergangenen Tagen – weiterhin allein um den Anschlag kümmern sollte. Genau das tat sie nun schon seit Schichtbeginn, ohne dass sie so recht weitergekommen wäre. Müde fuhr sie mit ausgestreckten Fingern durch ihre dunklen, erst vor ein paar Wochen kurz geschnittenen Haare. Sie hatte nur noch eine Chance. Leo. Sie musste Leo anrufen. Nur – genau das wollte sie nicht, durfte sie nicht.

Sie war ohnehin schwierig, diese Beziehung, die sie mit Leo Dieckmann verband. Mehr als einmal schon hatte sie vergeblich versucht, von ihm loszukommen, Schluss zu machen, ganz von vorne anzufangen. Denn es war nicht so einfach, eine geheime Beziehung zum Regierungssprecher zu unterhalten und sich zur gleichen Zeit um unabhängige Berichterstattung zu bemühen. Genau darum aber kämpfte sie mit fester, unerschütterlicher Überzeugung.

Sie liebte ihre Arbeit für den *Deutschen Nachrichtendienst,* die ihr ungeahnten journalistischen Einfluss verlieh, der nur mit jenem eines beliebten Fernsehmoderators zu vergleichen war. Allerdings wirkte sie im Stillen. Wer kannte schon Pia Winckel oder einen ihrer Kollegen? Niemand kannte sie – außer diejenigen, auf die es ankam.

Der *dnd* nämlich war die größte deutsche Nachrichtenagentur und gehörte den Zeitungen selbst. Für die Verlage war es immer noch billiger, diesen Apparat zu unterhalten, als jede Meldung selbst zu recherchieren, jede Pressekonferenz zu besuchen und zu jedem wichtigen Ereignis eigene Korrespondenten zu entsenden. Mit den Jahren war dem *dnd* genau wie den anderen Nachrichtenagenturen eine ungeheure, wenn auch verschwiegene Macht zugewachsen. Denn jeder im Geschäft wusste, dass die Zeitungsredakteure ohne ihre Agenturen blind und stumm gewesen wären. Es handelte sich um eine Abhängigkeit, der sich beide Seiten nur zu bewusst waren, und schon deshalb sprach man nicht darüber.

Doch Pia hatte ein feines Gespür für die Zusammenhänge der Macht, und sie wusste sehr genau um ihre eigene Bedeutung in diesem Spiel. Wenn alles gut lief, konnte sie mit ihren Artikeln, mit ihrer Wortwahl und der Gestaltung den Verlauf einer politischen Debatte mitbestimmen, konnte Meldungen in den Vordergrund schieben – oder in der Versenkung verschwinden lassen. Und alles wäre ganz einfach gewesen – wäre sie nicht in Leo Dieckmann verliebt. Es war dieses ganz und gar unmögliche Verhältnis zu einem Mann, der sie mal verwöhnte und mal zu manipulieren versuchte, das ihr das Leben schwer machte. Er hatte sie doch tatsächlich gebeten, gestern, kurz nach der Pressekonferenz, die Computergeschichte aus der *Freiheit* eine Etage tiefer zu hängen! Und sie hatte ihm den Gefallen nicht getan, natürlich nicht, schon deshalb, weil sie nicht zuständig war. Und es war undenkbar, einen Kollegen um so etwas zu bitten ... Eine wunderbar saftige Geschichte vernichten? Völlig unmöglich!

Energisch schüttelte Pia den Kopf. Sie würde sich nicht erwischen lassen, dem Regierungssprecher zu Gefallen zu sein. Niemals! Ging sie einmal, nur ein einziges Mal darauf ein, dann machte sie sich zu seinem Spielball, und dann würde nicht einmal er sie je wieder ernst nehmen ...

Trotzdem. Vielleicht hätte sie ihm dieses eine Mal helfen sollen. Unauffällig. Dieses eine Mal. Sie biss sich auf die Lippen und überlegte.

Irgendetwas stimmte nicht. Wieso gab sich Leo, der gewiefte, mit allen Wassern gewaschene Leo Dieckmann, auf einmal solche Blößen, räumte sogar Fehler in dieser peinlichen Arschloch-Episode ein? Warum ließ er sich durch die Gazetten schleifen wie ein blutiger Anfänger?

Nun, an anderer Stelle hatte sie ihn ja, unauffällig, doch ein klein wenig geschont. Denn die Sache mit den angeblichen Nazis hatte sie in fünf lapidaren Zeilen abgefeiert, die, wenn überhaupt, nur irgendwo auf den vermischten Seiten erschienen waren. Auch die anderen Agenturen hatten so entschieden. Vermutlich sagte denen auch niemand was, ging es ihr durch den Kopf. Es war wirklich zum Verrücktwerden. Entschlossen griff sie zum Telefonhörer.

»Hallo, Sophie, hier ist Pia. Ist er da?«

»Ja klar. Ich stell Sie durch.«

»Nein, warten Sie. Ganz kurz. Ist er guter Laune?«

Sophies Lachen klang bitter. »Guter Laune? Haben Sie schon mal Ihren eigenen Dienst gelesen?«

»Ja, Sophie, ich weiß, ich weiß«, stöhnte Pia. »Nimmt er es sehr persönlich?«

»Persönlich? Wenn er zum Rücktritt aufgefordert wird?«

»Aber das waren doch bis jetzt nur Hinterbänkler, oder?«

»Ach, Pia, Sie wissen doch ganz genau, wie sehr ihn das verletzt!«

»Ja, klar. Natürlich. Ich werde vorsichtig sein. Danke.«

Wieder einmal zahlte sich aus, dass Pia schon kurz nach ihrer ersten Liebesnacht den Kontakt zu Leos Sekretärin gesucht hatte. Zuerst war es reine Berechnung gewesen, denn es war unübersehbar, dass die andere, die Ältere, am Hebel saß. Einen Wettstreit hätte sie, das war Pia klar, unweigerlich verloren. Also hatte die junge Journalistin Sophie am Telefon immer wieder in kurze, persönliche Gespräche verwickelt, hatte sich um ihre Gesundheit besorgt gezeigt, sie irgendwann zum Mittagessen eingeladen. Sie landeten in einem Straßencafé am Schiffbauerdamm unter einem geschwungenen Sonnenschirm, aßen Sandwiches und redeten belangloses Zeug, bis es Pia zu blöd wurde. »Also, Sie wissen, dass ich mit Leo ein Verhältnis habe«,

hatte sie forsch verkündet. »Und wenn Sie es bis jetzt nicht wussten, dann haben Sie es zumindest geahnt. Stimmt's?«
Zuerst hatte Sophie gar nichts gesagt, sondern Pia nur stumm gemustert, und diese war sicher gewesen, einen unverzeihlichen Fehler begangen zu haben. Doch dann hatte sich ein fröhliches Lächeln auf Sophies Mund breit gemacht. »Ja, natürlich wusste ich es, und ich bewundere Sie für Ihre Offenheit. Ich heiße Sophie. Darf ich Sie Pia nennen?«
Die Journalistin schlug ein und gab zu, dass es nicht einfach sei, ihre Liebe geheim zu halten, dass dies aber schon aus professionellen Gründen unabdingbar nötig sei. »Die würden mir sonst alle vorwerfen, ich würde mir meine Geschichten erschlafen, und das wäre auch für Leo nicht gerade angenehm.«
»Wie Recht Sie haben. Aber ich verspreche, dass ich Ihnen helfen werde, wo ich kann. Ich habe schon bemerkt, dass Sie dem Chef gut tun. Und wenn nicht«, fügte Sophie augenzwinkernd hinzu, »dann kriegen Sie es mit mir zu tun.«
So fanden die beiden Frauen über ihre Zuneigung zu Leo Dieckmann einen Draht zueinander.
Dennoch spürte Pia mit untrüglichem Instinkt, dass ihre Freundschaft seltsam fragil blieb. Vermutlich würde Sophie mit dem Messer auf sie losgehen, wenn sie Leo ernsthaft verletzte, dachte Pia, während sie darauf wartete, dass der Regierungssprecher endlich an den Apparat ging.
»Pia, was kann ich für dich tun?«

»Sag mir, was du über die Bombe weißt«, erwiderte sie genauso geschäftsmäßig.
»Leider nicht mehr als gestern.«
»Nun komm schon! Das kann doch nicht sein, das nehme ich dir einfach nicht ab!«
»Dann kann ich dir auch nicht helfen.«
»So schlimm?«, hauchte Pia.
»Tu bitte nicht so, als täte es dir Leid!«, schnauzte Leo sie an. »Du hättest ja was machen können.«
»Du meine Güte! Ich habe die Story doch gar nicht geschrieben. Und das weißt du ganz genau!«
Leo seufzte. »War's das? Ich habe ehrlich gesagt keine Lust, mich mit dir zu streiten. Aber findest du es nicht auch ein bisschen seltsam, dass du nie etwas für mich tust und trotzdem von mir eine Sonderbehandlung erwartest?«
»Sonderbehandlung!« Pia schnappte nach Luft. »Ich erwarte doch keine Sonderbehandlung von dir! Ich habe einen Job! Ich arbeite! Und ich frage nach Dingen, die jeder andere Journalist hier in Berlin wissen will!«
»Na gut! Dann wirst du eben warten wie jeder andere auch! Auf Wiederhören!« Leo knallte den Hörer auf, grinste und murmelte ein zufriedenes »Sehr schön«, bevor er sich die Hände rieb.
Hätte Pia ihn in diesem Moment sehen können, wäre sie vermutlich vor Wut geplatzt. So aber war sie gleichermaßen verunsichert wie entschlossen, sich nicht einschüchtern zu lassen. So nicht. Nicht in diesem Ton.

Und was, wenn er sie nun nicht wieder sehen wollte?, meldete sich eine zaghafte Stimme in ihrem Inneren. Er hatte sie nicht einmal gefragt, ob sie sich am Abend treffen würden …

Dennoch. Trotzig streckte sie ihr Kinn vor. Das würde sie sich nicht gefallen lassen. Sie würde sich wehren. Und wenn der gesamte Regierungsapparat in ein kollektives Koma fiel, dann würde sie ihn eben wachrütteln.

Routiniert erledigte sie ein paar Telefonanrufe, und als sie kurz darauf genügend nichtssagende Dementis zusammengetragen hatte, hieb sie in die Tasten. In ihrer Wut formulierte sie einen bitterbösen Hintergrundbericht, formal unangreifbar und doch oder vielleicht vor allem deshalb vernichtend. In peinlicher Liebe zum Detail sezierte sie, wie hilflos die Sicherheitsbehörden dem neuen Terror gegenüberstanden. Hunderte hochbezahlter Sicherheitsexperten tappten auch noch Tage nach dem Anschlag auf eine der wichtigsten Schaltstellen der Macht im Dunkeln, schrieb sie und zitierte genüsslich all die Sprechblasen, die sie an den vorangegangenen Tagen notiert hatte, setzte sie in neue Zusammenhänge und entlarvte sie so als genau die Ausflüchte, die sie waren. Schließlich ging sie ausführlich auf die These der *Freiheit* ein, wonach angeblich extreme Rechte am Werk gewesen waren, und setzte Leos vage Drohung, weitere Recherchen könnten die Ermittlungen stören, so geschickt in Szene, dass sich der Eindruck aufdrängte, es seien komplette Vollidioten am Werk: »Wir ermitteln in alle Richtungen und sind nach allen Seiten offen.«

Zufrieden bastelte sie aus diesem Zitat ihre Überschrift: »Nach allen Seiten offen«, von Pia Winckel. Berlin.
Max Tisch, der Chef vom Dienst, ein alter Haudegen der Agentur, der den Beitrag gegenlas, grinste wohlgefällig. »Nett ... sehr hübsch ..., hm ... Das wird denen aber gar nicht gefallen«, murmelte er. »Der Dieckmann kann einem langsam Leid tun.«
Abwesend blätterte Pia durch die *dnd*-Meldungen der vergangenen Stunden, die auf einem Klemmbrett am Tisch des CvDs bereitlagen. Da war sie, die große Zusammenfassung, die unter Leos Namen lief:
Dieckmann:

Arschloch-Affäre
bringt Regierungssprecher
ins Schleudern
Erste Rücktrittsforderungen –
Opposition fragt nach Geheimhaltung –
Ist neues System *Phoenix* wirklich sicher?

Ein bohrender Schmerz durchzuckte Pia, und für einen kleinen Moment bereute sie, dass sie ihm nun noch mehr Ärger bereitete. Doch zurückziehen konnte sie ihren Beitrag nicht mehr. Tisch schickte sich eben an, den Text durch die Rechtschreibmaschine laufen zu lassen, um ihn dann sofort auf den Draht zu schicken – hinein in die Redaktionen sämtlicher Tages- und Wochenzeitungen, Rundfunk- und Fernsehstationen im Land. Er hätte natürlich Verdacht geschöpft. Und außerdem, rechtfertigte sie sich, hatte sie schließlich nichts geschrieben, was

nicht gesagt worden war und was sie im Zweifel nicht belegen könnte.
Pia spürte, dass der Artikel blendend ankommen würde. Er passte in die Landschaft, fasste zusammen und sprach aus, was in der Luft lag: Unzufriedenheit. Dreißig, vierzig Zeitungen würden ihn drucken, überschlug sie. Mindestens. Die anderen würden ihn speichern und bei Gelegenheit abschreiben, genau wie die lieben Kollegen von Funk und Fernsehen. Deren Fragen aber würden nun noch bohrender, noch gemeiner – hatten sie doch nun schwarz auf weiß, dass die Terrorspezialisten versagt hatten. Dieser Art war die Macht, über die der *dnd* verfügte, und die Pia genoss wie das Basilikum in der Pesto.
Zufrieden mit sich sortierte sie die Unterlagen auf ihrem Schreibtisch und hängte sich die Lederjacke über die Schultern. »Ich bin nachher auf dem *Corso*-Fest und über Handy zu erreichen, falls noch was ist«, rief sie dem CvD zum Abschied zu. Der nickte, machte eine kleine Notiz und grummelte: »Viel Spaß, und überarbeite dich nicht!«
»Nur kein Neid«, lachte Pia, während sie die Tür aufschob. »Irgendwann hast sogar du Feierabend.«
»Aber dann habe ich bestimmt was Besseres zu tun als mich auf diesem albernen …«
Den Rest hörte Pia nicht mehr, denn da war die schwere Eisentür schon hinter ihr ins Schloss gefallen, die das *dnd*-Großraumbüro von einem kleinen Flur trennte, in dem sich der Fahrstuhl befand. Pia beeilte sich, nach Hause zu kommen. Im Eiltempo lief sie an der Spree

und einer langen Reihe verkommener Plattenbauten vorbei zum S-Bahnhof Friedrichstraße und nahm den Zug in Richtung Spandau, stieg in Charlottenburg aus, sprang die Treppen hinunter und war froh, das stickige, nach Urin riechende Bahnhofsgebäude rasch hinter sich zu lassen.
Es war noch ein kleiner Fußmarsch nach Hause, vorbei an Altbauten auf der einen und der Böschung mit den Bahngleisen auf der anderen Seite. Pia widerstand der Versuchung, noch kurz im *Zollinger,* ihrem Stammlokal an der Ecke Stuttgarter Platz/Leonardstraße, einen Cappuccino zu schlürfen. Sehnsüchtig blickte sie durch die großen Scheiben, winkte der Kellnerin zu, zeigte schulterzuckend auf ihre Armbanduhr und steuerte sodann zielstrebig den italienischen Lebensmittelladen an, der vor einigen Monaten unten in ihrem Haus eingezogen war. Dort versorgte sie sich mit Espresso, Wurst, frischem Brot, Butter, Milch und ihrer Lieblingsorangenmarmelade fürs Frühstück, stopfte ihre Einkäufe in eine Plastiktüte und trug diese zwei Stockwerke hinauf in ihre Wohnung, die kurz vor ihrem Einzug renoviert worden war.
Das dunkelbraune Parkett knarrte, und die hohen Flügeltüren waren tadellos weiß gestrichen. Pia wusste, dass sie seit dem Auszug ihres Freundes Ralph vor knapp einem Jahr eigentlich weit über ihre Verhältnisse lebte, denn nun verfügte sie allein über vier hohe, großzügig geschnittene Zimmer mit echtem Stuck an den Decken und über eine riesige Küche, in der sich früher einmal, als Ralph noch bei ihr gewesen war, ihr Leben

abgespielt hatte. Doch sie liebte diese Wohnung, hatte sie seinerzeit mit Begeisterung gemietet und großer Sorgfalt eingerichtet und bislang einfach noch nicht die Energie aufgebracht, sich etwas Neues, Kleineres zu suchen. Und seit sie ihre Nächte ab und zu mit Leo verbrachte, schob sie die Entscheidung noch weiter hinaus. Vielleicht gab es ja doch eine Zukunft für sie beide, irgendwann …

Pia seufzte, verstaute Milch, Butter und Wurst im Kühlschrank, einem grellblauen Einzelstück im Stil der fünfziger Jahre, den ihr Freund damals unbedingt hatte haben wollen und ihr dann generös überlassen hatte, weil seine neue Flamme ihn hässlich fand. Ihr war es egal. Sie nahm das eigenwillige Teil längst nicht mehr wahr. Sie schaltete das Radio ein, das auf dem Kühlschrank stand und stets auf den Nachrichtenkanal eingestellt war. Sie hörte zu und kochte sich nebenbei einen Espresso. Nachdem sie einen ersten kleinen Schluck getrunken hatte, nahm sie die Tasse mit ins Bad, stellte sie auf den Rand der Badewanne, zog sich aus und stieg unter die Dusche. Eine halbe Stunde später betrachtete sie ihre üppigen Formen in einem goldgerahmten Spiegel, schminkte sich und kramte eine bequeme schwarze Hose, einen weißen, eng anliegenden Pullover und halbhohe Schuhe heraus. Dann suchte sie noch Einladung und Personalausweis, verstaute beides in ihrer Manteltasche und polterte die Treppen hinunter. Unten auf der Straße dachte sie kurz darüber nach, ob sie ihr Auto nehmen sollte, aber dann müsste sie ihren hart erkämpften Parkplatz vor dem *Zollinger* aufgeben. Sie entschied

sich dagegen. Leo sollte sie nach Hause bringen. Und wenn er ihr noch immer böse war, würde sie eben ein Taxi nehmen.
Kurz entschlossen ging sie zu Fuß zum S-Bahnhof Charlottenburg zurück und bestieg die Bahn, die soeben ratternd eingefahren war. Vorbei an schmuddeligen Hinterhausfassaden, stillgelegten Fabriken und schicken, gläsernen Palästen rauschte der Zug durch die City West, vorbei am Regierungsviertel und durch die herausgeputzte Mitte bis hinunter zum Ostbahnhof, dessen finstere, trotz aller Sanierungsbemühungen noch immer ein wenig heruntergekommene Umgebung ihr nach wie vor Furcht einflößte. So rasch sie konnte, marschierte sie hinüber zu dem alten Postbahnhof, in dem das Fest der Illustrierten stattfinden sollte.
Es war dies nur eine von mehreren Einladungen, die sie für diesen Abend erhalten hatte. Dabei hatten längst nicht alle Veranstalter an sie gedacht. Das galt etwa für die Wohltätigkeitsgala mit Sternchen aus der Fernsehwelt, zu der nur die Fotografen des *dnd* Zutritt bekommen hatten, und für Empfänge zweier Landesvertretungen und dreier Botschaften, die sie noch nicht auf der Liste hatten.
Dafür hätte sie zu einer Vernissage und zwei Buchvorstellungen gehen können, hinzu kamen Hintergrundgespräche: Der scheidende Präsident der Kautschukindustrie wollte sein Vermächtnis verkünden, die Bildungspolitiker der kleinsten Oppositionspartei informierten über die Neuformulierung des Gesetzes zur Lehrmittelfreiheit, und in der sächsischen Landesvertre-

tung klagten europäische Landwirtschaftspolitiker über die speziellen Sorgen der mittelständischen Milchbauern. Verlockend.

Wohingegen das *Corso*-Fest hauptstädtisches Flair verbreitete. Minister, Staatssekretäre, Journalisten, Verbandsfunktionäre, hohe Beamte – sie alle würden es sich nicht nehmen lassen, sich dem mächtigen Verlag und den Redakteuren eines Wochenblattes in Erinnerung zu rufen, einem Verlag, der eine Karriere genauso leicht vernichten konnte, wie er in der Lage war, diese zu befördern.

Schon fünfzig Meter vor dem Eingang wiesen kleine Schilder mit dem Logo der Illustrierten den Weg über einen von zahllosen Scheinwerfern hell erleuchteten, vollkommen verfallenen Hof. Vor dem Eingang, der mit Lorbeerbäumen geschmückt war, lag ein etwa fünfzig Meter langer roter Teppich. Fotografen und Kamerateams lungerten herum, musterten jeden, der sich näherte, ob er oder sie der Mühe wert war – oder eher nicht.

Pia war es nicht. Und so fühlte die Journalistin die prüfenden Blicke ihrer Kollegen nur einige wenige Sekunden auf sich, dann hörte sie, wie sich Limousinen näherten. Wagentüren schlugen zu, und im gleichen Augenblick stürmten die Fotografen an ihr vorbei. Einer schleuderte seine schwere Kameratasche gegen ihren Arm, entschuldigte sich nachlässig und verschwand in der Gruppe.

Neugierig wandte Pia sich um. Doch in dem Tumult konnte sie nichts erkennen. So schlüpfte sie, damit sie nicht in das Gedränge geriet, schnell durch den Eingang, huschte zur Seite, als sich Sicherheitsbeamte näherten, um dem Neuankömmling und seinem Tross Platz zu machen, und zeigte, als sie endlich die Schleuse erreicht hatte, ihre Einladung und den Ausweis vor. Eine humorlose Polizistin durchsuchte sie nach Waffen, dann wurde sie endlich in den Festsaal gelassen.

Lautes Stimmengewirr umfing sie. Es mochten mehrere hundert Menschen sein, Ältere mit wichtigen, zerfurchten Gesichtern und junge Frauen und Männer mit zu viel Gel im Haar, die sich bereits an üppig geschmückte Bistrotische lehnten, Gläser in der Hand, und scheinbar angeregt plauderten. Und doch schwirrten ihre Blicke unruhig umher, immer auf der Suche nach noch interessanteren, noch wichtigeren Bekannten, mit denen zu zeigen sich lohnte.

Pia Winckel war kein lohnendes Ziel machthungriger Begierde. Sie schlängelte sich zwischen Menschentrauben hindurch, war froh um ihre Voraussicht, bequeme Schuhe angezogen zu haben, entdeckte hier und da bekannte Gesichter, grüßte flüchtig und bemerkte mit einigem Unbehagen, dass sie nach kurzer Zeit von derselben hektischen Unruhe befallen war wie alle anderen.

Prüfend blickte sie sich nach möglichen Opfern um und erkannte ein wenig enttäuscht, dass die Gästeschar keineswegs so prominent war, wie sie dies erwartet hatte. Zugegeben, zwei, drei Minister waren gekommen. Live-Kameras übertrugen ihre Bilder auf eine gewaltige Leinwand, die neben der Bühne hing, so dass alle Gäste

beobachten konnten, wie der Gesundheitsminister sein Bier trank und sich scheinbar angeregt mit dem *Corso*-Chefredakteur unterhielt.
Doch all der Pomp konnte Pia nicht täuschen. Nüchtern stellte sie fest, dass weder die Spitzenpolitiker der großen Parteien erschienen waren, noch der Kanzler, der Präsident oder die wirklich wichtigen Mitglieder des Kabinetts. Auf den bunten Fotos, die in der nächsten Woche abgedruckt würden, würde dies zwar elegant überspielt werden, aber Pia spürte, wie glanzlos das Fest in Wahrheit war.
Gab es Ärger mit dem *Corso*? Wies Leo die übermütigen Blattmacher endlich in ihre Schranken und zeigte ihnen einmal, ein erstes Mal, dass er es leid war, sich anzubiedern, und dass er ihnen jederzeit die Schau stehlen und die wichtigen Gäste vorenthalten konnte? Denn dass Leo dahinter steckte, wenn der Kanzler nicht zu einem Pressefest kam, das würde niemand in Berlin zu leugnen wagen.
Verdient hätte es *Der Corso*, überlegte Pia. Sie dachte an die bissigen Geschichten, die in letzter Zeit erschienen waren und über die sich Leo insgeheim geärgert hatte, auch wenn er dies öffentlich nie zugeben würde. Doch ihr hatte er gestanden, wie ihm die peinlichen Anekdoten auf die Nerven gingen, die *Der Corso* immer wieder ausgrub. »Manchmal habe ich das Gefühl, die sitzen unterm Kabinettstisch.«
Ob Leo ihr wohl sehr böse war? Verflucht, warum hatte sie vorhin diesen gemeinen Artikel geschrieben? Hatte sie es nötig, nachzutreten? War sie nicht selbst schuld,

wenn er sich von ihr abwandte? Pia ärgerte sich gleichermaßen über ihren impulsiven Zorn wie über ihre Gefühle für Leo und fand es schwieriger als sonst, einen Regierungssprecher zu lieben und weiterhin so unbefangen zu schreiben wie bisher.

Sie stellte sich auf die Zehenspitzen und versuchte, Leo über die vielen Köpfe hinweg auszumachen. Ihr Blick schweifte an den Ständen bekannter Markenfirmen vorbei, die das Fest sponserten – mit Sekt, Wein, Zigaretten, Kaffee. Eine Bank schenkte Cocktails aus, ein Mobiltelefon-Betreiber ließ junge Mädchen in den Farben des Hauses herumspazieren und eine in Aromen gebratene Rotbarbe mit Cashewkern-Cous-Cous auf Ananascoulis in Rosmarinbutter kredenzen, ein Dresdner Hotel steuerte gebratenes Scampi-Lachstartar mit Melonensalat bei, und ein Autobauer zeigte seine neuesten Limousinen.

Pia seufzte. Zu gerne hätte sie einmal über diese uneigennützige Großzügigkeit der Industrie geschrieben – wäre *Der Corso* nicht wichtiger Anteilshalter des *dnd* gewesen.

Endlich, in der Nähe der Bühne, entdeckte sie ihn, und auf ihrem Gesicht machte sich ein Lächeln breit. Da stand er, ein Weinglas in der einen Hand, die andere lässig in die Hosentasche gesteckt, neben Olaf Übereck, dem Kanzleramtsminister, den sie schon so lange kennen lernen wollte. Wunderbar! Wenn dies keine passende Gelegenheit war …

Eilig bahnte sich Pia einen Weg durch die Menge und obgleich sie Leo zeitweise aus den Augen verlor, wusste sie, in welche Richtung sie sich halten musste. Plötzlich wurde sie an beiden Armen festgehalten. Ein grimmiger, kahl geschorener Mann starrte sie an. Erstaunt sah Pia sich um. Ein rotes Band schirmte den Bereich rund um die Bühne ab. »Ihre Einladung?«

»Wo gibt es denn so was? Das habe ich ja noch nie erlebt!«, brauste sie auf und schüttelte die Hände ab. »Lassen Sie mich los! Ist das hier ein Pressefest oder nicht?«

»Zeigen Sie bitte Ihre Einladung.«

»Ich muss zu Herrn Dieckmann, Herrn Staatssekretär Leo Dieckmann, da hinten steht er ... Ich bin vom *dnd* und habe eine Einladung.«

»Dann zeigen Sie die doch endlich mal her!«

Pia merkte, dass der junge Sicherheitsbeamte nicht mit sich spaßen lassen würde, und tat, wie ihr geheißen.

»Tut mir Leid, damit kann ich Sie hier nicht durchlassen.«

»Aber ...«

»Damit nicht. Bitte, machen Sie den Weg frei!« Wieder ergriff er ihren Arm und schob sie unsanft zur Seite.

»Könnten Sie nicht wenigstens dem Herrn Regierungssprecher sagen ...«

Doch der junge Mann kümmerte sich schon nicht mehr um sie.

Verzweifelt suchte Pia Leos Blick, fuchtelte hilflos mit den Händen, doch der Regierungssprecher plauderte weiter und tat, als habe er nichts bemerkt. Verärgert wandte Pia sich ab. Das würde er ihr büßen! Er hatte sie mit Absicht nicht gesehen. Garantiert! Wütend riss sie ein Glas Sekt von einem Tablett und kippte den prickelnden Inhalt mit einem Schluck hinunter.

»Hallo Frau Winckel! Was ist denn in Sie gefahren?«

Pia wirbelte herum. »Oh! Sie sind es.«

»Enttäuscht?«

Pia zuckte mit den Schultern. »Na ja ... ähm ... Ich habe ...«

Rainer Loos lachte. »Klar sind Sie enttäuscht, aber das macht nichts. Wenigstens sind Sie ehrlich, was man von dem Rest der Bande hier ja nicht sagen kann.«

Pia fiel in sein Lachen ein. »Kann sein. Ist alles wie früher.«

»Ach ja? Klären Sie mich auf.«

»Ich meine, es sind die gleichen Häppchen, der gleiche Sekt und die gleichen Wichtigtuer. Nur irgendwie mehr von allem. Viel mehr. Und nichts Prominentes dabei ... Haben Sie es nicht bemerkt? Hier ist doch nichts los!«

Rainer zog die Augenbrauen hoch und sah sich um. »So gesehen ... Ja, Sie haben ganz Recht. *Der Corso* ist auch nicht mehr, was er mal war. Hier steht ja wirklich nur die zweite Garde ... Aber ich sage Ihnen was. Büroleiter, Geschäftsführer, Abteilungsleiter und Sekretärinnen sind mir allemal lieber als die Damen und Herren Minister. Die sind nur Deko, wenn wir mal ehrlich sein wollen. Arbeiten tun wir doch mit den anderen ... Oder geht Ihnen das anders?«

Pia grinste. »Nein. Da haben Sie natürlich Recht.«

»Außerdem hat die zweite Reihe einen unschätzbaren Vorteil«, schrie Rainer, denn in dem Moment begann die Band zu spielen, und zwar noch ohrenbetäubender als die Musik zuvor.

»Ach ja? Da bin ich aber gespannt!«, schrie Pia in sein Ohr.

»Na, die bleiben. Die Minister kommen und gehen. Die Sekretärinnen, die Beamten, der Apparat ... die wird niemand los!«

»Stimmt«, räumte Pia ein, nahm einem jungen Mädchen, das in den Farben des zahlenden Kreditinstituts gekleidet war, einen Cocktail ab, berührte Rainer kurz am Ärmel und bedeutete ihm, sich in eine leisere Ecke zurückzuziehen. Während sie sich zwischen den Gästen hindurchschlängelten, beschloss Pia, ihn noch ein wenig auszuhorchen. Wenigstens das konnte sie für Leo tun, dachte sie leichthin und fühlte sich gleich besser. Als sie an einem Bistrotisch vor einem verlassenen Stand angelangt waren, an dem es nur Mineralwasser gab, wandte sie sich wieder an Rainer: »Puh, hier ist es wenigstens erträglich ... so ein Lärm!«

»Sie sagen es. Ich bin dafür schon zu alt«, grunzte Leo und sah sich nach einem Glas Wein um.

»Sie? Alt? Na, ich finde Sie ganz schön flott«, parierte Pia. »Wenn ich da an Ihre Geschichten in der *Freiheit* denke ... Sehr flott sogar ...«

Etwas abseits lehnte der Mann, der sich David Steen nannte, an einer der schwarzen Säulen, die die gewaltige Halle stützten. Aus sicherer Entfernung betrachtete er seinen Agenten und zollte ihm insgeheim höchste Anerkennung. Wie der balzte! Loos war einfach ein Naturtalent, da konnte keiner mithalten. David schürzte die Lippen, nickte in sich hinein und warf seine Pläne über den Haufen. Dies hier war viel besser, und Ari würde es bestimmt gutheißen. Wenn er nur erst wüsste ... Was hatten sie sich für Gedanken gemacht, Szenarios ausgemalt, Legenden erdacht. Dabei war alles so einfach!

David atmete tief durch, löste sich langsam von der Säule und ging auf die beiden zu. Warum war er nicht selbst darauf gekommen? »Herr Loos, da sind Sie ja! Stellen Sie mir Ihre hübsche Bekannte vor?« David streckte Pia die Hand entgegen und musterte sie mit ernsten, dunklen Augen. »Mein Name ist David Steen.«

»Pia Winckel. *dnd.*«

*»Deutscher Nachrichtendienst?«*

»So ist es«, nickte Pia. »Und Sie?«

»Ich arbeite ... hm ... für ein politisches Institut, für Sicherheitsfragen. Und worüber schreiben Sie?«

»Im Moment oder im Prinzip?«

David lächelte sie über sein Glas hinweg an und murmelte: »Beides« und trank einen Schluck.

»Nun ja, im Prinzip über Innenpolitik. Sicherheitsfragen, wenn Sie so wollen. Aber im Moment ist das nicht so einfach, nicht wahr? Seit diesem Anschlag ... Ich fragte Herrn Loos hier gerade, welcher Wind ihm die Geschichte mit den Nazis geflüstert hat ... Haben Sie das gelesen?«

»Aber ja, natürlich. Kommen Sie, Herr Loos, sagen Sie es uns. Das würde mich auch interessieren.« David schenkte Rainer ein zynisches Lächeln.

Rainer Loos räusperte sich, sah von einem zum anderen, schüttelte schließlich den Kopf und grinste: »Tut mir Leid. Ich gebe meine Quellen nie preis, niemals. Ich kann Ihnen nur versichern, dass es sich um hochrangige Sicherheitskreise handelt, und dass ich bei meiner Darstellung bleibe. Natürlich.«

»Ja, ja, so ist er immer. Macht, was er will!«, beschwerte sich David grinsend und schob Rainer Loos so geschickt zur Seite, dass Pia ihn bald vergaß. Sie fand Gefallen an der neuen Bekanntschaft, genoss diesen gut aussehenden, interessanten Mann, der sich so eindringlich und intelligent nach dem *dnd* und Berlin erkundigte, an den richtigen Stellen fragte, zuhörte, wenn sie eine kleine Geschichte von sich gab, um eine These zu untermauern, und insgesamt für eine behagliche Atmosphäre sorgte, so dass Pia ganz arglos drauflos plapperte. Und als ihr endlich klar wurde, was sie tat, war es längst zu spät. Da hatte sie schon so vieles preisgegeben, dass es ihr albern vorgekommen wäre, auf einmal den Mund zu halten. Doch sie wurde vorsichtiger, bemühte sich behutsam, auch David zum Reden zu bringen, und es dauerte nicht lange, da wurde sie belohnt.

»Ich kann Ihnen vielleicht was sagen, was unser gemeinsamer Freund Loos … Wo ist er überhaupt?«

Pflichtschuldig sahen sie sich nach dem Journalisten um, konnten ihn aber nirgendwo entdecken und waren auch nicht sonderlich traurig deshalb. »Na, ist auch egal«, brummte David. »Möchten Sie noch ein Wasser?«

Pia nickte und war froh, dass der Sekt, den sie vorhin

gekippt hatte, allmählich seine Wirkung verlor. »Was wollten Sie mir sagen?«

»Der Loos hat doch von einer neuen Nazitruppe geschrieben, stimmt's?«

»Leo Dieckmann hat das dementiert.«

»Das hat er nicht. Ich habe die Pressekonferenz zufällig miterlebt. Er hat sich nur nicht dazu geäußert.«

Pia grinste. »Und?«

»Soweit wir herausgefunden haben, gehen die deutschen Behörden davon aus, dass es sich um die *Neue Deutsche Arbeiteraktion* handelt. Abgekürzt *NDA.*«

»So? Nie gehört.« Verzweifelt wünschte Pia sich, den unbekannten Namen notieren zu können und murmelte ihn vor sich hin, damit sie ihn nicht vergaß. Neue Deutsche Arbeiteraktion, Neue Deutsche Arbeiteraktion …

»Alberner Name!«

»Albern?« David runzelte die Augenbrauen. »Nazis sind nicht albern. Sie sind gefährlich,«

»Ja, sicher. Aber woher wissen Sie das?«

»Unser Institut forscht auf diesem Gebiet. Um die Wahrheit zu sagen, wir kennen auch einige der Leute, die zu dieser Gruppe gehören.«

»Haben Sie das dem Geheimdienst …«

»Alles. Wir haben denen alles gesagt, was wir wussten. Das können Sie mir glauben. Aber die wollten es nicht wissen. Doch, doch, so ist es …« David schwieg kurz und sah an Pia vorbei, bevor er leise weitersprach: »Was nicht sein darf, das nicht sein kann – das war schon immer sehr deutsch und ist es noch.«

»Kann ich das schreiben?«

»Sicher. Aber Sie dürfen mich nicht zitieren. Wir haben schon genug Ärger ...«
»Aber ich brauche Beweise!«, rief Pia.
»Sch, leise. Das muss doch nicht jeder mitkriegen, oder?«
Erschrocken dämpfte Pia ihre Stimme. »Natürlich nicht. Ich meine nur ... Ich kann das nicht einfach so schreiben, als habe es mir der Wind erzählt!«
»Und wenn Sie ein paar von denen kennen lernen?«
»Das wäre nicht schlecht«, flüsterte Pia. »Aber warum sollten die mir sagen, dass sie Bomben vor Ministerien abstellen?«
»Das nächste Mal wird es kein Ministerium mehr sein.«
»Was denn?«
David machte ein ernstes Gesicht schüttelte den Kopf.
»Warum erzählen Sie mir das alles?«
»Weil ich Ihnen vertraue. Und weil ich glaube, dass einige Leute gerade dabei sind, ungeheure Fehler zu machen. Fatale Fehler.«
»Ach ja?«
»Ja.« David biss sich auf die Unterlippe, bevor er weitersprach. »Die Regierung nimmt das nicht ernst. Nicht einmal jetzt nach dem Anschlag.«
»Und woher weiß ich, dass Sie mich nicht verarschen?«
»Oho, junge Frau! So ein deftiges Wort aus Ihrem hübschen Mund?«
»Lassen Sie meinen hübschen Mund aus dem Spiel«, zischte Pia. »Wieso glauben Sie, dass ich ernst nehme, was die Bundesregierung nicht ernst nimmt?«
»Weil Sie nicht dumm sind. Und haben Sie mir nicht

eben erzählt, wie scharf Sie darauf sind, auch mal einen Skandal aufzudecken? Nun, dies ist einer. Und wenn Sie darüber schreiben, wenn der *dnd* das bringt, dann wird es niemand in diesem Land mehr ignorieren können. Und es wird *Sie* niemand mehr ignorieren können …«

»Appellieren Sie gerade an meine Eitelkeit?« Pia verstand selbst nicht, warum sie so aggressiv reagierte. Dies war doch genau das, worauf sie die ganze Zeit gewartet hatte! Eine Quelle, die ihr bestätigte, was Leo Dieckmann so erfolgreich heruntergespielt hatte.

»Warum nicht? Eitelkeit ist eine wichtige Triebfeder politischen Handelns«, antwortete David leichthin. »Vielleicht sogar die Wichtigste!«

»Und wo liegt Ihre Eitelkeit?«

»Nun, ich bin stolz und glücklich, diese Story einer so schönen und klugen Frau wie Ihnen anbieten zu dürfen. Und außerdem habe ich mich, hat sich mein Institut der Bekämpfung des Terrors verschrieben. Des Terrors überall auf der Welt. Und wir sind in hohem Maße besorgt über die Entwicklung und denken, dass es wirklich nicht im Interesse Deutschlands sein kann, dass rechtsextreme Terroristen hier Anschläge verüben! Denken Sie nur, wie das Ausland reagieren und welche Folgen das haben wird für die Investitionen und die Arbeitsplätze! Wissen Sie, es ist schlimm, wenn man genau sieht, dass Menschen in ein Unglück rennen, und es nicht verhindern kann, wenn man tatenlos zuschauen muss … Ich will das nicht. Ich kann das auch gar nicht. Und nach unserem netten Gespräch bin ich ehrlich gesagt ziemlich sicher, in Ihnen die richtige Journalistin gefunden zu haben. Denn was ich brauche, das ist jemand, der unabhängig genug ist, diese Geschichte zu recherchieren. Und der genug Macht hat, damit niemand diese Story ignorieren kann. Zuerst dachte ich, da bin ich ganz ehrlich, an einen Ihrer Kollegen vom *Corso*. Aber nun, da ich Sie kennen gelernt habe ... Bitte! Recherchieren Sie! Mehr will ich nicht. Nur, dass Sie das alles selbst nachprüfen, sich ein Bild machen und dann schreiben, was Sie für richtig halten.«

Pia gab sich alle Mühe, ihn skeptisch zu mustern, doch innerlich jubelte sie. Dies war tatsächlich ihre Chance! Natürlich würde sie das machen, aber sie würde sich noch ein wenig zieren. Es war bestimmt nicht gut, wenn sie zu enthusiastisch war. »Wie gesagt, ich brauche Beweise.«

»Nun, ich verspreche Ihnen, dass Sie alle Beweise bekommen, die ich habe. Also, was hätten Sie gern? Wollen Sie wissen, wann und wie die Bundesregierung vor dem neuen Terror gewarnt worden ist? Nun, es war eine E-Mail. Uns wurde eine Kopie zugespielt. Inzwischen hat man natürlich versucht, den Absender zurückzuverfolgen, aber nach unseren Informationen verlor sich bei einer Scheinadresse in Australien die Spur. Diese Leute sind sehr, sehr clever.«

Pia grinste. »Sie sind scheinbar auch ziemlich clever.«

»Das höre ich gern.«

»Wenn ich mit einem von denen rede ... Ich meine, warum sollten die sich überhaupt mit mir treffen? Die können doch eigentlich kein Interesse daran haben, dass ich …«

»Aber natürlich haben diese Leute ein Interesse an Öffentlichkeit. Wollen Sie wissen, warum es keine Bekennerschreiben mehr gibt? Die wissen doch, wie gefährlich das mittlerweile ist. Schon die Spucke am Couvert kann einen heutzutage verraten …«

»Das ist wahr. Sie meinen also, ich soll mir das Bekenntnis persönlich abholen? Oder wie sagt man neuerdings? Die Selbstbezichtigung?«

»Wie Sie das nennen, ist mir egal. Ich muss Sie allerdings warnen. Es könnte nicht ganz ungefährlich werden.«

»Wie Recht Sie haben. Journalistisch ist so etwas eher ein Vabanquespiel.«

»Wieso journalistisch? Bekennerschreiben habt ihr auch immer gedruckt.«

»Ja, schon«, räumte Pia gedankenverloren ein, »aber Interviews haben wir nie gemacht. Schon gar nicht mit Judenhassern, Ausländerfeinden und Terroristen.«

»Weil ihr sie nicht gekriegt habt!«

»Vielleicht …«

»Nun? Wie sieht es aus? Machen Sie es? Oder muss ich mir einen Ihrer Kollegen holen?«

»Wie wär's mit Rainer Loos?«, schlug Pia augenzwinkernd vor.

»Loos? Der? Wer nimmt den denn noch ernst. Mal ehrlich … Der ist nicht zu gebrauchen! Dabei war er schon so nah dran! Und was macht er? Zieht die Arschloch-Story vom Dieckmann groß auf. Wer interessiert sich schon dafür? Versteckt die Bombe auf der zweiten Seite. Und niemand zieht nach! Verstehen Sie das?«

Pia nickte. »Ja. Das verstehe ich. Das verstehe ich sogar sehr gut. Dieckmann ist ein sehr, sehr guter Pressesprecher.«

Langsam dämmerte ihr, warum Leo keinen wirklich ernsthaften Versuch gemacht hatte, sich dem albernen Arschloch-Skandal zu entziehen. Etwas tiefer sollte sie die Geschichte hängen, hatte er sie gebeten. Aber mehr nicht. Er hatte nicht die Chefredakteure einberufen, hatte sie nicht mit einem Fläschchen Wein bestochen und die Geschichte im Keim erstickt. Warum? War ihm womöglich gar nicht daran gelegen? Wollte er ablenken von der anderen, der brenzligeren Sache? Möglich war es. Pia schoss alle Vorsicht in den Wind, vergaß, dass sie noch nie von diesem David Steen gehört hatte und erst recht nicht von seinem Institut. Ihr Entschluss stand fest. »Ich mache es. Und wie geht es jetzt weiter?«

»Na wunderbar. Ich komme auf Sie zu.«

»Wann?« Pia wollte diese Geschichte haben, und zwar so bald wie möglich.

David grinste, und es war offensichtlich, dass er zufrieden war mit ihr. Und mit sich. »Bald, meine Liebe. Schon sehr bald.«

David verabschiedete sich von Pia und sah zu, wie sie zielbewusst in Richtung Bühne strebte. Bedächtig steckte er seine Hände in die Hosentaschen und schlenderte zur Bar. Dort war es mittlerweile ziemlich ruhig geworden. Die schlanken, langhaarigen Mädchen hinter dem Tresen schaufelten zwar noch immer emsig Erdbeeren mit Sirup und Likör in die Mixer, doch es musste niemand anstehen, und wer einen Cocktail wollte, musste nur kurz die Hand heben.

David bediente sich von einem der reich gefüllten Tabletts, aber weniger, weil er Durst hatte – er konnte Erdbeerdrinks nicht ausstehen –, sondern vielmehr, weil er seine Ruhe haben wollte. Er stellte das Glas vor sich ab, stützte die Ellbogen auf die Bar und wartete. Er hatte die versteckten Zeichen, die Rainer Loos ihm gemacht hatte, sehr wohl registriert. Es war zwar riskant, sich hier miteinander sehen zu lassen, andererseits kümmerte sich um diese Zeit bestimmt niemand mehr um ihn, und die Bar war unverfänglich genug für einen kurzen Wortwechsel.

Er musste nicht lange warten. Rainer stellte sich neben ihn an die Theke, verlangte aufgekratzt einen *Brokers-Best*-Cocktail und tat so, als habe er den anderen Mann eben erst gesehen. Er grinste breit und grunzte: »Na, gefällt es Ihnen hier?«

Es fiel Rainer Loos nicht leicht, den legeren Partygänger zu geben, da ihn diese prickelnde Unruhe quälte, die ihn schon befallen hatte, als Sophie ihm am Nachmittag die Papiere zugesteckt hatte. Dieselbe Sophie, die ihn am Vorabend so schnöde abgewiesen hatte, diese arrogante, sehnige alte Jungfer.

Rainer konnte die überraschende Wendung, die die Dinge genommen hatten, noch immer nicht recht begreifen. Was David wohl davon halten würde? Er lehnte

sich über sein Glas und murmelte: »Wir müssen reden. Dringend.«
David blickte den Journalisten kurz an. Es war offenbar ernst. »Nicht hier«, zischte er. Laut fügte er hinzu: »Schöne Party, nicht wahr? Haben sich richtig Mühe gegeben.«
Rainer nickte abwesend. »Hm.«
»Aber ich finde es sehr laut hier. Ich glaube, ich gehe mal kurz an die frische Luft.«
»Gute Idee. Und ich muss aufs Klo«, verkündete Rainer.
David verstand den Wink. Die WC-Container standen draußen auf dem Hof. Auf getrennten Wegen begaben sich die beiden Männer zu ihrem ungesicherten Treff.
Rainer nahm sich vor, sobald sie endlich ungestört miteinander sprechen könnten, den lästigen Auftrag abzuschütteln, den der andere ihm aufgetragen hatte. Es war das erste Mal, dass er sich weigerte, eine Aufgabe zu Ende zu führen. Das würden sie bestimmt verstehen. Außerdem hatte er ja von Anfang an seine Zweifel gehabt. Und nun würde er nie wieder versuchen, mit dieser Sophie Mahler ins Bett zu gehen …
Sophie.
Als er den Namen halblaut vor sich hin brummelte, rührte sich etwas in seinem Inneren. Er grübelte, doch er konnte den Finger nicht darauf legen. Aber es war ein mulmiges Gefühl, das ihn plötzlich erfasste, und diese düstere Ahnung bestärkte ihn in seinem Entschluss: Er würde es nicht tun. Wenn es ohne Sex ging – in Ordnung, aber dann sollte der Mann, den er als David Steen kannte, die Sache selbst in die Hand nehmen. Er jeden-

falls, er würde von dieser Sophie Mahler die Finger lassen. Endgültig.

Das war das eine. Dringender aber war dies: Er würde David vom Staatsschutz erzählen. Am Morgen waren zwei Beamte bei ihm gewesen, kaum dass er sein Büro betreten hatte. Der Mann hatte sich als Friedrich Putzer vorgestellt. Putzer. Wie konnte man nur so heißen? Andererseits – wer konnte schon wissen, ob dies sein richtiger Name war.

Das sollte David klären, das war nicht sein Metier.

Außerdem war eine unscheinbare, pickelige und ungeschminkte junge Frau dabei gewesen. Die war wohl fürs Protokoll zuständig, denn sie hatte sich ständig Notizen gemacht.

»Und? Was wollten die von dir?« Davids Stimme klang alarmiert.

Rainer zuckte mit den Schultern, während sie nebeneinander über den düsteren Hof schlenderten. »Die wollten wissen, was ich über den Bombenanschlag weiß. Ob ich diese Nazi-Truppe kenne? Vor allem und immer wieder wollten sie wissen, wer mir das gesteckt hat.«

David nickte. »Sehr schön. Du hast sie nervös gemacht.«

»Vor allem werde ich nervös! Du hast gesagt, ich soll schreiben, und dann kämen die Beweise.«

»Was willst du? Hat sich schon jemals der Staatsschutz für eine deiner Geschichten interessiert?«

»Nein, bis jetzt nicht. Aber ehrlich gesagt bin ich darauf auch nicht sonderlich scharf. Wenn du weißt, was ich meine …«

David schwieg. Er hatte andere Sorgen, ganz andere.
»Eigentlich war der Typ ja ganz nett.« Rainer blieb stehen und blickte seinen Führungsoffizier herausfordernd an. »Er erinnerte mich an meine staatsbürgerlichen Pflichten und bat um meine Mithilfe. Ehrlich gesagt bin ich fast weich geworden.«
David packte Rainer blitzschnell an den Armen und fauchte: »Und ich gehe jede Wette ein, dass die Staatsanwaltschaft schon ganz wild darauf ist, mal wieder ein Journalistenbüro zu durchsuchen. Aber nicht nur deines, vergiss das nicht. Die filzen gerne auch alle anderen Büros im Haus ... Nur damit du dich dort künftig richtig wohl fühlst!«
Rainer schluckte, und es war nicht das erste Mal, dass er sich fragte, mit wem er sich da eingelassen hatte. Davids Augen funkelten so hasserfüllt, dass er innerlich zusammenschreckte. Eine kalte Furcht packte ihn. Und eine heiße, unerfüllte Liebe. Denn selbst in Momenten wie diesen war er voller Sehnsucht danach, es David endlich recht zu machen, von ihm anerkannt zu werden, dazuzugehören. »So habe ich das doch nicht gemeint«, stammelte er. »Es war ein Scherz! Nun sei doch nicht gleich so empfindlich! Außerdem habe ich hier was für dich!« Triumphierend zog er ein paar Blätter aus der Tasche.
David griff danach, hielt sie in das spärliche Licht und versuchte, den Text zu entziffern.
»Das ist erste Sahne. Allererste Sahne!« Rainer strahlte stolz. »Ich wette, so was hattest du lange nicht mehr in der Hand! Und wo das herkommt, ist garantiert noch

viel mehr!« Als ihm im selben Moment, in dem er es aussprach, klar wurde, was er da gesagt hatte, verfluchte er sich. Wie konnte er nur so angeben? Was war er doch für ein Idiot! Warum konnte er nicht ein Mal, ein einziges Mal den Mund halten? Aber für Reue war es zu spät. David würde ihn an Sophie festbinden, für immer und ewig …

»So, so«, erwiderte David. »Da ist also noch mehr. Und um was genau handelt es sich?«

Davids Skepsis fegte bei dem Journalisten alle Vorsicht beiseite. »Das ist ein *Phoenix*-Papier, du weißt schon, *Phoenix* ist das neue Verschlüsselungsprogramm der Bundesregierung. Und das, was du da in der Hand hältst, ist eine Originalvorlage für das Bundeskabinett! Die werden wohl beschließen, Israel eine hübsche Anzahl *Katzenaugen* zu verkaufen! Ich weiß zwar nicht, was ihr mit dem Schrott wollt … Aber bitte, das müsst ihr wissen. Na, was sagst du? Das interessiert euch doch, oder nicht?«

David verengte seine Augen zu schmalen Schlitzen. »Das ist die Beschlussvorlage, sagst du?«

»So sieht es aus! Zufrieden?«

»Wenn sie echt ist …« David faltete die Blätter zusammen und schob sie in seine Jackentasche. »Du hast unsere kleine Freundin Sophie Mahler also tatsächlich herumgekriegt!«

»Vergiss es! Das ist eine dumme, frigide, alberne Zicke!«, stieß Rainer säuerlich aus, berichtete in kurzen Zügen von seinem Erlebnis am Vorabend und verkündete, er werde auf keinen Fall mit dieser Dame eine

Affäre beginnen. »Mit der nicht, auch nicht für Geld und gute Worte.«

»Und trotzdem hat sie dir das Papier gegeben?«

»Tja. Das ist merkwürdig, stimmt schon«, erwiderte Rainer. »Aber so war es nun mal. Sie rief heute Morgen an, winselte eine Entschuldigung und ob ich mich mit ihr treffen könne. Das tat ich dann, in einem Bistro gleich um die Ecke, und da gab sie mir das. Wie gesagt. Sie kann jederzeit in das *Phoenix*-System ...«

»Wo das herkommt, ist also tatsächlich noch mehr!« David schenkte Rainer ein gehässiges Grinsen. »Du scheinst es in deinem Fach wirklich zu einer gewissen Meisterschaft gebracht zu haben! Wenn du nicht mal mehr deinen kostbaren Samen verteilen musst, um an solche Perlen zu kommen!«

»Sehr witzig!«

David lachte. »Dann halt dir die Dame mal warm!«

»Sie weiß nichts von dir. Natürlich nicht. Sie erwartet garantiert, dass ich daraus eine Geschichte mache.«

»Hat sie das gesagt?«

»Ja ... Nein ... Ich meine ... Warum sonst sollte sie es mir gegeben haben? Und wenn ich nichts bringe, dann wird sie mich danach fragen. Und dass sie genau wusste, dass dies eine hübsche Story ist, davon kannst du ausgehen!«

»Hm. Ausgeschlossen. Das kannst du nicht schreiben. Jetzt noch nicht. Sag ihr ... ähm ... sag ihr ... aber nur wenn sie fragt ... dann sagst du, du müsstest vorher noch recherchieren. Ja! Genau. Du müsstest ganz sicher sein, und wolltest sie nicht in Schwierigkeiten bringen.

Bräuchtest noch eine andere Quelle … So macht man das doch in euren Kreisen, oder nicht?«

»Hm, ja. Das geht.«

»Und sie hat dir das wirklich freiwillig gegeben.« Es klang weniger nach einer Frage, als nach einer Drohung.

Rainer nickte verstört. »Ja, klar. Ich habe sie weder gefesselt noch gedroht, ihr den Hals umzudrehen.«

Davids Kopf brummte. Woher wusste diese Frau im Vorzimmer des Regierungssprechers, was er brauchte und worauf seine Leute ihn angesetzt hatten? Vielleicht war die Dame ja doch nicht so unschuldig, wie sie tat. Er würde sie im Auge behalten. Er machte sich im Geist eine Notiz.

»Und was ist, wenn sie das gar nicht mir zuliebe getan hat, sondern um ihrem Chef zu schaden?«, unterbrach Rainer seine Gedanken. »Wenn sie die Story auf alle Fälle in der Zeitung sehen will, weil sie mit dem Dieckmann ein Hühnchen rupfen will. Ich meine, so gesehen … Sie hat mir nicht gerade die Hölle heiß gemacht, weil ich die Sache mit dem Arschloch geschrieben habe … Was, wenn sie es noch jemand anderem zusteckt? Ich meine, ähm, ich weiß wirklich nicht, ob ich der einzige Journalist bin …«

David sah ihn unverwandt an. »Und hast du je darüber nachgedacht, was passiert, wenn das schief geht? Wenn wir die *Katzenaugen* in letzter Minute doch nicht kriegen, weil einer von euch Idioten darüber schreiben musste, hä?«

»Das ist es also? Hinter dem bist du her? Hinter den

*Katzenaugen*? Ja? Ist es das?« Erstaunt kniff Rainer die Augen zusammen. »Und wieso sagst du das nicht gleich? Ich hätte doch vielleicht auf anderem Weg ... Ich meine ... Ich habe eine ganz gute Quelle auf der Hardthöhe ... Der Mann sitzt noch in Bonn und ist total frustriert, weil sich alles nur noch in Berlin abspielt ...«

»Umso besser«, wich David ihm aus. »Das diskutieren wir später. Jetzt tust du erst mal, was ich sage. Du schreibst keine Zeile. Hast du verstanden? Nicht, bevor ich es dir nicht sage. Hast du Kopien gezogen?«

Rainer schüttelte bedauernd den Kopf. »Nein. Leider nicht.«

»Das ist gut so. Und wenn du gesund bleiben willst, dann lass es auch bleiben. Keine Kopien. Verstanden?«

Rainer zuckte zusammen. »Ja. Natürlich. Verstanden. Weißt du«, fügte er tonlos hinzu, »ich stehe auf deiner Seite. Wirklich. Freiwillig. Ich will euch doch nur helfen! Wann begreifst du das endlich?«

Daniel Levison alias David Steen zuckte kaum merklich mit den Augenbrauen. Niemand war auf seiner Seite. Niemand. Er war allein, wie auch sein Land allein in der Welt war. Im entscheidenden Moment hatten alle sein Volk im Stich gelassen. Das war vor sechzig Jahren so gewesen. Und es würde wieder so sein.

Solange er lebte, würde er sich nie wieder auf andere, Fremde, verlassen.

Daniel Levinson spürte eine so tiefe Verachtung für diesen lächerlichen Journalisten und seine alberne Begeisterung für eine Sache, die nicht die seine war und nicht sein konnte, dass er einen folgenreichen Beschluss fasste. Wenn alles vorbei wäre, würden sie sich diesen Mann vornehmen. Gründlich. Die Aussicht besänftigte ihn, und nach wenigen Sekunden hatte er genug Kraft getankt, um Rainer strahlend anzulächeln. »Dann ist ja alles bestens. Tu einfach, was wir dir sagen, und dann kann nichts schief gehen.«

# 6

Vollkommen zerschlagen wachte Pia am nächsten Morgen auf. Sie massierte ihre Stirn, seufzte, rieb sich den verkrampften Magen, doch nichts vermochte die grausame Leere zu vertreiben, die sich in ihr auftat. Sie hatte alles falsch gemacht, alles zerstört, aus einer Laune heraus …

Dabei hatte sie gehofft, diesmal den Richtigen gefunden zu haben, den Mann, der zur Liebe ihres Lebens werden könnte, dem sie vertrauen und mit dem sie Pläne machen könnte, bei dem sie die Sicherheit finden würde, nach der sie sich zeit ihres Lebens sehnte. Oh, was alles hatte sie schon geträumt! Davon, dass er bei ihr einziehen würde, oder sie bei ihm. Dass sie gemeinsam ausgehen würden, dass er sich zu ihr bekennen, sie vielleicht sogar heiraten würde … Fotografen würden sie umringen, Kollegen würden sie fragen, wie sie sich kennen gelernt hatten, würden ausführliche Artikel über ihre Liebe schreiben. Vielleicht käme sogar der Kanzler, mit Sicherheit aber das halbe Kabinett in die Kirche und zur anschließenden Feier … Sie würde in einem kleinen Schwarzen erscheinen … so ganz unschuldig war sie schließlich nicht mehr, und das Dunkle würde ihre Rundungen kaschieren …

Alles Quatsch. Pia ließ sich in ihr Kissen zurückfallen und hielt sich den Kopf. Warum hatte sie diesen Artikel geschrieben? Warum hatte sie Leo erst herausgefordert, um dann die Reaktion nicht ertragen zu können? Und dass sie diese Reaktion nicht ertrug, das wusste sie nun. Es war grausam gewesen. Und peinlich! Pias Herz pochte heftig vor Scham, als sie die Szene wieder vor sich sah: Sie hatte ihn endlich hinter dem roten Band entdeckt und ihm zugewunken. Aber Leo hatte sich gelangweilt abgedreht und so getan, als habe er sie nicht gesehen, und ihr mit jeder Geste gezeigt, wie sehr er sie verachtete. Oh, wie hatte sie sich lächerlich gemacht! Pia verzog ihr Gesicht, und eine Träne rann ihre Wange hinunter.

Wenigstens hatte sie ihm nicht gezeigt, wie sehr sein Verhalten sie verletzte. Dieser Gedanke entschädigte sie, und es ging ihr schon ein bisschen besser. Sie hatte sich nichts anmerken lassen. Erhobenen Hauptes hatte sie sich umgedreht, sich blind ihren Weg durch die Menge gebahnt und draußen auf der düsteren Straße ein Taxi herbeigerufen.

Erst als sie zu Hause angekommen und die Wohnungstür mit einer Beherrschung, über die sie selbst staunte, sanft hinter sich geschlossen hatte, hatte sie sich hemmungslos ihrem Kummer hingegeben. Dann hatte es noch eine ganze Weile gedauert, bis sie anfing zu ahnen, was wirklich geschehen war.

Leo, der Mann, den sie liebte, wandte sich von ihr ab, weil sie einen lächerlichen Artikel geschrieben hatte. So war es doch … Oder etwa nicht?

Erneut stieg Wut in ihr auf. Wieso durfte er durcheinander bringen, was er ihr immer verboten hatte? War es eigentlich bedeutender, Regierungssprecher zu sein – während ihr Journalismus gar nichts zählte? Und was, wenn Leo Dieckmann das tatsächlich so sah? Hatten sie dann überhaupt noch eine gemeinsame Zukunft? War das Liebe? Liebte er sie?

Liebte sie ihn?

Die Idee war neu. Nie zuvor hatte sie in Zweifel gezogen, dass *sie* ihn wollte. Sie hatte immer nur über seine Gefühle nachgedacht, nie über die eigenen.

Nun aber, da sie damit begonnen hatte, berauschte sie sich an diesem ungewohnten Gedanken und fühlte sich auf einmal ungeheuer frei. Wollte sie so leben? Nur schreiben dürfen, wenn sie Rücksicht auf den gnädigen Herrn Regierungssprecher nahm? Durfte er ihr tatsächlich befehlen, was sie zu verbreiten hatte? Nein! Und dann dies: Hatte sie nicht auch eine Verantwortung dem *dnd* gegenüber, den treuen Zeitungen, die ihre Meldungen in Millionenauflage druckten, und den Redakteuren, die ihre Berichte in ihr Archiv nahmen und dabei das gute Gefühl hatten, recherchiert zu haben?

Pia schüttelte sich, schwang sich aus dem Bett, und ein Lächeln huschte über ihre Lippen, als sie bemerkte, dass die träge, dumpfe Leere, die sie die ganze Nacht bedrückt hatte, auf einmal verschwunden war. Sie würde nicht klein beigeben, nur weil ein erwachsener Mann nicht wusste, wie man sich benahm!

Rasch duschte sie, zog sich an und lief auf einen Sprung hinüber ins *Zollinger*, wo sie am Tresen ein

Frühstück aus Croissants, Käse und Schinken aß und nebenbei durch die Zeitungen blätterte. Zwei Botschaftergattinnen hatten sich betrunken, eine Wohltätigkeitsgala in Berlin war ein voller Erfolg gewesen, die Zahl obdachloser Kinder war gestiegen, der Bundeskanzler hatte den indischen Premierminister getroffen, über den amerikanischen Mittelwesten war ein Tornado hinweggefegt, ein Fußballstar war Vater geworden. Na, so was.

Als sie aber ihren Artikel vom Vortag entdeckte – die beiden großen Berliner Zeitungen hatten in weiten Passagen den Text auf den Innenseiten übernommen – stieß sie erleichtert einen kleinen Schrei aus, und ihre Niedergeschlagenheit war wie weggeblasen. Angeregt berichtete sie der neugierigen Kellnerin von ihrem Triumph, allerdings ohne zu erwähnen, dass Leo Dieckmann deshalb beleidigt war. Denn das *Zollinger* hatte in den vergangenen Monaten enormen Aufschwung erlebt – nicht zuletzt dank der Tatsache, dass das Bistro in unzähligen Berlin-Führern als Lieblingslokal des Regierungssprechers gerühmt worden war. Pia wollte natürlich niemanden beunruhigen. Denn dass Leo nur deshalb an den Stuttgarter Platz kam, weil sie hier wohnte, das ahnte man im *Zollinger*.

Pia hinterließ ein großzügiges Trinkgeld und schlenderte im Schatten der großen Bäume hinüber zur S-Bahnstation.

Im Büro roch es wie jeden Morgen nach frischen Putzmitteln und abgestandenem Zigarettenrauch.

»Wer raucht denn hier wieder?«, grummelte sie, als sie

auf ihren Schreibtisch zusteuerte und dem diensthabenden Kollegen auf die Schultern schlug.
»Der Spätdienst. Wer sonst?«
»Aha. Und? Wie sieht's aus? Was machen wir heute?«
»Du bist ja mal wieder gut gedruckt«, antwortete der Redakteur in einer Mischung aus Anerkennung und Neid.
»Hm«, brummte sie scheinbar teilnahmslos.
»Vielleicht sollten wir an dem Thema dranbleiben ... Sonst ist heute nicht viel los. Ein paar Pressekonferenzen, aber dafür habe ich genug Leute. Das Wichtigste dürfte mal wieder das Arschloch und der Dieckmann werden ... Aber damit willst du ja nichts zu tun haben, oder?«
»Bloß nicht«, wehrte Pia ab. »Aber ich habe gestern einen Tipp bekommen ... Ich kann noch nichts Genaues sagen, und es könnte ein bisschen dauern, aber ich denke, es würde sich lohnen ...«
»Dann immer frisch ans Werk«, murmelte der Kollege und wandte sich seiner eigenen Arbeit zu.
Pia rief zwei Abgeordnete und drei Beamte an, denen sie glaubte, erkundigte sich auch scheinbar beiläufig bei anderen Bekannten nach einem David Steen, und fand aber niemanden, der von dem Mann gehört hatte. Auch sein Institut für Sicherheitsfragen war unbekannt. Misstrauisch forschte sie im Internet und entdeckte nach einer guten Weile tatsächlich einen passenden Link. Doch wieder wurde sie enttäuscht, denn die Seite war angeblich noch im Aufbau, nur von einem verschmitzten kleinen Maurer belebt, der emsig Stein auf Stein

setzte, bis die Wand unter ihm zusammenbrach. Sie surfte weiter, doch ganz gleichgültig, welche Suchmaschine sie auch bemühte – immer wieder stieß sie nur auf den fleißigen Arbeiter.

Gegen Mittag war Pia sicher, es keine Sekunde länger aushalten zu können. Das Schweigen, das unerklärt zwischen Leo und ihr hing, wurde ihr unerträglich. Sie brauchten normale Arbeitsbeziehungen, wenigstens das, wenn er sie schon nicht mehr leiden konnte. Sie ignorierte den Schmerz und wählte die vertraute Nummer.

Sophie war freundlich wie immer, verstrickte die junge Journalistin in einen herzlichen kleinen Plausch und beruhigte Pia, ohne es zu ahnen, so weit, dass diese ein wenig gelassener war, als Leo schließlich in die Leitung kam und sie anbluffte: »Ja?«

»Ich bin's. Tut mir Leid, ich wollte dich nicht stören, es ist nur …«

»Was gibt's?«, unterbrach Leo sie rüde.

»Es geht um die *NDA.*« Pia erschrak. Es war ihr herausgerutscht.

»Wie bitte?«

»Du hast mich schon verstanden. *NDA. Neue Deutsche Arbeiteraktion.*«

Dieckmann schnaufte. »Jetzt pass mal gut auf. Du weißt, ich habe versprochen, dich niemals anzulügen. Aber dies ist viel zu …«

»Viel zu was?«, unterbrach ihn Pia herausfordernd.

»Dies ist kein Spiel«, schnauzte Leo sie an. »Sag mir sofort, was du weißt.«

Pia schluckte, doch dann nahm sie all ihren Mut zusam-

men. »Ich denke gar nicht dran! Bin ich Regierungssprecher oder du? Sag mir lieber, was du weißt!«
Leo schwieg.
»Jetzt komm!«, versuchte es Pia mit Schmeichelei. »Sei doch nicht sauer. Nur wegen des Artikels gestern. Du bist ganz schön nervös neuerdings, weißt du das? Ich dachte, du hältst mehr aus!«
»Von welchem Artikel sprichst du?«, erkundigte sich Leo kalt.
»Pah! Jetzt tut er auch noch so, als wüsste er nicht, wovon ich rede. Der Artikel, der heute in allen Zeitungen steht. Dass ihr noch keinen Schritt weiter seid. Dabei … wenn ich mir das so recht überlege … Ihr wisst genau, wer die Bombe gelegt hat. Stimmt's?«
»Wenn du meinst!«
»Okay!« Pia seufzte. »Wie du willst. Dann schreibe ich eben, was ich weiß.«
»Warum fragst du mich dann, wenn du schon alles weißt?«
»Verdammt noch mal, was habe ich dir eigentlich getan?«, entfuhr es Pia. »Was ist los mit dir?«
»Bist du so naiv, oder tust du nur so?«
»Warum redest du nicht mit mir? Warum weichst du mir aus? Wie gestern Abend …«
»Ich bin dir nicht ausgewichen.«
»Ach nein?«
»Nein. Ich weiche dir nicht einmal jetzt aus. Aber ich warne dich. Ich meine es gut mit dir, deshalb sage ich dir das. Du fischst in einer sehr, sehr trüben Suppe. Pass auf, dass du darin nicht verloren gehst!«

Pia biss sich auf die Lippe. Was sollte das? Was war mit ihm los? Sie wurde nicht mehr schlau aus ihm. Kein Wort, das sie gesagt hatte, war zu ihm durchgedrungen, nicht die Drohung und schon gar nicht ihr vorsichtiger Annäherungsversuch. Und was, in aller Welt, meinte er mit der trüben Suppe?
»Bist du noch da?«
Pia grunzte, sagte aber nichts.
»Jetzt sag schon. Wer hat dir etwas von der *NDA* erzählt? Ich kann dir vielleicht helfen!«
»Mir helfen? Du willst *mir* helfen?« Sie konnte es nicht fassen. Auf einmal wollte er ihr helfen!
»Ja, natürlich.«
Sie zögerte.
»Und wenn wir reden … kriege ich dann trotzdem die Story als Erste?«
»Wenn's nicht mehr ist!« Leo lachte auf. »Komm in einer Stunde in mein Büro. Okay?«
Ein wenig erleichtert sagte Pia zu. Vielleicht kämen sie ja doch noch zusammen.
Es war wie stets Sophie, die sie am gläsernen Haupteingang des Bundespresseamtes abholte und nach oben führte. Als sie das Vorzimmer betraten, entschuldigte die Sekretärin ihren Chef: »Er musste noch mal kurz weg. Aber er ist bestimmt gleich wieder da.«
Pia sah Sophie forschend an. »Sie sind aber ziemlich blass heute.«
»Ach ja? Ich? Das kann nicht sein! Mir geht es blendend«, log Sophie. »Möchten Sie einen Kaffee?«
In dem Moment tauchte Leo auf, packte Pia am Unter-

arm und zog sie in sein Büro. »Sophie, wir möchten nicht gestört werden. Bitte.«
»Und was ist mit dem Kaffee?«
Leo achtete nicht darauf. Wortlos schloss er die gepolsterte Tür, wies mit einer Hand auf den ledernen Stuhl vor seinem Schreibtisch, setzte sich an seinen eigenen Platz und fragte ohne Umschweife. »Was weißt du von der *NDA?*«
»Nicht wirklich viel«, antwortete Pia. Sie hatte auf dem zehnminütigen Fußweg zum Presseamt noch ein wenig mit sich gehadert, dann aber ihre Entscheidung gefällt. Sie würde offen mit ihm reden und alles Weitere von seiner Reaktion abhängig machen. Wenn er wirklich stichhaltige Argumente vorbrächte, würde sie die Finger von diesem David Steen lassen. Sonst nicht. »Angeblich eine neue rechtsextreme Gruppe«, fügte sie hinzu. »Verfügt über Waffen, hat den Anschlag auf das Finanzministerium verübt und droht mit weiteren Terrorakten. Es gab eine Warnung, und ihr habt nicht darauf gehört. Nun vertuscht ihr alles. Das war die Kurzfassung.«
Leo schob den Unterkiefer vor und nickte anerkennend. »Nicht schlecht. Wer hat dir das erzählt?«
»Muss ich das sagen?« Pia lehnte sich zurück und lächelte stolz.
»Du solltest es sagen.«
»Und warum?«
»Weil diese *NDA* verdammt gefährlich ist und du damit bestimmt nicht allein fertig wirst. Auch wenn du« – Leo lächelte – »auch wenn du eine bezaubernde junge Frau bist.«

Pia grinste. »Vergiss es, das zieht im Moment nicht. Ach, übrigens … wenn du mich gestern Abend nicht die ganze Zeit übersehen hättest, hätten wir uns das Scharmützel heute genauso gut sparen können.«
Leo sah an ihr vorbei aus dem Fenster und räusperte sich. »Hm. Ich hatte zu tun. Hättest du es mir gesagt?«
Pia nickte verlegen. »Vermutlich, ja. Ich hatte gehofft … Ich habe gedacht, du kommst noch nach …«
»Ach Pia, Pia!« Leo stand auf, setzte sich auf ihre Armlehne und tätschelte väterlich ihre Schulter. »Wann lernst du endlich, die Dinge zu trennen, hm? Ich habe im Moment noch ein paar andere Sorgen.«
Pia wich zurück. »Du meinst aber jetzt nicht die Arschloch-Nummer, oder? Das ist so … so blöd«, stieß sie hervor. »Wieso lässt du dich wegen so einem Mist durch die Gazetten schleifen?«
»Weil man sich das manchmal nicht aussuchen kann«, gab Leo tonlos zurück. »Du hast mir ja den Gefallen auch nicht getan.«
»Aber ich habe die Geschichte nicht geschrieben! Du hast doch ganz andere Mittel, so eine Nummer totzumachen …«
»Ach ja? Interessant«, erwiderte Leo spöttisch. »Da bist du einmal einer Meinung mit unserem verehrten Herrn Bundeskanzler.«
»Aber jetzt erzähl mir bitte nicht, dass du Probleme hast, nur weil ein dämlicher Hinterbänkler deinen Skalp fordert! Oder weil du ein paar blöde Beamte Arschlöcher genannt hast.«

»Weil ich sie so genannt habe, vielleicht nicht«, gab Leo zu, »aber weil ich mich dabei habe erwischen lassen. Du weißt doch, wie empfindlich unser Kanzler ist!«
Pia schüttelte unwillig den Kopf. »Ich versteh dich nicht! Du weißt doch, wie es geht! Kämpfe, als wärst du selbst der Kanzler!«
Leo seufzte. »Vielleicht hast du Recht«, sagte er, stand auf und schenkte ihr einen müden Blick. »Mal sehen. Aber zurück zu der anderen Sache. Wer ist denn nun dein Informant?«
Pia zog die Augenbrauen hoch und wollte gerade wieder anfangen zu keifen, als sie in seinen Augen eine so hinreißende Mischung aus Sorge und Zärtlichkeit erblickte, dass sie nicht widerstehen konnte. Sie vergaß alle guten Vorsätze und erzählte ihm alles.
Als sie geendet hatte, stützte sich Leo auf die Armlehnen ihres Stuhls und starrte sie an. »Du wirst dich nicht mit denen treffen! Hast du mich verstanden? Ich verbiete es dir!«
»Ach ja? Aber ich habe Neuigkeiten für dich: Du hast mir nichts zu verbieten!« Zornig funkelte sie zurück. Ein bisschen Sorge ließ sie sich ja ganz gerne gefallen, vor allem, wenn sie von einem Mann wie Leo kam. Aber dies hier ging entschieden zu weit. Sie würde sich nicht bevormunden lassen, nicht von Leo und auch sonst von niemandem. »Natürlich werde ich die treffen! Und jetzt erst recht!« Sie stieß ihn beiseite, sprang auf, rannte hinaus ins Vorzimmer, und es war ihr vollkommen gleichgültig, wer Zeuge ihres Ausbruchs wurde. »Und das lass dir gesagt sein. Ich habe noch immer gemacht,

was ich für richtig halte. Und davon wirst nicht einmal du mich abbringen! Nicht einmal du!«

Verdutzt sahen Leo, Sophie und Olaf Übereck, der seit einigen Minuten auf Leo wartete, der aufgebrachten jungen Frau hinterher.
»Mein lieber Mann, die hat aber Temperament«, staunte der Staatsminister und sah den Regierungssprecher einigermaßen verwundert an. »Was hast du denn mit der gemacht?«
Leo stand in der Tür und zuckte mit den Schultern. »Weiber! Hallo, Olaf, komm rein! Ach, und Sophie, könnten Sie mir bitte das Interview des Herrn Innenministers aus dem Frühstücksfernsehen besorgen?«
»Ist gut. Ich rufe sofort unten an und sage Bescheid.«
»Ach, sind Sie doch so gut und gehen bitte rasch selbst.«
»Ich?« Sophie blickte Leo konsterniert an.
»Ja, Sie. Sonst noch jemand hier?«
Sophie schluckte, drehte sich wortlos um, räumte Papiere von ihrem Schreibtisch, fuhr ihren Computer herunter, schloss ihre Schubladen und den Safe ab und litt Höllenqualen unter den strengen Blicken der beiden Männer, die sie unbarmherzig beobachteten. Sie versuchte ein Lächeln, doch es blieb ihr im Hals stecken. »Ich gehe dann.«
Leo nickte kühl. In Olaf Übérecks Augen aber glaubte sie, für den Bruchteil einer Sekunde so etwas wie Enttäuschung aufflackern zu sehen. Warum? Wie könnte sie einen Mann wie Übereck enttäuscht haben? Mit glühenden Wangen, denn die Prozedur wurde ihr von

Sekunde zu Sekunde peinlicher, verabschiedete sie sich. »Es kann aber ein paar Minuten dauern. Wenn die das noch nicht abgeschrieben haben …«
»Dann warten Sie bitte darauf. Es ist dringend.«
Sophie nickte und schloss die Tür hinter sich.
Übereck ließ sicherheitshalber noch zwei, drei Minuten verstreichen, eher er auf die Knie sank, ihren Computer unter dem Schreibtisch hervorzog und das Kabel mit der verräterischen Ausbuchtung austauschte. Schweigend schob er den Rechner zurück an seinen Platz und achtete sorgsam darauf, dass er die Druckstellen im Teppich ganz genau traf. »So, das hätten wir«, sagte er und klopfte seine Hose ab.
»Und jetzt?«, erkundigte sich Leo.
»Jetzt werden wir bald wissen, was sie mit ihrem Computer gemacht hat.«
»Und wenn nichts war …?
»Dann ist es umso besser.«
Leo nickte. »Pia hat eine heiße Spur.«
»Die junge Frau, die eben rausgegangen ist? Ist das nicht deine Freundin?«
»Du hörst mal wieder Flöhe husten.«
»Davon kannst du ausgehen!« Olaf schlug Leo kameradschaftlich auf die Schulter. »Bei mir ist dein Geheimnis gut aufgehoben, keine Sorge. Was hat die Kleine denn?«
Leo berichtete ausführlich, und der Minister hörte konzentriert zu. Hier und da machte er sich Notizen, stellte ab und zu knappe Zwischenfragen und runzelte die Stirn, als Leo geendet hatte. »David Steen nennt er sich?«

Leo nickte. »Hat sie gesagt.«
»Wir werden das überprüfen.«
»Gut. Gibt es sonst was Neues?«
»Macke hat wieder mit der Quelle Kontakt aufgenommen. *Orion* ist der Deckname. Es kann allerdings noch etwas dauern, bis ein Treffen zustande kommt.«
»Und was sage ich in der Zwischenzeit den Journalisten? Lange hält die Arschloch-Nummer nicht mehr vor!«
Übereck schürzte die Lippen und wackelte bedächtig mit dem Kopf. »Keine Ahnung. Das war alles ein bisschen unangenehm für dich, nicht wahr?«
»Es geht. Was sagt der Kanzler?«
»Ach Gott, der wird das wohl nie kapieren. Aber keine Sorge, ich pass schon auf dich auf!«
»Na dann! Was hältst du von einem Telegramm an alle Polizeipräsidien? Der Bundeskanzler dankt den Beamten für ihren heldenhaften Einsatz. Das macht sich immer gut. Und die Journalisten haben einen neuen Knochen. Ich erzähle denen unter der Hand noch was über Millionen von Überstunden wegen Sicherheitsstufe eins … Na, wie wär's? Das gibt bestimmt hinreißende Reportagen über den Personenschutz. Und wir könnten ein paar Tränen verdrücken wegen der Privatsphäre, die beim Teufel ist …«
»Genau«, fiel Olaf ein. »Und wenn dann klar ist, wer keinen Personenschutz hat, dann stimmt die Rangfolge wieder!«
Leo prustete los. »Na wunderbar. Genauso machen wir das!«

Olaf hielt ihm zum Abschied die Hand hin. »Pass auf deine Kleine auf.«
Der Regierungssprecher sah ihn ernst an. »Das ist gar nicht so einfach. Am liebsten würde ich sie fesseln und knebeln. Weißt du, ich mag das Mädchen wirklich.«
Olaf schwieg, und für einen Moment legte sich ein Schleier über seine Augen. Seine Gedanken schweiften ab.
Leo betrachtete ihn besorgt. »Es ist wirklich gefährlich für sie?«
»Explodiert eine Handgranate?«

Als Sophie in ihr Büro zurückkehrte, steckte Leo bereits mitten in der neuen Kampagne, erklärte jedem, der es hören wollte, von den armen Polizisten, die fast rund um die Uhr Dienst schieben müssten, und regte an, doch einmal diese Folge des Terrors ins Blickfeld zu rücken. Es dauerte nicht lange, da flatterte ihm das Telegramm des Kanzlers auf den Tisch. Er ordnete an, daraus so schnell wie möglich eine Pressemitteilung zu erstellen, und wies die Chefs vom Dienst seines Hauses an, *ihre* Journalisten ebenfalls auf das Thema anzusetzen.
Währenddessen hielt sich Sophie wacker. Gefühllos wie ein Roboter erledigte sie ihre Arbeit, dankte Gott für die Routine, mit der sie ihre Verzweiflung so blendend zu überspielen vermochte, und zwang sich mit äußerster Kraftanstrengung, so wenig wie möglich über all das nachzudenken, was sie ansonsten ins Bodenlose zu reißen drohte. Da war zum einen Leo, der sich so sehr verändert hatte. Es waren Kleinigkeiten, Nuancen, doch

sie spürte das Beben, das sich ankündigte, mit der Sensibilität eines Seismographen. Es war sein Blick, wenn er sich unbeobachtet fühlte, seine Stimme, die hart geworden war … Der Auftritt vorhin war der Gipfel. Noch nie hatte er sie quer durchs Haus geschickt, nur um Interviews abzuholen. Außerdem war es offensichtlich, dass er das Papier gar nicht wollte, denn er hatte es noch immer keines Blickes gewürdigt.
Sie hätte all dies vielleicht noch verstanden, wenn Felix, alias Rainer Loos, das getan hätte, womit sie fest gerechnet hatte, und wenn Leo gerade nach der undichten Stelle in seinem Hause suchte, weil die *Freiheit* schon wieder ein Geheimnis ausgegraben hatte. Aber es stand nichts in der *Freiheit*. Sie hatte schon früh am Morgen alle Seiten abgesucht, nicht ein Mal, zehn Mal. Doch Felix hatte es nicht gebracht.
Hatte er sie durchschaut?
Und wenn? Es blieb trotzdem eine gute Geschichte, oder etwa nicht? Die *Katzenaugen* hatte er damals auch spannend gefunden. Sie erinnerte sich daran, als wäre es gestern gewesen. Aber ganz davon abgesehen – Rüstungsgeschäfte waren immer gut für eine Schlagzeile, und mit Israel sowieso. Weil sie meist geheim blieben. Warum also schrieb der Mistkerl nichts darüber?
Sophie seufzte. Sie hatte alles gewagt. Und verloren.
Sie blickte aus dem Fenster ihres Büros, und sosehr sie sich auch zusammennahm, sie konnte doch nicht verhindern, dass eine Träne an ihrer Wange herablief. Lag es am Thema? Was hätte sie ihm sonst bieten können? Eine Ladung Polizeiwesten für Sierra Leone? Wen

interessierte das schon? Oder die Ausbildung polnischer Offiziere in München, eine Tagung über Psychologische Verteidigung in der Westeuropäischen Union …

Sollte sie ihn anrufen? Nachhaken? »Warum hast du das nicht gebracht?« Unzählige Male hatte sie mitbekommen, wie Leo genau dies getan, wie er Berichte angemahnt hatte, die verabredet gewesen waren. Es wäre also ganz und gar nicht ungewöhnlich … Doch in letzter Sekunde zog Sophie ihre Hand vom Telefon zurück. Was, wenn er sie auslachte oder um weiteres Material bat, mehr Hintergrund verlangte? Durfte sie ihm auch den Rest geben, ohne selbst in noch größere Gefahr zu geraten?

Sophie fröstelte. Nein, dazu war sie nicht bereit. Später vielleicht. Für heute aber hatte sie genug. Vermutlich würde sie noch ein paar Nächte wachliegen und alte Albträume ertragen müssen, bevor sie wieder den Mut fände, auf ihn zuzugehen und seinen Anblick zu ertragen, ohne sofort alles zu verraten, alles zu zerstören.

Warum war sie ihr ganzes Leben lang so allein? Die Verzweiflung schwoll in ihr an, und die Sehnsucht nach einem Menschen, an den sie sich lehnen, mit dem gemeinsam sie diese Rache vollstrecken könnte, wurde unerträglich. Es wurde ihr schwindelig. Erschöpft ließ sie den Kopf auf die Schreibunterlage sinken und zwang sich, gleichmäßig Luft zu holen, immer einen Atemzug nach dem anderen.

Das Telefon klingelte, doch sie nahm es nicht wahr. Sie wusste nicht, wie lange sie schon so dagesessen hatte, als

sie von Ferne ein Klopfen hörte. Sie reagierte nicht. Wie gelähmt blieb sie, wo sie war.
»Fehlt Ihnen etwas?«
Sie fühlte, wie jemand ihr zart über ihren Rücken strich. Erschreckt fuhr Sophie hoch. Ihre Augen weiteten sich, als sie erkannte, wer sie überrascht hatte. »Nein, nein«, stammelte sie verlegen, strich hektisch eine Haarsträhne aus dem Gesicht, und kniff ihre Lippen zusammen.
Olaf Übereck wich zurück. »Entschuldigung. Hm. Ich hatte gedacht, es wäre Ihnen nicht gut. Ich wollte Sie nicht ... ist Herr Dieckmann da?«
Sophie nickte zaghaft und wagte nicht, ihm in die Augen zu sehen. »Er ist drin«, sagte sie und schluckte. »Soll ich Sie anmelden?« Ob sie einfach mit allem herausplatzen sollte? Es loswerden, solange er noch da stand? Es war ein flüchtiger Gedanke, doch er löste eine neue Welle von Verzweiflung aus, denn natürlich war es völlig ausgeschlossen. Eine Sekretärin belästigte keinen Staatsminister. Schon gar nicht einen, der immer so nett zu ihr gewesen war, und so gütige Augen hatte. Solche Männer waren für andere Frauen bestimmt. Nicht für Versagerinnen, wie sie eine war.
Olaf sah sehr wohl, wie sie mit sich kämpfte. Stumm redete er ihr zu. Erkläre es mir, sag, warum du das tust, drängte er sie im Stillen und merkte, dass der magische Moment bereits vorbei war. Er hatte sie verloren. Sie würde nichts sagen. Unmerklich schüttelte er den Kopf. Was war nur mit dieser Frau los? Und mit ihm? Wieso hatte er ihren Fall nicht schon längst dorthin geleitet, wo er hingehörte? Macke würde sich bestimmt sehr für das

interessieren, was Sophies Tastatur ihm verraten hatte. Nicht ganz freiwillig zwar, aber das fiel im Moment nicht ins Gewicht.
»Möchten Sie einen Kaffee?«, unterbrach sie seine Gedanken.
»Hm, ja, gerne.« Forschend blickte er ihr ins Gesicht und konnte seine Enttäuschung nicht verbergen. So war das wohl: Wer fragte, bekam Antworten – auch wenn sie ihm nicht gefielen.
Sophie holte eine frische Tasse aus dem Schrank, schenkte aus der Thermoskanne, die stets gefüllt auf ihrem Schreibtisch stand, Kaffee ein und reichte sie ihm, bevor sie die Tür für ihn öffnete.
Leo sprang auf, als der Kanzleramtschef sein Büro betrat, in der einen Hand die Kaffeetasse und in der anderen einen dünnen hellgrünen Aktendeckel.
»Kannst sitzen bleiben. Lies das lieber«, brummte Olaf, reichte dem Regierungssprecher den Vorgang und setzte sich auf den freien Stuhl vor dem Schreibtisch.
Leo gab sich redlich Mühe, aus den Zahlen- und Buchstabenkolonnen schlau zu werden. »Ich verstehe nicht … Was soll ich damit? Was ist das?«
»Das ist das Protokoll einer cleveren kleinen Wanze und bedeutet unter anderem, dass deine liebe Sekretärin gestern ein höchst geheimes Dokument aus dem *Phoenix*-System aufgerufen und ausgedruckt hat.«
»Ja und? Das ist ihr Job. Ich verlange von ihr, dass sie das ganze Zeug ausdruckt. Ich lese nichts im Computer! Das weißt du doch!«
»Hat sie das gestern für dich ausgedruckt?«

Leo kräuselte die Oberlippe. »Keine Ahnung. Ich frage sie einfach, okay?«

»Aber sei vorsichtig. Ich will nicht, dass sie schon was merkt.«

»Für wie blöd hältst du mich eigentlich?«, raunte Leo und steckte im selben Moment seinen Kopf durch den Türrahmen. »Sophie? Könnten Sie mir bitte die Unterlagen für die nächste Sitzung des Bundessicherheitsrates reingeben?«

»Aber selbstverständlich«, antwortete sie weitaus sicherer, als ihr zumute war. Ihre Knie wurden weich, und es schien ein Wunder zu sein, dass sie sich überhaupt aufrecht zu halten vermochte. Mühsam schleppte sie sich zum Safe und entnahm einen Ordner, auf dessen Rücken *Phoenix* stand. Es kostete sie Überwindung, Leo anzusehen. »Sonst noch was?«

»Das ist alles, danke«, sagte Leo, wartete, bis Sophie wieder gegangen war, und reichte Olaf Übereck die Mappe. »Jetzt werden wir ja sehen ...«

Übereck blätterte schweigend, bis er auf ein Blatt stieß, es von allen Seiten begutachtete und schließlich murmelte. »Hier ist es. Das müsste es sein. Die Frage ist nur, wann sie dieses Exemplar ausgedruckt hat.«

»Keine Ahnung.« Leo sah Olaf Übereck unschlüssig an. »Wie macht sie das normalerweise?«

»Hm. Eigentlich macht sie das immer sofort.«

»Die Akte ist vollständig?«

Leo sah ihm über die Schulter, blätterte die Seiten durch und zuckte mit den Schultern. »Davon gehe ich aus, ja. Warum?«

»Weil sie gestern nur den ersten Teil des Vorgangs ausgedruckt hat. Und nicht alles. Aber wenn alles vorhanden ist …«
»Ist was faul …«, fiel Leo ihm ins Wort. »Scheiße! Und jetzt?«
»Die entscheidende Frage ist doch: Was hat sie damit gemacht? Und noch was. Dass das jetzt keine Sache mehr ist zwischen dir und mir, das ist dir ja hoffentlich klar.«
»Aber du hast mir versprochen …«
»Es tut mir ja selbst Leid«, unterbrach Olaf den Regierungssprecher ungeduldig. »Und ich verspreche dir, dass ich auf sie aufpasse, soweit ich das vertreten kann. Aber hier ist was faul, das rieche ich zehn Meilen gegen den Wind. Ich werde Macke sofort einschalten. Und wir beide schauen mal in ihre Personalakte.«
Leo verzog das Gesicht, sagte aber nichts.
Übereck nippte an seinem Kaffee, und als er merkte, dass das Gebräu mittlerweile kalt war, leerte er die Tasse mit einem Schluck. »Dann sind wir uns einig. Wir hören voneinander.«

Als Olaf gegangen war, räumte Sophie Leos Büro auf, brachte die Kaffeetassen in die kleine Spülküche, schob die *Phoenix*-Akte zurück in den Safe und musterte, während Leo schon wieder mit einem Journalisten telefonierte, das Papier, das in der Mitte des Schreibtisches lag. »Was soll ich damit machen?«, fragte sie, als Leo aufgelegt hatte.
Leo fuhr zusammen, als ihm klar wurde, wovon sie

sprach. »Lassen Sie das! Das nehme ich zu mir«, herrschte er sie an, riss ihr die Akte aus der Hand und verstaute sie hastig in seiner untersten Schreibtischschublade, wo er, das wusste sie, besonders brisante Vorgänge aufbewahrte. »Sagen Sie mal, Frau Mahler«, begann er und betrachtete sie aus zusammengekniffenen Augen, »gefällt es Ihnen eigentlich noch bei mir? Ich meine, habe ich Ihnen je einen Grund zur Klage gegeben?«

Sophie hielt den Atem an. So etwas hatte Leo Dieckmann sie noch nie gefragt, nicht in all den Jahren, die sie nun schon zusammenarbeiteten. »Ja, sicher gefällt es mir bei Ihnen«, antwortete sie so ruhig sie konnte. »Warum fragen Sie?«

»Ach, nur so«, wich Leo aus. »Ich denke, Sie können für heute Schluss machen. Das Gröbste haben wir hinter uns.«

»Aber das geht doch nicht! So früh!«, wandte sie ein.

Doch Leo ließ sich nicht erweichen. Ihre Anwesenheit war ihm auf einmal unerträglich. Wie sollte er sich auf eine Frau verlassen, die geheime Papiere klaute? Aus seinem Büro! Das war ungeheuerlich! Würde er je erfahren, was sie noch aus seinem Büro herausgetragen hatte? Und vor dieser Frau hatte er – fast – keine Geheimnisse gehabt! Wie töricht er doch war!

Von Minute zu Minute fraß sich das Misstrauen tiefer, und sosehr er auch willens war, Olafs Rat zu folgen und sich nichts anmerken zu lassen, so dringlich war es ihm nun, sie loszuwerden. Möglichst schnell. »Ach was. Vergessen Sie die Arbeit! Sie haben sich ein paar freie

Stunden redlich verdient. Ich komme schon allein klar. Bestimmt!«

Sophie zuckte nervös mit den Augenbrauen. Leo Dieckmann wusste also wirklich Bescheid. Anders war das nicht zu erklären. Er hatte sich noch nie darum gekümmert, ob sie freie Stunden brauchte ...

Und wenn sie ihm jetzt einfach alles gestand? Was würde er tun? Würde er sie verstehen, ihr helfen? Ausgeschlossen. Schon der Gedanke war absurd. Leo Dieckmann würde sie verachten. Es war diese Verachtung, der sie sich nicht gewachsen fühlte. Außerdem würde er ihr die Geschichte ohnehin nicht abnehmen. Leo Dieckmann hatte Prinzipien. Und Männer mit Prinzipien hatten kein Verständnis für Schwächen ... Die würden niemals hineinschliddern in Affären mit Spionen ... Niemals.

»Ich mache nur noch rasch alles fertig für morgen, und dann gehe ich«, sagte sie mit zitternder Stimme, schloss die Tür hinter sich, setzte sich hinter ihren eigenen Schreibtisch und sah sich mit Tränen in den Augen um. Dies war das Ende. Sie würde nie wieder hierher kommen! Nie wieder.

Aber sie würde nichts vergessen. Nicht den weichen Teppichboden, nicht das rote Holz ihrer Möbel, nicht den flachen schwarzen Bildschirm ihres Computers oder die Blumen am Fenster.

Das Telefon klingelte, doch sie reagierte nicht. Es war, als ginge sie das alles nichts mehr an, als sei sie längst hinausgeworfen, festgenommen worden ...

Ihr Blick fiel auf den Safe, der noch offen stand. *Phoenix.*

Sie konnte die Buchstaben auf den Aktenrücken entziffern, aber der Sinn erschloss sich ihr nicht. *Phoenix*.
Auf einmal erstarrte sie. Wenn sie jetzt aufgab, dann wäre ja alles vorbei! Dann hätte er endgültig gewonnen und nicht nur Angela, sondern auch sie endgültig ins Verderben gestürzt. Und er käme wieder davon … Nein! Das durfte nicht sein!
In Bruchteilen einer Sekunde sah sie die Bilder seiner Opfer, die Frau vor Gericht, das hilflose kleine Wesen, das sie weggegeben hatte, sah sich selbst, grau, eingesperrt … Aber hatte sie ihm nicht Rache geschworen? Oh ja. So leicht würde er nicht davon kommen!
Entschlossen sprang sie auf, griff den Aktenordner, blätterte ihn hektisch durch, denn sie wusste, dass sie sich beeilen musste. Dies war ihre letzte Chance. Vielleicht, überlegte sie und las eine Stelle genauer, würde Felix die Geschichte ja schreiben, und sich endlich selbst entlarven, wenn sie ihm auch dies hier geben würde. Es war in der Tat ein hübsches Detail, denn das Finanzministerium riet dringend ab, Israel die *Katzenaugen* zu liefern. Wenn die Panzer an die Türkei verkauft würden, wäre ein guter Profit herauszuschlagen, während Israel seit jeher Sonderkonditionen erhalte, und das sei in diesem Fall zu teuer, und angesichts der Haushaltslage unverantwortlich.
Hektisch suchte Sophie nach weiteren Unterlagen, die sie beim ersten Mal übersehen hatte. Hier, das Auswärtige Amt … hm. Seltsam. Die Diplomaten waren offenbar dafür. Es gebe Anzeichen für eine neue, ernsthafte Auseinandersetzung mit den Palästinensern, las Sophie.

Wie interessant … Und dann das hier … Sophie fasste sich an den Hals. »Entscheidend für die Erhaltung des Friedens in der Region ist allerdings, dass die ganze Angelegenheit strikt geheim gehalten wird.« Wenn Felix darauf nicht ansprang! Er konnte ein streng gehütetes Geheimnis lüften – und eine Auseinandersetzung zwischen Finanz- und Außenministerium dazu!
Sophie atmete tief ein, schlug den Aktenordner zu und stellte ihn sorgsam zurück in den Safe. Kopieren, das wusste sie, konnte sie die Dokumente auf keinen Fall. Denn das Gerät stand draußen im Flur, und die Gefahr, dort überrascht zu werden, war unkalkulierbar. So öffnete sie rasch ihren Computer, überwand die Verschlüsselungshürden von *Phoenix*, wie sie es gelernt hatte, und druckte beide Papiere aus. Der ganze Vorgang dauerte keine fünf Minuten.
Dann streifte sie sich Plastikhandschuhe über, die sie immer anzog, wenn sie die Tinte wechselte. Zur Tarnung hob sie den Deckel des Druckers an, zog einen Umschlag aus ihrer Schublade, wischte ihn mit einem Tuch umsichtig ab und unterzog die geheimen Unterlagen einer genaueren Kontrolle. Gab es einen Hinweis darauf, dass sie aus dem Büro des Regierungssprechers kamen? Doch sosehr sie auch suchte, sie fand nichts. Als sie die Seiten in das Kuvert schieben wollte, hielt sie inne, überlegte und entschied sich neu. Mit einem gemeinen Grinsen entnahm sie ihrer Schublade einen zweiten Umschlag, schob eines der Dokumente in den einen, das andere in den zweiten Umschlag, machte sich jeweils auf den Laschen ein kleines Zeichen, um sie aus-

einander halten zu können, und schob sie umsichtig in zwei rote Plastiktüten eines Supermarktes, die sie für Notfälle immer im Schrank aufbewahrte.

Danach zog sie sich die Handschuhe von den Fingern, warf sie in den Mülleimer, schloss die Druckerklappe, räumte den Schreibtisch auf, nahm das Büchlein der Bundespressekonferenz aus der obersten Schublade, schrieb eine Adresse heraus, steckte den Zettel in die Handtasche, verriegelte den Safe, fuhr den Rechner herunter, stopfte sich eine Packung Papiertücher in die Manteltasche und ging, ohne Leo auf Wiedersehen zu sagen.

Auf dem menschenleeren Vorplatz des Bundespresseamtes hielt sie inne, sog die warme Septemberluft ein und zwang sich zur Ruhe. Er durfte ihr nicht anmerken, wie aufgewühlt sie war. Betont langsam ging sie hinunter zur Spree. Das Wasser glitzerte silbern. Sie lehnte sich über das Geländer, sah hinab auf die Wellen und versank für einen kurzen Moment in dem sanften, gleichmütigen Plätschern. Sie nahm das Pärchen nicht wahr, das Arm in Arm auf sie zuschlenderte, nicht den alten Mann, der auf der anderen Seite des Flusses entlang hinkte, und erst recht nicht die junge Mutter, die ihren Kinderwagen sanft schaukelte und ebenfalls gebannt das Wasser zu betrachten schien.

Energisch riss Sophie sich von dem friedlichen Bild los, marschierte ein kurzes Stück am Schiffbauerdamm entlang, überquerte den Fluss und bog in die Gasse Am Zirkus mit ihren prächtig renovierten Altbauten ein, die nach wenigen Metern in die Reinhardstraße mündete.

Am Ziel angelangt, schenkte sie den Messingschildern mit den Namen der Redaktionen, die sich dort eingemietet hatten, nur einen kurzen Blick, bevor sie die Klingel drückte, die zur *Freiheit* gehörte.
Der Summer ertönte. Sophie atmete erleichtert auf, weil sie sich nicht anmelden musste, warf sich gegen die schwere Pforte, stieg ein paar marmorne Stufen hinauf und blickte sich um. Eine hohe Tür auf der rechten Seite wurde mit einem ledernen Kissen, das um den Knauf gebunden war, offen gehalten. Sophie öffnete die Tür, trat ein und fand sich in einem langen Flur wieder. Rechts und links standen die Türen weit offen. Kaffeeduft hing in der Luft, Radios plärrten, und im Hintergrund klapperten Tastaturen. Ein junger Mann mit kurz geschnittenen, gegelten Haaren kam ihr entgegen, stutzte und hielt inne. »Kann ich etwas für Sie tun?«
»Ja. Ich suche Herrn Loos. Von der *Freiheit*«, antwortete Sophie ein wenig kleinlaut. Sie kam sich vor wie ein Eindringling.
»Da ganz hinten, auf der rechten Seite.«
Sophie bedankte sich und näherte sich mit zögerlichen Schritten Felix' Büro. Sie war noch nie hier gewesen. Was er wohl sagen würde? Sie wollte eben anklopfen, als sie der Mut verließ. Sie fürchtete sich vor seinen Fragen, denn sie mochte keine Rechenschaft ablegen. Er sollte schreiben und basta. Kurz entschlossen zog sie ein Taschentuch aus der Manteltasche, sah sich um, ob jemand sie beobachtete, holte den Umschlag aus der Tüte und schob ihn unter der Tür durch. Fast im selben Atemzug drehte sie sich auf dem Absatz um und wäre am liebsten

hinausgerannt. Nur mit Mühe gelang es ihr, die Aufregung zu dämpfen und langsam, Schritt für Schritt, die offenen Türen zu passieren.

Unten auf der Straße lehnte sie sich erschöpft an die Hauswand, schloss die Augen und atmete tief durch. Doch schon aus Angst, Felix in die Arme zu laufen, machte sie sich schnell auf den Weg zum Bahnhof Friedrichstraße.

In der Vorhalle herrschte dichtes Gedränge. Sophie umklammerte die Schlaufe ihrer Handtasche, presste die kostbare Plastiktüte an sich und ließ sich inmitten des Gewühls nach oben treiben. Mit lautem Rattern fuhr die rot-gelbe Bahn ein, öffnete zischend ihre Türen und spie Menschenmassen aus. Sophie wartete, bis sich der Wagen geleert hatte, bevor sie zustieg. Eine Gruppe grölender Jugendlicher schob sie vor sich her. Ein Mann in dunkelblauem Trenchcoat rempelte sie an und lächelte entschuldigend. Eine alte Frau stützte sich auf ihren Stock und hatte Mühe, sich festzuhalten, als der Zug anfuhr. Sophie sah sich um, ob nicht irgendjemand auf den Gedanken käme, der gebrechlichen Frau Platz zu machen. Doch niemand kümmerte sich.

An der nächsten Haltestelle sprang ein junges Mädchen mit verlebtem Gesicht und Zeitschriften im Arm in den Wagen und rief, sobald sich der Zug erneut in Bewegung gesetzt hatte: »Wir sind Obdachlose, und unsere Zeitung erhalten Sie kostenlos, wobei wir natürlich an einer Spende interessiert wären ...«

Sophie hörte nicht hin. So etwas passierte jeden Tag. Ein Mann oder eine Frau fuhr eine Station lang mit, sammelte Geld ein, ging wieder. Am Anfang war es ihr unangenehm gewesen, und sie hatte sich hinreißen lassen, etwas zu geben. Doch mittlerweile wusste sie, dass sich nur die Neuen, Unerfahrenen einschüchtern ließen. Sie tat, als habe sie nichts gehört.

Am Bahnhof Charlottenburg stieg sie aus. Mit ihr verließ ein Pärchen die Bahn. Sophie achtete nicht darauf, bog nach links ab und ging immer an den Gleisen entlang, bis sie am Stuttgarter Platz in die Leonardstraße einbiegen konnte.

Als sie die richtige Hausnummer gefunden hatte, blieb sie stehen und schaute nach oben. Wenn sie es doch nur schon hinter sich hätte! Sollte sie es nicht lieber bleiben lassen?

Sie wandte sich ab. Es war eine Schnapsidee, die Pia in Schwierigkeiten brächte.

Nach drei Schritten aber hielt sie erneut inne. Und wenn schon? Dann bekam Pia eben ein paar Probleme. Ihr würden sie den Kopf schon nicht abreißen … Bei den Beziehungen!

Außerdem: Wer nahm auf sie Rücksicht?, überlegte Sophie trotzig. Sie hatte nur noch diese eine Chance, und diesmal musste es klappen. Pia würde die Meldung bestimmt bringen. Sie konnte sich gar nicht leisten, auf so etwas sitzen zu bleiben … Und dann würde Felix mitgerissen, würde auftrumpfen, dass alles ganz anders war, als der *dnd* dies darstellte, weil es immerhin einen handfesten Streit mit dem Finanzministerium gab …

Es musste sein.

Sophie überlegte, ob sie Pia den Umschlag nur zustecken

sollte. Nein, das ging nicht, dazu kannte sie die Journalistin zu gut. Anonym würde Pia bestimmt nichts machen. Nein, sie würde wissen wollen, von wem das Material käme. Und warum. Eilig legte sich Sophie zurecht, was sie sagen würde, bevor sie klingelte.

»Möchten Sie Kaffee oder Tee?« Pia steckte in einem schlabberigen T-Shirt und einer alten Jeans, da sie nicht mehr mit Besuch gerechnet und trotz mehrerer Einladungen beschlossen hatte, den Abend zu Hause zu verbringen. Sie war müde und ausgelaugt und sehnte sich danach, auszuspannen, zu lesen, fernzusehen und auf keinen Fall über ihre verkorkste Beziehung zu Leo nachzudenken. Das war auch der Grund, warum sie ihr Telefon ausgestöpselt und lange überlegt hatte, ob sie überhaupt zur Tür gehen sollte. Als sie Sophies Stimme gehört hatte, war sie in höchstem Maße erstaut, denn Frau Mahler hatte sie noch nie besucht. »Sie?«
»Ja, entschuldigen Sie. Ich muss mit Ihnen reden. Vertraulich.«
Pia drückte auf den Türöffner und ihr Herz hämmerte, als Sophie die Treppen erklomm. Was konnte Leos Sekretärin von ihr wollen? War etwas mit ihm? Wollte die Sekretärin sie warnen? Gab es eine andere Frau?
»Bitte, nehmen Sie doch Platz! Kaffee? Tee?«
»Danke, gerne. Einen Kaffee würde ich schon trinken«, antwortete Sophie schüchtern, setzte sich auf die Kante eines weißen Ledersessels und schaute sich neugierig in dem kargen Raum um, in den Pia sie geführt hatte. Er war viel zu groß für die wenigen Möbel, die darin ein

wenig verloren wirkten. Es gab nur eine Lampe, ein Sofa, den Sessel, auf dem sie saß, und einen Stapel Zeitschriften. Unter dem Fenster waren Bücher aufgestapelt, während sich an der Wand die Umrisse eines Schrankes oder Regals abzeichneten.

»Mein Freund ist ausgezogen, und ich hatte noch keine Zeit, mir ein neues Regal anzuschaffen«, sagte Pia, die eben mit einem Tablett in den Händen eingetreten war. Sie reichte der Sekretärin eine Tasse, stellte die eigene auf dem Boden ab und zuckte mit den Schultern. »Für einen Couchtisch hat es auch noch nicht gereicht.«

»Ich finde das sehr nett von Ihnen«, erwiderte Sophie lächelnd. »Ich wollte Sie nicht so überfallen, aber …«

»Ich habe das Telefon ausgestöpselt, ich weiß«, unterbrach Pia sie fröhlich. »Und außerdem stören Sie nicht!«

»Oh … Ja, hm.« Sophie räusperte sich verlegen.

»Geht es um Leo? Habe ich was verbrochen?«

Die Sekretärin blickte Pia verdutzt an. Dann schüttelte sie den Kopf und atmete tief durch, bevor sie Pia die Plastiktüte reichte. »Hier, bitte! Ich finde, Sie sollten das wissen.«

»Aha«, machte Pia, zog den Umschlag heraus und achtete nicht darauf, dass Sophie die Tasche eilig zusammenfaltete und fest umklammerte. Sophie konnte es kaum erwarten, bis Pia zu Ende gelesen hatte. »Ich habe zufällig mitbekommen, dass ein anderer Journalist das hat und auch bringen wird … Spätestens am Montag, denke ich. Und als ich merkte, dass Leo Sie nicht vorwarnte … Und überhaupt, er war in letzter Zeit nicht sehr nett zu Ihnen oder?«

Abwesend schüttelte Pia den Kopf und las weiter. »Nein. Den Vorwurf kann man ihm nicht machen.«
Als Pia begriffen hatte, was sie da in der Hand hielt, ließ sie die Seiten sinken und murmelte nachdenklich: »Ich versteh das nicht! Warum gibt Leo mir so was nicht? Er vertraut mir nicht mehr, stimmt's?«
Sophie zuckte mit den Schultern. »Mir traut er auch nicht. Nun ja, jetzt hat er wenigstens einen Grund dafür.« Sie sah Pia verschwörerisch an. »Bitte verraten Sie mich nicht, ja? Ich kann mich auf Sie verlassen?«
Pia nickte. »Na klar! Ich halte viel von Quellenschutz. Und für Sie würde ich sogar ins Gefängnis gehen!«, fügte sie übermütig hinzu.
Sophie schreckte zusammen. »Ins Gefängnis?«
»Na ja, Sie wissen doch … Beugehaft … Leider tut die deutsche Justiz uns Journalisten nur alle dreißig Jahre den Gefallen, heldenhaft unsere Quellen verteidigen zu dürfen …«
»Früher hätten Sie das öfter haben können. Im Osten«, entgegnete Sophie trocken. »Und beim Kaiser. Bei Hitler sowieso …«
»Ja, ich weiß«, räumte Pia ein.
Sophie zwang sich zu einem Lächeln. »Dann wollen wir hoffen, dass es noch lange so bleibt.«

Als Sophie zwanzig Minuten später die Treppen wieder hinunterging, dachte sie, dass die Sache recht gut gelaufen war. Pia würde den Artikel schreiben. Sie hatte es versprochen. Und sie würde schweigen und niemandem sagen, woher sie die Informationen hatte. Es gab ohne-

hin keine Beweise, keine Fingerabdrücke. Da war Sophie sich sicher. Sie hatte mit bloßen Händen weder die geheimen Seiten angefasst, noch den Umschlag. Und die Tüte hielt sie noch immer in der Hand. Pia hatte sie ihr zum Abschied abnehmen wollen. »Geben Sie her, ich werfe die hier in den Müll.« Doch darauf hatte sie sich nicht eingelassen.
Pia würde natürlich Ärger bekommen, überlegte Sophie. Aber sicher würde das längst nicht so schlimm werden wie bei Felix. Der hatte die brisanten Unterlagen bekommen ... Und wenn Pia wirklich schwieg, dann konnten sie ihr nichts anhaben, denn in ihrer Vergangenheit gab es gewiss keinen dunklen Fleck.
Bei Felix sah die Sache schon ganz anders aus! Schade, dass sie nicht dabei sein konnte, ging es Sophie durch den Kopf. Wie gern hätte sie sein Gesicht gesehen, seine Ausreden gehört, die bohrenden Fragen vernommen, mit denen sie ihn quälen und schließlich als Spion entlarven würden. Irgendwann würde er natürlich auch ihren Namen nennen, ihren Mädchennamen. Sophie Garbe. Mehr wusste er nicht. Er hatte sie nicht wieder erkannt.
Mit festem Schritt trat Sophie auf den Bürgersteig. Die Abendsonne senkte sich über die Stadt, und im Schatten der großen Bäume, deren Blätter sich schon gelb färbten, war es bereits kühl und düster. Sophie schaute sich um und schlang schützend die Arme um sich, als sie über sich Äste knacken hörte. Es waren nur wenige Menschen unterwegs, ein junger Mann mit einer halb leeren Einkaufstüte, zwei ältere Herrschaften blickten

in das Schaufenster eines kleinen Antiquitätengeschäfts. Vorne an der Ecke öffnete eine Frau in Jeans und dickem Pullover die Tür zu dem Ecklokal. Sehnsüchtig schaute Sophie ihr nach. *Zollinger* las sie auf den grünen Markisen, *Restaurant*. Es sah einladend aus in dem rauchgeschwängerten, mit Halogenleuchten erhellten Gastraum. Kleine, viereckige Holztische reihten sich an den gardinenlosen Fenstern auf, und an fast jedem saßen gut gekleidete Männer und Frauen, redeten, lasen Zeitungen, rauchten oder aßen.

Sophie zögerte. Noch nie hatte sie allein ein solches Restaurant betreten. In ihrer Jugend wäre es für eine Frau undenkbar gewesen, allein auszugehen, und die alten Hemmungen quälten sie immer noch. Vor allem war ihr die Vorstellung peinlich, ihre Einsamkeit für alle sichtbar zur Schau zu stellen. Sie litt unter dieser Scheu, besonders an langen Wochenenden oder den grässlichen Feiertagen, und hatte sich mehr als einmal vorgenommen, sich zu überwinden, doch zu mehr als einem Schnellimbiss oder einer Pizza zum Mitnehmen hatte sie sich bislang nie durchringen können.

Jetzt oder nie, fuhr es ihr durch den Kopf. Wer wusste schon, wie viel Zeit ihr noch blieb? Außerdem strahlte dieses Lokal eine unprätentiöse Geselligkeit aus, und je näher Sophie kam, desto mehr Gäste konnte sie erkennen, die genau wie sie allein waren. An der langen Theke neben einer gewaltigen, rostigen Kugel, die kunstvoll aus einigen wenigen dicken Eisenstäben gefertigt war, saß die Frau, die sie beim Hineingehen beobachtet hatte, und blätterte in einer Illustrierten. Kurz entschlossen zog Sophie die Glastür auf, schob den dunkelroten Windschutzvorhang beiseite und setzte sich auf einen der ledernen Barhocker.

»Was darf es sein?«, erkundigte sich eine nicht mehr ganz junge Kellnerin, die mit weißer Bluse und einer langen schwarzen Schürze über der Jeans hinter dem Tresen stand und ihre feuchten Hände trocknete.

»Haben Sie auch etwas zu essen?«, fragte Sophie.

»Aber klar doch«, antwortete die Bedienung, und ihre Augen zwinkerten freundlich, als sie Sophie eine in Folie eingeschweißte Karte reichte und sich sogleich wieder mit dem Pils beschäftigte, das halb gefüllt unter dem Zapfhahn wartete.

Ein Bier! Ja! Sie wollte auch ein Bier! »Könnte ich als Erstes so ein Bier haben«, fragte Sophie leise und deutete auf das Glas in der Hand der anderen Frau. Dann vertiefte sie sich in die Speisekarte, entschied sich schließlich für Roastbeef mit Salat und griff, als sie die Bestellung losgeworden war, nach einem Hochglanzmagazin, das neben ihr auf dem Tresen lag. »Kann ich da mal kurz reinschauen?«

»Sicher!«, gab die Kellnerin lächelnd zurück, schob noch ein Glas unter den Zapfhahn und achtete nicht weiter auf sie.

Zwei Stunden später schloss Sophie – satt, ein wenig benebelt und hoch zufrieden – ihre Wohnungstür auf. Das Essen war köstlich gewesen. Nicht teuer, aber gut. Solide Hausmannskost mit Pfiff. Am besten aber war, dass niemand sie angesprochen oder auch nur schief angesehen hatte. Zum ersten Mal hatte sie einen angenehmen, vollkommen selbstbestimmten Abend mit sich allein verbracht, ohne unter ihrer Einsamkeit zu leiden. Sie war froh, dass sie sich überwunden hatte. In dieses Lokal würde sie wieder gehen, entschied sie, streifte die Schuhe ab und ließ sie mitten im Raum liegen, schaltete den Fernseher ein, warf ihre Handtasche achtlos auf den Tisch und den Mantel knapp daneben. Auf dem Weg in die Küche wankte sie ein wenig, und als sie sich zum Kühlschrank hinunterbeugte, wurde ihr schwindelig. Der ungewohnte Alkohol stieg ihr langsam zu Kopf und tauchte ihre Umgebung in ein sanftes, konturenloses Bild. Mit aller Macht zwang Sophie sich, die Wasserflasche zu öffnen und daraus zu trinken.

Leicht schwankend machte sie sich auf den Rückweg ins Wohnzimmer, stützte sich rechts und links mit beiden Händen an den Wänden ab und ließ sich schließlich auf ihr Sofa fallen. Das Leben ist doch wunderbar, schoss es ihr durch den Kopf. Hatte sie wirklich noch vor wenigen Stunden um Hilfe gewimmert? Sie brauchte keine Hilfe! Sie schaffte es allein, das hatte sie bewiesen … Außerdem gab es ja doch keine Hilfe. Nicht von Leo und … nicht von diesem O… Ol… Olaf. Der würde sie nicht einmal bemerken, wenn sie aufgetakelt auf seinem Schreibtisch steppte.

Sie döste eine Weile vor sich hin, und als die Wirkung des Bieres ein wenig nachließ, gab sie sich alle Mühe, die Augen offen zu halten und dem Fernsehprogramm zu folgen. Doch sie hatte keine Lust auf den Polittalk und erst recht nicht auf den Krimi, in dem Täter und Polizisten gleichermaßen bedeutungsschwer in die Kamera blickten und niemand je erfuhr, warum eigentlich. Sie stieß auf eine Dokumentation über Krokodile, die gerade ein Gnu verspeisten. Angeekelt schaltete Sophie weiter und landete bei einer albernen amerikanischen Komödie, der sie aber gleichfalls nur mühsam zu folgen vermochte. Es dauerte nicht lange, bis ihr die Augen wieder zufielen.

Sie hörte nichts. Nicht die beiden schweren Limousinen, die sich – obgleich die Zufahrt zum Innenhof nur für Lieferanten war und dies auch nur zu festgelegten Zeiten – vor dem Hauseingang quer stellten. Sie sah nicht die jungen, athletischen Gestalten, die kurz an der Fassade hinaufblickten, bevor sie schwarze Masken über ihre Gesichter stülpten. Einer hielt den Schlüssel bereit, die anderen sahen es, nickten und zückten ihre Waffen.

Sophie verschlief auch den Moment, als sich ihre Wohnungstür lautlos öffnete. Die vier Maskierten duckten sich und warteten auf Gegenwehr, dann huschten sie nacheinander auf Zehenspitzen in die Wohnung, die Pistolen mit ausgestrecktem Arm schussbereit, von Türrahmen zu Türrahmen und schauten sich hektisch um. Als sie Sophie friedlich auf dem Sofa schlummern sahen, nickten sie einander stumm zu und steckten ihre Waffen in die Gürtel. Dann holte einer von ihnen eine kleine Flasche aus seiner Hosentasche, beträufelte ein Tuch mit der Flüssigkeit und hielt es Sophie an die Nase.

In diesem Moment erwachte sie und riss vor Schreck ihre Augen weit auf.

Sie wollte schreien, doch es gelang ihr nicht. Kein Laut drang aus ihrer Kehle. Voller Panik versuchte sie, sich aus dem eisernen Griff des Mannes zu befreien, der ihre Oberarme gepackt hatte.

Sophie hatte keine Chance. Rasend schnell breitete sich das Gift in ihren Lungen aus und lähmte ihre Muskeln. Wenige Sekunden später gab ihr Körper jeden Widerstand auf und sackte in sich zusammen.

# 7

Daniel Levinson wechselte von der mittleren auf die rechte Spur und verlangsamte seine Fahrt. Eine Sekunde lang sah er auf und nahm die Leuchtröhren wahr, die rechts und links der Bismarckstraße aufblinkten. *Wäsche Grabsch. Café an der Oper. Möbel Dissmann. Landhauslampen* ... Wie alt waren all diese Geschäfte? Seit wann verkaufte Herr Grabsch in dem stuckverzierten Altbau schon seine kostbaren Bettlaken? Den Schriftzeichen nach waren es bereits ein paar Jahrzehnte ... Fragen blitzten auf, immer dieselben, er konnte es nicht verhindern. Seit wann gehörte Grabsch das Geschäft? Hatte es einst einem Mosche Grünbaum gehört? Oder einem David Stein?

Daniel hatte sich noch immer nicht daran gewöhnt, in diesem Land zu leben. Es kam ihm so unwirklich vor wie beim ersten Mal, als er den Flughafen verlassen und staunend um sich geblickt hatte. Überall sprachen und schrieben sie deutsch, lachten über schäbige Witze in dieser kalten, harten Sprache, die der Großvater ihm beigebracht und die ihm doch fremd geblieben war. Das Schlimmste aber war, dass all diese Menschen sich benahmen, als sei nie etwas geschehen, als sei alles vergeben und vergessen ...

Manchmal wünschte er, er könne das auch. Vergessen. Natürlich hatte er vorher gewusst, wie es sein würde. Er hatte Filme gesehen, Vorträge gehört und mit *Katsas* gesprochen, die schon oft in Deutschland tätig gewesen waren, Palästinenser in deutschen Gefängnissen vernommen, mit dem deutschen Geheimdienst Absprachen getroffen oder von hier aus die Spuren alter Nazis verfolgt hatten. Die *Katsas* waren ehrlich gewesen und hatten zugegeben, wie elend ihnen anfangs zumute gewesen sei, jämmerlicher als bei manch gefährlichem Einsatz in Damaskus oder Tunis. Deutschland aber, sagten sie, Deutschland sei etwas ganz anderes. In arabischen Ländern waren sie Kämpfer. In Berlin aber begegneten sie sich selbst, der Geschichte und einer tödlichen Angst. Es war mehr als Tapferkeit erforderlich, das durchzustehen.

Daniel hatte ihnen zugehört und hatte es nicht geglaubt. Er hatte überheblich auf seine Stärke vertraut und die bitteren Berichte auf die leichte Schulter genommen. Ihm würde das nicht passieren, ihm nicht, hatte er gedacht und milde gelächelt über die empfindlichen Alten. Und nun ging er genauso in die Knie wie sie. Es war ärgerlich, doch er konnte nicht dagegen an. Es gelang ihm ja kaum, zu begreifen, dass er wirklich in dieser Stadt war! In Berlin.

*Daniel Levinson war in Berlin!* In der Stadt der Wannseekonferenz, der Reichskanzlei und des Sportpalastes, der breiten Alleen, die sie *Damm* nannten – Hindenburgdamm, Kaiserdamm, Ku'damm. In der Stadt also, in der trotz aller Verwüstungen die Spuren Albert

Speers längst nicht getilgt waren. Jedes Mal, wenn er den Ferbelliner Platz umrundete oder am Flughafen Tempelhof vorbeifuhr, übermannten ihn die alten Bilder. Und so legte sich die Fremdheit nicht, ganz gleich, was er tat. Er aß, trank, sprach, kaufte ein – wie jeder andere in dieser Stadt. Doch selbst die Aufschrift auf der Seife oder der Tiefkühlpizza erinnerte ihn daran, wo er war. Manchmal, wenn es ihm zu viel wurde und wenn es auch den anderen im Team zu viel wurde, deutsch zu sprechen – was sie selbst in ihrer Wohnung taten, um sich auch zufälligen Lauschern nicht zu verraten –, machten sie sich mit ausgelassenen Albernheiten Luft. Einmal hatte er mit amerikanischem Akzent gesagt: »Ich bin ein Berliner!«, und seinen Krapfen erst in die Luft und dann kunstvoll in den Abfall geworfen.
Im ersten Augenblick hatten die anderen ihn verblüfft angestarrt, doch dann waren sie in Gelächter ausgebrochen und hatten es ihm nachgemacht und laut gejubelt »Ich bin ein Berliner« und sämtliches Schmalzgebäck in die Mülltonne befördert, bis das riesige Papptablett leer gewesen war. Danach blickten sie sich stumm an und erlebten einen seltenen, wunderbaren Moment von Einigkeit, der sie noch stärker miteinander verband. Sie würden es durchstehen. Gemeinsam.
Daniel wusste, dass er sich auf jeden von ihnen verlassen konnte. Gemeinsam würden sie jedem beweisen, dass es niemandem gelingen würde, sein Volk auszurotten. Nie. Auch nicht in dem Krieg, auf den sie sich vorbereiteten. Es war ein Krieg, der ihnen aufgezwungen wurde und den sie führen mussten, davon war Daniel fest über-

zeugt, und für dessen Ausgang entscheidend war, dass er Erfolg hatte. Sie brauchten die *Katzenaugen*, und sie brauchten sie schnell.

David seufzte, beschleunigte und überholte den Doppeldeckerbus, der vor ihm hielt. Nach einer flotten Fahrt über mehrere grüne Ampeln gelangte er auf den breiten Kaiserdamm und von dort aus auf die Heerstraße, den einstigen Zubringer für die Olympischen Spiele von 1936. Wenn er einfach weiter geradeaus führe, käme er nach Dallgow, dem alten olympischen Dorf, überlegte er. Er hatte das alles noch nicht gesehen. Vielleicht wäre es ja mal ganz spannend ...

Ausbrechen. Normal sein. Sich in der Stadt umsehen wie ein harmloser Tourist. Und dann nach Hause fahren.

Später, vielleicht. Daniel atmete durch und dachte voller Abscheu an den untersetzten Mann mit seinen fettigen Haaren und dem schlechten Mundgeruch, den er gleich treffen würde, welchem er, ganz gleich, wie zuwider er ihm war, einmal mehr vorspielen müsste, seiner Meinung zu sein und denselben Kampf zu kämpfen ...

Daniel verzog das Gesicht, schaute in den Rückspiegel und erkannte ein paar Wagen weiter hinten die Spitze eines schwarzen Helms. Als hätte der Motorradfahrer den Blick gespürt, setzte er zum Überholen an. Daniel wandte sich kurz zur Seite, nickte fast unmerklich und lächelte zufrieden, als das Motorrad vorbeifuhr, sich vor ihn setzte, zweimal wackelte, vor der nächsten Ampel abbremste, wieder auf die rechte Spur wechselte und zurückfiel.

Es war also alles in Ordnung.
Auch Daniel hatte nichts Ungewöhnliches bemerkt. Kein Auto, das zu lange hinter ihm geblieben wäre, keinen Fahrer, dessen Gesicht er vorher schon einmal gesehen, kein Kennzeichen, das er sich eingeprägt hatte. Beim Lehrgang war Daniel immer der Beste gewesen. Niemand hatte ihn lange observieren können, ohne dass er es gespürt hätte. Schon damals hatten sich ihm die Nackenhaare aufgestellt und kalter Schweiß war ihm ausgebrochen, wenn jemand hinter ihm her gewesen war. Immer wieder hatten seine Lehrer wissen wollen, was sie verraten hatte. Denn sie waren gut gewesen, zu gut für die meisten anderen Teilnehmer. Nicht aber für Daniel Levinson, Offizier der Panzertruppe, hoffnungsvoller Rekrut des Instituts. Er habe es einfach gespürt, sagte Daniel, und das trug ihm eine Menge Prügel ein. Irgendwann ließen sie ihn in Ruhe und übertrugen ihm eine der wichtigsten Operationen seit Jahren.
Das hatte er nun davon, dachte er missmutig. Ohne seinen angeborenen Sensor wäre er nicht hier, der ihm nachher sowieso nichts nützen würde. Die Schweine würden überall sein, vor ihm, hinter ihm, und er würde es natürlich wissen, denn sie wollten ihm bestimmt vorführen, was sie alles von ihm gelernt hatten. Er aber würde ihnen auf die Schultern schlagen. Er durfte sich nichts anmerken lassen, und Schweißperlen auf seiner Stirn würden ihn nur verraten. Panik wallte in ihm auf. Was, wenn er sich diesmal verriet? Er sah auf die Uhr. Noch zwei Stunden. Daniel umklammerte das Lenkrad. Wenn wenigstens alles so wäre wie immer … wenn jeder

im Team seine Rolle spielen könnte ... tauchend, angelnd, als Spaziergänger getarnt im Wald. Geschützt von diesem unsichtbaren Netz wäre ihm wohler. Doch dann war ihnen diese unberechenbare Frau dazwischengekommen, und sie hatten kurzerhand alles über den Haufen geworfen. »Seht zu, dass sie uns nicht auf dem letzten Meter die ganze Operation versaut!«, hatte Ephraim in der Zentrale wütend gebrummt und ihnen freie Hand gelassen. Sie hatten diskutiert, hitzig wie immer, und irgendwann hatte Daniel entschieden: »Ich gehe auf alle Fälle. Ari deckt mich. Das muss heute Abend reichen. Ihr vier kümmert euch um diese Frau, und Judith hält hier die Stellung. Das war's. An die Arbeit.«

Daniel dachte an Ben. Nun ging es ihm wie diesem Jungen, der bei dem kleinsten Fehler ebenfalls verloren wäre. Ben war ein blonder, sportlicher Student, der vor zwei Jahren zu einer christlichen Freundin seiner früh verstorbenen Mutter nach Deutschland gezogen war, um an der Universität Potsdam zu studieren. Die Frau hatte ihn eingeladen, denn sie lebte mittlerweile allein und freute sich über jede Gesellschaft. Sie nahm ihn mit offenen Armen auf, umsorgte ihn wie eine Mutter und ließ ihm zugleich jede Freiheit, die ein Student brauchte.

In der ersten Zeit war Ben ein-, zweimal in der Synagoge gewesen. Doch dann blieb er weg, denn er war unversehens in gefährliche Gesellschaft geraten und hatte es mit der Angst zu tun bekommen. Niemand in Potsdam sollte merken, woher er kam. In den Semesterferien war Ben nach Hause gefahren und hatte ein paar Freunden von Deutschland erzählt, denn er wusste, dass sie längst einem der Sicherheitsdienste angehörten. Wie erhofft dauerte es nicht lange, bis seine Geschichte dem Institut zu Ohren kam. Ein junger Student, der in Potsdam eine Gruppe militanter Nazis infiltriert hatte, war unbezahlbar. Sie sprachen ihn an, hörten seinen Bericht über Alfred Meister, genannt der *Fuchs*, über wüste Schlägereien in der Szene, über ihre Angst vor Spitzeln und den Streit – den sie erbittert ausfochten – über den rechten Weg zu einem wahren, reinen Deutschland. Der *Fuchs*, ein ebenso brutaler wie charismatischer Anführer, entferne sich, berichtete Ben, immer weiter von der Partei. Die Agentenführer in Tel Aviv vernahmen dies alles mit finsterer Wut und schickten Ben zurück, damit er sie auf dem Laufenden hielt.

Seitdem war Ben immer bei allen Treffen dabei, hockte nächtelang in Hinterzimmern, grölte Nazilieder und schwankte zwischen abgrundtiefer Furcht und der fixen Idee, seinen Mut unter Beweis stellen zu müssen. Denn er schämte sich, weil er nur zu gut wusste, warum sich seine Familie das teure Studium in Deutschland leistete: Sie wollte ihren kostbaren Spross vor der Wehrpflicht schützen.

Ben rutschte immer tiefer in die Szene, und je mehr er darüber berichtete, desto unruhiger wurde der Berliner Mossad-Resident. Er sorgte dafür, dass dem jungen Mann wenigstens die Grundbegriffe der Konspiration beigebracht wurden, dass ihm ein einfühlsamer Agentenführer zur Seite gestellt wurde, der ihn aufbaute, wenn es zu schlimm wurde, und dass Tel Aviv sich die

Gruppe genauer ansah, die mit den Monaten immer radikaler zu werden schien.
Mittlerweile umfasste Alfred Meisters Akte beim Institut mehrere höchst geheime Ordner. David hatte den ganzen Wust in den Nächten vor seinem Abflug nach Deutschland durchgearbeitet, hatte die abgehörten Telefonate ebenso gründlich studiert wie das Dossier, das Psychologen anhand von Bens Erzählungen über den *Fuchs* erstellt hatten, und war auch über dessen Internetkorrespondenz im Bilde. Es hatte den israelischen Agenten wenig Mühe bereitet, das Nazinetz zu knacken. Sie hatten im Internet ihre Fäden gesponnen und sich als Fritz Meurer aus Illinois bei Alfreds Gruppe eingeschmeichelt, ihre rechte Gesinnung nachgewiesen und an der Legende eines jungen Mannes gestrickt, der nach dem Mauerfall von den Eltern aus Halle in die USA verschleppt worden war und dort einer Miliz angehörte, der sich aber vor allem nach der alten Heimat sehnte und danach, im verlotterten Europa für Recht und Ordnung zu sorgen. Der *Fuchs* ließ einen seiner Leute anfragen, welche Möglichkeiten der Unterstützung dieser Fritz sehe, und Fritz deutete an, dass er bei einer Sprengstofffabrik Arbeit gefunden habe. Dies fand den Beifall der eingeweihten Internetgemeinde, und so war man in Potsdam hocherfreut, als Daniel – alias Fritz Meurer – plötzlich leibhaftig vor ihnen stand.
Daniel hielt vor einer roten Ampel und grinste. Die Operation war höchst professionell vorbereitet, und er musste nur die Rolle ausfüllen, die sie ihm in Tel Aviv auf den Leib geschrieben hatten. Ben aber war ein Risi-

ko, denn er war – vermutlich dank seiner Körpergröße – inzwischen zu Alfreds Leibwächter aufgestiegen und dies, obgleich er innerlich ein Lamm war, vollkommen unfähig, jemanden zu verletzen.
Nur noch ein paar Wochen, hatte Ephraim ihn zu trösten versucht. »Bald ist es vorbei.«
Daniel hatte sich dem jungen Mann nicht zu erkennen gegeben, und so konnten sie sich in der Zentrale ein ziemlich genaues Bild von der tatsächlichen Stimmung in der *NDA* machen. Ben berichtete, ein neuer gefährlicher Gegner sei aufgetaucht. Er heiße Fritz Meurer, sei ein ziemliches Großmaul und habe angeboten, die müde Truppe ein wenig auf Vordermann zu bringen. Außerdem habe er damit geprahlt, Sprengstoff und Waffen liefern zu können. »Damit ihr endlich mal mehr macht, als nur heldenhaft eure paar Hitler-Lieder zu verteidigen.«
Was für ein netter Junge, dachte Daniel, und wirklich tapfer. Andere wären längst zusammengebrochen. Gedankenverloren fuhr Daniel über die Havelbrücke. Ob er Ben je sagen durfte, wer er in Wirklichkeit war? Ob er ihn überhaupt lebend wieder sehen würde? Zu Hause? In Israel?
Ein Schauer fuhr über Daniels Rücken. Umwillig schob er die böse Vorahnung beiseite und bog in die Wilhelmstraße ein, die in die Potsdamer Chaussee mündete und an endlosen Rieselfeldern vorbei immer weiter in Richtung Süden führte. Polizisten am Straßenrand rissen ihn aus seinen Gedanken. Umsichtig steuerte Daniel den dunkelblauen Mittelklassewagen an den Beamten vorbei, die hinter der Seeburger Abzweigung Raser von der

Straße fischten, und atmete erleichtert auf, als sie ihn unbehelligt passieren ließen. Nach einigen Kilometern erreichte er den ehemaligen britischen Militärflughafen Gatow. Auf dem stillgelegten Flugfeld ragten moderne Schulgebäude zwischen endlosen Reihen kleiner, uniformer Einfamilienhäuser in die Höhe. Die meisten standen leer, da selbst die Bonner Beamten, für die sie einst geplant waren, schönere Wohngegenden bevorzugen.

Vorschriftsmäßig langsam nahm Daniel die scharfe Linkskurve, hinter der Kladow lag, das letzte Dorf in Berlins Südwesten vor der Mauer. Aus dem Augenwinkel nahm er wahr, dass der Motorradfahrer hinter ihm geradeaus fuhr – über den ehemaligen Todesstreifen hinweg nach Potsdam.

Fürs Erste war er also auf sich gestellt. Er blickte rasch in den Innen- und Außenspiegel, beschleunigte, bog den Ritterfelddamm hinunter, schwenkte, ohne zu blinken, in die Verlängerte Uferpromenade ein, bremste auf Schrittgeschwindigkeit ab und wartete, ob ihm jemand gefolgt war. Doch außer einem alten Mann mit Hund, der ihm verwundert nachschaute, hatte sein waghalsiges Manöver kein Publikum gefunden. Er fuhr am Groß Glienicker See entlang weiter und hatte doch kein Auge für die Schönheit ringsum. Er sah weder zu den schmucken Häuschen, die sich an den Hang schmiegten, noch zu der malerischen Kulisse, die das in der Abendsonne liegende Gewässer bot. Vorsichtig manövrierte er an einer Badestelle vorbei und schüttelte den Kopf über zwei Berliner Großfamilien, die trotz der herbstlichen

Temperaturen inmitten ihres gesamten Hausrats hockten und grillten.
Die Straße wurde schmaler und holpriger. Vor einer Gärtnerei hielt Daniel an und blickte sich um. Er konnte nichts Verdächtiges erkennen. Beruhigt setzte er den Wagen wieder in Bewegung, kurvte noch eine Weile scheinbar ziellos durch das Gewirr schmaler, von Einfamilienhäusern gesäumter Gassen und bog schließlich in die Sakrower Landstraße ein. Sie führte ihn an der Havel entlang direkt in den kleinen Potsdamer Vorort Sacrow, der an den Ufern des gleichnamigen Sees lag.
Hinter einer verfallenen, verriegelten Baracke am Waldrand, in der einmal Grenzpolizisten der DDR gehaust haben mochten, lag ein Rondell, wo selbst große Busse mühelos wenden konnten. In der Mitte des ungepflegten Platzes wuchsen zwischen üppigen Sträuchern ein paar hohe Bäume. An einer Stelle, die von der Straße aus nicht sichtbar war, gab es eine Lücke, die ausreichend Platz für seinen Wagen bot. Langsam manövrierte er sein Auto in das Versteck, schlug die Tür hinter sich zu und stapfte in den Wald.
Der schmale, bereits von den ersten welken Blättern bestreute Pfad führte sanft bergan. Daniel kannte den Weg. Konzentriert setzte er einen Fuß vor den anderen. Der weiche Waldboden dämpfte seine Schritte. Mit jedem Meter, den er zurücklegte, wuchs seine Anspannung und seine Haut prickelte verräterisch.
Sie waren da und hatten ihn im Visier.
Da vorne, hatte da nicht etwas geraschelt? Daniel blickte in die Richtung, aus der das verdächtige Geräusch ge-

kommen war. Eine Amsel hüpfte zwischen den Ästen umher. Daniel runzelte die Stirn und nahm seinen Marsch wieder auf. Zielstrebig wanderte er an einem riesigen Holzstapel vorbei, erreichte rasch die höchste Stelle der Erhebung und blickte hinunter zum Sacrower See, dessen helle Oberfläche zwischen den Stämmen hindurch glitzerte. Dort unten auf dem großen Weg müsste er nur noch ein paar Meter nach rechts gehen, um zu dem versteckten Badeplatz zu gelangen, an dem sie verabredet waren.

Daniel alias Fritz Meurer hatte Alfred davor gewarnt, sich weiterhin dort zu treffen. Doch der *Fuchs* hatte nicht auf ihn gehört. Daniel fluchte. Er hatte dem Kerl ja schlecht erklären können, was seinem Team dort widerfahren war! Getarnt als Jogger, Camper, Angler oder Schmetterlingsjäger, hatten sie den kleinen Strand einige Tage und Nächte lang beobachtet und eines Morgens einen vollkommen zerlumpten Mann dabei beobachtet, wie er auf allen vieren unter einem Busch hervorgekrochen und an das Seeufer gerobbt war, um sich das klare Wasser mit den Händen in seinen Mund zu schaufeln. Sie hatten ihn nicht kommen sehen. Wie lange hatte der verwahrloste Mann schon dort gelegen? Wieso war ihnen das entgangen? Was hatte er beobachtet?

Sie hatten gezögert, die Risiken abgewogen und ihn schließlich laufen lassen, allerdings nicht ohne die üblichen Vorsichtsmaßnahmen. Ari und Sarah waren dem Kerl noch ein paar Tage lang gefolgt, ohne etwas Verdächtiges zu entdecken, und irgendwann überließen sie ihn entnervt seinem Schicksal.

Die Episode war mehr als ärgerlich gewesen, denn sie hatte gezeigt, dass dieser Treffpunkt alles andere als sicher war. Sie waren sofort auf die Suche nach einem neuen, besseren Ort gegangen – nur um von Alfred ausgelacht zu werden. »Das könnt ihr vergessen. Da unten am See sind wir so geborgen wie in Abrahams Schoß!« Sosehr sich Daniel auch bemüht hatte, er konnte nichts erreichen.

Was machte den *Fuchs* nur so sicher?, fragte er sich, während er den gewundenen Pfad hinablief. Der Waldweg war menschenleer, keine Jogger, Radfahrer oder Hundebesitzer waren in Sicht. Es dämmerte bereits, und Vögel flogen kreischend über die hohen Baumwipfel hinweg. Im Wald hinter und neben ihm knackte und krachte es, und es war Daniel unmöglich, festzustellen, woher die Geräusche kamen. Waren es die Wildschweine? Er hatte die Rotte mehr als einmal durch den Feldstecher beobachtet. Die gewaltigen Hauer dieser Tiere flößten ihm Respekt ein. Das lautlose Töten von Menschen hatte er gelernt, mitteleuropäische Wildsäue waren ihm allerdings überlegen.

Aber das da draußen waren keine Wildschweine. Mit schmerzender Gewissheit spürte Daniel, dass jeder seiner Schritte beobachtet wurde. Sein Herz pochte laut. Plötzlich begriff er: der *Fuchs* brauchte sich hier nicht zu verstecken! Niemand würde es je wagen, einen seiner Jungs zu verraten. Und vermutlich hätte er gewiehert vor Vergnügen, wenn er je von dem Penner erfahren hätte. Die schrille, böse Stimme des *Fuchs* klang in seinem Ohr. »Den zerquetschen wir wie 'ne Fliege, wa!«

Er kam sich vor wie ein Vollidiot. Da hatte er den *Fuchs* und seine lasche, vorlaute Truppe erst zu dem gemacht, was sie heute waren, hatte sie mit den Regeln der Konspiration vertraut gemacht und ihnen beigebracht, tote Briefkästen zu bestücken und die unsichtbaren Zeichen zu lesen, die Daniel ihm sandte, dabei hatten sie Geheimniskrämerei gar nicht nötig gehabt! Jedenfalls nicht hier. Nicht in Sacrow!

Und nun wandte sich der Spuk gegen ihn selbst. Auf Daniels Armen prickelte eine Gänsehaut. Wochenlang waren sie zum Üben hinausgefahren, hatten in den verrottenden russischen Kasernen tage- und nächtelang gearbeitet und gelernt, sich lautlos zu bewegen, unauffällig jemanden zu verfolgen, lästige Verfolger abzuschütteln, und zum krönenden Abschluss hatten sie Schießübungen auf einem Gelände gemacht, auf das sich sonst niemand traute, da es verseucht und gefährlich war. Überall konnte versprengte Munition liegen. »Das macht nichts. Da passen die dämlichen Kerle wenigstens auf«, hatte der *Fuchs* gegrunzt und gemein gegrinst.

Tatsächlich waren die jungen Männer mit den stumpfen Augen und leeren Gesichtern aufgeblüht, als er sie in die Kunst des Kämpfens eingewiesen hatte. Bereitwillig hatten sie sich in den Dreck geworfen und nie klein beigegeben, nicht einmal Ben. Und immer wieder hatten ihn zwanzig Augenpaare voller Bewunderung angehimmelt. Alle hatten widerstandslos das getan, was er ihnen befohlen hatte. Einmal war Daniel nahe dran gewesen, sie anzubellen, sie sollten ihre eigene Scheiße fressen. Selbst das hätten sie vermutlich gemacht, dachte er ver-

ächtlich, und es wurde ihm wesentlich wohler bei dem Gedanken daran, welche Macht er über sie gehabt hatte und wie abhängig sie von ihm gewesen waren.
Bis vor kurzem.
Mittlerweile aber hatten sie ihren ersten Einsatz hinter sich. Bestimmt konnten sie vor Kraft nicht laufen, dachte Daniel verächtlich. Und hatte er ihnen erst gegeben, wonach sie lechzten, dann müsste er verschwinden. Auf jeden Fall aber, bevor Ben die Nerven verlor, oder er selbst aufflog … Nur noch dieses Mal, beruhigte er sich. Und dann noch einmal, wenn er mit Pia käme. Das ging nicht anders, denn dann mussten sie die Übergabe des Sprengstoffes hinter sich bringen. Und außerdem die versprochene Kiste Handgranaten, ein paar Pistolen und Munition liefern, als Gründungskapital, sozusagen. Daniel lächelte. Der Begriff gefiel ihm. So konnte man es auch nennen.
Vielleicht würde er ihnen noch bei dem nächsten Anschlag das Händchen halten, bei dem es ein Bekennerschreiben geben würde. Es war vielleicht doch ein Fehler gewesen, es anonym zu versuchen. Aber darüber würde diese Pia berichten … das sollte reichen. Seine Regierung konnte intervenieren und niemand in Berlin würde es mehr wagen, Israel die Panzer vorzuenthalten … Und seine Arbeit wäre getan, und er konnte endlich nach Hause fliegen, für den Bruchteil einer Sekunde sehnte er sich zurück in die vertraute Sicherheit seiner engen, armseligen Wohnung in Tel Aviv. Ob Sarah auf ihn wartete? Vielleicht vergnügte sie sich inzwischen mit einem anderen? Er hoffte es. Sonst überschüttete sie

ihn wieder mit Vorwürfen, weil er sich so lange nicht gemeldet hatte …
Hinter ihm krachte ein Ast. Er fuhr herum und schrie: »Fehler! Ich weiß schon lange, dass ihr da seid. Ihr seid zu laut, verdammt noch mal!«
Es kam keine Antwort. Daniel grinste. »Okay, okay«, murmelte er laut vor sich hin. »Macht weiter. Ihr seid schon ganz gut, aber noch nicht gut genug.«
Daniel duckte sich unter tief hängenden Zweigen und trat hinaus auf die Lichtung, die direkt am See lag. Es war eine kleine Bucht mit einem winzigen Sandstrand, der von einer Wiese gesäumt wurde. Am Rand lagen dicke Baumstämme, und in der Mitte der Wiese gab es eine verkohlte Stelle, auf der schon so manches Lagerfeuer gelodert hatte.
Daniel hockte sich auf einen der Stämme. Hier gab es keine Deckung.
Er wartete. Niemand kam. Da durchzuckte ihn ein neuer Gedanke. Ari! Wo war er? Daniel sprang auf und wanderte unruhig umher. Was, wenn sie ihn erwischt hatten? Wenn sie Verdacht geschöpft und längst herausgefunden hatten, dass er keineswegs Fritz Meurer war?
»Fritz! Wir sind hier.« Plötzlich stand der *Fuchs* hinter ihm. »Wir sind gut, nicht?«
Daniel drehte sich um und sah dem Mann mit den vertrauten, schwammigen Zügen zornig ins Gesicht. Seine Haare klebten noch fettiger als sonst an seinem Schädel, und nur seine harten, dunklen Augen verrieten die Gefahr. »Was soll der Scheiß?«
»Sag nur nicht, dass du es gemerkt hast!« Eine Gruppe

von etwa zwanzig jungen Männern mit verschmierten Gesichtern trat näher. Ihre Blicke waren erwartungsvoll auf Daniel gerichtet.

»Was meint ihr denn, wen ihr vor euch habt? Einen gottverdammten Idioten?«

»Okay, okay. Tschuldigung«, grunzte Alfred Meister, hob beide Hände, als tue es ihm wirklich Leid, und wies seine Männer mit einer knappen Handbewegung an, sich zurückzuziehen. Dann setzte er sich auf einen der Baumstämme und bedeutete Daniel, es ihm gleichzutun.

»Willst du uns nicht beglückwünschen?«

Daniel grinste. »Doch, natürlich. Nicht schlecht. Auch der Heinz war richtig gut!«

»Heinz? Wieso Heinz?«

Daniel verengte seine Augen zu schmalen Schlitzen. »Weil wir ausgemacht haben, dass Heinz fährt!« Für den Anschlag hatte er den jungen Mann nicht nur ausgewählt, weil er sich als kaltschnäuzig genug erwiesen hatte, sondern auch, weil der seine Jacke nie ablegte, eine verwaschene Jeansjacke mit allerlei verbotenen Abzeichen darauf, die seinem großen Bruder gehört hatte. Dieser war bei einem tragischen Unglücksfall ums Leben gekommen, und das alte Kleidungsstück war das Einzige, was Heinz von seinem Bruder geblieben war.

»Ja, das haben wir ausgemacht«, räumte der *Fuchs* ein. »Stimmt genau. Aber du hast was vergessen! Seine Jacke«, stieß er triumphierend aus. »Es ist mir in letzter Sekunde eingefallen! Du hattest zwar Recht, dass der Heinz der beste Mann gewesen wäre, aber mit der Jacke … und bei den vielen Videokameras! Das wär doch der reinste Selbstmord gewesen! Aber der Danny hat es doch auch ganz gut gemacht, oder? Ich habe ihm einen alten blauen Anorak von mir geliehen.«

»Aha.« Daniel wurde kreidebleich. In seinem Kopf purzelte alles durcheinander. Welcher Idiot hatte diesen Blödmann *Fuchs* getauft? Scheiße, Scheiße, Scheiße! Er hatte Loos auf die falsche Fährte gesetzt. Die deutsche Polizei würde es längst wissen, denn der Journalist hatte sicherlich nachgefragt ... Er hatte den Reporter ja geradezu aufgefordert, zu recherchieren. Mist, Mist, Mist! Bestimmt waren sie hinter Loos her ... Der Mann war verbrannt, und er war schuld daran. Aber wie schnell konnten die Deutschen eine Telefonüberwachung schalten? Waren sie heute Nachmittag schon in der Leitung gewesen und hatten mitgehört, was Loos durchgegeben hatte? Was, wenn sie diese Sophie Mahler gefunden hatten, bevor seine Leute nahe genug an sie herangekommen waren? Er hatte noch keine Nachricht, natürlich nicht ... Und das alles nur, weil dieser dämliche Nazi machte, was er wollte! Daniel benötigte mehrere Sekunden, um seinen Zorn hinunterzuschlucken. Er musste hier weg, musste hören, ob alles in Ordnung war, musste die Dinge neu organisieren ...

»Am Montag kommt ihr ganz groß raus«, brummte er. »Ich bringe eine Journalistin mit. Heißt Pia Winckel und ist vom *dnd*. Deutscher Nachrichtendienst. Agentur. Bedient alle Zeitungen, alle Rundfunkstationen und das Fernsehen. Das Mädchen macht ihre Sache gut ... Ihr braucht euch keine Sorge zu machen. Maximale Publicity bei minimalem Risiko!«

»Der *dnd?* Soll über *uns* schreiben? Bist du wahnsinnig geworden?« Alfred starrte ihn ungläubig an.
»Aber keineswegs!«, gab Daniel kühl zurück. »Was Besseres kann euch gar nicht passieren!
Alfred schwieg einen Moment, dann stieß er aus: »Aber wir waren uns doch einig! Hast du nicht selbst gesagt, wir könnten erst mal mehr erreichen, wenn wir den Mund halten? Wenn wir der Bundesregierung Stillschweigen versprechen und sie nicht öffentlich unter Druck setzen?«
»Die Betonung liegt auf *erst mal.* Erst mal war das richtig. Im Prinzip.«
»Und? Was hat sich geändert?«
»Also, erstens haben die sich nicht unter Druck setzen lassen. Wir sind ja nicht erst seit gestern dran. Und wenn es alles so geklappt hätte, wie wir uns das vorgestellt haben, hättet ihr den Anschlag nicht machen müssen.«
»Ach lass mal, das war schon okay!«, grinste Alfred und schlug Daniel beruhigend auf die Schulter.
»Und außerdem ... Hast du die Meldung in der *Freiheit* nicht gelesen?«
»Schon, aber ...«
»Ja, begreifst du denn nicht?« David schlug sich an die Stirn. »Weißt du immer noch nicht, wie der Hase läuft? Das kam doch nicht von uns, von dir, von mir ... Ich sage dir, das Leck ist direkt ganz oben, so wahr ich Fritz Meurer heiße! Ich habe ziemlich lange darüber nachgedacht. Und wenn du mich fragst, war das so was wie ein Versuchsballon! Wie laut ist der Aufschrei der Bevölkerung? Wie viel können wir denen zumuten? Können wir

es uns leisten, gar nichts zu tun? Und soll ich dir was sagen? Genau das ist dabei rausgekommen: Niemand hat sich groß aufgeregt, also machen die jetzt gar nichts, überhaupt nichts. Ab jetzt scheren die sich einen Dreck darum, was wir tun, was wir fordern. Es sei denn …«

»Was?«

»Es sei denn, es gibt einen Paukenschlag.«

»Aha, einen Paukenschlag, sehr eindrucksvoll. Und deshalb schickst du uns dieses Mädchen auf den Hals?«

Daniel grinste. »Du hast es erfasst. Wenn der *dnd* das groß rausbringt, wird dich jedes Kind in Deutschland kennen. Du wirst berühmt …«

»Und berüchtigt.«

»Was dagegen?«

Nun war es an Alfred, breit zu grinsen. »Nö, nicht wirklich. Ich möchte bloß mal wissen, woher du so was alles weißt … Ich meine, wie es in der Politik hier so zugeht … Du kommst doch gar nicht von hier …« Der *Fuchs* schüttelte den Kopf und betrachtete Daniel nachdenklich. »Woher kennst du diese Dame eigentlich?«

»Ich habe Beziehungen, vergiss das nicht. Aber bitte, wenn du schlauer bist, dann mach's doch selbst!«

Alfred schwieg. Daniels Herz hämmerte. Sie starrten einander an, und keiner wollte als Erster nachgeben. Jetzt würde sich alles entscheiden, durchzuckte es Daniel, ob er den Mann noch im Griff hatte, oder ob ihm die Sache entglitt.

»Sei nicht blöd. Du machst das doch gut. Wie geht's jetzt weiter?«, lenkte Alfred schließlich ein.

»Ist doch ganz klar! Der *dnd* bringt die Story, und dann schlagen wir wieder zu.«

Alfred ballte seine Faust und zischte: »Jawohl! Wir zeigen es ihnen!«

»Genau«, stimmte Daniel ein. »Wir zeigen es ihnen. Und tut mir einen Gefallen. Am Montag, wenn ich mit der Dame komme, dann zieht euch was über den Kopf. Irgendwas. Oder schmiert euch wenigstens ein bisschen Dreck ins Gesicht, so wie wir das bei unseren Übungen immer gemacht haben. Das sieht einfach besser aus. Und gefährlicher. Außerdem muss die euch ja nicht gleich wieder erkennen.«

Alfred nickte. »Geht klar. Und die nächste Aktion …?« Alfreds Augen glitzerten.

»Das wird ein hübsches Feuerwerk! Ich habe da schon was im Auge. Ich melde mich.« Mit diesen Worten erhob sich Daniel und ging. Niemand hielt ihn auf.

# Zweiter Teil

# 8

Die Sonne schien hell und freundlich, es ging nur ein schwacher Wind, und die Kellnerinnen des *Zollinger* hatten die großen Scheiben beiseite geschoben, so dass auch die Gäste drinnen im Lokal das Gefühl bekamen, Teil des bunten Treibens auf dem Gehweg zu sein. Geblendet von der tief liegenden Sonne, kniff Pia die Augen zusammen, betrachtete die tobenden Kinder auf dem Spielplatz gegenüber und dachte mit einiger Wehmut, dass es vielleicht das letzte Mal vor dem schmuddeligen Herbst war, dass sie draußen sitzen und frühstücken konnte.

Genüsslich zerbrach Pia ihre beiden Croissants, verzichtete auf Schinken und Ei, gönnte sich aber dafür zwei Cappuccini, las in aller Ruhe die Zeitungen und hielt mit einem Auge Ausschau nach Leo. Vielleicht kam er ja zufällig vorbei, oder weil er sich mit ihr versöhnen wollte. Sie vermisste ihn. Nicht so sehr, dass sie ihren Stolz hinuntergeschluckt und ihn angerufen hätte. Aber sie sehnte sich nach ihm und hoffte, dass er käme.

Im Lokal wurden bereits Wetten abgeschlossen. Würde Leo Dieckmann zurücktreten oder sich halten können?

»Das kann sich ein Bundeskanzler doch nicht bieten lassen, dass so einer wie der die Regierung einen Saustall nennt!«, schimpfte ein Herr zur Rechten. »Und außerdem stand in der Zeitung, dass sie überhaupt nicht weiterkommen mit der Bombe ... Also, wenn du mich fragst, der ist fertig, auf den würde ich nicht mal mehr einen Cent setzen!« Seine Gattin hielt nur zaghaft dagegen: »Es wäre aber trotzdem schade um ihn. Er war mir immer so sympathisch!«

Mir auch, fuhr es Pia durch den Kopf, und sie war froh, dass niemand sie erkannte. Die Stammgäste, die wussten, wer sie war, hielten sich ebenso zurück wie die Kellnerinnen, die ihr nur hin und wieder einen mitleidigen Blick zuwarfen.

Mehr als einmal schreckte Pia auf, wenn sie glaubte, Leos blonden Haarschopf in der Ferne entdeckt zu haben. Doch sie wurde jedes Mal enttäuscht, und fast schien es ihr, als hätten sich an diesem Morgen alle blonden Männer Berlins am Stuttgarter Platz versammelt. Es war zum Verrücktwerden. Nach zwei Stunden stand sie entnervt auf, denn sie konnte weder die aufgeregten Debatten an den Nebentischen noch ihre eigene, unsinnige Warterei weiterhin ertragen.

Den Rest des Wochenendes verbrachte sie im Wesentlichen damit, die Nachrichtensendungen anzuhören und im Internet zu surfen. Anfangs suchte sie alle Meldungen nach Spuren von Leo ab. Tatsächlich gab es Hinweise auf Interviews, die er gegeben haben musste. Wo war er nur? Was tat er? Warum rief er nicht an? Brauchte er Hilfe? Und wenn ja – warum bat er sie nicht darum? Sollte dies wirklich das Ende sein? War es richtig gewesen, ihm von dem Gespräch mit David Steen zu

erzählen? Was würde sie tun, wenn dieser sich wirklich noch einmal meldete und sie tatsächlich mit diesen Terroristen zusammenbringen wollte?
Sie würde hingehen. Natürlich.
Schon weil es Leo ärgern würde. Pah!
Genau wie die andere Sache. Flüchtig erwog Pia, Sophies Geheimpapier sofort bekannt zu machen. Dann würde Leo sie schneller anrufen, als ihr lieb sein würde, schoss es ihr durch den Kopf. Doch einem neuen Streit fühlte sie sich nicht gewachsen. Nicht mit Leo und auch nicht mit den diensthabenden Kollegen. Denn keiner in der *dnd*-Wochenendschicht war scharf auf die extra Portion Arbeit, die Exklusivgeschichten mit sich brachten.
Außerdem wäre der Knüller verschenkt, wenn sie diese Sache einfach hinausposaunen würde. Sie musste die Luft anhalten, und die Dinge klug angehen. Die schlafenden Hunde nicht vor der Zeit wecken. Vor allem aber galt es, Sophie zu schützen. Die Frau war bestimmt ein erhebliches Risiko eingegangen ... Warum hatte sie das getan? Hatte auch sie Ärger mit Leo? Für den Bruchteil einer Sekunde spürte Pia, dass sie keinen blassen Schimmer hatte, was in Wahrheit hinter den Kulissen vor sich ging. Vage ahnte sie, dass sie vielleicht nur ein Puzzlestück in einem anderen, viel größeren Spiel war, und es wurde ihr unbehaglich zumute. Denn zugleich spürte sie, dass ihr nicht die Mittel zur Verfügung standen, das Rätsel zu lösen. Sie brühte sich einen Kaffee auf, setzte sich damit an ihren Schreibtisch, las immer wieder Passagen aus Sophies geheimem Dokument und beschloss,

am Montag mit aller Vorsicht zu Werke zu gehen. Auf alle Fälle müsste sie Sophie noch einmal auf den Zahn fühlen, und dann müsste sie ihre Spuren verwischen und möglichst viele Informanten anrufen, damit jeder es gewesen sein konnte …

Nachdem sie dies entschieden hatte, machte Pia es sich auf dem Sofa bequem, legte ihren schmalen, tragbaren Computer auf ein Kissen und auf ihren Schoß und befahl der Suchmaschine, im Internet nach *Katzenaugen* zu suchen. Es fanden sich nur spärliche Daten. Baujahr, Größe, Gewicht, Bewaffnung. Elektronik, Hersteller und Einsatzgebiet: Nato.

Nicht mehr lange, dachte Pia und ärgerte sich, dass sie im Grunde nichts von Rüstungsgeschäften verstand. All die Jahre hatte sie stets einen weiten Bogen um jeden Soldaten gemacht und Einladungen zu Truppenbesuchen anderen überlassen. Männern. Warum war sie nur so blöd gewesen? Um wie viel leichter wäre es jetzt, diese Geschichte zu begreifen, wenn sie wenigstens eine leise Ahnung hätte, was ein Flugabwehrpanzer war und wofür den jemand brauchte. Oder, besser gesagt, nicht mehr brauchte, denn hier ging es ja offenbar um Altbestände der Bundeswehr. Was wollte Israel mit deutschem Waffenschrott in einem richtigen Krieg. Und warum war es bereit, dafür einen Millionenbetrag zu überweisen? Und weshalb war das Außenministerium so verdammt scharf darauf, dass der Deal geheim blieb?

Auf all diese Fragen fand sie im Internet keine Antworten. Sie schlief schlecht, träumte von Panzern, die auf fliegende Katzen schossen, und von Augen, die auf sie herabregneten, bis sie schweißnass und mit einem pelzigen Geschmack auf der Zunge aufwachte. Angeekelt stolperte sie an diesem Montagmorgen ins Bad, putzte die Zähne, ließ ein Schaumbad ein und aalte sich eine Weile darin. Doch die gruseligen Traumbilder zogen weiter in ihrem Kopf herum, und als könne sie den Albtraum mit hektischer Aktivität verscheuchen, zog sich Pia weit vor der Zeit an und lief kurz darauf die Treppen hinunter.

Die S-Bahn war zum Bersten voll. Eingekeilt zwischen einem nach Knoblauch stinkenden Mädchen und einem Mann mit kurzen, modisch geschnittenen Haaren, der ihr anzügliche Blicke zuwarf, brachte sie die Fahrt hinter sich, sprang am Bahnhof Friedrichstraße aus dem Zug, eilte die Treppen hinunter, schlängelte sich durch die Menschenmenge, vorbei an Zeitungs- und Brezelverkäufern, und atmete erleichtert auf, als sie endlich an der Spree stand. Sie betrachtete die grauen Plattenbauten am Ufer, die es geschafft hatten, der Bauwut von Regierung, Parlament und Medien zu trotzen. Der vertraute Anblick zauberte ein Lächeln auf ihre Lippen, und es wurde ihr auf einmal bewusst, wie sehr sie sich in dieser Stadt zu Hause fühlte, wie heimelig ihr sogar beim Anblick des Schiffbauerdamms zumute war, der bei genauem Hinsehen alles andere als eine städtebauliche Perle war.

Vor dem Gebäude der Bundespressekonferenz schoben zwei grimmig dreinschauende Polizisten Wache. Wen wollen die beschützen?, überlegte Pia, und sie fand es höchst ungewöhnlich, dass nunmehr auch Journalisten diese Art von Aufmerksamkeit zuteil wurde. Missmutig blickte sie von einem zum anderen. Sie hatte schon einen kecken Spruch auf den Lippen, verkniff sich aber sicherheitshalber jede Bemerkung, als ihr auffiel, wie alarmiert die beiden sie begutachteten. Eilig zog sie eine weiße Karte aus ihrer Aktentasche, hielt sie vor das kleine rote Licht in der schwarzen Wand und grinste breit, als das Lämpchen grün wurde und sich die Tür mit einem leisen Blubb entriegelte. Auch den Fahrstuhl holte sie mit der Karte herunter. Froh, so ungehindert durchzukommen, fuhr sie hinauf zu der Etage, die der *dnd* fast allein einnahm, tippte den gerade gültigen Code in das Zahlenschloss ein und rief ein lautes »Hallo!« in den Raum.

»Was machst du denn schon hier?« Max Tisch ließ sich nur ungern beim Zeitunglesen stören. »Du weißt, das ist hier keine Wärmestube!«

Pia lachte. »Ach, ich konnte nicht schlafen. Außerdem habe ich viel Arbeit. Ich erwarte einen Anruf wegen des Bombenanschlags. Das könnte doch noch eine ziemlich heiße Sache werden ... Und dann habe ich ein Papier ... Ähm ... Es ist geheim, und ich weiß noch nicht, wie ich ...«

»Aha. Ich verstehe. Mal wieder auf den Spuren von Woodward und Bernstein«, grunzte Tisch. »Wenn du dich unbedingt mit einer Story verdient machen willst, wie wäre es mit dieser Geschichte?« Geräuschvoll zog der alte Haudegen die Nase hoch, durchsuchte nebenbei den Zeitungspacken zu seinen Füßen und hielt ihr schließlich triumphierend den *Münchner Tagesanzeiger* unter die Nase. »Die Regierung will das Kindergeld kürzen. Ich fürchte, das interessiert die Leute mehr als …«

»Kindergeld?«, stieß Pia fassungslos aus.

»Sag jetzt bitte nicht, dass du nicht zuständig bist! Das geht mir hier neuerdings sowieso auf den Geist! Jeder knackt hier sein eigenes Erdnüsschen. Das hört jetzt auf. Hier macht jeder das, was ansteht, verstanden? Und heute ist das Kindergeld dran. Punkt! Dann brauchen wir eine schnelle Zusammenfassung. ›Leo Dieckmann und das Arschloch.‹ Stell dir vor, der Kerl ist zur unsympathischsten Figur der Regierung aufgestiegen. Das ist mal eine nette, kleine Umfrage … Na, nun zieh nicht so ein Gesicht! Das kann ja ein anderer schreiben. Nach dem Kindergeld kannst du von mir aus ein bisschen recherchieren!« Tisch grinste gönnerhaft, nippte an seinem Kaffee, schlug mit der freien Hand eine Zeitungsseite um und setzte gelassen seine Lektüre fort.

Pia schnaubte wütend und drehte sich auf dem Absatz um. Kindergeld! In Momenten wie diesen hasste sie den *dnd.* Warum konnte sie nicht für eine Zeitung schreiben, für eine ordentliche Redaktion, in der es selbstverständlich war, dass man Ressorts hatte und sich daran hielt. Und wo niemand es je wagen würde, von ihr so etwas zu verlangen. Kindergeld! Was hatte sie damit zu tun? Hatte sie etwa Kinder? Sie wusste nicht einmal, wie viel es im Moment gab, wer es bekam und wer warum was kürzen wollte. Aufgebracht knallte sie die Handtasche auf ihren Schreibtisch, nahm sich den *Münchner Tagesanzeiger* vor und stellte erleichtert fest, dass die Kollegen sehr ausführlich recherchiert hatten. Sie würde nur noch ein paar Ministerien anrufen und sich die Dementis abholen müssen, und dann könnte sie endlich …

Eine Stunde später war es so weit. Tisch redigierte freudig erregt das Kindergeld, während sie noch immer verärgert war und beschloss, ihm vorläufig nichts von Sophies Geheimpapier zu erzählen. Erst wollte sie wissen, ob die Sache noch ihr allein gehörte. Sie rief die Suchmaschine auf, die auf Zeitungen spezialisiert war, und fragte nach *Katzenaugen*.

Keine passenden Artikel gefunden.

*Rüstungsexport.*

Keine passenden Artikel gefunden.

*Rüstungsexport AND Israel.*

Keine passenden Artikel gefunden.

Pia atmete erleichtert auf. Noch hatte sie die Nase vorn. Dann wählte sie Sophies Nummer.

»Büro Staatssekretär Dieckmann, Feist am Apparat. Was kann ich für Sie tun?«

Pia verzog das Gesicht. Feist? »Ähm, Pia Winckel, *Deutscher Nachrichtendienst*«, stammelte sie. »Wo ist …?«

»Sie möchten bestimmt mit Staatssekretär Dieckmann sprechen«, erkundigte sich Frau Feist kühl.

»Ähm … Nein … Ich meine … Eigentlich … Ja. Also gut. Geben Sie mir Leo. Herrn Dieckmann«, fügte sie hastig hinzu. »Natürlich nur, wenn ich ihn nicht störe …«

»Wie war Ihr Name?«

»Winckel. Pia Winckel.« Würde er mit ihr sprechen, oder sich verleugnen lassen? Pias Herz hämmerte. Und was sollte sie ihn fragen, damit sie Sophie nicht verriet, wenn sie sich nach ihr erkundigte.

»Pia! Na, hast du es dir überlegt?«

»Was?«

»Du willst das also wirklich durchziehen?«

»Du meinst das mit David Steen?« Pia ging ein Licht auf. Er hatte sie aushungern, unter Druck setzen wollen. Deshalb hatte er sich das ganze Wochenende über nicht gemeldet. Er glaubte, wenn er ihr seine Zuneigung entzog, würde sie nachgeben. »Aber selbstverständlich ziehe ich das durch«, stieß sie zornig aus. »Was dachtest du denn? Was ist mit Sophie?«

»Welcher Sophie?«

»Nun tu nicht so. Ich will wissen, was mit deiner Vorzimmerdame ist. Ist sie krank?«

»Seit wann interessierst du dich für meine Vorzimmerdame?«

»Falls du es nicht gemerkt hast ... Wir verstehen uns ganz gut. Ich mag sie und mache mir ...« Erschrocken hielt Pia inne.

»Ach ja? Du machst dir Sorgen? Um meine Sekretärin? Darf ich fragen, warum?«

»Weil ich ein mitfühlender Mensch bin«, wich Pia aus. »Außerdem wollte ich fragen, wann die nächste Sitzung des Bundessicherheitsrates ist.«

»So, so, wolltest du. Seit wann interessierst du dich für den Bundessicherheitsrat? Das ist ja ganz was Neues!«

»Seit ... seit ich mit David Steen gesprochen habe«, improvisierte sie.

»Aha. Aber du weißt schon, dass Sitzungen dieses Gremiums streng geheim sind, oder?«
»Ja, aber …«
»Sonst noch was?«, schnitt er ihr rüde das Wort ab.
»Nein.« Pia gab auf. »Nein. Sonst ist nichts.« Langsam legte sie den Hörer auf und starrte vor sich hin. Es war also wirklich aus, endgültig vorbei. Nie wieder würde er sie anlächeln mit seinen verschmitzten, listigen, warmherzigen, niemals ruhenden Augen. Dabei liebte sie diese Augen doch so sehr! Wie sollte sie ohne sie leben? Es traf sie wie ein Schlag, und erst in diesem Augenblick wurde ihr bewusst, wie groß die Hoffnung und wie sicher sie gewesen war, dass alles wieder gut werden würde.
Wahrscheinlich hatte er sie nie richtig gemocht, ging es ihr durch den Kopf, und der Gedanke tat weh. Traurig strich sie ihr Haar aus der Stirn. Alles war Lüge und Betrug gewesen. Ja, musste es nicht so gewesen sein, wenn sich ihre angebliche Liebe bereits beim kleinsten Ärger – und dies war das erste Mal, dass Leo Dieckmann in Bedrängnis geriet – in Luft auflöste? Würde er sie wirklich nie wieder ansehen wie damals beim Bundespräsidenten, auf diesem ebenso überdimensionierten wie langweiligen Fest im Schlosspark, als es plötzlich in Strömen geregnet hatte und Tausende von Gästen in die viel zu kleinen Zelte gestürmt waren?

»Nass geworden?«
Pia sah das übermütige Aufblitzen in seinen Augen. »Und wenn?«, parierte sie unerschrocken, was Leo zu

gefallen schien. Fröhlich neckten sie sich den ganzen Abend und auch noch auf dem Weg nach Hause, und als Pia und Leo miteinander schliefen, schien ihr dies das Selbstverständlichste auf der Welt zu sein.
Die Probleme begannen am nächsten Morgen, aber da war sie ihm schon hoffnungslos verfallen. Und er ihr. Dachte sie. Zu überzeugend war sein Bedauern darüber, dass sie ihre Beziehung geheim halten müssten. »Das gibt nur unnötigen Ärger, und du kannst dann nicht mehr schreiben, was du für richtig hältst. Weil jeder sagen wird, ich hätte dir das geflüstert. Und denk nur, was passiert, wenn sie dir vorwerfen, du würdest deine Geschichten im Bett recherchieren. Und das wollen wir doch beide nicht, oder?«
Natürlich nicht.
Pia seufzte. Nie waren sie zusammen ausgegangen und sie hatten sich immer unauffällig davongeschlichen, wenn sie sich auf einer Party trafen. Und nun gab es nicht einmal mehr das. Vermutlich hatte er sich in eine andere verliebt. Und bestimmt war sie schlanker. Kritisch schaute Pia an sich herunter und verfluchte die Speckröllchen, die im Sitzen besonders hervortraten, und die Pfunde, die sie nie hatte loswerden können. Am liebsten hätte sie laut losgeheult. Vorsichtig sah sie sich um. Die Auslandsredaktion am anderen Ende des Großraumbüros war bereits voll besetzt. Eben trafen zwei Fotografen ein, Max Tisch plauderte mit dem Chefredakteur ... Sie schloss die Augen und holte dreimal tief Luft. Nur nicht heulen, nur nicht heulen.
Nach zwei Minuten hatte Pia sich wieder im Griff. Die

aufsteigenden Tränen waren zurückgedrängt, und der Herzschlag war ruhiger geworden.

Zehn weitere Minuten verstrichen, bis Pia in der Lage war, wieder klar zu denken. Sie musste endlich anfangen zu arbeiten. Was wollte sie? Sie war im Besitz eines Geheimpapiers, und sooft passierte einem das auch nicht! Neue Kraft durchflutete sie. Hastig beugte sie sich hinunter zu ihrer Handtasche, zog die Seiten heraus und betrachtete sie. Wer hinderte sie eigentlich daran, die Nachricht zu verkünden? Leo würde sich noch wundern, wen er sich gerade eben zur Feindin gemacht hatte!

Andererseits sollte sie erst noch mal mit Sophie sprechen. Vielleicht wusste die Sekretärin etwas von Leos neuer Flamme ... Womöglich hatte sie ihr aus Mitleid das Geheimdokument übergeben. Pia zuckte mit den Schultern. Dies war zwar wenig schmeichelhaft, aber wenigstens eine Erklärung.

Sie dachte kurz nach, dann nahm sie das Telefon und drückte auf die Wiederholungstaste. Diesmal aber war sie vorbereitet.

»Frau Feist, noch mal Pia Winckel vom *dnd*«, meldete sie sich mit einschmeichelnder Stimme. »Sagen Sie, ich müsste dringend Frau Mahler sprechen. Wäre das wohl möglich?«

»Sie ist nicht da.«

»Ja, ja, das ist mir schon klar«, erwiderte Pia. »Es ist nur, dass ich sie wirklich dringend sprechen müsste. Ob Sie mir wohl ihre private Telefonnummer geben könnten?«

»Nein.«

Pia holte tief Luft. Dies war schwieriger, als sie es sich vorgestellt hatte. »Bitte. Ich bin mit ihr befreundet und mache mir Sorgen um sie!«
»Wenn Sie mit ihr befreundet sind, kennen Sie ja die Telefonnummer.«
Das war logisch. Pia schnaufte. »Ja. Ich meine, nein. Es ist so … Ach. Lassen Sie. Ich komme auch so zurecht«, stieß sie kurz entschlossen aus und legte auf. Hoffentlich ging diese Frau Feist nicht schnurstracks zu Leo, dachte Pia und blies die Backen auf. Sie sah sich um. Was jetzt? Ihr Blick fiel auf die Telefonbücher, die sich in einem hohen Regal zwischen zwei Fenstern stapelten. Natürlich! Warum war sie nicht eher darauf gekommen? Sie nahm den Band Berlin, L-Z, blätterte und stieß auf eine ganze Spalte klein gedruckter Mahlers. Eine Sophie gab es nicht. Nur zwei mit S. Und ein paar ohne Vornamen. War Sophie eigentlich verheiratet? Lebte sie allein?
Erst in diesem Augenblick wurde Pia klar, wie wenig sie über die Frau wusste. Warum hatte Sophie so wenig von sich erzählt? War es wirklich Sophies Schuld, oder war es nicht vielmehr so, dass sie, die große Journalistin Pia Winckel, in Wahrheit nicht interessiert gewesen war? Eine beklemmende Unruhe überkam sie. Was, wenn ihr etwas zugestoßen war und niemand es merkte?
Ach was! Was sollte ihr schon passieren?
Trotzdem. Sie würde sich kümmern und Leo zeigen, wie gemein er war. Zu ihr und zu seiner Sekretärin.
Entschlossen rief sie einen Mahler nach dem anderen an, nannte ihren Namen und bat höflich darum, mit Sophie sprechen zu dürfen.

»Mit wem?«
Es war zum Verrücktwerden. Entweder man kannte keine Frau mit diesem Vornamen, oder es meldete sich niemand. Manche waren freundlich und versuchten, zu helfen, überlegten, ob sie vielleicht in ihrer entfernten Verwandtschaft eine Sophie hatten; andere wimmelten sie unwirsch ab, weil sie grundsätzlich nie mit der Presse sprachen – wobei sie das Wort Presse so verächtlich aussprachen, dass Sophie jedes Mal innerlich aufjaulte –, oder schnauzten sie an, sie seien schließlich nicht die Telefonauskunft.
Nach zwanzig Minuten gab Pia erschöpft auf. Sie wusste einfach nicht mehr weiter, und Max Tisch warf ihr böse Blicke zu, so als werde er jeden Moment fragen, was sie eigentlich tat und wann sie endlich schreiben wollte. Sie starrte aus dem Fenster, doch sie nahm weder den Reichstag wahr, dessen gläserne Kuppel in der tiefen Nachmittagssonne erstrahlte, noch das weiße, lang gestreckte Kanzleramt schräg daneben, in dessen Ehrenhof eine Reihe bunter Fahnen flatterte. Wer kannte Sophie?
Doch sosehr sie auch nachdachte, es fiel ihr niemand ein. Nur eines stand fest: Sie musste sie suchen. Wieder betrachtete sie die Einträge im Telefonbuch. Es kamen nur diese beiden Mahlers mit Vornamen S. in Frage. Einer hatte keine Adresse, der andere wohnte ganz in der Nähe. Sie blickte auf ihre Armbanduhr. Es könnte klappen. »Max, ich muss mal kurz weg, einverstanden?«
»Wohin?«

»Ich muss noch mal mit meiner Quelle reden. Dringend.«
»Und was hast du die ganze Zeit gemacht?«
Pia stöhnte auf und erwog für einen Moment, ihm diese elende Geschichte zu erzählen. Doch dann sah sie seine harten, fordernden Augen und entschied sich dagegen.
»Ich habe gearbeitet«, erwiderte sie patzig.
»Na dann. Wie lange brauchst du? Wir haben hier noch eine ganze Menge zu tun! Und die Abendzusammenfassung über das Kindergeld musst du auf alle Fälle machen.«
»Meine Güte, kann ich nicht mal einen Tag recherchieren? Ist das wirklich zu viel verlangt?«
»Sag mir, worum es geht und ich sage dir, ob es zu viel verlangt ist.«
Pia schob ihre Papiere zusammen, räumte das Telefonbuch an seinen Platz und griff nach ihrer Handtasche. »Ich habe da was zugesteckt bekommen ... Aber ich habe ein ... ungutes Gefühl. Ja, so könnte man das nennen. Ich muss noch mal mit meiner Quelle reden. Nur leider ist die verschwunden ...«
»Wie, verschwunden?«
»Weiß ich auch noch nicht. Sie ist jedenfalls nicht an ihrem Arbeitsplatz. Da sitzt jemand anders und sagt mir nicht, wo meine Quelle ist. Noch Fragen?«
Tisch kniff die Augen zu schmalen Schlitzen zusammen und kräuselte die Nase. »Wo ist das Problem?«
Pia zuckte mit den Schultern. »Keine Ahnung. Es gefällt mir nicht.«
»Na gut. Mach, was du für richtig hältst. Aber morgen

brauche ich dich wieder voll im Dienst. Mir fehlen sowieso zwei Mann.«

»Und das soll eine einzige Frau wettmachen?«

»Sieh zu, dass du verschwindest«, grinste er und tat so, als wolle er ihr sein Lineal hinterherwerfen.

Pia kicherte, duckte sich und tauchte erst an der langen Innenwand wieder auf, an der ein riesiger Stadtplan hing. Mit dem Zeigefinger verfolgte sie den roten Strich, der die Bahnlinie markierte, und stellte erfreut fest, dass es nur wenige Stationen von der Friedrichstraße zur Heinrich-Heine-Straße waren. Wenn sie an der Haltestelle Jannowitzbrücke ausstieg und das Stückchen lief, müsste sie nicht mal in die U-Bahn umsteigen …

Genauso machte sie es. An der chinesischen Botschaft, die mit Videokameras und einem hohen, silbern schimmernden Eisenzaun bewehrt war, wechselte sie auf die andere Straßenseite, bog in die Brückenstraße ein und erreichte nach ein paar hundert Metern die gewaltigen, mit blauen Tupfern versehenen Plattenbauten der vierspurig ausgebauten Heinrich-Heine-Straße. Der Verkehr rauschte an ihr vorbei, und sie kam sich klein und armselig vor auf dem überbreiten Bürgersteig. Sie beschleunigte ihre Schritte und erreichte nach wenigen Minuten einen modernen, offensichtlich nach dem Mauerfall errichteten Gebäudekomplex. Hier musste es sein. Zögernd durchschritt sie die Passage lief vorbei an Geschäften, Restaurants und bunten Reklametafeln und stand kurz darauf vor Haus Nummer 12c.

Auf ihr Klingeln reagierte niemand. Sie wartete eine Minute, dann drückte sie erneut auf den Knopf neben dem Schild, auf dem *Mahler* stand. Wieder tat sich nichts. Pia schaute sich um. Eine junge Frau näherte sich. Pia trat einen Schritt zur Seite und wartete. Tatsächlich blieb die Fremde neben ihr stehen und schloss die Tür auf. Pia schlüpfte hinter ihr ins Haus und hoffte, dieser Frau wäre es egal, dass sie nicht zum Haus gehörte. Doch die Frau kümmerte sich nur um ihren Briefkasten. Nebeneinander warteten sie wenig später auf den Fahrstuhl. Pia ließ ihr den Vortritt, sah, dass sie das fünfte Stockwerk wählte, und entschied, in der dritten Etage auszusteigen.

Dort ging sie den weiß getünchten, schmalen Flur entlang, bückte sich zu jedem Namensschild und wurde doch nicht fündig. Niemand hieß hier *Mahler*. Pia suchte das Treppenhaus und lief hektisch hinunter in den zweiten Stock, denn sie wollte der Fremden nicht noch mal begegnen. Erneut prüfte sie jedes Türschild, und schließlich fand sie es: *Mahler*.

Pias Herz pochte, als sie den Klingelknopf drückte. Sie hörte das gedämpfte Summen, danach blieb alles still. Sie legte das Ohr an die Tür. Kein Laut drang aus der Wohnung. Sie klingelte erneut, zwei Mal, dann klopfte sie.

»Hallo! Hallo! Sind Sie da? Sophie?«

Nichts rührte sich.

»Ich bin's. Pia Winckel!«

Keine Antwort.

Da klingelte Pia kurz entschlossen an der Nachbartür. Auch dort machte niemand auf. Verzweifelt arbeitete sie sich durch das ganze Stockwerk. Nirgendwo schien jemand zu Hause zu sein. Sie hielt inne und merkte erst

jetzt, wie still es im Haus war. Kein Hund bellte, kein Kind schrie, kein Fernseher plärrte.
Dankbar dachte sie an ihren eigenen fröhlich-lebendigen Hausflur, und wenn sie auch manchmal geflucht hatte über die Kinder der Familie über ihr, die Sonntagmittag aus purer Langeweile das Treppengeländer herunterrutschten, so hatte sie sich doch nie beschwert, und sie würde es auch künftig nie tun.
Dann riss sie sich zusammen und dachte angestrengt nach. Sie wusste ja nicht mal sicher, ob Sophie hier überhaupt wohnte. Es war nur eine Idee ... Das Haus würde allerdings zu einer ledigen Sekretärin passen ... Kleine Wohnungen, anonym ... Aber wer immer diese Mahler auch war, sie war nicht da. Vielleicht sollte sie doch lieber warten, bis Sophie wieder zur Arbeit erschien. Aber war es dann nicht längst zu spät für ihre Geschichte und konnte sie sich die Recherchen nicht gleich sparen? Und was, wenn sie einfach schrieb, ohne Sophie noch einmal ausgefragt zu haben. Was war daran eigentlich so schlimm? Es war doch alles da ... Sie besaß immerhin die Originaldokumente aus dem Bundessicherheitsrat. Was wollte sie mehr?
Also gut.
Pia atmete tief durch. Sie würde noch einen Versuch machen, dann hätte sie alles getan, was in ihrer Macht stand. Im Flur unten hatte sie ein schwarzes Brett gesehen. Wenn dort der Name des Hausmeisters stand, würde sie diesen fragen, ob sie überhaupt im richtigen Gebäude war, und ob Sophie Mahler da oben wohnte. Wenn ja, dann könnte sie ihn ja bitten, einmal nachzu-

sehen, ob alles in Ordnung war. Ja, genau, so würde sie es machen.
Wenig später stand sie vor der Hausmeisterwohnung, die sich im ersten Stock links befand. Sie klingelte, doch es öffnete niemand. Aber aus der Nachbarwohnung trat eine ältere Frau. »Der is nich da. Wat issn. Vielleicht kann ick Ihnen helfen?«
»Entschuldigung, Pia Winckel ist mein Name, ich wollte fragen – im zweiten Stock, Frau Mahler, Frau Sophie Mahler, ist die wohl zu Hause?«
»Die Frau Mahler? Keene Ahnung.«
Pia atmete tief durch. Sie war einen kleinen Schritt weiter. Diese Frau kannte Sophie. Sie war also richtig, doch sie musste ganz sicher gehen. »Nun ja, es ist so ... Im Büro macht man sich schreckliche Sorgen um sie ... Im Bundespresseamt meine ich, wo sie arbeitet ...«
»So? Na, denn solln se sich man nicht in die Hose machen. Die Frau weeß, wat se macht. Ick meene, nich, det ick se jut kennen würde. Aber wir ham uns mal unterhalten, so aufm Flur wie jetzt mit Ihnen, wissense? Tollen Job hat se ja, det muss man ihr lassen. Bei de Rejierung janz oben, wa? Aber janz schön viel Besuch hatte se ooch. Die waren janz schön laut! Ha, ha! So, aber nu muss ick mal jehn. Machenset jut.«
Damit lief sie an Pia vorbei und drehte sich nicht mehr um.
Und jetzt?
Jetzt wusste sie immerhin, dass sie hier richtig war, überlegte Pia. Sophie wohnte da oben, und sie hatte Besuch gehabt. Und nun reagierte sie nicht und er-

schien nicht im Büro. Irgendetwas war faul. Je länger sie darüber nachdachte, desto klarer wurde es ihr. Sie durfte jetzt nicht aufgeben. Irgendjemand musste sich kümmern. Wenn sie es nicht tat, wer dann?

Entschlossen kramte sie ihr Handy aus der Handtasche und tippte die Notrufnummer ein. Der Polizist am anderen Ende klang nicht begeistert, doch er versprach, einen Wagen zu schicken. Pia wartete vor dem Haus. Sicherheitshalber legte sie einen Stein in die Tür, damit sie ihr nicht vor der Nase zufiel. Danach hockte sie sich auf die Stufe und wartete. Argwöhnisch sah sie jedem Menschen hinterher, der an ihr vorbeilief. Um sich die Zeit zu vertreiben, spielte sie auf ihrem Handy. Nach einer halben Stunde, die ihr wie eine Ewigkeit vorkam, rollte der grün-weiße Streifenwagen endlich auf sie zu. Pia sprang auf. »Da sind Sie ja! Wo waren Sie denn die ganze Zeit …?«

»Wieso? Is det'n Notfall?«

»Na ja … Ich weiß nicht«, gab Pia zu und beäugte misstrauisch die beiden Männer, die geruhsam aus ihrem Wagen stiegen und sich ihre weißen Mützen auf den Kopf schoben.

»Na, nu erzählen Se ma, junge Frau. Wat issn los«, berlinerte der Ältere, ein dicker Mann, dessen Uniformhemd sich über seinem Bauch straffte.

Pia hielt ihnen die Tür auf, und während sie gemeinsam den Fahrstuhl betraten, berichtete sie, wann sie Sophie das letzte Mal gesehen habe und dass sie sich Sorgen mache.

Gelassen zückte der Jüngere der beiden seinen Block,

nahm als Erstes Pias Personalien auf, erkundigte sich, wie sie in das Haus gelangt sei (»Haben Sie von Ihrer Freundin einen Schlüssel, oder kommt hier jeder einfach so rein?«), und als Pia zugab, dass sie keineswegs so gut mit Frau Mahler befreundet sei, dass diese ihr einen Schlüssel gegeben hätte, musste sie auch noch erklären, was sie von Sophie wolle und warum sie sich um sie kümmere.

Pia schlug empört die Hände über dem Kopf zusammen. »Ja, was wollen Sie denn von mir? Warum tun Sie denn nicht endlich was?«

Der Jüngere blickte sie mitleidig an, während der Ältere die Fahrstuhltür aufdrückte und sagte: »Aber junge Frau! Wat solln wa denn machn? Dat is heute doch erst Montag. Wenn et Ihrer Freundin, wie Sie sagen, am Freitagabend noch jut jing, warum soll sie dann nich einfach ma fürn paar Tage wegjefahren sein?«

»Aber ich habe es im Gefühl, dass da was nicht stimmt!« Pia sah flehentlich von einem zum anderen.

Die beiden Beamten tauschten einen wissenden Blick und forderten Pia mit eindeutiger Geste auf, an Sophies Tür zu klingeln. »Sehen Sie? Nichts! Kein Laut! Und im Dienst war sie nicht! Ja, meine Güte! Von Rechts wegen hätte das der Regierungssprecher selbst melden müssen …«

Der Ältere zuckte mit den Schultern. »Tja. Wie et aussieht, is die Dame nich da!«

»Sie haben ja vielleicht Nerven!«

Der Jüngere rückte seine Mütze zurecht, zwinkerte dem Kollegen zu und nickte schließlich. »Also schön. Wir sehen nach. Was ist mit dem Hausmeister? Hat der einen Schlüssel?«

»Kann sein. Aber er ist nicht da.«

»Hm. Der ist also nicht da«, nuschelte er, bevor er laut hinzufügte: »Dann müssen wir aber die Tür eintreten. Sie bezahlen den Schaden. Haben wir uns verstanden?«

Pia atmete auf. Ihr war mittlerweile alles egal. »Ja, ja. Natürlich. Ich bezahle. Nun machen Sie schon!«

»Moment mal«, beschwichtigte sie der Ältere der beiden Polizisten. »So einfach jeht det aba nicht!« Er schrieb ein Protokoll, das darauf hinauslief, dass Pia jedes Risiko übernahm. Er hielt ihr seinen Block hin. »So, nu unterschreiben Se ma, Fräulleinchen. Denn unterschreiben mir. Und denn sehen wa weiter.«

Als es endlich so weit war, richtete sich der Beamte auf, zog seine Hose hoch und legte seine Mütze ab. Dann warf er sich mit voller Wucht gegen die Tür. Beim dritten Mal gab der Rahmen ein wenig nach und knackte. Erst der nächste Angriff gab der Konstruktion den Rest, und die Tür brach aus den Angeln.

»Bitte«, keuchte er. »Möchten Sie vortreten? Dies ist schließlich Ihre Show!«

Hilflos schüttelte Pia den Kopf. Ihr Gesicht war totenblass.

»Na, dann nicht!«, antwortete der Mann und ging vor. Pia blieb dicht hinter ihm. Was sie sah, erschütterte sie zutiefst. Es herrschte ein heilloses Chaos. Der Kleiderständer im Flur war umgeworfen, auf dem Boden im Wohnzimmer waren Bücher und Papiere verstreut. Überall standen Schränke offen und waren geleert worden. In der Küche sah es nicht besser aus. Sogar das Salz hatten die Eindringlinge auf dem Boden verstreut und die Pappschachtel aufgeschnitten. An manchen Stellen war die Tapete beschädigt, und der Teppichboden war an den Ecken angehoben worden.

Nur von Sophie fehlte jede Spur. »Sag ich doch. Die Frau ist nich hier«, stellte der jüngere Polizist zufrieden fest.

»Icke wär ooch lieba nich hier. Bei dem Chaos«, sekundierte sein Kollege.

»Ja sehen Sie denn nicht, dass hier eingebrochen wurde?«, fragte Pia fassungslos und stemmte die Hände in die Hüften.

»Wieso? Die Tür war doch zu!«, sagte der Ältere.

»Fehlt was? Und können Sie eventuell bezeugen, dass das hier nicht immer so aussieht?«

»Bezeugen?« Pia starrte ungläubig von einem zum anderen. »Wieso … Ja … Ich meine nein … Ich … ich war noch nie hier.«

»Det is ja ne dolle Freundin, die Se da haben!« Der Polizist hockte sich auf die Knie und wühlte in den Unterlagen herum. »Hätte Sie wenigstens mal einladen können!«

»Aber das ist doch …«, stammelte Pia. »Nun unternehmen Sie doch endlich was!«

»Komm, ruf die Spurensicherung an«, wies der Ältere seinen Kollegen an. »Und Sie, Sie kommen ma bessa mit, und dann setzen wa'n Protokoll auf, okay?«

Er führte sie hinaus zum Streifenwagen und bat sie, noch ein wenig zu warten. »Loofen Se uns nich wech.

Wir müssen uff die Kollegen warten. Aber denn jeht et jleich los. Det dauert nich lange.«
Pia nickte ergeben, ließ sich auf den Sitz fallen und schloss die Augen. In ihrem Kopf drehte sich alles. Arme Sophie! Wo war sie? Ging es ihr gut? Und was war jetzt mit der Story? Wenn sie noch viel Zeit hier vertrödelte, würde sie es nie schaffen … Max würde ihr nie wieder so viel Zeit geben … Leo …
In dem Moment brummte es in ihrer Handtasche. Hastig kramte sie ihr Handy heraus. »Ja?«
»Erinnern Sie sich an mich?«
»Wer ist da?«
»*Corso*-Fest. Letzten Donnerstag. Wir haben gesprochen.«
»Oh. Ja. David St…«
»Keine Namen«, unterbrach der Mann sie eilig. »Können wir uns heute Abend treffen?«
»Und dann?«
»Ich führe Sie hin. Wie versprochen.«
»Oh! Heute Abend? Okay, ja. Ich denke, das wird gehen. Ich habe hier im Moment noch ein kleines Problem. Aber das kann nicht mehr lange dauern«, sagte Pia und schaute sich um. Von der verdammten Spurensicherung war noch immer keine Spur. »Wann?«
»Sieben Uhr. Sie gehen zu Fuß vom Pressehaus die Reinhardstraße entlang zur Charité und weiter, bis Sie an einer Telefonzelle vorbeikommen. Dort warten Sie. Wenn alles in Ordnung ist, hole ich Sie ab. Wenn ich bis zehn nach sechs nicht gekommen bin, gehen Sie zurück, am Schiffbauerdamm entlang zum Bahnhof Friedrich-

straße, und ich melde mich wieder bei Ihnen. Verstanden?«

»Ist das nicht ein bisschen kompliziert? Und weit?« Pia hasste lange Fußmärsche.

»Und ziehen Sie sich einen warmen Mantel an. Nicht zu hell, das fällt zu sehr auf.« Pia reagierte nicht. »Nun haben Sie sich mal nicht so. Ich dachte, Sie sind Journalistin und kein fußkrankes Modepüppchen!«

Sie musste lachen. »Ist ja gut. Ich komme.« Doch statt einer lockeren Antwort vernahm sie nur ein leises Klacken. Schulterzuckend steckte sie das Telefon weg. Dann also um sechs, dachte sie und blickte sich erneut um. Niemand war zu sehen.

Sie hielt es in dem stickigen Polizeiauto nicht mehr aus, kletterte heraus und betrat erneut Sophies Haus. »Hallo! Wo sind Sie?« rief sie, als sie vor der Wohnungstür angelangt war.

»Wir haben Sie doch gebeten, unten zu warten!« Der ältere Polizist eilte den Flur entlang und herrschte sie ungeduldig an: »Hier haben Sie jetzt nichts mehr verloren! Gehen Sie!«

»Können Sie sich eigentlich auch vorstellen, dass Journalisten mehr zu tun haben, als auf Ihre blöde Spurensicherung zu warten?«

In dem Moment hörte sie, dass hinter ihr der Fahrstuhl brummte.

Kurz darauf entstiegen ihm zwei Männer, die Sophie auf Mitte dreißig schätzte. Einer von ihnen war groß, schlaksig und sagte nichts, während sein Kollege eine etwas robustere Statur, ein vernarbtes Gesicht und

offenbar das Sagen hatte. Er reichte Pia die Hand. »Guten Tag. Mein Name ist Putzer. Sie sind Frau …«
»Pia Winckel.«
»Ja genau. Frau Winckel. Meine Kollegen haben berichtet, dass Sie die Öffnung der Wohnung veranlasst haben.« Pia holte schon Luft, doch Friedrich Putzer gab ihr keine Gelegenheit, etwas zu erwidern. »Ich würde mich ganz gerne nachher noch mit Ihnen unterhalten. Wären Sie wohl so gut, unten auf mich zu warten? Wir sehen uns hier ein wenig um … Es dauert auch bestimmt nicht lange.«
»Aber ich habe nicht mehr viel Zeit!« Pia tippte mit dem rechten Zeigefinger auf ihre Armbanduhr.
»Ich auch nicht«, erwiderte Putzer und kratzte sich am Kinn. »Ich auch nicht, glauben Sie mir.«
Mit einer kleinen, wirkungsvollen Geste schob er sie aus der Wohnung und so blieb Pia nichts anders übrig, als sich wieder hinunter in den Hof zu begeben und zu warten. Es dauerte zehn Minuten, bis Friedrich Putzer kam.
»Ich würde vorschlagen, wir fahren in mein Büro. Einverstanden?« Ohne ihre Antwort abzuwarten, ergriff er ihren Ellbogen und führte sie zu seinem Auto, einem unauffälligen dunkelgrünen Mittelklassewagen. Sie schwiegen während der kurzen Fahrt zum nächsten Polizeirevier, das in einem heruntergekommenen Plattenbau untergebracht war. Putzer führte sie in einen kleinen, fensterlosen Raum, in dem es nur einen Tisch, zwei Stühle und eine Neonröhre gab. Er bat Pia, Platz zu nehmen, hievte seine Aktentasche auf den Tisch, zog einen dicken Packen Papier heraus und blätterte diesen

wortlos durch. Als er gefunden hatte, was er suchte, erschien ein Lächeln auf seinem Gesicht, und er zog einen roten Aktendeckel hervor. Kurz blickte er von Pia zu seinem Papierstapel und zurück und schien dann zu einer Entscheidung gekommen zu sein. »Entschuldigen Sie mich einen kleinen Augenblick. Ich bin sofort wieder da.«

Pia nickte und fühlte sich verloren und in dem kargen Raum, auf dem harten Stuhl, und allerlei wirre Gedanken schossen ihr durch den Kopf von Delinquenten, die hier schon gesessen haben mochten, von harten Verhören, verzweifelten Tränen, von Misshandlungen … Pia schnaubte unwillig und verfluchte ihre Fantasie. Sie blickte sich um, wusste aber nicht, wonach sie suchte. Irgendetwas Persönliches musste es doch geben, ein Zeichen, dass vor ihr schon einmal jemand hier gewesen war … Ihr Blick fiel auf Putzers Papiere. Obendrauf lag ein vergilbter Zeitungsausschnitt. Pia reckte ihren Hals ein wenig und versuchte, die Buchstaben zu entziffern. Es ging offenbar um Spionage … Ein uralter Fall, sie erinnerte sich vage, davon gehört zu haben …

Romeo-Agent legte sie rein und
verschwand spurlos –
Fall Angela Kamm vor Gericht – Sekretärin
verriet Staatsgeheimnisse

Pia schaute sich hastig um, ob sie beobachtet wurde, doch da an den Wänden weder ein verräterischer Spiegel noch ein harmloses Bild hing und auch in den blitzblanken Ecken keine Kameras auszumachen waren, beugte sie sich ein wenig vor und hob die Seite hoch, um einen Blick auf das nächste Blatt zu werfen. Es war ein weiterer Zeitungsausschnitt, und auch er beschäftigte sich mit dem Fall. Doch das war es nicht, was Pia elektrisierte. Ein Stempel machte sie stutzig. Sie blinzelte, schaute noch einmal hin. Da stand es. Schwarz auf weiß: Geheimdienst. Kopiert am …

Es folgte das Datum, und das lag erst eine Woche zurück. Pias Herz hämmerte. Geheimdienst? Wie kam ein Polizist der Spurensicherung an Kopien über alte Spionagefälle, die der Geheimdienst vor einer Woche gestempelt hatte? Wer war dieser Putzer wirklich, und was spielte er ihr vor? Wieso interessierte er sich für einen uralten Fall?

Nun, sie würde es herausfinden, sagte sie sich. Falls etwas im Busch war, falls aus einer alten Geschichte ein neuer Skandal würde, war sie vorbereitet. Wenigstens das.

Als Friedrich Putzer wenig später die Tür öffnete, saß sie wieder entspannt auf ihrem Platz und musterte mit unschuldiger Miene seine dichten Augenbrauen, die unreine Haut und die schmalen Lippen, die sich zu einem Lächeln öffneten. »Entschuldigen Sie bitte, es hat doch ein wenig länger gedauert. Aber jetzt bin ich für Sie da.«

Statt einer Antwort sah Pia auf ihre Uhr.

»Ja, ja, es ist spät, ich weiß. Es geht jetzt auch ganz bestimmt sehr schnell.« Er zog einen schmalen Block aus seiner Aktentasche, setzte sich Pia gegenüber, schob den Papierberg ein wenig zur Seite und machte sich bereit, jedes ihrer Worte mitzuschreiben. »Wie kamen Sie darauf, dass mit Frau Mahler vielleicht etwas nicht stimmt?«

Pia berichtete scheinbar bereitwillig, was sie wusste. Doch bei jeder Frage überlegte Pia, warum er sie stellte: Je intensiver er sie über die Angelegenheit ausfragte, desto beunruhigender fand sie ihn.

»Sie sagten, Sie hätten Frau Mahler am Freitagabend das letzte Mal gesehen. Die Vermisste hat Sie also besucht. Gab es dafür einen besonderen Grund?

»Sie wollte mich sehen, nehme ich an.«

»Ja, sicher. Und sonst?«

»Sonst was?«

»Hat Frau Mahler irgendetwas gesagt, das darauf hindeuten würde, dass etwas nicht stimmte? Ich meine … Hatte sie Probleme? Hat sie sich vor etwas gefürchtet? Mit wem hatte sie noch Kontakt? Hatte sie Geheimnisse?« Die Fragen prasselten auf Pia nieder, erst höflich distanziert, dann immer bohrender.

»Wieso wollen Sie das eigentlich alles wissen? Warum fangen Sie nicht endlich damit an, die Einbrecher und Sophie Mahler zu suchen?«

Putzer lehnte sich zurück, faltete die Hände über seinem Bauch und betrachtete sie aus schmalen, kühlen Augen.

»Weil das alles nicht so einfach ist!«

»Ich habe Ihnen jedenfalls alles gesagt, was ich weiß.«

»So? Haben Sie das?«

»Was wollen Sie eigentlich von mir?«

»Nichts«, stieß Putzer mit einem Seufzer aus. »Gar nichts. Wir werden sehen, was wir für Ihre Freundin tun können.« Mit einem Ruck stand er auf und streckte ihr die Hand entgegen. »Wir werden Sie informieren, sobald wir mehr wissen.«

Benommen erhob sich auch Pia. »Wie komme ich von hier aus wieder ins Büro? Ich meine, welche Bahn fährt hier?«

»Lassen Sie mal. Die Kollegen werden Sie hinbringen«, versprach er und begleitete sie hinaus. Als sich der Streifenwagen kurz darauf in den Verkehr einfädelte, stand Friedrich Putzer am Fenster und sah ihr nach. Eine hübsche Frau, aber leider nicht ehrlich. Ganz und gar nicht ehrlich. Er wandte sich ab und nickte den Uniformierten zu, die wie gebannt hinter ihm standen. »Vielen Dank, dass Sie Bescheid gesagt haben. Sie haben uns außerordentlich geholfen. Ich werde das in meinem Bericht erwähnen.«

Pia bat den Beamten, sie ein Stück abseits vom Pressehaus aussteigen zu lassen, denn sie wollte mit ihrer Ankunft im Streifenwagen kein unnötiges Aufsehen erregen. Im Büro angekommen, stellte sie erleichtert fest, dass Max Tisch seinen Dienst bereits beendet hatte. Sie grüßte kurz, verschanzte sich hinter ihrem Schreibtisch und begann, sämtliche Krankenhäuser der Stadt anzurufen. Doch keine Klinik und auch kein Notruf hatten etwas von einer Sophie Mahler gehört. Es war wie verhext.

Wütend stand sie auf und blätterte durch die Meldungen, die der *dnd* während des Tages verbreitet hatte. Spannungen im Nahen Osten nehmen weiter zu; Selbstmordattentäter in Haifa reißt zehn Menschen in den Tod; israelische Soldaten erschießen zwei palästinensische Jugendliche, Außenminister fordert neue Verhandlungen; Regierungssprecher Leo Dieckmann unter Beschuss.

Pias Herz begann heftiger zu pochen. Die größte Oppositionsfraktion forderte geschlossen Leos Ablösung, sein Benehmen trage weder den sicherheitspolitischen Belangen der Bundesregierung Rechnung, noch werfe es ein gutes Licht auf das Ansehen der Beamtenschaft als Ganzes.

Salbungsvoller Blödsinn, dachte Pia, legte das Klemmbrett wieder an seinen Platz und überlegte, ob sie ihn anrufen, sich versöhnen und ihm in diesen schweren Stunden ein wenig Mut zusprechen sollte. Doch genauso schnell, wie ihr die Idee gekommen war, verwarf sie sie wieder. Er würde sie doch nur anschnauzen, Forderungen stellen und ihren Trost zurückweisen.

Sie blickte auf die Uhr. Sie hatte ohnehin nicht mehr viel Zeit. Sie würde gleich losgehen, um diesen Steen zu treffen. Und auch Leo würde sie davon nicht abhalten können. Diesmal nicht. Wenn sie schon bei Sophie versagt hatte, so wollte sie wenigstens ein paar verrückt gewordene Bombenleger enttarnen. Entschlossen schob sie ihr Kinn vor, packte einen Block und einen Stift in ihre Handtasche, überlegte, ob sie sich aus der Chefredaktion ein Tonbandgerät leihen sollte, und entschied sich dagegen. Es machte die meisten Menschen nervös, wenn sie auf Band sprechen sollten. Und diese Terroristen sollten heute Abend nicht nervös sein.

Ihre Hände fingen an zu zittern. Sie streifte sich den schwarzen Mantel über, der schon seit Ewigkeiten in der Redaktion hing, und strich, bevor sie ihn zuknöpfte, ihre viel zu enge Hose glatt. Worauf ließ sie sich da ein? Was war dieser David Steen für ein Mensch? Woher kannte er solche Leute? Und warum ging er nicht einfach zur Polizei?

»Ich habe es Ihnen bereits gesagt. Die würden mir das nie abnehmen!«, erwiderte er, als sie ihn wenig später zur Rede stellte. Er hatte sie wie verabredet in der Nähe der Telefonzelle an der Charité aufgelesen. Nun saß Pia unbehaglich auf dem Beifahrersitz und hörte Steen sagen: »Und wenn sie mir glauben würden, dann würden sie entweder alles kaputt machen und die Schweine davonkommen lassen, oder es wäre ihnen schlicht egal …«

»Sie meinen das wirklich ernst!«

»Ich meine es sogar sehr ernst. Sind Sie wirklich so naiv, zu glauben, dass Nazis in diesem Land viel zu befürchten haben?«

»Ist das naiv?«

David biss sich auf die Lippen und seufzte. »Ja, das ist wohl ziemlich naiv.«

Den Rest der Fahrt schwiegen sie.

Pia hatte das ungute Gefühl, dass dieser Steen zahlreiche Umwege fuhr. Trotzdem war sie unsicher, denn sie war nie zuvor jenseits der Havel gewesen. Deshalb wagte sie es nicht, ihn zu fragen. Doch je weiter sie fuhren, desto flauer wurde ihr, und sie ertappte sich dabei, nach Taxen Ausschau zu halten und abzuwägen, ob sie entkommen könnte.

Als sie kurze Zeit später an einsamen, endlos erscheinenden Feldern vorbeifuhren, wusste sie, dass es zu spät war. Hier würde ihr niemand helfen. Vergeblich versuchte sie, sich zu entspannen. Sie hatte es so gewollt, nun musste sie die Sache durchstehen.
Leise schlich sich Bedauern in ihre Gedanken. Warum hatte sie nicht auf Leo gehört? Ihre Reaktion war reiner Trotz gewesen ... Sie hatte einfach nicht nachgedacht. Natürlich war so etwas viel zu gefährlich für sie, allein ... In Filmen hatten Leute wie sie immer noch Kollegen, die sie retteten, oder Wanzen am Körper ... Leo! Hilf mir, wimmerte sie innerlich.
In dem Moment räusperte der Mann, den sie nur als David Steen kannte sich. Pia schreckte zusammen.
»Ist was?«, fragte er.
»Nein, nichts. Alles in Ordnung.«
Nach einer Fahrt, die ihr wie eine Ewigkeit vorkam, erreichten sie den winzigen Potsdamer Ortsteil Sacrow mit seinen Lauben, den Villen und dem See. Pia schaute sich um, und was sie sah, gefiel ihr. Hier zu wohnen, das musste wunderbar sein, dachte sie und nahm erst wahr, dass Steen von der Hauptstraße abgebogen war, als die Räder über das alte Kopfsteinpflaster polterten.
»Aussteigen!«, herrschte er sie an und bremste abrupt. Eingeschüchtert tat sie, was er verlangte. Mit quietschenden Reifen fuhr er sofort wieder los, und parkte den Wagen nach ein paar Metern zwischen hohen Büschen, so dass er kaum noch zu sehen war. David stieg aus, und nach wenigen Schritten war er bei ihr, packte sie unwirsch am Arm und zog sie hinter sich her. »Los

kommen Sie. Wir müssen hier verschwinden.« Sie hatten kaum zwanzig Meter zurückgelegt, als er mit ihr den schmalen Pfad verließ und in einem weiten Bogen in die Nähe der Stelle zurückschlich, wo er den Wagen versteckt hatte. »Runter!« Er warf sich auf die Erde und zwang sie, sich ebenfalls hinzulegen.

Eine Stunde später lag Pia noch immer frierend auf dem kühlen, feuchten Waldboden. Nicht einmal rühren durfte sie sich. Jedes Mal, wenn sie auch nur die Position ihres Oberkörpers änderte, stieß David ihr rüde in die Rippen. Es war nicht viel passiert. Ein Mann mit Hund war an der Bushaltestelle vorbeigekommen. Der Köter, ein Schäferhund mit gekrümmter Kruppe, hatte an Davids Auto geschnüffelt und sofort angefangen, so laut zu bellen, dass der Mann Mühe gehabt hatte, das Tier unter Kontrolle zu bringen. David hatte die Szene mit starrem Gesicht verfolgt und sich erst wieder ein wenig entspannt, als der Fremde seinen Hund angeleint und weitergegangen war. Dann war noch ein Motorradfahrer vorbeigefahren, ein Bus war gekommen, und ein paar Fußgänger hatten die Stelle passiert.

Pia gähnte. »Wann geht es endlich los?«, flüsterte sie. »Langsam werde ich müde. Und außerdem ist es ziemlich kalt!«

Das letzte Wort war noch nicht verklungen, als ein hünenhafter blonder Mann am Straßenrand auftauchte. Er trug eine glänzende Lederjacke und hoch geschnürte Stiefel und verströmte die vertrauensvolle Aura eines übel gelaunten Kettenhundes. David packte Pia am Arm und bedeutete ihr, sich vorsichtig auf die Füße zu stel-

len. Dann zwang er sie, in gebückter Haltung tiefer in den Schutz des Waldes zurückzugehen. Pia sah über die Schulter und erkannte, dass sich der Riese an Davids Auto zu schaffen machte. Sie zog an der Jacke ihres Begleiters und wollte ihn darauf aufmerksam machen, doch er ging nicht darauf ein. »Pst«, zischte er und hielt seinen Zeigefinger an die Lippen. Erst nach etwa hundert Metern blieb er stehen, richtete sich auf und sah Pia grinsend an. »Das war knapp.«
»Was?«, fragte sie verständnislos.
»Sie sind da!«, antwortete David nur. »Kommen Sie, es geht los.«
Sie stolperten durch dichtes Gestrüpp und über tote Äste. Die Strecke führte bergan, und es kostete Pia alle Kraft, dem sportlichen Mann zu folgen. Als er einmal stehen blieb und zu ihr zurückschaute, japste sie: »Sind wir bald da?«
»Wenn Sie jetzt nicht endlich ruhig sind, können Sie abhauen und sich Ihre Story in den Hintern schieben!«, zischte David.
Pia merkte, dass es diesem Steen ernst war, und so runzelte sie nur missbilligend die Augenbrauen und fügte sich. Schweigend gelangten sie auf einen breiten Waldweg. Hinter den Bäumen schimmerte es silbern. David marschierte mit strammem Schritt weiter, bis sie in einen kleineren Weg einbogen und zu einer Lichtung direkt am See gelangten. Pia stockte der Atem. Mit so viel Schönheit hatte sie nicht gerechnet. Der Mond spiegelte sich in dem dunklen Gewässer, ein paar Enten paddelten weit hinten in den sanften Wellen, und hohe Kiefern

säumten das Ufer. Es war eine wunderbar friedliche Szene. Pia blickte sich um und erkannte, dass sie an einem kleinen, geschützten Badeplatz waren.

David lehnte sich an einen der Bäume, beobachtete Pia und schwieg. Minuten verstrichen, ohne dass etwas geschah. Pia hockte sich auf einen Stein nahe am Wasser und wünschte, sie wäre dünner und ihre Hose weniger eng. Gedankenverloren blickte sie hinaus auf den See. Plötzlich raschelte es hinter ihr. Sie schreckte auf. Schwarze, bedrohlich aussehende Gestalten traten aus dem Schatten der Bäume, erst einer, dann zwei, drei, fünf … Sie schätzte, dass es etwa zwanzig Männer waren, die sie umzingelten. Diejenigen, die zuletzt gekommen waren, trugen starke Lampen, und zwei hatten Fackeln dabei, die sie in Pias Nähe in den Boden rammten. Sie waren mittelgroß und feist, und ihr Gehabe sagte ihr, dass sie junge, durchtrainierte, kräftige Kerle vor sich hatte.

Sie stand langsam auf. Ihr Herz pochte laut. Mit dem letzten Rest Mut, den sie zusammenraffen konnte, stieß sie ein »Guten Abend, die Herren«, aus und verfluchte sich und ihre törichte Angst. Was sollte ihr schon geschehen? Sie war Reporterin. Die würden ihr schon nichts tun. Schließlich wollten sie etwas von ihr, nicht nur sie von ihnen. Dies war eine Sache auf Gegenseitigkeit. Pia atmete tief durch und gab sich Mühe, daran zu glauben.

Ein kleiner, untersetzter Mann löste sich aus der Gruppe und trat vor. Auch er hatte sein Gesicht mit einer schwarzen Wollmütze getarnt, aus der lediglich zwei

Schlitze für die Augen und ein Loch für die Nase herausgeschnitten waren. Es waren die Augen, die sie kalt und verächtlich musterten, die Pia erneut Angst einjagten. Was tat sie hier? War sie verrückt geworden? Wer zahlte ihr das? Bestimmt nicht der *dnd*.

»Dass wir uns recht verstehen«, schnarrte der kleine Mann in diesem Moment los. »Keine Fotos. Und du schreibst, was wir dir sagen. Wenn nicht ... Wir finden dich überall. Und du wirst bezahlen. Ist das klar?«

Pia nickte, griff in ihre Handtasche, zog ihren Block heraus und hielt ihn dem Fremden hin. »Wenn ich schreiben soll, was Sie sagen, müsste ich mitschreiben. Ist das in Ordnung?«

»Moment!« Der Anführer nickte zweien seiner Leute zu. Sie traten blitzschnell vor, warfen Pia direkt neben den Fackeln zu Boden und durchsuchten sie, begrabschten ihren Rücken, ihren üppigen Po, ihre Brust und fuhren an ihren Armen entlang. Hilfe suchend schaute sie sich nach Steen um, doch der war nirgendwo zu sehen. Stattdessen schaute sie in etwa zwanzig kalte, dunkle Augenpaare, die aus schwarzen Masken auf sie herabblickten.

Pia erschauderte. Wo war sie nur hineingeraten? Was machte sie hier mit diesen gefährlichen Männern? Was hatten sie vor? Würden sie über sie herfallen und sie vergewaltigen, töten?

Pia begann zu zittern, und der flüchtige Gedanke wurde auf einmal bittere Realität. Sie war fest davon überzeugt, nie wieder Tageslicht zu sehen, nie wieder diesen dunklen, bedrohlichen Wald zu verlassen. Dies war das Ende.

Sie schloss die Augen und wagte nicht, sich zu wehren. Ekel stieg in ihr auf, ungeheurer Widerwille gegen diese Männer und diesen Übergriff. Als die beiden endlich von ihr abließen, blieb sie reglos liegen, denn sie war fest davon überzeugt, dass dies erst der Anfang gewesen war.
»Ist das sehr bequem?«, erkundigte sich der Anführer spöttisch, »oder möchten Sie nicht lieber doch aufstehen?«
Pia öffnete vorsichtig die Augen, stützte sich mit einem Arm ab und setzte sich auf. In dem Moment kippte der Mann, der eben mit ihr gesprochen hatte, ihre Handtasche um, deren Inhalt sich auf dem Waldboden ergoss: Stifte, der Block, Büroklammern, ihr Portemonnaie, der Terminkalender sowie eine in Plastikfolie eingeschweißte Binde für Notfälle und ein paar Bonbons. Der Anführer nickte einem seiner Männer zu. Der bückte sich, fuhr mit der Hand durch den armseligen Haufen und als er sich von der Harmlosigkeit überzeugt hatte, trat er mitten hinein, lachte höhnisch und begab sich zurück an seinen Platz.
»Los. Aufheben!«
Pia raffte ihre Habseligkeiten zusammen, klopfte, so gut es ging, den Sand ab, säuberte ihre Hose, die unangenehm kniff, und raffte sich auf. »Sehr höflich. Behandeln Sie die Presse immer so?«, schnappte sie, denn blitzschnell hatte sie begriffen, dass die ganze Übung allein dazu diente, sie einzuschüchtern. Es würde ihr nichts geschehen.
»Tja, tut mir Leid. Wir kennen Sie nicht, und wir müssen sichergehen. Lassen Sie sich das eine Warnung sein!

Aber setzen wir uns doch«, fügte der Anführer mit plötzlich weicher, einschmeichelnder Stimme hinzu. Er bot der Journalistin einen Platz auf einem der Baumstämme an, die rund um die Uferstelle lagen. Pia zog die Augenbrauen hoch und setzte sich. Dann legte sie den Block wieder auf ihren Schoß, nahm einen Stift zur Hand, kritzelte ein wenig, um zu schauen, ob er noch funktionierte, und blickte ihn erwartungsvoll an.

Es wurde das merkwürdigste Interview, das sie je geführt hatte, denn der Mann schien jede ihrer Fragen im Voraus zu ahnen. Ganz gleich, an was sie dachte, der kleine, fette Mann mit den wachen, gefährlichen Augen hatte die Antwort parat. »Um es gleich vorweg zu sagen«, krächzte er, »es spielt keine Rolle, wie ich heiße und wer ich bin. Nennen Sie mich nur so, wie mich meine Leute nennen. Ich bin der *Fuchs*. Und wir alle hier sind aufrechte Deutsche. Wir kämpfen für dieses Land und wollen, dass es endlich so aufblüht, wie es uns versprochen wurde. Vor allem aber wollen wir wieder Sauberkeit und Ordnung.« Seine Stimme wurde fester und lauter. Pia sah sich flüchtig um. Ein leises Lächeln umspielte ihre Lippen. Seine Männer lauschten tatsächlich seinen Worten so andächtig, wie sie es vermutet hatte.

»Wir wollen, dass wieder Disziplin herrscht. Und die vielen Fremden müssen endlich gehen. Sie verderben unser Volk, die Moral, die Sitten. Natürlich respektieren wir jeden Menschen. Jeder soll leben, wie es ihm gefällt. Aber niemand muss hier leben, nicht hier in unserem Land, der kein Deutscher ist. Jeder soll dahin gehen, wo er hergekommen ist. Bei uns jedenfalls haben sie nichts

zu suchen!« Plötzlich brach seine Stimme. Die laute Volksrede verwandelte sich in ein bedrohlich leises Zischen. »Sie wollen wissen, ob das nicht auch friedlich geht? Ja, das haben wir auch gedacht. Und wir haben es versucht. Wie oft haben wir Reden gehalten, demonstriert und Flugblätter gedruckt ... Meine Güte, wir haben sogar bei Wahlen mitgemacht. Oh ja! Das haben wir, da brauchen Sie gar nicht so gucken. Aber denken Sie im Ernst, damit kann man in diesem Land irgendetwas ändern? Nein! Und wissen Sie, was? Es hat nicht mal Sinn, ein paar Ausländer umzubringen. Wir wissen, wovon wir reden, denn wir haben es getan.« Dabei sah der Mann ihr fest in die Augen, und Pia wagte nicht, zu blinzeln, so sehr sie diese Enthüllung auch schockierte. »Ja. Wir haben es getan, denn wir dachten, es würde sich dann endlich etwas ändern. Aber wir haben uns geirrt, denn was ist passiert? Die ehrlichen Leute, die wissen, dass wir Recht haben, die wurden niedergemacht. Oh ja. Und die, die dieses Land an den Abgrund treiben, die ersaufen doch tatsächlich in ihrem Mitleid für die dreckigen Schweine. Aber das wird jetzt ein Ende haben. So wahr wir die *Neue Deutsche Arbeiteraktion* sind. Diesmal machen wir es richtig!«
Pia sah ihn entgeistert an und wusste nicht, was sie sagen sollte. Der *Fuchs* aber bewegte sich zu ihr vor und flüsterte: »Und jetzt sitzen Sie hier, und das zeigt mir, dass wir auf dem richtigen Weg sind! Denn seien Sie ehrlich: Vor einem halben Jahr wären Sie nicht einmal auf die Idee gekommen, mit uns zu reden. Stimmt's?« Er ergriff ihren Oberarm und schüttelte sie.

»Ja, ja sicher«, stammelte Pia. »Es stimmt.«
»Haben wir uns also endlich Gehör verschafft!«, schrie der *Fuchs* unvermittelt, sprang auf und zu seinen Männern, die den Kreis um den Baumstamm immer enger gezogen hatten, auf dem ihr Anführer mit Pia saß. »Es geht nur mit Gewalt. Und das war erst der Anfang. Es wird mehr Gewalt kommen, viel mehr. Ja, schreiben Sie das nur!« Er fuchtelte aufgeregt mit den Händen. »Wir waren es. Wir, die *Neue Deutsche Arbeiteraktion*. Wir haben endlich das Heft in die Hand genommen. Das Finanzministerium! Pah, ein Kinderspiel! Aber ich sage es, wie es ist. Es war nur ein Warnschuss. Sie wissen ja, wer die Bombe gebaut hat, oder? Das war noch echte deutsche Wertarbeit! So was macht man doch nicht kaputt, oder? Ha ha. Na, wie dem auch sei. Beim nächsten Mal wird es nicht so glimpflich abgehen! Schreiben Sie das, ja, schreiben Sie das ruhig! Die sollen uns endlich ernst nehmen und tun, was wir verlangen. Nur dann hören wir auf!« Er grinste schmierig. »Vielleicht.«
»Was wollen Sie ...«
»Was wir wollen?«, unterbrach der *Fuchs* sie, baute sich vor ihr auf und brüllte: »Das weiß diese Scheiß-Bundesregierung ganz genau! Sie hätte nur tun müssen, was wir verlangt haben. Aber was ist passiert? Nichts. Sie haben uns nicht ernst genommen, haben gedacht, wir bluffen. Und das war ihr Fehler! Genau das!« Er beugte sich zu ihr herab und bohrte seinen Zeigefinger in ihre Brust. »Denken Sie daran: Der Tag ist nahe! Der Tag ist verdammt nahe! Und niemand, niemand wird uns aufhalten!«

Gerade als Pia dachte, er sei verrückt geworden, richtete er sich auf und sagte mit normaler Stimme: »So, das reicht. Unser Freund wird Sie wieder nach Hause bringen.«

Pia wedelte mit dem Block und schüttelte den Kopf. »Ich habe aber noch ein paar Fragen …«

»Schluss jetzt. Es war wirklich nett mit Ihnen. Schreiben Sie schön, und denken Sie immer an das, was ich Ihnen gesagt habe: Wir finden Sie überall. Keine Dummheiten, ist das klar?«

Er schenkte ihr noch einen letzten finsteren Blick, dann schnippte er mit den Fingern, wurde von seinen Männern umringt und verschwand. Es mochten zwei, drei Minuten vergangen sein, da war alles vorüber. Es herrschte Totenstille, nicht einmal ein leises Rascheln war zu vernehmen.

»Das haben Sie gut gemacht!«

Wütend wandte sich Pia um und stieß gegen David, der sich ihr leise von hinten genähert hatte. »Ah! Wie schön, dass Sie noch hier sind! Vorhin hätte ich Sie gebraucht, aber da haben Sie sich ja lieber vornehm zurückgehalten! Was für eine Rolle spielen Sie eigentlich in diesem miesen Theater, hä?« Sie schlug ihm mit ihrem Block gegen die Brust.

David wich zurück. »Hey, hey, langsam! Immer mit der Ruhe!«

»Sind Sie hier der Pressesprecher dieser Schweine oder was? Muss ich Sie jetzt das fragen, was ich bei dem nicht los geworden bin, oder wie läuft das hier?«

Plötzlich machte Daniel Levinson alias David Steen einen Satz nach vorne, packte sie unvermittelt an der Schulter und hielt ihr die Hand vor den Mund. »Nicht hier. Sind Sie verrückt geworden? Wir sollten erst mal verschwinden«, zischte er, und als Pia ihren Widerstand aufgab, zog er sie zurück auf den Waldweg. Schweigend liefen sie nebeneinander durch den Wald, der nur wenig vom schwachen Licht des Mondes erhellt war. Pia rieb sich die schmerzende Schulter, kniff die Augen zu Schlitzen zusammen und versuchte, sich an den Weg zu erinnern. Waren sie wirklich vorhin hier entlanggegangen, an diesem Holzstapel vorbei? Das war ihr gar nicht aufgefallen! Sie erkannte nichts wieder. Missmutig wurde ihr klar, dass sie diesem Steen ausgeliefert war. Jedenfalls so lange, bis sie wieder in bewohntem Gebiet waren.

In dem Moment tauchte von hinten ein Jogger auf, der so dicht an Pia vorbeirannte, dass sie erschreckt zusammenfuhr, denn sie hatte ihn nicht kommen hören. Abrupt blieb sie stehen, presste sich beide Hände auf die Brust und keuchte auf. Der Schrecken war ihr in die Glieder gefahren.

David aber schien weder überrascht noch sonderlich beunruhigt zu sein. »'N Abend«, murmelte er, und der Läufer grüßte fröhlich zurück. »Ja, ein herrlicher Abend, nicht wahr?«

Als der Läufer verschwunden war, zerrte er sie unbarmherzig weiter. »Kommen Sie schon, es ist nur noch ein kleines Stück«, flüsterte er. Pia atmete schwer, doch sie setzte sich wieder in Bewegung. Zehn Minuten später

traten sie aus dem Wald und befanden sich an der Stelle, wo Steen sein Auto geparkt hatte. Pia atmete erleichtert auf, ließ sich auf den Beifahrersitz plumpsen und knipste die kleine Leselampe an. »Einen kleinen Moment noch«, murmelte sie, nahm den Block zur Hand und schrieb die wichtigsten Sätze des *Fuchses* auf, die sie sich gemerkt hatte. Sorgsam ergänzte sie auch die Stellen, wo sie in der Dunkelheit nur rasch ein Wort als Gedächtnisstütze niedergekritzelt hatte. Erst als ihr nichts mehr einfiel, gab sie das Startzeichen. »Danke. Wir können. Und erklären Sie mir jetzt bitte, was ich da gerade erlebt habe, ja? Ich komme mir vor wie in einem Albtraum. Wer sind Sie? Wie kommen Sie an diese Leute dran? Wieso vertrauen die Ihnen? Und wieso konnten Sie dieses Treffen arrangieren? Wie genau sind Ihre Beziehungen zu diesen Leuten?«
David grinste und startete den Wagen. »Ich sagte es Ihnen doch bereits. Mein Institut beschäftigt sich mit extremistischen Gruppen. Wir beobachten sie, halten Kontakt und versuchen, die Gefahr einzuschätzen. Wir kümmern uns darum, was sie vorhaben, was passiert, wer mit wem ...«
»Aber ist das nicht gefährlich? Ich meine, auf wessen Seite stehen Sie eigentlich?«
»Auf der Richtigen.«
»Wie schön. Und welche Seite ist die Richtige? Haben Sie das da« – sie machte eine verächtliche Handbewegung hinüber zu dem Wald, in dem sie gerade gewesen waren – »der Polizei gemeldet? Oder dem Staatsschutz oder Geheimdienst? Was weiß ich?«

»Wenn Sie es nicht wissen, woher soll ich es dann wissen?«, parierte David und sah grinsend zu ihr hinüber, bevor er sich wieder auf die düstere Straße vor ihnen konzentrierte. »Aber mal im Ernst. Ich bin nicht der Erfüllungsgehilfe eines Staates oder einer Regierung, die das alles doch nur herunterspielt! Und dies dürfen Sie sich auch merken: Ganz gleich, was wir denen in der Vergangenheit erzählt haben, es hat nichts genützt. Sie können mir wirklich glauben, dass meine Organisation dem deutschen Geheimdienst in den vergangenen Jahren eine ganze Menge wertvoller, wichtiger, unter erheblicher Gefahr beschaffter Informationen über diese Nazis gegeben hat. Aber sie haben nicht zugehört, niemals. Ganz im Gegenteil. Man hat alles getan, um die Sache unter der Decke zu halten. Es durfte eben nicht wahr sein. Nazis sind keine Gefahr, das sind allenfalls Spinner …«

»Das sind die ja auch!«, wandte Pia ein.

»Gefährliche Spinner, zu gefährlich. Oh nein, davon hat nie jemand erfahren. Kein Journalist ging je darauf ein, so wie Sie heute Abend. Niemand machte sich die Hände schmutzig.«

»Apropos, warum haben Sie mir eigentlich nicht geholfen, als ich da im Dreck lag?«

»Wie hätte ich Ihnen denn helfen sollen? Da mussten Sie schon selbst durch, und Sie haben das ja auch ganz gut gemacht.«

»Danke. Aber ich habe Sie unterbrochen.«

»Ja. Wo war ich? Ach so. Nazis zu bekämpfen ist was für Softies, für Leute, die Obdachlose mit Suppe füttern und sich nebenbei um Frauenpolitik und Bildung kümmern, Sie verstehen? Minderheitensache eben. Das war nie was für ernsthafte, starke Männer!«

»Sie sind doch auch ganz schön stark!« Pia rieb sich mit anerkennendem Lächeln die Schulter, die noch immer ein wenig weh tat.

»Ich zähle nicht. Ich bin kein …« David hielt inne.

»Was sind Sie nicht?«, hakte Pia nach.

»Nichts. Ich meine nur … Sie schreiben das doch, oder? Sie lassen sich doch nicht einschüchtern, oder? Von niemandem!«

Erstaunt blickte sie ihn an und erkannte in seinen dunklen, großen Augen echte Sorge. Langsam schüttelte sie den Kopf. »Nein. Ich lasse mich nicht einschüchtern. Von niemandem«, versprach sie.

»Das ist gut. Schreiben Sie auch darüber, wie es so weit kommen konnte. Bitte! Tun Sie das! Ja? Denken Sie nur daran, was jedes Mal los war, wenn die Nazis Wahlerfolge gehabt hatten. Man hat entsetzt die Hände über dem Kopf zusammengeschlagen, ein paar wohlmeinende Geräusche von sich gegeben, und dann? Was ist dann passiert? Dann hat man ein paar rechtsradikale Sprüche geklopft, um denen den Wind aus den Segeln zu nehmen, ist ihnen hier und da politisch entgegengekommen und hat ansonsten darauf gehofft, dass die sich selbst enthaupten. Und in vielen Landtagen, Kreistagen und Stadtparlamenten ist diese Rechnung ja sogar aufgegangen. Aber bekämpft, richtig bekämpft hat die nie jemand. Hier mal eine Durchsuchung, klar, da mal ein kleines Verbot. Ja, sicher. Aber darüber haben sie sich kaputtgelacht! Sie wissen, dass sie von diesem Staat nichts zu befürchten haben. Und sie haben die Schnauze voll davon, nur ein bisschen mitzumischen. Sie wissen schon: Hier mal 'ne Wahl, da mal 'nen toten Neger. Der *Fuchs* will mehr. Viel, viel mehr. Und wenn dieses Land nicht aufpasst, wird er mehr bekommen. Er wird dieses Land verändern, wenn es nicht aufwacht!«

»Und ich soll der Wecker sein?«, erkundigte sich Pia tonlos.

David nickte. »Warum nicht? Sie sind clever, Sie sitzen an der richtigen Stelle, und Sie mögen die Kerle doch auch nicht, oder?«

»Nein, natürlich nicht. Ich weiß nur nicht ...« Pia fröstelte. Denn nun, da sie wusste, was dieser Steen von ihr erwartete, fühlte sie sich hoffnungslos überfordert. Alles erschien ihr finster und undurchdringlich. Leos Warnungen kamen ihr wieder in den Sinn, und als sie die ihr zugedachte Rolle ablehnen wollte, musste sie an das Versprechen denken, das sie Steen vor nicht einmal fünf Minuten gegeben hatte. Ja, sie würde es tun. Sie würde schreiben. Sie musste. Sie hatte keine Wahl. Ein pelziger Geschmack legte sich auf ihre Zunge. Am liebsten würde sie davonlaufen.

»Sie haben es gehört. Der nächste Terroranschlag kommt bestimmt«, fuhr David mit leiser, eindringlicher Stimme fort. »Sie müssen das verhindern! Sie müssen diese Regierung wachrütteln und jedem klar machen, dass es keinen Sinn hat, diesen Schweinen nachzugeben! Deutschland muss endlich Farbe bekennen! Nazis müssen geächtet und aus dem Staatsdienst geworfen werden, wo sie sich im Übrigen massenhaft tummeln, vor allem im Osten. Glauben Sie mir, ich weiß, wovon ich spreche. Es muss verhindert werden, dass die Nazis weiterhin im Internet ihre Netze auswerfen und ihre Propaganda verbreiten. Ihre Musik muss verboten werden. Wussten Sie, dass sie dazu aufrufen, Behinderte und Alte und Obdachlose und Juden umzubringen? Stört Sie das denn gar nicht?«

»Natürlich stört mich das!«, stieß Pia aus. »Es ist nur ... Der *dnd* ist damit vielleicht ein bisschen ...«

»Überfordert? Wollten Sie das sagen?«

Pia nickte.

»Aber, meine Liebe! Sie sollen das doch nicht alles ganz allein machen! Sie sollen nur den Anstoß geben und aufdecken, wer hinter dem Anschlag steckt, und die Drohung bekannt machen ... Damit das ernst genommen wird, endlich. Sie sollen sich nicht in einen Regierungssprecher verbeißen, als ginge die Welt unter, wenn er ein paar Beamte beschimpft ...

»Tja. Der Punkt geht an Sie.«

David nickte. Endlich hatte sie angebissen. Er stoppte vor einer roten Ampel, nahm ein Kärtchen aus seiner Brusttasche und notierte etwas auf die Rückseite. »Wenn Sie mich brauchen, rufen Sie diese Nummer an. Ich melde mich dann, sobald es geht.«

Pia nahm das Kärtchen und drehte es um. »Wer ist das?«

David zuckte mit den Schultern und grinste. »Keine Ahnung. Hat mir mal einer zugesteckt.«

»Ah, hier steht es. Fred M. Smith. Militärattache der Botschaft der Vereinigten Staaten von Amerika.«

Unmerklich zuckte David zusammen. Doch sofort hatte er sich wieder unter Kontrolle. »Ja, ja. Wem man auf diesen Empfängen so alles begegnet … Vergessen Sie es. Haben Sie Angst?«
Pia zuckte mit den Schultern.
»Es ist völlig in Ordnung, wenn Sie Angst haben. Glauben Sie mir, Angst schützt.«
David bog in eine Seitenstraße ein, fuhr um ein paar Ecken und hielt kurz darauf direkt vor Pias Haus. Überrascht schaute sie ihn an. »Woher wissen Sie, wo ich wohne?«
»Schlafen Sie gut. Und schreiben Sie morgen was Interessantes.«
»Ich habe Sie was gefragt!«
»Und ich habe nicht geantwortet. Zu gefährlich, meine Liebe, viel zu gefährlich. *Ich* habe nämlich manchmal Angst.«

Daniel Levinson ließ Pia aussteigen und blickte der verunsicherten Frau mit einem zufriedenen Grinsen nach. Dann legte er den ersten Gang ein, fuhr langsam an und überlegte, dass ihm die Nummer mit der Angst wirklich gut gelungen war. Es war ein spontaner Einfall gewesen. Aber gut, sehr gut. Das würde er sich merken, fürs nächste Mal.
Was Pia wohl schreiben würde? Es war ein Versuch, ein letzter Versuch. Nicht, dass dies seine Idee gewesen wäre. Ihm lag die harte Linie mehr. Zuschlagen und ernten. Aber Ari hatte darauf bestanden. »Wir haben doch nichts zu verlieren! Entweder sie begreifen, dass sie ein

Problem haben, verkaufen uns die *Katzenaugen* und gehen gegen die Nazis vor – dann hätten wir unser Ziel erreicht, oder sie tun es nicht, noch nicht, dann haben wir sie trotzdem öffentlich entlarvt. Und dann kann die Bombe meinetwegen hochgehen.«

Das würde sie ohnehin, dachte Daniel finster, während er durch die hell erleuchteten Charlottenburger Straßen fuhr, denn er hatte dafür gesorgt, dass der *Fuchs* seine Lieferung bekam.

Ari würde ziemlich wütend sein, wenn er davon erfuhr. Aber nicht Ari, sondern er, Daniel Levinson, war schließlich Leiter dieser Operation. Und er hatte entschieden.

Dass der *Fuchs* ausgerechnet Ben geschickt hatte, den Wagen leer zu räumen, gefiel ihm nicht. Auch der Mann mit dem Hund, der vorhin an seinem Auto herumgeschnüffelt hatte, bereitete Daniel einiges Kopfzerbrechen. Andererseits ... warum ließ man sie weiter arbeiten, wenn sie aufgeflogen waren? Ach was! Wären sie wirklich observiert worden, so hätte er das garantiert bemerkt. So clever waren deutsche Geheimdienstler nicht ... auf keinen Fall waren sie geschickter als seine eigenen Ausbilder. Er sah Gespenster! Es würde alles genauso ablaufen, wie es geplant war.

Denn der *Fuchs* hatte Blut geleckt und konnte jetzt nur noch durch einen Verrat gestoppt werden. Wenn die *Katzenaugen* endlich auf dem Weg wären, dann könnte er den *Fuchs* ja hochgehen lassen ... Als Abschiedsgeschenk sozusagen, bevor er wieder nach Hause fuhr. Daniel grinste. Der deutsche Geheimdienst würde ihm die Füße küssen, wenn er denen den *Fuchs* auf dem Silbertablett servierte. Dann wäre er der Held …

Wie Daniel die Dinge auch drehte und wendete, er fand, dass seine Sache mehr als gut stand und er seinen Auftrag bis jetzt ausgezeichnet erledigt hatte.

Bis auf diese eine Sache …

Was war nur mit dieser Sekretärin? Wieso versorgte die Frau, die für den deutschen Regierungssprecher arbeitete, freiwillig seine Agenten mit hochgeheimen Papieren, nur um dann zu verschwinden? Spurlos? So eine Pleite konnten sie sich nicht noch einmal leisten, das stand fest. Je länger Daniel darüber nachdachte, desto unruhiger wurde er. Was, wenn ihnen der Geheimdienst doch auf der Spur und Rainer Loos längst aufgeflogen war?

Daniel fuhr langsam an den parkenden Autos vorbei, suchte eine Lücke und beschloss, mit den anderen zu reden. Vielleicht wäre es am besten, sofort zu verschwinden, alles stehen und liegen zu lassen … Der *Fuchs* käme auch ohne sie zurecht … Der Boden war bereitet … Sollten die Deutschen doch sehen, wie sie mit der Brut klarkämen …

Leise betrat Daniel die heruntergekommene Wohnung (einer ihrer zuverlässigsten Helfer, ein Sayan im Maklergewerbe, hatte sie ausgesucht, weil ihr Team dort niemals auffallen würde. Denn normalerweise teilten sich mindestens sieben Studenten die hohen Räume, und niemand in dem vernachlässigten Altbau ermittelte je die genaue Zahl der Mitbewohner). Daniel lauschte, folgte den Geräuschen und fand die anderen in der Küche. Sie

tranken. Zwei halb leere Flaschen Wein standen auf dem Tisch.
»Habt ihr sie? Diese Mahler? Oder was gibt es sonst zu feiern?«, erkundigte sich Daniel, streifte seine Jacke ab, hängte sie auf die Lehne des für ihn freigehaltenen Stuhls und schenkte sich ein Glas ein. »Bei mir ist es eigentlich recht gut gelaufen. Aber ich wollte mit euch reden. Ich bin mir nicht sicher, ob wir aufgeflogen sind. Hat einer von euch etwas bemerkt? Wenn ja, dann sollten wir überlegen, ob wir abbrechen ... Was ist los?«
Niemand sagte etwas. Die jungen, braun gebrannten Leute betrachteten ihn ernst und traurig.
»Hey! Was ist los? Gibt es irgendetwas, das ich wissen müsste?«
Ari schüttelte langsam den Kopf. Der kleine, drahtige Mann mit den kurz geschorenen schwarzen Haaren versenkte seine Nase beschämt in seinem Glas. Niemand sprach.
Nach einigen Sekunden des drückenden Schweigens fragte Ari ihn tonlos: »Hast du Nachrichten gehört?«
Daniel sah von einem zum anderen und zuckte dann mit den Schultern. »Was meint ihr?« Dann dämmerte es ihm. »Das Attentat? In Haifa? Ja, klar habe davon gehört. Aber was ist ... ist ...? Wer?« Seine Augen weiteten sich. Oh, wie dumm war er gewesen! Natürlich, warum sollte es nicht auch ihn treffen? Irgendwann war doch jeder dran, oder? Bitte, bitte, betete er instinktiv, nicht meine Mutter. Und auch nicht mein Vater. Meinen Bruder, meinen geliebten ...

»Es ist … es ist deine Frau … Sie war zu Besuch … hm, bei einem Bekannten …«

»Tot?«

Ari nickte. »Sie war …«

»Halt den Mund! Ich will es nicht wissen!«, herrschte Daniel ihn an und spürte mit Entsetzen, dass seine erste Reaktion Erleichterung war. Er war sie los. Sie würde nie wieder nörgeln, wenn er so lange fortblieb, und nie wieder würde er ein schlechtes Gewissen haben, wenn er mit einer anderen schlief. Außerdem hatte es niemanden aus seiner Familie getroffen. Aber …

Wie ein Schlag traf ihn die Ungeheuerlichkeit seiner Gedanken. Sarah! Die kleine, hübsche Sarah mit den großen braunen Augen. Seine Frau.

Schön, er hatte sie nicht geliebt, jedenfalls nicht lange. Aber das hatte sie nicht verdient! Nicht verdient! Er sackte auf den Stuhl und ließ seinen Kopf auf die Tischplatte sinken. »Sie kannte doch keinen gottverdammten einzigen Menschen in Haifa! Sie …«, murmelte er und war mindestens ebenso fassungslos über sich selbst wie über das, was geschehen war. Tot. Sie war tot. Es dauerte eine Weile, bis die Erkenntnis einsickerte.

Sie war wirklich tot.

Niemand wartete mehr auf ihn. Es war seine Schuld, nur seine Schuld. Sie war seine Frau, und er hatte sie allein gelassen. Immer wieder. Dabei war sie ihm eine gute Frau gewesen … Hatte an ihn geglaubt … War bei ihm geblieben, trotz allem …

Tiefe Scham überkam ihn. Er hatte sie nicht sonderlich gut behandelt und nur geheiratet, damit der Mossad ihn nahm, und er hatte sie in das schäbige Appartement gesetzt und allein gelassen, und das war nun alles, was sie vom Leben gehabt hatte. Während er in der Welt herumgekommen, Teil aufregender Operationen gewesen war ... Seine Gedanken vollführten irre Sprünge, trieben ihn von einem Bild zum anderen, und er sah sie vor sich in ihrem Sommerkleid am Strand, in ihrem knappen Bikini, dann wieder als schimpfende Furie, weil er tage-, wochenlang nicht zu Hause gewesen war ... Meist deshalb, weil er keine Lust gehabt hatte, und weil es so leicht war. Niemand hätte ihr je gesagt, wo er in Wahrheit gewesen war. Es war ja alles so wunderbar geheim ...

Was, um alles in der Welt, hatte sie in Haifa gemacht? Hatte sie am Ende ... Ein Bekannter, hatte Ari gesagt. Er blickte auf und sah den Freund mit weit aufgerissenen Augen an. »Was war das für ein Bekannter?«

Ari zuckte mit den Schultern und senkte den Blick.

Sie hatte sich also doch genommen, was ihr zustand: einen Freund, Sex, Liebe. Langsam beruhigte er sich. Sein Atem ging ruhiger und er nickte. Sie hatte also einen Freund gehabt. Gut, sehr gut. Hatte er nicht immer gehofft, dass sie einen anderen Mann fände?

Doch dann schoben sich wieder grausige Bilder vor sein inneres Auge, Bilder ausgebrannter Busse, zerbombter Kinos, Diskotheken, Restaurants, von Leichenteilen, notdürftig unter Planen versteckt, von Blutlachen auf den Straßen, blau blinkenden Lichtern der Krankenwagen, später dann Gedenktafeln ... Sie war doch noch so jung! Warum?, hallte es in seinem Kopf wider. Warum

nur? Warum? Alles in ihm begann zu schmerzen, und auf einmal hatte er das Gefühl, als versinke er in einem Meer von Traurigkeit. Er konnte es nicht begreifen. Warum musste es so enden? Das hatte er nicht gewollt!
Aber wäre es anderes gekommen, wenn er daheim geblieben wäre und auf sie aufgepasst hätte? Wäre sie dann nach Haifa gefahren? Nein, nie im Leben! Sie hatte ihn geliebt! Sie wäre bei ihm geblieben, immer in seiner Nähe, wie stets, wenn er mal nach Hause gekommen war. Und erst jetzt, Stunden nach ihrem Tod, sah er ihr Gesicht mit demselben Staunen wie bei ihrem ersten Treffen, als er so begeistert von ihr gewesen war und sich fest vorgenommen hatte, dieses Mädchen wieder zu sehen. Sie hatten sich ein paarmal getroffen, waren tanzen gegangen und schwimmen, und er hatte ihre Ausgelassenheit, ihre Zärtlichkeit genossen …
Doch dann hatte der Mossad alles zerstört. Man hatte ihm gesagt, er müsse heiraten, und er, zerfressen vor Ehrgeiz, hatte Sarah gefragt, und sie hatte ihn angestrahlt, und in dem Moment war bei ihm alles erloschen. Er hatte nichts mehr für sie empfunden …
Er hatte sie ins Unglück gestürzt.
So haderte er mit sich und verstrickte sich in ein Netz von Selbstzweifeln und Vorwürfen, das von Sekunde zu Sekunde undurchdringlicher zu werden drohte. Auf Zehenspitzen verließen die Freunde die Küche, einer nach dem anderen. Nur Ari blieb, schweigend, geduldig.
Als Daniel sich endlich bewegte, war eine Stunde vergangen. Wirr blickte er sich um, unfähig, zu weinen oder zu sprechen.

»Du kannst nichts dafür«, sagte Ari sanft.
Daniel zuckte mit den Schultern und starrte blicklos auf die gelb getünchte Wand.
»Willst du zurückfliegen? Ephraim hat es angeboten, dann kannst du morgen dabei sein.«
David schloss die Augen. Die Beerdigung! Er konnte unmöglich hingehen. Nicht er! Das konnten sie nicht von ihm verlangen! Dann müsste er es ihrer Familie erklären ... ihrem Vater, ihrer Mutter, ihrer Schwester ... Sie alle wussten doch Bescheid, oder etwa nicht? Ihnen konnte nicht entgangen sein, dass er sie im Stich gelassen hatte, dass er sie nicht geliebt hatte ...
Ari merkte, dass der Freund wieder im heillosen Chaos seiner Gefühle zu versinken drohte, und legte behutsam seine Hand auf dessen Schulter. »Du musst nicht. Hör zu, wir brauchen dich sowieso hier. Und es ist besser, du arbeitest. Dann kommst du schneller darüber hinweg. Okay?«
Daniel sagte nichts. Er hockte wie erstarrt auf dem Stuhl und gab keinen Laut von sich. Innerlich aber brodelte es ihn ihm. Die Beerdigung. Ihre Mutter. Sie hatte dieselben großen braunen Augen wie Sarah. Er hatte sich immer ein wenig gefürchtet vor der Frau. Wie sollte er ihr nun begegnen? Die vielen Tränen, die fließen würden ... Er konnte nicht ... Es ging nicht ...
Und dann – die leere Wohnung, ihre Sachen. Würden die Eltern Sarahs Kleider, ihre Möbel, ihr Porzellan, ihre Toilettenartikel abholen, ohne ihm Bescheid zu geben? Würden sie je wieder mit ihm reden?
Er wollte es nicht mehr wissen. Er würde sich all dem

nicht stellen, zumal er hier nicht weg konnte. Das mussten sie verstehen, und das würden sie auch verstehen, so wie Sarah es all die Zeit irgendwie verstanden hatte. Und wenn nicht, dann könnte er es auch nicht ändern. Denn dies hier war sein Platz. Daniel holte tief Luft und streckte sich. Er würde tun, was in seiner Kraft lag. Für sein gejagtes Volk, für all die Frauen und Kinder, die zerfetzt worden waren wie Sarah, die unwissend Russisch Roulette gespielt und verloren hatten, nur weil sie in die Schule gefahren waren, eingekauft, getanzt hatten ... Die Armee brauchte nur noch die *Katzenaugen*, dann könnte sie dem Spuk ein Ende machen, endgültig. Israel würde die feindlichen Nachbarn in die Knie zwingen und dafür sorgen, dass sich nie wieder eine Hand gegen sein Land, sein Volk erheben würde ...

So flüchtete sich Daniel Levinson in die größere, globale Verantwortung, und das machte es ihm leicht, all die Warnungen beiseite zu schieben, die ihn eben noch bedrückt und über die er mit den anderen hatte sprechen wollen. Fast war es, als habe er niemals erwogen, die Operation abzubrechen. Schnell fand er logische, einfache Erklärungen für alle Unstimmigkeiten. Der Mann mit dem Hund war nur ein ganz normaler Mann mit Hund gewesen, davon gab es viele auf dem Land. Und dass diese Plaudertasche von Sekretärin plötzlich verschwunden war ... Nun, Frauen waren eben unberechenbar, und diese Frau ganz besonders. Was sollte schon passiert sein? Alfred Meister hatte den falschen Mann aufs Fahrrad gesetzt? Nun, dann hatte Rainer Loos sich eben geirrt, als er sich bei der Polizei nach den

Videoaufnahmen erkundigte ... Warum sollten ausgerechnet die verschlafenen deutschen Geheimdienstler aus einer neugierigen Journalistenanfrage schließen, dass Rainer Loos sie zu ihm, dem *Katsa,* führen könnte? Hirngespinste waren das, dumme, unausgegorene Hirngespinste.

Daniel presste die Lippen aufeinander. Er würde die Operation wie geplant zu Ende zu bringen, zu einem erfolgreichen Ende. Er würde die Deutschen zwingen, die *Katzenaugen* zu liefern. Die würden noch winseln und darum betteln, Israel den Gefallen tun zu dürfen, so geldgierig, wie sie waren, und erpicht darauf, dass niemand in der Welt mehr an ihre blutige Vergangenheit dachte ...

Von Minute zu Minute steigerte sich Daniel tiefer hinein in die Wut, die schon seit seiner Ankunft in Deutschland in ihm steckte. Der Hass, der sich aufbaute, gab seiner hilflosen Trauer eine neue Richtung, ein Ziel. Er würde gnadenlos sein. Er würde zuschlagen. Und er würde diese verdammten *Katzenaugen* kriegen. Er, nur er allein. Auf einmal wusste er auch genau, wohin er den *Fuchs* lenken würde. Auge um Auge, Zahn um Zahn. Denn er erinnerte sich gut an das Bild, an die fröhlichen, lachenden Menschen, die sich benahmen, als gäbe es keinen Tod, keine Bomben, keine Verrückten, die ihrem Leben ein Ende machen konnten ... Sie waren so sorglos hier. Das war nicht fair.

Daniel überlegte. Als er Pia nach Hause gebracht hatte, hatte er das alles noch einmal gesehen. An diesem Ort passte es wirklich wunderbar zusammen. Die S-Bahn war in der Nähe, der Spielplatz gegenüber bot gute Verstecke, die Glasfronten gewährten einen perfekten Überblick, es gab sogar eine Telefonzelle in der Nähe, so dass er nicht einmal sein Handy würde nehmen müssen, um das Startsignal zu geben. Handys waren gefährlich, sie wurden abgehört. Daniel grinste. Ihn würde niemand erwischen. Aber dies war ein echter Coup. Es würde ihnen wehtun. Sehr, sehr weh. So wie es ihm wehtat …

Wieder drohte ihn der Schmerz zu übermannen, doch Daniel zwang sich, weiter an seinem Plan zu arbeiten. Mit einigem Glück, überlegte er mit kaltem Zynismus, würden sie ein paar Politiker und Beamte erwischen … Das *Zollinger* hatte schließlich den Ruf, auch Prominente zu seinen Gästen zu zählen. Perfekt.

Nun musste er nur noch über das Stichwort nachdenken. Es gehörte zu den Privilegien einer selbst geleiteten Operation, das Codewort zu wählen. Er gab sich stets viel Mühe damit, denn es durfte nichts Alltägliches sein, und es musste etwas bedeuten. Etwas, das nur er durchschaute, worüber nur er lächeln konnte … Er kniff die Augen zusammen und sah sich um. Die Küche gab nichts her. Die Tapete hing feucht von den Wänden, die ehemals weißen Möbel waren abgestoßen und schmutzig, der Herd starrte vor Dreck, überall stand ungespültes Geschirr herum, und niemand kümmerte sich darum, da alle wussten, dass sie nicht mehr lange da sein würden. Nein, hier brachte ihn nichts auf eine Idee.

Er ließ seine Gedanken schweifen, suchte in seiner Vergangenheit und zauberte die Bilder von früher hervor, von seinem alten Zuhause, seiner Mutter, dem Vater, der Schwester Shiri mit ihren dunkelblonden, lustigen Zöpfen. Sie war immer rot vor Zorn geworden, wenn er sie hänselte, weil sie Klavier spielte und nie einen Freund mit nach Hause brachte … Sie war mittlerweile Captain beim Nachrichtendienst der Streitkräfte, und sie war fast so alt wie Sarah. Was, wenn auch sie eines Tages in eine Falle geriet, wenn er auch sie beerdigen müsste … Sein Gesicht verzog sich vor Schmerzen, und eine neue Welle der Trauer und der Wut schwappte über ihn. Sein Herz pochte heftig, und sein erster Impuls war, auf der Stelle seine Sachen zu packen und …

Unfug. Sie hätten es ihm gesagt, so wie sie ihm von Sarahs Tod erzählt hatten. Es war alles in Ordnung mit Shiri. Er schluckte hart. Er würde diese Operation Shiri widmen, seiner kleinen Schwester Shiri.

Plötzlich musste er grinsen. Sie hatte immer mit ihren Notenblättern nach ihm geworfen. Was nicht weiter schlimm war, denn sie kannte die Stücke alle auswendig. Aber einmal hatte er ihr ein Blatt entwendet, und diesmal hatte es ihr etwas ausgemacht, denn der Lehrer hatte es ihr gerade erst gegeben, und sie musste noch üben. Wochenlang hatte sie gesucht, hatte ihn angefleht, es ihr zurückzugeben, doch er hatte unschuldig mit den Schultern gezuckt und beteuert, er habe es nicht. Er hatte seine Eltern als Zeugen angerufen, und schließlich hatte Shiri die Noten von ihrem kargen Taschengeld neu kaufen müssen. Er hatte ihr den bösen Streich nie gebeichtet, zu sehr fürchtete er sich vor ihrem Zorn. Immer noch.

*Notturno.*
Das hatte mit großen schwarzen Lettern auf dem Deckblatt gestanden. Mit großen schwarzen Lettern. Ein Lächeln umspielte Davids Lippen. *Notturno.* Dieses Wort würde er wohl nie vergessen. Aber seltsamerweise hatte er nie nachgesehen, was es eigentlich bedeutete. Mit neuem Elan sprang er auf, schlich leise hinüber in das Zimmer, das er mit Ari teilte, und kramte das Wörterbuch aus seinem Seesack. In der Küche schlug er es nach. *Notturno. Stimmungsvolles Musikstück in mehreren Sätzen für eine nächtliche Aufführung im Freien.* Warum nicht? Eine Aufführung in der Nacht.
Er musste keine Rücksicht nehmen. Jetzt nicht mehr. Auf niemanden.

Pia sah Davids Wagen hinterher, kreuzte ihre Arme vor der Brust und rieb sich schaudernd die Oberarme. Was für ein seltsamer Mensch, durchfuhr es sie. Warum machte er ihr noch mehr Angst? Was hatte er davon? Langsam wandte sie sich von der Straße ab und wollte auf ihre Haustür zugehen, als ein Wagen abrupt hinter ihr stoppte. Erstaunt blickte sie sich um. Ein Mann mit langem Mantel sprang heraus und kam auf sie zu. »Frau Winckel?«
»Ja«, gab sie zögernd zu und versuchte, das Gesicht des Fremden zu erkennen, doch es war zu dunkel. Die Situation war ihr alles andere als geheuer. Hilfe suchend blickte sie sich um.
Da zückte der Mann eine Plastikkarte und murmelte leise: »Kommen Sie bitte mit.«

Pia wich zurück. »Was soll das? Wer sind Sie?«
»Pst. Machen Sie bitte kein Aufsehen. Dort im Wagen sitzt jemand, den Sie kennen.«
»Und wer sollte das sein?«
Blitzschnell, bevor sie noch begreifen konnte, was mit ihr geschah, griff der Fremde nach ihrem Ellbogen.
»Lassen Sie mich los«, fauchte Pia und wand sich in dem vergeblichen Versuch, sich zu befreien. Der Mann ließ ihr keine Chance. Mühelos zog er sie zum Wagen, legte seine andere Hand auf ihren Kopf und zwang sie, sich auf den Rücksitz zu setzen.
»Guten Abend.«
Pia merkte, dass hinter ihr die Wagentür zugeschlagen wurde, und geriet in Panik. »Was soll das?«, keifte sie. »Das ist Freiheitsberaubung! Lassen Sie mich sofort hier raus! Wer sind Sie überhaupt?«
»Wir haben uns heute schon mal gesehen. Erinnern Sie sich nicht an mich?« Der Mann hielt sein Gesicht in das Licht der Straßenlaterne.
»Sie?«
»Ja. Ich bin es. Und ich muss Sie wirklich bitten, etwas leiser zu sein, sonst denkt hier am Ende noch jemand, dass es Ihnen an den Kragen geht.«
»Und? Es geht mir nicht an den Kragen?«
Friedrich Putzer lächelte. »Nicht, solange ich neben Ihnen sitze. Sie waren heute Abend schon in einer weitaus gefährlicheren Situation.«
»Ach ja? Und woher wollen Sie das wissen?«, sagte Pia und fuhr sich wütend durch die Haare.
»Sie können fahren«, sagte Putzer statt einer Antwort zu

dem Mann hinter dem Steuer, räkelte sich auf seinem Sitz und tat so, als müsse er seinen Mantel richten.
Der Wagen setzte sich in Bewegung. Pia wartete noch immer auf eine Antwort, doch Putzer schwieg beharrlich. »Wohin fahren wir?«
Putzer wandte sich ab und presste die Lippen fest aufeinander.
»Hey!«, rief Pia empört aus. »Sie können mich nicht einfach so von der Straße weg in ein Auto zerren und mir nicht mal sagen, was los ist! Ich bin Journalistin! Schon mal was von Pressefreiheit gehört?«
»Gehört? Ja, klar. Ich höre eine ganze Menge Unfug, wenn der Tag lang ist«, sagte er. Von vorne vernahm sie ein leises Kichern.
Pia schnappte nach Luft. »Das gibt es doch gar nicht! Ich will jetzt sofort hier raus. Oder Sie sagen mir, wohin wir fahren und warum.«
»Das erfahren Sie noch früh genug. Und jetzt halten Sie einfach mal den Mund, ja?«
Wütend biss Pia die Zähne zusammen und richtete ihre Aufmerksamkeit auf den Fahrer, einen jungen Mann mit kurz geschorenen Haaren, der seinen Blick stur geradeaus hielt und keinen Ton von sich gab. Er bog auf den Ernst-Reuter-Platz ein, glitt routiniert auf die passende Spur und fuhr Sekunden später in den Tiergarten hinein. Zu beiden Seiten war der Park düster. Pia sah nur die Scheinwerfer und Rückleuchten der Wagen, die vor ihnen auf dem breiten Boulevard dahinglitten. In regelmäßigen Abständen schienen grellweiße, bis weit über die Knie reichende Stiefel von mageren jungen Mädchen

auf, die mit wehenden langen Haaren und dünnen Hemdchen am Straßenrand warteten. Verstohlen hielt sich Pia den Bauch, der im Sitzen noch runder war als sonst. Was hätte sie für so eine Figur gegeben! Warum gingen sie auf den Strich? Eine war hübscher als die andere, jedenfalls in der Nacht. Sie dachte über die dürren Gestalten nach und merkte erst spät, dass sie an der Siegessäule nicht geradeaus in Richtung Brandenburger Tor weiterfuhren, sondern den Kreisverkehr beim Bundespräsidialamt verließen. Als sie am Schloss Bellevue vorbeikamen, das von unzähligen Scheinwerfern in Szene gesetzt wurde, klackte der Blinker, und kurz darauf bogen sie in die John-Forster-Dulles-Allee ein, die mitten ins Herz des Regierungsviertels führte.

Verwundert blickte Pia sich nach Putzer um, doch der nahm keine Notiz von ihr. Er hatte die Hände im Schoß verschränkt, die Augen geschlossen, und atmete schwer. Pia lächelte. Der Mann wirkte ziemlich erschöpft und kein bisschen bedrohlich mehr. War er nur müde und deshalb so schlecht gelaunt?

Die leuchtende Kuppel des Reichstags kam in Sicht. Auch zu dieser Stunde krabbelten noch Menschen wie kleine Ameisen die Rampen empor. Pia gelang es kaum, ihren Blick abzuwenden, zu faszinierend fand sie diesen gigantischen, düsteren Koloss mit der scheinbar schwerelosen, gläsernen Haube. Als sie wenige Minuten später vor dem eisernen Tor des Kanzleramts anhielten, stutzte sie.

»Hä? Was machen wir denn hier?«

»Steigen Sie aus«, brummte Putzer.

Pia runzelte die Stirn, tat aber, wie ihr geheißen. Sie wartete, bis das Auto mit dem Fahrer und dem Mann, der sie quasi entführt hatte, zurückgesetzt hatte, und lief dann neben Putzer auf den Glaskasten zu, in dem zwei junge Grenzschützer Wache hielten. Putzer zeigte seinen Ausweis vor und fragte Pia, ob sie ihren dabei habe. »Geben Sie her.«

Die Formalitäten waren schnell erledigt, denn offenbar wurden sie erwartet. Sie wurde angewiesen, die Plastikkarte mit einem schwarzen Adler und der Aufschrift *Bundeskanzleramt* sichtbar zu tragen. Dann öffnete sich die Pforte. Wortlos gingen sie die wenigen Meter über die Straße zu dem gewölbten Seiteneingang. Pia konnte ihre Erregung kaum bändigen. Sie wurde ins Kanzleramt gerufen! Um diese Zeit!

»Und jetzt?« Sie betraten das Foyer, einen fast menschenleeren, niedrigen Raum, der zu beiden Seiten mit schwarzen Ledersitzgruppen bestückt war und in der Mitte von einer gewaltigen, grünmetallic schimmernden Theke beherrscht wurde.

»Warten Sie es doch ab!«, grummelte Putzer, winkte dem Pförtner freundlich zu und schob sie durch einen breiten Gang zu den Fahrstühlen.

Schweigend fuhren sie nach oben. Als sich die Tür schließlich mit einem leisen, gediegenen Summen öffnete, deutete Putzer nach rechts in einen Flur mit dickem moosgrünem Teppichboden. Pia blinzelte. Bis hierher war sie bislang nie vorgedrungen, sie kannte nur den Informationssaal im ersten Stock sowie den internationalen Konferenzraum und das Foyer mit der gewaltigen

Treppe, das nur bei großen Staatsbesuchen geöffnet wurde.
Es blieb Pia wenig Zeit, sich umzusehen, denn Putzer schritt eilig durch den Flur, öffnete kurz entschlossen eine der rostbraunen Holztüren und forderte sie auf, ihm zu folgen. Sie betraten einen Raum, der ganz offenbar als Sekretariat diente. Ein halbrunder Schreibtisch aus dem gleichen roten Holz wie die Wände stand vor einem Regal, in dem sich Diktiergeräte, Akten, Terminkalender und Berge von Papier stapelten. In die rechte Wand war eine Verbindungstür eingelassen. Sie war offen, und neugierig sah Pia in den Raum.
»Ah, da bist du ja.« Leo kam auf sie zu, doch er lächelte nicht. »Komm rein. Setz dich. Einen Kaffee?«
Erstaunt sah Pia sich um. An dem Konferenztisch in der spitzen Ecke eines langen Dreiecks saßen zwei weitere Männer. Einen erkannte sie sofort. Es war Olaf Übereck, der mächtige Kanzleramtschef, der – und das war allgemein bekannt – Journalisten mindestens ebenso hasste wie Berliner Weiße und Currywurst ohne Darm. Er erhob sich langsam, streckte ihr die Hand hin und lächelte ihr zu. Erstaunt erwiderte sie den Gruß und wandte sich dann dem anderen Mann zu, der ihr bekannt vorkam, dessen Gesicht sie aber nicht einordnen konnte.
»Macke. Froben Macke. Freut mich«, stieß er knapp aus, reichte ihr ebenfalls die Hand und forderte sie auf, sich neben ihn zu setzen. Leo nahm an Überecks Seite Platz und starrte sie unverwandt an.
»Nun, wie ich sehe, haben Sie ja alles gut überstanden«,

begann Macke das Gespräch und schenkte ihr eine Tasse Kaffee aus der Kanne ein, die in der Mitte des Tisches stand.

»Wie?« Pia kniff die Augen zu schmalen Schlitzen zusammen und sah ihn fragend an.

»Aber ja«, mischte sich Übereck nun ein. »Wir haben uns ernsthafte Sorgen gemacht. Sie müssen verstehen … Die Kräfte konnten in Anbetracht der Situation und der Gefahr, entdeckt zu werden, nicht so nahe …«

»Wovon reden Sie eigentlich? Was soll das hier?«

»Meine liebe Pia, nun tu bitte nicht unschuldiger, als du bist. Wir wissen, dass du dich heute Abend in Begleitung eines höchst zweifelhaften jungen Mannes mit einer Gruppe wild gewordener Nazis getroffen hast, und ich muss wirklich sagen, dass ich das in hohem Maße verantwortungslos und gefährlich finde. Ich habe dich doch ausdrücklich gewarnt …«

»Oh, wir duzen uns! Vor Publikum! Was ist denn ich dich gefahren?«, unterbrach sie ihn höhnisch. »Im Übrigen scheinen hier eine ganze Menge Leute vergessen zu haben, dass es so etwas wie Pressefreiheit gibt und dass ich mich, verdammt noch mal, mit jedem Informanten treffen kann, mit dem ich mich treffen will!«

»Glaubst du wirklich, du stehst außerhalb des Gesetzes?« Leo betrachtete sie verächtlich.

»Ich habe kein verdammtes Gesetz gebrochen!«, erwiderte Pia aufgebracht.

»Und wie wäre es mit Behinderung der Ermittlungen? Verschweigen wichtiger Informationen, die zur Aufklärung einer Straftat führen könnten?«

»Blödsinn!«
»Wie geht es Alfred Meister?«, hakte Olaf da mit sanfter Stimme ein.
»Alfred wer?« Pia blinzelte. »Von wem reden Sie? Keine Ahnung.«
»Alfred Meister. Ein Nazi der übelsten Sorte. Schmeißt schon seit Jahren mit Dreck. Wir gehen davon aus, dass er hinter der *Neuen Deutschen Arbeiteraktion* steckt. *NDA* …«
»Es stimmt also!«
»Das wissen wir noch nicht, jedenfalls nicht hundertprozentig. Es fehlen uns sozusagen die gerichtsverwertbaren Beweise. Aber unter uns: Wir gehen davon aus. Ich muss Sie nur bitten, nicht über das zu schreiben, was wir heute Abend hier besprechen.«
Pia zuckte mit den Schultern. »Von mir aus.«
»Gut.« Übereck schlug die Beine übereinander. »Nun. Wir glauben, dass Meister die Bombe am Finanzministerium gezündet hat. Hat zünden lassen, besser gesagt. Der feine Herr macht sich ja seine Hände nicht selbst schmutzig! Könnten Sie ihn wohl beschreiben? Oder anders gefragt: Wie sah der Mann aus, mit dem dieser David Steen Sie bekannt gemacht hat? Klein, gedrungen, fettige Haare, rundes Gesicht, tief liegende Augen …?«
Pia blähte die Backen auf und ließ die Luft abrupt entweichen. »Keine Ahnung! Er hatte eine Maske auf … Klein, ja, das kann hinkommen. Eine Fistelstimme, überschlug sich fast …«
»Hat er Sie bedroht?«
Pia zuckte mit den Mundwinkeln. »Wie man's nimmt.«

Macke legte seine Hand auf ihren Arm. »Wir waren immer in der Nähe.«

»Davon habe ich nichts gemerkt«, stieß Pia aus. »Außerdem will ich das nicht. Ich muss meinen Informanten schützen!«

»Ihr Mut ist wirklich bemerkenswert«, lobte Olaf sie. »Es bleibt aber dabei, dass unser Freund Macke hier gerne besser auf Sie aufgepasst hätte. Wir mussten allerdings etwas Abstand halten, denn Ihr Freund Steen war auch nicht allein. Es war sozusagen ziemlich viel los in Ihrem Umkreis, wenn ich das so sagen darf. Und da haben wir gedacht, bevor die am Ende noch etwas merken …«

Pias Augen weiteten sich. »Jetzt verstehe ich überhaupt nichts mehr!«, stammelte sie verstört.

»Haben Sie den Lieferwagen nicht bemerkt? Und das Motorrad? Dann gab es da noch ein Liebespaar. Erinnern Sie sich nicht? Und einen Penner. Und dann kam der Mann mit dem Hund. Das waren wir.« Er grinste zufrieden. »Es war vielleicht ein bisschen offensichtlich, und ein paar Bedenken hatten wir ehrlich gesagt durchaus. Aber andererseits war das sozusagen unsere einzige Chance.«

»Hä?« Pia hatte kein Liebespaar gesehen und auch keinen Lieferwagen … Und dass der Mann mit dem Hund etwas anderes gewesen sein könnte als eben ein Mann mit Hund, wäre ihr nie in den Sinn gekommen.

»Es ging um den Sprengstoff«, brummte Leo. Er blickte immer noch finster drein. »Der Wagen war voller Sprengstoff. Der Hund ist fast verrückt geworden! Und

jetzt haben wir zwei Möglichkeiten. Entweder, du bist ein unschuldiges Opfer deiner Neugierde und übler Machenschaften, oder du bist beteiligt daran, einer terroristischen Vereinigung eine erhebliche Menge Sprengstoff geliefert zu haben. Na? Wie gefällt dir das?«
Pia schluckte, und Froben Macke legte ihr wieder seine Hand auf den Arm. »Junge Frau, keine Sorge. Sagen Sie uns einfach, was Sie wissen. Und wenn Sie dann noch das tun, worum wir Sie bitten, kann alles wieder gut werden. Denn im Moment sind wir ja unter uns. Der Geheimdienst, also ich, muss niemandem etwas verraten. Wissen Sie, das Legalitätsprinzip gilt nicht für mich. Ich kann Ihren Fall natürlich der Polizei und dem Staatsanwalt melden. Aber ich muss nicht. Und dabei spielt es überhaupt keine Rolle, dass Sie Journalistin sind, denn wir machen mit der Terrorbekämpfung ernst. Sehr ernst. Und da sind die Gesetze alle – ich wiederhole: alle – auf unserer Seite.«
»Aber … aber das ist doch kompletter Irrsinn! Ich bin doch nicht … Ich habe doch gar nicht …«
»Na, umso besser. Dann tun Sie, was wir Ihnen sagen, und alles wird gut.«
»Und was soll ich tun?«
»Du sollst den Mund halten. Keine Meldung. Du schreibst keine Zeile über heute Abend. Nichts über die *NDA*, solange die Ermittlungen noch laufen. Verstanden?« Leo sah sie wütend an.
»Das verlangst du, ausgerechnet du von mir?« Pia konnte es nicht fassen. »Warum kümmerst du dich nicht lieber um deine Sekretärin! Bei Sophie ist eingebrochen

worden. Weißt du das überhaupt? Hast du dich erkundigt? Oder war es dir mal wieder peinlich oder egal? Außerdem habe ich Neuigkeiten für dich! Sie ist spurlos verschwunden. Aber sogar das ist dir gleichgültig! Wenn die eine nicht kommt, nimmst du dir einfach eine neue, und der Rest ist dir egal, wie? Wenn ich das nicht heute gemeldet hätte ... diesem Polizisten, dem Putzer, der mich heute Abend ... Moment mal! Was geht hier vor?«

Pia wurde bleich. Wieso brachte sie derselbe Polizist, der sie wegen Sophie vernommen hatte, ins Kanzleramt zum leibhaftigen Präsidenten des Geheimdienstes und der grauen Eminenz dieser Regierung? Was ging hier vor und was hatte Sophie damit zu tun? Waren sie ihr auf die Schliche gekommen? Ging es um die Papiere, die Sophie ihr gegeben hatte?

Leo schlug auf den Tisch. »Kein Wort über Sophie Mahler! Hast du mich verstanden? Nirgends. Wenn du darüber eine Meldung machst, bekommst du noch ganz andere Probleme!«

»Ganz ruhig«, versuchte Olaf Übereck den Regierungssprecher zu besänftigen. »Wir wollen doch niemandem drohen!«

»Ach nein?«, entfuhr es Pia.

Sie war so aufgebracht, dass sie am ganzen Körper zitterte. »Und ich lasse mich nicht einschüchtern. Von niemandem! Jedenfalls nicht, solange ich nicht weiß, was hier gespielt wird!«

»Sie werden also schreiben?«, erkundigte sich Übereck freundlich.

»Das weiß ich noch nicht! Ich muss darüber nachdenken! Ich will nach Hause. Kann ich bitte ein Taxi haben?«
»Ob du schreibst, wollen wir wissen!«, herrschte Leo sie an.
Sie starrte ihm ins Gesicht. »Und ich Idiot dachte, wir lieben uns.«

# 9

Als Pia am nächsten Morgen, es war der zweite Dienstag nach dem Bombenanschlag, aufwachte, fühlte sie sich wie gerädert. Ihr Kopf brummte, und sie hatte Mühe, die Augen zu öffnen. Ein seltsam komplizierter Traum hatte einen bitteren Geschmack auf ihrer Zunge hinterlassen. Sie versuchte, sich an all die merkwürdigen Dinge zu erinnern, die ihr zugestoßen waren. Doch bis auf einige verwirrende Bilder war ihr nichts geblieben. Sie fasste sich an den Kopf, stand behutsam auf und schlich stöhnend ins Badezimmer. Als die Zähne geputzt waren, fühlte sie sich schon ein wenig besser. Sie spritzte sich kaltes Wasser ins Gesicht, tappte in die Küche, schaltete die Espressomaschine ein und hörte nebenbei Nachrichten. Die Zahl der Todesopfer bei dem Selbstmordanschlag in Haifa war auf zehn gestiegen, darunter fünf Kleinkinder. Eine Gänsehaut breitete sich auf Pias Haut aus. Ständig explodierten Bomben, und immer wieder starben Kinder. Ohne etwas dagegen tun zu können, stiegen Bilder von spielenden Jungen und Mädchen in ihr auf, von Zöpfen und bunten Hemdchen, von einer Rauchwolke, von Blut, zerfetzten Leibern, schreienden Müttern, und für Sekunden hatte sie das Gefühl, als sei sie selbst eine von ihnen, als beweine sie ihr eigenes Kind, seine großen Augen, die sie leer anstarrten, die nicht verstanden, um Hilfe flehten ... Pia schüttelte sich. Was war nur in sie gefahren? War es der Traum? Sie seufzte. Als Kriegsberichterstatterin hätte sie wohl nichts getaugt.

Dann drang die Stimme des Nachrichtensprechers wieder in ihr Bewusstsein: »... Die größte Oppositionsfraktion hat angekündigt, eine kleine Anfrage im Parlament zur Amtsführung von Regierungssprecher Leo Dieckmann einzubringen. Das bestätigte der stellvertretende Vorsitzende ...«

Geschieht ihm recht, überlegte Pia mitleidlos. Zu frisch waren die Erinnerungen an den gestrigen Abend, an seine harten Augen, seine unerbittliche Stimme und seine unverblümte Forderung an sie, nicht zu berichten. Er hatte es nur ihrer Müdigkeit zu verdanken, dass die Meldung nicht längst in der Welt war. Tatsächlich hatte sie auf der Heimfahrt mitten in der Nacht allen Ernstes mit dem Gedanken gespielt, sofort ins Büro zu fahren. Die Redaktion arbeitete schließlich vierundzwanzig Stunden, und der Nachtschicht hätte sie sogar einen Gefallen getan, wenn sie den Draht bewegte. Erst als sie nach einem griffigen ersten Satz gesucht hatte, war ihr klar geworden, wie erschöpft sie war von der vergeblichen Suche nach Sophie, dem Waldspaziergang, den Nazis und der Entführung ins Kanzleramt. Sie konnte kaum noch einen klaren Gedanken fassen, wog die Risiken ab, überlegte, wie viele Fehler in einem einzigen unkonzentrierten Halbsatz verborgen waren, und entschied sich gegen den Schnellschuss.

Pia lehnte sich an den Küchenschrank, schloss die Augen, schlürfte den heißen Kaffee und lauschte dem Rest der Nachrichten. »… forderte mehr Geld für den Straßenbau. Berlin. Im Kunstmuseum hat es in der Nacht einen Wasserrohrbruch gegeben. Die Feuerwehr bezifferte den Schaden auf mehrere Millionen Euro. Kunstwerke seien nicht beschädigt worden, hieß es. Marzahn. Bei einem Brand in einem Mehrfamilienhaus in Berlin-Marzahn ist ein Rentnerehepaar ums Leben gekommen. Die Brandursache war am Morgen noch unklar. Das Wetter. Kühl und regnerisch.«

Na prima. Toller Tag, dachte Pia, nahm die Tasse mit ins Badezimmer, stellte sich unter die Dusche und sann darüber nach, was sie als Erstes tun würde. Da war zum einen Sophies Geheimpapier. Waffen an Israel. Das musste warten. Erst musste sie Sophie sprechen, und die war verschwunden. Sollte sie also weiter nach Sophie suchen, oder der staunenden Öffentlichkeit erst die *NDA* auftischen?

Pia entschied sich für Letzteres. Zwar war es riskant, denn sie ahnte, dass sie einen Sturm der Entrüstung entfachen, mit Reaktionen überschwemmt werden und kaum noch zu etwas anderem kommen würde … Es sei denn, sie nutzte die erste halbe Stunde – die Frist, die die Regierung, die Parteien, die Polizei, der Geheimdienst, die Kirchen und wer sonst noch alles benötigen würde, sich von dem Schock zu erholen und die Schlacht um die Schlagzeile zu entfachen.

Pia biss sich auf die Lippe, stellte das Wasser ab, trat aus der Dusche und grinste. Genauso würde sie es machen.

Sie würde ihre Zeit gut nutzen. Rasch trocknete sie sich ab, suchte einen warmen Pullover und die bequemste Jeans heraus, und pfiff darauf, wie sie aussah. Heute würde es nicht darauf ankommen. Heute würde sie hart arbeiten müssen.

Kurz darauf zog sie die Wohnungstür hinter sich zu, eilte die Treppe hinunter, schenkte dem *Zollinger*, in dem bereits Frühstück serviert wurde, einen sehnsuchtsvollen Blick und lief über den Stuttgarter Platz zur S-Bahn.

Max Tisch saß bereits wie eine Spinne im Netz und blickte sie erstaunt an, als sie das Großraumbüro betrat.

»Schon da? Mit dir hatte ich noch nicht gerechnet!«

»Tja, so kann man sich irren«, parierte sie fröhlich, warf ihre Tasche auf den Schreibtisch, holte das Klemmbrett mit den neuesten Nachrichten, überflog die vom Endlospapier abgerissenen Seiten und stellte fest, dass der *dnd* nichts gemeldet hatte, was sie interessierte.

»Bist du gestern weitergekommen?«

»Oh, und wie! Ich weiß jetzt, wer die Bombe am Finanzministerium gelegt hat!« Erwartungsvoll blinzelte Pia den Kollegen an.

Der aber blätterte gelangweilt in den Zeitungen. »Und? Kannste schreiben?«

»Ja. Wenn's recht ist?«

»Immer los. Hau rein!«

Sie schrieb, was sie am Vorabend gehört hatte, so wortgetreu auf, wie sie es zusammenbrachte. Zwar durften *dnd*-Meldungen eigentlich nicht länger als vierhundert Wörter sein. Doch zum einen beschränkte sie sich tatsächlich auf das Wesentliche, und zum anderen überschritt sie die strengen Vorschriften nur um zwanzig Wörter. Sie fing mit der Gruppe an, die sich *Neue Deutsche Arbeiteraktion* nannte, erwähnte an prominenter Stelle die Warnung vor neuen Anschlägen und natürlich auch die Tatsache, dass die Bundesregierung tatsächlich rechtzeitig gewarnt worden war und die Sache törichterweise nicht ernst genommen hatte. »Regierungssprecher Leo Dieckmann bestätigte noch in der Nacht die Richtigkeit der *dnd*-Informationen«, schrieb sie. Kurz wog sie ab, ob sie auch schreiben solle, wie sehr er sie unter Druck gesetzt hatte, doch dann entschied sie sich dagegen. Eine reine, ungeschminkte Bestätigung würde ihn weit tiefer verletzen als alles andere. Und diesmal sollte es ihm wehtun.

Max Tisch pfiff anerkennend, als er den Bericht las. »Weißt du, was du tust?«

»Das habe ich mich gestern Abend auch gefragt. Aber ich habe es überlebt. Ich war dort. Der Anführer hat es mir selbst gesagt. Warum sollte ich das jetzt nicht schreiben?«

»Und warum hast du keinen Fotografen mitgenommen?«

»Weil die das nicht wollten.«

»Hm. Das wird Ärger geben.«

»Pech!« Pia stemmte die Hände in die Hüfte. »Gibst du es jetzt endlich raus, oder machen wir vorher noch ein Nickerchen?«

»Ist ja schon gut«, grunzte Tisch, strich zwanzig Wörter heraus, und Pia ließ es geschehen, denn er war überaus geschickt, ließ die wichtigen Sätze intakt und nahm der

Meldung nichts von ihrer Brisanz. Als er endlich auf die Sendetaste gedrückt hatte, atmete Pia auf und schaute auf die Uhr. »So. Bis die anderen Redaktionen aufwachen und uns mit ihrer Reaktionsscheiße zuschütten, müsste ich noch ein bisschen was arbeiten. Kannst du mich die nächste halbe Stunde in Ruhe lassen?«
»Ach ja? Was haste denn noch?«
»Wart's doch ab!«, erwiderte Pia, verschanzte sich hinter ihrem Computer und klinkte sich ins elektronische Archiv ein. Kurz darauf ratterte der Drucker hinter ihr los und spuckte alle Meldungen über Angela Kamm aus, derer sie habhaft wurde.
Stirnrunzelnd las sie über den Prozess und über eine Angeklagte, die in ausführlichen Hintergrundberichten als zierlich und verhärmt beschrieben wurde, einst wohl hübsch, als »gefährliche Schönheit, vor der sich Männer hüten müssen ...« Bei ihren Taten gab es kein Pardon. »Sie spielte den Kommunisten skrupellos in die Hände, und es ist der nimmermüden Aufmerksamkeit unserer tapferen Sicherheitsbehörden zu verdanken, dass sie ...« Irritiert betrachtete Pia Datum und Kopfzeile. Sie konnte es nicht fassen. So einen Mist hatten die damals tatsächlich gedruckt?
Angela Kamm. Die Strafe hatte sie längst abgesessen. Ob sie überhaupt noch lebte? Wie es ihr wohl ergangen war? Pia überlegte, wer das wissen würde. Klar. Der Geheimdienst, der sich ausgerechnet für diesen uralten Fall interessierte. Dieser Putzer ... Warum hatte der den Artikel kopiert und bei sich gehabt? Wie passte das zusammen?

Pias Blick fiel auf das Regal mit den Telefonbüchern. Sie stöhnte. Nicht schon wieder! Sie hasste diese Art der Recherche. Gab es nicht einen anderen Weg? Sie konnte doch nicht sämtliche Telefonbücher der Republik durchsuchen! Ein ganzes Regal!
Im letzten Moment fiel ihr die Computerdiskette der Auskunft ein, die vor ein paar Tagen in der Post gewesen war und die sie in die unterste Schublade geworfen hatte. Das war eine Möglichkeit. Sie bückte sich, kramte die CD hervor, schob sie in den Rechner und tippte *Angela Kamm* ein. Einhundertzweiundzwanzig Einträge gab es im ganzen Bundesgebiet. Na wunderbar, und sie hatte nur eine halbe Stunde Zeit. Hoffentlich hatte sie Glück! Mutlos druckte sie die Liste aus und starrte sie entnervt an. Und jetzt?
Jetzt würde sie die Zeit einfach nutzen, entschied sie. Sie begann, nach Bonn und Umgebung zu telefonieren.
»Entschuldigung, ich suche eine Angela Kamm, die vor vielen Jahren einmal im Verteidigungsministerium gearbeitet hat ... ähm ... Ich meine, noch vor dem Regierungsumzug ... Sind Sie das zufällig? Ich würde Sie gerne etwas fragen, mein Name ist Pia Winckel, und ich schreibe für den *Deutschen Nachrichtendienst*, Sie wissen schon, den *dnd ...*«
Ein ums andere Mal sagte sie ihr Sprüchlein auf. Pia hasste es, diese wildfremden Menschen anzurufen, und jedes Mal, wenn sie auf eine neue Stimme, ein abweisendes »Wer ist da?« oder »Damit habe ich nichts zu tun« stieß, sank ihr Mut ein kleines Stückchen tiefer. Warum machte sie das eigentlich?

Es war nur eine Ahnung, die mit dem Verstand nicht zu greifen war. Doch wann immer sie kurz davor war, die Liste wütend in die Ecke zu werfen, befahl ihr eine innere Stimme, noch ein bisschen weiterzumachen, nur noch eine Nummer. Gib nicht auf. Es wird dir Leid tun …

Also arbeitete Pia weiter, missmutig und im Grunde wenig überzeugt, ihre Zeit gut zu nutzen. Sie suchte auf gut Glück fünf Nummern heraus. Danach würde sie es sein lassen, fürs Erste jedenfalls. Sie wählte die erste Ziffernfolge und war erleichtert, dass niemand abhob. Auch bei der zweiten Nummer hatte sie keinen Erfolg. Tapfer machte sie sich an die nächste Nummer, wartete drei, vier Klingeltöne ab und wollte eben auflegen, als eine Frauenstimme leise antwortete: »Kamm.«

»Guten Morgen, Frau Kamm, entschuldigen Sie die Störung.« Wieder sagte Pia ihr Sprüchlein auf. »Ich nehme nicht an …«

»Was wollen Sie von mir?«

»Sind Sie … ähm … Ich wollte nur fragen …« Nichts. Pias Kopf war auf einmal vollkommen leer. Sie spuckte das Erstbeste aus, was ihr in den Sinn kam. »Ähm … Eigentlich bin ich auf der Suche nach einer Sophie Mahler. Ich nehme nicht an, dass Sie die kennen?«

»Was wollen Sie von mir?« Auf einmal war die Stimme, die eben noch sanft und durchaus nicht unfreundlich geklungen hatte, voller Misstrauen.

»Nun ja. Ich dachte … Ich habe … Ich komme auf Ihren Namen wegen der Sache damals … Und weil Sophie Mahler verschwunden ist und ich einen Artikel gelesen habe über Ihren Fall, und zwar bei einem Polizisten, der mit dem Verschwinden von Frau Mahler betraut ist …«

»Ja, und?«

Pia biss sich erstaunt auf die Lippe. Die Frau war ja kein bisschen überrascht! Sie war vorsichtig, ja auch misstrauisch. Aber nicht überrascht! »Also, ich will ehrlich mit Ihnen sein«, fuhr Pia mit schmeichelnder Stimme fort und drückte sich selbst die Daumen, dass die Frau mit ihr sprechen würde. »Die Wahrheit ist, dass ich noch nicht genau weiß, wie ich das einordnen soll. Ich weiß nur, dass Frau Mahler verschwunden ist und dass sie zuletzt bei Regierungssprecher Leo Dieckmann gearbeitet hat. Im Vorzimmer.«

»Und? Weiter?« Angela Kamm schien das alles nicht zu beeindrucken.

»Können Sie sich vorstellen, warum sich der Geheimdienstbeamte, der Frau Mahler suchen soll, auch wieder mit Ihrem Fall beschäftigt?«

Angela seufzte. »So was hört nie auf.«

»Es war also schon jemand bei Ihnen?« Pia hielt den Atem an.

Angela schwieg.

»Bitte!«, bettelte Pia. »Es ist wichtig. Ich schreibe es auch nicht. Versprochen! Heiliges Indianerehrenwort!«

Nach einer Weile, die Pia vorkam wie eine Ewigkeit, hörte sie, dass die andere Frau schwer atmete. Erneut redete sie der Fremden gut zu. »Sie können mir vertrauen. Ich will es doch nur verstehen! Ich tue Ihnen nichts!«

»Ach Mist! Wenn Sie mich gefunden haben, steht es morgen dann doch in der Zeitung«, stieß Angela aus.

»Aber dann kommt es nicht von mir.«
»Versprochen?«
»Ich werde jedenfalls nicht die Erste sein.«
»Aber die Zweite?«
»Nun ja …«
Jetzt war es an Pia, zu zögern. Schließlich entschied sie sich für die Wahrheit. »Es ist in Ihrem Interesse. Wirklich! Wenn jemand anders die Story bringt, eine Zeitung, ein Magazin, das Fernsehen, dann verspreche ich, dass ich meinen Bericht mit Ihrer Version nachschiebe. Dann haben Sie wenigstens die Garantie, dass Ihre Darstellung auch rauskommt. Dass sie alle Zeitungen erreicht. Alle Rundfunkstationen. Das Fernsehen … Reden Sie mit mir! Bitte!«
Wieder herrschte Schweigen am anderen Ende der Leitung.
»Bitte!«
Schließlich seufzte Angela wieder. »Also schön, von mir aus. Es waren zwei. Sie sagten, sie kämen vom Geheimdienst. Gestern. Ein Herr Putzer. Moment, ich habe hier seine Karte. Friedrich Putzer. Aber das heißt nichts bei denen, da stimmen die Namen eh nie.«
Pia biss sich aufgeregt auf die Lippen. »Und? Was wollten sie?«
»Dasselbe wie Sie, nehme ich an. Was ich mit Sophie Mahler zu tun habe.«
»Hm. Kennen Sie Sophie?«
»Früher hieß sie Sophie Garbe«, flüsterte Angela nach einer kurzen Pause.
»Wann?«, hakte Pia behutsam nach.

»Als wir noch miteinander gearbeitet haben. Im Verteidigungsministerium. Ist lange her.«
»Sie waren Kolleginnen?«
»Ja. Ich habe sie auf der Hardthöhe untergebracht. Eine Weile waren wir sogar Freundinnen. Ist auch verdammt lange her.«
»Weiß der Geheimdienst davon ... von Ihrer Freundschaft?«
»Hören Sie. Ich weiß nicht, was die wissen.« Ihre Stimme klang plötzlich zornig. »Damals hätten sie es jedenfalls wissen können, aber da hat es niemanden interessiert. Damals waren sie nur sauer, weil ich Felix gewarnt habe und er entkommen konnte ...«
»Felix?«
»Na, ja. Felix Ascher. Das war der Name, unter dem ich ihn kannte. Vermutlich hieß er nicht so ... Sie nannten ihn meinen Agentenführer ...«
»Er war Ihr Freund, oder?«
»Wenn Sie so wollen ... Ja, er war mein Leben.« Sie atmete schwer. Gerade als Pia glaubte, sie verloren zu haben, fuhr sie fort: »Wie Sie wissen, war ich Kundschafterin. Kundschafterin für den Frieden. Und seine Geliebte. Ich habe ihn geliebt, genau wie Sophie.«
»Sie haben Sophie geliebt? Oder hat Sophie Ihren Agentenführer geliebt?«
»Sie haben das schon richtig verstanden. Sophie hat Felix geliebt. Und sie ist davongekommen. Ich nicht.«
»War sie denn auch ...?« Pia wagte es nicht, die Frage zu Ende zu bringen.
»Kundschafterin? Agentin aus Liebe, wie ich? Ach was!

Dazu war sie viel zu naiv ... Sie wollte Felix gefallen, mit dem blöden Tagebuch Eindruck machen. Und das Schwein versteckt das Ding unter meiner Matratze ...«

»Wie bitte? Was für ein Tagebuch?«

»Na, das Tagebuch, mit dem sie mich überführt haben. Sie haben es bei mir gefunden.«

»Aber davon stand nichts in der Zeitung.«

»Nein, konnte es auch nicht. Sie hielten es geheim. Der Richter schickte die Zuschauer raus, als die Sprache darauf kam. Nicht öffentliche Sitzung hieß das.« Angela kicherte. »Wissen Sie, was? Ich habe dafür sogar Verständnis! Ja, bestimmt! Da stand ein Zeug drin! Peinlich, peinlich ... Gott sei Dank nichts über mich. Oder leider. Dann hätten sie es vielleicht gemerkt.«

»Sie sind deswegen verurteilt worden, obwohl es Ihnen nicht gehörte?« Pia konnte es noch immer nicht glauben.

Angela schwieg.

»Warum haben Sie es damals nicht gesagt?«, hakte Pia nach.

Angela stöhnte auf. »Was halten Sie von einem schlechten Gewissen? Ja, sogar Kundschafterinnen wie ich können so etwas wie ein schlechtes Gewissen haben. Nicht diesem Staat gegenüber, natürlich, und auch nicht wegen dem, was ich getan habe ... Das war richtig. Ich war für den Frieden, und deswegen habe ich ... Ach, ist ja auch egal. Nein, es ging um Sophie ... Sie dachte, Felix wäre ihr Freund ... Sie wusste nichts ... Sie war so dumm! Erst im Prozess ging ihr ein Licht auf! Ich habe sie beobachtet, wie sie dasaß, voller Mitleid für mich.

Und dann, als sie begriff, ist sie blass geworden, leichenblass. Sie schrie auf und wäre fast umgekippt. Und dann ist sie nicht mehr gekommen ... Sie tat mir Leid! Ich konnte sie nicht verraten!«
»Aber dann sind Sie ja zu Unrecht verurteilt worden.«
»Ich? Zu Unrecht verurteilt? Ach was, Blödsinn. Ich sage es doch. Ich war Kundschafterin, und ich wollte es auch sein. Ich habe das Risiko gekannt. Ich litt zwar darunter, doch ich nahm es auf mich. Für Felix und für den Frieden natürlich. Bis es nicht mehr ging. Irgendwann dachte ich, ich würde verrückt, wenn der Pförtner mich nur scharf ansah ... Ich hielt es nicht mehr aus! Aber um auf Ihre Frage zurückzukommen ... Ich schleppte mehr Dokumente heraus, als Sophie je zu Gesicht bekam. Nur war ich im Gegensatz zu ihr nicht so bescheuert, Tagebuch zu schreiben ... Man konnte mir also im Grunde nichts nachweisen.« Stolz mischte sich in ihren Tonfall. »Ich war eine harte Nuss für die Bullen. Ich hatte mich zwar gestellt, doch ich weigerte mich, mit ihnen zu reden und ihnen zu sagen, was genau ich Felix gegeben hatte. Und das machte sie wütend. Dann fanden sie das Tagebuch und waren begeistert. Deshalb haben sie auch nicht so genau hingesehen. Nicht mal ein Schriftvergleich wurde durchgeführt, können Sie sich das vorstellen? Es musste einfach mein Tagebuch sein ... Verstehen Sie? So hat alles im Leben seinen Preis. Meiner war das Tagebuch. Ich musste bezahlen. Sechs lange Jahre.«
»Haben Sie denn nie überlegt, sich austauschen zu lassen?«

»Aber Kindchen! Was sollte ich denn in der DDR? Da kannte ich doch niemanden! Felix war verschwunden. Ich bezweifelte, dass er mich je wieder sehen wollte. Er war ein Schwein! Außerdem – wie hätte ich ihn finden sollen? Felix Ascher war doch nur eine Legende. Es war nicht einmal sein richtiger Name, das haben sie jedenfalls im Prozess gesagt. Damals, wissen Sie, im Gefängnis, da bin ich gestorben. Angela Kamm ist tot, tot, tot.« Ihre Stimme wurde schrill.

»Aber nicht doch«, sagte Pia besänftigend. »Hören Sie …«

Angela begann, verzerrt zu lachen. »Keine Sorge, ich bin nicht verrückt. Ich bin nur tot.« Sie hielt inne, und als sie wieder sprach, klang sie erschöpft und verbittert. »Es ist wahr. Mein Leben ist zu Ende. Manchmal verkaufe ich Gemüse, wissen Sie, auf dem Markt. Dann trage ich dicke Kleider und Fingerhandschuhe, die vorne abgeschnitten sind, damit ich das Geld zählen kann … Und dann bin ich glücklich, denn ich habe wenigstens Arbeit. Und niemand weiß, wer ich bin, niemand ahnt es, und das tut unendlich gut! Sie suchen Sophie? Nun, ich sage Ihnen was. Wenn ich wüsste, wo Sophie ist … Ich würde ihr wieder helfen … Ich würde sie nie, niemals wieder im Stich lassen wie damals, als sie ihr Kind bekam …«

»Sophie hat ein Kind?«

»Ja, Sophie hatte ein Kind. Das haben Sie nicht gewusst, nicht wahr? Sie musste es weggeben. Felix wollte es so. Wissen Sie, ich habe nachher nie wieder mit ihr darüber gesprochen. Aber … sie wollte sogar, dass ich bei der

Geburt dabei bin. Sie hatte solche Angst. Nur ich wollte das nicht. Ich hasste sie dafür, dass sie von Felix ein Kind bekam. Felix gehörte mir, nur mir … Ach, lassen wir das. Es waren wunderschöne Monate, als sie schwanger war, denn ich hatte ihn endlich wieder ganz für mich. Auch wenn ich wusste, dass es nur auf Zeit war, waren es doch die schönsten Monate meines Lebens. Als die Geburt kurz bevorstand, fuhren wir nach Griechenland … pilgerten von Tempel zu Ausgrabungsstätte, tagsüber. Abends stürzten wir uns ins Meer und aßen und tranken und liebten uns … Es war herrlich! Als wir zurückkamen, war alles vorbei. Sophie hatte ihr Kind bekommen und es weggegeben und sah aus wie ein Gespenst. Blass und zerbrechlich. Ich liebte sie und hasste sie. Es ist widerlich, nicht wahr?« Angela fing an zu schluchzen. »Ich bin widerlich … Bitte, bitte sagen Sie niemandem, dass ich Ihnen das mit dem Tagebuch erzählt habe, ja?«
»Keine Sorge«, erwiderte Pia sanft, »ich habe es Ihnen ja versprochen.«
»Ja, ja, das haben Sie. Bitte … Sie müssen verstehen, wie wichtig das für mich ist … Wissen Sie, eigentlich war es nur Sophie, die mich in all den Jahren am Leben gehalten hat, im Gefängnis, danach … als niemand mehr mit mir reden wollte. Indem ich sie nicht verriet, war ich noch etwas wert, wenigstens ein bisschen. Ganz egal, was in der Zeitung über mich stand und was der Staatsanwalt und der Richter, die Aufseherinnen im Gefängnis sagten. Ich kam mir schlecht vor, mies … Aber wenn ich dann an das Tagebuch dachte und daran, dass

ich geschwiegen hatte, dann wurde es besser … Verstehen Sie?«
»Ich weiß nicht«, antwortete Pia zögernd, »aber ich denke schon.«

Pia legte mit zitternden Händen auf, ließ ihren Kopf auf die Tischplatte sinken und versuchte, ihre Gedanken zu ordnen. Kundschafter. Wie lange hatte sie das Wort nicht mehr gehört? Es war doch mit der DDR gestorben. Es klang so muffig wie Sauerkraut und Bohnerwachs. Pia war es unbegreiflich, dass es Menschen noch immer so selbstverständlich benutzten, als sprächen sie von Himbeertorte mit Sahne.
Und wie war das nun? War Sophie Kundschafterin, oder Opfer dieses Mannes Namens Felix und seiner Freundin Angela Kamm? Wer kannte die Wahrheit? War Sophie deshalb verschwunden? War sie auf die größte Geschichte seit der Entlarvung von Kanzlerspion Guillaume gestoßen?
Langsam richtete Pia sich auf, wandte sich zu ihrem Computer und fing an zu tippen.

Spionin aus Liebe arbeitete beim
Regierungssprecher

Das gäbe Leo den Rest.
Für einen Moment liebäugelte sie mit der Idee, denn die war noch besser als die Nazis …
»Pia, was machst du eigentlich? Los, los, es gibt Arbeit!« Max Tisch warf ihr fünf Faxe auf den Schreibtisch. »Gib

die erst mal als Einzelmeldungen raus, und dann will ich eine Zusammenfassung haben. Und gnade dir Gott, wenn das nicht stimmt, was du geschrieben hast!«
Mit gerunzelter Stirn las Pia, was Max Tisch ihr gegeben hatte.

Regierungssprecher
Leo Dieckmann teilt mit:

Die Bundesregierung hat nach wie vor keine eindeutigen Erkenntnisse über den Hintergrund des Bombenanschlags auf das Bundesministerium der Finanzen. Die Ermittlungen dauern an. Meldungen, wonach eine rechtsextremistische Organisation verdächtigt wird, Urheber des Terroranschlags zu sein, sind reine Spekulation.

Pia knallte das Papier wütend auf den Tisch und tobte. Wie konnte er? Das war doch glatt gelogen. Oder …? Sie las den Text wieder und wieder, biss sich auf die Lippen und begann, Leo widerwillig zu bewundern. Nicht schlecht, wirklich nicht schlecht gemacht. Er ließ sich nicht packen. Diese Reaktion war keine Bestätigung, aber auch kein Dementi. Sie hatten angeblich *keine eindeutigen Erkenntnisse*. Was, zum Teufel, sollte das heißen? Wie eindeutig brauchte er es? *Reine Spekulation* war das also, was sie erlebt hatte? Dabei wusste er doch ganz genau, wen sie im Wald getroffen hatte!
Aber das würde sie ihm nie nachweisen können!
Die Erkenntnis traf sie wie ein Schlag. Und jetzt? Was sollte sie jetzt tun? Hastig überflog sie die anderen Stel-

lungnahmen, doch es war nichts Aufregendes dabei. Der Oppositionsführer mahnte die Regierung zu mehr Wachsamkeit, die Polizeigewerkschaft forderte mehr Geld und Personal … das Übliche.

Daniel Steen musste ihr helfen. Schnell. Sie kramte in ihrer Tasche und fischte die Visitenkarte heraus, die er ihr gegeben hatte. Hastig wählte sie die Nummer, doch es meldete sich niemand. Sie knallte den Hörer auf. Verdammt, verdammt, verdammt!

»Was ist denn?« Tisch tauchte plötzlich neben ihr auf und sah auf sie herab.

»Das ist doch der reinste Mist, siehst du das nicht?«, schimpfte sie. »Das ist nicht Fisch und nicht Fleisch! Das regt mich absolut nicht auf, was der Dieckmann da macht!«

»Den Eindruck habe ich zwar nicht«, erwiderte er fröhlich grinsend, denn er wusste, dass der Abdruckserfolg am nächsten Tag umso besser sein würde, je mehr Pia sich aufregte. »Aber schreib mal weiter. Wenn du dabei bleibst, umso besser. Ich habe wahrhaftig keine Lust, deine Meldung zurückzuziehen.«

»Musst du ja auch nicht«, murmelte sie und fing an zu tippen: »Die Bundesregierung hat am Dienstag erneut beteuert, dass sie auch anderthalb Wochen nach dem Bombenanschlag auf das Bundesfinanzministerium noch immer ›keine eindeutigen Erkenntnisse‹ über die Hintergründe der Tat hat. Regierungssprecher Leo Dieckmann nannte die *dnd*-Meldung, dass eine rechtsextremistische Gruppe mit dem Namen *Neue Deutsche Arbeiteraktion* dahinter steckt, ›reine Spekulation‹. Er äußerte sich allerdings nicht zu *dnd*-Informationen, wonach die Gruppe bereits neue Anschläge angekündigt hat. Die Sicherheitsvorkehrungen im Berliner Regierungsviertel wurden am Morgen noch einmal sichtbar verstärkt …«

Ihr Telefon klingelte. Abwesend griff sie nach dem Hörer. »Winckel, *dnd.*«

»Übereck, Kanzleramt.«

Pia schluckte. »Wie bitte?«

»Wir haben uns gestern Abend kurz kennen gelernt, Sie erinnern sich?«

»Ja natürlich … ähm … Was kann ich für Sie tun?«

»Sie befinden sich im Besitz einer Vorlage des Bundessicherheitsrates, und ich finde, bevor Sie davon Gebrauch machen, sollten Sie noch ein paar zusätzliche Informationen erhalten.«

»Oh, wie nett! Wie komme ich zu der Ehre?«, konterte Pia und blinzelte überrascht.

Woher wusste er das, und worum war es in dem Papier gegangen? Es fiel ihr schwer, sich wieder an die Einzelheiten zu erinnern, zu viel war inzwischen passiert. »Ich hatte da in der Tat noch ein paar Fragen …«, murmelte sie.

»Schießen Sie los.«

»Erst Sie. Was wollten Sie mir mitteilen?«

Übereck räusperte sich. »Also schön, wie Sie wollen … Ich denke, Sie sollten wissen, dass Israel dieses Waffensystem nicht erhalten wird.«

Ah ja. Waffen. Natürlich. »Und warum nicht?«, hakte sie nach.

»Viele Gründe. Einer davon, der Wichtigste, ist, dass die *Katzenaugen* Schrott sind.«
»Schrott?«
»Ja. Die Elektronik taugt nichts. Ich gebe zu, es gibt derzeit zwei Gruppen in der Bundesregierung, die einen, die das Geschäft machen wollen, und diejenigen, die es auf jeden Fall verhindern wollen.«
»Und Sie gehören zu letzterer Gruppe …«
»Nun, wir dürfen es uns mit Israel nicht verscherzen. Und man verkauft keinen Müll – meine Meinung. Das Problem ist, dass bei den *Katzenaugen* von Anfang an der Wurm drin war. Statt feindliche Kampfjets in möglichst großer Entfernung abzuschießen, treffen die Raketen vorzugsweise unsere eigenen Maschinen. Vor über zwanzig Jahren haben wir mehrere Jets im Manöver verloren … Das ist übrigens geheim geblieben, bis heute …«
Pia pfiff überrascht.
Olaf Übereck ließ sich nicht beirren. »Die Nato hat den Fehler natürlich schnell erkannt, auch schon an den ersten ausgelieferten Exemplaren, und die Elektronik sollte ausgetauscht werden. Aber daraus ist leider nie etwas geworden. Das Geld fehlte.« Dass seinerzeit sehr wohl ein geringer Betrag bewilligt worden war, der aber – weil es doch nicht für alle Panzer gereicht hätte – im Reptilienfonds des Verteidigungsministers für die Bewirtung fremder Amtskollegen gelandet war, gehörte zu den am besten gehüteten Geheimnissen der Regierung. Nur wussten sehr wenige davon – und da diese Praxis auch unter neuen Mehrheiten nie geändert wor-

den war, wurde das Thema aus jedem parteipolitischen Machtspiel herausgehalten.

»Aber wenn Sie es so schnell gemerkt haben ... wieso hat die Bundeswehr dann so viele angeschafft ...«

»Ach Gott, ja. Abbestellen hätte noch mehr Geld gekostet. Wir mussten die Dinger kaufen und so tun als ob. Das ist alles nicht so einfach ... Die Industrie hatte ... und hat ... die Bundeswehr und das Verteidigungsministerium fest im Griff. Es gab damals keine Alternative. Entweder kaufen, oder den vollen Preis und zusätzlich noch eine Strafe zahlen und nicht mal die Ware kriegen. Also hat man der Truppe zweihundert *Katzenaugen* gegeben und dafür gesorgt, dass niemand die Dinger je für das benutzte, wofür sie gebaut waren.«

»Was?« Pia kam aus dem Staunen nicht mehr heraus.

»Ja, ja, die haben darin Feldpost verteilt oder Kaffee gekocht. Alles Mögliche. Wussten Sie, dass die Luftwaffe nur aufgestiegen ist, wenn das Heer schriftlich versichert hat, dass die *Katzenaugen* in atomsicheren Bunkern standen?«

Pia kicherte. »Wieso denn? Und was will Israel jetzt damit?«

»Gute Frage. Vielleicht hat ihr hochgepriesener Sicherheitsdienst davon noch nichts mitbekommen. Obwohl ... eigentlich wäre das seltsam. Der KGB und die Stasi, die haben das schließlich auch gewusst. Aber tun Sie mir einen Gefallen?«

»Ja?«

»Behalten Sie das bitte noch ein wenig für sich, ja?«

Pia stöhnte. Nicht schon wieder! »Wie lange?«

»Nur ein paar Tage. Bitte.«
Pia wusste, dass sie keine Wahl hatte. Übereck war ein mächtiger Mann, der ihr das Leben verdammt schwer machen konnte. Andererseits würde er ihr vielleicht weiterhelfen, wenn sie sich jetzt als vertrauenswürdig erwies …
»Also schön.« Das Zugeständnis tat ihr auch aus einem anderen Grund nicht weh, denn sie musste zuerst an den bombenden Nazis weiterarbeiten. Max Tisch hatte ihr schon wieder fünf neue Reaktionen auf die Tastatur gelegt.

Die nächsten Stunden brachte sie damit zu, die Faxe zu verarbeiten, David Steen hinterherzutelefonieren und sich ein windelweiches Dementi des Geheimdienstes abzuholen.
Erst am späten Nachmittag fand sie fünf Minuten Zeit, um Luft zu holen. Sie lehnte sich zurück, betrachtete zufrieden und erschöpft den Berg Meldungen, den sie produziert hatte, und lauschte den Nachrichten, für die sie den Aufmacher geliefert hatte. Plötzlich vernahm sie eine gedämpfte Melodie aus ihrer Handtasche, bückte sich, kramte ihr Handy heraus und drückte auf den grünen Telefonhörer. »Ja?«
»Pia!«
»Mama!«
Das Gesicht der Reporterin wurde weich. Sie liebte ihre Mutter, auch wenn sie in letzter Zeit selten miteinander gesprochen hatten. »Habe ich was vergessen? Geburtstag? Ist was mit Papa?«

»Ach nein! Nein, das ist es nicht! Ich wollte nur mal wieder deine Stimme hören ... Geht es dir gut?«
»Ja, Mama, es geht mir gut! Ich habe nur gerade so viel zu tun ...«
»Sicher.«
»Mama? Ist was?«
»Nein. Nichts.«
»Ich kenn dich doch! Nun sag schon! Was ist?«
»Nein, nein, Kind, es ist nichts! Wirklich nicht. Ich wollte wirklich nur mal hören, wie es dir geht. Ich vermisse dich manchmal so ...«
»Ich weiß«, antwortete Pia sanft, »und ich will mich auch bessern. Versprochen. Was hältst du davon, wenn ich am Wochenende mal vorbeikomme!«
»Das würdest du tun?«
Es schwang so viel Erleichterung und Freude in der Stimme ihrer Mutter mit, dass Pia die Augen verdrehte.
»Ja, natürlich würde ich das tun! Ich freue mich auf euch! Und es tut mir Leid, dass ich mich so selten gemeldet habe ... Aber jetzt sag endlich, irgendetwas stimmt doch nicht mit dir! Du rufst doch nicht einfach so mitten in der Woche an, nur um meine Stimme zu hören!«
Die Mutter zögerte, bevor sie mit der Sprache rausrückte. »Sag mal, darf ich dich was fragen?«
»Ja, natürlich. Schieß los!«
»Sind wir dir gute Eltern gewesen? Dein Papa und ich?«
»Wie bitte?« Pia zuckte entschuldigend mit den Schultern, als sich Max Tisch mit fragendem Blick ihrem Platz

näherte und einen neuen Berg Papier vor ihr ablegte. Zwei Sekunden, gestikulierte sie, sie konnte jetzt nicht auflegen. Sie war das über alles geliebte, einzige Kind von Annemarie und Klaus Winckel. Sie musste sich um sie kümmern. Es war zwar manchmal eine Last, und doch hätte sie ihr letztes Hemd für die beiden Alten gegeben, deren Leben sich nun, da sie aus dem Haus war, vor allem um den Garten, die Nachbarn und den täglichen Einkauf drehte.

Annemarie Winckel hatte ihre Tochter erst spät bekommen. Und als sie das Baby endlich in den Armen hielt, hatte sie es umhätschelt und umsorgt, hatte freudig ihre Arbeit aufgegeben und all ihre Zeit der Erziehung gewidmet. Auf ihre eigene Art war sie streng gewesen und doch auch gerecht. Vor allem aber hatte sie Pia jeden Wunsch von den Augen abgelesen, denn ihr Wahlspruch lautete: »Verwöhnen ja, verziehen nein.«

Ihr Mann Klaus hatte sich aus alledem herausgehalten. Er war der freundliche, gute Geist im Haus gewesen, der jedem Streit aus dem Weg gegangen war und immer geschlichtet hatte, wenn sich seine beiden Frauen doch einmal – was höchst selten vorkam – in die Haare gerieten. Er war es auch, der jeden Morgen alle Zeitungen kaufte, derer er habhaft wurde, und die Artikel seiner Tochter ausschnitt und in ein Album klebte. »Ich bin so stolz auf dich, mein Kind«, sagte er stets, wenn er ihr wieder einen Band überreichte. »Das hast du gut gemacht.

Es gab also für Pia überhaupt keinen Zweifel daran,

dass sie die besten aller Eltern erwischt hatte. Die Frage der Mutter, die darin liegende Unsicherheit, konnte sie nicht begreifen.

»Wie kommst du nur darauf? Ihr seid die besten Eltern der Welt!«

»Wirklich? Ganz gleich, was passiert?«

Pia schüttelte fassungslos den Kopf. Am liebsten wäre sie sofort losgefahren, hätte Mama umarmt und getröstet, ihr versichert, dass alles in Ordnung war und dass sie getrost ihr Leben genießen sollte. »Was soll denn passieren?«

Die Mutter schwieg.

»Mama! Was ist denn los? Was soll denn passieren?«, beharrte Pia.

»Nichts mein Kind. Nichts. Wenn du nur nie vergisst, dass wir dich lieben und immer geliebt haben …«

Plötzlich übernahm der Vater den Hörer. Ruhig und bedacht wie immer begrüßte er sie. »Hallo, mein liebes Kind. Ich hoffe, es geht dir gut.«

»Hi, Paps. Ja, es geht mir gut. Was ist denn mit Mama los?«

»Ach, lass mal, das wird schon wieder. Ich bin bei ihr. Mach dir keine Sorgen, ja?«

»Ja«, atmete Pia erleichtert auf. »Ich komme am Wochenende. Einverstanden?«

»Natürlich! Gerne. Wir freuen uns. Aber nur, wenn du es schaffst. Mach dir keine Gedanken.«

»Ja, ähm, nein, danke.«

»Ist schon gut, mein Kind. Viel Spaß und arbeite schön.«

Nachdenklich legte Pia auf. Sie atmete tief durch, doch die traurige Stimme ihrer Mutter ließ sie nicht los. Was war geschehen? Und was würde noch passieren? So hatte sie nie mit ihr gesprochen ... Beunruhigt fuhr sich Pia mit den Fingern durchs Haar.

# 10

Am meisten vermisste sie ihre Bürste. Das war vollkommen verrückt, und sie wusste es. In ihrer Lage hatte man andere Sorgen als eine dämliche Bürste. Und doch war es so. Wenn sie kamen und es wieder losging, wenn sie fragten und fragten, dann juckte ihre Kopfhaut heftig und ihre Gedanken kreisten um die Vorstellung, dass sie schmutzig und ungepflegt war. Wenn sie doch nur noch einmal mit den biegsamen Borsten durch ihre Haare fahren könnte …

Wann hatte sie dies das letzte Mal getan? Es schien eine Ewigkeit her zu sein. Dabei waren gewiss erst ein paar Tage vergangen. Zwei, drei oder vier? Es ärgerte sie, dass sie nicht einmal das wusste. Missmutig sah sie sich in dem kargen Raum um, in den man sie gesteckt hatte. Ein Schrank, ein Bett, ein Tisch aus Spanplatten, ein kleiner Spiegel, ein kleines weißes Waschbecken mit einem hässlichen braunen Sprung in der Mitte, ein schmutziger hellblauer Vorhang an dem schmalen Fenster.

Wieso klemmte dieser blöde Rollladen? Sie hatte es gleich als Erstes versucht, doch ganz egal, wie sehr sie auch an dem breiten Band zog, es wollte ihr nicht gelingen, die Jalousie hochzuziehen und Licht in den Raum zu lassen. Also war es dunkel, sobald sie die hässliche Deckenlampe löschte. Es gab keinen Tag mehr und keine Nacht, und nur noch der Rhythmus der Mahlzeiten und der Befragungen gab ihrem Leben Struktur.

Sie stemmte sich mit den Ellbogen hoch und blinzelte, sie war aus einem unruhigen, quälenden Traum erwacht. War es schon Morgen? Konnte sie getrost aufstehen, sich ein wenig Wasser ins Gesicht spritzen, sich umziehen und auf ein Frühstück hoffen?

Oder war es noch mitten in der Nacht? Würde es noch Stunden dauern, bis sie kämen, dieser Mann mit dem zerknitterten Gesicht und die kühle, blonde Frau, deren Blick so voller Hass und Verachtung war? Würden sie wieder diesen anderen Mann mitbringen, der schwieg und düstere, bedeutungsschwangere Blicke tauschte mit demjenigen, der die Fragen stellte? Oder könnte sie noch ein wenig ausruhen?

Sie lauschte, doch sie konnte nichts hören. Keine Stimmen, keine Schritte, keine Vögel. Andererseits … Hatte sie, seit sie das erste Mal hier aufgewacht war, jemals mehr gehört? War es hier nicht immer ruhig? Draußen musste ein sehr weicher Teppichboden liegen, überlegte sie, und bestimmt waren sie hier nicht mehr in der Stadt.

Sophie seufzte, löschte das Licht, schloss die Augen und versuchte, wieder einzuschlafen. Im ersten Moment war sie erleichtert, denn die Dunkelheit erlöste sie von der Trostlosigkeit, die sie umgab, doch schon in der nächsten Minute wuchs die Düsternis zu einer bedrohlichen schwarzen Fratze, und sie glaubte zu ersticken.

Sie japste nach Luft, suchte mit zitternden Händen den Lichtschalter, knipste die Lampe wieder an und atmete auf. So war es besser.

Langsam erhob sie sich, ging mit schleppenden Schritten hinüber zum Waschbecken und betrachtete sich im Spiegel. Sie erschrak. Ihre Wangen waren eingefallen, ihre Haut grau, die Haare hingen in dicken, unordentlichen Strähnen herab. Hastig fuhr sie mit den Fingern hindurch. Der abgebrochene Nagel ihres Zeigefingers blieb an einem Knoten hängen den sie mühsam löste. Ihr Blick fiel auf die grässliche Bürste mit den Drahtborsten, die sie ihr gegeben hatten. Die würde sie nie wieder benützen. Sie versuchte, ihre Haare mit den Fingern zu entwirren, was sie eine Weile beschäftigte. Doch bald ließ sie die Arme erschöpft wieder sinken.

Wenn es hier doch nur etwas gäbe, eine Kleinigkeit, die ihr gehörte, dann wäre das alles leichter zu ertragen. Sie betrachtete das trostlose Zimmer. Nicht einmal die Unterwäsche war ihre eigene. Die Frau hatte ihr eine billige Plastiktüte gereicht, in der ein paar Schlüpfer, ein Stück Seife, zwei Handtücher, die Bürste mit den harten Metallborsten, eine Hose und ein Pullover gewesen waren. Weiß der Himmel, von wem die Sachen stammten. Wie lange würde das noch so gehen? Und dann, was käme dann? Ein richtiges Gefängnis, Handschellen, Aufseher, Zellen? Gab es eigentlich noch gestreifte Kleidung?

»Wenn Sie uns helfen, wenn Sie uns alles sagen, was Sie wissen, dann können wir etwas für Sie tun. Wir könnten sogar dafür sorgen, dass Sie ein neues Leben anfangen können«, hatte der Mann mit dem zerknitterten Gesicht beim letzten Mal gesagt. Beim ersten Mal hatte er sich sogar vorgestellt. Friedrich Putzer, hatte er gebrummelt und ihr die Hand gereicht.

»Und was soll das für ein neues Leben sein?«, hatte sie verbittert gefragt. Und dann, trotzig: »Ich habe Ihnen nichts zu sagen.« Manchmal wusste sie selbst nicht, woher sie die Kraft nahm. Es war mehr eine Ahnung, dass es so besser war und dass sie diesen Putzer nur dazu bringen könnte, von ihr abzulassen, wenn sie schwieg.

»Ich will wissen, wo ich bin. Lassen Sie mich hier raus! Ich möchte wetten, es ist verboten, dass Sie mich hier festhalten. Sie haben mich verschleppt! Das ist nie und nimmer erlaubt! Ich werde Sie verklagen!«

»Nun, dann wollen wir doch mal sehen, wer hier wen verklagt.« Es war die kalte Stimme der jungen Frau.

»Stimmt. Sie sind ziemlich unverschämt!«, fiel Putzer ein und begann, auf und ab zu laufen, als sei er in einem Käfig. »Wir können immerhin beweisen, dass Sie geheimes Material an eine Journalistin weitergegeben haben, an Frau Pia Winckel.«

»Das hat sie gesagt? Das glaube ich nicht!«

»Wer hier was gesagt hat, tut nichts zur Sache. Wir haben unsere Methoden … Sie haben ferner Umgang mit einem weiteren Journalisten, der ebenfalls im Besitz von Geheimmaterial ist. Und wir wissen, dass ein Teil der Dokumente, die Sie in Ihrem Büro verbotenerweise ausgedruckt haben, in den Besitz einer fremden Macht gelangt ist.«

»In den Besitz einer was? Einer fremden Macht?«

Sophie kniff die Augen zusammen und starrte den Mann mit offenem Mund an. Felix, er meinte Felix! Sie hatten ihn! Sophie jubelte innerlich.
»Nun tun Sie doch nicht so scheinheilig! Ich warne Sie, Frau Mahler, Sie stecken tief mit drin.«
»Nicht so tief wie andere«, zwitscherte sie und konnte ihren Triumph nicht verbergen.
»Das ist interessant.« Putzer setzte sich und holte seinen Block heraus. »Wer sitzt Ihrer Meinung nach tiefer drin?«
»Das ist doch Ihr Job, oder? Finden Sie es heraus!«
Putzer fixierte sie. Doch sie wich seinen Blicken nicht aus.
»Was spielen Sie hier für ein Spiel?«
»Ich sage es doch. Finden Sie es heraus!«
Das war ihr vorerst letztes Gespräch gewesen. Sophies Zuversicht war lange verflogen. Denn seit er gegangen war, war sie in endlosen Grübeleien versunken. Und spät, viel zu spät, war ihr klar geworden, dass sie im ersten Überschwang eine Kleinigkeit übersehen hatte. Felix arbeitete für eine fremde Macht, hatte dieser Putzer behauptet. Dann war er also immer noch im Geschäft! Was bedeutete das für sie? Hatte sie sich damit erneut schuldig gemacht?
Natürlich hatte sie das.
Außerdem: Woher wusste dieser Putzer, was sie auf ihrem Computer im Büro ausgedruckt hatte? Wann und wie waren sie ihr auf die Schliche gekommen? Und was war eigentlich mit Leo? Warum holte er sie nicht hier raus? Warum half ihr niemand? Wie konnte es eigentlich

sein, dass jemand wie sie in diesem Land ohne Anwalt, ohne Anschuldigung, unter Missachtung jeder juristischen Regel tagelang eingesperrt war, und dies ganz offensichtlich von Leuten, die … Es war der Geheimdienst. Sophie rieb sich die Oberarme und merkte, dass sie fror. Sie war in die Fänge des mächtigen Geheimdienstes geraten. Man hatte sie durchschaut und wusste, was sie vor vielen Jahren getan hatte. Wie hieß das damals in den Zeitungen? Angela war eine Agentin aus Liebe gewesen, und genauso würden die Schlagzeilen bei ihr aussehen: Sophie Mahler, Agentin aus Liebe. Dabei liebte sie ihn doch gar nicht mehr! Nicht Felix!

Sophie sprang auf, streifte sich die Hose und den Pullover über, die sie ihr gebracht hatten, und hockte sich auf die Bettkante. Sie zitterte und eine Träne rann über ihre Wange. Unwillig fuhr sie mit dem Handrücken über ihr Gesicht und streckte ihren Rücken. Sie würde kämpfen. Sie hatte nichts mehr zu verlieren.

Es musste etwa eine Stunde vergangen sein, als sie gedämpfte Schritte vernahm. Der Schlüssel drehte sich im Schloss, und sie dachte, wie schnell sie sich an all die Geräusche ihres Gefängnisses gewöhnt hatte – an das Klappen der Türen, das Näherkommen ihrer Wärter, es war fast so, als sei sie schon Ewigkeiten eingesperrt. Entschlossen schaute sie auf, und als sie den schlohweißen Haarschopf erblickte, erstarrte sie.

Olaf Übereck bückte sich, um nicht am Türrahmen anzustoßen. »Guten Morgen«, sagte er und sah sie mit durchdringendem Blick an. »Geht es Ihnen gut? Werden Sie ordentlich behandelt?« Sein Gesicht sah grau und müde aus, das fiel ihr sofort auf. Mit einem Seufzer steckte er seine kalte Pfeife in die Jackentasche und blickte sich in dem kahlen Zimmerchen um. »Hübsch hässlich!«

Sophie wurde schwindelig. Er war zur ihr gekommen! Er hatte sie nicht vergessen! Jetzt würde alles gut ... Ihm würde sie alles erzählen, und er würde ihr helfen.

Aber um Himmels willen, wie sah sie aus! So durfte er sie nicht sehen! Hastig fuhr sie sich durch die Haare. Doch sofort wurde ihr klar, dass ohnehin nichts mehr zu retten war. Es war zu spät. Sie war ungeschminkt, ihre Haut war fahl, und die Falten waren deutlich zu erkennen ...

Wieso platzte er einfach so hier herein? Steckte er am Ende sogar selbst hinter ihrer Entführung? Hatte er von Anfang an gewusst, was mit ihr geschah? Vorsichtig sah sie zu ihm auf, und Hoffnung und Misstrauen spiegelten sich in ihren Augen.

Er aber nahm keine Notiz von ihr. Scheinbar unbeteiligt prüfte er die Matratze, rüttelte am Fenster, sah in den Spiegel und fuhr sich mit der mächtigen Pranke übers Kinn.

Fassungslos betrachtete sie ihn, und als er auch noch Minuten später keinerlei Anstalten machte, mit ihr zu sprechen, brach sie zusammen. All die Selbstbeherrschung, die sie eben noch gehabt hatte, war in Sekundenschnelle verbraucht. Wenn nicht einmal er ihr half, dann gab es keine Rettung mehr.

Hilflos sackte sie auf ihrem Bett zusammen. Tränen quollen aus ihren Augen, sie fing lautlos an zu weinen, wischte mit dem Handrücken über ihr Gesicht und wagte nicht, zu Olaf Übereck aufzusehen. Dabei spürte sie mit allen Fasern ihres Körpers, dass ihm die Szene furchtbar peinlich war.
Der Gedanke löste eine neue Tränenflut aus. Sophie wollte sich zusammenreißen, doch so sehr sie sich auch bemühte, es gelang ihr nicht. Er hatte sie völlig zermürbt. Alle Angst, aller Kummer, aller Hass, die sie jahrelang mit sich herumgeschleppt hatte, brachen aus ihr heraus. Ihm war gelungen, was seit Felix keinem Mann mehr geglückt war: Sie ließ sich gehen.
Sie wollte es nicht, nicht vor ihm, doch sie war mit ihren Kräften am Ende. Und so gab sie sich ihrer Verzweiflung hin und es war ihr auf einmal egal, was er von ihr hielt. Sollte er doch denken, dass sie eine hysterische Kuh war, eine skrupellose Verbrecherin, eine Verräterin, eine Spionin. Sie konnte es nicht ändern. Ihr Leben war verpfuscht. Der erste Mann, den sie geliebt hatte, hatte sie betrogen, und nun, da ihre Rache sie endlich hätte befreien können von dem Albtraum und sie drauf und dran gewesen war, ihr Herz erneut zu verlieren, da ging alles schief.
Ein neuer Weinkrampf schüttelte sie, und so entging ihr, wie weich Olafs Züge waren und wie sehr er ganz offensichtlich mit sich kämpfte. Natürlich war ihm klar, dass er noch nicht nachgeben durfte. Es wäre töricht, sich zu ihr zu setzen, sie in den Arm zu nehmen, sie hin und her zu wiegen wie ein Kind. Und doch hätte er

genau das am liebsten getan. »Erklär es mir bitte, dann können wir es schaffen«, rief er ihr im Stillen zu. Doch er schwieg.

Sein Herz quoll über, aber er sagte nichts.

Nach einer Weile fasste er einen Entschluss, denn so konnte es nicht weitergehen. Er riss sich von ihrem Anblick los, klopfte an die Tür, bückte sich, als sie von außen geöffnet wurde, und verließ das Zimmer, polterte die Treppe der alten Pankower Villa hinunter und nahm angewidert den fauligen Geruch wahr, das Knarren der alten Dielen und die Tapeten, die an einigen Stellen von der Wand hingen. Wie konnten sie Sophie nur in so ein abscheuliches Loch stecken?

In dem ungepflegten kleinen Vorgarten angekommen, wies er den Fahrer an, den Wagen bereit zu halten. Sofort traten seine beiden Bewacher zu ihm. Er aber kümmerte sich nicht um sie und kramte stattdessen sein Handy aus der Hosentasche. Die Tastenfolge kannte er auswendig. »Übereck hier. Froben, seid ihr von allen guten Geistern verlassen?«

»Wieso? Was ist los?«

»Ich bin gerade bei Sophie Mahler.«

»Ja, und?«

»Wir hatten doch abgemacht, dass es ihr an nichts fehlen sollte!«

»Na, also nun mal halb lang. Das ist alter Stasi-Luxus. Die Dame soll nicht so pingelig sein!«

»Kein Wunder, dass sie nichts sagt. Die ist ja völlig fertig!«

»Unser Kollege ist da ganz anderer Meinung. Er denkt,

dass sie ein harter Brocken ist. Und glaube mir, der Mann hat Erfahrung. Der weiß, wovon er spricht.«

»Ach, Blödsinn, die ist am Ende. So geht das nicht. Wenn wir wirklich was erfahren wollen – und ich gehe doch davon aus, dass wir daran ein gewisses Interesse haben und dass es auch ziemlich schnell gehen muss –, dann sollten wir wohl ein bisschen anders rangehen. Also, ich nehme sie mit.«

»Wenn du meinst«, gab Macke seufzend nach, »das war von Anfang an dein Baby. Auf deine Verantwortung! Aber ich warne dich, es ist verdammt riskant.«

»Und es ist nicht riskant, jemanden ohne Beweise einzusperren?«

»Aber du kannst dich schon noch daran erinnern, dass wir die Dame zu ihrem eigenen Schutz eingefangen haben, oder? Sie wurde immerhin observiert, und das nicht nur von uns. Wir mussten damit rechnen, dass ihr etwas zustößt ... *bevor* wir erfahren hätten, was für ein Spiel sie spielt. Im Übrigen habe ich im Rahmen der neuen Sicherheitsgesetze ...«

»Die wir schon reichlich strapaziert haben ...«, unterbrach Olaf ihn.

»Du. Du hast die Gesetze strapaziert. Mit deiner Computerwanze habe ich nichts zu tun, das war so abgemacht. Außerdem können wir bei ernsten Hinweisen sehr wohl Verdächtige für eine kleine Weile aus dem Verkehr ziehen ... Immerhin sitzt die saubere Dame nicht in einem Gefängnis.«

»Ich nehme sie jedenfalls mit.« Olaf beendete das Gespräch grußlos und stieg langsam wieder die Treppe hinauf. Oben angekommen, schob er den jungen Mann beiseite, der vor ihrer Tür Wache hielt.

Sophie lag auf dem Bett und schluchzte noch immer jämmerlich. Sie nahm nicht einmal wahr, dass er den Raum wieder betreten hatte.

»Los, stehen Sie auf!«, befahl er ihr mürrisch. »Müssen Sie irgendetwas von hier mitnehmen?«

Sophie zuckte zusammen. Langsam hob sie ihren Kopf und blickte ihn aus verquollenen Augen an. Tränen rannen über ihr Gesicht, und aus ihrem Mund drangen Geräusche, die wie ein Nein klangen.

»Umso besser. Dann kommen Sie.« Er beugte sich zu ihr hinab, ergriff rau ihren Ellbogen, zog sie hoch und schob sie aus dem Zimmer.

Langsam versiegten ihre Tränen. Sie tat, was er verlangte. Frierend schlang sie ihre Arme um den zitternden Oberkörper und setzte vorsichtig einen Fuß vor den anderen. Als sie endlich unten anlangte, war sie viel zu erschöpft, um sich über die schwere Limousine zu wundern, die mit geöffnetem Schlag am Bürgersteig stand.

»Los, setzen Sie sich nach hinten«, wies er sie an, ließ die Fondtür zufallen, umrundete im Laufschritt den dunkelblauen Wagen und setzte sich neben sie. In dem Moment sprang ein junger, kahl rasierter Mann auf den Vordersitz, während sich ein weiterer junger Kerl mit ausgebeultem Jackett und Knopf im Ohr neben Sophie zwängte, ohne sie auch nur eines Blickes zu würdigen. Olaf brummte: »Zu mir.« Sofort setzte sich der Wagen in Bewegung. Verängstigt schniefte Sophie vor sich hin und sehnte sich nach einem Taschentuch.

»Hier, nehmen Sie das«, sagte Olaf, als habe er ihre Gedanken gelesen. Er hielt ihr ein makellos gebügeltes weißes Taschentuch mit blauen Streifen am Rand vor die Nase. Die Anwesenheit der drei Männer schien ihn nicht zu stören.

Ihr war es auch egal. Sie schnäuzte sich und erst, als das Tuch beschmutzt war, bemerkte sie, was sie angerichtet hatte. »Oh, das tut mir Leid. Ich werde es waschen, und bügeln und Ihnen zurückgeben ... Darf ich eigentlich wieder nach Hause? Warum ...?«

»Später«, gab Olaf kühl zurück und sah stur geradeaus. »Später können Sie wieder nach Hause, wenn Sie wollen. Aber zuerst werden Sie mir ein paar Fragen beantworten.«

»Natürlich.« Sophie nickte und biss sich auf die Lippe. Er war doch kein Prinz. Er war Olaf Übereck, Kanzleramtschef. Er hatte die Macht. Eigentlich war es ein Wunder, dass er sich überhaupt mit ihr abgab. Bestimmt tat er das nur seinem Freund Leo Dieckmann zuliebe. Er befahl, und sie würde folgen. Er hatte ein paar Fragen, und sie würde antworten, so einfach war das. Sie musterte ihn schüchtern von der Seite.

Langsam kehrten ihre Lebensgeister zurück. Es hatte überraschend gut getan, sich auszuweinen. Sie war erschöpft, und es war ihr jetzt auch ein wenig unangenehm, aber genauso unbestreitbar war, dass es ihr besser ging.

Olaf strafte sie mit Missachtung. Er zog seine Pfeife aus der Tasche, saugte daran, lehnte sich an die getönte Scheibe und sah hinaus. Zaghaft betrachtete sie ihn. Er kam ihr noch blasser vor als vorhin. »Danke, dass Sie mich da rausgeholt haben«, murmelte sie leise.

Olaf nickte nur. Das Schweigen wurde drückend.

Er verachtete sie, schoss es ihr durch den Kopf. Er hasste sie und wusste alles. Er wollte ihr nichts Gutes tun. Er würde sie davonjagen, sobald er alles wüsste. Es war ihm peinlich, dass sie ihm so nahe war. Verstohlen rückte sie so weit von ihm weg wie möglich, schlug die Beine übereinander, hielt sein Taschentuch fest und schwieg. Immerhin hatte er gesagt, sie dürfe bald wieder nach Hause …

Sie glitten in immer dichter werdendem Verkehr über breite Straßen, hielten an unzähligen roten Ampeln, kamen durch finstere Stadtbezirke, in denen Sophie noch nie gewesen war, und es fiel ihr auf, dass die meisten Geschäfte geschlossen waren. Nach gut einer halben Stunde erreichten sie eine Gegend, in der die Bürgersteige von gewaltigen Bäumen gesäumt waren und beeindruckende Villen hinter hohen Eisengittern aufragten.

Das könnte Dahlem sein, schätzte sie, oder Wannsee. Sie erhaschte einen Blick auf ein Straßenschild, konnte die Buchstaben aber nicht entziffern. Der Wagen bog noch einmal um eine Ecke, rollte langsam aus und kam kurz darauf zum Stehen. Olaf bedankte sich bei dem Fahrer, wies ihn an, auf ihn zu warten, öffnete die Tür und wartete, bis Sophie ebenfalls ausgestiegen war. Dann führte er sie durch einen kleinen Vorgarten ein paar Stufen hinauf zu einer von Efeu umrankten Backsteinvilla, schloss auf und ging voraus in ein helles Treppenhaus. Die

Treppe war mit flauschigen, in der Mitte ausgetretenen Teppichen belegt. Am Rand standen Topfpflanzen jeder Art und Größe. Im ersten Stock machte Olaf vor einer weiß lackierten Wohnungstür Halt, schloss auf und trat in eine dunkle, lang gestreckte Diele. »Kommen Sie herein. Bitte«, sagte er und knipste die Deckenbeleuchtung an, die aus vielen in die Decke eingelassenen, kleinen Halogenleuchten bestand. Schüchtern trat Sophie näher.

»Möchten Sie sich zuerst frisch machen?«

Dankbar seufzte Sophie. »Wäre das wohl möglich? Ich habe seit Tagen nicht mehr …«

»Kein Problem«, gab Olaf zurück und wies auf einen Raum am Ende des Flurs. »Von mir aus nehmen Sie ein Bad. Sie können auch duschen. In dem Schrank liegen Handtücher. Wenn Sie möchten, ziehen Sie den Bademantel an, der hinter der Tür hängt. Ich koche inzwischen einen Kaffee. Sie trinken doch Kaffee, oder?« Sophie nickte und betrat ein riesiges, weiß gekacheltes Badezimmer. Eine runde, strahlend weiße Wanne thronte auf einer Empore in der Mitte des Raumes, große, moderne Waschbecken nahmen die eine Wand ein, eine Toilette, ein Bidet und eine Dusche die andere. Auf schmalen Heizungsstangen hingen Handtücher, ein alter, verschnörkelter, ebenfalls weiß lackierter Schrank stand zwischen zwei Fenstern, und auf einer Ablage lagen Bürste, Kamm und Rasierzeug. Instinktiv suchte sie nach Spuren von Lippenstift oder Parfüm. Doch nichts deutete darauf hin, dass hier eine Frau lebte. Sophie atmete auf. Wenigstens würde es

keine bösen Überraschungen geben, solange sie in der Wanne lag.
Sie zog die schäbige Hose und den Pullover aus und widerstand nur schwer der Versuchung, sich ein heißes Bad einlaufen zu lassen. Doch sie spürte, dass dies nach allem, was vorgefallen war, Übereck Gastfreundschaft zu sehr strapazieren würde. Mit einem sehnsüchtigen Blick auf die Wanne stieg sie in die Duschkabine, zog die gläserne Tür zu und drehte an den Wasserhähnen. Schon bald prasselte kraftvoll das Wasser auf ihren müden Körper.
Als sie sich zwanzig Minuten später in Olafs weißen Frotteebademantel wickelte, fühlte sie sich wie neu geboren. Sie zog die Schultern hoch und streckte ihre Nase so tief in den Mantel, dass sie ihn riechen konnte. Ein paar Sekunden lang schloss sie die Lider und sog den kraftvollen Duft ein, den sie stets wahrgenommen hatte, wenn Übereck in ihr Büro getreten war. Was war das nur? Sie ließ ihren Blick über die wenigen Flaschen schweifen, die am Rand der Badewanne standen. Ein schwarzer Flakon fiel ihr sofort ins Auge. Sie griff danach und wollte eben den Deckel aufschrauben, als es draußen klopfte. »Ist alles in Ordnung?«
»Ja, danke«, erwiderte sie hastig, stellte die Flasche wieder zurück und ging zur Tür.
Olaf lächelte, als er sie in dieser Aufmachung erblickte. »Ist das eigentlich Ihre Hose, die Sie da vorhin anhatten? Ich meine, sie stand Ihnen hervorragend, keine Frage, aber …«
»Nein, natürlich besitze ich keine solche Hose«, sagte

sie bitter. »Die hat man mir gegeben. Ist das eigentlich Anstaltskleidung? Oder woher hatten Ihre Freunde das?« Ihr Ton fiel weit schärfer aus, als ihr dies zustand, und sie erkannte ihren Fehler sofort. Olaf versteifte sich, und alle Jovialität war wie weggeblasen. Er betrachtete sie kühl von oben herab und gab mit leisem, drohenden Ton zurück: »Damit können Sie noch früh genug Bekanntschaft machen, wenn Ihnen danach ist. Hier, setzen wir uns in die Küche, wenn Ihnen das genehm ist.«

Auf einem schmalen Holztisch war ein Frühstück vorbereitet. In den Tassen dampfte frischer Kaffee, eine kleine Schale mit Graubrot stand neben zwei Marmeladengläsern und einer Packung Käse. Der Anblick trieb Sophie die Tränen in die Augen. Das hatte bislang noch kein Mann für sie getan. Nicht Felix und auch nicht einer seiner wenig liebevollen Nachfolger.

Vorsichtig ließ sie sich nieder, wagte nicht, sich eine Scheibe Brot zu nehmen, obwohl sie in diesem Moment merkte, wie hungrig sie war und dass man ihr noch nichts zu essen gebracht hatte. Wie spät war es eigentlich? Sie sah sich um. Am Herd leuchtete eine Uhr. Sie zeigte auf sieben Uhr dreißig. »So früh ist es noch?«, stieß sie erstaunt aus.

»Ja«, lächelte er. »Es ist Dienstag morgen, halb acht. Ich bin immer so früh auf. Und als ich hörte, dass Sie auch nicht mehr schliefen, habe ich mir erlaubt …«

»Aber … wer hat Ihnen … Ich meine, woher wussten Sie das?«

Olaf reichte ihr wortlos die Brotschale, wartete, bis sie

eine Scheibe genommen hatte, hielt ihr die Butter hin und dann die Marmelade. »Diese? Oder lieber die andere? Oder Käse? Mehr habe ich leider nicht …«

»Ich habe Sie etwas gefragt!«

»Und ich bin sicher, dass Sie ganz allein auf die Lösung kommen werden.«

Sophie überlegte. »Dann haben die mich also überwacht?«

»Könnte man so sagen, ja. Man wollte vermeiden, dass Sie sich etwas antun. So gesehen geschah es zu Ihrer eigenen Sicherheit.«

»Aber das ist doch … Ich war also nicht einmal beim Waschen allein?«

»Es haben nur unsere Damen zugesehen. Das hat man mir ausdrücklich versichert. Und die Überwachungskameras waren sozusagen im Preis enthalten … Was ich nicht wusste, war allerdings, dass das Haus noch in demselben Zustand ist, in dem wir es seinerzeit übernommen haben.«

»Von wem übernommen?«

Wieder blickte Olaf sie nur mitleidig an.

»Stasi?«

»Sie sind wirklich ein kluges Mädchen«, lobte er, trank einen Schluck Kaffee, lehnte sich zurück und forderte sie auf, zu frühstücken.

Unsicher schmierte sie Butter auf die Scheibe Brot, biss hinein und erkundigte sich mit vollem Mund: »Warum tun Sie das für mich?«

Olaf blickte zu Boden und rutschte unruhig auf seinem Stuhl hin und her. »Viele Gründe«, sagte er schließlich und räusperte sich, bevor er fortfuhr: »Vor allem muss ich wissen, was los ist. Bitte, schenken Sie mir reinen Wein ein. Um genau zu sein ... Dies ist eine sehr, sehr ernste Situation. Ich bitte Sie, zu verstehen. Ich wollte einerseits natürlich nicht, dass man so mit Ihnen umspringt, aber andererseits ...«

»Sie haben es also wirklich die ganze Zeit gewusst?«

Olaf zuckte verlegen mit den Schultern. »Nun ja ... Warum haben Sie Pia Winckel und Rainer Loos die Dokumente aus Leos Computer gegeben?«

Sophie blinzelte erschrocken. Er wusste es! Aber woher? Jetzt, da er es so unverblümt aussprach, packte sie die nackte Angst. Was kam wohl als Nächstes? Er hatte sie nur gerettet, weil er offenbar Informationen von ihr brauchte. Aber welche, wenn ihm das Wichtigste längst bekannt war?

Verstört blickte sie sich in der kleinen, gemütlichen Küche um. Ein weiß getünchtes, altmodisches Büfett war angefüllt mit Gläsern und Geschirr, ein wuchtiger englischer Herd nahm die gesamte schmale Seite des Raumes ein, und hinter ihr befand sich eine steinerne Spüle, die bestimmt aus dem vorigen Jahrhundert stammte.

Sophie zog den Gürtel des Morgenmantels fester um die Taille. Sie würde ihn nie wieder sehen, geschweige denn in seinem herrlichen Bad duschen, in seinem Morgenmantel frühstücken, in dieser hübschen Küche sitzen. Schade. Es verband sie nichts mit diesem Mann. Was sollte sie auch schon mit so einem verbinden, sie, die Sekretärin, die Spionin, das kleine, alternde, verlöschende Licht? Ein Stich fuhr ihr durchs Herz und sie wünschte, sie könnte die Zeit zurückdrehen. Zwei Wochen nur. Damals war sie noch nicht mit Rainer Loos ausgegangen, mit Leo Dieckmann war alles in Ordnung gewesen, ihr Rachefeldzug war nur ein Hirngespinst und Felix eine düstere Wolke gewesen, irreal und fern ... Aber jedes Mal, wenn Übereck in ihr Büro gekommen war, hatte sie mit ihm gescherzt und ihm Kaffee gekocht und ... Plötzlich kam auch eine andere Erinnerung zurück. Er hatte ihr zart über den Rücken gestreichelt, als es ihr letzte Woche so schlecht gegangen war ... Sie wusste auf einmal wieder ganz genau, wie es sich angefühlt hatte, und es war ihr, als berühre er sie erneut mit den klobigen Pranken, die so unerwartet zärtlich und sanft gewesen waren. Sie schlang ihre Arme um ihre Brust und hob verzagt den Blick. Wenn er nur ein bisschen von dem Mitleid bewahrt hatte ... Sie erschrak, denn erst in diesem Augenblick wurde ihr klar, dass Olaf sie die ganze Zeit mit harten, abwartenden Blicken beobachtet hatte. »Na?«

Sophie schluckte, und ihr Widerstand brach zusammen. Zaghaft begann sie zu sprechen. Leise erzählte sie von ihrem Vater, und falls Olaf sich wunderte, was das mit der Geschichte zu tun hatte, so ließ er sich nichts anmerken. Sophie gab alles preis, denn jetzt machte es keinen Unterschied mehr. Sie berichtete von Felix, davon, wie sie ihn kennen gelernt und wie einsam sie gewesen, wie sehr sie ihn geliebt hatte und wie dumm sie gewesen war. Sie sprach von ihrer Liebe wie von einer Krankheit, von der sie überzeugt war, dass sie erst geheilt werden könnte, wenn sie sich gerächt hatte. Ohne Umschweife schilderte sie ihr unverhofftes Wiedersehen und die Anziehungskraft, die Felix für kurze Zeit auf sie ausgeübt hatte. »Am Anfang wusste ich nicht, dass er es war. Wirklich nicht! Und er hat mich auch nicht erkannt, bis heute nicht. Er hat wohl zu viele gehabt ... oder ich bin zu alt geworden ... Ich weiß es nicht. Er ist ja auch nicht mehr so wie früher ... Aber trotzdem fühlte ich mich zu ihm hingezogen und ... ich dachte ... ich ... nun ja. Irgendwann habe ich es dann doch gemerkt, an dem Muttermal, an seinem Ellbogen.«

Dann erzählte sie von Angela, von der Enttäuschung, von ihrer jahrelangen Angst, entdeckt zu werden. »Außerdem habe ich ein Kind.«

Olaf blinzelte nicht einmal. Er weiß es, dachte sie erschüttert. Er prüft mich nur, will wissen, ob ich ihm auch wirklich alles sage ... »Es müsste in den Personalakten stehen«, fügte sie kalt hinzu. »Ich fehlte damals eine oder zwei Wochen, so genau weiß ich das nicht mehr. Ich musste es weggeben. Felix hätte sich sonst geweigert, je wieder mit mir zu sprechen. Sie finden bestimmt, dass es ziemlich gemein war, was ich getan habe. Und, ja, da haben Sie ganz Recht. Es war grausam. Ich hätte zu meinem Kind stehen müssen. Es war übrigens ein Mädchen. Ein wunderschönes, kleines, sanftes, zartes ...« Sophie hielt inne, denn sie befürchtete, die Fassung zu verlieren. Sie holte Luft und fuhr dann, voller Verachtung für sich selbst, fort: »Ich war süchtig. Süchtig nach Felix und seiner Liebe. Vielleicht war es auch nur Sex. Was weiß ich? Ich habe mir das nie verziehen. Bis heute nicht. Und da haben Sie auch schon die Antwort auf Ihre Frage. Als ich endlich wusste, mit wem ich es zu tun hatte, wollte ich ihn mit seinen eigenen Waffen schlagen. Er gab sich als Journalist aus? Dann sollte er auch als Journalist untergehen. Ich habe so lange für Zeitungen gearbeitet und bildete mir ein, ich wüsste, wie man Journalisten erledigt. Fehler vom Amt.«

»Und was genau hatten Sie sich gedacht?«, erkundigte sich Olaf.

»Na, das Übliche. Ich wollte seine Neugierde wecken. Ich wollte, dass er über das schreibt, was eigentlich geheim bleiben sollte. Ich wollte den Geheimdienst auf ihn hetzen. Ich dachte, die würden sich ihn dann genau ansehen …«

Olaf nickte. »Und woher wussten Sie, dass die *NDA* hinter dem Anschlag steckt?«

»Wie bitte?«

»Ich will wissen, was Sie mit der *NDA* zu tun haben? Der *Neuen Deutschen Arbeiteraktion.*«

»Ich? Nichts! Wieso?«

»Weil Sie einen Fehler gemacht haben!«

»Einen? Viele!«, grummelte Sophie reumütig und seufzte. »Aber ehrlich gesagt weiß ich im Moment nicht, welchen Fehler speziell Sie im Auge haben.«

»Nun tun Sie doch nicht so scheinheilig!«, fuhr er sie wütend an, sprang auf und sah auf sie hinab. »Sie haben Ihrem Felix alias Loos am selben Tag meinen Freund Leo Dieckmann auf dem Silbertablett serviert und ihm verraten, wer hinter dem Bombenanschlag steckt! Woher sollte er es sonst haben?«

Sophie schüttelte den Kopf und blickte ihn traurig an.

»Nein, das habe ich nicht«, beteuerte sie ruhig. »Ich gebe zu, dass ich bei unserer ersten Verabredung, als ich noch nicht wusste, wer Rainer Loos wirklich war ... ähm ... wer er ist ... Ich gebe also zu, dass ich da ein bisschen aus unserem Büroalltag geplaudert habe. Aber nicht mehr als sonst auch ... Hm, bitte, Sie müssen mir glauben, dass ich selbst ziemlich schockiert darüber war, was ich angerichtet habe. Aber als es in der Zeitung stand, war es zu spät ... Ich wollte es Leo Dieckmann ja sagen. Ehrlich. Aber ich traute mich nicht ... Und anfangs schien er ja auch ganz gut damit zurechtzukommen. Wie immer eben ...«

»Und was ist mit den Terroristen ...?«, unterbrach er sie rüde.

»Ich schwöre: Damit habe ich nichts zu tun.«

»Hm.« Olaf ging auf und ab und dachte nach. »Und warum Pia?«, erkundigte er sich schließlich. »Was hat Pia damit zu tun? Wieso haben Sie ausgerechnet Pia die Kopien gegeben?«

»Pia? Ach ja, Pia. Na ja, ganz einfach. Felix veröffentlichte anfangs nichts. Ich weiß nicht, was ihn davon abhielt, aber er brachte die Story nicht. Da dachte ich, ich müsste ein wenig nachhelfen ... Sie wissen schon. Ich kannte Pia und wusste, sie würde mir glauben. Und ich dachte, wenn die Agentur etwas bringt, das fast richtig ist, aber eben nur fast, dann wäre ihm die Schlagzeile noch mehr wert.«

»Dass Sie damit auch Pia in Gefahr gebracht haben, ist Ihnen bewusst?«

Sophie zuckte mit den Schultern. »Ach die! Wer sollte

ihr schon was tun? Sie ist doch Dieckmanns Freundin. Oder wussten Sie das etwa nicht?«

Olaf biss sich auf die Lippen, schüttelte den Kopf und setzte sich wieder vor sie hin. »Ja und? Was soll ihr das helfen? Und wenn sie die Freundin vom Mann im Mond wäre … Meinen Sie wirklich, ein Regierungssprecher übersteht es, dass seine Freundin allerlei Geheimnisse in die Welt posaunt, die außenpolitisch von allerhöchster Brisanz sind?«

Sophie fuhr sich erschöpft mit der Hand über die Augen. »Ja. Wahrscheinlich haben Sie Recht. Das hätte ich nicht tun dürfen … Wie geht es ihr?«

»Sie hat Sie gesucht.«

»Pia? Hat mich gesucht? Wirklich?« Vor Rührung rann ihr eine Träne über die Wange. Jemand hatte sie vermisst! Das war fast mehr, als sie im Moment ertragen konnte.

»Ja wirklich. Sie hat sogar die Polizei gezwungen, Ihre Wohnung aufzubrechen.«

»Oh.«

»Ja, und noch etwas. Wussten Sie eigentlich, dass sie beobachtet wurden?«

Sophie starrte ihn mit offenem Mund an. »Ich? Beobachtet? Von wem?«

»Ein paar sehr, sehr gefährliche und skrupellose Leute hatten vor, Ihnen einige ziemlich unangenehme Fragen zu stellen. Wir sind ihnen lediglich zuvorgekommen.«

»Dann sollte ich Ihnen also dankbar sein.«

»Ja, warum nicht?«

»Und wer …?«

»Der Mossad.«

»Der Mossad? Der israelische Geheimdienst? Hier?« Sophie starrte ihn ungläubig an. »In Deutschland? Hat mich beobachtet? Aber warum denn, um Himmels willen?«

»Warum nicht hier in Deutschland? In den USA, in Europa, auch hier in Deutschland, gibt es die großen Waffenschmieden, und hier wird über den Verkauf entschieden, nicht in Israel. In Europa machen arabische Scheichs Urlaub. Hierher ziehen sich palästinensische Terroristen zurück, wenn es ihnen im Nahen Osten zu heiß wird. Hier sprengen sie Synagogen in die Luft. Hier finden sie Komplizen bei den Nazis …«

»Und was hat das alles mit mir zu tun?«

»Denken Sie mal nach. Sie werden darauf kommen, da bin ich ganz sicher.« Er lehnte sich zurück und betrachtete sie spöttisch.

Sophie runzelte die Stirn. »Nur weil ich ein paar geheime Akten mitgenommen und zwei Journalisten gegeben habe? Meine Güte, das passiert doch nicht zum ersten Mal … Oh. Es ging ja um …«

»Es ging um Flugabwehrpanzer vom Typ *Katzenaugen*«, fiel ihr Olaf ins Wort.

»Was ist daran so schlimm? Außer, dass die Regierung es geheim halten will? Warum verkaufen wir die Panzer nicht einfach?«

»Wollen Sie die offizielle Version oder die Wahrheit?«

»Die Wahrheit, wenn's geht.«

Olaf atmete tief durch, bevor er antwortete: »Wenn die Israelis die *Katzenaugen* bekämen, dann wären sie für eine ziemlich lange Zeit unverwundbar. Auf jeden Fall im nächsten Krieg.«

»Wie bitte?«

»Sie haben mich schon verstanden. Israel könnte gefahrlos jeden verdammten Angriff der arabischen Luftwaffe abwehren. Jeden. Mit links«, antwortete er gereizt und schnippte mit den Fingern.

Sophie schüttelte den Kopf. »Verstehe ich nicht.«

»Das hat man gemerkt, sonst wären Sie vielleicht nicht so freigiebig gewesen. Aber eigentlich ist es ganz einfach.« Olaf runzelte die Stirn und begann ohne Übergang über Waffen, Reichweiten, Feuerkraft und ballistische Flugbahnen zu dozieren und Sophie verstand ihn erst wieder, als er ihr die verhängnisvolle Logik deutscher Rüstungsgeschäfte erklärte: »Schon mal was von der Ausgewogenheit des Grauens gehört? Nun, das geht so: Jedes Mal, wenn die Israelis etwas Neues von uns kriegen, bekommen die Araber auch ein paar Waffen. Aber natürlich nicht ganz so neue wie die Israelis, eher was Ausgemustertes. Wie unsere Flugzeuge.«

»Hä?«

»Verstehen Sie das wirklich nicht? Die *Katzenaugen* holen jedes verdammte westliche Kampfflugzeug des vergangenen Jahrhunderts vom Himmel!«

»Oh!«, stieß Sophie aus, und langsam dämmerte es ihr.

»Und die Araber haben mittlerweile fast sämtliche Kampfjets, die im vergangenen Jahrhundert im Westen geflogen sind und die bei uns ausgemustert wurden, nachdem sie die verdammten *Katzenaugen* überlebt haben! Dazu kommt noch, dass die Israelis im Moment ziemlich nervös sind. Im Grunde kann ich es ihnen nicht mal verübeln. Sehen Sie sich nur die vielen Selbstmordanschläge an ... Kurz und gut, sie sind entschlossen, endlich die *Katzenaugen* einzusetzen. Um jeden Preis. Denn wenn sie die erst mal haben, können sie wieder Krieg führen.«

»Und das wollen Sie verhindern?«

»Oh ja!« Olaf atmete tief durch. »Das muss ich sogar verhindern. Auch wenn das der eine oder andere in der Regierung etwas anders sieht. Diesmal könnte so eine Lieferung die Welt verändern.«

Sophie schaute ihn traurig an und senkte dann den Blick. »Es tut mir Leid.«

»Das ist wohl das Mindeste. Sie bleiben jetzt erst mal hier und versuchen, sich aus den Dingen herauszuhalten, von denen Sie nichts verstehen. Klar?«

Wenig später zog Olaf die Wohnungstür hinter sich zu, eilte die Treppe wieder hinunter, dankte dem Fahrer, dass er gewartet hatte, und hoffte das Beste. Er hatte ihr eingeschärft, sich nicht mal am Fenster zu zeigen. »Sehen Sie fern, hören Sie Musik, lesen Sie, es ist ja genug da. Aber rühren Sie sich nicht vom Fleck, verstanden?«

»Und Sie? Was haben Sie vor?« Sie hatte ein wenig ängstlich und ein wenig trotzig zu ihm aufgesehen. »Ich muss nach Hause. Ich brauche meine Sachen! Ich darf doch etwas einpacken, bevor Sie mich einsperren, oder?«

Er musste gegen seinen Willen lächeln, denn er fand sie wunderschön, eingewickelt in den viel zu großen, flauschigen Bademantel, ohne Make-up, das sie sich sonst immer ins Gesicht schmierte. »Tun Sie bitte nur einen Tag das, was ich sage, ja? Den Rest klären wir später.«

Das war der Stand der Dinge, und einen Moment lang überlegte er, ob er es verantworten konnte, sie allein zu lassen. Er erwog, seine eigenen beiden Beamten zu bitten, auf sie aufzupassen. Irgendjemand musste sie beschützen, während er die letzten Teile des Puzzles zusammensetzte. Sie durfte nun, so kurz vor dem Ziel, nicht noch einmal in Gefahr geraten. Andererseits … Berlin war eine große Stadt, und es wusste schließlich niemand, wo sie war. Bei ihm würde sie auch niemand vermuten, nicht einmal der Mossad.

Beruhigt fuhr er zurück ins Büro, sprach sich kurz mit dem Kanzler ab, telefonierte mit Leo, redete auf ihn ein, drohte und machte Versprechungen. Als Leo endlich eingewilligt hatte, erledigte er rasch den Anruf bei Pia, bevor er neue Aufträge erteilte und sich mit gespieltem Zorn über uralte Regeln hinwegsetzte. Es störte Olaf nicht im Geringsten, dass es gute Gründe dafür gab, genau das nicht zu tun, was er von den Beamten verlangte. »Das interessiert mich nicht, was Sie dürfen und was Sie nicht dürfen! Dies ist eine amtliche Untersuchung, und Sie werden mir diese verdammte Information gefälligst besorgen«, befahl er ungewohnt ruppig und legte grinsend auf. Das hatte wohl gereicht.

Dann setzte Olaf sich auf seinen Balkon, blickte über die Stadt und wartete. Es dauerte zwei lange, quälende Stunden, bis er Bescheid erhielt. »Wie bitte?« Er kniff die Augen zusammen und lauschte angestrengt. Er hatte sich bestimmt verhört. Doch die Stimme am anderen Ende der Leitung blieb gelassen, und wiederholte den Namen.

Olaf Übereck, normalerweise nicht so leicht aus der Fassung zu bringen, legte auf, nahm einen seiner kleinen rosafarbenen Zettel, die immer auf seinem Schreibtisch lagen, und schrieb zwei Worte darauf. Dann vergrub er seinen Kopf in den Händen, atmete geräuschvoll aus und murmelte immer wieder: »Das gibt es nicht, das gibt es doch nicht. Das kann doch nicht wahr sein!«

Nach einer Weile kamen die Zweifel. Es gab unzählige Menschen mit diesem Namen. Es musste nicht sein, dass ausgerechnet ...

Olaf griff erneut zum Telefonhörer, fest entschlossen, die Dinge zu klären. Nach einer Weile kannte er auch die Nummer, die er brauchte. Die Frau am Apparat war freundlich und gesprächig, als ihr klar wurde, wer er war. Und als sie endlich begriff, worum es ging, fing sie an zu weinen. Sie beruhigte sich erst wieder, als er eilig versicherte, sie brauche keine Angst zu haben, er werde bestimmt niemandem auch nur ein Sterbenswörtchen davon erzählen. Niemandem.

Behutsam legte er den Hörer zurück. Hoffentlich kannst du das Versprechen halten, dachte er. Hoffentlich.

Er wurde durch ein heftiges Klopfen an der Tür aus seinen Gedanken gerissen. Macke steckte seinen Kopf ins Zimmer. »Darf ich kurz stören?«

»Komm rein«, antwortete Olaf, stand auf und bot dem

Geheimdienstpräsidenten den schwarzen Lederstuhl an, der vor seinem rotbraunen Schreibtisch stand. »Was gibt's?«

»Wir haben wieder Kontakt zu *Orion.*«

Olaf zog anerkennend seine Augenbrauen hoch. *Orion* war die hochbrisante, geheime Quelle, auf die sie seit Beginn der Operation so große Hoffnung setzten. »Und, was sagt *Orion?*«

»Der neue Anschlag steht unmittelbar bevor. Die Nazis sind offenbar unzufrieden, wie es gelaufen ist, und wollen es diesmal richtig machen. Der Anschlag wird ganz offen der *NDA* zugeschrieben. Es wird viele Tote geben. Sie wollen irgendwo zuschlagen, wo es uns richtig wehtut.«

»Wo?«

»Keine Einzelheiten. *Orion* hat nur gewarnt, dass wir verdammt aufpassen müssen. Cafés. Geschäfte. Belebte Straßenkreuzungen …«

Olaf schürzte die Lippen und schüttelte ratlos den Kopf. »Hier in Berlin sollen wir Cafés und Straßenkreuzungen schützen? Unmöglich!«

»Das ist denen bekannt.«

»Na, wunderbar.«

»Ich wusste, es würde dich freuen. Aber weiter im Text. Der Sprengstoff ist bereits übergeben. Es kann also jederzeit und an jedem Ort passieren.«

»Glaubt ihr *Orion?*«

Macke nickte. »Sonst wäre ich nicht hier.«

»Was schlägst du vor?«

»Wir haben mit *Orion* vereinbart, dass er wieder mit uns

in Kontakt tritt, sobald er auch nur die leiseste Ahnung hat, was sie vorhaben. Wir haben eine neue Methode für die Kontaktaufnahme verabredet, und er ist bereit, erhebliche Risiken ...«

»Ja, ja«, unterbrach Olaf ihn ungeduldig. »Weiter!«

Macke schnaubte. Was bildete sich dieser Kerl eigentlich ein, dachte er wütend. Er hatte in seiner Amtszeit schon vier Staatsminister wie diesen kommen und gehen sehen und war keineswegs gewillt, sich einschüchtern zu lassen. Er schlug die Beine übereinander, betrachtete sein Gegenüber hochmütig und fuhr fort: »Wie du weißt, können wir diesen Meister und seine Bande und den Loos nur aus einiger Entfernung observieren. Die Gefahr ist also groß, dass wir ihn verlieren. Deshalb ist es von größter Bedeutung, dass wir *Orion* ...«

»Ich habe nichts gegen deine Quelle. Ich will nur wissen, was wir tun können. Ganz konkret!«

»Tun?« Macke schüttelte den Kopf. »Konkret? Gar nichts. Das ist es ja. Wir können überhaupt nichts tun. Aber vielleicht wäre es eine gute Idee, eine Warnung rauszugeben.«

»Und wen wollen wir warnen? Und vor allem wovor? Sollen wir die Leute in Panik stürzen, wenn sie sich doch nicht schützen können? Damit kriegen wir erst recht Probleme!«

Macke zuckte mit den Schultern. »Sicher. Und wenn wir nichts tun, kommen wir erst recht in Teufels Küche.«

Olaf dachte nach. Schließlich willigte er ein. »Ja, du hast Recht. Also, leite alle erforderlichen Maßnahmen ein, und halte mich auf dem Laufenden.«

Macke hievte sich aus dem bequemen Sessel hoch und wandte sich zum Gehen, als ihm noch etwas einfiel. »Wie war's denn eigentlich mit der Frau? Hast du was ausrichten können?«

Olaf nickte geistesabwesend. »Ja. Sie war äußerst kooperativ und hat alles bestätigt. Aber mit dem Anschlag, der *NDA* und mit dem Steen hat sie nichts zu tun.«

»Und das glaubst du ihr?«

»Ja«, sagte Olaf schlicht.

»Dann lass mich mal ran ... Ich hole schon die Wahrheit aus ihr heraus!«

»Ihr hattet eure Chance, oder?«, erwiderte Olaf mit beißendem Spott.

»Wie du meinst.« Macke schenkte dem Kanzleramtschef einen letzten herausfordernden Blick und schloss die Tür hinter sich. Seine Zeit würde schon noch kommen.

Eine halbe Stunde später ging an sämtliche Polizeidienststellen, Feuerwehren, Krankenhäuser, Rettungsdienste und Katastrophenbeauftragten sowie an ausgesuchte Botschaften, an die Bahn, an Flughäfen und an die bekanntesten Veranstalter großer Konzerte und Sportfeste eine höchst ungewöhnliche Eilmeldung des Geheimdienstes. Sie enthielt die direkteste Terrorwarnung, die je durch einen solch großen Verteiler verschickt wurde. »Sicherheitsstufe I ... Ernstzunehmende Hinweise ... Kann jederzeit zuschlagen ... Umfassende Sicherheitsvorkehrungen ... Weiträumige Absperrungen ... Straßensperren und Verkehrskontrollen zur Abschreckung … Vorsicht bei herrenlosen Fahrrädern oder Gepäck … Anschlagsziel mit großem Publikumsverkehr direkt in der Innenstadt möglich … Erhebliche Zahl von Toten muss befürchtet werden … Panik in der Bevölkerung ist zu vermeiden.«

Witzbold, dachte Olaf, als er seine Kopie erhielt. Er drehte sich auf seinem Schreibtischstuhl, betrachtete versonnen die Reichstagskuppel, durch die die Besucher strömten, und legte das Puzzle neu zusammen. Das Ergebnis ließ ihn erschaudern. In Wahrheit passte eine Katastrophe zu vielen Leuten ins Konzept. Vermutlich hatte nicht einmal Macke ein Interesse daran, diesen Terroranschlag zu verhindern.

Und je mehr Menschen dabei ums Leben kamen, desto besser.

»Eilmeldung! Niemand sendet, bis ich wieder freigebe!«, brüllte Max Tisch, fuchtelte hektisch mit einem Fax herum und begann, wie ein Wilder in die Tasten zu hauen. Pia, die gerade das merkwürdige Gespräch mit ihren Eltern beendet hatte, sprang auf und sah ihm über die Schulter. Ihr Herz stockte.

Eilt

Regierungssprecher zurückgetreten

******

Tisch wählte die höchste Priorität, um sicherzustellen, dass sich die Nachricht in den Computern der Kunden an den anderen Meldungen vorbeimogeln konnte, und drückte eilig auf den Sendeknopf, bevor er das nächste Häppchen servierte:

Eilt-2

Regierungssprecher –2

Regierungssprecher Leo Dieckmann begründete seinen Rücktritt am Dienstagnachmittag mit Ereignissen, die es ihm unmöglich machten, das Amt weiter auszufüllen.

Folgt …

Routiniert hämmerte Max Tisch den Inhalt von Leos Erklärung in die Tasten und gab in der Zwischenzeit seine Anweisung. »Ich mache gleich die Zusammenfassung selbst. Pia, den hast du auf dem Gewissen.« Sie wollte protestieren, doch er ließ sie nicht zu Wort kommen. »Vergiss es. Lass alles liegen und geh bitte sofort rüber ins Presseamt. Angeblich will der Dieckmann ein improvisiertes Statement abgeben, bevor er sein Büro räumt. Und bereite dich auf ein Feature vor. Ich will vor allem Reaktionen der Mitarbeiter, der Journalisten, Hintergrund … Was ist eigentlich mit seiner Sekretärin? Kennst du sie nicht recht gut? Kannst du sie nicht anzapfen?«

Pia nickte ergeben, warf Stifte, einen Block und ihren Ausweis in die Handtasche, prüfte, ob ihr Handy noch genug Saft hatte, steckte sicherheitshalber einen neuen Akku ein und grummelte: »Schön wär's!«

Im Bundespresseamt kam Pia nicht weit. Die Sicherheitsbeamten lotsten sie direkt zu dem großen Saal hin-

ter dem Eingang des modernen Anbaus und achteten peinlich genau darauf, dass sich keiner der Journalisten weiter ins Haus vorwagte.
Es dauerte eine halbe Stunde, bis Leo Dieckmann erschien. Sein Gesicht war bleich, er sah stur geradeaus und stellte sich ohne Umschweife vor die hellblaue Pappwand, die eigens für die zahllosen Fernsehteams errichtet worden war. Angestrengt hielt er sich an einem eisgrauen Stehpult fest, wippte auf den Ballen und winkte die Fotografen und Kameras beiseite, die ihn umringt hatten.
»Können wir anfangen?« Er sah müde in die Runde. Er kannte sie alle, jeden Einzelnen von ihnen. Er hatte mit ihnen geredet, telefoniert, gegessen ... Für den Bruchteil einer Sekunde ruhte sein Blick auf Pia, doch er gestattete sich keinerlei Regung, ließ seinen Blick weiterschweifen, wartete, bis Ruhe eingekehrt war, und schaltete dann sein Mikrofon ein: »Meine Damen und Herren, ich danke Ihnen, dass Sie alle so kurzfristig erschienen sind. Wie Sie sicher bereits wissen, habe ich heute meinen Rücktritt vom Amt des Regierungssprechers eingereicht. Der Herr Bundeskanzler hat meiner Bitte entsprochen. Zu den Gründen: Ich habe dieser Bundesregierung mit unbedachten Äußerungen geschadet und trage dafür die Verantwortung. Ich bedauere, was ich gesagt habe. Ich bedauere auch, dass diese Äußerungen in die Öffentlichkeit gelangt sind. Aber so ist das nun mal in unserer Mediendemokratie. Ich danke Ihnen für die gute Zusammenarbeit und wünsche Ihnen weiterhin gutes Gelingen. Vielen Dank.« Er fasste sich

mit der rechten Hand an die Schläfe. In dem Moment klickten sämtliche Kameras der Fotografen, die vor ihm auf dem Fußboden kauerten.
»Gibt es Fragen?«
Sofort schnellten Arme in die Höhe. »Ja, Herr Hausmann?«
»Hat der Bundeskanzler Sie darum gebeten, zurückzutreten?«
»Nein. Frau Gabrius?«
»Herr Dieckmann, wissen Sie schon, wer Ihr Nachfolger wird?«
Leo zuckte unmerklich zusammen. Ein Nachfolger. Erst in diesem Augenblick wurde ihm klar, was er getan hatte. Morgen würde ein anderer an dieser Stelle stehen. Dies war das letzte Mal, dass sich die Journalisten um ihn reißen würden. Nie wieder würde er an vorderster Front mitmischen, die Richtung weisen, Sprachregelungen vorgeben, zu jeder Tageszeit freien Zutritt zum Kanzler und allen wichtigen Vorgängen haben. Er hatte sich selbst hinauskatapultiert aus dem inneren Kreis.
»Nein. Ich weiß nicht, wen der Herr Bundeskanzler zu meinem Nachfolger bestimmen wird«, antwortete er.
»Was werden Sie jetzt machen?«
Der Reporter, der dies gefragt hatte, ein kleiner, untersetzter Mann mit grauem Haar und gefürchteter Feder, gehörte zu dem Kreis jener etwa zwanzig Korrespondenten von Fernsehen, überregionalen Zeitungen und Agenturen, die Leo Dieckmann besonders ins Vertrauen gezogen hatte. Jeden zweiten Dienstagmorgen plauderte er bei Brötchen, Marmelade, Kaffee und einem

Glas Orangensaft aus dem Nähkästchen (wobei ihm natürlich nie mehr herausrutschte als das, was er sich ohnehin zurechtgelegt hatte), und sie schrieben mit leuchtenden Augen mit und teilten ihm als kleines Dankeschön mit, welche Stimmungen herrschten, was andere in Hintergrundgesprächen gesagt hatten … Leo seufzte. Er würde sie vermissen. »Zunächst einmal werde ich ausspannen. Ich denke, ich habe mir einen kleinen Urlaub verdient.«

»Herr Dieckmann, so ganz verstehe ich das ehrlich gesagt immer noch nicht«, meldete sich ein Fernsehjournalist zu Wort, nicht ohne dafür zu sorgen, dass die Kamera ihn einfing. »Ist die Bundesregierung im Moment tatsächlich so angeschlagen, dass sie ein paar unbedachte Äußerungen von Ihnen nicht verkraftet, oder steckt doch etwas völlig anderes hinter Ihrem Rücktritt?«

Leos Augen zogen sich zu schmalen Schlitzen zusammen. »Die Bundesregierung ist durchaus nicht angeschlagen. Und damit sie ihre wichtige und unerlässliche Arbeit bis zum Ende der Legislaturperiode fortsetzen kann, habe ich hiermit meinen Beitrag geleistet. Es war im Übrigen mein freier Entschluss.«

»Zusatz! Hat Ihr Rücktritt auch etwas mit dem jüngsten Anschlag zu tun, und vor allem damit, dass Sie verschwiegen haben, dass offenbar Nazis die Bundesregierung erpressen, oder wie darf ich mir das vorstellen?«

»Also ehrlich gesagt will ich Ihrer Vorstellungskraft keine Steine in den Weg legen.«

Die Journalisten lachten. Leo atmete auf. Der gefährliche Moment war vorüber. Unvermittelt bedankte er sich, wandte sich zum Gehen und achtete nicht darauf, dass die Journalisten ihm aufgeregt Fragen hinterherriefen, da sie von seinem plötzlichen Aufbruch überrascht waren. Lächelnd fuhr er hinauf in sein Büro. Er war entkommen. Es war knapp gewesen, doch er hatte es geschafft.

Mit Schwung öffnete er sein Vorzimmer. Eine magere Frau mit übergroßem Mund und schlechten Zähnen lächelte ihn ergeben an. Seine Erleichterung löste sich in Luft auf. Sophie! Warum hatte sie ihm das angetan? War er nicht immer gut zu ihr gewesen? Sie aber hatte ihn verraten und verkauft. Und Olaf hatte noch immer nicht gesagt, was er herausgefunden hatte. Unwillig nickte er Frau Feist zu, schloss die Tür seines Büros hinter sich und ließ sich mit lautem Stöhnen auf seinen Schreibtischstuhl sinken.

Tiefe Trauer bemächtigte sich seiner. Er sah sich um. In der Ecke standen leere Kartons bereit. Sie konnten es wohl kaum erwarten, dachte er bitter. In der nächsten Stunde würde er seine Bücher, seine Handakten, die kleine Lokomotive, die immer auf seinem Schreibtisch stand, die Stifte und die Blumenvase, die er von zu Hause mitgebracht hatte, verstauen, und irgendjemand würde den ganzen Kram in seine Wohnung bringen, und dann war es vorbei. Er gehörte nicht mehr dazu. Es war ab jetzt völlig egal, ob er bis tief in die Nacht Nachrichten hörte oder nicht, ob er morgens früh aufstand und Zeitung las, ob er sich Gedanken über die perfekte

PR-Strategie machte, über Interviews und Sendetermine, über den richtigen Anzug und die passende Krawatte oder darüber, wem er das Maul stopfen musste …

Unfassbar. Leo versenkte den Kopf in den Händen. Er hatte es wirklich getan! Er hatte tatsächlich aufgegeben!

Olaf hatte ihn angefleht. »Du hast es in der Hand! Wenn du die Nummer mit der Beamtenbeleidigung noch ein bisschen strapazierst und zurücktrittst … Das mit dem Saustall war nicht gerade förderlich, weißt du!«

»Ja, ja, das ist mir schon klar«, hatte Leo zugegeben.

»Keine Sorge, wir lassen dich nicht fallen … Gehst einfach zum Fernsehen, da wird demnächst ein Intendantenposten frei, und bis dahin machst du Urlaub …«

Leo wollte nicht Intendant werden. Er wollte nur dazugehören … Zugleich schmeichelte es ihm, dass nun alles an ihm zu hängen schien. Natürlich war etwas dran: Die ganze Sache war mittlerweile so verfahren, dass nur noch ein spektakulärer Schritt Pias Enthüllung und alles, was noch geschehen würde, fürs Erste in den Schatten stellte.

»Vergiss nicht, Frau Winckel ist nicht nur ungeheuer tapfer gewesen, als sie erst zu den Terroristen marschiert ist und dann zu uns … Sie hat auch das Papier, das Sophie ausgedruckt hat … Jedenfalls das eine. Wo das andere geblieben ist, wissen wir ja inzwischen. Und Pia hat nicht mal geleugnet, dass sie hinter den *Katzenaugen* her ist, als ich mit ihr gesprochen habe.«

»Ach du meine Güte! Langsam geht sie mir aber echt auf die Nerven!« Dabei war das nur die halbe Wahrheit. Tatsächlich war in den vergangenen Tagen in Leo

Dieckmann eine ganz neue, ungewohnte Hochachtung für die Frau gewachsen, die er bislang allenfalls im Bett genossen hatte. Er hatte sie unterschätzt. Sie hatte ihm widerstanden, zäher und entschlossener, als er es ihr je zugetraut hatte. Zugeben aber mochte er das nicht.

»Diese Frau ist ein echter Albtraum!«, stieß er aus.

»Wirklich?«, hatte Olaf milde erwidert. »Ich finde, sie ist fantastisch.«

# 11

Sophie hielt sich an Olafs Vorschriften. Sie rührte sich nicht, legte sich, als er die Tür hinter sich zuzog, ins Wohnzimmer aufs Sofa und las, eingekuschelt in ein beruhigend nach ihm riechendes Baumwollplaid. Sie schaffte fast hundert Seiten eines Schmökers, bis ihr die Buchstaben vor den Augen verschwammen. Sie ergab sich der Müdigkeit, ließ das Buch auf den Boden fallen und schlief ein. Doch die Ruhe währte nicht lange. Lautes Hundegebell vor dem Haus riss sie aus einem beunruhigenden Traum. Zuerst traute sie sich nicht, aus dem Fenster zu sehen. Als sie es dann doch wagte, war der Tumult längst vorüber.

Matt und erschlagen schleppte sie sich in die Küche, kochte Kaffee und sah sich schüchtern im Kühlschrank nach etwas Essbarem um. Doch sie vermochte sich nicht zwischen einer Dose Rollmöpse und alten Nudeln zu entscheiden. So trank sie ihren Kaffee und wartete. Olaf meldete sich nicht. Nach einer Weile begann sie, ziellos in der Wohnung umherzuwandern. Ausgiebig begutachtete sie die Bilder an den Wänden, die stilsicher ausgesuchten Möbel und das Porzellan in der hübschen Anrichte im Esszimmer, als endlich das Telefon klingelte.

»Bei Übereck«, meldete sie sich vorsichtig.
»Ich bin's. Haben Sie gemacht, was ich Ihnen gesagt habe?«, erkundigte sich Olaf barsch.
»Ja, schon. Aber …«
»Tut mir Leid. Sie müssen sich noch gedulden«, unterbrach er sie. »Haben Sie gehört? Ihr Chef Dieckmann ist eben zurückgetreten. Ich kann hier jetzt nicht weg. Bitte bleiben Sie, wo Sie sind, und rühren sich nicht von der Stelle. Verstanden?«
Sophie lief ein kalter Schauer über den Rücken. Leo war zurückgetreten! »Aber wieso?«
»Fragen Sie nicht so scheinheilig! Das wissen Sie doch ganz genau!«, bellte Olaf ungnädig. »Weil er Beamte beschimpft hat und weil er sich hat erwischen lassen. Weil es in der Zeitung steht und ein Skandal ist. Weil die Opposition seinen Skalp fordert! Schon vergessen?«
»Aber … aber«, stammelte Sophie und sie hatte das Gefühl, als stürze sie in ein tiefes Loch. Sie hatte Leo Dieckmanns Karriere auf dem Gewissen. Sie mit ihrer dummen Schwätzerei … Wenn sie doch Felix nur nie, nie begegnet wäre!
»Ja. So ist es nun mal«, erwiderte Olaf trocken. »Bis später dann«, hörte sie noch. Dann klickte es, und die Leitung war tot.
Sophie schaltete den Fernseher ein. Sie bekam gerade noch die letzten Augenblicke der Pressekonferenz mit, die live übertragen worden war. Sie sah Leos gerötete Augen, hörte seine bittere, tiefe Stimme, und in dem Moment war sie sicher, dass nur sie, sie allein erahnen konnte, wie sehr er litt und wie viel er gerade aufgab.

Tränen liefen über ihre Wangen. Tränen der Scham, der Reue und des Mitgefühls. Sie starrte noch auf den Apparat, als dort bereits eine langweilige Podiumsdiskussion begonnen hatte.
Wirre Gedanken schossen ihr durch den Kopf. Sollte sie jetzt sofort zu ihm fahren und ihm helfen, seine Sachen zu packen, ihm zeigen, wo die wichtigen Unterlagen waren, wo sie seine eher private Korrespondenz verstaut hatte. Er würde doch gar nichts finden …
Aber nein, das kam nicht in Frage. Er würde sie nicht sehen wollen.
Außerdem hatte Übereck ihr verboten, das Haus zu verlassen.
Aber wenn sie nun einfach doch …? Der Gedanke war verlockend. Wer wollte es verbieten? Sie war nicht verhaftet. Sie war eine freie Frau. Noch. Vielleicht war dies sogar die letzte Möglichkeit …
Außerdem hatte sie ja nicht die Absicht, zu verschwinden und sich ihrer gerechten Strafe zu entziehen. Sie wollte nur Leo beistehen, sich entschuldigen und ihn trösten, falls er sich trösten ließe …
Dann dachte sie wieder an Olaf, an seine eindringlichen Mahnungen und an die israelischen Agenten, die ihr angeblich aufgelauert hatten. Doch diese Information hatte alles Bedrohliche verloren und klang nur noch albern.
Entschlossen sprang sie auf, ging ins Bad, wo sie ihre Kleidungsstücke hatte liegen lassen, und landete aus Versehen im Schlafzimmer. Der Anblick des wuchtigen Doppelbetts aus altem, dunkelbraun gebeiztem Holz

versetzte ihr einen Stich. Sie nahm den Raum mit einem Blick in sich auf, die Nachtschränke, die luftig geschwungenen Messingleuchten, die Zeitungsstapel auf dem Fußboden, den Frisiertisch zwischen den Fenstern, den zarten silbernen Kamm und den filigranen Spiegel, das altmodische Parfümfläschchen. Sonst lag nichts darauf. Sophie hatte den Eindruck, dass eine Frau diese Dinge vor langer Zeit zurückgelassen hatte. Eine Gänsehaut überzog ihre Arme. Hastig schloss sie die Tür. Sie hatte kein Recht, das zu sehen, schalt sie sich. Und doch konnte sie sich der traurigen Leere, die der Raum ausstrahlte, nicht entziehen. Auf seltsame Weise bestärkte sie dieser Eindruck in ihrer Entscheidung. Hier hatte sie nichts zu suchen. Sie musste einfach gehen.
Vorsichtig öffnete sie die nächste Tür und atmete erleichtert auf, als sie die alte Hose und den Pullover erblickte. Sie hängte den Bademantel an den Haken hinter der Tür, schlüpfte in die Sachen, in denen sie gekommen war, und sehnte sich nur noch mehr nach ihrer eigenen Kleidung, und nach sauberer Wäsche. Und nach einer Umgebung, in der sie sich nicht mehr wie ein lästiger Eindringling fühlte.
Sie sah aus dem Fenster. Die Straßenlampen beleuchteten einen verwaisten, von großen Bäumen gesäumten Bürgersteig. Gegenüber erstrahlte eine weiße, hübsche Villa. Auf dem Nachbargrundstück stand ein flacher, etwas heruntergekommener Bungalow mit herabgelassenen Rollläden. Im Garten wucherten Unkraut und Büsche um die Wette. Sophie runzelte die Stirn. Wie sollte sie eigentlich von hier wegkommen? Sie hatte kein

Geld. Und wie sollte sie ein Taxi herbeirufen, wenn sie nicht einmal wusste, wo sie sich befand? Außerdem hatte sie keinen Hausschlüssel. Keine Papiere …

Fieberhaft dachte sie nach. Sie konnte das Taxi auf der Straße anhalten. Gut. Der Fahrer würde das Geld erst zu Hause bekommen. Das ging. Aber wie sollte sie in die Wohnung gelangen? Der Hausmeister fiel ihr ein. Natürlich! Es war doch alles ganz einfach! Der hatte den Hauptschlüssel, und um diese Zeit würde er auch zu Hause sein. Er war zwar ein unangenehmer und schmuddeliger Kerl, aber sie war nicht in der Position, wählerisch zu sein.

Wenige Minuten später stand Sophie im Hausflur. Sie hielt den Atem an, und erneut befiel sie Furcht. Was sollte sie tun, wenn Olaf unten jemanden zu ihrer Bewachung abgestellt hatte? Sie lauschte, doch es rührte sich nichts. Vorsichtig zog sie die Tür zu, huschte nach unten, öffnete die schwere Eingangstür, durchquerte unbehelligt den Vorgarten und trat auf die Straße. Auf gut Glück wandte sie sich nach rechts und lief ein paar Minuten, bevor sie auf die nächste vierspurige Straße stieß. Dort erkannte sie, dass sie in Zehlendorf gelandet war, ganz in der Nähe des Mexikoplatzes. Sie winkte ein vorbeifahrendes Taxi heran, erklärte dem Fahrer ihren Plan und ließ sich Richtung Mitte fahren.

Ein wenig beklommen blickte sie zur Wohnung des Hausmeisters, bevor sie auf den Klingelknopf drückte. Es dauerte nicht lange, da knackte die Sprechanlage, und eine heisere Stimme krächzte: »Ja?«

Eilig erklärte Sophie ihre Not: »Ähm. Ja, also, ich

wohne im Haus und habe keinen Schlüssel und muss das Taxi bezahlen. Bitte, könnten Sie mich hereinlassen?«

Sie vernahm ein eher unwilliges Brummen, doch dann ertönte der Summer. Sie stieß die Tür auf, fuhr mit dem Fahrstuhl in den ersten Stock und wartete, bis sich die Tür links öffnete. Ein Mann mit grauen, fettigen Haaren und in verbeulten Trainingshosen, Pantoffeln und Unterhemd erschien und starrte ihr kurz ins Gesicht. Dann grummelte er: »Moment noch«, und verschwand ohne eine weitere Erklärung in seiner Wohnung. Es dauerte zwei, drei Minuten, bis er zurückkam, sich vorbeugte und anzüglich nuschelte: »So, so. Sie ham also Ihre Schlüssel verjessen. Nu, det kann ja jedem mal passieren, wa?«

Ohne weiter auf sie zu achten, schlurfte er die Treppe hinauf und hielt, als er vor ihrer Tür angelangt war, inne.

»Wat issn det?«

In dem Moment sah es Sophie auch. Die Tür war angelehnt und hing bei genauer Betrachtung nur noch lose in den Angeln. Der Hausmeister hob sie beiseite, ging ungebeten voraus und stolperte über den Kleiderständer, der achtlos auf dem Boden lag. Sophie packte ihn am Ellbogen, half ihm auf und blieb erschüttert stehen. Das Chaos, das sich ihr darbot, raubte ihr den Atem. Überall im Wohnzimmer waren Bücher und Papiere verstreut, Schränke standen offen und waren ausgeleert. Sophie stieß einen schrillen Schrei aus und lief in die Küche. Dort sah es nicht besser aus. Konservendosen waren an beiden Seiten geöffnet und in die Spüle ausgeleert.

Wie in Trance fuhr sie mit dem Finger über die Arbeitsplatte. Eine feine Mehlschicht bedeckte alles. Geschirr stand wahllos herum, der Kühlschrank war offen und brummte.
Tränen kullerten über ihre Wangen. Ihr erster Impuls war, sofort alles aufzuräumen. Kopflos warf sie die Tür des Kühlschranks zu, stellte ein paar Tassen zurück an ihren Platz und warf leere Dosen in den Mülleimer. Doch sie begriff schnell, wie unsinnig das war, und am liebsten wäre sie geflohen und niemals zurückgekehrt. Langsam stieg sie über ihre Kleider im Schlafzimmer, doch sie berührte nichts mehr. Andere Leute hatten das angefasst, selbst ihre Unterwäsche. Sie ekelte sich, und hatte das Gefühl, als gehöre ihr nun nichts mehr, als seien ihr die Gegenstände entglitten.
»Wat issn det? Mann oh Mann«, murmelte der Hausmeister immer wieder. Sie war zu schockiert, um ihn wegzuschicken, und zugleich war ihr seine Anwesenheit unerträglich. Mit verzerrtem Gesicht sah sie ihn an und zuckte mit den Schultern.
Der Mann missverstand ihre klägliche Geste, klopfte ihr den Rücken, ergriff ihren Ellbogen und versuchte, sie hinauszuführen. »Nun kommen Se erst ma mit runter zu mir. Und dann rufen wa die Polizei. Ja?«
In Panik machte Sophie sich los. »Nein! Keine Polizei!«, rief sie und stolperte zur Tür.
Der Mann folgte ihr. »Hey, hey! Natürlich muss die Polizei kommen! Det hier war doch janz klar'n Einbruch … Wat fehlt denn?«
Die Frage warf Sophie vollends aus der Bahn, denn sie

hatte bislang keinen Gedanken daran verschwendet, dass jemand sie bestohlen haben könnte. Vorsichtig blickte sie sich im Wohnzimmer um. Doch auf den ersten Blick konnte sie nichts feststellen. Der Fernseher war noch da, auch ihr kleiner Computer, die Stereoanlage … Was sollten sie sonst stehlen? Wirklich wertvollen Schmuck besaß sie nicht, nur das bisschen Geld, das sie für Notfälle … Der Taxifahrer! Fast hätte sie ihn vergessen. Wo war die Pappschachtel, in der sie immer ein wenig Bargeld bereit hielt? Ah, dort, auf dem Schreibtisch. Ohne große Hoffnung griff Sophie danach und war nicht wenig erstaunt, ihr Geld tatsächlich vorzufinden. Triumphierend hielt sie dem Hausmeister die Scheine hin: »Sehen Sie, hier ist nichts gestohlen worden!«

Erst als sich das Gesicht des Mannes verdunkelte, wurde ihr bewusst, dass sie einen Fehler begangen hatte. Ach, hätte sie ihn doch nur in dem Glauben an einen Einbruch gelassen! Jetzt war sein Argwohn erwacht, und er würde Fragen über Fragen stellen, und sie würde ihn nicht mehr los werden.

»Kommen Sie. Ich muss schnell den Taxifahrer bezahlen, der unten steht. Gehen wir?«, forderte sie ihn weitaus forscher auf, als ihr zumute war.

»Ja, aber det hier … Det müssen wa doch …« Er sträubte sich.

»Ach was, *wir* müssen gar nichts«, erwiderte sie und drängte ihn hinaus. »Dies ist *meine* Wohnung. Die Miete ist bezahlt, und das war's. Sie waren so nett, mir zu helfen, weil ich keinen Schlüssel hatte und dafür bin ich

Ihnen auch sehr dankbar, okay? Aber jetzt ist alles vorbei, und Sie können getrost zurück zu Ihrer Quizshow, ja?«

Widerstrebend gab der Mann nach, stolperte zurück in seine Wohnung und stand noch einen kurzen Moment unschlüssig in der Tür. »Sind Se sicha, det ick Ihnen nich helfen kann?«

»Ganz sicher«, beteuerte sie, schob den schmalen Holzkeil, der für solche Gelegenheiten bereitlag, unter die Haustür und bezahlte den Taxifahrer, der schon ausgestiegen war und von ihr nun erleichtert einen beträchtlichen Betrag verlangte.

Fröstelnd sah sie dem Wagen nach, wie er über den mit Blumenkästen aus Beton verzierten Hof steuerte. Als er verschwunden war, schlang sie die Arme um die Brust und grübelte. Was sollte sie tun? Wie konnte sie jemals wieder dort oben schlafen? Die eigene Wohnung schien ihr fremd, gerade so, als gehöre nichts davon mehr ihr, nachdem andere es in der Hand gehalten hatten. Außerdem – wer einmal eingebrochen war, würde wiederkommen … Sie schüttelte sich. Nein, keine einzige Nacht würde sie dort oben allein verbringen.

Aber wo sollte sie hin? Und warum, in aller Welt, war sie aus Olafs gemütlicher, sicherer Wohnung geflohen? Mit aller Macht sehnte sie sich zurück in das gediegene Wohnzimmer und seinen flauschigen Bademantel.

Er würde böse auf sie sein. Nein, es gab kein Zurück.

Müde schleppte sie sich nach oben. Ihre lederne Reisetasche lag offen auf dem Bett. Sie holte einen frischen Lappen aus der Küche und wischte jeden Gegenstand ab, den sie in die Hand nahm, und nach einer gründlichen Reinigung darin verstaute. Es war das Einzige, was sie tun konnte, um die Dinge, die ihr am wichtigsten waren und die sie in den nächsten Tagen am dringendsten brauchte, wieder in Besitz zu nehmen. Zuletzt hielt sie ihre Bürste unter laufendes Wasser, schlug anschließend energisch die Tropfen heraus, steckte sie in eine Plastiktüte und legte sie oben in die Reisetasche. Dann verließ sie die Wohnung, und es war ihr so elend zumute, dass sie sich am liebsten auf die Treppe gesetzt und geheult hätte. Ein bohrendes Gefühl des Verlustes machte sich in ihr breit, und es wurde ihr erst in diesem Moment bewusst, wie wichtig in all den harten, einsamen Jahren für sie ihre Wohnung, ihre ganz private Zuflucht, gewesen war. Nun hatte sie nicht einmal mehr das.

»Wo wollense denn hin?« Der Hausmeister schien hinter seiner Tür auf sie gewartet zu haben. Er stellte sich ihr in den Weg und sah sie forschend an.

Sophie zuckte mit den Schultern. »Keine Ahnung. Da oben jedenfalls bleibe ich nicht!«

»Na, dann kommen Se erst mal kurz rein, Fräulleinchen, und sammeln Se sich. Ick koch uns'n Kaffee. Ja? Vielleicht kann ick Ihnen ja och helfen?«

Sophie wusste wirklich nicht, wie dieser Mann ihr behilflich sein könnte, doch ihr fehlte die Kraft, sich zu wehren. Außerdem war die Aussicht auf Kaffee verlockend.

Sie stellte die Tasche in dem schmalen Flur der Hausmeisterwohnung ab und folgte dem dicken Mann in das

Wohnzimmer, das denselben Schnitt hatte wie ihres ein Stockwerk darüber und doch völlig anders aussah – voll gestellt mit Plüschsofa, Schrankwand Eiche furniert und glänzenden Porzellanfiguren. »Die hat meene Frau jesammelt. Is jetzt auch schon'n Jahr tot. Na ja. So jeht's, wa?«

Sophie wusste nicht, was sie darauf sagen sollte. Sie setzte sich auf die Kante eines Sessels und blickte ihn verloren an.

»Ick koch dann mal Kaffee. Schwarz? Mit Milch und Zucker?«

»Egal. Wie Sie es haben«, seufzte sie und schloss die Augen.

So unangenehm dieser Mann ihr war, so dankbar war sie ihm für seine eher hilflose Fürsorge.

»Hier, is es so recht?«

Sophie blickte auf das Tablett, das der Hauswart ihr hinhielt. In einer angeschlagenen, geblümten Kaffeetasse schwappte hellbraune Brühe, auf deren Oberfläche kleine weiße Stücke schwammen. Sie nahm sich zusammen, setzte ein zaghaftes Lächeln auf und bedankte sich artig. »Ja, das ist sehr freundlich von Ihnen.«

»Ick weeß nicht ... Die Milch war wohl nicht mehr so janz frisch ... Aber ick hab dran jerochen ... Also, det wa einwandfrei!«

»Das ist schon in Ordnung«, beruhigte sie ihn, überwand sich und trank einen Schluck. Der Kaffee schmeckte besser, als er aussah.

In dem Moment klingelte es an der Tür.

»Einen Moment«, entschuldigte er sich, verschwand

eilig im Flur und drückte die Wohnzimmertür sorgsam hinter sich zu.
Sophie hörte leise Stimmen. Doch da sie sich nicht für die Geschäfte dieses Mannes interessierte, lehnte sie sich zurück und schloss die Augen. Umso erstaunter war sie, als eine vertraute Stimme sie kurz darauf ansprach: »Da bist du ja! Um Himmels willen, wer hat dich denn verschleppt!«
Sophie riss die Augen auf und sah Rainer Loos ungläubig an.
»Felix!«, stieß sie aus.
Rainer prallte zurück und starrte sie ungläubig an. »Was hast du gesagt?«
Wild starrte sie ihn an. »Du verdammter ...« Sie stockte. Die Tasse in ihrer Hand zitterte. Im letzten Moment gelang es Sophie, sie auf das Tischchen abzustellen, das neben dem Sessel stand.
Inzwischen aber hatte sich Rainer Loos wieder gefangen. Das war es also. Auf einen Schlag verstand er. Sophie. Er kniff die Augen zusammen, und versuchte in dieser Frau, das fade, völlig von ihm abhängige Mädchen von damals wieder zu erkennen. Er schüttelte den Kopf. Unmöglich. Er hätte sie niemals wieder erkannt, sie hatte sich zu sehr verändert. Aber vielleicht lag es auch an den vielen anderen Frauen, die seitdem in seinem Leben gekommen und wieder gegangen waren ... Frauen, die ihm allesamt wichtiger gewesen waren als diese. Kühl blickte er sie an. »Dein Hauswart war so freundlich, mich zu benachrichtigen, als du wieder aufgetaucht bist. Ich habe ihn darum gebeten.«

»Du? Du hast was?« Empört schaute Sophie von einem Mann zum anderen.
Der Hauswart zuckte hilflos mit den Schultern. »Nun ja ... ich dachte nur ... Weil wat dieser Herr is, der hat jesagt, er issn Freund von Ihnen. Und weil Sie doch nicht da waan ... so lange ... Und der Herr hat sich wirklich Sorgen jemacht ... Und es waren ja überhaupt ne janze Menge Herren hier ...« Er stockte. Doch dann holte er tief Luft und spielte auch seinen letzten Trumpf aus: »Außerdem dachte ick, det wär Ihnen lieber als die Polizei!«
»Was machst du denn mal wieder für Sachen!«, schaltete sich Rainer in einem mitleidsvollen Ton ein. »Wo warst du denn die ganze Zeit? Du warst ja wie vom Erdboden verschluckt!«
»Das geht dich gar nichts an!«, fauchte Sophie. »Dich am allerwenigsten!«
»Ach nein?«
Er wandte sich an den Hauswart. »Sagen Sie, könnte ich wohl ein paar Minuten allein mit Frau Mahler sprechen?«
Der Mann blickte ihn unschlüssig an, doch dann gab er nach. »Sicher. Ja, jerne. Wenn Se wünschen.«
Rainer schloss die Tür hinter ihm und sah Sophie kopfschüttelnd an. »So, so. Du bist das also. Die Sophie! Unsere kleine, hausbackene Sophie. Hast dich aber ganz schön rausgemacht seit damals, das muss ich schon sagen!«
»Du dich nicht«, fauchte sie zurück.
Rainer überhörte die Spitze. »Wieso heißt du eigentlich

Mahler? Hast du nicht mal ... Lass mich überlegen ... Der Name fällt mir gleich ein ...«

»Garbe. Sophie Garbe. Jetzt Mahler. Weil ich Herrn Mahler geheiratet habe«, giftete sie ihn an.

»Ach ja? Und wann war das? Ich dachte, ich wäre der einzige Mann in deinem Leben! Hast du jedenfalls gesagt!«

»Das ist lange her.«

»Stimmt. Und du hast dich ganz schön verändert! Hm ... Seit wann weißt du eigentlich, wer ich bin?«

Sophie schenkte ihm einen verächtlichen Blick. »Denk nach. Es wird dir einfallen. Du bist zwar nicht schöner geworden, aber das muss ja nicht unbedingt aufs Gehirn schlagen.«

»Das war es also! Und ich dachte schon, ich hätte Syphilis. Na, da bin ich aber beruhigt. Und? Woran hast du mich erkannt?«

»Dein Muttermal. Schon vergessen?«

Er fasste sich an seinen Ellbogen und grinste. »Das Muttermal. Natürlich! Du wusstest davon ....« Seine Augen blitzten schelmisch. »Kannste mal sehen. Und ich hatte all die Zeit keine Ahnung!«

Sophie wurde rot vor Zorn. »Ganz schön schwach dafür, dass du mein Leben ruiniert hast!«

»Ich? Dein Leben ruiniert? Dass ich nicht lache!«, unterbrach Rainer sie spöttisch. »Wenn ich mich recht erinnere, lag dein Leben in Trümmern, als wir uns kennen lernten. Ohne mich wärst du jetzt sonst wo, aber auf keinen Fall Sekretärin des Regierungssprechers.«

»Stimmt. Wärst du nicht gewesen, wäre ich vielleicht

tatsächlich Juristin geworden. Ich hätte mich durchgebissen …«

»Und wer hat dich daran gehindert, dich durchzubeißen? Ich doch nicht! Du hast mich doch förmlich angefleht, dich zu dem zu machen, was du geworden bist …«

»Das glaubst aber auch nur du! Als ich endlich erfuhr, wer du wirklich warst, habe ich die Hardthöhe verlassen und bin zu Dieckmann gegangen.«

»Was dir ja auch nicht geschadet hat. Du kannst wirklich stolz auf dich sein. Deine Freundin hat immerhin gesessen. Und du hast Karriere gemacht, und konntest deine Freiheit genießen! Eigentlich ja nicht die feine englische Art …«

»Wie bitte? Ich habe was?« Fassungslos starrte sie ihn an.

»Apropos schönes Leben«, fuhr er unbeeindruckt fort. »Was sollte das eigentlich mit den Dokumenten, die du mir zugesteckt hast? Dann bist du ja auch noch im Geschäft! Für wen arbeitest du denn jetzt?«

Sophie war sprachlos. Das durfte doch nicht wahr sein. Glaubte er tatsächlich, dass sie …

»Na, nun sag schon. Das würde die Dinge für uns beide ziemlich erleichtern.«

Sophie kaute auf der Unterlippe und überlegte, ob sie ihm die Wahrheit ins Gesicht brüllen sollte. Doch eine innere Stimme warnte sie. Sag nichts. Halt den Mund.

Also blieb sie stumm.

»Schön. Wie du willst. Bleib, wo du bist. Ich bin sofort wieder da.«

Rainer verließ den Raum und zog die Tür sorgfältig hinter sich zu, bevor er sein Handy aus der Tasche kramte, eine Nummer eintippte und kurz angebunden um Rückruf bat. »Es ist dringend!«

»Was ist denn so dringend?«, erkundigte sich David kurz darauf.

Er hatte nur wenige Minuten gebraucht, um von seiner sicheren Leitung aus zurückzurufen. Es war trotzdem riskant, denn Rainers Handy besaß kein Verschlüsselungssystem, und die Wahrscheinlichkeit, dass irgendein Satellit ihr Gespräch auffing, war ebenso so groß wie die Gewissheit, dass der Frühling auf den Winter folgte.

»Ich habe sie!«, stieß Rainer triumphierend aus.

»Ach ja? Wo?«

»Sie ist zu Hause.«

»Wie schön. Gut gemacht! Ich will, so schnell es geht, mit ihr reden. Aber nicht am Telefon.«

»Das dachte ich mir«, antwortete Rainer selbstgefällig. »Wann, und wo?«

David musste nicht lange überlegen. Dies war seine Chance. »Am besten, wir treffen uns im *Zollinger* am Stutti. Du weißt, wo das ist?«

»Stuttgarter Platz? Klar. Kein Problem. Das finde ich. Wann?«

»Du kannst gleich losfahren. Wir sehen uns dann.«

Mit breitem Grinsen legte Rainer auf. Er hatte die Anerkennung in Davids Stimme wahrgenommen. Endlich! Das Lob tat gut, unendlich gut. Nun würde der Mann, den er am meisten bewunderte, ihn endlich akzeptieren.

Von gleich zu gleich. Er hatte seine Bewährungsprobe bestanden!

Als Rainer zu Sophie zurückkehrte, konnte er nur daran denken.

Voller Verachtung betrachtete er das blasse Geschöpf. Jetzt wusste er, wer sie war, und dass er vor dem alten Mädchen wahrlich keine Angst haben musste.

Auch über Daniels Gesicht glitt ein höhnisches Grinsen. Welch unverhofftes Glück! Er stand auf, ging hinüber in Aris Zimmer und bat den Freund, kurz zu ihm zu kommen. Sie gingen in die verwaiste Küche. Daniel schenkte sich eine Tasse Kaffee ein, bot Ari ebenfalls eine an und erläuterte nebenbei die Lage. »Wir können heute noch zuschlagen. Meister steht bereit.«

»Bist du wahnsinnig? Du kannst doch nicht auf ein Restaurant ... Mitten in der Innenstadt! Das ist ja vollkommen ...«

»Das machen wir ja auch nicht! Nur keine Bange! Wir tun nur so. Wir lassen den Meister aufmarschieren, damit er in Ruhe seine Bombe abstellen kann. Dann sagen wir den Deutschen Bescheid und die können zugreifen, bevor was passiert. Auf diese Weise fangen sie den Meister und müssen zugeben, dass unsere zweibeinigen Freunde von der nationalistischen Front tatsächlich eine große Gefahr für die Demokratie darstellen, und wir sind so lieb und liefern ihnen diesen schmierigen Rainer Loos gleich dazu. Und diese geschwätzige Frau, die uns fast alles verdorben hätte. Du wirst sehen, die werden uns dankbar sein, weil wir ein finsteres Komplott aufgedeckt und einen mörderischen Anschlag verhindert haben ... und nächste Woche werden unsere süßen, kleinen *Katzenaugen* verschifft!«

»Und wer gibt den Deutschen den Tipp?«

»Na, ich, wie immer, ist doch klar!«

Ari kniff seine Augen zu schmalen Schlitzen zusammen und sah seinen Freund skeptisch an. Schließlich seufzte er. »Also gut, wie du willst. Ich hätte es zwar anders gemacht, aber ich glaube nicht, dass ich dich noch mal umstimmen kann, oder?«

Daniel schüttelte den Kopf. »Wohl kaum. Siehst du nicht, dass es genial ist, so wie ich es geplant habe? Und noch was. Heute Abend machen wir beide die Sache allein. Alles andere ist zu riskant. Die anderen packen währenddessen ihren Kram, und morgen früh verschwinden wir.«

Diesmal stimmte Ari von ganzem Herzen zu. »Ja, sehr gut. Ich sehe das genauso und werde es ihnen sagen.«

»Sie haben gute Arbeit geleistet. Sag ihnen das auch.«

Zufrieden wandte Daniel sich ab. Das war knapp, dachte er, bevor er Meisters Nummer wählte und das Codewort durchgab.

*»Notturno.«*

Daniel kannte Ari seit vielen Jahren und wusste, wie knapp er einem Nein seines Freundes entronnen war. Nun würde alles gut, das spürte er. Mit Ari an seiner Seite konnte nichts mehr schief gehen. Er war mit allen Wassern gewaschen und würde auf ihn aufpassen wie eine Mutter auf ihr schwachsinniges Kind. Und das Beste war: Er hatte Ari nicht anlügen müssen. Er würde

den Deutschen wirklich Bescheid geben – eine Minute, bevor die Bombe explodieren würde.
Frühestens.

Pia zögerte. Sie hatte auch ihren Stolz und Leos kalte Zurückweisung stachelte ihren Widerstand nur weiter an. Doch immer wieder musste sie an seine traurigen Augen und seinen harten, bitteren Tonfall denken, und dann befürchtete sie, ihr Herz würde vor Mitgefühl und inniger Zuneigung bersten, und sie war sicher, ihn mehr zu mögen als je zuvor. Schließlich war es ja keineswegs so, dass sie Leo Dieckmann nur zu lieben vorgab, weil Macht sexy machte. Sollte sie nicht gerade jetzt zu ihm stehen, da er sein Amt und seine Macht verloren hatte?
Schließlich überwand sie sich und wählte seine Nummer. Auf seinem Handy antwortete nur die Mailbox. Sie wusste nicht, was sie sagen sollte, und so hinterließ sie ihm keine Nachricht. Seine neue Sekretärin gab ihr mit eisiger Stimme zu verstehen, er sei nicht zu sprechen. Pia spürte, dass Leo sich verleugnen ließ. Diesmal siegte ihr Stolz, sie legte auf.
Doch die Angelegenheit ließ ihr keine Ruhe, und sie rief nach einer Weile in seiner Wohnung an. Auch dort meldete sich niemand. Da gab sie es endgültig auf, packte mutlos ihre Sachen zusammen und verabschiedete sich von Tisch.
»Wird aber auch Zeit, dass du verschwindest! Das ist doch keine Wärmestube hier!«
»Musst gerade du sagen!«, erwiderte sie. »Seit wann bist du denn hier?«

»Etwas länger als du. Aber irgendjemand muss ja auf euch Kinder aufpassen!«
»Jetzt geht endlich nach Hause, ihr beiden! Der Laden gehört euch nicht. Und morgen haben wir wieder genug zu tun«, brummte Oliver Mann, Max Tischs Ablösung, stellte seine Flasche Limonade neben den Bildschirm des Chefs vom Dienst, legte penibel die Stullen zurecht, die er von zu Hause mitgebracht hatte, und übernahm die Schicht, die noch bis Mitternacht dauern würde.
So kam es, dass Pia gemeinsam mit Tisch das Büro verließ. Nebeneinander stehend warteten sie auf den Fahrstuhl, fuhren hinunter, und als sie auf der Straße standen, fragte Tisch vorsichtig, ob sie nicht Lust habe, ein Glas Wein mit ihm zu trinken. »Ich brauche noch einen Absacker. Mann, war das ein Tag!«
Pia grinste, wog kurz die Alternativen ab und entschied, dass eine halbe Stunde mit dem Kollegen ihren einsamen Abend beträchtlich verkürzen würde. »Abgemacht.«
Sie schlenderten die Reinhardstraße hinunter, entschieden sich für eine grell erleuchtete Kneipe gleich hinter den S-Bahn-Gleisen, deren schlichte Einrichtung kühl und modern war. Sie stellten sich an die Theke, bestellten Wein und ließen die Ereignisse des Tages Revue passieren. »Wir waren gut heute, verdammt schnell, schneller jedenfalls als die Konkurrenz«, murmelte Tisch, trat von einem Bein aufs andere und sah seine Kollegin beifallheischend an.
Pia nickte abwesend. Seine Angeberei ödete sie an, und auf einmal hatte sie keine Lust mehr auf den selbstzufriedenen Tratsch, der unweigerlich einem Tag voller

Turbulenzen folgte. Sie wusste genau, was jetzt kommen würde. Er würde über Leo herziehen und behaupten, es sei höchste Zeit gewesen, dass der Kanzler sich einen neuen Regierungssprecher suche, denn dieser habe von Anfang an … Als seien sie je mit einem Regierungssprecher zufrieden gewesen.

»Was meinst du, wer es jetzt wird?«, unterbrach Tisch ihre Gedanken.

Pia zuckte mit den Schultern. »Keine Ahnung.«

»Was ist los mit dir? Irgendwas stimmt doch nicht. Das geht dir ziemlich nahe, was? Hast du ein Verhältnis mit dem Dieckmann?«

Vor Überraschung verschüttete Pia ihren Wein. »Wie kommst du denn darauf?«

»Ach Gott, ich denke schon eine ganze Weile darüber nach. Und ich bin nicht der Einzige. Du weißt doch, so was spricht sich immer schnell herum. Du weißt, wie sehr ich deine Arbeit schätze, und ich bin dir dankbar, dass du heute …«

»Du hast es gewusst und mich trotzdem gezwungen, das zu schreiben?«, unterbrach sie ihn ungläubig. Die Nachricht zu schreiben war ihr nicht schwer gefallen, aber das ging ihn nichts an. Was zählte, war, dass er glaubte, es würde ihr etwas ausmachen. »Obwohl du es wusstest?«

»Was willst du? Du hast doch mit Bravour bestanden!«, erwiderte er unbekümmert. »Ich bin stolz auf dich!«

»Weißt du, was? Du kannst mich mal!« Wütend trank sie das Glas Wein mit einem Schluck leer, drehte sich auf dem Absatz um und verließ das Lokal. Erst draußen auf

der Straße fiel ihr ein, dass sie nicht bezahlt hatte. Sie wollte schon zurückgehen, doch dann besann sie sich eines Besseren. Die Rechnung sollte er begleichen.
Mit raschen Schritten ging sie zum S-Bahnhof Friedrichstraße, nahm den nächsten Zug nach Charlottenburg, lief ihren gewohnten Weg an den Gleisen entlang zur Leonardstraße, die auf den Stuttgarter Platz mündete, und schleppte sich die Treppen zu ihrer Wohnung hinauf. Im Flur ließ sie ihren Mantel und ihre Tasche fallen, stieß die Schuhe von sich, marschierte barfuß in die Küche und sah sich im Kühlschrank nach etwas Essbarem um. Eine Heißhungerattacke überfiel sie. Nudeln wollte sie essen, viele heiße Nudeln mit Käse-Sahnesoße. Das wäre wunderbar wohltuend für Leib und Seele, genau das, was sie nach einem harten Tag brauchte. Und ein gutes Glas Wein.
Sahne war da. Butter auch. Käse fehlte. Mist. Was könnte sie stattdessen …
Während sie noch überlegte, schwand die Lust so schnell, wie sie sie überfallen hatte. Plötzlich schien es ihr viel zu viel Aufwand, nur für sich allein zu kochen. Damals, als sie noch mit Ralph zusammen gewesen war … Ja, da hatte sie gekocht, meisterhaft und gerne. Aber seitdem er fort war, hatte sie mehr aus der Hand in den Mund gelebt, im Stehen gefrühstückt, sich an den kalten Büfetts der Pressekonferenzen bedient, und das hatte ihrer Figur ganz und gar nicht gut getan.
Erschöpft schenkte sie sich ein Glas Wasser ein, ließ sich auf den Küchenstuhl fallen und schaute aus dem

Fenster. Sie konnte selbst im Sitzen die Zweige der Bäume sehen, die gegenüber auf der anderen Straßenseite standen. Die Äste bewegten sich im Wind, die Blätter färbten sich bereits rot und gelb. Es wurde Herbst. Wie schnell der Sommer wieder einmal vergangen war und wie sehr sie die kalte Jahreszeit in Berlin hasste, wenn die Stadt grau und dreckig und die Menschen noch grimmiger als ohnehin schon waren. Langsam stand Pia auf und ging hinüber ins Wohnzimmer, dessen Fenster sich zur Leonardstraße und dem Stuttgarter Platz öffneten. Sie sah den leeren Spielplatz und die hell erleuchteten Fenster ihres Stammlokals und die Stapel grüner Tische und Stühle, die von der Hoffnung des Wirts auf ein paar letzte warme Herbsttage zeugten.

Ob sie hinuntergehen sollte? Pia biss sich auf die Lippe. Sie war in letzter Zeit öfter im *Zollinger* als zu Hause. Wovor lief sie eigentlich davon? Sie seufzte. Die Antwort war ebenso schmerzhaft wie einfach. Sie wollte nicht allein sein, schon gar nicht an einem Abend wie diesem, ohne Hoffnung, dass es sich je wieder einrenken würde zwischen ihr und Leo. Warum konnte sie einen Mann nicht an sich binden wie Millionen anderer Frauen? Warum gelang anderen mühelos, was ihr offenbar für immer versagt blieb? Und vor allem: Warum waren nur die anderen verheiratet, hatten Kinder, ein Häuschen im Grünen … Pia erschrak. So ein Leben hatte sie nie gewollt! Nicht für sich jedenfalls. Sie verachtete die Geschöpfe, die sich mit moderner Käfighaltung abfanden, nur um ihren Männern die Karriere zu ermöglichen! War ihr Hirn von der Einsamkeit schon so

aufgeweicht, dass sie schon ebenso bereit war, sich aufzugeben?
Nein! Energisch schlug sie mit der Faust auf die Fensterbank und wollte sich eben abwenden, als sie unten auf der Straße zwei Menschen erblickte, einen Mann und eine Frau, die sich dem *Zollinger* mit raschen Schritten näherten. Der Mann war groß und trug einen hellen Mantel und führte die Frau am Ellbogen. Sie hatte blonde Haare und hielt den Kopf gesenkt … Konnte es sein? Pia kniff die Augen zu schmalen Schlitzen zusammen. War das möglich? Ging da unten wirklich …? »Sophie!«, rief sie, als könne die Frau dort unten sie hören. Unbeeindruckt betraten die beiden das Lokal. Pia sah, dass der Mann die Frau an einen der hinteren Tische führte, ihr einen Stuhl herauszog und selbst auf der Bank mit dem Rücken zur Wand Platz nahm. Das war doch … Rainer Loos! Konnte das wahr sein? Hatte *Die Freiheit* Sophie gekauft? Aber so war es, so musste es sein! Loos hatte die Frau einfach aus dem Verkehr gezogen! Hatte Sophie ihr nicht selbst gesagt, dass auch ein anderer Journalist hinter der Story her war? Dann war dies Loos gewesen. Na, kein Wunder, dass Sophie spurlos verschwunden war! Solche Möglichkeiten standen nur einer mächtigen Boulevard-Zeitung, nicht aber dem *dnd* zur Verfügung …
Und das war auch gut so, dachte Pia voller Abscheu und beschloss, während sie in den Flur rannte, ihre Tasche und den Schlüssel nahm, und die Tür hinter sich zuschlug, sich über solche Methoden lautstark zu erregen. Vielleicht in einem längeren Artikel für den *dnd* … Ach

nein, das ging nicht. *Die Freiheit* war ihr Kunde. Und Kundenbeleidigung war undenkbar. Nun, dann würde sie Loos' dreistes Vorgehen eben auf der nächsten Versammlung der Bundespressekonferenz zum Thema machen … Oder es der Chefredaktion melden, damit diese sich beim Presserat beschwerte. Es würde ihm schon noch Leid tun, was er getan hatte! So wahr sie Pia Winckel hieß.

Vorerst aber würde sie sich auf Sophie konzentrieren, falls es wirklich Sophie war, ermahnte sie sich. In diesem Fall durfte sie ihr auf keinen Fall entwischen, denn sie hatte noch viele Fragen! Vor Erregung bekam sie kaum Luft. Ihr Herz pochte laut, als sie die Treppe hinuntersprang. Sie konnte an nichts anderes mehr denken als daran, dass sie diesem Loos ein Schnippchen schlagen und so schnell wie möglich selbst mit der Geschichte auf den Markt kommen würde. Gleich als Erstes am Morgen würde sie über untaugliche Flugabwehrpanzer schreiben, die Israel auf keinen Fall bekommen durfte und wegen denen es in der Bundesregierung einen erbitterten Streit gab. Eine fabelhafte Story, gut recherchiert, denn sie hatte ja nicht nur Sophies Geheimpapier, sondern auch noch die pikanten Details von Staatsminister Übereck. Zwar würde sie seinen Namen nicht erwähnen, aber hohe Regierungskreise konnte sie allemal zitieren. Hohe Regierungskreise … Ja, das klang wunderbar wichtig und beeindruckend wahr.

Diesmal würde sie Loos zuvorkommen. Ha! Und wenn sie erst einmal geschrieben hätte, würde niemand mehr auf die Idee kommen, dass auch er ganz nah an der Sache dran gewesen war! Pia grinste böse, als sie die schwere Glastür des *Zollinger* öffnete und in das Lokal hineinspähte. Es hatte ihm nichts genutzt, Sophie zu verstecken! Zielstrebig ging sie links an der Schmalseite der Theke vorbei in den hinteren Raum.

Als Erstes sah sie den Mann. Er war es tatsächlich. »Guten Tag Herr Kollege! Sie hier? Das ist aber eine angenehme Überraschung!«, stieß sie aus und ging mit ausgestreckter Hand auf ihn zu. Sie sah sein gequältes Lächeln. Und triumphierte. »Darf ich mich zu Ihnen setzen? Ja, wer ist denn das? Sophie! Was machen Sie denn hier? Wie geht es Ihnen?«

Instinktiv spürte Pia, dass irgendetwas nicht stimmte. Loos schüttelte ihr zwar die Hand, doch er sagte nichts. Und Sophie war leichenblass. Sie nickte stumm und schloss die Augen, als sie Pia bemerkte.

»Mensch, das ist ja ein Ding, dass Sie ausgerechnet hier gelandet sind, in meiner liebsten Stammkneipe!«, plapperte Pia munter drauflos, und gab sich alle Mühe, nicht sorgenvoll zu Sophie hinüberzusehen, während sie sich vom Nachbartisch einen der braunen Holzstühle herüberzog und sich einfach dazusetzte. »Haben Sie schon was bestellt? Die Bratkartoffeln hier sind absolute Spitze!«

Leo Dieckmann hatte energisch abgewunken, als Pia nach ihm verlangt hatte. »Keine Anrufe«, hatte er gezischt und mit einiger Befriedigung mitgehört, wie seine neue Sekretärin seine Freundin abblitzen ließ. Es war das erste Mal, dass er froh war, diesen hässlichen Drachen um sich zu haben. Sophies freundliche, mitfühlende Miene hätte ihm gerade jetzt den letzten Nerv geraubt. Sophie hätte sich niemals nehmen lassen, die Sachen für ihn zu packen. Sie hätte ihm gut zugeredet und versprochen, mit ihm zu gehen … Er glaubte schon, sie zu hören: »So was lassen wir uns nicht bieten. Ich bin mit Ihnen in dieses Amt gekommen, und ich werde es mit Ihnen wieder verlassen.«

Die Neue, diese Feist, dachte gar nicht daran, etwas für ihn zu tun. Reglos hockte sie im Vorzimmer hinter ihrem Schreibtisch wie ein hagere schwarze Spinne und ließ ihn die Kisten allein packen. Reue übermannte ihn. Er hätte sich besser um Sophie kümmern müssen und sie nicht kampflos Olaf und Macke und dem ganzen Geheimapparat überlassen dürfen … Wo sie wohl war? Und was hatten sie schon alles aus ihr herausgepresst?

Andererseits – auch dies stimmte: Sie hatte ihn verraten, oder etwa nicht? Wie lange ging das schon so? Von Anfang an, damals, als sie noch zusammen beim *Münchner Tagesanzeiger* gewesen waren oder erst, seit er Regierungssprecher war? Und für wen arbeitete sie? Ärger überwucherte erneut das zarte Pflänzchen seines schlechten Gewissens. Er hatte ihr all die Jahre vertraut. Und sie? Sie hatte Geheimnisse preisgegeben. Seine Geheimnisse.

Wenn hier jemand etwas an Journalisten weitererzählte, dann war er es. Er allein, und nicht seine Sekretärin. So weit kam es noch!

Er entfachte erneut seinen alten Zorn, und Sophies Schicksal war ihm plötzlich gleichgültig. Und auch Pia, die ihm die Stirn gezeigt und nicht nachgegeben hatte, konnte ihm gestohlen bleiben. Heute Abend jedenfalls. Heute wollte er allein sein und die Wunden lecken.

Warum hatte sie ihn überhaupt angerufen? Morgen, wenn er endgültig verschwunden wäre aus den Schlagzeilen, wäre er für sie ja doch nur ein x-beliebiger, machtloser Mann ... Was wollte eine hübsche junge Journalistin mit einem Mann, der gescheitert war, wenn auch nur an seiner großen Schnauze? Und an seiner Sekretärin, beziehungsweise an seiner unbedingten Loyalität zum Kanzler. Doch das würde niemals jemand erfahren. Das durfte niemand erfahren, sonst wäre das Opfer umsonst gewesen.

Leo hatte eigentlich erwartet, dass er auch eine Spur Erleichterung empfinden würde angesichts der Tatsache, dass er die Last des Amtes nicht mehr tragen musste. Und es war eine ungeheure Last, überall erkannt zu werden, immer das richtige Wort finden zu müssen und sich niemals einen Fehler erlauben zu dürfen ... Jetzt könnte er sich endlich mit Pia in der Öffentlichkeit sehen lassen. Doch das würde sie nun sicher nicht mehr wollen ...

Leo spürte keine Erleichterung, nur ein Gefühl des Verlusts.

Verzagt schob er einige Papiere in seine Aktentasche, zog den Schlüssel seines Büros von dem metallenen Bund und legte seinen Dienstausweis daneben. Dann verließ er langsam das Büro, schloss die Tür mit sanftem Druck hinter sich und straffte seine Schultern, als er Frau Feists kalte Blicke auf sich spürte. »Ich gehe jetzt.

Ich denke, ich habe alles zusammengepackt. Bitte lassen Sie mir die Sachen in meine Wohnung bringen. Die Adresse haben Sie. Auf Wiedersehen.«

Frau Feist nickte, sah ihm stumm nach und lächelte erst, als er gegangen war. Dann griff sie zum Telefonhörer und hauchte hinein: »Er ist unterwegs!«

Es war niemand gekommen, um sich zu verabschieden, ging es Leo durch den Kopf, während er allein den leeren Flur entlanglief. Keiner der Abteilungsleiter, nicht einmal sein Stellvertreter, der vorerst die Geschäfte weiterführen würde, hatte ihm Adieu gesagt ... Und so richtig nett war die Feist auch nicht gewesen.

Ein Stich durchfuhr ihn. Sie jagten ihn fort wie einen Hund. Womit hatte er das verdient? Gut, er war oft streng gewesen, hatte vielleicht den einen oder anderen mit seiner direkten Art beleidigt, hatte bei Beförderungen genau aufgepasst und keine Nachlässigkeiten geduldet ... Aber hatte er nicht auch viel Gutes getan und sich vor seine Leute gestellt, wenn es darauf angekommen war, wie damals bei dieser dummen, vollkommen aus dem Ruder gelaufenen Werbekampagne. Er hatte erst viel zu spät davon erfahren und die Sache trotzdem öffentlich verteidigt, als es im Bundestag Ärger gegeben hatte ...

Der Pförtner verließ eilig seinen Glaskasten, als Leo Dieckmann sich näherte. Er streckte beide Arme aus, Tränen rannen über seine Wangen. »Es tut mir so Leid«, stammelte er.

Leo Dieckmann sog das Mitgefühl auf wie ein Schwamm. Dankbar ergriff er die dargebotenen Hände des schmächtigen Mannes, dem er immer nur achtlos zunickte, wenn er das Haus betreten oder verlassen hatte. Leo schämte sich, dass er sich nie die Zeit genommen hatte für ein kleines Gespräch! »Was macht die Frau …?« Und wie bitter war es, dass nun ausgerechnet dieser Mann ihm als Einziger Auf Wiedersehen sagte!

»Kommen Sie noch mal kurz mit?«, fragte der Pförtner ein wenig heiser und entzog Leo sanft seine Hände.

»Ja, sicher? Wohin?«

»Hier entlang, bitte.« Der Pförtner ging durch einen dunklen Flur voraus, der hinüber in den Anbau führte. Leo fand sich auf einmal vor demselben Saal wieder, in dem er vor wenigen Stunden seinen Rücktritt verkündet hatte. Diesmal aber ging er nicht in einem Blitzlichtgewitter unter, diesmal rauschte ihm Beifall entgegen, erst verhalten, doch dann immer euphorischer. Dazwischen erklangen aufmunternde Pfiffe und das dumpfe Geräusch trampelnder Schuhe.

Nun liefen über seine Wangen Tränen, Tränen der Freude und Rührung. Er ließ ihnen freien Lauf, und es war ihm in diesem Moment zum ersten Mal seit der Übernahme seines Amtes vollkommen gleichgültig, was andere von ihm hielten. Dankbar blinzelte er und blickte nach rechts und links, und was er durch den Tränenschleier erkennen konnte, nahm ihm den Atem. Alle waren sie gekommen, der Saal war bis auf den letzten Platz gefüllt, und an den Wänden reihten sich jene auf, die zu spät gekommen und keinen Sitz mehr ergattert hatten. Nun waren alle aufgestanden, Reihe für Reihe, und bezeugten ihm ihren Respekt.

»Danke, liebe Kollegen, danke«, murmelte er, als er das Rednerpult erreicht hatte, ins Mikrofon, was den Beifallssturm nur erneut anfachte. Minutenlang stand er da, steckte die Hände abwechselnd in die Taschen oder schwenkte sie in Siegerpose und blickte die Menschen an, die zu ihm aufsahen. Viele Gesichter, vor allem die der Frauen, waren tränenverschmiert wie seines. Andere blickten ernst und entschlossen, und nur in wenigen Gesichtern glaubte er, das Blitzen klammheimlicher Freude zu erkennen. Da es ihm nicht gelang, für Ruhe zu sorgen, ließ er sie klatschen, bis sie müde wurden und von sich aus aufhörten. Es dauerte eine ganze Weile, bis Ruhe einkehrte. Diejenigen, die einen Sitzplatz hatten, ließen sich mit leisem Raunen nieder. Die anderen lehnten an der Wand und blickten erwartungsvoll zu ihm hinüber.

Leo Dieckmann hielt eine bewegende, kurze Abschiedsrede. Er dankte allen mit stockender Stimme für ihre Treue und versicherte, der Abschied falle ihm selbst ziemlich schwer. Dann bat er jeden von ihnen, seinem Nachfolger mit derselben Gewissenhaftigkeit zu Diensten zu sein. »Ich werde die Zeit mit Ihnen nie vergessen. Und ich werde Sie alle sehr vermissen.«

Wieder brandete minutenlanger Beifall auf. Dann meldete sich der Personalratsvorsitzende zu Wort, überreichte ihm im Namen der Belegschaft eine prächtige Angelrute samt Zubehör und gab der Hoffnung Ausdruck, dass Leo nun nach der hektischen Zeit ein wenig Muße finde.

Leo Dieckmann hasste Fisch, ließ sich auch in besten

Restaurants nur dann Fisch servieren, wenn es absolut nicht anders ging, und nie wäre es ihm in den Sinn gekommen, sich an einen der Seen in und um Berlin zu setzen und zu angeln. Er schreckte zurück, als er das ungewöhnliche Geschenk in Empfang nehmen sollte, wobei es ihm vor allem vor der durchsichtige Plastikdose mit den Würmern ekelte. Er riss sich zusammen und zwang sich zu einem breiten Lächeln, denn er spürte, wie gut sie es gemeint hatten. Er würde ganz einfach die Würmer freilassen, die Rute aufhängen und sich immer wieder an diese Stunde erinnern …

Einiger Erfindungsgeist des Fahrers war nötig, die überlange Angel so im Auto unterzubringen, dass er Leo mitnehmen und trotzdem schalten konnte. Als er das Kunststück endlich vollbracht hatte, lieferte er Leo zu Hause ab und versicherte ihm während der Fahrt immer wieder, wie bedauerlich er den Rücktritt fand. Leo schloss erschöpft die Augen. Was ihm vorhin gefehlt hatte, wurde ihm langsam zu viel. Er konnte es nicht mehr hören und wollte nur noch seine Ruhe haben. Abschalten.

Daheim angekommen, stellte er die Angel hinter die Tür, streifte die schweren Lederschuhe ab, schenkte sich einen doppelten Whiskey ein und ließ sich auf das Sofa fallen. Er wollte wie gewöhnlich das Fernsehen einschalten, denn in wenigen Minuten gäbe es Nachrichten, als ihm einfiel, dass ihn das alles nichts mehr anging. Es war vollkommen gleichgültig, was sie meldeten und ob er gut gewesen war oder nicht. Es hatte keine Bedeutung mehr.

Er seufzte und ließ die Fernbedienung sinken. Stattdessen legte er eine CD mit Musik von Rachmaninow ein. Die schrägen Töne, die sich doch immer wieder zu einer Melodie verbanden, taten ihm gut. Er ließ sich in die weichen Kissen sinken, schloss die Augen und versuchte, sich zu entspannen. Langsam verschwanden alle Belastungen der letzten Tage, und sein Kopf war erfüllt von der Musik, dem Klang des Orchesters, den wilden Kapriolen der Melodie, als plötzlich sein Telefon schrillte.

Leo sprang auf und riss den Hörer von der Feststation.

»Ja?«

»Ich bin's, Olaf, Sophie ist verschwunden!«

»Wie bitte?«

»Sophie ist verschwunden. Ich hatte sie heute früh mit in meine Wohnung genommen und ihr gesagt, sie soll dort bleiben …«

»Du hast was?«, fiel ihm Leo ins Wort.

»Ach Mann, jetzt mach es mir doch nicht so schwer! Du hast mich schon verstanden!«

»Und was sagt unser gemeinsamer Freund Macke dazu?«

»Du stellst Fragen! Dem habe ich es noch nicht gesagt. Ich meine, dass sie verschwunden ist. Dass sie bei mir war, das weiß er.«

»Und? Wie findet er das?«

»Wie soll er das schon finden? Er war natürlich nicht begeistert. Aber darum geht es jetzt nicht! Hast du eine Ahnung, wo sie sein könnte?«

Leo schürzte die Lippen und dachte nach. Hatte sie je gesagt, wohin sie nach Feierabend ging? Hatte sie

Freunde, Verwandte? Es fiel ihm nichts ein, beim besten Willen nicht. Erneut musste er sich eingestehen, dass er so gut wie nichts von der Frau wusste, die so viele Jahre an seiner Seite gearbeitet hatte. Genau genommen war ihm nicht einmal bekannt, wo und wie sie in Berlin lebte. Und dass sie einmal ein Kind geboren hatte, hatte er erst vor ein paar Tagen erfahren – als Olaf ihm von der Personalakte erzählt hatte. Bedächtig schüttelte er den Kopf. »Nein, keine Ahnung. Tut mir Leid.«
»Und Pia? Ich meine, Frau Winckel?«
»Was ist mit Frau Winckel?«
»Könnte die was wissen?«
»Frag sie doch!«, wich Leo aus.
»Komm schon. Hab dich nicht so. Ich weiß es schon länger, auch wenn ich zugeben muss, dass ihr beiden euch ordentlich bemüht habt, die Sache geheim zu halten.«
»Und du kümmere dich gefälligst um deinen eigenen Kram!«, schnauzte Leo ihn an. »Ich bin zurückgetreten. Mich gibt es sozusagen gar nicht mehr. Schon vergessen? Also such dir einen anderen Fußabtreter, verstanden?« Grußlos beendete er das Gespräch und drehte die Musik wieder auf. Doch er fand keine rechte Freude mehr an den Klängen, denn die Sache mit Sophie ging ihm durch den Kopf. Sie war also entwischt … Peinlich, peinlich. Leo grinste schadenfroh. Das wäre eine Schlagzeile:

Kanzleramtschef deckt Spionin

Nicht schlecht! Das würde Olaf den Kopf kosten. Garantiert.
Die Idee bereitete Leo einiges Vergnügen, und er malte sich in allen Einzelheiten aus, wie der Kanzler seinen liebsten Minister Olaf Übereck fallen lassen würde. Erst kämen die üblen Gerüchte, dann die Schlagzeilen, und schließlich würde man den Rücktritt widerstrebend akzeptieren ... Er hatte es ja selbst erlebt. Dabei wäre es ein echter Treppenwitz, gluckste Leo in sich hinein. Ausgerechnet der Mann, der nicht einmal wusste, wie man Freizeit buchstabierte, hatte sich eine Blöße gegeben, der Mann, bei dem jahrzehntelang alles immer bergauf gegangen war.
Zugegeben, sie hatten sich immer recht gut verstanden, und beinahe hätte man die beiden Männer sogar als Freunde bezeichnen können – wenn es so etwas in ihren Sphären überhaupt noch gab. Und eigentlich hätte es ihm Leid tun müssen, dass Olaf der Nächste sein würde. Doch die vergangenen Tage hatten an seinen Nerven gezehrt, und Olafs hinterhältige Bemerkung hatte das letzte bisschen Mitgefühl verbraucht, zu dem Leo fähig war. Warum hatte Olaf Pia ins Spiel gebracht? Leo schüttelte den Kopf. Das ging ihn doch nun wahrhaftig nichts an! Und jetzt, wo ohnehin alles vorbei war, konnte er, verdammt noch mal, mit jeder Frau ins Bett steigen, die er begehrte!
Und die ihn begehrte.
Pia!
Sein Herz fing an zu pochen. Warum hatte er sich vorhin verleugnen lassen? Was hatte er sich nur eingebildet?

Dass er allein sein wollte? Wie dämlich! Sehnsucht übermannte ihn, Sehnsucht nach ihrem Lachen, ihrer Zärtlichkeit und ihrer Hingabe, und plötzlich schien es ihm eine unwiderstehlich reizvolle Idee, die Nacht mit Pia zu verbringen.
Er griff zum Telefon und wählte ihre Nummer. Das Tuten dröhnte in seinem Ohr. Ein Mal, zwei Mal ... Beim zehnten Mal gab er es auf. Sie war nicht da. Erschöpft lehnte sich Leo zurück und schloss die Augen. Natürlich! Als hätte er es nicht gewusst. Sie hatte ihn längst ad acta gelegt.

Olaf atmete schwer. Er stemmte die Hände in die Hüften, sah sich um und wusste nicht weiter. Er hatte die gesamte Wohnung abgesucht nach einem Zeichen, irgendeinem Hinweis, der ihm vielleicht verraten könnte, wo sie war. Jemand hatte sie vielleicht gegen ihren Willen herausgeholt? Konnte es sein, dass Macke wieder einmal überreagiert hatte? Oder hatten die Israelis die Spur aufgenommen? Aber das würden sie nicht wagen! Nicht einmal sie waren so dreist, in die Privatwohnung eines leibhaftigen Ministers einzudringen und eine staatliche Angestellte zu kidnappen! Obwohl ... zuzutrauen wäre es ihnen ...
Nein. Olaf schüttelte energisch den Kopf. Blödsinn. Aber was jetzt? Er konnte es nicht länger aufschieben. Olaf seufzte und wählte die geheime Nummer von Froben Macke.
»Ja?«
»Sie ist weg«, stieß er aus. »Sorry. Ich fürchte, ich hab's

versaut. Aber ich dachte … Ich meine, ich war mir ganz sicher, dass sie tun würde, was ich gesagt habe …«

»Hm. Hat sie wohl nicht«, brummte der Geheimdienstchef.

»Du bist nicht sehr überrascht!«

»Warum auch? Ich weiß ja, wo sie ist.«

»Was?!«

»Ich weiß, wo sie ist«, wiederholte Macke, und der Triumph schwang unüberhörbar in seiner Stimme mit. »Sie sitzt im Moment in einer Kneipe namens *Zollinger*. Stuttgarter Platz. Ja, ist gut …«, murmelte er und sprach leise mit jemandem im Hintergrund, bevor er sich wieder an Olaf wandte. »Tschuldigung, das war dringend. Wo waren wir? Ach ja. Bei unserer kleinen Freundin Sophie. Tja. Die ist erst in ihre Wohnung gefahren … Wir haben uns erlaubt, sie doch ein wenig aus der Ferne zu observieren, ich hoffe, du hast nichts dagegen …«

Idiot, fuhr es Olaf durch den Kopf. Natürlich hatte er etwas dagegen. Schließlich hatte er ausdrücklich Weisung gegeben, Sophie in Ruhe zu lassen, und es ärgerte ihn auch, dass sich Macke so ungeniert darüber hinweggesetzt hatte. Aber das konnte er jetzt ja wohl kaum sagen. Also grummelte er irgendetwas Unverständliches und ließ Macke weiterreden. »Sie hat deine Wohnung am späten Nachmittag verlassen. Erst ist sie, wie gesagt, nach Hause gefahren, in ihre Wohnung in der Heinrich-Heine-Straße zwölf. Und dann hat sie keine Zeit verschwendet und sich sofort mit unserem Freund Loos getroffen.«

»Freiwillig?«

»Warum nicht freiwillig? Wir haben jedenfalls keinerlei Anzeichen entdeckt, dass er sie gefesselt und geknebelt hätte! Er ist übrigens ziemlich schnell erschienen, fast so, als hätte er auf sie gewartet! Und dann sind sie zusammen weggegangen. Wie gesagt. Ins *Zollinger.*«
Olaf knirschte mit den Zähnen. Sie hatte ihn an der Nase herumgeführt, und er hatte es nicht einmal gemerkt!
»Und? Was machen sie da?«
»Nichts. Ein bisschen reden. Aber nichts Weltbewegendes. Smalltalk. Sie haben sich etwas zu essen bestellt. Diese Journalistin hat sich dazugesetzt. Warte ... Ja, hier steht es. Pia Winckel heißt sie.«
»Wie?«
»Pia Winckel, *dnd*. Die stecken doch unter einer Decke! Frau Mahler hatte doch dieser Winckel auch ...«
»... Dokumente übergeben. Ich weiß.«
»Wie schön. Aber was ich noch sagen wollte ... Wir haben das inzwischen nachgeprüft mit dem Loos. Das ist wirklich ein sauberes Früchtchen! Erinnerst du dich an den Fall Angela Kamm?«
»Dunkel.« Olaf hielt den Atem an.
»Dieser Loos war der Romeo! Ist damals spurlos verschwunden. Es muss auch eine Stasiakte über ihn geben, wir haben die aber nicht. Deswegen konnten wir ihm bislang auch nicht beikommen.«
»Und? Wer hat diese Akte?«
»Unsere allerbesten, größten, liebsten Freunde«, sagte Macke verächtlich.
»Aha. Gehört das auch zu den Unterlagen, die damals direkt nach dem Mauerfall ...«

»… geklaut wurden. Ja genau«, unterbrach ihn Macke. »Du solltest deinem Kanzler mal Beine machen, dass der dafür sorgt, dass wir das Zeug endlich wiederkriegen. Da gibt es bestimmt noch mehr Schätze zu entdecken … Und dass die Leute in Virginia den Mann einfach weiterreichen und uns keinen Ton sagen, finde ich ehrlich gesagt eine ziemliche Sauerei!«
»Ja, das ist es wohl. Aber wir beide sind auch keine Gebetsschwestern, oder?«
»Nein. Das sind wir nicht«, gab Macke zu.
»Und? Nimmst du ihn dir zur Brust?«
»Den verurteilt uns doch heute kein Gericht mehr!«
»Hm. Und wenn er wirklich für die Israelis …«
»Nicht genug Beweise«, fiel ihm Macke ins Wort.
»Habe ich mir schon gedacht. Irgendwas in den Akten über Sophie Mahler?«
»In den alten Unterlagen nicht. Nicht dass ich wüsste.«
Unwillkürlich glitt ein Lächeln über Olafs Gesicht. »Wie seid ihr eigentlich dahinter gekommen, dass dieser Loos Romeo-Agent der Stasi war?«
»Alles unsere beste Quelle. *Orion*. Du weißt schon. Mehr sage ich dazu jetzt nicht.«
Olaf pfiff überrascht. »Dann hat der seinen eigenen Mann ans Messer geliefert?«
»So sieht es wohl aus. Aber ehrlich gesagt überrascht mich das nicht. Mit denen sollte man sich besser nicht einlassen.«
»Aber mit dir!«
Macke ignorierte die Bemerkung. »Ich habe übrigens zwei Teams vor Ort und fahre gleich mal selbst raus.

Das wird eine lange Nacht. Wenn du willst, halte ich dich auf dem Laufenden. Bist du zu Hause?«
»Ja. Sicher.«
»Ich melde mich.« Macke legte auf und grinste in sich hinein. Er hatte dem Minister nicht alles gesagt, natürlich nicht. Das hatte er noch nie getan. Macke erhob sich von seinem Schreibtischstuhl, wusch sich die Hände in dem Waschbecken, das in der Schrankwand eingebaut war, trocknete sich sorgfältig ab und überlegte, was er tun würde, wenn irgendjemand versuchen sollte, ihm daraus einen Strick zu drehen. Nun, dann konnte er immer noch sagen, dass ihn niemand gefragt habe.
Stimmte das nicht sogar? Er zog die Augenbrauen hoch und starrte geistesabwesend aus dem Fenster. Olaf hätte ihn ja fragen können, ob sonst noch jemand interessiert war. Dann hätte er es gesagt, hätte es sogar sagen müssen. Wie die Dinge aber lagen, blieb diese Erkenntnis vorerst sein kleines Geheimnis. Ein hübsches Geheimnis, dass sich ausgerechnet *Orion* in diesem Augenblick dort herumtrieb, verborgen hinter einem Zaun, der von Knöterich überwuchert war. Putzer hatte ihn zufällig entdeckt. Hatte mit seiner neuen Nachtsichtkamera über den Platz geschwenkt, als ein Auto um die Ecke gebogen und für den Bruchteil einer Sekunde die überraschten Gesichtszüge *Orions* eingefangen hatte. Ein guter Mann, dieser Putzer. Nun musste er nur noch herausfinden, was *Orion* dort trieb.

Daniel hockte hinter dem dürftigen Schutz, den der Knöterich bot, und fluchte. Was hatte Pia Winckel da drin zu suchen? Wieso verschwand sie nicht einfach? Warum schickte dieser Idiot sie nicht weg? Daniel sah, wie Loos unruhig auf der Bank herumrutschte und sich ganz offenbar unwohl fühlte. Jetzt tu doch endlich was, zischte er stumm. Doch Pia machte noch immer keine Anstalten, aufzustehen und zu gehen.

Daniel schaute auf seine Armbanduhr und erschrak. So spät war es schon! Verdammt. Sein schöner Plan zerrann ihm zwischen den Fingern. Denn eigentlich hatte er vorgehabt, sich wenigstens fünf Minuten dazuzusetzen und sich mit dieser Mahler zu unterhalten, bevor Meisters Männer anrückten. Doch solange diese Journalistin dabei war, ging das natürlich nicht. Er aber musste endlich herausbringen, warum Sophie Mahler Loos die Geheimpapiere ungefragt und ungebeten überlassen hatte. Wer hatte ihr gesagt, dass sein Dienst ausgerechnet darauf scharf war? Selbst Loos hatte es nicht gewusst … Für Daniel war diese Information lebenswichtig, genauso bedeutend wie die Dokumente selbst. Denn nur mit diesem Wissen gelänge es, das Material richtig einzuordnen und zu entscheiden, ob es tatsächlich echt war.

Das war das eine Problem. Außerdem würde sie ihm erklären müssen, wo sie sich das ganze Wochenende über versteckt gehalten hatte, und warum sie vor ein paar Stunden wieder aufgetaucht war.

Erst wenn er auch das erfahren hatte, plante Daniel sich höflich zu verabschieden und Loos zu bitten, noch ein halbes Stündchen zu bleiben … sicherheitshalber, damit niemand Verdacht schöpfe. Tatsächlich aber, damit der *Fuchs* seine Arbeit machen könnte.

Verdammt. Alles lief aus dem Runder! Hektisch verließ Daniel sein Versteck, rannte zu der Telefonzelle und tippte die Zahlenfolge ein, die er längst auswendig kannte. Doch am anderen Ende antwortete niemand mehr. Er biss sich auf die Lippen. Schweißtropfen traten auf seine Stirn. *Notturno* musste verschoben werden ... nur um eine Stunde oder auch zwei.

Aussichtslos. Er würde nicht einmal eine zusätzliche Minute bekommen. Niemand konnte die Männer jetzt noch stoppen. So hatte er selbst es gelehrt, und so würden sie es auch halten. Da war er sicher.

Theoretisch, überlegte Daniel, während er über den Spielplatz zurücklief, gäbe es nur noch eine Möglichkeit. Er müsste Loos auf seinem Handy anrufen, und ihn zwingen, mit Sophie herauszukommen, sich woanders mit ihm treffen, später, morgen vielleicht ...

Doch dazu hatte er keine Lust. Schließlich hatte diese Operation mehr als eine Facette. Und bezog *Notturno* nicht auch einen Teil des Charmes – und beileibe nicht den unbedeutendsten – aus der Tatsache, dass er ganz nebenbei zwei Zeugen loswürde? So gesehen, überlegte er, war eigentlich nichts dagegen einzuwenden, dass diese Pia dabeisaß ... Dann waren es eben drei.

Genau in diesem Moment bog ein Wagen mit röhrendem Motor vor dem Spielplatz um die Kurve. Die Scheinwerfer streiften Daniels Gesicht. Es war nur ein kurzer Augenblick, und doch hatte er das Gefühl, seine Deckung verloren zu haben. Rasch zog er sich zwei Meter weiter in den Schutz der S-Bahn-Böschung zurück, duckte sich hinter dem größten Busch in der Nähe und lauschte angespannt. Doch er bemerkte nichts Verdächtiges, keine lauten Schritte, keine hektische Betriebsamkeit.

Um diese Zeit schlenderten nur noch wenige Passanten gemächlich über den Platz. Die Spielgeräte ragten aus dem Sand. Ab und zu betraten oder verließen Gäste das *Zollinger* oder die Kneipe in dem Backsteingebäude neben dem Spielwarengeschäft. In den hohen Räumen der bürgerlichen Wohnhäuser ringsum gingen nacheinander die Lichter an. Der Ort strahlte die friedliche Gediegenheit eines gutbürgerlichen Viertels aus. Ein paar Minuten vergingen, bis wieder zwei Autos langsam vorbeirollten. Doch deren Scheinwerfer streiften Daniel nicht.

Der Lieferwagen direkt vor dem großen Fenster des *Zollinger* machte Daniel ein wenig nervös. Argwöhnisch betrachtete er den dunkelblauen Kleinlaster, doch keine noch so winzige Bewegung verriet, dass er mehr war, als er zu sein schien. Daniel zuckte mit den Schultern. Was kümmerte es ihn? Bald würde nichts mehr davon übrig sein außer einem zerbogenen Haufen Blech. Und dann bekämen endlich auch ein paar Berliner eine Ahnung davon, welchem Albtraum sie daheim in Jerusalem, Haifa und Tel Aviv ausgesetzt waren. Jeden Tag, jede Stunde.

Die Vorstellung tat Daniel gut. Er gönnte sich ein paar Minuten und gab sich der Vorfreude hin, sah die Blaulichter der Ambulanzen und der Polizeiwagen, hörte im Geiste die geschockten Nachrichtensprecher, genoss jeden Satz der aufgeregten Moderatoren. Und aufgeregt würden sie sein. Sehr aufgeregt. Dabei würden sie nie herausfinden, was wirklich geschehen war. Dies war vielleicht das Schönste. Sie würden glauben, was immer man ihnen auftischte, und nicht hinter die Kulissen schauen …

Unruhig blickte Daniel sich um. Sein Nacken begann zu kribbeln. Die feinen Härchen auf seiner Haut stellten sich auf. Das war ein untrügliches Zeichen. Er war entdeckt worden, jemand beobachtete ihn. Aber wer? Und wo? Sosehr er sich auch anstrengte – er konnte nichts erkennen. Hinter ihm ratterte eine S-Bahn vorbei, und es wurde immer dunkler.

Da fiel es ihm wie Schuppen von den Augen, und er beruhigte sich augenblicklich. Natürlich. Es waren Meisters Männer, die bereits da waren! Wer sonst sollte es auch sein? Anerkennend schürzte er die Lippen. Sie machten ihre Sache mittlerweile richtig gut. Er spürte zwar, dass sie da waren, aber er konnte sie nicht sehen. Es hatte sich gelohnt, mit ihnen zu arbeiten. Die deutsche Polizei würde große Probleme bekommen.

David grinste böse. Je härter der *Fuchs* zuschlug, desto schlechter würde das deutsche Gewissen werden und desto länger die Einkaufsliste.

Olaf hockte erschöpft in seiner Küche, ein Glas Wein vor sich, und tat sich selbst Leid. Nun, da er zur Untätigkeit verdammt war, wurde ihm erst bewusst, wie tief Sophie ihn getäuscht hatte. Ja, sie hatte ihm wirklich alles verdorben. Den ganzen Tag über hatte er insgeheim dem Moment entgegengefiebert, da er sie wieder sehen und sie endlich erlösen würde. Er hatte sich ihre Freude vorgestellt und war schon in seiner Rolle als Retter aufgegangen, dem sie erleichtert um den Hals fallen würde, weil er ihr die grässliche Furcht nahm. Einmal hatte er sich sogar ausgemalt, wie er sie in die Arme schließen und ihr sanft ins Ohr flüstern würde, dass niemand die Absicht hatte, ihr etwas anzutun …

Quatsch. Olaf straffte sich, knallte sein Glas auf den Tisch und schnaubte. Er machte sich zum Narren! Hatte er sich eingebildet, dass sie tatsächlich hier in seiner Wohnung auf ihn warten würde, um ihn anzuhimmeln? Wie blöde war er eigentlich geworden in der Zeit, die er nun schon allein lebte? Dumm genug jedenfalls, sich über ihre Angelegenheiten den Kopf zu zerbrechen, obwohl sie ihn doch wirklich nichts angingen. Da hatte er tatsächlich seinen gesamten Apparat in Bewegung gesetzt, um ihr zu helfen, und hatte zu allem Überfluss auch noch Erfolg gehabt. Er hatte fast alle Antworten auf ihre Fragen bekommen und war nach Hause geeilt, um ihr die frohe Nachricht zu überbringen, dass sie sich keine Sorgen mehr machen müsste. Nicht einmal um ihren Job. Sie würde zwar versetzt werden, vermutlich in irgendeine harmlose Abteilung, die irgendwelche belanglose Broschüren verschickte, doch sie würde nicht arbeitslos werden. Dafür würde er sorgen. Und sie würde auch nicht angeklagt werden. Das alles hatte er ihr sagen wollen und tatsächlich geglaubt, sie würde jubeln …

Er war eben ein wenig aus der Übung, entschuldigte er sich matt, und hatte das Glitzern in ihren Augen falsch gedeutet. Da saß er nun und musste Froben Mackes Häme verdauen. Vielleicht war es die unverhohlene Freude des anderen über sein Scheitern, was ihn am meisten ärgerte. Sie war ihm entwischt. Wie peinlich! Er hatte sich lächerlich gemacht, und auch daran war Sophie schuld. Er hatte sich benommen wie ein kompletter Idiot. Mackes Stimme hallte in seinem Kopf wider ... Keinerlei Anzeichen, dass er sie gefesselt und geknebelt hätte ... Fast so, als hätte er auf sie gewartet ... Zusammen weggegangen ...

Sie war diesem Loos verfallen, diesem Romeo-Felix, diesem Spion, diesem feigen Hund, diesem ... Das war es. Sie würde nie etwas für ihn, Olaf Übereck, empfinden. Dieser widerliche Kerl spukte noch immer in ihrem Kopf herum und dagegen käme er nie an, schon weil er nur ein langweiliger Bürohengst war, der seine Karriere bereits gemacht hatte ... Olaf ließ seinen Kopf auf die Tischplatte sinken und hämmerte ein paar Mal mit der Stirn darauf, bevor er erschöpft innehielt und fühlte, wie der Schmerz in seinem Inneren nachließ und der altbekannten, trostlosen Leere Platz machte. Er erhob sich, spritzte sich kaltes Wasser ins Gesicht und verbot sich, weiter darüber nachzudenken. Doch seine Neugierde ließ sich nicht abschütteln, er wählte Mackes geheime Handynummer. »Wie steht's?«

»Die sitzen immer noch zusammen.«

»Aha«, presste er finster heraus. »Irgendwelche Auffälligkeiten?«

»Auffälligkeiten?«, erkundigte sich Macke betont harmlos. »Was meinst du damit?«

Olaf stutzte. Er kannte diesen Mann seit Jahren. Hier stimmte etwas nicht. »Froben, was verheimlichst du mir?«
»Was sollte ich dir denn verheimlichen?«
»Das hätte ich ja gerne von dir gewusst. Komm. Rück's raus. Was geht da vor?«
Macke räusperte sich. »Nun ja, ich bin übrigens jetzt vor Ort. Na ja, nicht ganz. Wir haben noch einen Wagen eine Ecke weiter auf der Kantstraße postiert. Wenn du willst, komm doch rüber.«
»Ist das nicht ein bisschen dick aufgetragen? Der Geheimdienstchef und ein Kanzleramtsminister?«
»Tja, es scheint dich immerhin brennend zu interessieren.«
»Aber meine Sicherheitsbeamten sind schon zu Hause«, wandte Olaf ein. »Und du hast mir doch ausdrücklich gesagt …«
»Ja, ja, schon gut!«, lachte Macke. »Ich schicke dir meine, die sitzen im Moment eh nur rum und … Oh!«
»Was ist?«
»Das ist ja …«
»Froben, sag mir sofort, was los ist!«, verlangte Olaf.
»Zwei Sekunden … hm … Was macht er jetzt? Er geht rein? … Wirklich? Na ja. Dann ist ja gut. War wohl falscher Alarm.« Macke atmete geräuschvoll aus, bevor er brummte: »Alles in Ordnung. Olaf, bist du noch dran?«
»Ja, sicher. Jetzt sag schon!«
»Ein Radfahrer. Näherte sich zielstrebig und stellte sein Fahrrad an der Scheibe ab. Wir dachten schon, er würde

abhauen. Er hat sich so auffällig umgesehen, dass meine Leute ziemlich nervös geworden sind. Aber du hast das ja mitgekriegt. Er hat das Rad in aller Seelenruhe abgeschlossen und ist reingegangen.«

»Du glaubst ...?«

»Ich glaube gar nichts. Meine Leute sind nur neuerdings etwas ... sagen wir, übervorsichtig. Ja, übervorsichtig ist ein gutes Wort. Sie mögen einfach keine Fahrräder mehr. Und erst recht keine mit dicken Gepäcktaschen.«

»Dann sieh doch mal nach, was drin ist!«

»Bist du verrückt geworden? Ich werde einen Teufel tun! Ich will heute Abend keinen Aufruhr!«

»Froben!«, brummte Olaf warnend. »Komm mir nicht auf die Tour. Du verheimlichst mir etwas! Ich weiß es genau! Und wenn du es nicht jetzt sagst, werde ich später behaupten, du hättest mich bewusst nicht informiert!«

Macke schwieg, und Olaf wusste, dass er am Ende Sieger bleiben würde. »Also?«

»*Orion* ist hier.«

»Sag das noch mal!«

»*Orion* ist hier«, wiederholte Macke tonlos. »Hockt hinter einem Busch und wartet. Ich habe auch eine Ahnung, worauf ... Wenn es dich interessiert, komm endlich vorbei. Ich habe keine Lust, das alles am Telefon zu klären.«

»Lass deine Gorillas, wo sie sind. Ich nehme ein Taxi. Kein Mensch weiß davon. Also hör auf, mich zu nerven, und bis gleich«, schnauzte Olaf, warf den Hörer auf die Gabel, fuhr sich vor dem Spiegel im Flur mit gespreizten

Fingern durch die Haare, griff nach seinem Mantel und hatte die Wohnung schon fast verlassen, als das Telefon klingelte. Olaf sah skeptisch hinüber und war beinahe entschlossen, es zu ignorieren, doch dann siegte seine Neugierde. »Ja?«

»Ich bin's. Der Leo. Dein Freund Leo«, lallte Dieckmann.

Olaf schloss die Augen und atmete tief durch. Das hatte ihm gerade noch gefehlt.

»Hallo? Bist du da? Wo bist du? Huhu!«

»Ja«, seufzte Olaf und zwang sich zur Ruhe. »Ich bin da. Es geht dir nicht gut, oder?«, fügte er mitleidig hinzu.

»Also, ich habe alles versucht. Ich wollte sie finden. Ehrlich. Aber sie geht nicht dran. Ans Telefon, meine ich. Ich kann dir nicht helfen, diesmal nicht. Sonst immer zu Diensten. Ich trete zurück, wann du es willst ... Ich könnte mich auch mal kurz erschießen, wenn es das ist, was du willst. Aber die Frauen, die Frauen ... Ich weiß es einfach nicht ...«

»Was weißt du nicht?«, fragte Olaf geduldig.

»Na, das mit den Frauen! Pia und so. Du wolltest doch wissen, wo Pia ist. Ach nein, du hast ja die Sophie gesucht. Ja, ja, die Sophie! Aber die ist eh weg. Die hat mein Freund Olaf wegsperren lassen ... Ach, das bist du ja selber ... Na ja. Also. Jedenfalls. Die Pia ist nicht da, und deshalb kann ich sie auch nicht fragen, wo die Sophie ist, und deswegen kann ich dir auch nicht ...«

»Ich weiß, wo sie sind«, unterbrach Olaf Leos wirren Redeschwall. »Jetzt hör mir mal gut zu. Halt sofort deinen Kopf unter kaltes Wasser und zieh dich an. Ich komme in … sagen wir einer Viertelstunde vorbei und hole dich ab.«

»Aber wieso willst du mich denn abholen?«

»Weil …« Olaf überlegte fieberhaft, wie er es erklären sollte. Doch er wusste, dass der Freund in seiner jetzigen Verfassung nichts begreifen würde. Also sagte er: »Ich bringe dich zu Pia. Aber nur, wenn du nüchtern bist. Jedenfalls so nüchtern wie möglich. Verstanden?«

»Du bringst mich zu Pia? Wirklich? Du weißt, wo sie ist? Mensch, das ist ja … Weißt du, was? Du bist ein echter Kumpel. Ich habe es immer gewusst. Wir beide, wir bescheißen einander nicht! Wir beide nicht …«

»Ja, ja«, unterbrach Olaf ihn ungeduldig. »Schon gut! Jetzt mach, was ich dir sage! Kopf unter kaltes Wasser und ordentlich anziehen! Hast du mich verstanden? Wir haben nicht viel Zeit! Was hast du eigentlich getrunken?«

»Was ich getrunken habe? Na, einen kleinen Whiskey! Oder vielleicht auch zwei? Hm, keine Ahnung. Es war guter alter Whiskey. Single Malt. Wunderbar! Und soll ich dir was sagen? Ich darf das jetzt! Ich bin nämlich gar nicht mehr ich. Ich kann jetzt machen, was ich will. Ich kann mich so lange besaufen, wie ich will, ich bin nämlich zurückgetreten und …«

»Machst du trotzdem, was ich dir gesagt habe?«

»Du meinst Kopf unter kaltes Wasser?«

»Genau.«

»Kopf unter kaltes Wasser … Kopf unter kaltes Wasser … Kopf unter kalt…«

Olaf legte auf, schüttelte den Kopf und entschied, sich

ein Taxi nach Hause zu bestellen. Die fünf zusätzlichen Minuten würde er Leo geben. So würde er auch Mackes Großmut nicht überstrapazieren. Vielleicht hatte Macke ja ausnahmsweise Recht. Es war wirklich im Moment zu riskant, einfach hinüber zum Mexikoplatz zu spazieren und in den erstbesten Wagen einzusteigen.

# 12

Pia beugte sich über ihr Pfeffersteak, schnitt mit aufreizender Ruhe ein Stück ab, tunkte es vorsichtig in die Soße, legte eine Scheibe Bratkartoffel darüber und grübelte. Irgendwoher kannte sie diesen blonden Hünen, der seit fünf Minuten an der Theke stand, auf den Fersen wippte und sichtlich nervös war. Wie seine Augen flackerten! Pia sah sich um, doch sie konnte niemanden erkennen, dem seine Aufregung gelten könnte. Weder eine Frau noch einer der Männer an den Tischen schien an ihm interessiert. Tatsächlich schien außer ihr niemand den jungen Mann zu beachten, der mit seinen ausgeprägten Wangenknochen, dem markanten Kinn und gewaltigen Schultern bestimmt der ultimative Liebling der Frauen war. Pia musste lächeln. Es war gar nicht so lange her, da wäre sie selber dahingeschmolzen ...

Energisch rief sie sich zur Ordnung. Irgendetwas stimmte nicht mit ihm. Der Mann strahlte eine ansteckende Unruhe aus, und ganz sicher hatte sie ihn schon einmal gesehen ... Pia war sich fast hundertprozentig sicher. Aber wo? War er einer der Bodyguards, die ständig um einen der Minister schwirrten? Hm, nein. War er etwa ein Kollege? Einer von den Neuen, vom Fernsehen oder von einer der zahllosen unbedeutenden Radiostationen, die wie Pilze aus dem Boden schossen? Das würde passen, aber …

Sie presste die Lippen aufeinander und schüttelte den Kopf. Unwahrscheinlich. Sie zermarterte sich weiter das Hirn, blickte immer wieder verstohlen zu dem jungen Mann hinüber, und doch verschwamm das Bild jedes Mal, wenn sie fast sicher war, danach greifen zu können.

»Sind Sie scharf auf den?«, höhnte Loos finster. »Dann nichts wie ran, ist doch ein gut aussehendes Kerlchen!«

»Idiot«, zischte Pia.

Sophie seufzte. »Ich verstehe nicht, was das hier alles soll«, sagte sie mit belegter Stimme. »Ich bin müde und will nach Hause.« Sie machte zaghafte Anstalten, aufzustehen.

Wortlos packte Rainer Loos sie am Handgelenk und zwang sie zurück auf ihren Platz. »Du bleibst, wo du bist. Sag lieber meiner lieben Kollegin, dass sie sich verpissen soll!«

Pia schüttelte missbilligend den Kopf. »Was für eine Sprache! Ts, ts. Ich habe Ihnen nun schon mehr als ein Mal gesagt, dass ich gern mit Sophie gesprochen hätte. Unter vier Augen, wenn Sie nichts dagegen haben.«

»Ob ich was dagegen habe? Und wie ich was dagegen habe!«, giftete Rainer Loos. »Wir erwarten noch jemanden, und ich bin sicher, dass Sie die Letzte sind, auf die unser Gast treffen möchte, verehrte Frau Kollegin.«

»So ein Pech aber auch, für Ihren Gast, meine ich, und für Sie. Ich bleibe nämlich hier. Und zwar so lange, bis ich erfahren habe, was ich wissen muss.«

»Ganz schön hartnäckig!«
»Sonst kommt man zu nichts, das wissen Sie doch, verehrter ... Herr ... Kollege.« Sie betonte jedes der letzten drei Wörter mit besonderer Verachtung und säbelte alsdann ein weiteres Stück des köstlichen Fleisches ab. Am liebsten hätte sie ihre Portion verschlungen, doch sie brauchte das Essen, um ihre Unsicherheit zu überspielen und um eine Entschuldigung vor sich selbst zu haben, warum sie blieb. Denn in Wahrheit war ihr äußerst unwohl zumute. Sie spürte die Spannung, die zwischen Loos und Sophie herrschte, und restlos sicher war sie sich trotz Sophies flehentlicher Blicke nicht, ob es richtig war, was sie tat. Sollte sie einfach sitzen bleiben, schon um dieser schmalen, schmächtigen Frau mit den dunklen Schatten unter den Augen, so gut es ging, beizustehen? Oder sollte sie einfach gehen, sich heraushalten aus dieser mysteriösen Sache, die ihr mittlerweile richtig Angst einjagte? Was war mit Sophie los, die erst mit Geheimpapieren um sich warf – um kurz darauf spurlos zu verschwinden, eine verwüstete Wohnung zurückzulassen, in diesem jämmerlichen Zustand wieder aufzutauchen, und das auch noch in Begleitung eines Kollegen, der fest entschlossen war, sie, Pia Winckel, loszuwerden?
Warum ließ sie sich überhaupt auf so etwas ein, fragte Pia sich missmutig? Wer zahlte ihr das? Der *dnd* ganz sicher nicht. Nicht einmal eine mickrige Überstunde könnte sie sich aufschreiben. Wäre es nicht das Beste, sie vergäße die ganze leidige Affäre und kümmerte sich um Dinge, die sie überblicken konnte?

Es war nur ein flüchtiger Gedanke, denn in Wahrheit hatte sie natürlich nicht die Absicht, so kurz vor dem Ziel aufzugeben und aus einer Geschichte auszusteigen, die zwar reichlich mysteriös war, aber ganz offenbar darauf wartete, von ihr geklärt zu werden. Oh nein, da hatte sich dieser Loos gewaltig in ihr getäuscht, wenn er das glaubte. Sie würde bleiben. Und Max Tisch würde Augen machen! »Sophie! Nun sagen Sie doch auch mal was!«, drängte sie. »Geht das, dass wir ein Wort unter uns wechseln, oder brauchen Sie diesen ungehobelten Kerl da so dringend?«

Unsicher schaute Sophie von Loos zu Pia.

»Also, ich habe ihn nicht gebeten, mich hierher zu bringen. Könnten Sie nicht mit mir nach Hause fahren?«

Leos Sekretärin sah plötzlich alt und zerbrechlich aus. Wütend warf Pia ihr Besteck auf den Teller. »Aber natürlich …«

»Sie werden nichts Dergleichen tun!«, unterbrach Loos sie rüde und blickte entschlossen von einer zur anderen. »Es geht hier um ein paar Dinge, die, wie ich fürchte, über den Horizont einer kleinen Agenturmaus gehen. Aber ich lade Sie natürlich herzlich ein, die Tage mal in unser Blatt zu sehen. Da können Sie noch was lernen! Und wenn Sie jetzt nicht gleich verschwinden, gibt es richtig Ärger!«

*»Ihr Blatt?* Sie reden von *Ihrem Blatt?* Von der *Freiheit?«,* fragte Pia höhnisch. »Ausgerechnet! Da soll ich reinsehen und was lernen? Hinter welchem Mond leben Sie eigentlich? Ihr seid doch nicht besser als alle anderen

und schreibt auch nur ab. Von uns! Ja, ja, jetzt sind Sie ruhig, was? Sie verachten uns Agenturleute doch nur deshalb, weil Sie genau wissen, dass Sie ohne uns nicht leben können! Denn was wir schreiben, ist Gottes Wort. Es muss nur aus dem Ticker kommen! Das ist die Wahrheit, Sie … Sie … Möchtegern-Edelfeder … Sie Schmierant …«

»Vorsicht!« Rainer hob den rechten Zeigefinger und blickte sie mahnend an. »Was wollen Sie eigentlich machen, wenn ich meiner Chefredaktion erzähle, was Sie da gerade von sich gegeben haben? Wovon wollen Sie leben, wenn wir und die anderen Zeitungen Ihren dämlichen Dienst einfach abbestellen? Hä? Na? Wie wäre das?«

»Wie das wäre?« Pia starrte ihn wütend an. »Das liegt doch auf der Hand! Ich kriegte eine Menge Ärger … Vermutlich wäre ich sogar meinen Job los. Aber Sie kämen in spätestens zwei Monaten auf Knien zurückgerobbt und würden uns anflehen, Sie doch bitte, bitte weiter zu bedienen. So wäre das! Weil Sie ohne uns Agenturen nicht leben können!« Sie lehnte sich zurück und fuhr bedrohlich leise fort: »Natürlich können Sie mir das Leben zur Hölle machen. Bitte, daran kann ich Sie nicht hindern. Aber meine Arbeit können Sie nicht machen, dafür sind Sie viel zu langsam und … verzeihen Sie … auch zu verstockt. Und viel zu blöde!«

»Das glauben aber auch nur Sie, Sie dumme Schnepfe … Sie …«

»Hört auf!« Sophie starrte sie aus weit aufgerissenen Augen an. »Ich kann nicht mehr! Und es ist mir vollkommen egal, wer von wem abschreibt!« Sie sackte in sich zusammen.

»Das tut mir aber Leid«, antwortete Rainer Loos kühl. »Den Stress hast du deiner kleinen Freundin hier zu verdanken. Wenn die nicht wäre, hätten wir die Sache vermutlich längst hinter uns. Unser Freund wird so lange nicht kommen, wie sie hier am Tisch sitzt. Und wenn sie nicht freiwillig geht, müssen wir eben noch ein bisschen warten!« Rainer zog sein Handy aus der Jacketttasche und betrachtete das Display. Es schien alles in Ordnung damit zu sein, der Akku war geladen, und nichts deutete darauf hin, dass David versucht hatte, ihn zu erreichen. Unruhig kniff Rainer Loos die Augen zusammen und versuchte, in der großen Scheibe hinter seinem eigenen Spiegelbild zu erkennen, was draußen auf dem Platz vor sich ging. War David irgendwo da draußen? Oder hatte er es längst aufgegeben, sich verärgert abgewandt, nur um ihm morgen bittere Vorwürfe zu machen? War das Projekt gescheitert, bei dem er gehofft hatte, David endlich einmal so richtig zu beeindrucken?

Rainer wusste nicht, wie es weitergehen sollte. Was sollte er tun, wenn David nicht kam? Durfte er Sophie nach Hause bringen, sie aus den Augen lassen, oder musste er sie mitnehmen und sie zwingen, bei ihm zu bleiben, bis David sie in die Finger bekam?

Fragen über Fragen quälten ihn. Und so kam es, dass er die Gefahr nicht wahrnahm.

Auch Daniel hatte aus seinem Versteck heraus den Jungen mit dem Fahrrad gesehen. Sein Atem stockte, als ein Lichtstrahl aus dem *Zollinger* auf sein Gesicht fiel.

Ben!
Sie hatten Ben geschickt! Nein!, schrie alles in ihm, jeden, nur nicht Ben!
Minutenlang konnte er nicht begreifen, was dies bedeutete. Sein Herz war von grenzenlosem Schmerz erfüllt. Warum Ben? Und warum war er so früh dran? Das war so nicht abgesprochen!
Was für ein teuflischer Plan! Wollten sie, dass sich ihr stärkstes, blondes Mitglied bewies und mit einer Heldentat verewigte? Vor allem aber peinigte Daniel die Frage, wie Ben damit fertig werden würde. Könnte er je wieder ein normales Leben führen, nachdem er so etwas getan hatte? Wie viele Tote würde es in wenigen Minuten geben? Zehn? Zwanzig?
Wie lebte es sich nach so einem Anschlag?
Es war eine Wendung des Schicksals, mit der Daniel nicht gerechnet hatte. Doch da er dazu ausgebildet war, unter allen Umständen seinen Auftrag zu erledigen, erledigte er zuerst den entscheidenden Anruf, bevor er sich wieder seinem Entsetzen hingab. Er hatte fest geglaubt, sie könnten Ben in zwei, drei Tagen zurückholen in die Botschaft und dann nach Hause schleusen und die Operation ein für allemal vergessen. Doch nun hatte sich das Blatt gewendet. Nun gäbe es kein Vergessen mehr. Nicht für Ben und vermutlich auch nicht für ihn.
Warnungen hatte es genug gegeben. Ben hatte aufhören wollen, und alle, auch Ephraim, hatten es gewusst. Und was hatten sie getan? Sie hatten ihn nur abgeschaltet, und keine Treffs mehr mit ihm arrangiert, und ihn dort

gelassen, wo er war. Und niemand hatte ihn gefragt, warum er glaubte, es nicht mehr auszuhalten.

Jetzt wussten sie es.

Daniel machte sich die bittersten Vorwürfe. Wie oft in all den Wochen, in denen er, der mit allen Wassern gewaschene *Katsa*, die Bande trainiert hatte, hatte er gespürt, wie viel Kraft es den unerfahrenen Ben kostete, weiterzumachen. Und was der Junge in dieser Zeit geleistet hatte, war beachtlich gewesen. Keiner dieser Schweine hatte auch nur den Funken einer Ahnung, wer er wirklich war. Der *Fuchs* hatte ihm rückhaltlos vertraut, ihn ständig um sich gehabt …

War es der Neid der anderen? Musste er deswegen diesen Auftrag erledigen?

Vielleicht.

Ben hatte seine Rolle so gut gespielt, dass es Daniel nur gelungen war, hinter die Fassade zu blicken, weil er bereits alles über ihn wusste. Wie gern hätte er sich dem Jungen anvertraut, ihn in einem stillen Augenblick beiseite genommen und ihm ins Ohr geflüstert, dass er nicht allein war, dass es bald zu Ende wäre und dass daheim alle furchtbar stolz auf ihn waren. Ephraim aber hatte ihn streng ermahnt. Er durfte Ben nicht zusätzlich in Gefahr bringen. Seine eigene Deckung als Fritz Meurer und die Bens als ein zu aller Gewalt bereiter Nazi mussten erhalten bleiben.

Armer, armer Ben. Daniel stöhnte und kroch hinter dem Busch hervor, um einen besseren Blick auf das Geschehen zu haben. Es kostete ihn ungeheure Kraft, tatenlos mit anzusehen, wie der Junge sein Fahrrad mit gespielter

Leichtigkeit an die Scheibe lehnte. Zugleich aber bewunderte er ihn dafür, denn er ahnte, wie schwer die Taschen am Gepäckträger waren.
Ben ließ sich nichts anmerken. Er schaute sich kurz um, und ... Daniel konnte es nicht fassen. Wieso ging er hinein? War er verrückt geworden? Was suchte er da drinnen? Was, wenn die verdammte Bombe jetzt in die Luft ging? Er wollte doch nicht ...? Nicht Ben!
Nein!
Er duckte sich und ballte krampfhaft die Hände, doch nichts geschah. Der Junge stellte sich breitbeinig an die Theke, als wäre es das Normalste der Welt, und sah sich um. Dann bestellte er etwas, hielt sein Glas mit beiden Händen fest und wippte unruhig auf seinen Fersen.
Der hat Nerven, schoss es Daniel durch den Kopf, und gebannt starrte er in die Kneipe. Ben machte keinerlei Anstalten, zu gehen. Daniel bemerkte, dass Pia auf Ben aufmerksam wurde. Er hielt die Luft an. Würde sie ihn wieder erkennen? Schließlich hatte sie Ben schon einmal gesehen, wenn auch nur ganz kurz, im Wald ...
Na und? Was konnte schlimmstenfalls passieren?
Daniel zuckte mit den Schultern. Nichts. Nichts würde passieren. Bevor sie zur Besinnung käme, wäre sie tot.

Olaf erkannte den Lieferwagen sofort. Er war unauffällig auf dem Seitenstreifen vor einer Änderungsschneiderei und einem Eier-Geschäft geparkt, und nichts deutete auf den brisanten Inhalt hin. Olaf ließ das Taxi halten, tippte Leo auf die Schulter und brummte: »Los, aufwachen. Wir sind da.«

Leo blinzelte und sah sich um. Überall blinkten Lichter in den längst geschlossenen Geschäften, Autos hupten, die Bäume auf dem Mittelstreifen rauschten im Wind, und er fror. »Wo? Wie? Ähm … Oh Mann, mein Kopf!«, stammelte er, duckte sich schließlich, stieg aus und strich sich über seinen Dreitagebart. Er war noch ein wenig benommen, und noch immer verschwammen die Bilder vor seinen Augen, doch es wurde schon besser. Er vermochte wieder gerade zu stehen, und bald, das spürte er, wäre er auch wieder in der Lage, klare Gedanken zu fassen. Fürs Erste aber wollte er nur eine Tasse Kaffee, am liebsten einen Espresso. »Ich geh mal da rüber«, murmelte er und zeigte auf einen Stehimbiss.

»Das wirst du hübsch bleiben lassen!«, herrschte Olaf ihn an. »Du trinkst jetzt keinen Schluck mehr!«

»Ich wollte doch nur einen Kaffee!«, widersprach Leo.

»Später. Jetzt komm erst mal!« Er zog den Freund mit sich und klopfte gegen die blaue Blechwand des Transporters, dessen Tür sich sogar öffnete. Die beiden Männer kletterten hinein. »Los, los, beeilt euch!«, murmelte Macke, schaute besorgt hinaus und schlug in dem Moment, in dem Leo eingestiegen war, die Tür wieder zu.

Leo brauchte einen Moment, um sich in der Dunkelheit zurechtzufinden. Dann entdeckte er die Monitore. Geduckt stand er da, kniff die Augen zusammen und betrachtete die unscharfen Bilder. »Das ist ja … Mensch! Das ist ja Pia! Wo sind wir denn hier? Wo ist sie? Was soll das alles?« Mit einem Schlag war er nüchtern.

Wortlos deutete Macke auf die Bank, auf der Olaf bereits Platz genommen hatte, und sah den Kanzleramts-

chef unsicher an. Es war offensichtlich, dass er in Leos Gegenwart nicht sprechen wollte. Olaf aber nickte aufmunternd. »Es ist in Ordnung. Sag's ihm!«
Macke blies seine Backen auf und ließ die Luft langsam wieder entweichen, bevor er begann: »Erst muss ich dir was sagen. Aber das wirst du nicht glauben …«
»Versuch's.«
»*Orion* hat sich gemeldet.«
»Ja und?«
Macke zeigte auf den Monitor. »Da, sieh es dir an. Ich hatte es im Gefühl. Dort wird es passieren.«
»Wie bitte?« Olaf legte den Kopf schief, als könne er so Mackes Worte besser begreifen.
»Wie ich schon sagte. Es wird dort passieren. Und es gibt nichts, was wir dagegen tun könnten.«
Leo schüttelte sich wie ein nasser Hund. »Moment mal! Das Ganze noch mal für Doofe. Was wird passieren? Und wer, verdammt noch mal, ist *Orion*? Und was ist hier überhaupt los?«
»*Orion* ist unsere beste Informationsquelle«, antwortete Olaf. »Du weißt schon … Die uns schon mal gewarnt hat … und Recht hatte. Leider.«
»Ach so. Hm, ich erinnere mich. Und?«
»Was du da siehst, sind wohl, wenn ich das richtig verstehe, Livebilder vom Stuttgarter Platz, eine Ecke weiter in diese Richtung.«
Olaf streckte den Arm aus und hoffte, die richtige Seite erwischt zu haben. »Wie wir unschwer erkennen können, sitzt deine Pia gerade mit Sophie und diesem widerlichen Loos in einer Kneipe namens *Zollinger*, und nach

allem, was unser Freund hier andeutet, geht sie gleich in die Luft.«
»Wer? Die ganze Kneipe?«
Macke nickte.
Leo sprang auf und schlug sich den Kopf an der unverkleideten Blechdecke. »Au! Verdammt. Mensch kommt! Schnell! Wir müssen …«
»Was müssen wir?« Macke packte ihn am Arm, zog ihn auf die Bank zurück und sah ihm kalt ins Gesicht.
»Na, evakuieren natürlich! Alle Leute da raus!«, brüllte Leo und fuchtelte aufgeregt mit den Armen. »Was denn sonst? Dann die Bombenexperten holen, alles abriegeln, entschärfen …«
Macke schüttelte lächelnd den Kopf. »Wenn Sie nicht leiser sind, müssen Sie leider gehen.«
Leo stutzte. Und schwieg.
Macke fuhr fort: »Im Übrigen haben wir den Platz vor zehn Minuten so unauffällig wie möglich abgeriegelt. Es kommt niemand mehr dorthin. Ich weiß zwar nicht, warum ich Ihnen das alles erzähle, aber wenn Kanzleramtschef Übereck hier meint … Bitte. Ich kann Ihnen also mitteilen, dass ein Sondereinsatzkommando Position bezogen hat. Alle Verdächtigen können sofort verhaftet werden …« Er wandte sich an Olaf: »Den Rest der Israelis haben wir bereits festgesetzt. Die hatten schon gepackt, als wir die Wohnung gestürmt haben.«
Leo schlug die Hände vors Gesicht. »Was ist denn das hier für eine Horrorshow! Ich fasse es nicht! Warum, zum Teufel, holen Sie die Leute nicht aus der Kneipe?«
»Keine Sorge, denen wird schon nichts passieren. Er-

innern Sie sich nicht? Die Bombe am Finanzministerium war auch nicht sehr groß. Das ist bestimmt wieder harmlos. Ein paar kaputte Scheiben, mehr nicht.«

»Und wenn nicht?«

»Wenn nicht? Dann ist es jetzt auch zu spät. Ja, meine Güte, ich bringe doch nicht meine eigenen Leute in Gefahr! Im Übrigen« – erneut fixierte er Leo mit einem kühlen Lächeln – »wäre es doch wirklich ein Jammer, wenn wir dieser Sache nicht ein für alle Mal ein Riegel vorschieben könnten. Finden Sie nicht?«

»Und wie, bitte schön, meinen Sie das?«

»Ich meine, dass wir all die bösen Menschen wieder laufen lassen müssten, die wir jetzt schon haben ... Dieses Schwein Meister und seine Truppe sind bereits umstellt. Wir können sofort zuschlagen, wenn die Bombe hochgeht. Wenn nicht, dann müssten wir natürlich wieder abziehen, das ist Ihnen doch klar, oder?«

»Aber die Explosion am Finanzministerium ...«

»Wir haben keine Beweise, dass die das waren. Sorry.« Macke zuckte in einer hilflosen Geste mit den Schultern. »Natürlich vermuten wir stark, dass sie dahinterstecken. Aber mehr als eine Vermutung ist das nicht. Es reicht nicht.«

»Aber diesmal würde es genügen?«

Macke schürzte die Lippen und nickte. »Ich denke schon. Sehen Sie den jungen Mann da? Den Riesen an der Theke mit den hellen Haaren? Das ist einer von ihnen. Meine Leute haben ihn eindeutig identifiziert.«

Leo starrte mit offenem Mund auf den Monitor. »Und was macht der da? Der trinkt doch nur ein Bier!«

»Tja, das ist eine gute Frage. So genau wissen wir das nicht. Das Beste wäre, er brächte sich gleich selbst mit um. Dann müssten wir uns vor Gericht nicht allein auf die Aussage unseres Freundes *Orion* verlassen. Da wird nämlich nicht viel kommen ...«

»Und warum nicht?«

Statt einer Antwort sprach Macke in ein Mikrofon. »Zeigen Sie uns doch bitte noch mal unseren Freund ...«

Sofort erschien auf dem Schirm das Schwarzweißbild eines Gesichts, das nur Bruchteile von Sekunden ausgeleuchtet wurde. »Da ist er. Keine fünfzig Meter weit weg.«

»Wer?«, fragte Leo verständnislos.

»Na, von wem reden wir hier? *Orion* natürlich!«, knurrte Macke.

»Sie wollen mir doch nicht sagen, dass das *Orion* ist? Und dass der da draußen irgendwo sitzt und alles beobachtet?«

»Genauso ist es aber.«

»Scheiße!«, stieß Leo aus.

»Ja«, nickte Macke bedächtig, »so sehe ich das auch. Aber jetzt überlegen Sie doch mal, was passiert, wenn wir ihn, statt ihn gleich festzunehmen, laufen lassen müssen, weil keine Bombe explodiert. Meinen Sie nicht, dass dann die Gefahr noch viel größer wird?«

Leo senkte den Blick und zuckte mit den Schultern.

»Dies hier ist ein seltener und echter Glücksfall«, fuhr Macke siegessicher fort. »Einmal im Leben wissen wir rechtzeitig, wann und wo ein Sprengsatz losgehen soll. Ist das nicht wunderbar? Und wir wissen sogar, wer dahinter steckt. Jetzt muss es nur noch passieren, und dann können wir sie alle einkassieren! Ein für alle Mal! Ach übrigens, die Israelis denken, dass sie nur gewinnen können, wenn hier heute Abend was in die Luft fliegt!«

»Ach ja?«

»Ja, natürlich. Weil sie natürlich nicht die geringste Ahnung haben, dass uns längst bekannt ist, dass sie hinter Meisters Trupp stecken. Das war auch eher ein Zufall, weil wir auf diesen Loos gestoßen sind, und Ihre kleine Freundin Pia …«

»Lassen Sie Pia endlich aus dem Spiel!«, fauchte Leo ihn an.

»Dafür ist es ein bisschen zu spät, finden Sie nicht? Aber was will man machen? Sie hat leider nicht auf uns gehört.« Macke legte eine Pause ein, bevor er weitersprach. »Und jetzt wird sie für ihre Neugier bezahlen müssen. Aber zurück zu *Orion*. Er glaubt, wir würden ihm für seine Warnung für immer dankbar sein und zugleich ein echtes Problem haben. Immer vorausgesetzt, die Bombe geht wie geplant hoch. Denn dann müssten wir zugeben, dass bei uns die Nazis wieder ihr Unwesen treiben. Und in einer solchen Situation Waffenlieferungen an Israel zu verweigern, ist … das ist wohl kaum möglich. Außenpolitisch katastrophal!«

»Da haben Sie mich verloren, sorry. Wenn die Bombe hochgeht und Ihr großer Blonder unter den Opfern ist, dann müssten Sie doch ohnehin zugeben, dass das Nazis waren …«

»Klar. Aber *wir* haben eben auch ein paar israelische

Agenten im Sack und könnten nachweisen, dass sie dahinter stecken.«

»Öffentlich? Ein Prozess gegen israelische Agenten? Das können Sie vergessen! Da macht der Kanzler nie mit, nie im Leben! Ich kenne den Mann lange genug und …«

Macke nickte. »Das ist genau das Problem. Andererseits … Je höher die Opferzahl, desto weniger kann der Kanzler sich leisten, die Sache unter den Teppich zu kehren!«

»Dann nehmen Sie den Tod von Menschen bewusst in Kauf …«

»… um andere Leben zu schützen. Jawohl«, unterbrach ihn Macke. »Denn darauf hatten wir uns ja schon geeinigt. Die *Orions* und die Meisters würden es wieder tun und wieder. Dies ist eine absolut einmalige Chance, dem Spuk ein Ende zu bereiten. Für immer«

»Und warum geben wir den Israelis nicht ihre verdammten *Katzenaugen*?«

»Aber Herr Dieckmann, das wissen Sie doch besser als ich! Meine Güte, nun tun Sie doch nicht so scheinheilig! Sie waren doch derjenige, der dem Kanzler in den Ohren gelegen hat, nicht nachzugeben! Und das war doch auch richtig so!«

Leo raufte sich verzweifelt die Haare. »Wie viel Zeit haben wir noch?«

Macke verzog den Mund. »Da *Orion* uns bereits gewarnt hat, nehme ich an, nicht mehr lange … Aber ehrlich gesagt, ich weiß es nicht.«

Tausende von Gedanken schwirrten durch Leos Kopf.

Er sah Pia, wie sie lachte, sich bewegte, auf ihm hockte, sich geschmeidig bewegte, ihm unbändige Freude bereitete, erschöpft in seinen Armen lag, und alles in ihm schmerzte, denn in diesem Moment wusste er, dass er all das nie wieder erleben würde.
Liebte er sie wirklich? War das Liebe, weil es so wehtat und weil er sich auf einmal nicht mehr vorstellen konnte, ohne sie zu leben? Warum hatte er nur so lange gebraucht, das zu merken?
Aber was sollte er tun? Mehr noch, was konnte er tun? Hektisch sah er sich um. Wenn er nun einfach ... Nein. Das würde Macke bestimmt nicht zulassen.
Aber was war die Alternative? Abwarten und alles mit ansehen? Pia durfte nicht sterben! Immer wieder kreiste dieser eine Gedanke durch seinen Kopf. Sie durfte nicht sterben! Er musste sie da rausholen! Niemand hatte das Recht, ihr ein Haar zu krümmen. Niemand!
Starr blickte er auf den Monitor, beobachtete mit blutendem Herzen, wie sie in dem Lokal saß, sich durch ihre Haare fuhr, sich arglos umschaute und geradewegs in die Kamera blickte ...
»Nein!«, stieß er aus, und es war ein Schrei, der tief aus seiner Seele kam. »Sie haben kein Recht dazu! Sie dürfen sie nicht umbringen! Sie können sie doch nicht einfach sterben lassen! Mensch, Olaf, nun sag doch mal was dazu?«
Olaf sah ihn nur aus leeren, dunklen Augen an und schwieg.
»Aber, aber! Sie wird nicht sterben«, gab Macke ruhig zurück und hielt Leo am Arm fest. »Die haben keinen

großen Sprengsatz. Bestimmt nicht. Es wird nur so sein wie am Ministerium, glauben Sie mir … Oh! Sehen Sie mal. Der kühle Blonde verlässt den Saal … Und was macht er jetzt? Aber das Fahrrad … Er lässt das Fahrrad stehen! Mann! Jetzt geht's los!«

»Was für ein Fahrrad?«

»Da vorne, an der Scheibe … Er hat das vorhin dort abgestellt … Und wir dachten schon … Aber dann ist er ja reingegangen … Aber regen Sie sich nicht auf, das klären wir gleich!«

»Sie? Was klären Sie denn? Gar nichts klären Sie! Sie warten doch nur ab! Wenn es nach Ihnen geht, liegt da bald alles in Schutt und Asche!«, schrie Leo und machte sich mit einer Kraft los, die Macke erschreckte. Bleich wich der Geheimdienstpräsident zurück.

Leo wusste, was er zu tun hatte. Er würde es durchziehen. Niemand würde ihn aufhalten, und schon gar nicht dieser schwächliche Macke mit seinen verqueren Ideen! Ihn band keine Staatsräson mehr. Er war zurückgetreten! Zum ersten Mal seit Stunden empfand er eine ungeheure Erleichterung. Nie wieder müsste er loyal sein, nicht gegenüber der Regierung und erst recht nicht gegenüber dem Kanzler, der ihn so schnöde hatte fallen lassen. Er war zwar betrunken, doch das schärfte seine Sinne. »Das sehe ich mir keine Sekunde länger an. Ich gehe. Olaf, kommst du?«

Der Freund betrachtete ihn aus dunklen, müden Augen, als bestünde er nur noch aus kaltem Wachs.

Leo machte einen letzten, verzweifelten Versuch. »Wisst ihr eigentlich, dass das Mord ist, was ihr hier

macht, wenn da hinten gleich eine Bombe explodiert! Falls ich euch richtig verstanden habe, ist sie in dem Fahrrad …« Er fuchtelte wild mit ausgestrecktem Zeigefinger. »Wenn diese verdammte Bombe also hochgeht, bevor ich da bin und die Leute rausgeholt habe, dann zeige ich euch alle an. Alle, wie ihr hier sitzt, wegen vorsätzlichen, kaltblütigen Mordes! Oder Mordversuchs. Je nachdem. Ist das klar? Jeden Einzelnen von euch! Haben wir uns verstanden?«
Erst diese Worte schienen zu Olaf durchzudringen. Sein Gesicht zuckte. Er blinzelte und nickte schließlich. »Ja, er hat Recht, Froben.« Und lauter dann: »Er hat, verdammt noch mal, Recht.« Flinker, als Leo ihm dies je zugetraut hätte, beugte er sich plötzlich hinüber zur Wagentür, drückte den Griff hinunter, sprang aus dem Transporter und hielt Leo seine Hand hin. »Spring raus. Und Froben, wenn dir dein Job lieb ist, sag deinen Leuten Bescheid, dass sie uns durchlassen. Hast du mich verstanden?«
Ohne weitere Worte rannten die beiden Männer los. »Meinst du, er pfeift seine Leute wirklich zurück?«, japste Leo, als sie um die Ecke in die Winscheidstraße bogen.
»Keine Ahnung. Hoffentlich«, keuchte Olaf und verzog vor Schmerz das Gesicht. Er konnte sich nicht daran erinnern, wann er das letzte Mal so schnell gelaufen war.
»Ich nehme das Fahrrad und du …«
»Kommt nicht in Frage. Ich erledige das mit dem Fahrrad. Keine Widerrede!«, brüllte Olaf atemlos und rannte weiter. »Und leg dich nicht mit mir an. Sieh lieber zu,

dass die Leute aus der Kneipe kommen. Schick sie die nächste Straße rauf! Keine Ahnung, wie sie heißt.«
»Das ist die Leonardstraße!«, erwiderte Leo. Er kannte sich aus. Pia wohnte hier.
Oh Pia!
»Also schön. Dann also in die Leonardstraße mit den Leuten. Ich sehe zu, dass ich in die andere Richtung wegkomme!«
Leo sah die finstere Entschlossenheit auf Olafs Gesicht und zuckte mit den Schultern. »Bitte! Wenn du meinst!« Ihm machte der Spurt weniger aus, und der Gedanke an seine Freundin spornte ihn so an, dass er schon bald einige Meter vor Olaf lief. Hintereinander hasteten sie auf dem breiten Bürgersteig an kleinen Antiquitätengeschäften, Friseursalons und Feinkostläden vorbei, und niemand hielt sie auf. Nach wenigen Minuten, die ihnen vorkamen wie eine Ewigkeit, erreichten sie den Stuttgarter Platz. Zielstrebig gab Leo die Richtung vor, wandte sich nach rechts und hörte, dass Olaf dicht hinter ihm blieb. »Da drüben, siehst du das Fahrrad? Da, an der Scheibe!«, rief er und zeigte mit ausgestrecktem Arm auf die breite, hell erleuchtete Fensterfront des *Zollinger*, das nur noch wenige Meter vor ihnen lag.
»Alles klar. Das ist jetzt mein Baby!« Olaf überlegte nicht lange. Das Fahrrad musste da weg. Weg von der Scheibe, weg von all den Leuten ... Nur diese Gedanken vermochte er zu denken. Das verfluchte Rad musste da weg.
Beherzt ergriff er den Lenker und wollte es wegschieben, doch die Räder blockierten. Abgeschlossen. Ver-

dammt, fluchte er laut, hielt das verrostete Gestell ein wenig von seinem Körper weg und betrachtete verzweifelt das mit einer Kette gesicherte Hinterrad. Wenn er doch nur eine Zange hätte … Irgendein Werkzeug! Es ging alles zu langsam!

In letzter Sekunde erinnerte er sich an seine Jugend und daran, was er und seine Freunde immer getan hatten, wenn sie ihre Fahrradschlüssel verloren hatten. Wie in Trance packte seine linke Hand den Lenker und die Rechte hob den Sattel an. Er stöhnte. Das gab es doch gar nicht! Wieso war das so schwer? Er fuhr herum und sah die Gepäcktaschen.

Die Bombe! Und jetzt?

Wie aus weiter Ferne hörte er Schreie und Menschen rannten an ihm vorbei. Er atmete tief durch, lehnte das Rad gegen sein Knie, zerrte und riss an den Satteltaschen, bis er sie endlich in der Hand hielt. Dann ließ er das Rad fallen und rannte los.

Die Tür schwang mit voller Wucht auf und knallte gegen die Hauswand. Pia schreckte auf und drehte sich herum, denn sie war neugierig, was der Lärm zu bedeuten hatte. Wie in Zeitlupe sah sie, wie Leo mit hochrotem Gesicht hereinstürmte und sich wirr umblickte. Der ist aber aufgeregt, ging es ihr durch den Kopf. Sie zauberte ein Lächeln auf die Lippen und wartete darauf, dass er sie erkennen und zu ihr kommen würde. Vielleicht könnte er helfen, Sophie aus den Fängen von Rainer Loos zu befreien …

Leo aber dachte gar nicht daran. Als sein Blick auf sie

fiel, begann er, wild mit den Armen zu gestikulieren. »Alles raus hier! Los, los! Raus, raus! Schnell. Hier fliegt gleich alles in die Luft!«, schrie er.

Zuerst geschah nichts. Die Musik spielte weiter, doch die Gespräche verstummten. Alle starrten Leo entgeistert an. Pia fing sich als Erste und sprang auf. »Na los. Ihr hört doch, was er gesagt hat! Raus hier!« Ihre Augen blitzten, als sie sich an Rainer Loos wandte. »Ja, ja. Sie auch! Komm Sophie!«

»Ich gehe nirgendwo hin!«, zischte Loos finster und packte Sophie erneut am Arm. »Und du bleibst bei mir. Diesmal entwischst du mir nicht, verstanden!«

»Ja, sind Sie denn wahnsinnig? Lassen Sie die Frau los!«

»Ich denke gar nicht daran! Das ist doch eine ganz miese Finte! Was soll denn hier in die Luft fliegen?«

»Das weiß ich nicht. Aber wenn Leo das sagt, dann ist das auch so!«

»Och! Leo, der liebe, liebe Leo!«, höhnte Rainer Loos. »Na, wenn er das sagt! Also, verschwinden Sie endlich! Sie würden mir einen wirklich großen Gefallen tun!«

»Sie sind wirklich ein Vollidiot! Sophie! Komm!« Pia packte Sophie am Arm und zog daran, aber Rainer ließ die Frau nicht los. Sophie wehrte sich mit aller Macht, doch sie kam nicht gegen seine Kraft an. Um sie herum krachten Stühle, Frauen begannen zu schreien, Männer schubsten sie Richtung Tür, und all die gelassen wirkenden Gäste, die eben noch friedlich gegessen, Zeitung gelesen oder miteinander geplaudert hatten, stoben in wilder Panik aus dem *Zollinger*.

Als auch die letzte Kellnerin das Lokal verlassen hatte,

saß Rainer noch immer in aller Seelenruhe auf seinem Stuhl. »Na? Und wo ist jetzt die Bombe? Das war ja wohl nichts!« Er ließ von Sophie ab, steckte die Hände in die Hosentaschen und schlenderte gemächlich nach vorn zur Theke, als er einen gewaltigen, dumpfen Schlag wahrnahm. Der Tresen erzitterte, Geschirr zerbarst, Tische und Stühle fielen um, und die Fensterfronten zerplatzten in einem Ohren betäubenden Knall.
Rainer Loos schlug die Hände schützend vor das Gesicht und ließ sich auf den Boden fallen. Er merkte nicht, wie sich die gewaltige eiserne Kugelskulptur aus der Verankerung an der Theke löste, schwankte, herabfiel und sich in seinen Hinterkopf bohrte.

Pia wurde von der Wucht der Explosion auf den Boden geschleudert. Neben und über ihr klirrten die Scheiben, und als sie aufblickte, sah sie eine gewaltige Flamme. Sie wollte schreien, doch kein Laut kam über ihre Lippen. Ihr wurde übel und schwarz vor Augen, und sie sank in eine tiefe Bewusstlosigkeit. So entging ihr, dass Leo sich auf sie stürzte und sie schüttelte und so lange ihren Namen rief, bis ein Notarzt ihn beiseite nahm und ihn mit mitleidigem Blick einem Polizisten übergab. »Kümmern Sie sich um ihn. Ich muss nach dieser jungen Frau sehen.«
Sophie saß reglos unter einem Tisch und betrachtete das Blut, das über ihre Hände rann. Dass sie auch erhebliche Schnittverletzungen im Gesicht hatte, erfuhr sie erst eine Viertelstunde später, als die ersten Sanitäter auf sie zukamen. Sie starrte die beiden jungen Männer in ihren

roten Westen an, und erst, als einer von ihnen sie freundlich ansprach, rannen Tränen über ihre Wangen. »Wie konnte das nur passieren?« schluchzte sie. »Wo ist Pia? Was ist mit ihr? Sagen Sie es mir!«
»Ganz ruhig. Jetzt kümmern wir uns erst mal um Sie. Wo tut es Ihnen weh? Zeigen Sie mal her.«

Die Detonation war so gewaltig, dass die Fensterscheiben der Wohnungen und Autos in einem Umkreis von mehr als einhundert Metern zu Bruch gingen. Da war es kein Wunder, dass niemand den Schuss hörte, der nur wenige Meter vom Ort des Geschehens entfernt einen Menschen niederstreckte. Selbstmord, ermittelte die Polizei, als aufgescheuchte Nachbarn den Leichnam in ihrer Hauseinfahrt fanden. Die Waffe lag direkt neben dem toten Mann, einem großen, blonden Mann, sehr jung, den niemand in den Häusern ringsum jemals zuvor gesehen hatte. Doch da diese Leiche in keinem offensichtlichen Zusammenhang mit der Explosion stand, wurde in der offiziellen Bilanz stets nur von zwei Todesopfern und von etwa fünfzig Verletzten gesprochen.
Froben Macke überlegte nicht lange. Schon in dem Moment, als Leo und Olaf losgestürmt waren, hatte er alle erforderlichen Maßnahmen eingeleitet. So kam es, dass schwarz vermummte Sondereinsatzkräfte sofort zugreifen konnten, als Daniel Levinson sich aus dem Staub machen wollte. In Meisters Villa in Potsdam-Sacrow gingen den stark bewaffneten Sicherheitskräften ferner einundzwanzig Nazis ins Netz. Mindestens fünf von ihnen sprangen aus dem Fenster und entkamen.

Noch in der Nacht entsandte Macke seinen besten Mitarbeiter ins Polizeipräsidium. Dort hatte Friedrich Putzer bereits seit Jahren einen eigenen Schreibtisch – damit er bei Bedarf jederzeit als Kriminalbeamter auftreten konnte. Mit der ihm eigenen Effizienz sorgte er dafür, dass alle Augenzeugen angewiesen wurden, sich von Journalisten fern zu halten. Ferner setzte er durch, dass sich die Pressestellen von Polizei, Feuerwehr und Rettungsdiensten strikt an seine Version der Ereignisse hielten. Deshalb war in den Radio- und Fernsehnachrichten sowie in den Zeitungen des nächsten Morgens – soweit die Spätschichten die Meldung noch hatten verwerten können – von der Explosion einer Bombe aus dem Zweiten Weltkrieg die Rede. Der Sprengsatz habe jahrelang unentdeckt direkt am Rande des Spielplatzes unter der S-Bahn-Böschung gelegen und sei, nach derzeitigem Erkenntnisstand, bei nächtlichen Gleisarbeiten so stark beschädigt worden, dass eine Explosion nicht mehr habe verhindert werden können, hieß es in einer schriftlichen Mitteilung.

»Wir wissen noch nicht genau, wie es dazu kommen konnte. Aber seien Sie sicher, dass unsere Experten alles tun werden, genau das herauszufinden. Die Ermittlungen laufen auf Hochtouren, und wir werden die Bevölkerung ständig informieren«, versicherte ein Polizeisprecher vor laufender Kamera. Als der junge Reporter mit pechschwarzem, gegeltem Haar nachfragte, ob es denn noch weitere Bomben aus dem Krieg gebe, räumte der Polizist zerknirscht ein, dies sei wohl möglich. »Aber Gott sei Dank ist die Explosion am Abend geschehen und nicht tagsüber, als die Kinder dort gespielt haben.«

Direkt im Anschluss brachte der Sender eine Dokumentation über die mühsame Arbeit bei der Entschärfung maroder Bomben und schließlich einen bitterbösen Kommentar: »Wieder mussten zwei Menschen sterben, weil dem Staat das Geld fehlt. Natürlich müssen wir sparen, aber wer den lebenswichtigen Kampfmittelräumdienst über Jahre systematisch finanziell ausblutet, der muss wissen, dass er damit Katastrophen wie diese vorprogrammiert. Wir können nur hoffen, dass die Verantwortlichen zur Rechenschaft gezogen werden, damit so etwas nie wieder vorkommen kann!«

Von den Festnahmen erfuhr niemand etwas. Auch blieben die Namen der beiden Toten geheim. Man müsse erst die Angehörigen verständigen, wiegelte die Polizei ab, und die Journalisten akzeptierten dies pietätvoll. Auch blieben es vage Gerüchte, dass der Mann, der die Gäste des *Zollinger* gerade noch rechtzeitig gewarnt und so eine größere Katastrophe verhindert hatte, dem zurückgetretenen Regierungssprecher Leo Dieckmann verteufelt ähnlich gesehen hatte.

Die erfahrenen Polizeireporter fanden diese Geschichte so unglaubhaft und die Dementis so plausibel, dass sie sich nicht weiter darum kümmerten. Und sie überzeugten auch ihre weniger versierten Kollegen, die Finger davon zu lassen.

Die Reaktion der Anwohner am nächsten Morgen war unterschiedlich. Viele legten Blumen vor den rot-weißen Absperrbändern nieder und waren froh, dem Infer-

no entronnen zu sein. Andere schickten ihre Kinder mit Protestplakaten auf die Straße: »Ihr spart uns kaputt!« Die Fernsehkameras fingen jedes Detail ein, doch die Aufregung im In- und Ausland legte sich binnen Stunden, denn es gab Wichtigeres als eine alte Fliegerbombe, die keinen übermäßig großen Schaden angerichtet hatte. Was bedeuteten schon zwei Tote in Berlin, wo doch aus dem Nahen Osten viel schrecklichere Nachrichten zu melden waren? Israel flog seit den Mittagsstunden wieder wütende Angriffe auf Ziele, die offiziell als palästinensische Terrornester bezeichnet wurden. Dann sorgte die Neuigkeit für Aufsehen, dass der amerikanische Präsident schon bald nach Berlin kommen werde. Schließlich brach der Kanzler kurz entschlossen zum Besuch einiger Bundeswehrstandorte und Industrieunternehmen in Bayern auf und zog einen ganzen Schwarm Journalisten hinter sich her.
So schaffte es die Geschichte von der Bombe bis zum Abend nur noch ins Berliner Lokalfernsehen. Und niemand nahm so recht wahr, dass sich die vormals allgegenwärtigen Polizisten bereits in den Mittagsstunden weitgehend zurückgezogen hatten und wichtige Straßenkreuzungen seitdem ebenso schutzlos dalagen wie zwei Wochen zuvor.

Benommen wachte Pia auf, blinzelte und fand sich in einem Krankenhausbett wieder. Draußen war es bereits dunkel, nur eine schwache Lampe über ihrem Bett spendete ein wenig Licht. Pia atmete mühsam. Ihr Kopf dröhnte, und sie merkte, dass ihre Beine schwer waren wie Blei. Sie fragte sich, wo sie gelandet war. Und warum.

Plötzlich sah sie ihn. Er kauerte auf einem Stuhl und hatte seinen Kopf an die Wand gelehnt. Seine Augen waren fest geschlossen, dafür stand der Mund weit offen, und Speichel rann heraus.

Pia musste lächeln. Leo! Er war da, wirklich da! Er war bei ihr! Der Gedanke machte sie glücklich und sie vergaß für einen Moment ihre Schmerzen.

Vorsichtig setzte sie sich auf und betrachtete ihn. Von dem Geräusch raschelnder Bettwäsche geweckt, schlug er die Augen auf, und als er sah, dass sie wach war, sprang er auf und umfasste ihre Hände. »Wie geht es dir? Wie fühlst du dich?«

Pia zuckte mit den Augenbrauen. »Keine Ahnung. Es tut weh. Was ist eigentlich passiert?«

»Weißt du das nicht?«

Pia schüttelte den Kopf. »Nein. Wieso bist du überhaupt hier? Musst du nicht arbeiten?«

»Das weißt du auch nicht mehr?« Er sah sie skeptisch an und machte Anstalten, eine Schwester zu rufen, als sie breit grinste. »Ach richtig. Ich erinnere mich. Du bist zurückgetreten!«

»Sonst noch was?«

»Wie lange bist du schon hier?«, fragte sie stattdessen.

»Viel zu lange«, stieß er aus und grinste, als er Pias enttäuschtes Gesicht sah. »Der Gestank ist unerträglich! Ich hasse Krankenhäuser!«

»Oh ja! Ich auch!«, erwiderte sie erleichtert. »Aber sag mal ehrlich, was los ist … Ich war doch hinter irgendeiner Bombenstory her und wollte mit jemandem reden … Sophie!« Erschrocken hielt sie inne. »Oh Gott. Jetzt weiß ich es wieder. Wie geht es ihr? Ist sie heil rausgekommen? Oder ist sie tot? Und wie konntest du uns warnen? Woher wusstest du, dass dort was passieren würde?«

Leo erzählte ihr die ganze Geschichte, seine Version, von Anfang an. Er ließ kein Detail aus und gab sich alle Mühe, nichts mehr zurückzuhalten. Denn in den vergangenen Stunden – von denen er, wenn er nicht gerade hatte telefonieren müssen, den größten Teil an ihrem Bett verbracht hatte –, war ihm klar geworden, dass er sie fast verloren hätte. Reuevoll hatte er sich bittere Vorwürfe gemacht, dass er sie als Journalistin nicht ernst genommen hatte, dass er, wäre er an ihrer Stelle gewesen, ganz genauso gehandelt hätte wie sie und natürlich mit diesem Agenten in den Wald gegangen wäre. Dass er genau genommen nie einen Grund gehabt hatte, zornig auf sie zu sein, denn sie hatte nur ihre Arbeit gemacht. Er aber hatte sie weiter in die Ecke gedrängt, statt ihr zu erklären, *warum* sie auf keinen Fall tiefer bohren durfte … Überhaupt hatte er sie aus seinem Leben heraushalten wollen, und das war falsch gewesen. Grundfalsch. Denn so hatte er die elementarste Regel jeder guten Pressearbeit verletzt, und die lautete, dass nur die Journalisten schwiegen, die sich informiert fühlten. Was natürlich nicht bedeutete, dass sie dies auch waren. Sie mussten nur das Gefühl haben.

Ganz zum Schluss erzählte Leo Pia, was sich in den vergangenen Stunden abgespielt hatte. »Dein Informant ist festgenommen worden, dieser David Steen. Er hat versucht, sich aus dem Staub zu machen, als er Olaf mit der Fahrradtasche auf sich zurennen sah ...«

»Was für einer Fahrradtasche?«

»Da war die Bombe drin.«

»Oh.«

»Tja. Das gab ein ganz schönes Gerenne, ich stelle mir das gerade vor ... Olaf schmeißt das Ding auf den Bahndamm und haut ab, der Steen nimmt ebenfalls die Beine in die Hand, und das Sondereinsatzkommando rennt hinterher. Die Jungs haben ihn aber noch unter der S-Bahn-Unterführung gestellt. Na ja, lange haben wir den nicht am Hals. Der wird bald abgeschoben.«

»Wie bitte?« Pia schlug unwillig die Bettdecke zurück und versuchte, aufzustehen. »Steen wird abgeschoben? Nach allem, was du mir eben erzählt hast?«

»Bleibst du wohl liegen! Die Schwestern bringen mich um, wenn du nicht bleibst, wo du bist!« Energisch drückte er sie zurück, und erst als Pia wieder unter der Decke lag, beantwortete er ihre Frage: »Sag mir mal, was wir wohl sonst mit ihm anstellen sollten? Der israelische Botschafter hat sich bereits beschwert, und du glaubst doch nicht ernsthaft, dass wir einen Mossad-Agenten in Deutschland vor Gericht stellen könnten?«

»Und wieso nicht?«, fragte sie trotzig.

Leo schaute hinaus in die Dunkelheit und schüttelte den Kopf. »Keine Chance. Denk nur an unsere besonderen Beziehungen zu Israel, die übrigens zu Recht so besonders sind. Deshalb müssen wir Rücksicht nehmen. Und dann erinnere dich nur an all die Peinlichkeiten, die ans

Licht kämen. Die Sache mit den *Katzenaugen* ist dabei noch meine geringste Sorge. Oh Mann, was das international für einen Lärm gäbe ...«

»Unsere lieben Freunde aus Israel haben sich aber auch nicht gerade mit Ruhm bekleckert.«

Leo gluckste. »Nein, das nicht. Aber mal ehrlich: Was für ein Scherbenhaufen wäre das, wenn wir diese Geschichte vor einem deutschen Gericht ausbreiteten? Dass die Israelis eine Nazi-Truppe auskundschaften, ausrüsten, trainieren und mit Bomben versorgen konnten, ohne dass wir es merken? Dass wir, als wir es schließlich merkten, mit einem Großaufgebot jeden observiert haben, der mit ihnen in Berührung kam, auch Journalisten. Noch Fragen?«

Pia antwortete nicht.

»Ja, siehst du denn nicht, dass das ein Albtraum wäre?«

»Und für die Israelis nicht?«

»Ja, sicher. Klar. Aber für die ist das was anderes.«

»Verstehe ich zwar nicht, aber bitte. Was ist mit den Nazis?«

Leo ignorierte die Frage. »Der Macke hatte sich das übrigens so vorgestellt, dass die Bombe euch alle, wie ihr da wart, zerfetzt hätte ... Um genau zu sein, er hat dagesessen wie eine Spinne im Netz und nur darauf gewartet, dass das Ding in die Luft fliegt. Dann wäre er zum Beispiel auch unsere Sophie losgeworden, und das hätte ihm richtig gut gefallen, sage ich dir, denn dann hätte nie jemand gemerkt, was damals passiert ist und wie sehr sein Dienst in dem Verfahren gegen Angela Kamm geschlampt hat und dass er es zugelassen hat, dass Sophie all die Jahre unbehelligt geblieben ist – und bis ins Büro des Regierungssprechers gelangen konnte. Und dass dieser Felix oder Rainer, oder wie immer der heißt, vor seinen Augen von den Israelis angeheuert werden konnte …«

»Wird ihr etwas passieren?«

»Sophie?« Er schürzte die Lippen. »Jetzt nicht mehr. Ich kann es mir jedenfalls nicht vorstellen. Die alten Geschichten dürften inzwischen alle verjährt sein. Sagt jedenfalls mein Freund Olaf Übereck. Und diese Kalten-Kriegs-Dramen interessieren doch sowieso niemanden mehr. Aber das ist nicht der Punkt. Macke wollte den Kanzler zwingen, endlich gegen den Mossad vorzugehen, denn die werden hier in Deutschland immer dreister. Und bei einem richtig großen Anschlag hätte der Kanzler wohl auch keine Wahl gehabt.«

»Aber es gibt doch immerhin zwei Tote! Reichen die denn nicht?«

Leo atmete scharf ein. »Offiziell sind es zwei, das stimmt. Aber mal ehrlich, wenn das ein Verkehrsunfall oder ein Brand gewesen wäre … Sag, ab wie vielen Toten wäre das für euch, für den *dnd*, eine Meldung wert gewesen?«

»Keine Ahnung. Zwei, drei, vier.«

»Zwei? Wirklich?«

»Also schön. Drei, vier dürfen es schon sein.«

»Eben.«

»Und Macke wollte, dass wir sterben?« Pia konnte es nicht fassen.

»Ob er das wollte … das weiß ich nicht. Aber sicher hätte

es ihn nicht sonderlich gestört. Tja, so ist das. Übrigens interessiert sich bereits heute Abend kein Mensch mehr für diese Fliegerbombe aus dem Zweiten Weltkrieg ...«
»Diese was?«
»So schnell holt uns die Vergangenheit immer wieder ein, nicht wahr?« Er grinste schief, bevor er weitersprach: »Als Macke merkte, dass wir, das heißt, Olaf Übereck und ich, da nicht mitmachen würden, ja, dass wir sogar bereit gewesen wären, die Sache öffentlich zu machen, da hat er sofort beigedreht. Und nun erstickt er die Geschichte mit ganz, ganz viel märkischem Sand, damit wir auch ja die Schnauze halten.«
»Und? Tut ihr, was er will?«
»Er hat uns immerhin nicht daran gehindert, euch zu retten.«
»Wie nobel! Aber mal was anderes ... Wer sind die beiden Toten?«
»Na, der eine ist dieser Freund von Sophie. Dieser Rainer Loos ...«
»Ein Arschloch. Na ja, trotzdem tut es mir Leid. Er wollte nicht raus, er dachte, es sei eine Finte ...«
Leo nickte. »Außerdem ein Kanadier. Dem hat ein riesiges Glasstück, das aus einem Fenster im dritten Stock herausgebrochen ist, den Kopf zertrümmert.«
»Ein Kanadier? Was macht denn ein Kanadier im tiefsten Charlottenburg?«
»Ja, ja. Berlin ist eben auf dem Weg, eine echte Metropole zu werden!«, flachste Leo, bevor er wieder ernst wurde. »Der Mann hatte einen kanadischen Pass dabei. Lautete auf den Namen Ari ... Irgendwas. Habe ich ver-

gessen. Na ja, darum kümmert sich die Polizei.« Mehr hatte Olaf ihm nicht gesagt. Leo spürte zwar, dass mehr dahinter steckte, doch bevor auch Pia Lunte roch, wechselte er rasch das Thema: »Es ist übrigens ein Wunder, dass Olaf nichts passiert ist. Der muss sehr, sehr schnell gewesen sein … Ein echtes Glückskind.«

»Hm.« Pia war mit ihren Gedanken weit weg. »Was passiert jetzt mit den Nazis? Die kommen doch vor Gericht, oder lasst ihr die auch laufen, wie die Israelis?«

»Du, nimm das nicht auf die leichte Schulter! Der Übereck hat auch euch gerettet! Das war nicht nur ich!«

»Ja, ja. Ist ja gut. Ich werde mich bei Gelegenheit bedanken. Trotzdem will ich jetzt wissen, was mit diesen Nazi-Schweinen wird. Die haben mir ganz schön Angst eingejagt!«

»Es ehrt dich, dass du das zugibst. Du warst an dem Abend ganz schön tapfer. Aber zurück zu deiner Frage. Das wird schwierig. Mit dem Meister und seiner Truppe kriegen wir bestimmt noch eine Menge Spaß! Bei denen haben die Israelis ganze Arbeit geleistet! Die sind fanatisch und zu allem entschlossen. Aber der Haftrichter wird sie vermutlich trotzdem noch heute auf freien Fuß setzen. Die haben ja alle einen festen Wohnsitz.«

»Aber die haben uns fast umgebracht!«, unterbrach Pia ihn entsetzt.

»So? Das sagst du! Aber dafür gibt es keine Beweise. Die haben alle ein Alibi. Es war nur ein Mann, der berühmte Einzeltäter. Er hat sich übrigens erschossen. Hat wohl keiner mitgekriegt. Ein hübscher Junge. Ich habe die Fotos gesehen!«

»Groß? Sehr blond?«
Leo nickte. »Kanntest du ihn?«
Pia sah aus dem Fenster. »Wenn es derjenige war, der gestern Abend auch im *Zollinger* war, dann bin ich mir nicht sicher. Ich weiß es wirklich nicht. Ich weiß nur noch, dass ich darüber nachgedacht habe, als er reinkam …«
»Tja, jetzt halt dich fest. Der Mossad-Typ, der sich als David Steen ausgegeben hat, hat sich heute Mittag nach ihm erkundigt, und er hat tatsächlich eine Träne verdrückt, als man ihm sagte, dass der Mann tot sei. Wir dürfen also annehmen, dass der israelische Botschafter bald nach seiner Leiche verlangt.«
»Das gibt es doch gar nicht!«
»Oh doch, das gibt es. Und weil Strafe sein muss, kriegen die auch nur die Hälfte unserer *Katzenaugen*. Der Bundessicherheitsrat hat vorhin getagt und diese salomonische Lösung gefunden.«
»Sagt wer?«
»Olaf Übereck.«
»Hm. Der sollte es wissen. Kann ich das schreiben?«
»Kannst du dich nicht erst mal erholen? Die Ärzte sagen, dass du einen Schock hattest und überhaupt …«
»Ob ich das schreiben kann?«, beharrte Pia. Dabei wusste sie nicht einmal, ob sie das wirklich wollte. Aber darum ging es schließlich auch nicht.
»Und wenn ich dich bitten würde, es nicht zu tun?«
»Würdest du? So, so. Und was würdest du tun, wenn ich deiner Bitte nicht Folge leisten würde?«
Leo blickte zu Boden. »Keine Ahnung. Vielleicht wären

ein paar Nazis auf dich böse, aber das Risiko muss wohl jeder tapfere Journalist eingehen, der den braunen Sumpf trockenlegen will. Und vielleicht wäre auch einer beim Mossad sauer auf dich. Aber die Chancen stehen gut, dass die sich erst mal ein Weilchen nicht nach Deutschland trauen. Obwohl ... Sicher kann man sich bei denen natürlich nie sein. Aber die schaffst du auch, ganz bestimmt. Sind ja eigentlich ganz harmlose Jungen und Mädchen. Wie Macke die ganze Sache sieht, müsste man abwarten ... Willst du mich heiraten?«

»Lenk nicht ab. Ich will wissen ... Wie bitte? Was hast du gesagt?« Sie blinzelte, fest davon überzeugt, dass sie sich verhört hatte.

Leo grinste und hauchte ihr ins Ohr: »Ich habe gefragt, ob du mich heiraten willst?«

Die Idee war ihm eben erst gekommen, aber sie gefiel ihm.

Pia wich zurück, und ihre Augen blitzten vor Zorn. »Wenn du glaubst, dass du nur noch so verhindern kannst, dass ich diese Geschichte bringe, dann hast du dich aber gewaltig geschnitten!«

Leo stand auf und betrachtete sie amüsiert. »Mach dich nicht lächerlich, deswegen heiratet man nicht. Ich jedenfalls nicht. Das soll ja einen Tag länger halten als eine von deinen komischen Meldungen. Und im Übrigen ... Schreib, was du willst. Es ist mir egal!«

»Und wie soll das jetzt weitergehen?«, erkundigte sich Pia. »Ich meine, wenn ich dich wirklich heiraten würde ... Muss ich zu einem Glamourblatt wechseln? Nur noch über lange Röcke und rote Fingernägel nachden-

ken, um dir nicht in die Quere zu kommen? Oder wie hast du dir das gedacht?«
»Hörst du mir eigentlich zu?« Leo schüttelte den Kopf und beugte sich zu ihr hinab. »Ich habe mir gedacht, dass ich dich nicht mehr verlieren will. Und im Übrigen meine ich es ernst. Schreibe, was du verantworten kannst. Es ist mir egal. Ich bin nicht mehr Regierungssprecher. Oder ist es das? Willst du mich deswegen nicht mehr?« Er klang auf einmal verunsichert. Entmutigt richtete er sich wieder auf.
Pia streckte beide Arme nach ihm aus. »Ach du dummer, lieber, süßer Mann. Natürlich heirate ich dich. Jetzt erst recht!«

Olaf Übereck eilte den Krankenhausflur entlang und hielt nach jemandem Ausschau, der vielleicht Bescheid wüsste. Plötzlich klappte hinter ihm eine Tür. Er wandte sich um und sah eine junge Frau in weißem Kittel und einer Bettpfanne in der Hand. Sie beachtete ihn nicht.
»Entschuldigen Sie. Ich suche Frau Mahler. Liegt sie hier?«, rief er.
»Hm, Zimmer zwei«, knurrte die Frau und verschwand grußlos in dem gegenüberliegenden Raum.
»Oh, vielen Dank«, murmelte Olaf. »Wirklich sehr freundlich.« Hoffentlich war sie zu ihren Patienten netter, dachte er. Sophies Zimmer lag ganz hinten auf der rechten Seite. Olaf zögerte. Was, wenn sie ihn hinauswarf und ihn gar nicht erst anhören wollte?
Andererseits ... Hatte er nicht allen Grund, böse auf sie zu sein? Und kannte er nicht ein Geheimnis, das sie

ohne ihn niemals hätte lüften können? Er war so stolz auf sich, dass er schließlich seine Zweifel überwand und anklopfte.

»Ja?« Er hörte eine zaghafte Frauenstimme, drückte die Klinke hinab und steckte seinen Kopf durch die Tür. Sophie lag in dem Bett am Fenster. Ihr Gesicht war voller blauer und grüner Flecken, auf der Stirn klebte ein riesiges Pflaster, und ihre Hände steckten in dickem Mull. Sie sah erbarmungswürdig aus, sehr zerbrechlich und schmal. Als sie ihn erblickte, stieß sie einen erschrockenen Laut aus.

Vorsichtig trat Olaf näher. Er hasste Krankenbesuche. Sie machten ihn hilflos und unsicher. Er blickte sich um. »Liegen Sie hier allein?«, brummelte er ungelenk und deutete auf das zweite leere Bett an der Tür.

»Ja, im Moment schon«, antwortete sie und ließ ihn nicht aus den Augen.

»Hm«, machte er, trat näher und blickte verlegen auf sie hinab.

»Setzen Sie sich doch«, forderte Sophie ihn nicht weniger verlegen auf und deutete auf den Stuhl, der neben dem Tisch an der Wand stand. Eilig folgte er ihrem Rat, dankbar, etwas zu tun zu haben. Er stellte den Stuhl schwungvoll neben ihr Bett, setzte sich und betrachtete sie besorgt. »Sie sind blass!«

Sophie lächelte. »Na ja, zerschnitten wäre präziser. Und blass bin ich eigentlich immer. Aber Sie kennen mich eben nur geschminkt.«

»Das stimmt aber nicht ganz!«

Sophie verzog ihr Gesicht zu einem gequälten Grinsen.

»Ja, richtig. Gestern Morgen … Da sah ich aber auch nicht gerade attraktiv aus.«
»Na, also … das würde ich so nicht sagen«, parierte Olaf und wunderte sich sehr. Er flirtete sonst nie.
»Wollen Sie mir schmeicheln?«
»Nein.« Olaf hielt inne und atmete tief durch. »Nein. Ich bin nicht hier, um Ihnen zu schmeicheln. Ich wollte mich entschuldigen.«
»Sie wollen sich bei mir entschuldigen? Aber wofür denn? Ich muss mich doch eher bei Ihnen …«
»Jetzt hören Sie mir erst mal zu«, brummte er und legte sich in Gedanken rasch noch einmal alles zurecht, bevor er seufzte und mit seiner Beichte begann. Er verschwieg nichts, auch nicht die unangenehmen Teile, gab zu, dass er sie ausgeforscht, ihre Personalakte studiert, geheime Nachforschungen angestellt und zugestimmt hatte, dass ein Kommando sie überwältigte, bevor sie in die Hände der Israelis fiel. »Wir hatten ein Telefonat abgehört. Loos hatte denen auch von Ihrem zweiten Papier erzählt, und da war uns klar, dass die verdammt scharf auf Sie sein würden, aber darüber haben wir ja schon kurz gesprochen.«
»Ja, natürlich, vorgestern Morgen. Es tut mir Leid, dass ich einfach abgehauen bin. Wirklich. Das müssen Sie mir glauben … Es war nur …«
»Sie hätten uns eine Menge Kummer erspart, das stimmt. Oder auch nicht«, fügte er hinzu und schaute verlegen zu Boden.
»Wie meinen Sie denn das?« Sophie runzelte die Stirn.
»Vielleicht … Wenn Sie nicht da gewesen wären … und

Pia … und ich deswegen Leo geholt hätte … Wenn es wildfremde Menschen gewesen wären … Wer weiß, was dann geschehen wäre …«

»Das verstehe ich nicht.« Sophie strich die Bettdecke glatt und biss sich auf die Lippe.

Olaf ließ den Kopf hängen und gestand ihr das Schlimmste: Dass er Macke bis zum Ende gefolgt wäre. »Können Sie sich das vorstellen? Ich hätte mitangesehen, wie unschuldige Menschen sterben … nur damit … damit … Ach, ich weiß auch nicht mehr … Jetzt verstehe ich mich nicht mehr. Ich weiß nur noch, dass ich wie gelähmt war und mir nicht vorstellen konnte, gegen Mackes verquere Logik aufzubegehren. Ich bin offenbar schon viel zu lange Teil dieser Welt, um zu begreifen, was wir da fast getan hätten. Und wenn Leo nicht gewesen wäre, dann, dann …« Eine Träne rann über seine Wange.

Erst in diesem Augenblick begriff Sophie, in welcher Gefahr sie geschwebt hatte und dass sie selbst einen gehörigen Anteil Schuld daran trug. »Aber wenn ich auf Sie gehört hätte, dann wäre nichts geschehen?«

»Das macht doch überhaupt keinen Unterschied!«, brauste er auf. »Ich sage doch … Wenn es wildfremde Menschen gewesen wären, dann wäre niemand losgelaufen. Dann hätte niemand versucht …«

Sophies Herz klopfte. Was erwartete er von ihr? Lange sagte sie nichts. Sie sah ihn nur an, wie er dasaß und sich quälte. Das Herz ging ihr auf. Immerhin war ihm bewusst, was er – fast – getan hatte. Und das war weit mehr, als je ein Mann in ihrem Leben zugegeben hatte.

Schon deshalb hatte er allen Anspruch auf Trost. »Sie sind aber losgelaufen«, flüsterte sie schließlich. »Nur das zählt. Nur das!«

»Wirklich?« Zerknirscht sah er auf.

»Ja«, antwortete sie mit fester Stimme. »Wirklich.«

»Es bedeutet mir viel, dass Sie das sagen, wissen Sie das?«

Stumm schüttelte Sophie den Kopf, doch ihr Herz pochte immer heftiger. Das konnte doch nicht sein! Oder doch? War sie so blind gewesen?

»Komisch. Ich dachte, Sie wüssten das.« Ein zaghaftes Lächeln machte sich auf seinen Lippen breit. »Ich mag Sie sehr, wussten Sie das nicht?«

Sophie konnte nichts denken und auch nichts sagen.

»Doch, doch«, fuhr er fort, mutiger geworden, »sogar schon eine ganze Weile, aber ich habe mich nicht getraut. Und als Sie dann mit diesem widerlichen Loos ausgegangen waren … Und am nächsten Tag diese Artikel erschienen, da musste ich einfach wissen, was los war! Es war unentschuldbar, das weiß ich. Aber, aber …«

»Was, aber?«, bohrte sie unerbittlich nach. Innerlich jubelte sie.

Verzweifelt hieb er sich die Oberschenkel, stand abrupt auf und wanderte unruhig in dem kleinen Raum umher. »Na ja. Ich … Ich … Ich wollte keinen Fehler machen, nehme ich an. Ich hatte Angst, dass Sie vielleicht diesen Kerl wirklich noch immer mögen. Ach, was weiß ich!« Er sah sie hilflos an. »Ich bin es nicht gewöhnt, solche Dinge zu sagen. Das müssen Sie verstehen. Meine

Frau … Sie ist schon so lange tot, und seitdem habe ich nicht viele Erfahrungen gemacht. Ich bin sozusagen etwas aus der Übung.«

»Und deswegen haben Sie meinen Computer angezapft und mich verfolgen lassen? Weil Sie ein wenig aus der Übung sind?«

Er kam zu ihr und umfasste ihre bandagierten Hände mit seinen großen Pranken. »Sophie! Verzeihen Sie mir, ja? Ich habe alles falsch gemacht, das weiß ich. Aber ich mag Sie, und ich war so froh, als Sie mir gestern Ihre Geschichte erzählt haben. Da ergab das alles plötzlich einen Sinn … Und … und außerdem habe ich eine Überraschung für Sie. Aber Sie müssen mir etwas versprechen.«

»Und das wäre?«

»Sie müssen mir versprechen, dass Sie sich ab und zu mit mir treffen. Dass wir … Mensch, ist das schwierig. Ich will … Ich will doch nur, dass wir ausgehen, dass wir uns kennen lernen, dass wir …«

»Ja?«

Olaf hatte seine Möglichkeiten erschöpft, richtete sich auf und begann erneut, auf und ab zu wandern. »Ich will Sie bitten, abzuwägen. Ich weiß, wo Ihre Tochter ist!«

Sophie schlug die Hand vor den Mund und stieß einen schrillen Schrei aus. »Geht es ihr gut? Was macht sie? Hat sie Kummer? Wie sieht sie aus? Kann ich sie sehen …?«

»Immer mit der Ruhe«, unterbrach er sie. »Ja, natürlich können Sie Ihre Tochter sehen, wenn sie das will. Aber bedenken Sie, dass sie kein kleines Kind mehr ist. Sie ist erwachsen.«

Sophie lehnte sich erschöpft in ihr Kissen zurück und nickte.

»Mehr noch. Sie weiß bis heute nicht, dass sie adoptiert wurde. Sie hat übrigens wunderbare Eltern gefunden. Diese Leute haben sich um sie gekümmert, als wäre sie ihre eigene Tochter.«

Tränen rollten über Sophies Wangen.

Ihr jämmerlicher Anblick machte Olaf neuen Mut. Er fasste einen Entschluss.

»Hören Sie zu. Ich mache Ihnen ein Angebot, und Sie können sich frei entscheiden. Sie können Ihre Tochter kennen lernen, aber bedenken Sie, in welche Turbulenzen Sie die junge Frau stürzen. Eine Welt bricht für sie zusammen. Alles, an das sie bislang geglaubt hat, müsste sie in Frage stellen. Im Moment weiß sie ganz genau, woher sie kommt, wer sie ist und warum sie so ist, wie sie ist. Aber wenn Sie kommen und ihr die Wahrheit sagen, dann stimmt das alles nicht mehr. Und haben Sie mir nicht selbst gesagt, wie das für Sie war, als Ihnen endlich die Augen aufgingen über den Vater Ihres Kindes? Wollen Sie, dass auch Ihre Tochter den Boden unter den Füßen verliert, bis sie ihr Leben neu geordnet hat?«

»Worauf wollen Sie hinaus?«, schluchzte Sophie.

»Ich biete Ihnen an, dass wir beide, Sie und ich, ein neues Leben anfangen. Denn soweit ich das sehe, kenne ich Sie ja schon recht gut. Ich weiß also, worauf ich mich einlasse. Für Sie wird es etwas komplizierter, denn ich lebe wie gesagt schon ziemlich lange allein und bin ein wenig schrullig …«

»Aber ich muss doch … Die holen mich doch … Und dann komme ich vor Gericht und dann …«

»Papperlapapp. Kein Mensch kommt und holt Sie. Rainer Loos ist tot. Diese Sache will kein Mensch vor Gericht erörtern, darauf können Sie sich getrost verlassen. Das wird so tief begraben wie die Schätze des Pharao. Wen hätten wir da noch? Ach ja, Ihre Freundin Angela Kamm. Die hat ihre Strafe abgesessen. Und wenn Sie sich wirklich etwas haben zuschulden kommen lassen, damals meine ich … ich rede jetzt von dem Tagebuch, dann wäre das jetzt sowieso verjährt und interessiert keinen Menschen mehr. Ganz abgesehen davon und, dass Sie schließlich nicht wussten, was dieser Felix, ich meine, unser Freund Loos, damals getrieben hat. Wem Sie dieses Tagebuch, das in der Tat ziemlich geschwätzig war, wenn ich mir diese Bemerkung erlauben darf, gegeben haben. Das macht Sie allenfalls zu einem Opfer …«

Sophie wurde abwechselnd rot vor Scham und blass vor Schreck und Freude. »Ist das wahr, was Sie da sagen? Ist das wirklich wahr?«

»Glauben Sie, ich lüge Sie an?«

Sophie starrte an die Decke. »Ich bin froh, dass Felix tot ist! Oh! Ist das schlimm, dass ich das sage?«

Olaf schürzte die Lippen und schüttelte leicht den Kopf. »Nach allem, was der Mensch Ihnen angetan hat … Nein, eher nicht. Aber zurück zu meinem Angebot.« Er zog eine Brieftasche aus seinem Jackett, holte ein kleines rosafarbenes Blatt Papier heraus und faltete es zweimal zusammen. Dann reichte er es ihr. »Hier steht alles drauf, was Sie über Ihre Tochter wissen müssen. Die Adoptiveltern haben schweren Herzens zugestimmt, dass Sie, wenn Sie wollen, Kontakt mit Ihrer Tochter aufnehmen können. Aber froh wären sie natürlich nicht darüber. Die beiden Alten wissen, dass es vielleicht ein Fehler war, dem Kind nicht gleich reinen Wein einzuschenken. Aber sie brachten es einfach nicht übers Herz und jetzt ... Na ja. Aber wenn Sie entscheiden, dass Sie alles so lassen wollen, wie es jetzt ist, dann müssen Sie wissen, dass Sie nicht allein sind. Ich bin bei Ihnen. Bitte! Geben Sie uns eine Chance!«

Sophie überlegte. »Und wenn ich beides will? Meine Tochter und Sie?«

Olaf sah sie erstaunt an. Damit hatte er nicht gerechnet. Er musste lächeln. »Ja. Sie haben Recht. Das war unfair.«

Sophie atmete erleichtert aus. »Aber Sie würden mir abraten, das Kind wieder zu sehen?«

Olaf sah ihr tief in die Augen und nickte. »Ja, davon würde ich abraten.«

»Geht es ihr gut?«

Wieder nickte Olaf. »Ja, es geht ihr gut.«

»Heißt das, dass Sie sie gesehen haben?«

»Sage ich nicht.«

»Wie heißt sie jetzt? Ich meine, was für einen Namen trägt sie?«

»Das steht auf dem Zettel!«

Sophie betrachtete das rosa Papier in ihrer Hand, und wendete es hin und her, versuchte, wie ein Kind hindurchzusehen, ohne es zu entfalten, und Olaf erkannte mit schmerzlicher Klarheit, wie grausam die Entscheidung war, die er ihr abverlangte. Plötzlich schlug sie die Bettdecke zurück, sprang aus dem Bett, öffnete das Fenster und warf den Zettel hinaus. Dann drehte sie sich um und sah Olaf ebenso triumphierend wie todunglücklich an.

Auf seinen Lippen breitete sich ein erleichtertes Lächeln aus. Er sah sie dankbar an und ging langsam auf sie zu. Ihr Herz pochte, als er endlich vor ihr stand und sie behutsam in die Arme nahm.

»Halt mich fest!«, flüsterte sie.

»Das hast du gut gemacht, meine Kleine«, lobte er und strich ihr sanft über den Rücken.

»Und egal, wie sehr ich dich anflehe, sag es mir nie! Hörst du? Ich darf es niemals wissen.« Sie zitterte am ganzen Körper, und er hielt sie eng umschlungen, bis sie sich wieder ein wenig beruhigt hatte. »Jetzt habe ich meine Tochter zum zweiten Mal verloren«, schluchzte sie.

»Nein, das hast du nicht«, widersprach er. »Du hast ihr zum zweiten Mal ein eigenes Leben geschenkt.«

»Meinst du wirklich?«

Er nickte, half ihr behutsam zurück ins Bett, deckte sie zu, drückte ihr einen zarten Kuss auf die Stirn und fragte, ob er morgen wiederkommen dürfe.

»Hast du denn so viel Zeit?«

»Ab jetzt nehme ich sie mir. Einverstanden?«

Das kleine, rosafarbene Papier war in einem Rosenbeet gelandet. Der Wind wehte es Stück für Stück davon, bis es mitten auf dem Gehweg vor der Pforte liegen blieb. Ein Mann mit einem Blumenstrauß in der Hand bückte sich, hob den Zettel auf und warf ihn in den nächsten Mülleimer. Er konnte damit nichts anfangen, denn es stand nur ein Name darauf: Pia Winckel.